SEVEN HELLS
EISIGES HERZ

ANNIE WAYE

SEVEN HELLS

EISIGES HERZ

Seven Hells
1. Glühendes Feuer
2: Eisiges Herz

Annie Waye
c/o JCG Media
Freiherr-von-Twickel-Str. 11
48329 Havixbeck

2. Auflage

Covergestaltung: Makita Hirt
Buchsatz und Lektorat: Kaja Raff

Dieses fiktive Werk ist das Ergebnis der Zusammenarbeit multikultureller Akteure verschiedener Glaubensrichtungen.

Content Note (beide Bände): Es wird gekämpft und geliebt, geblutet und gebrannt.

Druck: Opolgraf S.A.,Polska

ISBN: 978-3-9110-6805-5

PROLOG
DER ABGRUND

Ich hing an einer steilen Felswand, hoch über mir der Rand der Klippe, hinter dem große, kräftige Bäume mit saftig grünen Blättern in die Höhe ragten. Sie strotzten vor Energie und streckten ihre Äste nach mir aus, als wollten sie sie mir einflößen, während das Leben mit jedem Augenblick meinem Körper entwich.

Mein Atem ging nur noch flach. Ich wollte mit einem Arm nachgreifen und mich an der Felswand entlang nach oben ziehen, doch ehe ich auch nur einen Finger rühren konnte, fiel mir ein, dass ich erst elf Jahre alt war und es ohne Hilfe nicht einmal schaffte, einen Baumstamm hinaufzuklettern – nicht, dass ich das gedurft hätte. Ich war eine Prinzessin. Das geziemte sich nicht.

Aber geziemte es sich auch nicht, mein Leben zu retten?

Das Knistern der Flammen unter mir wurde von einem zarten Plätschern übertönt, das von irgendwo über mir an meine Ohren drang. Es ließ meinen trockenen Hals brennen und eine verzweifelte Sehnsucht mein Herz zerreißen. Wasser. Nur *ein* Tropfen Wasser.

Doch die einzige Feuchtigkeit weit und breit war die, die sich an meinen Fingerspitzen ausbreitete. Sie begannen zu rutschen.

Panisch schrie ich auf, grub meine Fingernägel in den Stein und ließ den Schmerz ungehindert durch meine Hände zucken. Die Flammen loderten umso höher, umschlangen meine Fußgelenke und fraßen sich durch mein Gewand.

»Kaidan!«, brüllte ich. »Kaidan!« Ich wusste nicht einmal, ob er hier war. Ob irgendjemand hier war. Oder ob ich ganz allein war. So allein, wie ich mich immer dann gefühlt hatte, wenn die Wachen meinen Bruder von mir weggezerrt hatten. So einsam, wie ich war, wann immer ich in mein Zimmer gesperrt wurde, weil ich meinen Tanz- oder Gesangsunterricht versäumt hatte. Weil ich meine Zeit stattdessen damit verbracht hatte, mich aus dem Palast zu schleichen und die Stadt zu erkunden.

War das der Grund, weshalb ich hier war? Sollte ich deshalb brennen? Weil ich nicht die Prinzessin sein konnte, die sich mein Vater wünschte?

»Kaidan!«

Er war der Einzige, den ich noch hatte. Der einzige Mensch, dem ich etwas bedeutete. Und in diesen Sekunden war er meine letzte Hoffnung.

Er musste hier sein. Er musste einfach. Er konnte nicht zulassen, dass ich so starb. Einsam und verlassen. Das durfte er nicht.

Das Knacken des Feuers unter mir wurde lauter. Es klang nicht friedlich, ruhig wie das in einem Kamin, das mich in kühleren Winternächten wärmte. Stattdessen ähnelte es dem Knurren einer hungrigen Bestie, die in Kauerstellung darauf wartete, dass ich in ihren Schlund stürzte.

»Rana?«, ertönte plötzlich eine Stimme irgendwo hoch über mir. »Wo bist du?«

Abgehackt schnappte ich nach Luft. »Kaidan!«, kreischte ich, so laut ich nur konnte. »Ich bin hier! Hier unten! Bitt-« Ich verschluckte mich am Rauch, der von unten aufstieg, und wurde von einem Hustenanfall erstickt.

Ich kniff die Augen zusammen vor Anstrengung, Tränen schoben sich aus ihren Winkeln, und mein Herz raste in meiner Brust. »K-K-« *Lasst nicht los,* flehte ich meine lahmen Finger an. *Bitte lasst nicht los.* »K-Ka-« Ich bekam keine Luft mehr. »K-«

Er konnte mich unmöglich hören. Er konnte unmöglich wissen, dass sich seine kleine Schwester von allen Orten auf der Welt ausgerechnet hier befand: Am Rande eines Abgrunds und Augenblicke vom sicheren Tode entfernt.

Und dann war er einfach da. Zuerst sah ich seinen dunklen Haarschopf, danach sein Gesicht, als er sich nach vorne beugte, um nachzusehen. Unsere Blicke trafen sich, braun und grün, und er sog erschrocken die Luft ein. »Rana!«

Kaidan warf sich auf den Bauch, so plötzlich, dass ich befürchtete, er könnte selbst über den Rand rutschen. Stattdessen robbte er mit voller Absicht nach vorne, bis sein ganzer Oberkörper über dem Abgrund hing, und streckte beide Arme in meine Richtung aus. »Komm schon!«, rief er. »Nimm meine Hand!«

Aus angsterfüllten Augen blickte ich zu ihm hinauf, so weit es mir der beißende Rauch gestattete. Kaidan war dreizehn und noch lange nicht ausgewachsen. Seine Finger schwebten Welten entfernt über mir in der Luft. Ich könnte sie niemals erreichen.

»Du musst mir jetzt vertrauen, Rana. Verstanden?« Ein harter Zug hatte sich um seinen Kiefer gebildet, und ich konnte schwören, dass er eindringlich wirken wollte – doch die Panik stand ihm ins Gesicht geschrieben. Ich konnte sie vor allem in seinen dunklen Augen sehen, die er so weit aufgerissen hatte, dass das Weiße darin überhandnahm. »Nimm meine Hände.

Erst die eine, dann die andere. Du schaffst das. Ich weiß es!« Unbeholfen rutschte er noch etwas weiter nach vorne, bis er nur noch mit den Hüften abwärts den Boden berührte. Verzweifelt streckte er sich in meine Richtung, und auf einmal kamen mir seine Finger näher vor.

Ein dicker Kloß bildete sich in meinem Hals. Ein seltsames Kitzeln drang durch meine Hände und jagte mir die blanke Panik durch den Körper. Wenn ich jetzt losließ, hätte ich dann noch genug Zeit und Kraft, um nach Kaidan zu greifen?

Mein Herz brach. Ich wollte nicht sterben. Nicht so. Aber es hatte keinen Zweck. Wenn ich blieb, wo ich war, würden mich die Flammen verschlingen. Und wenn ich losließ, würde ich in ihre Mitte fallen und elendig in ihnen untergehen.

Ich wusste, dass das Feuer höher wuchs. Ich konnte spüren, wie es meine Füße zerfraß, wie es sich immer weiter meine Beine hinaufschlängelte, und auf einmal war ich fest davon überzeugt, dass es nicht an der Klippe Halt machen würde. Dass es sich den ganzen Wald und den Fluss und alles, was darauf folgte, gnadenlos einverleiben würde, bis nichts mehr übrig wäre außer glühende Asche.

Wenn Kaidan nicht schnellstmöglich von hier wegkam, würde er ihm auch zum Opfer fallen. Und das durfte ich nicht zulassen. »Lass mich!« Ein Schluchzen bahnte sich meine Kehle nach oben, doch ich wagte es nicht, ihm Ausgang zu gewähren, weil ich befürchtete, dass es diese kleine Regung wäre, die mich das Leben kosten würde. »Bring dich in Sicherheit!«

Seine Lippen teilten sich leicht. »Nein!«, schleuderte er mir entgegen. »Rana, bitte! Du musst es versuchen. Ich –« Er stockte. »Ich kann dir sonst nicht helfen.«

»Du kannst mir nicht mehr helfen!«, brach es aus mir heraus. »Du kannst nicht –«

»Das kann ich«, unterbrach er mich. »Und das werde ich.« Sein Gesicht verzerrte sich vor Ungeduld. »Jetzt nimm meine Hand, oder ich werde in die Flammen springen!«

Erschrocken starrte ich zu ihm hinauf. Der Rauch brannte mir in den Augen und ließ meine Sicht verschwimmen. Das würde er doch nicht tun, oder? Das konnte er unmöglich vorhaben.

Aber so schlecht ich meine Umgebung auch erkannte, so scharf gestochen erblickte ich Kaidans Gesicht über mir. Er war so ernst, wie ich ihn noch nie zuvor erlebt hatte.

Eine Eiseskälte machte sich in mir breit und sorgte dafür, dass sich mein Körper taub anfühlte. Sogar die Hitze unter mir konnte sie für einen Augenblick dämpfen.

Ich holte tief Luft, überraschte mich selbst, indem ich nicht einem weiteren Hustenanfall erlag – und riss meine rechte Hand vom Felsvorsprung los. Mit einem kehligen Schrei warf ich sie förmlich nach oben –

Und spürte, wie sich ein starker Griff um mein Handgelenk schlang. »Gut so!«, drang Kaidans Stimme wie aus weiter Ferne an meine Ohren. »Jetzt die andere!«

Der Schock fuhr nachträglich durch meinen Körper und raubte mir den Atem. Fassungslos fixierte ich seine Hand, die meinen Arm fest umschlossen hatte, mit einer puren Stärke, die nicht nur in seinen Fingern steckte, sondern vor allem in seinem Geist.

Er hatte sich in den Kopf gesetzt, mich zu retten. Und deshalb würde er es auch tun. Es sah ganz so aus, als wäre unser Blut nicht das Einzige, was uns verband.

»Los jetzt!«, rief er und zerrte den letzten Rest meiner Seele aus dem Sumpf der Verzweiflung.

Ich schnappte nach Luft, löste meine andere Hand von der Felsspalte und ließ sie nach oben schießen. Wieder bekam mich

Kaidan zu fassen, und ich klammerte mich unbeholfen an seinen Unterarmen fest. »Kaidan!«, japste ich. Hilflos hing ich in seinem Griff und betete, er würde mich so schnell wie möglich hochziehen.

Glücksgefühle und Furcht rangen um die Oberhand über mein Herz. Ohne ihn wäre ich hier gestorben. Aber er rettete mich. Wenn ich ihn nicht gehabt hätte, dann –

Mit einem Ächzen robbte Kaidan etwas zurück und zog mich schwerfällig mit sich. Ich gewann nur ein kleines Stück an Höhe, bildete mir jedoch ein, dass das Feuer schwächer wurde, das sich in mein Fleisch fraß. Meine Fußgelenke hatten zu Pochen begonnen, und als ich mit den Zehenspitzen wackeln wollte, spürte ich sie nicht mehr. Aber das war mir egal. Nichts spielte mehr eine Rolle. Denn Kaidan war da und würde mich retten. Wir würden zusammen fortlaufen, so wie ich es mir immer ausgemalt hatte. Wir würden von hier entkommen, vor diesem Leben, das uns unmöglich vorherbestimmt sein konnte …

Ein seltsames Gefühl schob sich in den Vordergrund meines Bewusstseins. Es war, als würden meine Gedanken durch meinen Körper wandern, von meinem Kopf über meine Schultern bis in meine Hände hinein, und dort mit einem warmen Kribbeln in Kaidans Haut übergehen, die sie gierig in sich aufsog.

Erschrocken riss ich den Blick hoch – und sah, wie sich Kaidans Augen weiteten.

Dann passierte alles ganz schnell. Meine Finger rutschten an seinen Armen herab, und seine Finger an meinen. Im nächsten Moment war da nichts mehr. Kein Anker, kein Halt, kein Bruder, der mich aus meinem Elend befreien konnte. Nichts, an dem ich mich festhalten konnte. Ich entglitt Kaidans Griff und fiel geradewegs in die grellen Flammen.

»Nein!«, kreischte ich, während Kaidans Gesicht unter dem lodernden Feuer verschwand. Das Feuer, das sich auf mich stürzte wie ein wildes Tier und seine Fänge tief in mein Fleisch grub, bis nichts mehr von mir übrig war.

Erschrocken fuhr ich von meinem Bett hoch. Ich war klatschnass geschwitzt, sogar meine Haare klebten an meiner feuchten Stirn – ebenso wie mein Nachtgewand an meinem Körper. Mein Herz schlug mir bis zum Hals, und meine Brust war so eng, als hätte ich tatsächlich nichts als Rauch eingeatmet.

Schnell schälte ich mich aus meinem Bett in der Angst, der Albtraum könnte andernfalls seine Hände nach mir ausstrecken und mich zurück in die Flammen ziehen. Ihre Hitze wurde nahtlos abgelöst von einer bitteren Kälte, die mir bis unter die Haut ging. Schlotternd schlang ich die Arme um meinen Oberkörper und starrte zwischen die nicht ganz sauber zugezogenen Vorhänge meines Fensters hindurch, auf dessen anderer Seite ein nächtliches Almeira schlief.

Ich atmete tief durch. Einmal. Zweimal. Versuchte, das Eis aus meiner Seele zu vertreiben, das mein Traum dort hinterlassen hatte.

Es war nicht gerecht. Mädchen in meinem Alter sollten nicht solche Träume haben. Vor allem nicht, wenn es so viele andere Dinge gab, die ihnen jede Nacht aufs Neue zur Hölle machen konnten. Was an ihrem achtzehnten Geburtstag passieren würde, zum Beispiel.

Frustriert drehte ich mich um – und sah ich sie. Die pechschwarze Silhouette, die auf halber Strecke zwischen meiner Zimmertür und meinem Bett stehengeblieben war.

Mit einem spitzen Schrei wich ich in die andere Richtung zurück und prallte mit dem Rücken gegen die Wand neben dem

Fenster. Verzweifelt schnappte ich nach Luft, setzte zu einem zweiten Schrei an –

Und erkannte ihn.

Im Sommer wurde es in Almeira nie stockfinster. Selbst ein sternenloser Sommerhimmel war nicht schwarz, und so fiel ein matter Lichtschein durch den Spalt zwischen den Vorhängen, wie ihn die schwächste Wintersonne nur selten zustande brachte.

Mein Mund wurde trocken. Meine Angst vor dem Jungen, der in meinem Zimmer stand, wurde nahtlos von einer anderen Empfindung abgelöst: meiner Angst *um* ihn.

»Kaidan?«, fragte ich mit dünner Stimme. »W-was tust du hier?«

Mein Bruder antwortete nicht. Ich konnte kaum mehr als seine Umrisse ausmachen. Er war mehr als einen Kopf größer als ich und von schmächtiger Statur – und das, obwohl unser Vater ständig versuchte, ihn zu mästen, damit er imposanter aussah. Weil nur dicke Könige imposant aussahen und ernst genommen wurden.

Kaidan trug sein Nachtgewand. Seine Haare waren verstrubbelt, als hätte er sich genauso sehr im Bett gewälzt wie ich. Seine Brust hob und senkte sich schneller als gewöhnlich. War er von seinem Zimmer hierhergerannt? Aber warum?

Mein Herz machte einen Satz. War irgendetwas vorgefallen? Wurden wir angegriffen? War unserem Vater etwas zugestoßen?

Meine Kehle verengte sich in einer düsteren Vorahnung. »Kaidan?«, krächzte ich. Was war los? Warum sagte er denn nichts? »Geht es dir gut?«

Kaidan regte sich nicht. Hätte ich seinen unregelmäßigen Atem nicht gehört, wäre ich mir nicht einmal sicher gewesen, ob er lebte oder zu einer Steinstatue verkommen war.

»Was ist?«, fragte ich unruhig. »Warum starrst du mich so an?« Denn das tat er, mit einem fast schon leeren Ausdruck im Gesicht, der mir ganz und gar nicht gefiel. »Kaidan, du machst mir Angst.« Ich zog meine dünne Decke vom Bett und schlang sie um meinen Körper, obwohl mein Gewand feucht an meiner Haut haftete – sie war mein Halt in diesem schwarzen Loch von Situation, in das mich Kaidan geworfen hatte. »Es ist mitten in der Nacht!«

Seine Lippen teilten sich, und er atmete bebend ein. Das Geräusch war mir so fremd, dass es mir bis ins Mark fuhr. Ich bildete mir ein, dass sein ganzer Körper zu zittern begann.

»K-Kaidan?« Ich versteifte mich. »Was ist denn?«

Ich hatte meinen Bruder noch nie weinen gesehen. Nicht einmal, nachdem drei Peitschenhiebe seinen Rücken getroffen hatten. Doch jetzt stand er da, zur spätesten und dunkelsten Stunde, und konnte nicht mehr bei sich halten.

Wie auf Befehl schoben sich Tränen in meine Augen. »Kaidan?«

Er schluchzte. »Ich will dich nicht verlieren.« Seine Stimme bebte so sehr, dass sie seine Worte beinahe bis zur Unkenntlichkeit verzerrte. »Ich will dich nicht verlieren, Rana.«

Meine Schultern sackten herab. Die Eiseskälte in meinem Inneren wurde stärker, paarte sich mit einer seltsamen Vorahnung, die ich aus Sorge um meinen Bruder nicht erfassen konnte. »K-Kaidan.« Vorsichtig tapste ich auf ihn zu. »Was redest du denn da?«

Jetzt, wo ich genau vor ihm stand, konnte ich ihn besser sehen, die dunklen Schatten unter seinen Augen und seine vor Kummer und Schmerz verzerrte Miene. »Du verlierst mich doch nicht.« Mein Magen krampfte sich zusammen, als ich an meine Vermählung dachte. »Zumindest noch nicht jetzt.« Ich hatte nur noch sieben Jahre, bis es so weit wäre. Aber warum sollte das Kaidan gerade heute so großen Kummer bereiten?

In diesem Moment schob sich eine Erinnerung in den Vordergrund meines Bewusstseins, die beim Aufwachen allgegenwärtig gewesen war, die Kaidan aber durch seine bloße Präsenz vertrieben hatte. Ich sah seine weit aufgerissenen Augen. Und dann die Flammen.

Die nahende Erkenntnis drohte mir den Boden unter den Füßen wegzuziehen. Für einen Moment fühlte ich mich, als würde ich mitten im Raum schweben, wie nach einem waghalsigen Sprung, ehe der freie Fall einsetzte. »H-hast du ...« Ich schluckte merklich. »Hast du dasselbe geträumt wie ich?«

Seine Augen waren so feucht, dass sie schimmerten wie zwei Diamanten. »Ich ... weiß nicht ...« Er wandte den Blick ab. Mehrere Sekunden lang sprach er kein Wort. Dann atmete er tief durch. »Nein.« Langsam schüttelte er den Kopf. »Nein. Habe ich nicht.«

Ich biss mir auf die Unterlippe. »Woher willst du das wissen?«, schob ich nach. Auf einmal war ich mir absolut sicher, dass ich richtiglag. »Du weißt doch gar nicht, wovon ich geträumt habe!« Ich holte Luft. »Da war eine Klippe und –«

»Haben wir nicht!«, entgegnete Kaidan so scharf, dass ich zusammenzuckte. Er schniefte und rieb sich mit dem Unterarm übers Gesicht. Als er den Blick wieder auf mich richtete, war seine Miene undurchdringlich geworden. »Denn das würde heißen«, fuhr er mit bebender Stimme fort, »dass er etwas zu bedeuten hat. Und das hat er nicht. Verstanden?« Inzwischen hatte sein ganzer Körper zu beben begonnen. »Er hat rein gar nichts zu bedeut-« Im letzten Moment unterbrach er sich selbst. Auf einmal wirkte er unsicher, als traute er seinen eigenen Worten nicht mehr über den Weg. »Also, was du geträumt hast«, korrigierte er sich, »und was ich geträumt habe, sind zwei verschiedene Dinge, die beide absolut nichts zu bedeuten haben.«

Vielleicht hätten mich seine Worte beruhigt, wären seine Schultern nicht so angespannt gewesen, als würden zwei riesige, unsichtbare Hände von links und rechts gegen seine Oberarme drücken. Ich wollte mich darauf einlassen, ihm glauben, aber ich war nicht ganz überzeugt.

Fragend legte ich den Kopf schief. »Was hast du dann geträumt, wenn nicht meinen Traum?« Zum Glück trockneten meine Augen wieder, ehe die Tränen sie verlassen konnten. Jetzt, wo sich Kaidan beruhigte, tat ich das auch.

»Ich habe gar nichts geträumt«, antwortete er leise. »Überhaupt nichts.«

Ich runzelte die Stirn. »Aber du hast doch gerade gesagt –«

»Ich habe keinen Traum gehabt.« Er machte eine Pause. »Schon lange nicht mehr.«

Aus großen Augen sah ich ihn an. »Passiert das, wenn man älter wird?«, fragte ich ihn ehrfürchtig. Davon hatte mir noch nie jemand erzählt. Aber wann sprach man auch schon mit Erwachsenen über ihre Träume?

Kaidan rang sich ein Lächeln ab. »So ist es. Vater hat wahrscheinlich seit hundert Jahren nichts mehr geträumt. Außer vielleicht von Braten.«

Ich kicherte leise und schlang meine Arme um ihn. »Bleibst du hier?«, flüsterte ich. Mein Bett war mehr als groß genug für uns beide. Es war uns nicht gestattet, beieinander zu übernachten, aber die Aussicht auf eine Bestrafung machte mir auf einmal nicht annähernd so große Angst wie die, wieder allein in den Schlaf gleiten zu müssen.

Behutsam legte Kaidan die Arme um mich und drückte mich zaghaft an sich. »Natürlich.« Er küsste meine Haare, und ich ließ mich von seiner wohligen Wärme einlullen. »Ich bleibe bei dir und beschütze dich vor deinem nächsten Albtraum.«

Angestrengt legte ich den Kopf in den Nacken, um ihn anzusehen. »Wirklich? Das kannst du?«Er lächelte. »Das ist doch meine Aufgabe als großer Bruder. Ich beschütze dich.«

Ich grinste. »Aber ich beschütze dich auch!«

Er betrachtete mich beinahe nachdenklich. Dann hob er eine Hand und hielt mir seinen kleinen Finger hin. »Versprochen?«

Mein Herz machte einen freudigen Sprung. Ich hatte schon so viele Kinder mit dem kleinen Finger schwören sehen, es aber noch nie selbst getan. Dieser Augenblick war etwas ganz Besonderes für mich.

Fast schon ehrfürchtig führte ich meine Hand an seine heran und verschränkte meinen Finger mit seinem. »Versprochen!«

Wenn ich nicht von Feuer träumte, träumte ich von meiner Vermählung. Doch in dieser Nacht suchte mich nichts dergleichen heim. Weil Kaidan bei mir war. Und in Momenten wie diesen war ich davon überzeugt, dass mir nichts Schlimmes zustoßen könnte, solange er an meiner Seite war.

Wo Kaidan war, war auch immer Hoffnung.

Ich will dich nicht verlieren.

Kaidan hatte mir nie erzählt, was er damit gemeint hatte, und ich war mir sicher gewesen, dass es nur ein Albtraum gewesen war, der ihn so erschüttert hatte. Und doch hatten sich diese Augenblicke für immer in mein Gedächtnis eingebrannt. Ich hatte den Schmerz, den ich mit ihnen verband, mit mir herumgetragen wie Gewichte an meinen Fußgelenken, die jedoch vor allem mein Herz beschwert hatten.

Nun, so viele Jahre später, sollte ich es endlich verstehen.

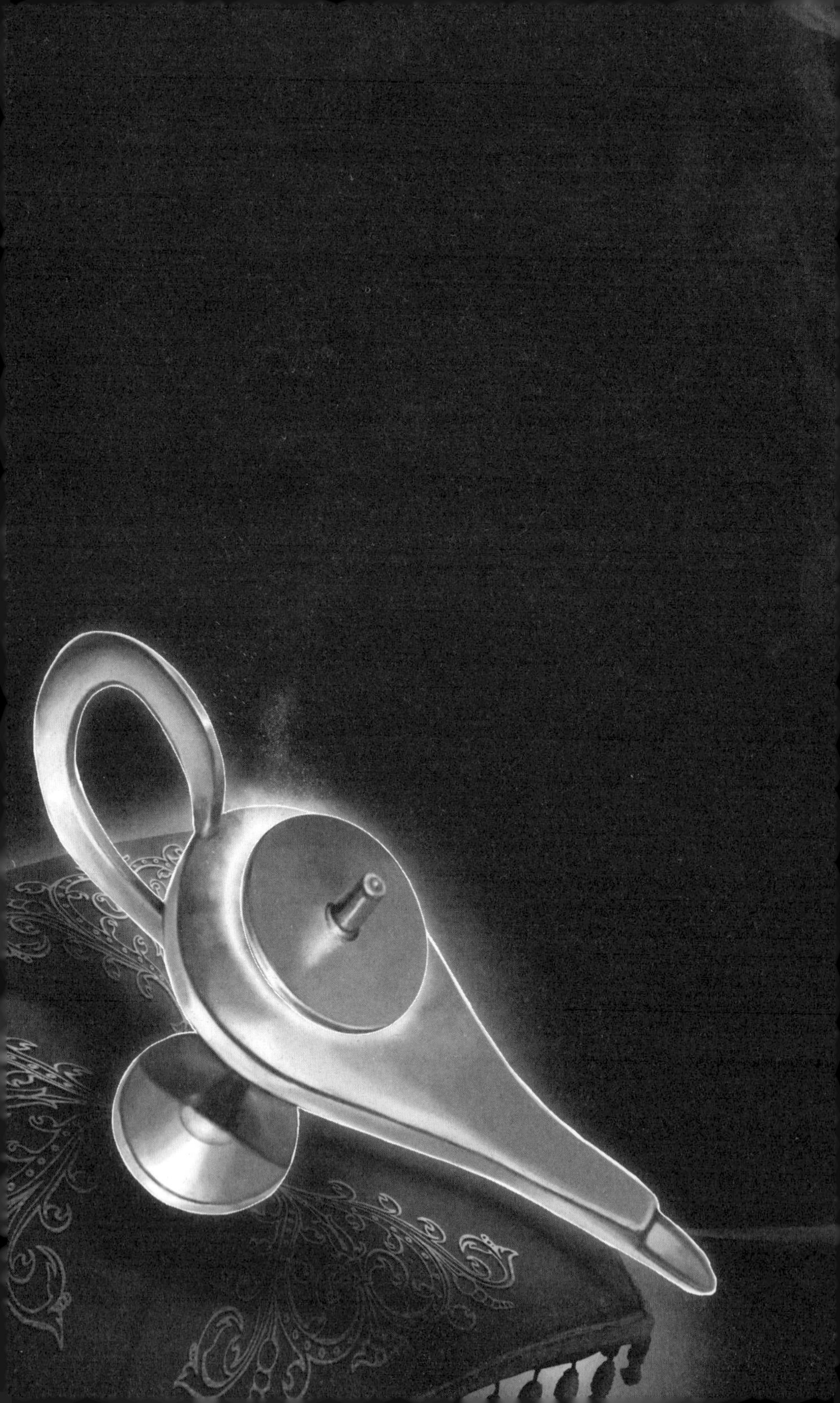

DIE ERSTE UNTERWELT

1

BRENNENDE SÜNDE

»Es tut mir leid, Rana«, raunte Iblys, ehe er seine langen, dünnen Finger um meinen Hals schlang.

Ich riss den Mund auf und schrie, wie ich noch nie zuvor geschrien hatte. Mit einem Ruck fuhr ich aus meinem Bett hoch, öffnete die Lider. Die Eiseskälte der Siebten Unterwelt schlug mir ins Gesicht –

Die letzten Überreste meines Albtraums schlichen davon, und ich kehrte ins Hier und Jetzt zurück. Mit wie wild klopfendem Herzen starrte ich die gegenüberliegende Wand meiner Gemächer an. Meine Brust hob und senkte sich nur noch flach, und ein ziehender Schmerz stach in meinen Hinterkopf, genau wie an jenem Tag vor zwei Wochen, als ich mitten in der Wüste erwacht war.

Meine Kehle war wie zugeschnürt. Ich war aus der Unterwelt entkommen und verstand immer noch nicht, wie – schon gar nicht zusammen mit Kaidan.

Seit ich die Siebte Unterwelt betreten hatte, hatte nichts mehr einen Sinn ergeben. Und ganz gleich, wie oft ich diese Minuten Revue passieren ließ, ich konnte einfach nichts daran ändern. Ich würde sie vielleicht nie begreifen. Auch wenn ich nun mein restliches Leben Zeit dafür hätte, es zu versuchen.

Ich senkte die Lider und ließ mich von der Schwärze einlullen, die hinter ihnen wohnte. Ich atmete tief durch – zwei, dreimal, wie ich es jeden Morgen tat, wenn ich von einem weiteren Albtraum gebeutelt aus dem Schlaf hochfuhr. Die ersten Tage über waren meine Wachen und Dienerinnen in den Raum gestürmt, alarmiert, weil sie geglaubt hatten, dass nun zum zweiten Mal ein Königskind entführt wurde.

Inzwischen blieben sie auf ihren Posten. Es war nur wieder die Prinzessin, deren unruhiger Schlaf ihr zu Kopfe stieg.

Das eine Kind bekam kaum ein Auge zu. Das andere wollte einfach nicht aufwachen.

Eine eisige Klaue erfasste mein Herz, und für einen Moment war ich fest davon überzeugt, es wäre die von Iblys, so grausam war ihr Griff um mein Innerstes. In Wüste hatte Kaidan neben mir gelegen, von Dämonen oder Verdammten weit und breit nichts zu sehen. Er war zwei Jahre älter, viel größer und schwerer als ich, aber irgendwie hatte ich es geschafft, ihn unter den Achseln zu packen und durch den Sand zu schleifen. Ich hatte geschrien, um Hilfe gerufen, und als mich meine letzte Kraft beinahe verlassen hatte, hatte uns ein reisender Händler mit seinen Kamelen und einem großen Karren entdeckt.

Wir waren gerettet und zum Palast zurückgebracht worden. Das Land war in Aufruhr gewesen. Man hatte schier überall nach uns gesucht. Denn obwohl es sich so angefühlt hatte, als hätte ich nur wenige Tage in der Unterwelt verbracht, waren seit Kaidans und meinem Verschwinden ganze zwei Monate vergangen. Zwei Monate, in denen niemand gewusst hatte, was aus Kaidan und mir geworden war. Und nach denen viele schon die Hoffnung aufgegeben hatten, wir würden jemals zurückkehren.

Nun waren wir zurück, doch ein Teil von mir fragte sich, ob unser Vater froh darüber war. Vielleicht war er erleichtert gewesen, als Kaidan entführt worden war. Ich konnte mir vorstellen, dass er in seinem Sohn nach all den Jahren nur noch den Wahnsinnigen Prinzen sah.

Womöglich wünschte er sich, Kaidan würde nie aufwachen.

Meine Augen begannen zu brennen, doch ich blinzelte heftig, ehe sich Tränen aus ihren Winkeln drängen konnten. Trauer brachte niemanden weiter. Genauso wenig wie über die Vergangenheit zu grübeln. Ich musste sie endlich loslassen und nach vorne sehen.

Entschieden schälte ich mich aus dem Bett. Die Sonne war noch nicht aufgegangen. Andernfalls wäre eine meiner Dienerinnen eingetreten, um die Vorhänge zur Seite zu ziehen und mir einen guten Morgen zu wünschen. Die letzten Tage über war ich stets zuvorgekommen. Ich trat zur Tür und öffnete sie einen Spalt, um zu signalisieren, dass sie eintreten konnte.

Es dauerte nur ein paar Minuten, bis meine Kammerdienerin Sahar sowie zwei weitere Mädchen eintrafen. Meine Lieblingszofe schenkte mir ein zaghaftes Lächeln. Wie jeden Tag trug sie ein kunterbuntes Kleid – heute violett – und ein dazu passendes Kopftuch, unter dem nicht einmal ein winziges Härchen herauslugte. Sie war stets adrett gekleidet und hatte immer eine weiche Miene. Für mich war sie der Inbegriff der Normalität.

Meine Vorhänge wurden aufgezogen, und sanftes Morgenlicht fiel in den Raum. Aus meinem Ankleidezimmer wurde ein Kleid für den Tag geholt, und man legte es mir an. Meine Haare wurden zu einem kunstvollen Zopf geflochten und die abstehenden Härchen an meinen Schläfen feinsäuberlich mit Nadeln und Klammern im großen Ganzen befestigt, damit auch ja nichts meinen Anblick trüben konnte. Mit Kohle bemalten sie meine Augen, und während ich eine schiere Ewigkeit einfach nur in der Mitte des Raumes stand und die morgendliche Prozedur über mich ergehen ließ.

»Es wird Euch freuen, zu hören, dass König Nuh auf dem Weg nach Almeira ist«, befreite mich Sahar aus meiner Erinnerung. Ich wusste nicht, ob ich ihr dafür dankbar sein oder sie verfluchen sollte.

Erst nach und nach sickerte die Bedeutung ihrer Worte zu mir durch. Sie versetzten mir einen Stich ins Herz, das daraufhin zu Stein erstarrte, auf dass es niemand mehr verletzen könnte.

Ich antwortete nicht. Ich hatte es bereits geahnt.

Vor beinahe drei Monaten hätte ich vermählt werden sollen. Doch dann war am Tag der Hochzeit erst Kaidan verschwunden und schließlich ich. Mein Bruder hatte mir unwissentlich dabei geholfen, meinem Schicksal zu entgehen. Zumindest vorübergehend. Aber meine Bestimmung war nie aufgehoben, sondern nur aufgeschoben worden.

König Nuh hatte bereits vier Frauen. Es kümmerte ihn nicht, dass er etwas länger auf die fünfte hatte warten müssen als geplant. Mein Vater hatte ihm ein paar Pferde mehr als Mitgift versprochen, sowie weitere Schmuckstücke aus dem Familienbesitz meiner Mutter, und die Angelegenheit war erneut besiegelt worden.

Du hast gewusst, worauf du dich einlässt, Rana, ermahnte mich eine Stimme am Rande meines Bewusstseins, die sich haargenau wie die von Mariam anhörte. Mariam, die nun so tot sein musste, wie es in der Unterwelt nur möglich war. Sie hatte es nicht nach oben geschafft. *Du hast dich für dieses Leben entschieden, indem du zurückgekehrt bist.*

Eine tiefe Unruhe erfüllte mich und wuchs immer mehr in meinem Inneren heran, sodass ich es kaum erwarten konnte, bis meine Dienerinnen endlich von mir abließen. »Ihr könnt jetzt gehen«, wies ich sie an und wirbelte in einer fließenden Bewegung zur Tür herum. Als ich einen flüchtigen Blick mein Spiegelbild erhaschte, waren meine Augen genauso schwarz umrahmt, wie sich meine Seele anfühlte.

Du hast so viele Sünden begangen. Du hast nichts anderes verdient.

»H-Herrin«, piepste Sahar in meinem Rücken. Sie war nur wenige Jahre älter als ich, aber da sie mich stets behütet hatte, wirkte sie deutlich älter auf mich. »Euer Vater hat euch ermahnt, Kaidan so oft aufzusuchen.«

Ich ignorierte ihre Warnung, und wahrscheinlich erwartete sie nichts anderes. In den letzten zwei Wochen hatte ich täglich an Kaidans Bett gewacht. Den ganzen Tag über. Ich hatte den Gesuchen meines Vaters, mich zu sprechen, keine Folge geleistet, weil ich ihm nicht hatte von der Seite weichen wollen. Hatte mir mein Essen in Kaidans Gemächer bringen lassen und kaum etwas davon angerührt. Hatte nicht einmal den Blick von ihm reißen wollen aus Angst, ich könnte verpassen, wie sich seine Augen hinter seinen Lidern regten.

Gestern hatte mich einer der Wachmänner einfach gepackt und über seine Schulter geworfen. Alles Fluchen und Um-mich-Schlagen hatte keinen Zweck gehabt.

Seit so vielen Stunden war ich von Kaidan getrennt gewesen. Wertvolle Stunden, in denen alles hatte passieren können. In denen er erwacht sein könnte.

Meine Handflächen wurden feucht, als ich mir gemessenen Schrittes einen Weg in Richtung Nordflügel bahnte, vorbei an den Wachposten, die inzwischen in jeder Ecke des Palasts zu finden waren und immer so stocksteif dastanden wie Statuen.

Kaidan durfte nicht aufwachen. Nicht ohne mich. Und das nicht nur, weil ich mir große Sorgen um ihn gemacht hatte.

Nein. Es gab noch einen zweiten Grund. Einen wichtigen Grund: Er durfte auf keinen Fall erzählen, was passiert war.

Ich hatte keine Ahnung, wie viel er wusste oder ob er den Ernst der Lage verstand. Aber wenn es eine Sache gab, die niemand – wirklich niemand – über die Zeit unseres Verschwindens erfahren durfte, dann war es die Wahrheit.

Niemand durfte herausfinden, dass Kaidan und ich in der Unterwelt gewesen waren. In der leibhaftigen Unterwelt. Und Iblys persönlich so viel näher, als ihm je ein lebender Mensch gekommen war.

Mir brach der kalte Angstschweiß aus, als ich mir vorstellte, was passieren würde, wenn Kaidan ungeschönt von seiner Entführung und Rettung berichtete. Unwillkürlich wurde ich schneller – und dann rannte ich, stürzte an den Palastwachen und Dienern vorbei, die schon seit mehreren Stunden wach sein mussten. Sprang eine Treppe hinauf, eine andere herunter, rutschte aus und wäre um ein Haar mit dem Gesicht voran auf dem Boden aufgeschlagen.

Meine Umgebung nahm ich kaum mehr wahr. Nicht die sandsteinfarbenen Wände um mich herum, nicht die Gemälde aus alten Zeiten, die prachtvollen Fackelhalter und Lampen, die dort in regelmäßigen Abständen befestigt waren. Nicht den dunkelroten, mit prächtigen Stickereien verzierten Teppich, der sich früher weich unter meinen nackten Zehen angefühlt hatte, mir jetzt aber vorkam wie das verfilzte Fell eines verwesenden Kadavers.

Als ich endlich in den Gang einbog, in dem sich Kaidans Gemächer befanden, standen dort alle sechs Wachen auf ihren Posten. Vermutlich auch die beiden Männer, die man in Kaidans Zimmer stationiert hatte. Einer von ihnen harrte unmittelbar neben der Tür aus. Schon aus einigen Schritten Entfernung bildete ich mir ein, gedämpfte Stimmen von drinnen zu hören.

Mein Herz drohte aus meiner Brust zu springen. *Kaidan.* Ich beschleunigte meinen Schritt und –

Der Wachmann neben der Tür versperrte mir mit seinen breiten Schultern den Weg. In letzter Sekunde kam ich zum Stehen, schlitterte über den Boden und wäre beinahe trotzdem gegen ihn gestoßen.

Wütend blitzte ich ihn an und versuchte, seine Augen durch den dunkelroten Stoff hindurch zu erkennen, der seinen ganzen Kopf vor fremden Blicken verbarg und kaum einen Schlitz für sie ausließ. »Was soll das?«, zischte ich. »Lass mich passieren!«

Doch der Wachmann blieb stehen, wo er war. Und das konnte nur eines bedeuten: dass er den Befehl von jemandem befolgte, der über mir stand. »Ihr könnt ihn nicht sehen«, drang seine Stimme gedämpft durch den Stoff hindurch. »Die Priester sind gerade bei ihm.«

Mein Mund wurde trocken. Es gab nur zwei Menschen, deren Anordnungen schwerer wogen als meine eigenen, und das waren Kaidan und unser Vater. »Ist er wach?«

Der Mann zögerte. Dann schüttelte er den Kopf, und mir drehte sich der Magen um. Das bedeutete, die Stimmen auf der anderen Seite der Tür stammten nicht daher, dass sich die Priester mit Kaidan unterhielten. Nein, erst jetzt glaubte ich einen Singsang hindurchzuhören, der mir einen Schauer nach dem anderen über den Rücken jagte. Seit unserer Ankunft war Kaidan bewusstlos, und es sah ganz so aus, als wollte man die letzten Register ziehen, um zu versuchen ihn aufzuwecken.

Mein Herz verkrampfte sich in meiner Brust. Ich musste zu ihm. Musste mich vergewissern, dass es ihm gut ging. Und dass keine falsche Silbe seine Lippen verließ. Aber gerade eben waren mir die Hände gebunden.

Mit einem lauten Fluch fuhr ich herum und stürzte davon. Als ich in den nächsten Gang einbog, wäre ich beinahe gegen Sahar gestoßen. »Wo ist er?«, fragte ich, ehe sie sich überschwänglich dafür entschuldigen konnte. »Wo treffe ich den König an?«

Sahars Augen wurden groß wie Teller, als ahnte sie, dass ein Gewitter näherte, dem sie nicht beiwohnen wollte. Wahrscheinlich unbewusst griff sie sich an den Talisman in Form eines Engelsflügels, der um ihren Hals hing. »I-ich glaube, er nimmt gerade das Frühstück ein.« Sie straffte die Schultern. »Ich werde Euch ankündigen lassen –«

Ich schnaubte. »Ankündigen«, murrte ich. »Das werde ich selbst tun.«

Ohne Umschweife machte ich mich auf den Weg. Gleichzeitig stieg eine grauenvolle Vorahnung in mir auf. Kaidan war von Hexen entführt und zwei Monate lang in der Unterwelt gefangen gehalten worden. Wer wusste schon, wie sehr ihm das zugesetzt hatte? In welchem Zustand er wäre, sobald er erwachte? Würde ich ihn überhaupt noch wiedererkennen? Wäre er jemals wieder er selbst?

Wogen der Panik schlugen über mir zusammen in dem Moment, in dem ich die Türen zum Speisesaal aufstieß, ehe mir ein Palastdiener zuvorkommen konnte.

»Vater«, presste ich hervor und wartete keine Aufforderung ab, ehe ich in den Raum hineinschritt.

»Tochter.«

König Waheed von Almeira war ein großer, dicker Mann mit einem üppigen Bart und noch üppigerem Haar, wenn man die kreisrunde kahle Fläche auf seinem Kopf übersah. Seine Haut war so dunkel wie meine, seine Haare jedoch mit silbrigen Fäden durchzogen. Er war alt, älter als die Frauen, mit denen er sich umgab, die er nach dem Tod meiner Mutter niemals heiraten würde. Ich fragte mich, warum er dann ausgerechnet seiner eigenen Tochter das Schicksal aufbürden wollte, das er seinen gleichaltrigen Mätressen ersparte.

Ich durchquerte den länglichen Raum, bewegte mich zwischen den Dienern vorbei, die leere Teller mit Krümeln vom Tisch entfernten und dort neue Platten mit dampfendem Essen abstellten, das mein Vater tagtäglich schon zu frühester Stunde verzehrte: Hülsenfrüchte, Fleischeintöpfe, gebratene Eier, warmes Fladenbrot und dazu mehr Kaffee, als ich in meinem ganzen Leben trinken könnte.

Auf halber Strecke blieb ich neben der langen Tafel stehen, an deren Kopfende mein Vater saß, und blickte ihm abwartend entgegen. Ich hatte den Raum schon betreten, ohne mich ankündigen zu lassen. Es war das Mindestmaß an Respekt, ihm jetzt nicht noch näherzukommen. »Ich wünsche den Prinzen zu sehen«, leitete ich ohne Umschweife das Thema ein.

»Das ist uns bekannt.« Waheed riss ein großes Stück von einem kreisrunden Fladenbrot ab und tauchte es genüsslich in den Eintopf. Er war ganz in Weiß gekleidet als Zeichen, dass er ohne Sünde war. Ein großer Latz hing an seinem Kragen, um zu verhindern, dass Essensflecken seine Reinheit besudelten.

Ich straffte die Schultern und starrte ihn an, beobachtete ihn dabei, wie er sich das tropfende Stück Fladenbrot in den Mund schob und nicht nur seine Hand, sondern auch seine untere Gesichtshälfte mit Eintopf benetzte. Als er heruntergeschluckt hatte, hob ich wieder an. »Ich bitte um Eure Erlaubnis.«

Waheeds Blick streifte mich nur kurz. »Nein. Es gefällt uns nicht, wie viel Zeit du mit ihm verbringst.« Er grunzte. »Man weiß schließlich nicht, was er sich in der Verbotenen Stadt geholt hat.«

Ich presste die Kiefer aufeinander. »Ich bin auch in der Verbotenen Stadt gewesen«, erinnerte ich ihn an die Geschichte, die ich ihm erzählt hatte – und die zumindest keine Lüge, sondern nur eine halbe Wahrheit gewesen war. »Und mir geht es prächtig.«

»Aber er war viel länger dort als du«, beharrte er und schob sich das nächste, vollgelaufene Stück Brot in den Mund. »Das dürfen wir nicht außer Acht lassen.« Er schüttelte den Kopf. »Die Heiler und die Priester sollen ihn eine Weile beobachten und –«

Ich presste die Kiefer zusammen. »Die Priester, die ihn schon sein ganzes Leben lang gequält haben?«

Die Faust meines Vaters landete mit einem Knall auf dem Tisch und ließ mich zusammenzucken. »Rana!«, donnerte er und erinnerte mich daran, dass ich den König nicht unterbrechen sollte.

Mein ganzer Körper versteifte sich, als ich an die Priester dachte, die gerade bei Kaidan waren. Mich hatten sie nur kurz in Augenschein genommen, mir ein, zwei Fragen gestellt, mich an der Stirn berührt und schließlich für gesund und munter erklärt. Aber ich ahnte, dass es bei Kaidan anders ablaufen würde. Weil sie ihn schon als Kind als unheilbar eingestuft hatten. Als besessen. Weil sie einen Exorzismus nach dem anderen an ihm durchgeführt hatten.

Meine Schultern wurden schwer, als ich mir ausmalte, was sie in diesen Augenblicken mit ihm machten.

Vater?, formte mein Herz die Worte, die mein Mund nicht auszusprechen vermochte. *Warum tut Ihr ihm das an? Eurem eigen Fleisch und Blut?*

Ich atmete bebend ein und versuchte mühevoll, den Kloß in meinem Hals herunterzuschlucken. »Ich will ihn sehen. Ich will mit ihm sprechen. Er braucht mich.« Er brauchte mich. Aber nicht so sehr wie ich ihn.

Gelangweilt blickte Waheed von seinem Frühstück auf. »Darüber können wir später diskutieren. Nach den Feierlichkeiten.«

Unbehagen stieg in mir auf. »Feierlichkeiten, Vater?«, fragte ich mit dünner Stimme. Hatte ich Sahar vorhin falsch verstanden? Sie hatte doch nur behauptet, Nuh wäre auf dem Weg hierher. Von seinem Königreich aus müsste er die Wüste durchqueren, um bis nach Almeira zu gelangen. Dafür bräuchte er etwa zwei Wochen. Wie konnte er schon hier sein? Ich hatte geglaubt, ich hätte noch etwas Zeit …

»Feierlichkeiten«, bestätigte Waheed und sah mir mit unverhohlener Vorfreude entgegen. »Heute, Tochter, verbrennen wir eine Hexe.«

Ich hatte nicht mitkommen wollen. Alles in mir hatte sich dagegen gesträubt, der Hinrichtung zuzusehen. Nicht zuletzt, weil ich den Fehler gemacht hatte, mich in der ersten Schrecksekunde nach dem Wort *Hexe* selbst angesprochen zu fühlen. Aber ich hatte keine Wahl gehabt.

Die Menschen außerhalb der Palastmauern glaubten, als Prinzessin lebe man in völliger Freiheit. Könne tun und lassen, was man wollte, ohne mit Konsequenzen rechnen zu müssen. Könne man sein Leben in vollen Zügen genießen.

Doch nichts davon entsprach der Wahrheit. Mein Dasein war ein pechschwarzes Geflecht aus Pflicht, Verantwortung und Zwang. Man hatte meinen Kopf in einen Schleier gehüllt, der beinahe alles von mir verbarg, mir einen viel zu warmen Mantel übergeworfen und mich in eine Kutsche gesetzt, die mich zum großen Platz von Maran – der Hauptstadt – brachte. Begleitet wurde ich von einem Wachmann und Sahar, die versuchte, die Stimmung mit Erzählungen und Gerüchten aufzulockern, die man sich unter vorgehaltener Hand bei Hofe erzählte.

Der Name der Palastwache war Arad. Er war nur ein paar Jahre älter als Kaidan, und als die beiden noch jünger gewesen waren, hatten sie sich zusammen im Schwertkampf geübt. Man könnte sagen, sie waren befreundet gewesen – bis sie älter geworden waren und ihr Machtgefälle zwischen Herrscher und Diener zu deutlich geworden war, um noch überwunden zu werden. Seither war er oft vor meinen Gemächern postiert, weshalb Sahar keine falsche Scheu in seiner Gegenwart zeigte. Zum Glück – denn auch wenn er kein Wort sagen durfte, hatte sie zumindest einen Zuhörer. Ihre Stimme erreichte kaum mein Bewusstsein.

Ich war angespannt. War es schon seit über zwei Wochen. Doch jetzt fühlte es sich an, als hätte sich ein dicker Knoten in meinem Magen geformt, der mit jeder Sekunde weiter anschwoll, bis er meinen Oberkörper zum Platzen bringen würde.

Kaidan. Nuh. Mein Vater. Kaidan.

Daamin. Iblys.

Nein. Nicht daran denken.

Ich zwang meine Augen zu und ballte die Hände in meinem Schoß zu Fäusten. Verzweifelt konzentrierte ich mich auf den Klang der Pferdehufe, die auf dem steinernen Weg schepperten und sich zum allgegenwärtigen Rattern der Kutsche mischten. Sog die Geräusche in mich auf, damit sie mein Innerstes erfüllten und die furchtbaren Gedanken aus meinem Geist verbannten, ehe diese mein Herz einmal mehr zum Brechen bringen könnten.

Ja, mein Herz war gebrochen. Und ich war fest davon überzeugt, dass es niemals heilen würde.

Ich machte einen großen Fehler, meine Gedanken wieder zurück zu der einen Sache zu lenken, die mich in meinem Zustand verletzen konnte. Die mich die Fassung verlieren lassen konnte. Die dafür sorgte, dass sich Tränen in meine Augen schoben, die ich kaum hinter meinen geschlossenen Lidern behalten konnte.

Ich hatte ihn gesehen. Nicht Daamin mit seinen verwuschelten, braunen Haaren, seiner blassen Haut und seinem verschmitzten Lächeln. Sondern jemand anderes. *Etwas* anderes, das tief in ihm lebte. Das er sorgfältig unter seiner Hülle verborgen gehalten hatte, das er aber genauso wenig verstecken konnte wie das Feuer, das in seinem Inneren loderte.

Daamin bestand aus Rauch. Als ich ihn aus der Lampe befreit hatte, hatte er sich dazu entschieden, die unschuldige Gestalt eines jungen Marids anzunehmen und mir nicht sein wahres Gesicht zu offenbaren. Dieses hatte er mir erst gezeigt, nachdem er mich geradewegs in seine tiefste Höhle gelockt hatte.

Daamin war Iblys. Obwohl ich ihn noch nie zuvor gesehen hatte, war ich fest davon überzeugt, dass er es war. Wenn man den leibhaftigen Teufel erblickte, wusste man sofort, mit wem man es zu tun hatte.

Meine Wangen begannen heiß zu brennen. Vor Scham. Vor Reue. Ich war von Anfang an auf ihn hereingefallen. Es war nie Daamins Ziel gewesen, mich aus der Unterwelt zu retten. Natürlich nicht. Schließlich war er doch derjenige gewesen, der mich nach unten gezogen hatte! Er hatte mich nie befreien wollen, sondern lediglich in ihre tiefsten Tiefen locken, wo ich ihm ergeben wäre.

Und doch war ich zurück. Ich war mir absolut sicher, dass ich das Mariam zu verdanken hatte. Alle Zeichen standen darauf, dass sie sich für uns geopfert hatte. Und es gab nichts, was ich tun konnte, um diese Schuld zu begleichen. Nicht einmal, indem ich unsere Geschichte weitererzählte und sie damit unsterblich machte. Denn dann würde *ich* sterben.

Mit einem Ruck kam die Kutsche zum Stehen. Als ich die Augen öffnete, riss Sahar ihren besorgten Blick schnell von mir weg, als würde ihn das ungeschehen machen. Die Tür wurde geöffnet, und die Wachmänner stiegen vor uns aus. Sie waren mit Säbeln bewaffnet, die allzeit bereit an ihren Hüften hingen. Draußen in der prallen Mittagssonne erwarteten uns noch mehr von ihnen. Sie hatten sich links und rechts von uns aufgestellt und bildeten einen Weg, der mich von dem *Gesindel* abschirmte.

Die Kutsche meines Vaters hatte ein Stück vor meiner angehalten. Zeitgleich berührten unsere Füße den Teppich, den man dort ausgebreitet hatte – völlig überflüssig, da ich den restlichen Weg dennoch auf dem nackten Boden zurücklegen musste. Hier und da war er von einer leichten Schicht aus Sand bedeckt, den es von der Wüste hierher wehte.

Es war ohrenbetäubend laut. Hinter den Wachmännern waren hunderte, wenn nicht sogar tausende Bürger versammelt, die sich alle auf dem großen Platz eingefunden hatten, um das Spektakel aus nächster Nähe zu beobachten.

Sie waren gekommen, um dabei zuzusehen, wie eine arme Seele starb. Oder eine Seelenlose, wenn es nach der Anklageschrift ging. Schließlich war es eine Hexe, die heute verbrannt werden sollte. Eine Frau, die ihre Seele verkauft hatte – oder dumm genug gewesen war, einen Pakt mit den Dämonen einzugehen.

Mein Mund wurde trocken, und ich musste mit all meiner Willenskraft gegen den Drang ankämpfen, sofort wieder in die Kutsche zu hechten. Wahrscheinlich würde man mich sogar an Händen und Füßen zu meinem Platz tragen, wenn es unbedingt sein müsste. Weil mein Vater und ich hier sein und zeigen mussten, dass wir die Menschen vor dem Bösen beschützten. Denn eine Königsfamilie, die ihr Volk nicht auf ihrer Seite hatte, wäre nicht mehr lange eine Königsfamilie.

Das war der Grund, weshalb sich mein Vater Kaidan vielleicht nie auf den Thron wünschte. Doch da er nach dem Tod meiner Mutter wie durch ein Wunder keine weiteren Kinder bekommen hatte, blieben nicht viele andere Optionen übrig.

Meine Beine fühlten sich schwer und steif an, als ich mich in Bewegung setzte. Waheed schritt voran, flankiert von einem kleinen Trupp aus Wachen. Ich folgte in einigem Abstand mit Sahar und meinen Männern. Zwischen den Wachposten hindurch erkannte ich unzählige Gesichter, die mir neugierig entgegenblickten, schwarze, weiße und bunte Kleidung, in die die Menschen gehüllt waren. Ihre Rufe waren so durchdringend und durcheinander, dass ich bis auf ein paar Wortfetzen nichts verstehen konnte.

»Rana!«

»Eure Hoheit!«

»Sie ist so wunderschön.«

»Ich habe ein Geschenk für Euch!«

Ich fühlte mich unwohl unter Leuten. Wenn ich ihre Aufmerksamkeit bekam. Weil ich wusste, dass diese Aufmerksamkeit immer mit Erwartungen verbunden war. Man erwartete von mir, die Vorzeigeprinzessin zu sein, die all ihre Pflichten wahrnahm, ohne zu protestieren. Die Nuh heiratete und ihr Volk im Ausland repräsentierte. Die ihren Willen zugunsten aller über Bord warf.

Meine Brust wurde eng. Ich wollte das alles nicht. Und doch war ich nun hier, schritt zwischen ihnen hindurch und winkte ihnen freundlich zu, bis ich mit einem stummen Seufzer an meinem Ziel ankam: Einem überdachten Pavillon an der Außenfassade eines Hauses, zu dem eine strahlend weiße Treppe hinaufführte. Dort war gerade genug Platz für die zwei kleinen Throne, die man für uns aufgestellt hatte, sowie Sahar und ein paar unserer Wachen. Auf einem davon hatte früher meine Mutter gesessen.

Ich ließ mich neben Waheed nieder und strich mein Gewand an meinen Knien glatt. Mit erhobenen Schultern saß ich da, stocksteif, und vermied es, in Richtung des großen Platzes zu blicken, auf dem schon in wenigen Minuten ein Feuer entzündet werden würde.

Sahar stand neben mir und zupfte den Schleier zurecht, in den mein Kopf und meine Schultern gehüllt waren. Ihre Berührung hatte etwas Tröstliches an sich, aber nicht genug, um mein Herz zu löschen, das bereits jetzt lichterloh brannte. Und umso heller aufflackerte, als ich den Blick hob und mir meiner Umgebung zum ersten Mal wirklich bewusst wurde.

Der Scheiterhaufen bestand aus einigen Holzscheiten, die quer und schräg aneinandergereiht worden waren, und war so hoch wie die Häuser um den großen Platz herum. Unzählige Stadtwachen bildeten einen groben Kreis um ihn herum und schirmten die Schaulustigen vom Zentrum des Geschehens ab.

Es waren so viele Menschen. Sie säumten den restlichen Platz, drängten sich sogar in den angrenzenden Straßen und Gassen noch dicht aneinander und waren in ein erregtes Getuschel und Gemurmel verfallen, das mir Schauer über den Rücken jagte. Es war helllichter Tag. Hatten all diese Leute nichts Besseres zu tun, als einer Verbrennung beizuwohnen? Hatten sie keine Arbeit oder Familien, um die sie sich kümmern mussten?

Zu allem Übel entdeckte ich auch Kinder in der Menge. Kinder, die von ihren Eltern mitgenommen worden waren, um sich das Spektakel anzusehen. Genau wie ich, als ich mit sechs Jahren zum ersten Mal hierhergekommen war. Ich hatte keine Ahnung, warum mein Vater es für einen guten Einfall gehalten hatte, mich schon so früh an die *Realität zu gewöhnen*. Es hatte mir nicht viel gebracht außer einem blutenden Herzen und einem weiteren Quell für die Albträume, die mich regelmäßig heimsuchten.

Den Blick auf die Menge gerichtet, sah ich sie erst aus dem Augenwinkel. Erschrocken drehte ich den Kopf und richtete meine ganze Aufmerksamkeit auf die Frau, deren Hände und Füße eng verschnürt worden waren. Ein Mann hatte sie über ihre Schulter geworfen und trug sie leichtfüßig zum Scheiterhaufen. Die Hexe wand sich in seinem Griff, und über die vielen Stimmen der Stadtbewohner hinweg glaubte ich, ihr wütendes Brüllen zu hören. Ihre langen, schwarzen Haare hingen an ihrem Kopf herab und verdeckten ihr Gesicht. Das dunkle Gewand an ihrem Körper war dreckig und zerfetzt. Nicht einmal etwas Frisches hatte man ihr angezogen, in dem sie in Würde hätte sterben können. Jemand wie sie hatte keinen würdevollen Tod verdient. Andernfalls hätte man ihn nicht hier – inmitten von unzähligen Gaffern – eingeleitet.

Ich versteifte mich am ganzen Körper. Meine ineinander verschränkten Finger bohrten sich in meine Haut, und ich presste die Kiefer aufeinander, während ich beobachtete, wie die Frau auf den Scheiterhaufen gewuchtet wurde. Es brauchte drei Männer, um sie festzuhalten und dort festzuschnüren, so heftig wehrte sie sich. Sie wollte um sich schlagen, schnappte nach den Männern und biss einen von ihnen in den Hals, als er gerade nicht aufpasste.

Er schlug ihr ins Gesicht, zweimal, dreimal, bis ihr Kopf vornüber sackte.

Bebend atmete ich ein. Es war mir schon immer schwergefallen, Hinrichtungen zu beobachten – vor allem, wenn es Frauen waren, die auf dem Scheiterhaufen oder Schafott ihr Leben ließen. Leider waren es meistens Frauen.

Aber heute war es besonders schlimm. Weil sich ein nagendes Gefühl in mir festgesetzt hatte und mit jeder Sekunde etwas stärker wurde. Wie eine bedrohliche Vorahnung, die man nicht erfassen konnte, den Anflug eines Gedankens, den man nicht denken konnte. Und vielleicht auch nicht wollte, weil man das dann nicht ungeschehen machen könnte. Etwas, das man besser verdrängen sollte, es aber nicht konnte. Denn je länger ich mich aufs Verdrängen konzentrierte, desto mehr schob es sich in den Vordergrund meines Bewusstseins, wo ich es jetzt am allerwenigsten gebrauchen konnte.

Die Meute wurde erst still, als die Männer vom Scheiterhaufen kletterten. Ein kleiner, untersetzter Mann mit weißer Kopfbedeckung trat vor den Scheiterhaufen und reckte das Kinn, ehe er mit gellender und doch krächzender Stimme zu sprechen begann. »Weib. Du bist hierhergebracht worden, um deiner gerechten Strafe ins Auge zu blicken.«

Mein Vater neben mir nickte bestätigend. »Jetzt kommt unser Lieblingsteil.«

Ich antwortete nicht.

»Hast du oder hast du nicht einen Dämon im Zimmer deiner Kinder heraufbeschworen, um Mord an deinem Manne zu begehen?« Gönnerhaft breitete der Richter die Arme aus. »Sprich nun vor dem Volke, vor den Engeln, auf dass diese über dich richten könnten.«

Ich unterdrückte ein Schnauben. Die Engel richteten hier über niemanden mehr. Dies war nicht mehr als eine Zurschaustellung von Macht. Von Recht und Ordnung, wie das Königshaus sie vorgab. Es hatte nichts mit den Engeln zu tun. Mit Gut und Böse. Mit richtig und falsch.

Es war eine Illusion. Eine Illusion, dass wir alle Probleme beseitigen könnten, indem wir jeden Menschen verbrannten, der nicht unseren festgelegten Werten, Bräuchen und Handlungen entsprach. Aber das stimmte nicht. Denn die eigentliche Gefahr brodelte tief unter der Oberfläche, auf der wir wandelten.

Matt hob die Hexe den Blick. Sogar aus der Ferne konnte ich die Flecken in ihrem Gesicht erkennen, die die Hiebe hinterlassen hatten – alte und frische. Sie ließ sich nur wenig Zeit mit ihrer Antwort, legte den Kopf in den Nacken, und –

Ein spuckendes Geräusch ertönte, und obwohl ich nichts dergleichen sehen konnte, wusste ich, dass sie getroffen hatte, als der Mann zusammenzuckte. Ein Laut des Ekels brach aus ihm heraus, und er wischte sich mit dem Ärmel übers Gesicht. »Das ist Antwort genug.« Hektisch winkte er seine Helfer herbei, die bereits mehrere Fackeln entzündet hatten und entschieden von allen Richtungen auf den Scheiterhaufen zumarschierten.

Mein Herz verkrampfte sich in meiner Brust. *Warum hast du das getan?* Sie hätte alles leugnen können. Ihre Unschuld beteuern können. Sie hätte versuchen können, zu überleben. Warum hatte sie es nicht getan? War ihr Leben weniger wert als ihr Stolz?

Ein bitterer Geschmack legte sich auf meine Zunge. Ich verstand es einfach nicht. Und doch tat es nicht weniger weh, als die Männer ihre Fackeln senkten und das untere Ende des Scheiterhaufens in Brand setzten. Es dauerte mehrere Augenblicke, bis die Holzscheite tatsächlich Feuer fingen, und selbst da schlängelte es sich geradezu gemächlich durch dessen Lücken, anstatt sich zu seiner vollen Größe zu entfalten.

Dies war der langsamste Tod, den man sich vorstellen konnte. Und mit Abstand der grauenvollste.

Mir war, als spürte ich ein Piksen in meiner Brust, und ich wusste genau, woher es stammte: Von der Kette, die mir Daamin umgehängt hatte, bevor er sich als Iblys offenbart hatte. Die ich noch immer um den Hals trug, obwohl ich sie schon so viele Male hatte abnehmen wollen. So wie jetzt. Mein Verstand schrie meinen Körper an, es zu tun, mich von dem Bann zu erlösen, den er mir auferlegt hatte – aber es gelang mir einfach nicht. Ich konnte nicht einmal eine Hand zum halbmondförmigen Anhänger führen, der in diesen Sekunden wie zu einer stillen Erinnerung in meine Haut stach.

Die Frau hatte aufgehört, sich gegen ihre Fesseln zu wehren. Stattdessen stand sie einfach nur da und betrachtete beinahe höhnisch die Flammen, die ihr langsam näherkamen, als könnte sie es kaum erwarten, dass sie endlich ihren Dienst verrichteten. Als hätte sie keine Angst. Als wüsste sie genau, was sie da tat: Nämlich für ihre Prinzipien sterben. Für ihre schwarzen, falschen, verachtenswerten Prinzipien. Ihre Schwäche, ihre Hilflosigkeit. Die Tatsache, dass sie sich der einen Macht zugewandt hatte, vor der jeder Mensch von Kindesbeinen an gewarnt wurde. Für ihre Naivität. Ihre Dummheit.

Sie war bereit für all das zu sterben, und das tat sie, ohne mit der Wimper zu zucken.

Es war, als könnte sie meine Gedanken hören. Könnte spüren, dass ich sie verurteilte. Denn auf einmal drehte sie in einer langsamen Bewegung den Kopf – und sah uns entgegen, meinem Vater und mir, die ihrem Blick begegneten. Er, weil er sich nicht an ihrer Aufmerksamkeit störte. Ich, weil ich plötzlich wie hypnotisiert von ihr war. Ihre dunklen Augen zogen mich in einen Bann, in dem ich mich zu verlieren drohte.

Ich starrte sie an und stellte mir vor, sie wäre Mariam. Hätte Mariam das verdient? Noch vor kurzem hätte ich diese Frage mit Ja beantwortet. *Sie ist eine Hexe,* hätte ich gesagt. *Sie hat sich mit Dämonen eingelassen. Mit dem Bösen. Sie muss brennen und dann in der Unterwelt weiterbrennen.*

Doch nun war alles anders. Nicht zuletzt ich selbst. Denn die fremde Frau war nicht die Einzige, die eine Vergangenheit mit einem Dämon hatte.

Hatte ich dasselbe Schicksal verdient? Würde ich genauso enden, wenn jemand herausfand, was während Kaidans und meiner Abwesenheit geschehen war?

Plötzlich fühlte ich mich zerrissen. War es meine Pflicht als gläubige Prinzessin, Waheed die Wahrheit zu sagen? Mich zu stellen, mich zu entlarven, zu offenbaren als das, was ich wirklich war? Eine Heuchlerin? Ein schwaches Mädchen, das der Versuchung des Dunklen nicht eine Sekunde lang hatte widerstehen können? Eine Verräterin am Volk der Menschen?

Es wäre das einzig Richtige. Nur so könnte ich Buße tun und hoffen, dass mir die Engel verzeihen würden. Mich doch noch ins Paradies aufnehmen würden.

Dennoch blieben meine trockenen Lippen versiegelt. Kein Ton verließ meine Kehle. Keine Faser meines Körpers wollte sich meinem Vater zuwenden und ihm das große Geständnis machen.

Weil ich nicht sterben wollte. Mein Leben war mir wichtiger als meine Tugend. Mein Glaube. Und das wiederum war vielleicht eine noch viel größere Sünde als alles, was mit Daamin passiert war. Was auch bedeutete, dass ich das Feuer verdient hätte und nicht das Paradies, nach dem ich mich so sehr sehnte.

Genauso wenig wie die Hexe. Und sie war so stark. Keinen Ton gab sie von sich. Sie schrie nicht …

… bis sie es doch tat. Sie fing an zu schreien, als die Flammen schon längst Besitz von ihren Armen und Beinen ergriffen hatten. Nur Augenblicke später brannte sie lichterloh. Man hätte sie nur noch retten können, indem man mehrere Eimer Wasser über ihr ausgeschüttet hätte – wäre da nicht das Holz hinter und unter ihr gewesen, das mit ihr brannte.

Wie jedes Mal betete ich, man würde Gnade zeigen. Man würde sie da herunterholen. Ihr vergeben. Oder sie zumindest erlösen, ehe sie vor Schmerz und Schock das Bewusstsein verlieren konnte. Doch nichts von alldem geschah.

Wie jedes Mal brach ein Orkan aus Gefühlen in mir aus. Der Drang, aufzuspringen und anzuordnen, damit aufzuhören.

Oder herumzuwirbeln und zu rennen, so weit mich meine Beine nur trugen.

Wie jedes Mal tat ich nichts dergleichen. Ich saß einfach nur da, sah der Frau tief in die Augen und beobachtete, wie jegliches Leben aus ihr wich, hörte, wie ihre Stimme leiser wurde, ihr Widerstand schwächer. Glaubte sogar, das leichte Beben ihres Herzschlags zwischen meinen Handflächen zu spüren.

Obwohl der Pavillon überdacht war, war es heiß. Heiß, weil die unbarmherzige Sonne die Luft und den Boden aufheizte. Heiß, weil in kurzer Entfernung ein Feuer loderte, das über mein Gesicht kratzte. Dass meine Augen zu brennen begannen, hatte aber nichts damit zu tun.

Der Kopf der Hexe sackte auf ihre Brust, und das Beben verging. Die vereinzelten Rufe der Menschen um den Scheiterhaufen herum schwollen binnen weniger Sekunden zu tosendem Jubel an.

Gleichzeitig legte sich die schwere Schuld auf meine Schultern, dass ich eigentlich an ihrer Stelle hätte sein müssen.

Mein Herz fuhr seine Krallen aus und zerriss sich selbst in hunderte Fetzen. Meine Finger verkrampften sich ineinander auf der Suche nach Halt, den ich jedoch genauso wenig bekam wie in den Albträumen, die mich als Kind begleitet hatten.

Ich war ein Wrack. Ich war durch die Hölle gegangen und wieder zurückgekommen. Und doch kam es mir so vor, als hätte ich einen Teil von mir dort zurückgelassen. Und als wäre genau der falsche Teil von mir in die Erste Unterwelt zurückgekehrt. Nichts fühlte sich mehr richtig an. Obwohl ich auf der sicheren Seite des großen Platzes saß und meine Hände und Füße nicht gefesselt waren. Obwohl die Hitze nur mein Gesicht streifte und sich nicht durch meine Haut fraß. Obwohl mein Mund nicht schrie, sondern nur erstickte Laute von sich gab.

Ich war lebendig und doch fühlte ich mich, als wäre etwas in mir gestorben.

Ich spürte den Blick meines Vaters nur kurz auf mir, ehe er sich wieder nach vorne wandte. Wahrscheinlich wollte er beobachten, wie sich der Körper der Hexe so schwarz färbte wie ihre Seele.

So schwarz wie meine Seele.

2
LÜGEN

Waheed hatte nicht mit sich reden lassen. Natürlich nicht. Nach der Verbrennung waren wir in unterschiedlichen Kutschen in den Palast zurückgekehrt, und dort angekommen, hatte er sich in sein Arbeitszimmer zurückgezogen. Er wollte nicht gestört werden, und diesmal hatten die Palastwachen auch nicht zugelassen, dass ich einfach durch seine Türen brach.

Genauso wenig wie durch die von Kaidan. Ich durfte ihn nicht sehen. Nicht an diesem Tag und nicht an den Tagen danach. Man wollte mich nicht zu ihm durchlassen, und mit jedem Augenblick, der verstrich, wurde die heißkalte Panik in meinem Inneren größer bis sie wie eine gewaltige Fontäne hochzukochen drohte – immer und immer wieder. Ich wusste nicht mehr, wovor ich mich mehr fürchtete: Davor, dass er in meiner Abwesenheit erwachte und uns verriet? Oder davor, dass er nie wieder aufwachte? Dass die Priester, die bei ihm waren, alles nur noch schlimmer machten? Dass er starb und ich nicht da wäre, um seine Hand zu halten und ihm zuzuflüstern, dass ich bei ihm war und er keine Angst mehr zu haben brauchte?

Mit jedem Tag stieg meine Sorge. Und mit jedem Tag stieg meine Wut. Mein Ärger auf meinen Vater, der mich nicht empfangen, mich dafür aber um jeden Preis beschäftigt halten wollte. Weitere Verbrennungen standen an. Tatsächlich hatte er einen Trupp in Richtung der Verbotenen Stadt geschickt, um sie zu *säubern*. Die Soldaten kamen mit vielen Köpfen und noch viel mehr Gefangenen zurück, die in der Öffentlichkeit hingerichtet werden konnten, um das Gemüt der Bürger zu heben.

Ich weigerte mich, in seinem Spiel mitzuspielen, an dem ich seit dem Tag meiner Geburt teilnehmen musste. Mein zukünftiger Ehemann war auf dem Weg hierher, und meine Vermählung wäre der einzige und letzte Gefallen, den ich Waheed noch tun würde.

Ich schloss mich in meinem Zimmer ein, ließ niemanden zu mir außer Sahar. Die Wachmänner fernzuhalten, war einfach, indem ich behauptete, unbekleidet zu sein. Sollte einer von ihnen je mehr von meiner Haut sehen, als ihnen zustand, würden ihre Köpfe als Nächstes rollen.

Einmal sandte mein Vater mehrere Kammerdienerinnen nach mir aus, um mich notfalls gewaltsam aus meinem Zimmer zu bekommen. Ich drohte ihnen damit, mir selbst etwas anzutun, sollten sie meine Tür öffnen, und die Sache hatte sich erledigt.

Die meiste Zeit über lag ich in meinem Bett und starrte an die Decke oder aus dem Fenster. Ließ meine Gedanken kreisen und sank bereitwillig tiefer in den Sumpf meiner eigenen Verzweiflung. Die Bilder der Verbrennung tanzten noch immer vor meinem inneren Auge, streckten ihre hitzigen Finger nach mir aus und strichen mir mit langen, scharfen Krallen über die Wange. Und dann war da noch …

Daamin. Ich konnte die Gedanken an ihn nicht mehr verdrängen. Konnte nicht mehr verhindern, dass ich meine Zeit mit ihm Revue passieren ließ und in einem völlig neuen Licht sah.

»Ein Marid hätte sich nie in eine Lampe sperren lassen.«

»Das ist richtig. Zumindest nicht unfreiwillig.«

Er hatte auf mich gelauert. Vielleicht nicht auf mich persönlich – aber auf ein Opfer, das ihn aus dem Spalt im Boden fischen würde. Das ihm verfallen würde.

Lange hatte ich versucht, mir etwas anderes einzureden – vergeblich. Denn auf einmal ergab alles einen Sinn.

»Du bist aus freien Stücken in die Lampe gestiegen?«

»Das ist eine andere Geschichte, Prinzessin.«

Es war die Geschichte, in der sich Iblys an die Oberfläche aufmachte, um eine Quelle blauen Blutes in die Tiefen der Unterwelt zu entführen. In der sie sich von ihm hatte manipulieren, einlullen lassen. Sie hatte ihm in die Karten gespielt.

»In der Siebten Unterwelt wartet niemand Geringeres als Iblys.«

Er hatte mich angelogen. Schließlich war Iblys schon die ganze Zeit an meiner Seite gewesen.

»Also ist er in der Sechsten. Oder in der Siebten?«

»Nein. Er ist definitiv nicht in der Siebten.«

Natürlich war Kaidan das nicht gewesen. Und natürlich hatte Iblys das genau gewusst.

Als er Abelys davon überzeugt hatte, Mariam freizulassen, hatte er ihm nicht sein *Königs*gesicht gezeigt. Sondern sein wahres Gesicht.

Er hatte immer einen Shvod gehabt, der ihm gedient hatte. Hatte stets über alles Bescheid gewusst, was in der Unterwelt vor sich ging. War gegen jede Gefahr gewappnet gewesen.

Als wir die Feier in Drakht betreten hatten, waren alle still geworden und hatten auf seine Erlaubnis gewartet, sich wieder um ihre eigenen Dinge zu kümmern. Diese Reaktion hätte wahrscheinlich kein anderer Marid heraufbeschwören können. Sondern nur der König der Unterwelt.

»Vielleicht ist er doch nicht annähernd so mächtig, wie man sich erzählt. Vielleicht schlottern allen Dschinn da draußen völlig zu Unrecht die Knie, wenn sie seinen Namen hören. Wenn ich so darüber nachdenke, würde ich ihn zu gern einmal mit eigenen Augen sehen. Ihm vor die Füße spucken –«

Er hatte mich verhöhnt. Mich belogen. Mir etwas vorgespielt.

»Bitte, Rana. Ich habe mich zu lange in Selbstbeherrschung geübt. Ich brauche dich.«

Er hatte mich benutzt. Missbraucht. Verraten.

Nein. Nein, er hatte vieles, aber *verraten* hatte er mich nicht. Denn das würde bedeuten, dass es auch nur einen einzigen Augenblick gegeben hätte, in der er mir nicht mit eiskalter Berechnung begegnet war. In der er nicht vorgehabt hatte, mich in die tiefste Unterwelt zu locken und zu töten. Mich zu verführen. Meine Seele mit jeder Ebene schwärzer zu färben, bis es keine Rettung mehr für sie gab.

»Wir könnten morgen schon tot sein, weißt du? Und ich für meinen Teil will nicht gelebt haben, ohne in vollen Zügen von dir gekostet zu haben.«

Ein wütender Schrei kroch meine Kehle hinauf. Im letzten Moment rollte ich mich auf den Bauch und brüllte in meine Kissen hinein. Doch der Ärger brodelte noch immer so glühend heiß in meinem Inneren, dass ich beinahe an ihm zu ersticken drohte.

Ein vorsichtiges Klopfen ertönte zu meiner Linken. »E-Eure Hoheit.« Arad. »Alles in Ordnung?«

»Bleibt weg!«, stieß ich hervor, und es wurde wieder still.

Wir könnten morgen schon tot sein, weißt du? Das waren die Worte gewesen, mit denen Daamin mich davon überzeugt hatte, bei ihm zu liegen. Erst jetzt realisierte ich, dass jedes davon eine Lüge gewesen war.

Er war der Herr der Unterwelt. Wahrscheinlich hatte er einfach alles unter Kontrolle gehabt. Jeden Schritt, den wir gemacht hatten. Jede Begegnung. Jede Gefahr, der wir uns gestellt hatten.

Dass mich der Nhang beinahe getötet hatte. Dass mich der Chival heimgesucht hatte. Dass Ari mich gerettet hatte. Und Daamin. Immer wieder Daamin. Er hatte alles genau so geschehen lassen, wie es sollte, damit ich mehr und mehr in seiner Schuld stand – das Schlimmste, was man einem Dämon gegenüber tun konnte. Und damit ich ihm mehr und mehr verfiel.

Daamin und ich waren nie in Gefahr gewesen. Er hatte mich einfach nur um den Finger wickeln wollen. Und es war ihm gelungen.

Ich schluchzte in mein rotes Samtkissen hinein, als mein Herz einmal mehr brach. Mein kleines, dummes Herz, das nicht aus dem richtigen Grund zu bröckeln begann: Ich grämte mich nicht, weil ich auf Iblys hereingefallen war. Weil ich mich mutwillig in die größte Gefahr begeben hatte. Ich grämte mich, weil ich den Teufel einfach nicht vor mir sehen konnte, so sehr ich mich doch auf sein wahres Gesicht konzentrierte.

Stattdessen sah ich nur Daamin. Die ungeahnte Wärme in seinem Blick. Seine Mundwinkel, die sich leicht nach oben bogen. Seine Hand, die er langsam an meine Wange führte. Es war, als könnte ich seine zarte Berührung auf meiner Haut spüren.

Ich wollte Daamin zurück. Aber ich könnte ihn nie wieder haben. Weil es ihn nie gegeben hatte. Daamin existierte nicht. Er war eine Lüge gewesen. Ich hatte mich in eine Lüge verl-

Wieder schrie ich in mein Kissen, presste es verzweifelt in mein Gesicht und wünschte, ich würde einfach das Bewusstsein verlieren. Doch einmal mehr war mir kein Glück vergönnt.

Da war ein winzig kleiner Funke in meinem Inneren, der schon seit Tagen hin und her sprang in der ständigen Hoffnung, endlich zu einer Flamme heranwachsen zu dürfen. Ein Funke, der mit einem Mal entzündet wurde.

Wut. Wut, der ich niemals freien Lauf lassen könnte, weil ich ihren Ursprung nie wiedersehen würde, jetzt, da wir sechs Unterwelten voneinander entfernt waren.

Ich schluckte das nächste Schluchzen herunter und verbarg mein Gesicht in der Schwärze meines Kissens. *Niemals wieder?*

Ein einzelnes Bild flackerte vor meinem inneren Auge auf. Seine Ketten. Gesprengt und auf dem Boden verteilt.

Hatte sie ihm irgendjemand dort unten wieder angelegt? Hielt ihn irgendetwas davon ab, durch das Portal zu treten und hierherzukommen?

Mein Magen krampfte sich zusammen. Die Härchen in meinem Nacken stellten sich auf, als eine eiskalte Hitze in Schauern meinen Rücken hinabrann. Hinderte Iblys überhaupt etwas daran, heraufzukommen? Schließlich war er schon einmal oben gewesen.

Und wenn das so war, warum war er nicht längst hier?

Mein Mund wurde trocken. Irgendetwas stimmte nicht. Das konnte ich in diesem Augenblick nur zu deutlich spüren.

Langsam richtete ich mich auf und starrte auf mein Kissen hinab. Plötzlich bekam ich keine Luft mehr. Was würde passieren, wenn Iblys in die Erste Unterwelt hinaufstieg?

Auf einmal kam mir ein Gedanke. Ich hatte ihn in einer Lampe gefunden. Und warum sollte sich jemand wie der Herr der Unterwelt freiwillig in so einen Gegenstand zwängen, wenn er nicht unbedingt darauf angewiesen war? Vielleicht war das der Haken. Ein Haken, an dem ich mich verzweifelt festklammerte. Die Engel hatten sicher mehr Sicherheitsvorkehrungen getroffen, als Iblys in der Siebten Unterwelt festzuketten.

Deshalb war er noch nicht hier. Aber das beruhigte mich kein bisschen. Was, wenn er in diesen Sekunden wieder in der Verbotenen Stadt auf eine fehlgeleitete Seele wartete, die ihn befreite? Und wie lange würde es dauern, bis das passierte?

Und was würde dann geschehen?

Wie von selbst fand meine Hand den Halbmondanhänger, der um meinen Hals baumelte, und seine bloße Präsenz fuhr plötzlich wie ein Blitz in meinen Körper. Ich sollte diese Kette nicht mehr tragen. Auf gar keinen Fall.

Entschieden ballte ich die Hand um den Halbmond zur Faust – und zuckte zusammen, als es zaghaft an meine Tür klopfte.

Erschrocken fuhr ich auf meinem Bett herum. »Ich sagte, bleibt weg!«

Doch mein ungebetener Besuch gab nicht auf. »Rana«, drang eine männliche Stimme durch das Holz. »Ich bin's. Kaidan.«

Es war, als würde mich mein Leben geradewegs in einen Traum werfen. Einen Traum, der sich zu schön und gleichzeitig zu furchtbar anfühlte, um ihn bis zum Ende durchzustehen.

Ich wusste kaum, wie mir geschah, als ich von meinem Bett aufsprang. Ein Teil von mir war fest davon überzeugt, dass ich einer Täuschung verfiel – einer von Arad, meinem Vater, Iblys persönlich. Doch mein Argwohn hinderte mich nicht daran, mit einem Ruck die Tür aufzureißen …

Ich starrte meinem Bruder entgegen.

Da war er. Er war echt. Keine optische Täuschung, keine Illusion, kein Doppelgänger. Diesmal wusste ich es mit absoluter Bestimmtheit. Denn in seinem Blick lag derselbe gequälte Ausdruck wie jedes Mal in unserer Kindheit, nachdem er von einer Züchtigung zurückgekehrt war.

Kaidans braune Augen waren blutunterlaufen, sein Gesicht zerfurcht. Er sah viel älter aus als zwanzig, nicht zuletzt wegen der Schatten, die seine Miene verfinsterten. Seine dunklen Haare waren geschnitten und frisiert worden und er trug ein prächtiges blaues Gewand, das einzig eines Prinzen würdig war. Und doch konnte sein Äußeres nicht über das hinwegtäuschen, was in seinem Inneren vorherrschte: grenzenloser Schmerz.

»Kaidan«, hauchte ich und wusste nicht, ob mein Herz vor Freude oder Trauer erfüllt sein sollte. Er war wach. Er war endlich aufgewacht! Ich war so glücklich, ihn wiederzusehen – wenn auch nicht so, gezeichnet von einem Schicksal, das er nicht verdient hatte.

Aber das war vorbei.

Ein Wimmern kam mir über die Lippen. Stürmisch fiel ich ihm um den Hals und drückte ihn an mich. »Bei den Engeln«, stieß ich hervor, während Erleichterung und Reue um die Oberhand über meine Gedanken fochten und Tränen in meinen Augen zu brennen begannen. »Dir geht es gut. Dir geht es gut!«

Zaghaft legte Kaidan seine Arme um mich und erwiderte die Umarmung. »Natürlich tut es das. Und dir auch.« Er küsste mich ins Haar – und diese leichte, kaum merkliche Berührung versetzte mir einen ungeahnten Stich in die Brust.

Mir auch?

Eine Pechschwärze breitete sich in meiner Seele aus und sorgte dafür, dass ich mich plötzlich nicht mehr sicher fühlte. Mein Blick zuckte hinter Kaidan, wo meine Wachposten stocksteif mit dem Rücken zu uns standen. In mechanischen Bewegungen löste ich mich von meinem Bruder. »Komm doch rein.« Ich konnte nicht verhindern, dass meine Stimme belegt klang.

Ich zog ihn in meine Gemächer und schloss die Tür sorgfältig hinter ihm.

Als ich mich umdrehte, hatte Kaidan einige Schritte in den Raum hineingemacht und sah sich geradezu fasziniert um. »Es kommt mir so vor, als wäre ich Jahre fortgewesen«, murmelte er. »Alles hier ist mir so vertraut und so fremd zugleich.«

Ein dicker Kloß bildete sich in meinem Hals. »Seit wann bist du wach?«

Kaidan blinzelte träge. »Seit zwei Tagen.«

Meine Mundwinkel sackten herab.

»Ich wollte schon vorher zu dir kommen, aber ich war zu schwach. Und als ich gebeten habe, nach dir zu schicken …« Er stockte, und mein Herz brach.

»Ich verstehe.« Zu meiner Überraschung lösten seine Worte kaum etwas in mir aus. Denn meine Wut auf Waheed war bereits ins Unermessliche gestiegen. Bebend atmete ich durch und rang um Fassung. »Ich bin froh, dass du aufgewacht bist.« Ich schluckte. »Ein Teil von mir hat nicht mehr daran geglaubt.«

Doch mit der Erleichterung stellte sich endgültig die Furcht ein. Meine Schultern sackten herab, und ich machte einen unbeholfenen Schritt auf ihn zu. »Kaidan, was … Woran erinnerst du dich?«

Er befeuchtete seine Lippen und sah aus, als müsste er sich sammeln. »Ich wurde entführt«, sagte er leise. »Von den Verdammten. Sie haben mich in die Verbotene Stadt gebracht und wollten dort mein blaues Blut dem gefallenen Engel Iblys opfern.« Sein Blick, der bis gerade eben durch den Raum geschweift war, fand meinen, und ich versteifte mich am ganzen Körper. »Vater hat seine besten Männer nach mir ausgesendet und mich zurückgebracht.«

Ich stutzte, und eine Eiseskälte breitete sich in mir aus. »W-was?«

»Das hat man mir erzählt.« Abwartend betrachtete mich Kaidan. »Ich kann mich an nichts erinnern. Im einen Augenblick lag ich in meinem Bett und habe geschlafen. Und im nächsten … lag ich wieder in meinem Bett, umringt von Kriegern und Priestern und Zofen …« Er schüttelte den Kopf. »Ich schätze, ich sollte froh darüber sein, mich nicht erinnern zu können. Und dankbar dafür, dass mich Vaters Männer zurückgebracht haben.«

Mein Mund wurde trocken. »Das hat man dir erzählt?«, fragte ich tonlos. Ich hatte den König angelogen. Aber niemals hätte ich für möglich gehalten, dass er daraufhin *Kaidan* anlügen würde. Warum sagte er ihm nicht, dass ich es gewesen war, die sich aufgemacht hatte, um ihn zu retten? War ihm sein verdammter Stolz so viel wert?

»Rana?«

Ich zuckte leicht zusammen und richtete den Blick auf Kaidan. Erst jetzt fiel mir auf, dass ich die ganze Zeit über auf den Boden zu meinen Füßen gestarrt hatte. Ich war in den letzten beiden Wochen so oft mit meinen Gedanken allein gewesen, dass es mir schwerfiel, sie beiseitezuschieben, wenn ich Gesellschaft hatte. »J-ja?«

Obwohl Kaidan mitgenommen aussah, waren seine Gesichtszüge glatt und weich. Er wirkte vollkommen ruhig und ausgeglichen – so wie ich ihn als Kind selten erlebt hatte. Als Erwachsener umso weniger.

Er musterte mich von Kopf bis Fuß, und auf einmal fühlte ich mich ausgehöhlt. Als könnte er bis in die Tiefen meiner Gedanken sehen und dort Dinge finden, derer ich mir selbst nicht gewahr war.

Seine trockenen Lippen teilten sich leicht. »Was ist wirklich passiert?«

Mein Herz machte einen Satz. »Was?«, wiederholte ich mit dünner Stimme und schüttelte den Kopf. »Wovon sprichst du?«

Kaidan verzog keine Miene. »Vater hätte niemals irgendjemanden in die Verbotene Stadt geschickt, um mich zu retten. Zumindest nicht rechtzeitig.« Sein dunkelbrauner Blick bohrte sich in meinen. »Aber du bist nicht wie Vater.«

Meine Kehle war wie zugeschnürt, und ich wandte mich ab, schritt mit steifen Bewegungen an ihm vorbei zum Fenster und starrte hinaus, einfach nur, um ihn nicht mehr ansehen zu müssen. »Du weißt alles, was du wissen musst.«

Ich spürte seine Aufmerksamkeit in meinem Rücken, aber jetzt, wo ich sie nicht erwidern musste, fühlte ich mich stark genug, um ihn abwimmeln zu können. Es war die letzte Hürde, die ich nehmen musste. Er durfte nicht erfahren, was passiert war. Zu seinem eigenen Schutz, zu *unserem*. Denn wenn er es nicht wusste, gab es nur einen einzigen Menschen, der die Wahrheit kannte: mich. Und ich würde diese Wahrheit mit ins Grab nehmen, auf dass wir beide ein langes Leben führen könnten.

»Du bist in die Verbotene Stadt gereist und hast mich von dort gerettet«, schloss Kaidan auch ohne meine Hilfe und jagte mir ein eisiges Messer in den Rücken. »Aber da ist noch mehr, oder?«

Ich verschränkte die Arme vor meinem Körper und spielte mit dem Gedanken, ihm zu widersprechen. Doch wenn es eine Sache gab, die Kaidan und mich verband, dann war es unsere Starrköpfigkeit. »Nein«, lenkte ich daher ein. »Das ist alles. Ich bin hinein, habe dich geholt, und wir sind von dort verschwunden.«

Kaidan schnaubte. »Rana! Ich habe es verdient, die Wahrheit zu erfahren.«

Ich biss mir auf die Zunge und betete, die Engel würden eine Ablenkung, eine Unterbrechung schicken, um mich aus dieser Situation zu befreien. »Was?«, fragte ich abschätzig, um den höheren Mächten etwas Zeit zu erkaufen. »Glaubst du etwa, ich wäre dazu nicht fähig?«

»Ich glaube, du bist zu weitaus Größerem fähig«, erwiderte er gelassen und ließ meine Reue ins Unermessliche steigen. »Und deshalb kann ich nicht fassen, dass nicht noch viel Größeres geschehen ist.«

Mir ging das Pulver aus. Und die Engel blieben tatenlos. Angestrengt kratzte ich meine letzten Reserven zusammen. »Woher willst du das wissen?«, presste ich hervor und wirbelte zu Kaidan herum. »Warum kannst du dieses Thema nicht einfach auf sich beruhen lassen? Und zufrieden sein, dass alles wieder gut ist?«

Kaidans Lippen bildeten einen schmalen Strich. »Wenn ich dir das sagen würde, würde ich mein Versprechen brechen.«

Ich stutzte. »Was?«

Er antwortete nicht, starrte mich stattdessen nur bedeutsam an – und jagte einen Stich der Erinnerung durch meinen Geist.

Ein ungutes Gefühl erfasste mich. Spielte er wirklich auf das Versprechen an, das er mir vor zehn Jahren gegeben hatte? Dass er nicht mehr von seinen angeblichen Visionen sprechen würde, um sein eigenes Leben und seinen Anspruch auf den Thron zu schützen?

Seinen angeblichen Visionen, die sich am Tag meiner Hochzeit bewahrheitet hatten …

Mein Mund wurde trocken. Ich wurde die vage Vorahnung nicht los, dass ich es bereuen würde, zu sagen, was ich zu sagen gedachte. Weil ich nicht hören wollte, was *Kaidan* zu sagen gedachte.

Doch es änderte nichts. »Ich erlöse dich von deinem Versprechen.«

Kaidans Miene glättete sich, als hätte er wirklich nur darauf gewartet. »Ich habe die Engel gesehen.«

Mein Herz sackte in meine Magengrube, und die Reue fiel wie ein Regenschauer über mich herein. »Kaidan …«

»Es ist wahr«, fuhr er ohne Umschweife fort. »Sie haben zu mir gesprochen und mir erzählt, was wirklich passiert ist.«

Unbewegt starrte ich ihn an und fühlte mich jäh in unsere Kindheit zurückversetzt. Hilflosigkeit machte sich in mir breit, Unentschlossenheit, Sorge. Angst. Obwohl er zwei Jahre älter war als ich, kam ich mir einmal mehr wie die große Schwester vor. »Kaidan.«

»Ich wurde von Verdammten entführt und in die Unterwelt geworfen.«

Ich zuckte zusammen. »Was?!« Die Härchen in meinem Nacken stellten sich auf, und ich versuchte, die Kontrolle über meine Miene zu behalten. »Nein. Nein, du –«

»Du bist mir nachgereist«, erzählte er weiter. »Und dank eines Marids ebenfalls in die Unterwelt gelangt. In der Sechsten hast du mich gefunden.« Er machte eine Pause. »Und du hast dich auf den Marid eingelassen. Deine Unschuld –«

Erschrocken sog ich die Luft ein. »Stopp!«, rief ich aus und widerstand dem Drang, ihm mit einer Hand vor den Mund zu schlagen. Fassungslos blickte ich ihm entgegen, suchte verzweifelt sein Gesicht ab und wusste nicht einmal, wonach. Mein Herz begann zu rasen, und heiße und kalte Schauer wechselten sich auf meinem Rücken ab. »Das …« Meine Gedanken konnten sich kaum formen. »Das kannst du nicht wissen«, flüsterte ich, weil es das Einzige war, was ich zustande brachte. Selbst wenn er nicht bewusstlos gewesen war, wenn er alles um sich herum wahrgenommen hatte, konnte er den letzten Teil unmöglich wissen. Auf gar keinen Fall.

Kaidan zuckte nicht mit der Wimper. »Dann hat sich herausgestellt, dass es sich bei diesem Marid um Iblys handelt.«

Ich verlor den Boden unter den Füßen. Die eine Sache, die ich seit über zwei Wochen vehement aus meinem Gedächtnis zu verbannen versucht hatte, die sich aber immer wieder umso energischer zurück in den Vordergrund meines Bewusstseins drängte. Die eine Sache, die ich in alldem, was ich getan hatte, um Kaidan zu retten, aufrichtig bereute. Die eine Sünde, die dafür sorgen würde, dass ich das Paradies niemals von innen erblicken würde. Wenn ich starb, würde ich geradewegs wieder dort landen, wo ich hergekommen war: im Schoß des Iblys.

Mein ganzer Körper begann zu kribbeln. Ich streckte eine Hand nach dem Fensterrahmen aus, konnte mich aber kaum abstützen. Meine Beine wurden so weich, dass ich befürchtete, sie würden jeden Augenblick zerfließen. »Wie?«, hauchte ich.

»Das habe ich doch schon gesagt.« Kaidans Blick wanderte aus dem Fenster. »Als ich bewusstlos war, gefangen im Bann der Dämonen, hat mich ein Engel im Traum aufgesucht und mir alles erzählt.« Er fixierte mich. »Alles.«

Die Gewissheit drang mir bis ins Mark. Verzweifelt schüttelte ich den Kopf. »Was auch immer er dir erzählt hat«, hielt ich dagegen. »Du darfst ihm nicht glauben! Vielleicht war es überhaupt kein Engel, sondern ein Dämon! Du warst schließlich in der Unterwelt gefangen, und da waren so viele –« Zu spät fiel mir auf, was ich da gerade tat.

»Also gibst du es zu«, schloss Kaidan.

Meine Kinnlade klappte geräuschvoll zu. »Nein!« Mein Herz verkrampfte sich in meiner Brust. »Nein, ich habe nur –«

»Ich hatte wirklich gehofft, du würdest mir von selbst die Wahrheit sagen.« Kaidan seufzte lautlos. »Ich weiß nicht, was es bedeutet, dass du es nicht getan hast: Dass du mich beschützen wolltest oder dass du mir nicht vertraust.«

Ein schmerzhaftes Feuer flammte in meiner Brust auf. Ich antwortete nicht, denn die Antwort war nicht annähernd so einfach wie die Optionen, die er beschrieb. Nicht zuletzt, weil beide zutrafen.

Kaidan war ständig der Willkür unseres Vaters ausgeliefert. Und der Brutalität derer, die ihm dienten. Wenn auch nur ein falsches Wort über seine Lippen kam, würden die Torturen aufs Neue losgehen. Ich wollte ihn davor beschützen. Aber ich konnte nicht leugnen, dass ich es ihm nicht zutraute, sich selbst zu schützen.

»Was auch immer es ist«, drang Kaidans Stimme wie aus weiter Ferne an meine Ohren. »Ich will, dass du weißt, dass ich dir verzeihe. Du bist meine Schwester. Du bist von meinem Blut, und ich liebe dich.«

Tränen sammelten sich in meinen Augen, und ich biss mir auf die Unterlippe, bis es wehtat. Seine Vergebung ließ meine Reue nur noch größer werden. »Wie kannst du so etwas sagen?«, flüsterte ich. »Wie kannst du mir verzeihen und mich lieben, nach allem, was ich getan habe?«

Etwas Zärtliches mischte sich in Kaidans Blick. Er machte einen Schritt auf mich zu und legte mir beide Hände auf die Schultern. »Du hast alles getan, um mich zu retten, Rana. Einfach alles für mich gegeben. Du hast gesündigt, um Großes zu vollbringen. Und das werden die Engel auch anerkennen. Das weiß ich.« Er lächelte. »Und von jetzt an wird alles besser werden. Versprochen.«

Er nahm mich in den Arm, und ich drückte mich an ihn in der Hoffnung, seine Wärme könnte die Eiseskälte in meinem Inneren vertreiben. Doch es half nicht. Denn wo ein Anflug von Erleichterung in mein Herz eingezogen war, dass es nun nichts mehr gab, was ich vor Kaidan verheimlichen müsste, wurde er schon bald von einem neuen Schub der Angst erstickt.

Angst vor dem, was noch kommen würde.

Ich wusste nicht, warum ich erwachte. Da war kein Geräusch, keine Berührung, die mich aus dem Schlaf riss. Ich öffnete einfach mitten in der Nacht die Augen – und sah ihn.

Er stand am Fußende meines Betts. Das Sternenlicht fiel nur als fahler Strahl ins Zimmer und umschlängelte gerade so seine Silhouette, die sich kaum merklich von der Wand in seinem Rücken abzeichnete.

Ich konnte keinerlei Details erkennen. Eigentlich hätte er jeder großgewachsene Mann sein können – Kaidan, eine Palastwache, ein einfacher Eindringling. Und doch erkannte ich ihn sofort. Weil ich seine Präsenz nicht nur mit den Augen sehen, sondern mit jeder Faser meines Körpers spüren konnte.

Erschrocken richtete ich mich auf meinem Bett auf und war zu keiner weiteren Bewegung mehr fähig. »Daamin.«

Nur einen Augenblick lang war ich mir der Wachen bewusst, die mich vielleicht auf der anderen Seite der Tür hören konnten. Dann wichen sie nach und nach aus meinem Bewusstsein, bis es nur noch ihn und mich gab.

Daamin. Der bloße Klang seines Namens aus meiner eigenen Kehle brachte mein Herz zum Höherschlagen. Er war hier. Ich hatte ihn verloren und endlich wiedergefunden.

Er legte leicht den Kopf schief, so wie er es immer getan hatte, wenn er mich ungeniert gemustert hatte. »Ich habe eine solche Sehnsucht nach dir.« Seine Stimme klang rau, voller unterdrückter Verzweiflung und einem Verlangen, das ein Spiegel meiner eigenen war.

Seine Worte lösten ein wohlig warmes Kribbeln in meiner Magengrube aus. *Sehnsucht.* Das war der Begriff, mit dem man das Gefühl am besten beschreiben konnte, das in diesem Moment in meinen Lenden heranwuchs, sich in meiner Brust verkeilte und einen dicken Kloß in meinem Hals heraufbeschwor. Unzählige Gedanken stoben durch meinen Geist, doch ich konnte keinen davon lange genug festhalten, um ihn die Kontrolle an sich reißen zu lassen.

Daamin. Er war hier.

Wie war er –

Wo war er –

Ich hatte ihn so –

Iblys, zerriss ein einziger Name meine Gedanken und veränderte alles.

Wie hatte er –

Warum hatte er –

Ich wollte ihn einfach nur –

Würde er mich jetzt –

Stocksteif saß ich da, während meine Unterlippe zu beben begann. »D-Daamin.«

»Ich weiß, ich weiß.« Fast schon bekümmert blickte er auf mich herab. Seine Augen schienen nun heller zu leuchten, ihr Gelb brach durch die Finsternis zwischen uns und erwärmte mein Innerstes. »Wir können nicht zusammen sein. Das hast du mir deutlich gemacht. Aber wie verwerflich ist es, trotzdem bei dir sein zu wollen? Nur noch dieses eine Mal, ehe es zu spät ist?«

Ein verzweifeltes Verlangen explodierte in meinem Inneren und trieb mir Tränen in die Augen. Wir verstanden uns auch ohne Worte. Weil er in mein Innerstes sah und ich in seines. Sogar jetzt, wo ich mich nicht darauf konzentrierte, glaubte ich, die Flammen in seinem Leib lodern zu sehen.

Ich hatte ihn so vermisst. Der Gedanke an ihn hatte mich Tag und Nacht begleitet, genau wie die Sehnsucht, die ich einfach nicht hatte abschütteln können – ganz gleich, wie sehr ich es versucht hatte.

Ich hatte keine Ahnung, wie er hierhergekommen war und was geschehen würde, nachdem er mich wieder verlassen hatte. Aber auf einmal spielte nichts davon mehr eine Rolle.

Stumm schüttelte ich den Kopf – und beobachtete ihn tatenlos dabei, wie er sich vorbeugte. Seine Hand umgriff den äußersten Rand meiner Decke, die er in einer fließenden Bewegung von meinem Körper riss. Sanft glitt sie zu Boden und ließ mich entblößt mit nicht mehr als meinem Schlafgewand am Leib zurück.

Ich zierte mich nicht vor Daamins Blick. Er hatte schon so viel mehr als das gesehen. Und berührt. Gespürt.

»Niemand muss etwas davon erfahren«, flüsterte er. »Dieser Augenblick gehört uns. Dir und mir allein.« Sein rechtes Knie fand meine Bettkante und beschwerte sie mit seinem Gewicht.

Ich schluckte, während ein ungeahnter Schub der Aufregung durch meinen Körper ging. »Ich bin verlobt«, sagten meine Lippen wie von selbst, obwohl das das letzte Thema war, das ich jetzt vorbringen wollte.

Doch Daamin ließ sich nicht beirren. »Ich werd's ihm nicht sagen.« Er kniete mit beiden Beinen auf meinem Bett und kroch langsam vorwärts, bis ich seine Körperwärme spüren konnte, ohne dass er mich berührte. »Das hier kann unter uns bleiben«, hauchte er. Auf einmal befanden sich meine Beine zwischen seinen, seine Brust ganz dicht an meiner, und als er sich noch weiter zu mir hinablehnte, brachte er mich dazu, mich rücklings in die Kissen sinken zu lassen, bis es nur noch die Liegefläche auf der einen und seine überwältigende Präsenz auf der anderen Seite gab. Seine Nasenspitze berührte meine, und ich sog seinen vertrauten, rauchigen Geruch ein, den ich so vermisst hatte. »Unser gemeinsames kleines Geheimnis.«

Meine Lider wurden schwer und senkten sich langsam über meine brennenden Augen. Mein Atem ging nur noch flach, obwohl ich nichts weiter tun wollte, als Daamin mit all meinen Sinnen in mich aufzunehmen. Seine bloße Gegenwart war beinahe mehr, als ich verarbeiten konnte – und doch wollte ich immer mehr davon.

Ich konnte nicht glauben, dass er hier war. Ich hatte ihn endlich wieder.

Wie von selbst fand meine Hand seine Wange und strich über seine Haut. Er tat es mir gleich, nur dass seine Finger von unten auf Wanderschaft gingen und zart über meinen Oberschenkel fuhren. Wie selbstverständlich glitten sie unter den Saum meines Schlafkleids. Daamin lehnte sich noch weiter vor –

Seine Lippen verpassten meine nur knapp. Anstatt sie verschmelzen zu lassen, drückte er sie in meine Halsbeuge, genau auf die Stelle, von der er wusste, dass er mich dort mit Leichtigkeit gefügig machen konnte.

Ich atmete scharf ein. Meine Hand glitt in seinen Nacken und zog ihn enger an mich heran. Seine Brust rieb über meine, als er mehrere feurig heiße Küsse auf meinem Hals hinterließ. Währenddessen wanderte seine Hand immer weiter nach oben und zog eine wohlig kribbelnde Spur über meine Haut.

Daamin hatte recht. Niemand musste etwas davon erfahren. Und ich hatte mich bereits mehrere Male auf ihn eingelassen. Was spielte es schon für eine Rolle, wenn es noch ein letztes Mal passierte? Ein letztes Mal, dessen wir uns beide nur zu bewusst waren und es deshalb in vollen Zügen auskosten würden?

Als könnte er meine Gedanken lesen, kehrten seine Lippen wieder zu ihrer Ausgangsposition zurück und brachten mich mit einer gezielten Berührung schier um den Verstand.

»Daamin«, entglitt mir ein Seufzer, der das Verlangen in meiner Magengrube umso höher züngeln ließ.

»Nein«, raunte Daamin nahe an meinem Ohr. Plötzlich klang seine Stimme nicht mehr wie sie selbst. Sondern tiefer. Dunkler. Rauer. »Iblys.«

Im nächsten Augenblick richtete er sich auf – und ich sah ihn. Ich sah das, was er wirklich war. Sein langgezogenes, bleiches Gesicht. Seine eingefallenen Wangen, seine großen Augen, die tief in ihren Höhlen lagen.

Ich erblickte das Grauen. Das fleischlich gewordene Grauen. Ein Echo dessen, was mir in diesem Moment das Blut in den Adern gefrieren ließ.

Daamin war fort.

Daamin war –

Iblys.

Verderben.

Tod.

Erschrocken schnappte ich nach Luft und schrie. Ich fuhr hoch –

Daamin war verschwunden. Mein Zimmer lag in völliger Finsternis, sogar der Bereich vor meinem Fenster, an dem ich gerade noch seine Silhouette hatte stehen sehen. Meine Bettdecke lag nicht auf dem Boden. Ich war von den Hüften bis zu den Zehenspitzen in sie gehüllt, so wie vor ein paar Stunden, als ich in den Schlaf hinabgeglitten war.

Mein Herz schlug mir bis zum Hals. Mit angehaltenem Atem starrte ich in die Dunkelheit, lauschte auf jedes noch so kleine Geräusch, während mir ein Schauer nach dem anderen über den Rücken jagte.

»Hoheit?« Arad auf der anderen Seite der Tür klang müde. Seine Schichten waren viel zu lang. »Alles in Ordnung?«

Rasselnd stieß ich die Luft aus meiner Lunge. »J-ja«, piepste sich. »Danke.«

Doch keine Faser meines Körpers konnte sich entspannen.

Ich hatte geträumt. Oder?

Das war nicht echt gewesen. *Oder?*

Ich hatte keine Ahnung. Schließlich ging es um Iblys. War es ihm möglich, in meine Träume einzudringen? Sie zu kontrollieren?

Oder war er gar in Fleisch und Blut hier gewesen? Hatte er mich bewusstlos werden lassen, ehe ich schreien und ihn verraten konnte?

Ich bekam keine Luft mehr. Ein Stich in meiner Magengrube ließ eine Übelkeit in mir aufsteigen, die mich heftig schlucken ließ.

Wie hatte ich auch nur einen einzigen Augenblick lang verdrängen können, wer oder was Daamin war? Wie hatte ich meine Sorge über Bord werfen, ihn schon wieder an mich heranlassen können? War ich wirklich so schwach?

Schon wieder.

In diesem Moment fiel es mir wie Schuppen von den Augen.

Das hier kann unter uns bleiben. Unser gemeinsames kleines Geheimnis.

Das war nicht neu. Daamin hatte genau diese Worte schon einmal an mich gerichtet. In der Fünften Unterwelt, der Wüste. Und auch viele der anderen Dinge, die er gesagt hatte, kamen mir plötzlich vage bekannt vor. Als hätte mein Unterbewusstsein die Fäden meiner Vergangenheit genommen und zu einem wenig kreativen Albtraum zusammengesponnen – und das ausnahmsweise ganz ohne den Einfluss eines Chival.

Erleichtert ließ ich meine Schultern hängen. Es war tatsächlich nur ein Hirngespinst aus Erinnerungen und Wünschen gewesen, die im letzten Moment von meiner größten Furcht gestoppt worden waren: Dem Anblick des Iblys, der Daamin wirklich war. Zum Glück.

Ich sank zurück in meine Kissen und schloss die Augen. Aber schlafen konnte ich nicht. Denn da war nicht nur Erleichterung darüber, dass dies nichts weiter als ein Traum gewesen war, sondern auch eine tiefe Traurigkeit, die ich einfach nicht verbannen konnte.

Natürlich war Daamin nicht hier. Er war unten in der Siebten Unterwelt, und es wäre am besten, wenn er das auch bliebe. Für immer.

Ein Stechen zog sich durch meinen Hinterkopf und brachte meine Lunge zum Brennen. Auf einmal kam ich mir gehetzt vor, wie nach einer wochenlangen Jagd, in der ich mich Etappe für Etappe immer nur in letzter Sekunde hatte in Sicherheit bringen können – vorerst. Aber was, wenn ich nur eine kleine Ratte war und mein Verfolger ein großes, starkes Raubtier, das gerade erst warmgeworden war?

Glaubte ich wirklich, ich sei auf ewig vor Iblys und der Unterwelt entkommen?

Die Gewissheit traf mich wie zwei Hände, die sich um meinen Hals schlangen. Mein schlimmster Albtraum könnte jeden Augenblick wahr werden. Das durfte ich keine Sekunde lang vergessen. Und ihn niemals wieder unterschätzen. So war meine einzige Hoffnung mein durch und durch Eisiges Herz.

3
VERBUNDEN

Der Tag meiner Hochzeit war angebrochen und tauchte meine Seele in Schwärze. Ich war in Milch und Honig gebadet und meine Haut mit verschiedenen Ölen behandelt worden. Man hatte sie sorgfältig mit Zucker abgerieben, bis sie rot geworden war, und hatte meine Haare mit Henna überzogen, was ihrem Schwarz einen rötlich-orangenen Schimmer verlieh. Meine Hände und Füße waren in stundenlanger Arbeit mit verschnörkelten Linien verziert und meine Augen tiefschwarz umrahmt worden.

Ich war perfekt. So perfekt, wie eine Prinzessin sein sollte. Und wunderschön, wenn man Sahars regelmäßigen Seufzern Glauben schenken wollte. Dabei fühlte ich mich wie Vieh, das in letzter Sekunde aufpoliert wurde, ehe man es an den höchstbietenden Schlachter verkaufte.

Meine Hausdamen hatten mein Gesicht mehrere Male neu bearbeiten müssen, weil ich in Tränen ausgebrochen war. Ich hatte Angst. Todesangst. Denn dies war nicht nur der Tag meiner Vermählung, sondern auch der Tag, an dem mein Gemahl erfahren würde, dass ich nicht mehr unbefleckt war. Das bedeutete, ich würde heute heiraten, und vielleicht würde ich heute sterben.

Ich hatte versucht, ein Messer unter meinem Hochzeitskleid zu verstecken, doch meine Zofen hatten es gefunden und mir entwendet.

Ich würde heute *sehr wahrscheinlich* sterben. In all der Sorge um Kaidan und der Furcht vor Iblys hatte ich völlig außer Acht gelassen, dass mich auch ohne den Teufel persönlich das schrecklichste Schicksal erwarten könnte. Doch selbst diese Gewissheit hatte mich nicht dazu gebracht, zu fliehen. Denn dies war immer noch *mein* Schicksal.

Ich trug ein mattblaues Gewand, das mit goldenen Stickereien verziert war, eine dicke, goldene Halskette und mehrere Armreife an meinen Handgelenken. Wieder stand ich in der Mitte meiner Gemächer. Wieder war meine Krone in Griffweite und das Letzte, was es brauchte, um den Augenblick endgültig verstreichen zu lassen.

Beim letzten Mal hatte ich Kaidan aufgesucht, sein Zimmer leer vorgefunden, und die Dinge hatten ihren Lauf genommen. Doch jetzt war er wohlauf und zurück – er hatte gestern mit meinem Vater, Nuh und dessen männlichen Verwandten einen geselligen Abend verbracht. Es gab keinen Grund, weshalb ich meine Vermählung aufschieben sollte.

Und doch wünschte ich mir genau so einen Grund herbei. Einen Dämon, der den Palast in Aufruhr versetzen würde. Der meine Hand nehmen, sich in Rauch verwandeln und mich weit weg von hier bringen würde. Der mich selbst dann vergöttert hätte wie eine Königin, wenn kein blaues Blut in meinen Adern geflossen wäre.

Als Sahar mein Diadem vom Kissen nahm, begann meine Sicht zu verschwimmen. Alles an mir war für meinen zukünftigen Ehemann vorherbestimmt. Die Kleidung an meinem Körper, die Haut darunter. Der Schmuck, das Gold, die Linien an meinen Händen und Füßen. Meine Nasenspitze, meine Rundungen, mein Herz.

Und doch wünschte ich mir, Daamin wäre nun hier und könnte mich so sehen. Wie er mich wohl anblicken würde? Was er zu mir sagen würde? Es war alles, was ich spüren, was ich hören wollen würde. Ich konnte einfach nichts dagegen tun. Weil es mir noch immer nicht gelang, Iblys und ihn als eine Person zu sehen. Wann immer ich nicht Acht gab, glitten die beiden auseinander und ließen nichts als Liebe für Daamin zurück.

Ich spürte Sahars prüfenden Blick auf mir. »Wollt Ihr die nicht abnehmen, Herrin?«

Verwundert sah ich nach unten – und entdeckte den Halbmondanhänger, der friedlich auf meiner Brust ruhte. Sein bloßer Anblick erfüllte mich mit einer Hitze, die mich von innen heraus zu verbrennen drohte.

Daamin. Sein letztes Geschenk an mich.

Ich musste sie abnehmen. Unbedingt.

Meine Hand zitterte, als ich sie mit aller Kraft nach oben zwang – und sie legte nur eine winzige Entfernung in der längsten Zeit zurück.

Iblys war wie ein Schatten, der sich auf die Sonne meines Herzens gelegt hatte. Ich wollte ein normales Leben führen und weitermachen, ohne einen Blick zurückzuwerfen, doch das gestaltete sich schwierig, wenn einem die Finsternis der eigenen Vergangenheit die Sicht raubte.

Es dauerte eine schiere Ewigkeit und kostete mich all meine Überwindung, um meine Hand auch nur an die Kette heranzuführen. An den Anhänger, der mich anzuziehen und gleichzeitig abzustoßen schien. Dessen Anblick meine Unterlippe zum Erbeben brachte und mein Innerstes in Fetzen riss.

»Nein«, presste ich hervor und zwang meine Hand herunter. »S-sie bleibt.«

Aus großen Augen sah mich Sahar an, nickte dann aber. Während sie sich abwandte, verfluchte ich mich selbst. Warum? Warum brachte ich es nicht über mich? War Daamins Wirkung auf mich wirklich noch so stark? Oder vielleicht der Fluch, mit dem er die Kette belegt hatte und der nun auf mir lastete? Oder war ich einfach nur so verdammt schwach?

Zwei andere Zofen strichen mir noch einmal winzige Härchen aus der Stirn, ehe Sahar mein Diadem auf meinem Haupt niederließ. Die Kühle des Golds zog in meine Haut ein und fuhr mir bis ins Mark. Meine Kindheit hatte schon an meinem ersten Hochzeitstag geendet. Meine Jungfräulichkeit in der Unterwelt. Doch auch heute war etwas anders. Heute würde ich meine Freiheit verlieren. Endgültig.

Die Minuten und Stunden vergingen wie im Flug. Ich begegnete Kaidan den ganzen Tag nicht – überhaupt keinen Männern, von meinen Wachleuten abgesehen, die nicht in meine Richtung blicken durften. Meine Dienerinnen bereiteten mich vor und begleiteten mich anschließend in den großen Festsaal, der für den Anlass bunt geschmückt worden war. An den hohen, golden schimmernden Wänden hingen Gemälde meiner Vorfahren, die unzählige Feste wie diese gefeiert hatten, ohne jemals ein Widerwort zu erheben, ohne eine Träne zu vergießen. Von der Decke hingen wuchtige Kronleuchter, und links und rechts hatte man einige Tischreihen mit Essen und Erfrischungen aufgestellt.

Der Saal war brechend voll, und die versammelte Gesellschaft hatte einen langen Gang für mich gebildet. Als ich eintrat, begleitet von den melodischen Klängen von Trommeln, Tamburinen und Zupfinstrumenten, hatte ich kaum einen Blick für die vielen Menschen, die nur meinetwegen hierhergekommen waren. Aus dem Augenwinkel erkannte ich ein paar entfernte Nichten und Neffen meines Vaters, Männer und Frauen und

Kinder jeden Alters. Doch ich hatte kaum einen Blick für sie. Für nichts von dem, was sich vor meinen Augen erstreckte.

Meine Aufmerksamkeit war stur geradeaus gerichtet. Dort hatte man einen großen, mit prächtigen Tüchern verzierten Altar aufgebaut, hinter dem einer unserer höchsten Priester stand und auf mich wartete. Er trug ein strahlend weißes Gewand, das sogar seine Schuhe bedeckte, und hatte beide Hände wie zu einer Umarmung erhoben, während er mir abwartend entgegenblickte.

Auf meiner Seite des Altars standen zwei Männer. Mein Vater und ein Mann in seinem Alter. Er war großgewachsen und bullig, nicht so untersetzt wie Waheed. Auf seinem Kopf wuchs kein einziges Haar mehr, dafür aber umso mehr in seinem Gesicht: Seinen buschigen Augenbrauen und seinem Bart, den man bestimmt nur mit einem Arsenal aus Waffen hatte zähmen können.

Nuh war dreimal so alt wie ich. Ich könnte seine Tochter sein. Nun würde ich seine Frau werden. Außer man nahm mir zuvor das Leben. Bei seinem Anblick wusste ich nicht, was mir lieber wäre.

Meine Atemzüge wurden flacher, je näher ich den Männern kam. Meine Zofen begleiteten mich, doch schon bald würde sogar Sahars tröstliche Aura schwinden.

Mir war eine Wimper ins Auge gerutscht und brachte es zum Brennen, zum Tränen. Ich blinzelte heftig und musste meine ganze Selbstbeherrschung aufbringen, um nicht die Hand zu heben und in meinem Auge zu pulen. An diesem Abend musste ich perfekt sein, und ich durfte nichts tun, um diesen Eindruck zu trüben.

Meine Beine bewegten sich steif und träge. Der Weg durch den Ballsaal war ein weiter, und mit jedem Blick, der sich auf mich richtete, fühlte es sich so an, als würde der Altar in die

Ferne rücken. Umso mehr überraschte es mich, als ich plötzlich vor Nuh stand.

Er deutete eine Verbeugung an – keine zu tiefe, denn schließlich war er ein König und ich bald eine Frau in seinem Harem. »Prinzessin.«

Ein bitterer Geschmack legte sich auf meine Zunge, doch ich schluckte ihn herunter. Ich war eine Prinzessin. Jeder durfte und sollte mich so nennen. Und nicht nur ein einziger Dämon.

Sein Blick glitt meinen Körper herab, wie es keinem anderen Mann gestattet war. Es war das erste Mal, dass mich jemand so ansah – jemand außer Daamin –, und zu meiner Überraschung fühlte ich mich weder begehrt noch geachtet. Stattdessen stieg eine Übelkeit in mir hoch, die ich nur mit größter Mühe herunterkämpfen konnte.

Ich lächelte nicht, weil es nicht von mir erwartet wurde. Es wurde rein gar nichts von mir erwartet, abgesehen davon, dass ich vor dem Altar in die Knie ging – rechts von mir mein zukünftiger Gemahl, links von mir mein Vater, der mich bereitwillig an ihn weiterreichen würde.

Ich tat, wie es das Protokoll verlangte, und spürte einen Blick in meinem Rücken. Kaidan. Er war hier. Aber nicht einmal das konnte mich trösten.

Die Sekunden verstrichen und mein Herz brach. Die Worte des Priesters zogen kaum gehört an meinen Ohren vorbei. Das Rauschen in ihnen war viel zu laut, um überhaupt noch etwas wahrzunehmen. Es fühlte sich so an, als würde mein Leben wie Sand zwischen meinen Fingern hindurchrinnen.

Der Priester las aus der heiligen Schrift und hielt anschließend eine Rede über Wertschätzung und Respekt. Über Wertschätzung und Respekt, die ich meinem Gemahl entgegenbringen musste und andersherum. Darüber, dass ich ihn zu lieben, zu ehren und zu achten hatte. Darüber, dass ich ihm Kinder zu schenken hatte. Darüber, dass ich ihm zu gehorchen, die Ehe nicht zu brechen und keine Sünde zu begehen hatte.

Als der Priester zu diesem Teil kam, umspielte doch noch ein Lächeln meine Lippen. Ein bitteres Lächeln. Für manche Dinge war es bereits zu spät.

Nuh wiederholte die Worte des Geistlichen, die sich auf seine ehelichen Pflichten bezogen hatten. Es waren nicht besonders viele.

Er verstummte, und ich blieb still. Es war nicht Teil meiner Rolle, irgendetwas zu sagen. Stattdessen erhoben sich Nuh und mein Vater und schritten zum Altar. Dort lag bereits der Ehevertrag, den sie beide unterzeichneten.

Ich schloss die Augen, und das kratzende Geräusch der Feder drang umso tiefer in meine Seele.

Ich sandte ein Stoßgebet an die Engel, Daamin möge auf der Bildfläche erscheinen und Einspruch gegen das Eheversprechen erheben. Doch dabei machte ich zwei Fehler. Zum einen wandte ich mich an die falsche Instanz. Zum anderen hatte es Daamin nie gegeben. Und nicht einmal *mein* Herz war so voller Sünde, sich den leibhaftigen Teufel auf die eigene Hochzeit zu wünschen.

Als ich die Lider hob, brannte es darunter. Inzwischen lag es nicht an der Wimper, sondern daran, dass mein Inneres in Fetzen gerissen wurde.

Ich sah Nuhs Füße näherkommen und hob den Blick. Er hielt mir seine große, faltige Hand entgegen. Erst jetzt durfte ich aufstehen, und als er mich sogar noch dann festhielt, als ich fest auf beiden Beinen stand, fühlte ich mich gefangen.

Neben uns hielt einer seiner Onkel oder Vetter oder was auch immer ein Kissen mit zwei Ringen darauf in der Hand. Nuh nahm den kleineren davon und steckte ihn mir an. Ich fühlte mich so taub, dass ich kaum bemerkte, dass der Ring zu eng war. Nuh brauchte mehrere Versuche, um ihn irgendwie über meinen Finger zu ziehen.

Meine Hand zitterte, als ich den zweiten Ring entgegennahm. Auch nachdem ich ihn Nuh angesteckt hatte, behielt er mich fest im Griff. Ich senkte den Blick und versuchte, den Applaus und den Jubel auszublenden, der um uns herum ausbrach. In meinen Ohren hörte es sich wie der reinste Hohn an.

Meine Hand lag so klein und schwach in seiner. Seine fühlte sich nicht schützend an, nicht wie ein Halt, ein Anker. Sondern bedrohlich. Wie eine Waffe, die mir an die Brust gesetzt wurde.

Und doch hielt ich sie fest, als er mich in die Mitte des Festsaals führte, fort von meinem Vater, meiner Familie, meiner Vergangenheit. Die Menge machte uns Platz und er blieb stehen, wandte sich mir zu. Die Musik setzte wieder ein, von der ich gar nicht mitbekommen hatte, dass sie verstummt war, und als Nuh in Bewegung kam, tat ich es ihm gleich. Viele Jahre Tanzunterricht hatten mich auf diesen einen Tag vorbereitet. Ich glaubte nicht, dass ich nach meiner Vermählung je wieder tanzen würde. Denn wenn nicht mit Nuh, dann mit niemandem.

Meine Füße flogen förmlich über den Boden. Er führte, so wie er unsere Ehe anführen würde. Ich sah ihn nicht an, sondern durch ihn hindurch.

Daamin ist nicht gekommen, war das Einzige, woran ich denken konnte. *Daamin existiert nicht.*

Während ich mich in den letzten Wochen weitgehend in Kaidans oder meinem Zimmer verschanzt hatte, hatte ich die vergangenen Tage in der Palastbibliothek verbracht. Getrieben von der Unruhe, mein Albtraum könnte wahr werden, hatte ich mir alle Bücher bringen lassen, die auch nur im Entferntesten mit der Unterwelt und ihrem Herrscher zu tun hatten.

Was ich herausgefunden hatte, stellte jede noch so furchtbare Schauergeschichte über Iblys in den Schatten, die man mir als

Kind erzählt hatte. Und die Zeichnungen, mit denen man die Geschichten ausgeschmückt hatte, wurden in meinem Geist lebendig. Obwohl das Erscheinungsbild des Iblys nichts mit der echten Gestalt gemein hatte, verschmolzen die Illustrationen und meine Erinnerungen miteinander und beschworen den Anflug von Panik in mir herauf.

Die Jungen spielten in harmonischem Einklang. Sprangen über jedes Hindernis, das sich ihnen zeigte. Über Stock und Stein, über Gruben hinweg, keine Höhe war ihnen zu hoch und keine Weite zu weit. Der Iblys beobachtete sie bei ihrem Spiel – dort von ganz unten in der Unterwelt hatte er seinen Blick auf sie gerichtet. Er wartete, bis die Jungen erschöpft waren und ihre letzten Sprünge machten, ehe sie heimzukehren gedachten – und erschuf einen Felsbrocken gerade hoch genug, dass man nicht sehen konnte, was auf der anderen Seite war.

Die Jungen witterten eine Herausforderung. Alle drei setzten zum Sprung an – und alle drei stürzten in die Grube hinter dem Felsen, die sie geradewegs in Richtung Hölle führte. Um die Kunde zu verbreiten, was geschehen war, schloss sich die Grube erst, als die Eltern der Jungen auf der Suche nach ihren Söhnen das Gebiet durchquerten. Sie konnten gerade noch die Schreie ihrer Kinder hören, ehe das Portal zur Unterwelt für immer verschwand.

Die Musik schwoll an, und weitere Paare um uns herum begannen zu tanzen. Es wurde gelächelt und gelacht, doch je heiterer die Stimmung wurde, desto beklommener fühlte ich mich. Ich wollte das alles nicht. Hatte es nie gewollt.

Ich hatte mein Bestes gegeben, die vergangenen zehn Jahre zu den schönsten meines Lebens zu machen. Aber was hatte es mir gebracht? Egal, ob es die wundervollsten oder die schrecklichsten gewesen wären, sie hätten nun geendet – und zwar für immer. Nichts, was ich hätte tun können, hätte irgendetwas geändert. Und egal, wie glücklich ich versucht hatte zu sein, es machte keinen Unterschied, dass heute der furchtbarste Tag meines Lebens war.

»Ich könnte dir einfach alles geben, weißt du?«

Mein Herz machte einen Satz, als Daamins Stimme so deutlich an meinen Ohren erklang, als würde er neben mir stehen. Ich erinnerte mich an den Tag, als er diese Worte zu mir gesagt hatte. Ich hatte ihm gerade unseren ersten Kuss verwehrt.

»Genau das würde mein Verlobter auch sagen. Aber niemand kann mir meine Freiheit geben.«

Meine Augen weiteten sich – nur ein kleines Stück, ehe ich mich wieder um eine gefasste Miene bemühte. Und doch entging mir nicht, wie Nuh die Stirn runzelte und sich sein Griff um mich etwas versteifte.

Ein dicker Kloß bildete sich in meinem Hals. Ich konnte es mir nicht leisten, die Fassung zu verlieren. Doch ich konnte mich auch nicht auf ihn konzentrieren.

»Das weißt du nicht. Das kannst du nicht wissen. Rana, ich kann –«

»Daamin, nicht. Ich weiß, du willst mich aufmuntern. Aber mach mir keine Versprechungen, die du nicht halten kannst. Bitte.«

Meine Kehle wurde trocken. Was hatte er an diesem Tag gemeint? Hatte er mir wirklich ein Versprechen machen wollen, das er nicht hätte halten können? Gab es überhaupt ein Versprechen, das er nicht halten könnte?

Mein Körper begann zu kribbeln. Was hatte er sagen wollen? Etwa die Wahrheit über sich selbst?

Nein, unmöglich. Das hätte seinen ganzen Plan zunichtegemacht. Wahrscheinlich hätte er mir nur ein dämonisches Angebot unterbreitet, die mich noch tiefer in die Sünde gestürzt hatte. Genau wie den Geschichten zufolge.

Der Heilige Hakeem war ein frommer Mann. Er lebte streng nach den Gesetzen der Engel und bereiste die Welt, um die para-

diesische Kunde zu verbreiten. Doch der Iblys hatte bereits ein Auge auf ihn geworfen. Er sandte seine langen, schwarzen Finger in die Menschenwelt hinauf und berührte die Schläfen des Heiligen Hakeem. Mit dieser Geste allein pflanzte er ihm die Sünde ein. Der Heilige Hakeem wurde von Faulheit geplagt, von Habgier und Wollust. Er hatte nicht mehr Augen für seine Priester, sondern nur noch für deren Mütter und Schwestern. Nicht mehr für die Betenden, sondern nur noch für deren Frauen und Töchter. Er wollte sie besitzen, und so legte er seine Reliquien nieder und griff zu seinem Schwert. Hunderte, Tausende sind dem Unheiligen Hakeem zum Opfer gefallen, ehe die Engel einen Propheten sandten, ihn zu bezwingen.

Iblys. Er war das Böse in Person. Und ich war dumm genug gewesen, mich von ihm täuschen zu lassen.

Es gab unzählige Geschichten, in denen er die Gestalt einer schönen Frau annahm, um Priester zu bezirzen und sie aus der Gnade der Engel zu verbannen. Und im Grunde hatte er genau dasselbe mit mir gemacht. Er hatte sich eine Fassade auferlegt und mich so lange weichgeklopft, bis ich gar keine andere Wahl gehabt hatte, als mich ihm hinzugeben.

Natürlich hast du eine andere Wahl gehabt, zischte eine abfällige Stimme in meinem Geist, von der ich mir nach wie vor einredete, sie klänge wie Mariam. *Du bist nicht besser als die, die vor dir kamen.*

Ich wurde von Bitterkeit erfüllt. Warum nur hatte ich mir das alte Königsgeschlecht zum Vorbild nehmen müssen?

Bezirzt durch die süßen Zungen der Dämonen wurden die alten Könige blind für Recht und Unrecht, für wahr und unwahr, für richtig und falsch. Erst dann erhob sich der Iblys persönlich aus der Unterwelt, ergriff das Herz des Königs mit eisiger Kralle und riss es aus seiner Brust. Die Augen des Königs färbten sich schwarz, als er seine Seele verlor.

Ich hatte mich von Iblys verzaubern lassen. Mich täuschen lassen. Mich benutzen lassen. Ich hatte wirklich gedacht, ich wäre stärker als das. Dabei war ich so, so schwach …

Die Verzweiflung zerfetzte jäh mein Innerstes. Das blanke Grauen stieg aus meiner Magengrube in meinen Hals und trieb mir Tränen in die Augen, die ich nur mit Mühe wegzublinzeln vermochte.

Ich hatte einen reichen, mächtigen Mann geheiratet. Jede Frau an meiner Stelle hätte sich glücklich geschätzt. Aber stattdessen war kurz davor, zu weinen, weil ich bei meinem Hochzeitstanz einfach nicht aufhören konnte, an den Dämon zu denken, der mein Herz gestohlen hatte. Den Teufel, von dem ich mich hatte manipulieren lassen. Und der trotz allem, was ich nun über ihn wusste, nicht nur Reue, sondern noch immer dieselbe, verräterische Sehnsucht in mir auslöste wie zuvor …

Meine Tränen fanden den Weg in meine Augenwinkel, und ich hätte meine Hände heben müssen, um sie fortzuwischen, ehe sie jemandem auffallen konnte. Doch Nuh hielt mich immer noch fest.

Ich senkte den Blick und betete, er würde nicht bemerken, dass ich weinte. Aber das würde er. Und es würde ihn erzürnen.

»Eure Majestät«, drang plötzlich eine vertraute Stimme an meine Ohren.

Erschrocken sah ich auf – in dem Augenblick, in dem Nuh mit mir stehenblieb.

Kaidan hatte sich uns von der Seite genähert und deutete eine Verbeugung an. Er trug ein wundervolles, dunkelrotes Gewand mit goldenen Stickereien und eine Krone auf seinem Haupt, die so groß war, dass man befürchten musste, sie würde ihm jede Sekunde vom Kopf rutschen. »Dürfte ich meine Schwester ein letztes Mal für mich beanspruchen?«

Mein Herz erbebte vor Anspannung – und atmete auf, als Nuh lächelnd nickte. »Selbstverständlich, Eure Hoheit.« Er hauchte mir einen Kuss auf den Handrücken. Dann gab er mich frei.

Ich nutzte den kurzen Moment, um mir die Tränen aus den Augenwinkeln zu tupfen. Ehe ich mich versah, hatte Kaidan den Tanz nahtlos mit mir aufgenommen. Seine Hände waren kleiner und weicher als die von Nuh, und ich fühlte mich sofort geborgen.

Doch seine Miene ließ mich nicht den Ernst der Lage vergessen. »Du musst dich zusammenreißen«, sagte er leise. »Heute steht einiges auf dem Spiel. Für dich und für uns alle.«

»Ich weiß.« Meine Stimme brach. »Aber ich weiß nicht, wie.«

Kaidan verzog keine Miene. Ich hatte ihn schon seit einer Ewigkeit nicht mehr emotional erlebt. Vielleicht nicht mehr seit dem Tag, an dem er mit dreizehn Jahren in meinem Zimmer gestanden und beteuert hatte, er hätte nichts geträumt. »Dir ist bewusst, was man heute von dir erwartet. Und du musst genau das tun.«

Ich schluckte merklich. »Du weißt, dass das nicht so leicht ist.« Schließlich hatte er einfach alles erfahren. Über mich und Daamin. Iblys. »Das hier ist ein Fehler.« Meine Stimme wurde mit jedem Wort leiser. »Ich werde euch alle enttäuschen. Ich bin keine Prinzessin, ich bin eine Sün-«

»Ruhig.« Sein Blick wanderte beiläufig durch den Saal, und ich nutzte die Pause, um tief durchzuatmen. Mit Kaidans Präsenz fiel es mir tatsächlich leichter, zur Ruhe zu kommen. »Du hast getan, was du musstest, um mich zu retten«, raunte er. »Dafür wirst du nicht in die Hölle kommen.« Ein kaum merkliches Lächeln umspielte seine Lippen. »Nein, du hast den Engeln einen großen Dienst erwiesen, und sie werden sich freuen, dich in ihrer Mitte zu begrüßen.«

Meine Brust wurde eng. Diese Selbstverständlichkeit in seinen Worten irritierte mich – und beschwor doch einen leisen

Hoffnungsschimmer in mir herauf. »Du sprichst so … wissend.«

In einer fließenden Bewegung zog mich Kaidan an sich, und in dem kurzen Moment, ehe er mich gemäß der Schrittabfolge von sich drückte, erwiderte er: »Das kommt daher, dass ich es weiß.«

Mein Griff an seiner Schulter versteifte sich. Einem Impuls nach wollte ich ihm widersprechen – aber das konnte ich nicht mehr.

»Es ist nichts in Stein gemeißelt«, fuhr er fort. »Unsere Aufgabe in dieser Welt ist noch nicht erfüllt.«

Ich blinzelte. »Aufgabe?«

Kaidan ließ mich in einer Drehung beinahe los, zog mich dann jedoch wieder an sich. Sein Gesicht war nur ein kurzes Stück von meinem entfernt, als er flüsterte: »Ich werde dich bald brauchen. Aber du musst bereit und stark sein. Kannst du das?«

Seine Worte beschworen eine seltsame Energie in mir herauf. Wir streckten unsere Arme, und ich war zu weit weg, um unauffällig zu antworten. Also nickte ich einfach nur. Ich hatte keine Ahnung, wovon er sprach – doch ich vertraute ihm. Jetzt, wo er mein dunkelstes Geheimnis kannte und mich nicht dafür verurteilte, war er der einzige Mensch auf dieser Welt, dem ich vertrauen konnte.

Das Musikstück wechselte, und Kaidan und ich konnten uns im Tanz wieder dichter voreinander bewegen. »Ich habe mit Sahar und deinen anderen Dienerinnen gesprochen«, murmelte er. »Sie werden sich um ihn kümmern.«

Ich stutzte. »Um wen?«

Kaidans Blick wanderte an mir vorbei – dorthin, wo uns Nuh beobachten musste – und ein eisiger Schauer rann über meinen Rücken.

Alles in mir zog sich zusammen, und meine Gedanken begannen zu rasen. »Was willst du mir damit sagen?«

»Dass er morgen nicht mehr viel von heute wissen wird«, antwortete er, ohne mit der Wimper zu zucken. »Du wirst seine Gemächer betreten, etwas Zeit verstreichen lassen, um die Wachen zu täuschen, und dann wieder gehen.«

Beinahe wäre ich über meine Füße gestolpert. Meine Lippen waren geteilt, doch ich brachte keinen Ton hervor. Kaidan kannte mein dunkelstes Geheimnis. Er hatte mich nicht verraten. Aber dass er mir jetzt auch noch dabei half, es zu vertuschen … Das war mehr, als ich von ihm verlangen konnte. Und doch etwas, das er offenbar nur zu bereit war, mir zu geben.

Es bedeutete mir einfach alles.

»Kaidan«, hauchte ich. Mein Griff lockerte sich, als mich der Impuls überkam, ihm um den Hals zu fallen.

Er packte mich umso fester. »Bewahre deine Fassung«, ermahnte er mich, und ich versteifte mich sofort. »Und denk daran. Ich werde dich brauchen. Also musst du stark bleiben. Und jeder Versuchung widerstehen, die dich schwächen könnte. Hast du das verstanden?«

Sein brauner Blick bohrte sich in meinen und füllte mich vom Kopf bis zu den Zehenspitzen aus. Ich nickte stumm, einen Wimpernschlag, ehe das Lied endete und wir auseinandergingen.

Nuhs Schnarchen dröhnte in meinen Ohren. Ich stand in meinem Hochzeitsgewand an die Fensterbank gelehnt und betrachtete ihn mit einer Mischung aus Argwohn und Sorge. Er war urplötzlich von der Feier verschwunden. Sahar hatte mir gesagt, er hätte sich übergeben und wäre dann wie tot ins Bett gefallen. Als ich eingetreten war, war er nicht aufgewacht, und ich verspürte nicht den geringsten Drang, das zu ändern. Keine Ahnung, was meine Dienerinnen ihm mit dem Alkohol eingeflößt hatten, aber es wirkte.

Stocksteif stand ich da und zählte die Sekunden. Ein Vorraum und insgesamt zwei Türen trennten uns von den Wachleuten, die vor den Gemächern postiert waren und das Schnarchen hoffentlich nicht hören konnten. Wie lange müsste ich hierbleiben, bis sie davon ausgingen, dass wir die Ehe vollzogen hatten? Ich betete, nicht mehr besonders lange.

Mir kam ein Gedanke. Wie lange hatte es gedauert, bis Daamin und ich …?

Länger.

Bebend stieß ich die Luft aus meiner Lunge, meinen starren Blick auf Nuh gerichtet in der Befürchtung, jedes noch so kleine Geräusch könnte ihn wecken. Doch Sahar und die anderen hatten hervorragende Arbeit geleistet.

Ich war so froh, dass ich Kaidan zurückhatte. Er war immer noch mein Bruder, aber ich hatte bis heute keine Ahnung gehabt, wie sehr ich ihn wirklich brauchte.

So, wie er mich brauchte. Er und … die Engel?

Ein flaues Gefühl breitete sich in meinem Magen aus. Aus irgendeinem Grund beunruhigte mich der Gedanke mindestens so sehr wie alles, was ich in den Büchern über Iblys gelesen hatte.

Ich erschauderte leicht und riss meinen Blick von Nuh los. Ich hielt es hier drinnen nicht mehr aus. Ich musste weg, bevor er doch noch aufwachte.

Als ich aus dem Zimmer schlüpfte, spürte ich unzählige Blicke auf mir und betete zu den Engeln, dass niemand Verdacht schöpfte. Mit gesenktem Kopf huschte ich aus dem Gang. Meine Gemächer befanden sich in einem ganz anderen Teil des Palasts, doch auf halbem Wege dorthin wurde ich langsamer. Es kam mir so vor, als würde ich von einem Gefängnis ins nächste wandern.

Ich überließ meinem verzweifelten Herz die Führung und stieg stattdessen die Stufen ins Erdgeschoss hinab. Der Palastgarten befand sich auf der zur Stadt abgewandten Seite in unmittelbarer Nähe der Klippen, hinter denen das Meer rauschte. Meine Mutter hatte ihn anlegen lassen, doch seit ihrem Tod wurde er nur noch gepflegt, nicht mehr genutzt. Ich kam gern hierher, wenn ich allein sein wollte, schlichtweg, weil außer den Gärtnern nie jemand hier war. Außerdem fühlte ich mich meiner Mutter zwischen all den regenbogenfarbenen Blumen, den frisch gestutzten Hecken, den feinsäuberlich geformten Pfaden nahe.

Ich war schon so lange nicht mehr hier gewesen, doch als ich in das Grün trat, fühlte ich mich sofort ruhiger. Mein Weg führte mich zu einem kleinen Brunnen, in dem Tag und Nacht das Wasser plätscherte. Sein Platz wurde kreisförmig von einigen runden Büschen umrahmt, die mir Sichtschutz boten. Nur durch die höchsten Palastfenster könnte man mich hier sehen.

Im Garten war es dunkel. Nur die Sterne spendeten ein sanftes Licht, mit dem ich gerade so die Hand vor Augen erkennen konnte. Seufzend ließ ich mich auf dem Rand des Brunnens nieder und glitt mit den Fingerspitzen über die Steinskulptur in dessen Mitte. Es war ein Kamelreiter mit erhobener Lanze, aus dessen Spitze das Wasser quoll und sanft über meine Finger rann.

Ich hatte keine Ahnung, wie es weitergehen sollte. Die Festlichkeiten würden noch mehrere Tage anhalten. Danach müsste ich mit Nuh durch die Wüste in sein Königreich reisen und würde wahrscheinlich nie wieder nach Almeira zurückkehren.

Ich biss die Zähne zusammen. Kaidan brauchte mich. Das hatte er mir gesagt. Wie sollte ich ihn unterstützen, wenn ich zwei Wochenritte entfernt lebte?

Andererseits hatte es keinen Zweck, sich den Kopf darüber zu zerbrechen. Schließlich hatte ich keine andere Wahl. Der Ehevertrag war unterschrieben, und solange Kaidan und ich den Mund hielten, galt die Vermählung als vollzogen. Ich hatte zu tun, was mein Gemahl verlangte.

Ich atmete bebend durch. Ich wollte nicht fort von hier. Almeira war mein Zuhause. Kaidan war meine Familie, und ich hatte ihn gerade erst wiederbekommen …

Eine glockenhelle Stimme riss mich jäh aus meinen Gedanken. Erschrocken sprang ich auf die Füße, wirbelte herum – und mir blieb der Mund offen stehen. Erst nachträglich sickerte die Gewissheit zu mir durch, dass ich keine Menschenstimme gehört hatte, sondern einen Laut, wie er nur aus der Kehle eines Tieres dringen konnte.

Es war ein Hund, der um den Brunnen herumtapste. Er war pechschwarz und so klein, dass man ihn wie einen Säugling auf dem Arm halten könnte. Das wusste ich vor allem deshalb, weil ich es schon einmal getan hatte.

Mein Herz setzte mehrere Schläge aus. Wie gebannt starrte ich die Silhouette an, die freudig auf mich zumarschierte, als würde der Hund mich auch erkennen. Als wäre er nicht in der Fünften Unterwelt gestorben.

»Ari?«, stieß ich hervor. Mein Verstand setzte mit einem Mal aus. »Ari!« Quietschend stürzte ich vor ihm auf die Knie und riss ihn in meine Arme. Erst als ich sein warmes, weiches Fell dicht an meiner Brust spürte, begriff ich, dass er es wirklich war. »Wie kommst du denn hierher?« Ich wuschelte durch sein Haarkleid und küsste seinen kleinen Kopf. Wie war das möglich? Wurden Wesen, die in der Unterwelt starben, etwa in dieser Welt wiedergeboren? Und wenn ja, wie war er dann hierher –

In diesem Moment fiel es mir wie Schuppen von den Augen.

»Ich habe ihn erschaffen. Aus meiner Kraft heraus. Und ich habe ihn zu mir zurückgeholt.«

Wer sagte, dass er ihn nicht einfach *wieder* erschaffen könnte, wann und wo es ihm beliebte?

Er.

Abrupt ließ ich den Aralez los, der leichtfüßig vor mir auf dem Boden aufkam. In einer steifen Bewegung stand ich auf. Das Blut rauschte in meinen Ohren, und ich wagte es nicht einmal zu blinzeln, während ich zwei, drei Schritte von ihm wegmachte. So lange, bis ich mit dem Rücken gegen einen der Büsche stieß, die den Brunnen umkreisten.

Plötzlich fühlte ich mich beobachtet. Als läge ein durchdringender, gelber Blick auf mir. Als bohrte er sich in meine Schläfe, doch ich wusste genau, sobald ich mich umdrehte, wäre er verschwunden und würde an anderer Stelle auftauchen.

Er hatte ein Auge auf mich.

»Wenn ich dich schon nicht haben kann, werde ich dir alle Wege zeigen, wie du deinen zukünftigen Mann beglücken kannst. Alle davon. Damit du immer an mich denken musst, wenn du mit ihm zu Bett gehst.«

Mir wurde heiß und kalt zugleich. Auf einmal war ich mir vollkommen sicher, dass Aris Auftauchen kein Zufall war. Sondern pure Berechnung von Iblys. Aus irgendeinem Grund wusste er, dass dies der Tag meiner Vermählung war. Und er brachte mir Ari als Hochzeitsgeschenk. Nicht als Ausdruck der Güte, sondern des Spotts. Als kaltblütige Erinnerung an ihn. Damit er der Mann wäre, an den ich heute Nacht dachte.

Dabei hätte es dafür keinen Aralez gebraucht.

Ich schluckte und starrte den Hund an, der halbherzig zu graben begann. Würde er warten, bis ich in den Schlaf sank, und mir dann in die Kehle beißen?

Ich wusste nicht, ob *er* mich hören konnte. Ob mich der Aralez verstehen konnte. Oder an wen von beiden meine Worte überhaupt gerichtet waren. Denn sie verließen meine Lippen wie von selbst: »Verschwinde.«

Ari blickte auf und legte den Kopf schief. Ein leises Quietschen entwich ihm und drohte, mein Herz zu erweichen. Ich blinzelte heftig und versteifte die Schultern. »Ich sagte« – meine Stimme bebte wie Espenlaub – »verschwinde!«

Meine Gefühle schwappten über. Schnell fuhr ich herum und rannte zurück in Richtung Palast. Doch ich kam nicht weit.

Ich wurde nicht von einer unsichtbaren Macht aufgehalten, die mich an Ort und Stelle festfrieren ließ. Nicht von einer starken Hand, die mich an der Schulter packte. Nicht von einer rauen Stimme, die mir befahl, stehenzubleiben.

Sondern von einem leisen Winseln, das in meinem Rücken erklang und auf den schwächsten Teil meiner Seele traf.

Ich geriet ins Stolpern und hielt an. Verzweifelt biss ich mir auf die Unterlippe, drängte mich dazu weiterzugehen, aber meine Beine wollten mir nicht gehorchen.

Wieder winselte der Aralez. Er war klug und wusste genau, was vor sich ging. Dass ich ihn zurücklassen, ihn verstoßen wollte. Dabei hatte er doch niemanden außer mir. Schließlich war er für mich erschaffen worden. *Ich* war sein Zuhause. Er war so froh, mich wiederzusehen, und jetzt wollte ich ihn einfach so im Stich lassen.

Er konnte doch nichts dafür.

Ich atmete bebend durch. Wie von selbst fand meine Hand den Anhänger, der um meinen Hals baumelte, und obwohl ich in den letzten Wochen nichts lieber getan hätte, als die Kette loszuwerden, verlieh sie mir plötzlich die Kraft, die ich brauchte. Langsam drehte ich mich zu dem Hund um.

Er hatte die halbe Distanz zu mir überbrückt und war dann stehengeblieben. Aus großen, glänzenden Augen blickte er zu mir hinauf und brach mir schier das Herz.

Hilflos schüttelte ich den Kopf. »Ich … ich kann nicht. E-es tut … mir …«

Der Aralez hob eine Pfote – und brachte den letzten Widerstand ins Bröckeln.

Eine einzelne, dicke Träne kullerte über meine Wange. Ich konnte nicht. Ich konnte das einfach nicht.

Meine Beine gaben unter mir nach, und ich ging kraftlos in die Knie. »Komm schon her.«

Eine wohlige Wärme breitete sich in mir aus, als der Aralez auf mich zutapste und in meinen Schoß sprang. Ich schlang die Arme um ihn und hob ihn hoch, drückte ihn behutsam an mich und verbarg mein Gesicht in seinem Fell. Ich glaubte, sein Herz schnell schlagen zu spüren, als würde er sich mindestens so sehr freuen wie ich. »Willkommen zu Hause, Ari.«

4.
RAUCH

Ich war unruhig. Der Aralez war einerseits eine Erlösung, andererseits ein weiterer Grund, weshalb ich mich nicht wohl in meiner Haut fühlte. Denn wenn er – ein Dämon – an der Oberfläche war, konnte das auch für andere Dämonen gelten. Und für ihren Herrscher.

Mir wurde übel, wann immer ich daran dachte. Was nicht gerade vorteilhaft war, wenn man sich mitten in einem Hochzeitsfestmahl befand und nichts herunterkam. Demütig kniete ich neben Nuh auf einem Sitzkissen vor der Tafel, spürte die drohenden Blicke von Kaidan und meinem Vater auf mir und zwang mich nach und nach dazu, doch noch den einen oder anderen Bissen herunterzuwürgen.

Das Portal war von Iblys' Thron aus in greifbarer Weite. Und seine Ketten gesprengt. Das bedeutete, seine Schergen und er könnten jeden Augenblick in diese Welt übertreten.

Jeden Augenblick. Vielleicht hatte er mir Ari geschickt, nur um mir das zu demonstrieren.

Der Gedanke ließ mich nicht los. Am dritten Tag der Festlichkeiten hielt ich es nicht mehr aus. Ich konnte nicht tatenlos herumsitzen und das Leben feiern, das ich nie hatte führen wollen. Also befahl ich Sahar, mir ein Bad vorzubereiten und mich allein zu lassen. Sie stellte keine Fragen, nicht einmal dann, als sie feststellte, dass ich mich aus meiner Hochzeitsrobe Nummer drei geschält und etwas weniger Ausladendes angelegt hatte.

Kaum, dass sie die Tür hinter sich geschlossen hatte, öffnete ich ein Fenster und kletterte hinaus – so, wie ich es als Kind ständig getan hatte. Selbst wenn Sahar vorzeitig ins Badezimmer platzte, war sie den Anblick wahrscheinlich inzwischen gewohnt. Sie hatte mir meine Abstecher in die Freiheit immer gegönnt und so lange geschwiegen wie möglich. Womöglich war es auch ihr zu verdanken gewesen, dass ich nicht noch vor den Stadtmauern Marans abgefangen worden war, als ich mich zur Verbotenen Stadt aufgemacht hatte.

Mit Leichtigkeit bewegte ich mich an der Fassade entlang, sprang auf einen Balkon und ließ mich von dort herab, bis meine Schuhe fest auf dem Boden landeten.

Ich warf einen prüfenden Blick hinauf in Richtung des Fensters, aus dem ich geklettert war. Ich hatte Sahar gegenüber einen scharfen Ton an den Tag gelegt, damit sie in der nächsten Stunde nicht auf die Idee kam, mich zu stören. Ich hatte also eine gute Chance, dass ich zurückkehren könnte, ohne dass jemand davon Wind bekam. Ich durfte mir nur keinen Fehler erlauben.

Links von mir befand sich eine Reihe Büsche, die den Palastgarten umgaben. Aus einem davon zog ich einen ausladenden dunklen Umhang hervor, den ich dort letzte Nacht bei einem Spaziergang deponiert hatte. Ich legte ihn an und zog mir die Kapuze über den Kopf. Sie würde nur ein bisschen helfen. Ich musste den Blick gesenkt halten und durfte keine Aufmerksamkeit auf mich ziehen, wenn ich hoffen wollte, nicht erkannt zu werden.

Nun müsste ich den Palast umrunden, mich unter die vielen Händler, Schausteller und Krieger mischen, die dort täglich ein- und ausgingen, und in der Stadt schnellstmöglich untertauchen, bis ich an meinem Ziel ankam.

Ich setzte mich in Bewegung und –

Ein schrilles Bellen in meinem Rücken ließ mich herumfahren. Entgeistert starrte ich dem schwarzen Hund entgegen, der auf mich zugaloppiert kam wie ein wildes Pferd. »Ari! Wie bist du –« Ich blickte von ihm in Richtung Palast und wieder zurück – und seufzte. Dieses Wesen war schließlich immer noch ein Dämon. »Ich schätze, du willst mich nicht allein gehenlassen, was?«

Der Aralez hechelte, und ich konnte nicht anders, als zu schmunzeln.

»Also gut.« Ich winkte ihn zu mir und ging los.

Ari hielt sich dicht bei mir, während ich mich an der Fassade des Palasts entlang bewegte. Da ich mich auf dem der Klippe zugewandten Seite des Gebäudes befand, war dieses Areal nicht bewacht. Erst als ich mich der Vorderseite näherte, fand ich vereinzelte Wachposten vor. Doch auf jede Wache kamen zehn bis zwanzig Bürger, Gesandte und Diener, sodass es mir leichtfiel, mich mit Ari in die Menge zu mischen.

In den letzten Jahren hatte ich mich ständig aus dem Palast geschlichen und war nur jedes zweite Mal aufgeflogen. Dennoch wurde mir heiß und kalt zugleich, als ich mich zwischen den Menschen hindurchbewegte. Zügig, weil meine Zeit begrenzt war, aber nicht zu schnell, um nicht aufzufallen. Ari folgte mir auf Schritt und Tritt und verhielt sich zum Glück auch ruhig.

Wieder fühlte ich mich beobachtet und wusste nicht einmal von wem. Von den Palastwachen? Den Städtern, die mich schon an der Art erkennen könnten, wie ich ging? Von Iblys persönlich?

Ich schluckte. War mir egal, ob er mich sah. Sollte er mich beobachten, so viel er wollte. Das, was ich heute tun würde, würde ihm nicht gefallen. Und es wäre ihm eine Warnung.

Mein Finder war Geschichte, und als ich mit Kaidan nach Hause zurückgekehrt war, hatte man mir meine Peitsche weggenommen, die ich nie hätte haben dürfen. Ich fühlte mich nackt, unbewaffnet, wehrlos. Und das musste ich schleunigst ändern, ehe ich ins Ausland gekarrt wurde, wo ich keine Stadt so gut kannte wie diese.

Ich erlaubte es mir, aufzuatmen, als ich die ersten Häuser von Maran passierte und sofort die Hauptstraße verließ. Ich bewegte mich an den Wänden der Gebäude entlang, durch Gassen hindurch und an Menschen aller möglichen Schichten vorbei. Niemand von ihnen schien größere Notiz von mir zu nehmen, und schon bald erlaubte ich es mir, mich etwas zu entspannen.

Der Geruch von frisch gebackenem Brot stieg in mir in die Nase und mischte sich zu dem Duft eines kleinen Gewürzmarkts, den eine ältere Frau von ihrer Hütte aus abhielt. Kurz darauf kam ich an einigen Waschweibern vorbei, die sich über König Nuh unterhielten, ein paar spielenden Kindern und zwei alten Männern, die in ein Brettspiel vertieft auf ihrer Veranda saßen. Als ich die metallischen, leicht nachhallenden Klänge einer Schmiede hörte, hätte ich beinahe meinen Kurs geändert, besann mich aber in letzter Sekunde eines Besseren. Gewöhnliche Waffen konnten mir nicht helfen. Ich brauchte etwas anderes. Und es gab nur einen Ort in Maran, an dem ich so etwas bekommen konnte.

Mansur war ein alter, aber alles andere als gebrechlicher Mann, der im tiefsten Wohngebiet der Hauptstadt lebte. Dort verkaufte er alles, was das schwarze Herz begehrte. Waffen, die

Bürger nicht haben durften, verfluchte Gegenstände, Zauber, Tränke, Amulette – durch und durch Verbotenes.

Man erzählte sich, Mansur sei insgeheim ein Hexer und würde seine Waren selbst mit den Flüchen versehen, die auf ihnen lasteten. Ab und an hatte man auf anonyme Hinweise hin sein Haus durchsucht, aber nichts gefunden – weder Belege für schwarze Magie noch die Gegenstände, die er tagtäglich unter dem Tresen verkaufte. Ich hatte keine Ahnung, wie er das anstellte. Vielleicht besaß er weisseherische Fähigkeiten.

Das würde zumindest auch erklären, warum sich die schwere Tür zu seinem aus Sandstein geschlagenen Haus öffnete, noch ehe ich vor ihr angekommen war. Als ich zuletzt hiergewesen war, hatte ich mir meine Peitsche besorgt. Und ich hatte das Gefühl, dass mir Mansur auch diesmal genau das geben würde, was ich brauchte.

Ich zog die Kapuze tiefer in mein Gesicht und beeilte mich, die Türschwelle zu übertreten. Immerhin ein Gutes hatte meine Heirat: Selbst wenn mich jemand auf dem Weg hierher erkannt hatte und beabsichtigte, mich zu verraten, spielte es keine Rolle mehr, weil ich bald weit weg wäre.

Von außen war Mansurs Haus ein quadratischer Block mit einigen rechteckigen, zugenagelten Fenstern. Sein muffiges Inneres wäre in völlige Finsternis getaucht gewesen, würde sich das Licht nicht hartnäckig durch die Lücken zwischen den Holzbrettern zwängen. Das Gebäude bestand aus zwei Stockwerken und hier unten aus einem einzigen Raum, in dem einige Kerzen verteilt worden waren. Ihr flackernder Schein warf Schatten in meine Augenwinkel, die verschwanden, sobald ich mich ihnen zuwandte.

Der ganze Raum hatte etwas Dämonisches an sich, und es überraschte mich wenig, als Ari geradezu fasziniert durch die Wohnung tapste.

Mansur hatte sich zu meiner Rechten einem Regal zugewandt. Den einen Arm stützte er auf einen Stock, mit dem anderen reckte er sich in die Höhe, um eine übergroße Phiole vom obersten Brett zu fischen.

Langsam schloss ich die Tür in meinem Rücken, um auf mich aufmerksam zu machen, doch er sah sich nicht nach mir um.

»Ich hatte nicht erwartet, Euch noch einmal zu sehen«, sagte er mit tiefer, rauer Stimme und hob die Phiole vorsichtig herunter. Er wandte sich vom Regal ab, schritt zu einem Arbeitstisch am anderen Ende des Raumes und stellte das Gefäß darauf ab. Seine langen, schwarzen Haare hingen ihm wirr ins Gesicht und gingen nahtlos in seinen struppigen grauen Bart über. »Dachte, der Finder hätte längst seinen Preis gefordert.«

Mein Magen krampfte sich zusammen. »Du wusstest, dass das passieren würde?«, fragte ich lauernd. Ich wollte mich nicht an das erinnern, was der Finder aus mir gemacht hatte. Wäre Daamin nicht gewesen, hätte ich mein Leben an diesen Würfel verloren …

Daamin. Er hatte mich vor ihm beschützt. Warum hatte er das getan?

»Natürlich«, brummte Mansur. »Ich kenne mich mit allem aus, was ich hier verkaufe.«

Ich verschränkte die Arme. »Und du hast keinen Gedanken daran verschwendet, mich einzuweihen?«

Er schnaubte. »Ich bin Verkäufer, Schätzchen. Wo kämen wir denn da hin, wenn ich meine Kunden von vornherein vergraulen würde?«

Ich presste die Kiefer zusammen. »Du weißt, wer ich bin«, knurrte ich. »Und was ich veranlassen könnte, um das hier ganz schnell zu beenden.«

»Werdet Ihr aber nicht«, erwiderte er ruhig und schnaubte seelenruhig die Phiole auf. »Sonst hättet Ihr Euch nicht die

Mühe gemacht, selbst noch mal herzukommen und mich vorzuwarnen.«

Mein Mund klappte zu. Wo er recht hatte …

Ich straffte die Schultern. »Ich benötige deine Dienste.«

»Ich weiß, ich weiß.« Er kippte die Phiole über einen dicken Lappen und ließ zu, dass sich dessen Mitte mit einer hellblauen Flüssigkeit vollsog. Ein stechender Geruch stieg mir in die Nase, und ich hielt vorsorglich die Luft an.

Ari winselte und zog sich zu mir zurück, als wäre ihm die seltsame Energie, die auf diesem Ort lag, immer weniger geheuer.

Meine Muskeln verspannten sich ohne mein Zutun. »Ich will deine stärkste Waffe gegen Dämonen. Um sie zu töten. Viele von ihnen.« Ich konnte nicht anders, atmete ein und bereute es sofort. Es fühlte sich an, als würde das Innere der Phiole aus der Ferne meine Lunge verätzen. Wie konnte Mansur damit hantieren, ohne Blut zu spucken?

Beinahe würgte ich, riss mich dann aber am Riemen. »Ganz gleich, was es kostet«, presste ich irgendwie hervor – und beobachtete, wie sich der Mann hinter seinen Tisch beugte. In einer Ecke befanden sich mehrere längliche Gegenstände, die kaum vom Licht erfasst wurden. Erst als er einen davon auf der Tischplatte ablegte und aus seiner Hülle zog, erkannte ich, dass es sich dabei um eine Art Schwert handelte – mit einer Klinge so dünn wie eine Nadel.

»Bin schon dabei«, antwortete er verspätet. Mit einer Hand hielt er die Waffe hoch, mit der anderen ließ er den getränkten Lappen über ihre Seite gleiten. Drei, vier, fünf Mal rieb er ihn hin und her, dann drehte er das Schwert, um das Ergebnis zu begutachten.

Alles, was ich erkannte, war, dass die Klinge nun feucht war.

Ich schnaubte. »Bist du das?«

Unruhe machte sich in mir breit. Die Härchen in meinem Nacken stellten sich auf. Dass er mich nicht ansah, gefiel mir nicht. Genauso wenig, dass ich die Tür in meinem Rücken geschlossen hatte.

»Diese Klinge«, fuhr er fort und wandte sich endlich zu mir um, »ist nun gesegnet.«

Ich rührte mich nicht vom Fleck. Im Gegenteil: Der bloße Anblick des Mannes mit einer Waffe in der Hand sorgte dafür, dass ich mich in die andere Richtung lehnte. »Gesegnet?« Mit gerümpfter Nase blickte ich zur Phiole. »Womit?«

»Engelspisse.«

Verdattert riss ich die Augen auf. »Soll das ein schlechter Scherz sein?«

»Weihwasser aus einer antiken Quelle«, korrigierte er sich und schenkte mir ein müdes Lächeln. »Willst du es nun oder nicht?«

Meine Kehle wurde eng. Er hatte die Phiole schon aus dem Regal geholt, bevor ich eingetroffen war. Als hätte er wirklich gewusst, was passieren würde …

Jeder meiner Muskeln verspannte sich nach und nach. Ich musste vorsichtig sein. Dieser Mann war ein Verdammter durch und durch.

Unsicher beäugte ich die Klinge. »Wie viel?«

Mansur schenkte mir ein überlegenes Lächeln. »Für Euch geht sie aufs Haus.«

Ich kniff die Augen zusammen. Irgendetwas stimmte nicht. Mit jeder Sekunde etwas weniger. »Dann will ich sie nicht.«

Ein raues Lachen drang zwischen seinen Lippen hervor. »Ihr seid misstrauischer denn je, Hoheit.« Er nickte fast schon anerkennend. Sein Blick zuckte zu meiner Manteltasche, in der er wahrscheinlich mein Gold vermutete. »Dann gebt mir eben alles, was Ihr bei Euch tragt.«

Ich regte mich nicht. Ich hatte immer noch kein gutes Gefühl bei der Sache. In Almeira machte man niemandem Geschenke. Alles hatte seinen Preis. Und Mansur verlangte erst jetzt eine Gegenleistung, wo ich ihn daran erinnert hatte? Wo war der Haken?

Ich griff in die Tasche meines Mantels und zog einen dünnen Beutel mit ein paar Goldmünzen daraus hervor. Doch ich dachte nicht daran, die Distanz zu ihm zu überbrücken und sie ihm zu überreichen – nicht, solange er noch dieses Schwert in der Hand hielt.

In einer abgehackten Bewegung warf ich den Beutel in Mansurs Richtung, und er landete mit einem dumpfen Aufprall auf der Tischplatte.

Der Mann nickte, als könnte er allein am Geräusch abschätzen, wie schwer das Gold wog. »Gut.« Ein Zucken ging durch seine Hand –

Erschrocken wich ich zurück, bis ich die Tür in meinem Rücken spürte. Doch der Hexer machte keine Anstalten, mich aufzuspießen. Stattdessen war die Klinge plötzlich verschwunden und ließ nichts als einen dunklen Holzgriff zurück – welchen er umdrehte und mir auffordernd hinhielt. »So ist sie unauffälliger.«

Ich war so perplex, dass ich nicht weiter darüber nachdachte, sondern ihm mit zwei zögerlichen Schritten entgegenkam und ihm die Waffe abnahm. Rückwärts brachte ich Abstand zwischen uns, schüttelte den Griff, so wie er es getan hatte – und zuckte zusammen, als die Klinge herausschnellte.

Ari bellte erschrocken und wich zurück.

»Ein glatter Schnitt oder ein Stich ins Herz, und der Dämon ist Geschichte«, erklärte Mansur gelangweilt. »Sonst noch was?«

Mit einer zweiten Bewegung zog sich die Klinge wieder zurück, und ein kühles Prickeln benetzte meine Haut. Das war es. Genau das, was ich gebraucht hatte. Und obwohl ich mich hätte freuen können, störte es mich mehr als alles andere. »Das war alles. Danke.«

Es störte mich auch dann, als ich mich der Tür zuwandte. Meine Hand fand die kühle Klinke –

»Da wäre noch etwas«, fühlten sich Mansurs Worte wie ein Messerstich in meinen Rücken an.

Meine Finger verkrampften sich um die Türklinke, als meine ungute Vorahnung Gestalt annahm. Ich antwortete nicht, spielte mit dem Gedanken, schnell aus dem Haus zu schlüpfen, doch ich kam nicht mehr dazu.

»Ich kenne die Wahrheit über Euch, Hoheit.«

Ich versteifte mich am ganzen Körper. *Hör nicht auf ihn*, herrschte mich meine innere Stimme der Vernunft an. *Du hast, was du wolltest. Nun verschwinde!*

Flach atmete ich ein. »Wie bitte?«, fragte ich lauernd. Es war wie in der Bibliothek: Obwohl ich wusste, dass ich hier etwas erfahren würde, das mir nicht gefiel, konnte ich nicht anders, als zu bleiben und mich der Wahrheit zu stellen.

Ich bereute es sofort.

»Ihr habt Euch mit einem Dämon eingelassen«, jagte mir Mansurs Stimme einen Schauer über den Rücken. »Nicht nur mit irgendeinem, sondern mit dem Allerschlimmsten davon.«

Mein Herz setzte mehrere Schläge aus. Er wusste es. Sogar er! *Woher* –

»Ich kann ihn an Euch riechen, Hoheit. Also versucht nicht, es zu leugnen.« Sein raues Lachen ertönte in meinem Rücken. »Ihr habt einen Fehler gemacht, Euch mir zu zeigen. Nun weiß ich einfach alles über Euch. Ich habe *Macht* über Euch, Prinzessin. Und seid versichert, dass ich sie in vollen Zügen auskosten werde.«

Mein Mund wurde trocken, und bereits jetzt, bevor Mansur seine Drohung vollends ausgesprochen hatte, tat sich eine klaffende Schlucht zu meinen Füßen auf. Ich wusste, worauf dies hinauslaufen würde.

Er hatte Macht. Nicht nur hier und jetzt, sondern vielmehr jetzt und für immer. Wenn ich nicht tat, was er verlangte, wann immer er es verlangte, würde er mich in den Untergang reißen. Noch ehe ich beim Palast angekommen wäre, würde die ganze Stadt davon Wind bekommen haben. Und genau das war meine Schwachstelle. Wenn ein einsamer Irrer beim König vorsprach, hatte seine Silbe keinen Wert. Doch anders sah es aus, wenn er das Volk überzeugte. Und leider war das erfahrungsgemäß keine besonders schwere Aufgabe.

Es gäbe kein Zurück mehr. Ich wäre die, die vielleicht oder vielleicht auch nicht einen Dämon in ihr Bett gelassen hatte.

Es gäbe kein Zurück. Außer …

Meine Hand umschloss den Griff der Klinge fester.

»Denkt gar nicht daran«, warnte mich Mansur. »Ihr befindet Euch hier in meinem Reich. Ich habe die Kontrolle.«

Mein Herz schlug immer schneller in meiner Brust. In Gedanken überschlug ich meine Optionen. Ich könnte um meinen Ruf kämpfen und sterben. Oder gewinnen – und meine Anonymität in diesem Viertel verlieren. Man würde mich erkennen, mit demselben Resultat.

Etwas in mir drohte zu zerbrechen. Ich hatte einen großen Fehler gemacht. In dem Augenblick, in dem ich hierhergekommen war, hatte ich bereits verloren. Meine letzte Möglichkeit war Schadensbegrenzung. Indem ich meinen Vater aufsuchte und ihn vorwarnte, welche Geschichten man sich über mich erzählen würde.

Doch dann dachte ich an Nuh. Diese Neuigkeiten würden ihm nicht gefallen. Wenn er sie in den falschen Hals bekam …

Die letzte Luft verließ meine Lunge. Ich war verloren. Mein Schicksal lag nicht länger in meiner Hand. Dieser Gedanke legte sich schwer auf meine Schultern und brachte mich dazu, die Tür aufzustoßen.

»Oh, Hoheit«, säuselte Mansur geradezu bekümmert in meinem Rücken. »Wenn Ihr das mal nicht bereuen werdet …«

Mit abgehackten Schritten bewegte ich mich nach draußen. Die heiße Nachmittagssonne brannte auf meinen Kopf, doch ich spürte sie kaum. Mein Innerstes war zu Eis erstarrt. Mein Körper fühlte sich wie gelähmt, wie fremdgesteuert, als ich mich durch die Gasse bewegte. Einzig meine Gedanken rasten, malten sich aus, wie ich meinen Vater aufsuchen würde. Was ich ihm sagen würde, um meine Ehre zu retten und mich und meine Familie vor dem größten Schaden zu bewahren.

Mansur ist ein Lügner, er ist ein Hexer. Er muss brennen.

Alles, was er sagt, ist gelogen.

Wir müssen das Volk besänftigen.

Man will einen Keil zwischen uns treiben.

Abrupt blieb ich stehen, als mir jäh etwas auffiel. Ich hatte etwas vergessen. Verwundert sah ich mich um. Wo war Ari abgeblieben? War er etwa noch im –

Mein Blick fiel auf Mansurs Haus, genau in dem Augenblick, in dem sich ein kleiner Funke im Türrahmen auftat. Ein Funke, der binnen eines Sekundenbruchteils in einem Ball aus Flammen explodierte.

Mit einem spitzen Schrei stolperte ich zurück, als das Feuer durch Fenster und Wände brach und mir einen Schwall aus Hitze entgegenwarf. Instinktiv riss ich mir die Arme vors Gesicht. Die Druckwelle ließ mich rückwärts schlittern, ich verlor das Gleichgewicht und stürzte. Ich zog das Kinn an die Brust, ehe mein Kopf auf den Boden prallen konnte, und starrte den

Flammen entgegen, die sich dort erhoben, wo gerade noch ein Haus gestanden hatte.

Spitze Schreie drangen an meine Ohren, und mehrere Menschen rannten aus ihren Hütten, bewaffnet mit Schwertern und Wasserkübeln, als wüssten sie nicht recht, wie sie mit der Situation umgehen sollten.

Ich bekam kaum mit, wie ich meine heruntergerutschte Kapuze wieder auf meinen Kopf zerrte. Ohne zu blinzeln, blickte ich die Straße hinunter und konnte es nicht fassen. »Bei den Engeln«, flüsterte ich. Hatte sich der Mann gerade selbst in die Luft gejagt?

Schwarz mischte sich zu Rot, als sich eine kleine Silhouette durch die Flammen schob und freudig bellend auf mich zutrabte.

Ich traute meinen Augen nicht. Entgeistert rappelte ich mich auf. »Ari?« Ihm fehlte nichts. Das Feuer hatte ihm nicht einmal ein Haar gekrümmt. »Wie –«

Artig blieb der Aralez vor mir sitzen und hob eine Pfote. Ich war so verwirrt, dass ich sie ergriff – und mich erneut von der Gewissheit treffen ließ, dass er real war. Da saß er, in Fleisch und Blut und Fell, als wäre er nicht gerade aus einem Hausbrand gesprungen.

Langsam schüttelte ich den Kopf. »Wie konntest du das überleben?«

Kaum, dass ich geendet hatte, wurde es mir mit einem Schlag klar. Ich sprach nicht mit einem Hund, sondern mit einem Dämon. Einer Ausgeburt der Hölle. Des Iblys. Diesmal war Ari ganz offensichtlich nicht das Opfer des Feuers gewesen. Sondern der Entfacher.

Mir blieb der Mund offen stehen. »S-seit wann –« Ich stockte, konnte selbst kaum glauben, dass ich einem so kleinen, unschuldigen Wesen diese Frage stellte. »Seit wann bist du zu so etwas fähig?«

Daamin hatte behauptet, Aralez wären heilende Dämonen, keine zerstörerischen. Aber vielleicht hatte er mich damit nur getäuscht. Angelogen hatte er mich schließlich oft genug.

Ich würde die Wahrheit nie erfahren, denn wenn es eine Sache gab, die Ari nach wie vor nicht konnte, dann war es sprechen.

Ich musste mich auf die Tatsachen konzentrieren. Und eine davon brannte gerade in einiger Entfernung restlos aus. Mansur war kein Problem mehr. Niemand würde hinter mein Geheimnis kommen. Ich war sicher – zumindest vorerst.

Ich erlaubte es mir, zaghaft über Aris Köpfchen zu streicheln. »Du bist mein Beschützer, weißt du das?« Ich ließ die Klinge in meinem Mantel verschwinden und hob den Hund auf meine Arme. Die Kapuze tief ins Gesicht gezogen, machte ich mich auf den Weg nach Hause und trug den Aralez dabei dicht an meinem Herzen.

Ari trennte sich von mir, kaum dass ich begann, an der Palastmauer emporzuklettern. Als ich ins Badezimmer zurückkehrte, war das Wasser längst kalt, und Sahar erwartete mich mit vorwurfsvollem Blick. »Ich will Euch wirklich nicht zu nahe treten, Herrin, aber jetzt, wo Ihr vermählt seid, müssen solche Ausflüge aufhören!«

Sie hatte jedoch dichtgehalten. Ich konnte mich glücklich schätzen, dass sie mich begleiten würde, wenn mich Nuh in sein Reich kutschierte.

Nachdem ich in Mansurs verfluchtem Haus gewesen und von einer Explosion zu Boden gefegt worden war, hatte ich mein verspätetes Bad mehr als nötig und ließ es mir aufwärmen. Entspannen konnte ich mich jedoch immer noch nicht – nicht einmal mit einer neuen Waffe im Gepäck.

Die Feierlichkeiten waren in vollem Gange, aber es wurde nicht erwartet, dass ich daran teilnahm. Schließlich ging es dabei nicht um mich. Ich sparte sie deshalb aus und zog mich an einen meiner Lieblingsplätze zurück – einen, von dem aus man mich nicht so leicht sehen konnte wie im Garten.

Das Kuppeldach des Palasts war von vier gleich hohen Türmen umgeben. Drei davon waren mit Palastwachen besetzt, die dort Tag und Nacht nach Unstimmigkeiten oder Feinden Ausschau hielten. Der vierte – der, der den Klippen und dem Meer zugewandt war – stand meistens leer. Ich stieg die unzähligen Stufen hinauf und brauchte auf dem Weg zweimal eine Pause. Ari hingegen sprang mit Leichtigkeit nach oben, ohne müde zu werden. Schließlich kam ich auf dem kreisförmigen Balkon an, der sich um den Turm herumschlängelte, ließ mich dort auf den Boden fallen und starrte in die Ferne. Von hier aus hatte ich den besten Blick auf das rauschende Meer. Ich schloss die Augen und spürte, wie ein leichter Windhauch über mein Gesicht strich und mit meinen Haaren spielte.

So, wie Daamin immer mit meinen Haaren gespielt hatte …

Heftig schüttelte ich den Kopf und den Gedanken an ihn ab. *Das muss aufhören, Rana. Du bist jetzt verheiratet. Dieses Kapitel deiner Lebensgeschichte ist vorbei.* Und ich sollte hoffen, dass das auch so bleiben würde.

Ari kuschelte sich in meinen Schoß, so wie jeden Abend, wenn ich in meinem Bett lag, und ich kraulte gedankenverloren seinen Nacken.

»Was jetzt?«, flüsterte ich. Ich hatte es mir in den letzten Tagen angewöhnt, mit Ari zu sprechen, einfach weil es sonst niemanden gab, mit dem ich das konnte. Nicht so. »Ich habe eine Waffe. Ich habe alles Wissen, das diese Welt über Iblys zusammengetragen hat. Aber trotzdem fühle ich mich nicht sicher.« Seufzend blickte ich auf ihn herab. »Du bist ein Grund dafür. Denn wenn du es hierher geschafft hast, warum nicht auch alle anderen Dämonen?«

Als könnte er mich wirklich verstehen, sah Ari auf – nur für einen Moment, ehe er den Kopf drehte und in die dem Meer abgewandte Richtung blickte. Er bellte kurz, und ich folgte ihm verwirrt mit dem Blick.

Was ich sah, drohte mir den Boden unter den Füßen wegzuziehen. Ich sprang so plötzlich auf, dass Ari winselnd von meinem Schoß rutschte, und stürzte zu der Brüstung, die ins Landesinnere wies.

Dies war gut und gern einer der höchsten Punkte in Almeira. Man konnte einen großen Teil des Reichs überblicken – je nachdem, wie sich Wetter und Wolken verhielten, sogar bis zur Verbotenen Stadt.

Da war etwas. Etwas, das meine Sinne mit aller Kraft von sich stoßen wollten. Doch je länger ich mich darauf konzentrierte, desto realer wurde es. Es war Rauch. Rauch, wie er einem Kamin entsteigen könnte. Aber um ihn aus dieser Entfernung erkennen zu können, hätte es ein verdammt großer Kamin sein müssen. Oder ein Feuer. Ein so grelles, loderndes Feuer, wie ich es nur in meinen schlimmsten Albträumen gesehen hatte oder –

Oder in der Unterwelt.

Eisiges Grauen machte sich in mir breit. Rauch, der nicht wirklich da war. Den ich nur gerade so wahrnahm, der in meinem Bewusstsein aber immer stärker wurde, bis ich nichts anderes mehr sehen konnte als ihn. Ich wusste ganz genau, dass er nicht von einem Feuer herrührte. Sondern von den Kreaturen, in denen dieses Feuer brannte.

Die Verdammnis lag in der Luft.

Meine Kehle wurde eng, und meine Hände verkrampften sich um die Brüstung. Dämonen. Es mussten unzählige sein, die in diesen Sekunden aus der Unterwelt stiegen. Iblys' Schergen hatten nicht viel Zeit verloren, um ihre Hetzjagd auf Kaidan und mich fortzuführen.

Mir wurde schwer ums Herz. Ich hatte gehofft, mir bliebe noch etwas mehr Zeit. Aber das Schicksal gönnte sie mir nicht. Ich musste handeln. Allen voran musste ich meinen ahnungslosen Vater warnen.

Meine Füße bewegten mich schon, doch dann fuhr die Zurückhaltung wie ein Blitzschlag in meinen Körper. *Nur nicht so voreilig.*

Ich zwang mich dazu, stehenzubleiben und tief durchzuatmen. Wenn ich das jetzt tat – wenn ich meinen Vater einweihte – würde das einfach alles verändern. Wenn er mir nicht sofort glaubte, wäre ich ihm Erklärungen schuldig. Erklärungen, die ich ihm nicht liefern könnte, ohne mich freiwillig als nächste Kandidatin für den Scheiterhaufen zu melden.

Und wie sollte ich ihm das schon beibringen? Vater, ich habe Grund zur Annahme, dass ein Heer aus Dämonen über Almeira einfallen wird. Warum? Ich war dort unten, habe mit Iblys geschlafen und sie alle mit eigenen Augen gesehen. Ich gehe übrigens davon aus, dass Iblys persönlich kommen wird, um mich zu töten.

Bebend atmete ich aus. Es kam mir so vor, als läge die Last der ganzen Welt auf meinen Schultern. Als würde ich mit einer einzigen Entscheidung das Schicksal der Menschheit lenken. Am liebsten wäre ich an Ort und Stelle festgewachsen, einfach nur, um die Dinge ihren Lauf nehmen zu lassen und keinen Anteil daran zu haben, was passierte.

Doch auch das war eine Entscheidung. Und damit wäre alles, was geschah, allein meine Schuld.

Damit stand es fest: Ich hatte keine Chance, aber ich musste es zumindest versuchen.

Verzweifelt riss ich mich aus meiner Starre. Ich warf einen letzten Blick über die Schulter, sog den Rauch förmlich in mich auf und stürzte die Treppe nach unten.

Vater, bitte öffne mir dein Herz.

Meine Seele war so voller Furcht, dass mir nichts Ungewöhnliches auffiel, als ich durch die Gänge des Palasts rannte. Ari hatte ich schon nach kurzer Zeit abgehängt. Mehrere Wachen sahen unterwegs so aus, als wollten sie mich aufhalten und misstrauisch fragen, wohin ich denn so schnell wolle. Für Frauen, vor allem aber Prinzessinnen, geziemte es sich nicht, zu rennen, und manche der Männer wollten mir nur zu gerne einen Strick daraus drehen.

Doch ich ließ mich nicht von ihnen beirren – und war einfach nur froh, als es nach und nach weniger wurden.

Nur am Rande meines Bewusstseins bemerkte ich, dass der lange Gang, in dem sich das Arbeitszimmer meines Vaters befand, menschenleer war. Und das, obwohl er auch sich besser schützen ließ, seit Kaidan entführt worden war. Selbst wenn Waheed nicht da gewesen wäre, hätten hier zumindest noch zwei Männer postiert sein müssen …

Ich verschwendete keinen weiteren Gedanken daran. Erleichtert, dass mich niemand aufhalten konnte, kam ich schlitternd vor den beiden Flügeltüren zum Stehen. Ich nahm mir nur eine halbe Sekunde Zeit, um zu klopfen, öffnete sie schwungvoll –

Ich begriff nicht, was ich sah. Was der metallische Geruch in der Luft bedeutete. Die Bücherregale, der wuchtige Schreibtisch und das doppelflügelige Balkonfenster auf der anderen Seite des Raumes drangen kaum in mein Bewusstsein, wurden verdrängt von der einen Sache, die hier noch nie gewesen war.

Ich konnte den Anblick des Mannes nicht verarbeiten, der auf dem Boden lag, das Gesicht nach unten, umgeben von einer dunkelroten Blutlache, die immer größer wurde.

Vor ihm stand ein Wachmann mit Ziegenbart, mit gekrümmter Haltung und einem langen Messer in der blutüberströmten Hand. Er zitterte am ganzen Leib, auch dann noch, als die Klinge mit einem Klirren auf dem Boden landete. Mit einem hundeartigen Winseln machte er einen Satz rückwärts, als könnte er nicht glauben, was er gerade getan hatte.

Und dann war da noch ein dritter Mann. Er stand einfach nur da und blickte fast schon bekümmert auf den Toten herab. Teilnahmslos. Distanziert. Als würde er der Farbe eines Gemäldes beim Trocknen zusehen. Nur dass die Farbe das Blut seines Vaters war, das sich auf dem Boden ausbreitete.

Die Palastwache mit dem Messer kannte ich nicht. Die anderen waren mein Vater und mein Bruder. In genau dieser Reihenfolge.

Mein Körper reagierte, noch bevor mein Geist verstand, was vor sich ging. Ich riss den Mund auf –

»Bleib ruhig.«

Mein Schrei blieb mir im Hals stecken. Kaidans Befehl war so kühl und gefasst, dass ich es nicht wagte, dagegen zu verstoßen. Abrupt presste ich mir eine Hand auf den Mund, während heiße und kalte Schauer meinen Rücken herabliefen. Eine Reaktion, wie man sie verspürte, wenn man einen Mörder auf frischer Tat ertappt hatte. Etwas, das nur auf mich, nicht aber auf Kaidan zutraf.

Meine Haut prickelte am ganzen Körper – nicht auf eine wohlige Weise, sondern als würden tausende Nadeln gleichzeitig auf mich einstechen. Die Ränder meines Sichtfelds färbten sich schwarz, und eine Übelkeit stieg in mir auf, die ich kaum herunterkämpfen konnte.

Seelenruhig stellte sich Kaidan zwischen Waheed und mich, schirmte mich vor dem Anblick ab und zeigte doch keinerlei Regung. »Rana.«

Meine Lippen leicht geteilt, spürte ich, wie mir das Blut aus dem Kopf lief, als hätte die Wache *mir* ein Messer in den Leib gejagt. Immer und immer wieder. Und als hätte Kaidan tatenlos dabei zugesehen. »K-K-«

»Tritt ein und schließ die Tür hinter dir.« Die penetrante Ruhe in seiner Stimme traf mich wie ein Fausthieb ins Gesicht und erfüllte mich mit einer grausamen Kälte. Sie ließ eine verräterische Vorahnung in mir aufsteigen, die ich einfach nicht wahrhaben wollte, die sich jede Sekunde deutlicher in meinem Bewusstsein ausbreitete.

Lauf weg.

Kaidan seufzte. Er schritt auf mich zu, darauf bedacht, mit den Füßen nicht in die immer größer werdende Pfütze aus Rot zu treten, und zog die Türflügel hinter mir ins Schloss. Dann legte er mir eine Hand auf die Schulter und drehte mich halb zu sich herum. »Es ist alles in bester Ordnung.«

Ich blickte ihn an, ohne zu blinzeln. Ohne zu verstehen. Meine Augen begannen zu brennen, doch ich schaffte es nicht, eine Träne zu vergießen. Der Schock saß mir so tief in den Gliedern, dass ich nicht glaubte, je wieder auch nur einen Schritt machen zu können. Sogar Kaidans warme Berührung fühlte sich eisig an.

Meine Lippen bewegten sich ohne mein Zutun und flüstern: »Was, bei den Engeln, hast du getan?«

»Ich habe ihn nicht angerührt.« Seine Stimme in meinen Ohren mischte sich zu dem dumpfen, metallischen Geruch in meiner Nase. Langsam bewegte sich Kaidan von mir weg und trat auf Vaters andere Seite. »Das wäre eine Sünde. Es war nicht meine Aufgabe, ihn zu töten, sondern nur dafür zu sorgen, dass er stirbt.« Sein Blick wanderte zur Palastwache, die nun zitternd in einer Ecke kauerte und ihre blutüberströmten Hände anstarrte. »Seine Familie wird nie wieder Hunger leiden müssen. Dank des Opfers, das er für unser Reich erbringt.«

Meine Gedanken bewegten sich in träger Langsamkeit. Erst nach und nach setzte ich all die Empfindungen und Eindrücke zu einem großen Ganzen zusammen.

Kaidan hatte die anderen Wachen weggeschickt und die letzte davon zu dieser Tat gezwungen. Hatte Vater umbringen lassen. Und würde in den nächsten Minuten aus dem Raum stürmen und um Hilfe rufen. Niemand würde ihn verdächtigen. Schließlich war er auch gar nicht der Mörder. Er hatte einen hier, der dafür geradestehen und einen grauenvollen Tod finden würde. Mindestens so grauenvoll wie unser Vater.

Die Gewissheit traf mich völlig unerwartet. Obwohl ich ihn schon seit Minuten so anstarrte, seinen reglosen, blutenden Körper, wurde mir erst jetzt klar, was dieser Anblick bedeutete.

Vater war tot.

Ein Wimmern drang zwischen meinen Lippen hervor, als mich das Schicksal mit seinem schwersten Gewicht unter sich zu zerquetschen drohte. Ich hatte Waheed heute Morgen beim Frühstück gesehen. Er war wohlauf gewesen. Er war gesund gewesen. Und jetzt … jetzt war er …

Ich wollte mich neben ihn knien. In einem letzten Aufbäumen versuchen, ihm zu helfen. Ari. Wo war Ari?

Ich wollte Waheed umdrehen. Wollte sein Gesicht sehen. Doch ich blieb stehen wie festgewachsen, weil ich genau wusste, dass ich den Anblick niemals verkraften würde.

Ein bitterliches Schluchzen bahnte sich einen Weg meine Kehle hinauf, aber diese war so eng geworden, dass nicht einmal der trockenste Laut meine Lippen verließ. »Warum?«, krächzte ich und konnte nicht verhindern, dass nun doch die ersten Tränen über meine Wangen rollten. »Kaidan, *warum?!*«

»Das habe ich dir doch schon gesagt.« Als der Rand des Blutschwalls beinahe seine Schuhspitze erreicht hatte, machte er einen großzügigen Schritt zurück. »Es war meine Aufgabe, dafür zu sorgen, dass er stirbt.«

Ich traute meinen Ohren kaum. Dieser Mann sah aus wie mein Bruder, sprach wie mein Bruder, bewegte sich wie mein Bruder. Aber er konnte es unmöglich sein. Hatte ich an seiner Stelle einen Doppelgänger aus der Unterwelt befreit? Hatte Iblys überhaupt nicht Kaidan, sondern einen seiner Dämonen mit mir nach oben geschickt – als Teil eines neuen, teuflischen Plans, um mich zu quälen?

Meine Unterlippe bebte, als sich mein starrer Blick in Kaidan bohrte. »Wer bist du?«

»Ich bin Kaidan von Almeira.« Er verschränkte die Arme. »Ich weiß, das hier kommt überraschend für dich. Ich wollte nicht, dass du es auf diese Weise erfährst. Aber ich bin mir sicher, wenn du der Sache etwas Zeit gibst, wirst du es verstehen.«

Das legte einen Hebel um. »Verstehen?« Ich warf die Hände in die Luft. »Was soll ich verstehen?« Meine Stimme überschlug sich. »Was haben die Dämonen da unten mit dir gemacht?«

Seine Mundwinkel bogen sich streng nach unten. »Die Dämonen haben rein gar nichts mit mir gemacht! Ich bin immer noch derselbe. Begreifst du es denn nicht, Rana?« Eindringlich breitete er die Arme aus. »Die Engel haben mir dies befohlen.«

Meine Augen weiteten sich umso mehr, bis ich einen unangenehmen Zug im Gesicht spürte. Ich wünschte, er hätte das nicht gesagt. Denn in dem Moment, in dem die Bedeutung seiner Worte zu mir durchdrang, verlor ich den letzten Funken Glauben, den ich noch für Kaidan übrig gehabt hatte. Die letzte Hoffnung, dass er ein normales Leben als ein normaler König führen würde, wie ich es mir so sehr für ihn gewünscht hatte.

»Du bist verrückt«, flüsterte ich. »Du bist wahnsinnig. Bist es von Anfang an gewesen.«

Kaidans Schultern sackten herab, und ich glaubte, dass sich Enttäuschung in seinem Blick widerspiegelte. »Ich bin immer noch dein Bruder.«

Eine Woge aus Verzweiflung schoss in mir hoch und raubte mir den Atem. In einer abgehackten Bewegung schüttelte ich den Kopf.

Seine Miene verfinsterte sich. »Doch. Das bin ich. Du –« Er stockte, als ich mit der Hand nach dem Türgriff tastete. »Rana!«

Schnell fuhr ich herum. Ich wollte die Tür aufreißen –

Kaidan packte mich von hinten und riss mich vom Ausgang weg. Im nächsten Moment prallte ich mit dem Rücken gegen die Wand, das angespannte Gesicht meines Bruders nur ein kurzes Stück von meinem entfernt. »Hör mir zu!«, herrschte er mich an. »Er war schwach. Zu schwach, um unser Reich in diesen Krieg zu führen. Deshalb musste er weichen.«

Entgeistert starrte ich ihn an, versuchte, ihn zu verstehen, doch ein Teil von mir hatte es längst aufgegeben. »Welchen Krieg denn?! Wovon bei Iblys –« Ich stolperte über meine eigenen Worte, als es mir wie Schuppen von den Augen fiel.

Ein harter Zug hatte sich um Kaidans Kiefer gebildet. »Ich glaube, du weißt genau, welchen Krieg.«

Das Blut gefror mir in den Adern. »Der Rauch«, hauchte ich. »Da … da ist Rauch …« Dass ich am ganzen Leib zu beben begonnen hatte, bemerkte ich erst, als meine Stimme es auch tat. »I-in d-der V-V-«

»Ich weiß.« Sachte strichen Kaidans Hände über meine Oberarme, und plötzlich war es, als würde er seine Maske aus

Eis ablegen. »Ich weiß. Und deshalb müssen wir handeln, Rana. Deshalb brauche ich dich.«

Ein Schluchzen ertönte irgendwo hinter ihm. Als hätte der Wachmann, den Kaidan für seinen Plan gewonnen hatte, inzwischen realisiert, dass er einen furchtbaren Fehler begangen hatte.

»Die Engel haben mich gewarnt«, raunte Kaidan. »Die Dämonen erheben sich in der Menschenwelt. Ich bin der Prophet, Schwester. Und der Einzige, der dafür sorgen kann, dass die Engel den Krieg gegen die Dämonen gewinnen.«

Ich wagte es nicht einmal mehr zu blinzeln, aus Angst, der Albtraum, den ich gerade lebte, würde noch schlimmer werden und mich geradewegs in eine Schlucht aus Flammen werfen. »Die Engel?«, war alles, was ich herausbrachte, ehe meine Stimme brach.

»Deshalb haben sie mich auserwählt«, bekräftigte er. Ich konnte förmlich spüren, wie er seine Anspannung verlor, als hätte er sein Leben lang darauf gewartet, mir all das zu sagen. »Deshalb habe ich schon seit Jahren diese Träume. Diese Visionen. Sie haben mich die ganze Zeit über auf diesen Tag vorbereitet.« Kaum merklich schüttelte er den Kopf. »Vater hätte diesen Krieg niemals gewinnen können. Ich schon. Und das kann ich nur als König.«

Seine Worte drohten einen Sinn zu ergeben. Aber das sollten sie nicht. Auf keinen Fall.

»Du … du hattest kein Recht …« Meine Augäpfel wollten sich drehen und meinen Vater ansehen, doch ich brachte es nicht über mich. »Du hättest ihn nicht gleich umbringen müssen!«, brach es aus mir heraus. Ich schluchzte und schloss die Augen, aber der Schmerz in meiner Brust wollte einfach nicht vergehen. Als ich mit Kaidan in der Wüste aufgewacht war, hatte ich gehofft, dass von nun an alles besser werden würde.

Doch stattdessen war alles nur noch schlimmer geworden. Viel schlimmer.

»Er hat dich verheiratet, Rana«, erinnerte er mich. »Du hast das nie gewollt. Und jetzt, da er tot ist, bist du nicht mehr an das Eheversprechen gebunden, das ihr nie vollzogen habt.« Ich versteifte mich am ganzen Körper, einfach nur, weil er meine Vermählung zum Thema machte. Erst als er weitersprach, wurde mir klar, worauf er hinauswollte: »Du kannst jetzt frei sein.«

Stille legte sich über uns, und meine Miene wurde ausdruckslos.

Frei?

Langsam sickerte die Gewissheit zu mir durch. Vater hatte den Vertrag an meiner Stelle unterschrieben. Jetzt war er tot. Und meine Ehe mit Nuh ungültig, weil wir sie nie besiegelt hatten.

»Du kannst frei sein«, wiederholte Kaidan sanft. »Oder mich in diesen Krieg begleiten.«

Blinzelnd kehrte ich ins Hier und Jetzt zurück. »W-was?«

»Die Dämonen werden mit jeder Sekunde stärker. Sobald diese Angelegenheit geklärt ist« – er nickte in Waheeds Richtung – »werde ich die nötigen Vorkehrungen treffen. Morgen werde ich mit einer Streitmacht zum Vamahar-Hügel aufbrechen, um die Waffe der Engel entgegenzunehmen. Mit ihr und unseren Männern werde ich gegen die Dämonen in den Krieg ziehen.«

Selbst wenn ich etwas hätte erwidern wollen, wären mir die Worte im Hals steckengeblieben. Zu viele Informationen prasselten auf mich ein, ohne dass ich hinterherkam.

»Du bist mir nichts schuldig«, fuhr Kaidan fort. »Du hast mich aus der Unterwelt befreit. Und ich schenke dir nun deine Freiheit.« Sein Blick bohrte sich in meinen. »Es liegt ganz bei dir, was du damit machst. Aber ich brauche deine Antwort.

Und zwar jetzt.« Er machte einen großen Schritt von mir weg und hob abwartend die Arme. »Wie entscheidest du dich, Rana von Almeira?«

Ich sprach mit niemandem, während ich mich schnellen Schrittes in meine Gemächer begab. Doch in meinem Inneren war es, als wäre eine Explosion kurz davor, ein ganzes Haus niederzureißen. Als stünde ich vor der Tür und drückte sie verzweifelt zu in der Hoffnung, die Druckwelle irgendwie im Zaum zu halten. Doch mir war klar, dass es mir nicht gelingen würde. Ich würde enden wie Mansur.

Meine Augen brannten. Meine Finger zitterten. Meine Knie waren so weich, dass sie auf einer Treppe mehrmals einknickten. Einmal stürzte ich und purzelte mehrere Stufen nach unten. Zwei Wachleute eilten sofort herbei, um mir aufzuhelfen. Ich ließ es zu, obwohl ich es nicht wollte, und ging weiter.

Ich rannte nicht. Ich *ging*. So, wie es jede Prinzessin an einem völlig normalen Nachmittag tun würde. An einem ereignislosen Tag wie jedem anderen auch, an dem nichts passiert war, das ihr Herz in seinen Grundfesten erschütterte. Das dafür sorgte, dass sie kurz vor dem Zusammenbruch stand. Ein Zusammenbruch, der sich nicht mehr lange hinauszögern lassen würde.

Als ich in den Gang meiner Gemächer einbog, musterte ich die Wachen nur kurz. »Geht«, befahl ich. »Und lasst niemanden zu mir.«

Die Männer standen stramm, dann drehten sie sich gleich schnell weg und marschierten den Gang entlang außer Sichtweite.

Erschöpft schlüpfte ich in mein Zimmer, drückte die Tür hinter mir ins Schloss und lehnte mich mit dem Rücken dagegen, bis sie mein letzter Halt auf Erden war. Am Rande meines Bewusstseins sah ich Ari, der auf meinem Bett hockte und mich mit seinen dunklen Knopfaugen fixierte.

Ich senkte die Lider und versuchte, tief durchzuatmen. Mein Herz wummerte in meiner Brust, in meinem Kopf, in meinem Magen, und mich darauf zu konzentrieren, war alles andere als beruhigend.

Du darfst nicht den Verstand verlieren, Rana, flehte ich mich selbst an. Nicht jetzt von allen Tagen. Du musst stark sein. Stärker denn je.

Ari gab einen leisen Laut von sich, und ich hörte, wie er von meinem Bett sprang. Ehe ich mich versah, hing mein ganzes Leben von ihm ab. Ich brauchte ihn. Nicht, um mir die Lösung für all meine Probleme auf dem Silbertablett zu servieren. Ich brauchte seine Wärme, sein weiches Fell, wollte mein Gesicht darin verbergen und mein schweres Herz darin ertränken, so lange es nur ging.

Ich öffnete die Augen und blickte dem Hund entgegen, der in der Mitte des Raumes stehengeblieben war. Das Fenster in seinem Rücken, warf das Licht der Nachmittagssonne Aris Schatten über die Distanz zwischen uns.

Es war nicht der Schatten eines Hundes.

Erschrocken zuckte ich zurück und presste mich förmlich gegen die Tür. Mit weit aufgerissenen Augen starrte ich auf den Boden, versuchte, mir einzureden, dass mir mein aufgewühlter Geist einen Streich spielte und der Schatten nicht zu einem Mann gehörte. Einem großgewachsenen Mann, neben dessen Schultern sich plötzlich Rauchschwaden in Form von einem Paar Schwingen in die Höhe erhoben.

Ein Winseln ertönte, dann ein Knacken.

Mit einem spitzen Schrei riss ich den Blick hoch – und sah, wie der Aralez fließend seine Gestalt veränderte. Das Letzte von ihm, das etwas völlig anderem wich, waren seine Augen, deren Schwarz sich Gelb färbte.

»Liebste.«

5.

IBLYS

Betreten blickte ich Daamin entgegen, während sich die Gewissheit wie Eis in meinen Adern ausbreitete. Daamin, nun mehr als die Ausgeburt meiner Träume, der den Aralez ein zweites Mal getötet hatte, nur um vor meine Augen treten zu können.

Ein neuer Schwall der Übelkeit stieg in mir hoch, wurde jedoch unversehens von einer Woge aus völlig anderen Emotionen erstickt: Panik. Hoffnung. Verzweiflung. Freude. Angst. Verwirrung. Wut.

Meine Lippen teilten sich nur ein kleines Stück, und das Grauen überwog. »Du bist wahrhaftig der Teufel.«

»Und du bist …« Der echte Daamin, nicht länger eine Ausgeburt meiner Träume, musterte mich mit zärtlichem Blick. »… wunderschön.« Er trug dasselbe Gewand mit Kapuzenumhang wie bei unserer letzten Begegnung. Und dasselbe Gesicht. Von Iblys war nichts zu sehen, und für einen verräterischen Moment bildete ich mir ein, dass ich seine Wandlung nur geträumt hatte.

Wäre da nicht sein Schatten auf dem Boden zwischen uns, dessen Flügel noch immer weit in beide Richtungen gespreizt waren.

Daamins Blick traf auf meinen, und er setzte sich in Bewegung.

Erschrocken presste ich mich gegen die Tür. »Komm nicht näher!«

Zum Glück blieb einen großen Schritt von mir entfernt stehen, jedoch ohne sich von meinem Tonfall einschüchtern zu lassen. »Wollt Ihr denn nicht angemessen von mir begrüßt werden, Prinzessin?«, säuselte er, sodass sich die Haare in meinem Nacken aufstellten.

Jede einzelne meiner Fasern spannte sich nach und nach an. Der Rauch über der Verbotenen Stadt. Ich hätte wissen müssen, dass Iblys keine Zeit verlieren würde, hierherzukommen. »Bist du hier, um mich zu töten?«

Daamin blinzelte verwirrt. »Wie bitte?«

Ich presste die Kiefer aufeinander. »Ich bin vor dir entkommen, ehe du mich dir opfern konntest.« Noch während ich es aussprach, fühlte ich mich, als würde ich am Rande eines Abgrunds balancieren, kurz davor, mich selbst in seine Tiefen zu werfen. »Bist du hier, um zu beenden, was du begonnen hast?«

Verdattert starrte mich Daamin an, als würde ihn das wirklich aus dem Konzept bringen. »I-ich habe nichts dergleichen begonnen!«

Er hob die Hände, und ich zuckte zurück. Ich verstand erst einen Augenblick später, dass er nur eine hilflose Geste hatte beschreiben wollen, und er nahm die Arme betont langsam herunter. Lautlos seufzte er. »Ich würde dir doch nie etwas antun, Rana.« Er zog die Brauen zusammen. »Deshalb ist es nicht besonders nett von dir, zu sagen, du wärst mir *entkommen*«, fügte er beinahe giftig hinzu.

Ich verstand die Welt nicht mehr. Schon klar, er hatte mich eingeholt. Über die Begriffsdefinition von *entkommen* konnte man sich streiten. Aber warum bei den Engeln sollte er das tun?

Ein Schauer rann mir über den Rücken. »Welchen Preis hat Mariam dafür bezahlt, mich zu retten?«

Ein irritiertes Zucken ging durch Daamins Braue. »Ich glaube, deine Erinnerung ist getrübt«, sagte er gedehnt. »Lass mich Abhilfe schaffen.« Sein Arm zuckte –

Erschrocken tastete ich nach dem Türgriff – und fand keinen. »Fass mich –«

Ich riss meinen Kopf herum, konnte aber nicht verhindern, dass Daamin meine Stirn berührte.

»Es tut mir leid, Rana«, flüsterte Iblys, ehe die Schwärze Einzug über mein Denken erhielt.

Ich war bewusstlos, und doch war ich immer noch wach. Es musste das Eis der Unterwelt sein, das meinen Geist in diesem Zustand behielt und mich nur ganz, ganz langsam in die Ohnmacht gleiten ließ.

»Nehmt den Jungen. Wir werfen sie durch das Portal.«

»Was?«, donnerte eine tiefe Stimme. »Das ist der Prophet!«

»Herr! Sie sind blauen Blutes!«

»Wir brauchen ihn noch.«

»Wer weiß, was passiert, wenn wir ihn einfach wieder nach oben lassen?«

»Dann war alles umsonst!«

»Habt ihr bereits in dieser kurzen Zeit euren Respekt verloren?«, drang Daamins gedehnte Stimme an meine Ohren. Und wurde von einem ohrenbetäubenden Brüllen abgelöst: »Wer wagt es noch, mir zu widersprechen?«

Ich spürte die Erschütterung von Füßen auf dem Boden, einen sanften Kuss in meinem Haar, und hörte eine leise Stimme, die flüsterte: »Es tut mir leid, Liebste. Ich wünschte, wir hätten zusammen das Licht erblicken können.«

Daamins gelbe Augen traten in den Vordergrund meines Bewusstseins, die für einen verräterischen Moment nichts als Zuneigung in mir heraufbeschworen. Abschätzig musterte er mich. »Klingelt's?«

Alles in mir bäumte sich auf, als sich die Erinnerung in mir breitmachte. Auf einmal waren da zwei Großmächte in meinem Inneren, die sich bis aufs Blut bekämpften. Und ich mittendrin, die Tochter, der der Schock über den Tod ihres Vaters noch in den Gliedern saß. Es war, als wäre ein Teil von mir mit ihm gestorben.

»Alles, was ich wollte, war es, mit dir zur Oberfläche zurückzukehren. Aber wir waren zu langsam, und ich konnte nicht mehr nach oben. Nicht ohne meine Krieger im Rücken.« Ein harter Zug bildete sich um Daamins Kiefer. »Ich wollte dich nicht *mir opfern*«, wiederholte er beinahe amüsiert meine Worte. »Ich habe mich für dich geopfert, indem ich zurückgeblieben bin.«

Mein Magen zog sich zusammen. Das glaubte er doch selbst nicht. Ich wusste, was ich gesehen, gehört, gespürt hatte! Was er mir gerade präsentiert hatte, würde alles verändern, und das auf einfachste Weise. Zu einfach.

»Das ist nie passiert«, stellte ich fest. »Du willst mir eine Illusion einflößen.«

Beinahe bekümmert betrachtete mich Daamin. »Du … glaubst wirklich, ich will dich hier und jetzt fressen?« Ein belustigter Laut kam ihm über die Lippen. »Du bist dickköpfig wie am ersten Tag. Sag mir«, fügte er gedehnt hinzu. »Warum hätte ich meine Kraft dafür aufbringen sollen, diesen alten Hexer in die Luft zu jagen, wenn ich auch einfach *dich* hätte in die Luft jagen können?«

Mir stockte der Atem, und plötzlich rollte sich die Gewissheit wie ein alter Teppich vor mir aus. »*Du* … hast das getan?«, fragte ich mit dünner Stimme. Nein, unmöglich. Ari war dort drinnen gewesen. Ich hatte keinen Rauch gesehen. Nichts, was Daamin angekündigt hätte –

Abgesehen von der Tatsache, dass ihm der Aralez vor wenigen Augenblicken gewichen war. Weil er nie da gewesen war. Weil es Daamin gewesen war, der mehrere Tage in der Gestalt eines Hunds an meiner Seite verbracht hatte. Der mir vorgetäuscht hatte, den Aralez wieder zum Leben erweckt zu haben. Der sich in mein Zuhause geschlichen hatte, ohne dass ich es auch nur geahnt hatte.

Ich hatte geglaubt, Ari wäre wiederauferstanden. Dabei war er nie zurückgekehrt.

Ich stieß alle Luft aus meiner Lunge, während sich eine gähnende Leere in meinem Herz ausbreitete.

»Gern geschehen.« Daamins überhebliche Fassade geriet ins Bröckeln. »Ich wusste nicht, wie ich mich dir nähern soll, ohne dich zu verschrecken«, fuhr er behutsam fort. »Ich habe ehrlich gesagt auch nicht viel darüber nachgedacht. Meine Sehnsucht nach dir war zu groß.« Er machte eine Pause, und in seinem Blick lag eine Wärme, die mich unversehens von innen ausfüllte. »Für dich war es ein Monat, für mich nur ein paar Sekunden. Aber niemand hat mich davor gewarnt, dass sich Sekunden ohne dich wie Ewigkeiten anfühlen würden.«

Ich bekam kaum mehr Luft. Meine Augen begannen zu brennen. Vor Rührung und Glück. Und vor der Reue und Verzweiflung, die damit einhergingen.

»Wie kannst du nur?«, flüsterte ich. »Wie kannst du so vor mir stehen und so reden, als wärst du Daamin, obwohl du …« Meine Kehle verengte sich. »Obwohl du … *er* bist? Obwohl du mich von Anfang an belogen hast?«

Daamin verzog keine Miene. »Ich habe dich nicht belogen. Ich bin Iblys.«

Es war, als würde er mir eine seiner Klingen ins Herz jagen. Allein der Klang dieses Namens aus seinem Mund drohte mir den Rest zu geben.

Doch er war noch nicht fertig: »Aber ich bin auch Daamin.« Er zuckte die Achseln, als spräche er über Kaffeesorten. »Das sind nur Namen, Rana. Es hat sich nichts verändert.«

»Nur Namen?« Heftig schüttelte ich den Kopf. »Was ich gesehen habe, waren nicht nur Namen!«

»Ich habe viele Gesichter«, erwiderte er ungerührt. »Ich bin nichts als Rauch, schon vergessen?«

Nichts in mir regte sich. »Du bist der Teufel.«

»Na und?«

Betreten starrte ich ihn an. Es war, als würde er dem naiven, hoffnungsvollen Teil meiner selbst den Todesstoß versetzen. Er gab es zu. Er stand vor mir und gab einfach so zu, dass ich mir das alles nicht eingebildet hatte. »Du bist das personifizierte Böse!«

Interessiert hob er die Brauen. »Bin ich. Und weiter?«

Die lockere Art, wie er meine Vorwürfe quittierte, drohte mir den Wind aus den Segeln zu nehmen. »Tu nicht so, als wüsstest du nicht, was man sich über dich erzählt. Iblys hat fromme Männer in die Sünde geführt …«

Daamin nickte langsam. »Das habe ich.«

Ich geriet ins Stocken. Er versuchte es nicht einmal abzustreiten? »… Menschen aus Spaß getötet …«

»Auch das habe ich.«

Meine Knie wollten unter mir nachgeben, als mich einfach alle Kraft verließ. Dabei hätte ich darauf vorbereitet sein müssen. Selbst wenn Daamin nur ein Marid gewesen wäre, hätte er eine ähnliche Vergangenheit gehabt. »Er hat«, zwang ich es heraus, »ihre Seelen gefressen und ihr Blut getrunken.«

»Ah!« Daamin lachte leise. »Und wie ich es genossen habe.« Abwartend sah er mich an, ohne einen Funken Reue. Das musste es sein, was mein Herz am meisten brechen ließ.

»Du hast all diese Dinge getan.« Ich rang um Fassung. »Und sagst, nichts hätte sich geändert?«

»Hat es nicht.« Er kratzte sich an der Schläfe. »Das lag schließlich *schon immer* in meiner Natur.«

Damit gab er mir den Rest. »Bei den Engeln«, flüsterte ich – Daamin stöhnte. »Man sagt sich auch, Iblys bringe sich selbst die größte Liebe entgegen.« Ich stockte, während ein Gemisch aus Wut und Enttäuschung in meinem Inneren aufwallten. »Ich hätte nie gedacht, dass es möglich ist, so voll von sich selbst zu sein, dass man sich seine eigenen Sünden nicht als solche eingestehen kann.«

Daamins allgegenwärtiges Lächeln erstarb. »Sag mir, Rana«, hob er mit rauer Stimme an. »Wenn du so fest davon überzeugt bist, zu wissen, wann ich dich anlüge und wann nicht, warum hast du dann gerade *keine* meiner Lügen entlarvt?«

Ich geriet ins Stocken. »Was?«

Seine Augen sprühten Funken. »Ich habe nichts von alldem getan.« Abrupt breitete er die Arme aus. »Verdammt, ich lag mein ganzes Leben lang in Ketten!« Seine Hand fuhr an den Abdruck um seinen Hals, der kaum mehr zu sehen war. »Glaubst du, ich habe die jede Woche gesprengt? Bin an die Oberfläche gekommen, habe ein paar Streiche gespielt und wieder mit einem Hechtsprung in der Siebten gelandet? Warum bei meinem Namen sollte ich so etwas tun?«, schaffte er es mit einem einzigen Ausdruck, einen Schauer über meinen Rücken zu jagen – und erinnerte mich daran, dass ich ihm nicht glauben durfte.

Er sprach so, als wäre er sein Leben lang ein Gefangener gewesen. Doch das würde bedeuten, dass alle Bücher logen, all die Geschichten, die über ihn niedergeschrieben worden waren, falsch waren.

Daamin atmete schwer. »Seit Anbeginn der Zeit war ich angekettet. Nach so vielen Jahren harter Arbeit, nach all den Qualen, all den Schmerzen, all der Kälte …« Seine Stimme verlor sich im Nichts, und er holte tief Luft. »… konnte ich mich endlich befreien. Ich war zum ersten Mal seit einer Ewigkeit an der Oberfläche, an seinem Ziel angekommen, und dann –« Er brach ab, und plötzlich legte sich ein Schleier der Ruhe über uns. Ein trauriges Lächeln umspielte seine Lippen. »Dann kamst du. Und hast einfach alles auf den Kopf gestellt.«

Er blickte mich an wie Daamin, der Dämon, in den ich mich verliebt hatte. Der Mann, in dem ich mich getäuscht hatte.

Nichts in mir regte sich. »Das glaube ich dir nicht.«

Er schnaubte, und seine gefasste Miene bekam Risse. »Natürlich nicht.« Er verengte die Augen. »Und deinem Bruder glaubst du?«

Ich versteifte mich. »Was hat Kaidan damit zu tun?«

»Er hat einfach alles damit zu tun!« Er sah mir tief in die Augen. »Du bist innerlich zerrissen. Ich spüre es. Das heißt, du hast endlich die Wahrheit über ihn erfahren.«

Ich biss mir auf die Unterlippe. Es hatte keinen Zweck, ihm etwas vormachen zu wollen. »Das habe ich.« Ich wollte überrascht sein, dass auch Daamin bestens Bescheid wusste, konnte es aber nicht. Inzwischen sollte ich es gewohnt sein, dass ich stets die Letzte war, die etwas erfuhr.

Eine seltsame Stille brach zwischen uns aus, die sich von jetzt auf gleich so allgegenwärtig anfühlte, dass ich mich nicht mächtig genug fühlte, um sie zu bezwingen.

Doch *Iblys* war mächtig genug: »Und wie hast du dich entschieden?«

Auf einmal hatte ich das Gefühl, auf einem seidenen Faden zu tanzen. Ich zögerte – und das allein schien ihm Antwort genug zu sein.

»Er ist der Prophet«, schob er hinterher, und die Tatsache, dass der Teufel persönlich das aussprach, ließ mich erst wirklich begreifen: Kaidan war nicht wahnsinnig. War es nie gewesen. Entweder das, oder Daamin wollte mich ebenfalls wahnsinnig machen.

Umso weniger Sinn ergab es, als er fortfuhr: »Er ist *gefährlich*, Rana.« Sein Mund öffnete und schloss sich wieder. Als würde er nach Worten ringen, wandte er sich ab und drehte sich dann erneut zu mir um. »Hör mir zu. Ich war mehr als zwanzig Jahre in der Lampe gefangen. Deshalb wusste ich nichts von ihm, als wir ihn gefunden haben. Meine Diener haben den Verdammten befohlen, Kaidan zu entführen und in die Unterwelt zu werfen. Um zu verhindern, dass er auf dem Hügel Vamahar die Botschaft der Engel empfangen kann.«

Ich stieß ein ungläubiges Lachen aus. »Natürlich tut der Teufel so, als wäre das etwas ganz Furchtbares.« Ich ballte die Hände zu Fäusten. »Deine Dämonen dringen an die Oberfläche. Und ich hoffe, Kaidan und die Engel werden jeden einzelnen davon auslöschen.«

Daamins Miene wurde steinern. »Das ist sein Plan«, antwortete er mit tiefer Stimme. »Er will *mich* auslöschen.«

Seine Offenbarung drohte mich ins Wanken zu bringen. Aber nicht annähernd so sehr wie die, die auf sie folgte.

»Und deshalb muss ich ihn töten.«

Es war, als würde er mir geradewegs in die Brust greifen und mein Herz herausreißen. In der Lücke, die es hinterließ, begann eine pechschwarze Flamme zu lodern.

So vieles hatten Daamin und ich zusammen durchgestanden. Aber er hatte die oberste Regel offenbar immer noch nicht begriffen: Mein Bruder bedeutete mir mehr als alles andere.

»Dann musst du zuerst an mir vorbei«, knurrte ich und stieß mich von der Tür ab. Meine Klinge lag unter meinem Kopfkissen. Wenn ich nur an sie herankäme –

Nichts in Daamins Miene regte sich. »Ich will dir nicht wehtun, Prinzessin.«

»Gut«, zischte ich. »Dann wirst du sterben.«

Er lachte nur. In einer übertrieben langsamen Bewegung sah er sich nach meinem Bett um – als Zeichen, dass er genau wusste, woran ich dachte. »Man könnte meinen, du hast schon wieder vergessen, mit wem du sprichst.«

Ich presste die Zähne aufeinander. Ein Anflug von Angst versuchte sich in mir einzunisten, doch ich ließ es nicht zu. »Habe ich nicht«, spuckte ich förmlich aus. »Das werde ich nie wieder. Ich werde mich nie mehr von dir täuschen lassen, *Iblys*.«

Seine Mundwinkel bogen sich nach unten. »Nenn mich nicht so«, zischte er. »Für dich bin ich immer noch Daamin.«

Ich ballte die Hände zu Fäusten. »Daamin ist für mich gestorben!«

Meine Worte schnitten durch den Raum, und Daamin zuckte zusammen. Bebend atmete er durch, und das Gelb in seinen Augen begann zu lodern. »Du hast mir versprochen, mich nicht zu verraten«, sagte er mit rauer Stimme.

Ich konnte seinem Blick kaum mehr standhalten, so sehr ich es auch versuchte. »Und du hast mir versprochen, mich nicht zu enttäuschen.«

Er schnaubte freudlos. »Glaub mir. Ich bezahle den Preis dafür.« Er machte einen halben Schritt nach vorn. Ich wich zurück, doch er überbrückte die neue Distanz zwischen uns mühelos, bis ich wieder die Tür im Rücken hatte und sein Körper nahtlos in meinen überging.

»Ich habe mich deiner Gnade unterworfen und ich bereue es nicht, Prinzessin.« Langsam hob er eine Hand und schob mir ein paar Haarsträhnen hinters Ohr. »Denn so weiß ich, dass …« Etwas Verheißungsvolles blitzte in seinen Augen auf. »… sich deine Enttäuschung in Grenzen hält. Vor allem jetzt, wo ich endlich wieder vor dir stehe.« Seine Finger strichen über meine Wange und zogen eine kribbelnde Spur hinter sich her.

Ein heißes Prickeln stieg meine Magengrube hinauf. »Du irrst dich«, presste ich hervor, versuchte jedoch nicht, seiner Berührung zu entgehen. Ich durfte keine Schwäche zeigen. »Ich bin nicht nur enttäuscht, ich *verabscheue* dich. Ich will dich nicht einmal in meiner Nähe.«

Daamin lächelte kühl. »Das hat aber anders ausgesehen, als du mich vorhin in deinen Schoß gelassen hast.« Er lehnte sich vor, bis seine Lippen ganz dicht an meinen Ohren waren. »Und an all den Tagen zuvor.« Er legte leicht den Kopf schief und ließ seinen Blick mit einer Begierde an mir herabschweifen, bei der mir heiß und kalt zugleich wurde. »In deiner Hochzeitsnacht musste ich mich zusammenreißen. Mein Drang war so groß, mich zu verwandeln und anstelle deines Mannes die Ehe mit dir zu vollziehen.«

Ich schluckte merklich. »Wie kommst du darauf, dass ich jemals wieder *irgendetwas* mit dir vollziehen würde?«

Sein Lächeln wurde tiefer. »Weil ich weiß, wie sehr du es genossen hast. Es genießen würdest.« Etwas Nachdenkliches trat in seine Augen. »Auch jetzt, wo du mein wahres Gesicht gesehen hast.« Er lehnte sich etwas vor, bis seine Wärme auf meiner Haut prickelte, und hauchte: »Vielleicht sogar noch mehr als vorher.«

Ich wusste genau, was er hier tat. Er versuchte, mich um den Finger zu wickeln – so wie er es in der Unterwelt getan hatte.

»Deine Enttäuschung schwächt mich, Rana. Wärst du also wirklich so maßlos enttäuscht, wie du dich gibst, wäre ich nicht in der Lage gewesen, mich in einen Aralez zu verwandeln und die Gestalt aufrechtzuerhalten.«

Seine Lippen strichen über meine Wange, mein Ohr, meinen Hals. Ich hielt den Atem an und versuchte, nichts zu empfinden. Doch was er in mir auslöste, konnte ich nicht einfach abstellen. Vor allem, weil er genau wusste, was er tun musste, um das Kribbeln in meinem Bauch zu verstärken.

»Ich wäre vielleicht sogar so geschwächt gewesen, dass ich es nicht einmal geschafft hätte, in den Palast einzudringen.« Als er von mir abrückte, brannte in seinen Augen ein Verlangen, das er schon viel zu lange unterdrückt haben musste. »Aber ich stehe hier vor dir, und mir geht es blendend. Und das kann nur eines bedeuten …«

Seine andere Hand fand meinen Oberschenkel und riss mein Bein hoch. Er drückte seinen Körper gegen meinen, seine Stirn berührte meine, sein Mund –

»Fass mich nicht an«, presste ich hervor, und Daamin erstarrte mitten in der Bewegung.

Doch er ließ mich nicht los. Seine Lippen dicht an meinen, sah er mir tief in die Augen. »Du gehörst mir, Rana«, knurrte er. »Und ich berühre dich, wie es mir beliebt.«

Allein die Reibung unserer Körper drohte, meinen Widerstand ins Bröckeln zu bringen. Ich wollte bei Daamin sein. Wollte seine Nähe, seine Worte, seine Stimme ganz dicht an meinem Ohr. Wollte seine Küsse. Seine bedingungslose Verehrung.

Aber bei diesem Wunsch gab es einen entscheidenden Haken: Daamin existierte nicht.

Und doch glaubte ich in seinen Augen einen winzigen Funken dessen zu erkennen, wofür ich ihn gehalten hatte: Sein oberstes Prinzip, dass er sich mir niemals aufdrängen würde. Genau das war der Grund, weshalb unsere Lippen nicht längst miteinander verschmolzen waren.

Doch ich konnte ihm auch ansehen, dass seine Selbstbeherrschung Grenzen hatte. Und auf einmal wusste ich, was zu tun war.

Ich entspannte mich, soweit ich es in seinem Griff konnte, wie ein Beutetier, das sich dem Räuber ergab, dessen Kiefer seinen Hals gepackt hatten. »Tu es.« Meine Worte waren eine

Einladung, doch mein Tonfall brachte Daamin ins Stutzen. »Nimm dir, was auch immer du von mir willst. Und lass nichts von mir übrig.« Meine Stimme war von Abscheu erfüllt. »Mach mit mir, was dir beliebt. Das wird der letzte Beweis sein, den ich brauche.«

Daamin runzelte die Stirn. »Beweis?«

Ein gelöstes Lächeln stahl sich auf meine Lippen. »Dafür, wer du wirklich bist.« Und dafür, dass Daamin nichts weiter als ein Wunschtraum für mich war.

Sofort ließ er mich los. »Nein.« Langsam schüttelte er den Kopf. »Rana, das …« Er verstummte, und ich konnte ihm ansehen, dass ihm die Gewissheit endlich wie Schuppen von den Augen fiel. Dass er verstand, dass er mich verloren hatte.

Und das war der Moment, der mir den Boden unter den Füßen wegzuziehen drohte. Er tat es nicht? Er zwängte sich mir nicht auf? Er, Iblys persönlich?

»Du kannst mich nicht hassen«, raunte er. »Du *darfst* mich nicht hassen.« Auf einmal wirkte er so hilflos wie in der Hundegestalt, in der ich ihn gefunden hatte.

Mir war, als würde in seinem Schmerz ein blasses Abbild von Iblys durchschimmern. Doch gerade als ich mich darauf konzentrieren wollte, war es verschwunden.

Daamin mahlte mit den Kiefern. So aufgewühlt hatte ich ihn noch nie erlebt. Aber was wusste ich schon? »Ich kenne dich, Rana. Ich kenne dich besser als jeder andere in diesem großen, verdammten Palast. Und du hast in mein Innerstes gesehen.« Er ergriff meine Hand und legte sie auf seine Brust. »Du hast gesehen, was ich wirklich bin, und es hat dir keine Angst gemacht. Warum ist es jetzt anders, nur weil du den Namen dafür kennst?«

Ich riss meine Hand los. »Einfach *alles* ist anders! Jedes Wort aus deinem Mund war eine Lüge.« Ich schnaubte verächtlich. »Du bist nicht einmal ein Marid!«

»Ich bin kein Marid«, lenkte er ein. »Aber ohne meine Flügel war ich auch kein Engel. Also war es nicht *wirklich* gelogen.«

Ein bitterer Geschmack legte sich auf meine Zunge. Ich ertrug Daamins Anblick nicht mehr und zwang meine Augen zu. »Dann hätten wir zumindest eine Sache, bei der du nicht *wirklich* gelogen hast.«

»Rana.« Das Bedrohliche in seiner Stimme ließ mich die Lider heben. »Bitte denk nach. Ich habe dich nicht angelogen. Ich habe nur die Wahrheit –«

»Du bist der Teufel«, zischte ich. »Du lügst, wenn du den Mund aufmachst!«

»Und du?!«, brach es plötzlich aus ihm heraus. »Du glaubst nur das, was dir gerade genehm ist!« Seine gelben Augen sprühten Funken. »Was auch immer dir dabei hilft, über mich hinwegzukommen, weil dein Herz immer noch mir gehört.«

»Kein Teil von mir gehört dir!«, schleuderte ich ihm entgegen.

»Schon wieder eine dreiste Lüge!« Er ballte eine Hand vor seinem Oberkörper zur Faust und rang sichtlich mit sich. Als er den Mund öffnete, war er nicht mehr so laut, doch seine Anspannung nach wie vor hörbar: »Du gehörst mir. Oder warum trägst du immer noch die Kette, die ich dir gegeben habe?«

Erschrocken griff ich mir an die Brust, wo der Halbmondanhänger unter dem Stoff meiner Kleidung ruhte. Meine Hand verkrampfte sich darum. Verdammt, was war nur los mit mir? Iblys hatte mich damit gezeichnet. Mich markiert. Und ich hatte das zugelassen.

Entschieden zog ich die Kette unter meinem Kleid hervor, packte den Anhänger, um ihn mir vom Hals zu reißen –

Ich konnte es nicht. Nicht einmal dann, wenn ich all meine Wut, meine Vernunft, meine Verzweiflung in meinen Arm lenkte, wollte er mir gehorchen.

Daamin ließ seine Hand sinken, und ein beinahe mitleidiges Lächeln umspielte seine Lippen. »Als ich gesagt habe, ich könnte dir alles geben, war das nicht gelogen, weißt du? Und es gilt nach wie vor.« Er machte eine Pause. »Alles, was du tun musst, ist Ja sagen.«

Ich schlug den Blick nieder, und der Sandsturm meines Herzens begann aufs Neue zu toben. Ein Teil von mir wünschte sich, Daamin hätte sich mir früher offenbart. Bevor ich meinen Vater aufgefunden hatte. Bevor mir Kaidan meine Freiheit geschenkt hatte. Bevor er sich als der entpuppt hatte, der er schon immer gewesen war, ohne dass ich ihn als das erkannt hatte.

Vielleicht hätte ich Ja gesagt. Und genau das wäre unser aller Verderben gewesen. Denn Daamin wusste so viel mehr als ich. Und er war ein Stratege. Hätte er gewollt, hätte er mich längst töten, entführen, einfach mit sich nehmen, sich mir aufzwingen können. Doch das tat er nicht. Auch in der Unterwelt war er mich nie angegangen, weil er auf den Augenblick gewartet hatte, in dem ich mich ihm freiwillig ergeben würde. Weil er nur dann wirklich über mich triumphiert hatte.

Das war es, worauf er aus war. Triumph. Triumph über das neue Königsgeschlecht. Über Kaidan. Über die Engel. Und ich war der Schlüssel dazu. War es schon immer gewesen.

Ich gab es auf, mir die Kette vom Hals reißen zu wollen. Ich schaffte es nicht. Es war, als würde sie mich gefangen nehmen, wie es der Finder getan hatte.

Mit einem wütenden Ächzen ließ ich den Arm sinken. »Schon klar«, grollte ich. »Du hast Macht. Deshalb hast du all das in der Unterwelt geschehen lassen. Um mich zu manipulieren.« Ich reckte das Kinn. »Um mich dir gefügig zu machen.«

Ratlosigkeit huschte über sein Gesicht. »Das glaubst du?« Er spielte den Unschuldigen, aber darauf fiel ich nicht herein. Nicht mehr.

»Du hattest alles von Anfang an so eingefädelt«, presste ich hervor. »Du hast mich verschleppt. Du hast Ari sterben lassen –«

»Hey!«, unterbrach er mich scharf. »Nicht alles, was in der Unterwelt passiert, steht unter meiner Kontrolle!« Heftig schüttelte er den Kopf. »Denkst du, ich hätte sonst zugelassen, dass dich der Nhang beinahe tötet? Dass du den Doppelgängern zum Opfer fällst? Dass der Chival –«

»Natürlich hättest du das!« Ich atmete schwer und verstand selbst kaum mehr, warum ich mich mit ihm darüber stritt. Er sollte endlich die Karten auf den Tisch legen. »Darum ging es dir doch die ganze Zeit! Damit du mich retten kannst und ich in deiner Schuld stehe.«

Daamins Miene wurde ernst – und etwas Verletzliches mischte sich in seinen Blick. »Wie kannst du nur so etwas sagen?«, flüsterte er. Dann kehrte die Kraft in seine Stimme zurück: »Ich habe dich geliebt!«

Meine Finger versteiften sich, mein Herz erbebte, weil er die Vergangenheitsform verwendete – doch da wurde jäh ein wütendes Feuer in mir entfacht. Wie konnte er es wagen, dieses Wort in den Mund zu nehmen? Von allen Dingen, die der Mensch je niedergeschrieben hatte, ausgerechnet dieses? Ich schnappte nach Luft und rief: »Du hast mich die ganze Zeit belogen!«

»Ich habe *alles* für dich getan!«, gab er genauso laut zurück und fachte meine Wut nur noch mehr an.

»Du hast alles für dich selbst getan!«

»Nein.« Daamin blickte drein, als würde er sich jede Sekunde auf mich stürzen. Mir endlich sein teuflisches Gesicht hinter der Fassade zeigen. Doch es kam anders: »Das ist nicht wahr.« Er atmete tief durch. »Hätte ich nur an mich gedacht, hätte ich dich niemals nach Hause gebracht. Das war das Letzte, was ich wollte. Dass du hierher zurückkehrst und dein Leben weiterführst ohne mich.« Plötzlich ballte er die Hände zu Fäusten. »Verdammt, du solltest keine Prinzessin in diesem verfluchten Palast sein!«

Ich kniff die Augen zusammen. »Was sollte ich denn sonst sein?«, fragte ich mit bebender Stimme. »Deine Sklavin? Deine Dienerin? Dein Blutopfer?«

Daamin verzog keine Miene. »Meine Königin.«

Meine Gedanken gerieten ins Stocken. Konnte kaum verarbeiten, was er gerade gesagt hatte. Weil es das Letzte war, was ich erwartet hatte. Erst der gequälte Ausdruck in seinem Gesicht öffnete mir die Augen für das, was ich in den vergangenen Minuten vehement verdrängt hatte.

Was hatte er noch gleich gesagt? Er hatte *wirklich* an die Oberfläche kommen wollen? Frei sein wollen? Gemeinsam mit mir? Er sollte mich nie angelogen haben?

Das würde bedeuten …

Das wurde bedeuten, die Liebe, die sich durch den Schmerz in seinen Augen abzeichnete, war echt. Und alles, was er wollte, war, dass ich sie endlich wieder erwiderte.

Was er von mir verlangte, war jedoch eine Liebe, die der Teufel nicht verdient hatte.

Daamin ließ die Schultern hängen. »Rana. Ich bin hergekommen, um dich zu warnen. Und um dich zu retten. Bevor es zu spät ist.« Verzweifelt schüttelte er den Kopf. »Ich will dich nicht verlieren, verstehst du?« Bebend atmete er durch. »Dein Bruder ist eine Gefahr«, erinnerte er mich schmerzlich daran, dass er auf der falschen Seite stand. Er *war* die falsche Seite. »Für uns alle. Aber auch für dich.«

Das Leuchten, das sich an den Rand meiner Seele gestohlen hatte, erstarb abrupt. Liebe. Hatte ich gerade wirklich geglaubt, Daamin hätte echte Gefühle für mich?

»Lügner«, flüsterte ich. Er wollte mich für sich gewinnen. Mich für seine Zwecke nutzen. Schon wieder. Um mich zu seinem Werkzeug zu machen. Um meinem Bruder wehzutun.

»Du darfst dich nicht vor ihn stellen. Das ist dein Untergang.«

»Lügner!«

»Verdammt!«, brach es aus ihm heraus. Plötzlich umfasste er mein Kinn und zwang es in die Höhe, damit ich ihn ansah. »Ich werde nicht zulassen, dass du in dein Verderben rennst!«

Nichts in meiner Miene regte sich. *Aber er würde auch nie gegen meinen Willen handeln.* Das war seine große Schwäche. Und der einzige Grund, der ihn stets aufs Neue davon abhielt, sich das zu holen, was er wirklich wollte.

Eine schmerzhafte Bitterkeit erfüllte meine Brust. »Mein Verderben«, flüsterte ich, »warst schon immer nur du.«

Daamins Gesichtszüge entgleisten. »Rana …« Er sah mir tief in die Augen, aber was er dort fand, brachte ihn zum Schweigen. Langsam löste er sich von mir, ohne zu blinzeln. Er atmete bebend durch. »Abgar hatte wohl doch recht. Ich hätte auf seine Warnung hören sollen. Bevor es zu spät war.«

Er wandte sich ab und schritt von mir weg, aber ich erlaubte es mir nicht, mich zu entspannen. In weiser Voraussicht, denn kurz darauf drehte er sich in einer abgehackten Bewegung wieder zu mir um. »Also gut«, presste er hervor. »Ich verschwinde.« Seine Ankündigung beschwor er Feuer und Eis in mir herauf. »Ich lasse dich in Ruhe. Ich respektiere deine Entscheidung.« Er überquerte die Distanz zu mir aufs Neue. Ich hatte es aufgegeben, den Türgriff finden zu wollen. »Unter einer Bedingung.«

Ich straffte die Schultern. »Ich akzeptiere keine Bedingungen von einem –«

»Gewähre mir einen Kuss.«

Mein Herz machte einen Satz. »Nein!«

Er ließ sich nicht beirren. »Einen letzten. Ich habe dich *verschont*. So formulierst du es doch, oder?«, fragte er gehässig. »Du bist es mir schuldig.«

Ich versteifte mich, bereit, ihn von mir wegzustoßen. »Ich bin dir rein gar nichts schuldig, Iblys.«

Doch Daamin machte keine Anstalten, mich zu zwingen. Stattdessen wanderte sein Blick zu meinen leicht geteilten Lippen. »Dann bist du es dir selbst schuldig«, flüsterte er. »Ich weiß, dass du es bereuen wirst, wenn du es nicht tust.« Er hob eine Hand und strich über meine Wange. Es war eine hauchzarte Berührung, die mich sofort nach mehr verlangen ließ.

Ich biss mir auf die Zunge, bevor sie verraten konnte, dass Daamin mir aus der Seele sprach. Es war eine Sache, zu wissen, dass man dem Teufel nicht über den Weg trauen durfte. Und eine andere, sein Herz davon zu überzeugen.

»Und auch wenn du mir nicht glauben willst …« Sein Daumen strich über meine Unterlippe und entfachte ein Verlangen in mir, das kein anderer Mann jemals stillen könnte. »Ich brauche ihn genauso sehr wie du.«

Seine Worte brachten mein Herz zum Höherschlagen und doch zum Erbeben. Er hatte recht mit allem, was er sagte. Ich brauchte ihn. Ich brauchte ihn so sehr. Niemals hätte ich gedacht, je wieder so vor ihm zu stehen. Vor Daamin, nicht vor Iblys. Auf so eine fast schon friedliche Weise, in der kein Teil von mir um sein Leben fürchtete. In einem unendlichen Augenblick, in dem ich mir einreden konnte, dass alles wieder so werden könnte wie früher.

Das hier kann unter uns bleiben. Unser gemeinsames kleines Geheimnis.

Ich würde es bereuen, ihn zu küssen. Aber noch viel mehr würde ich es bereuen, ihn für immer ziehen zu lassen, ohne mich von ihm verabschiedet zu haben. Von Daamin, dem Wunschtraum.

Wieder schien er in meinen Augen lesen zu können. Als meine Hand seinen Nacken fand, lehnte er sich auch schon zu mir und drückte seine Lippen auf meine.

Sein Kuss riss mich in einer Strömung der Glückseligkeit fort. Die Verzweiflung trieb uns an und lenkte uns. Mit einem leisen Seufzen schlang ich die Arme um seinen Hals und ergab mich ihm – ein allerletztes Mal, ehe sich unsere Wege auf ewig trennen würden.

Obwohl wir einen langen Monat getrennt gewesen waren und ich inzwischen verheiratet war, funktionierten wir so gut wie am ersten Tag. Als wären wir füreinander geschaffen. Seine bloße Berührung brachte mein Herz zum Höherschlagen. Ich wollte mehr davon. Ich wollte mehr von ihm. Doch je stärker ich mich darauf konzentrierte, desto stärker rückte die Erinnerung an das Antlitz des Iblys in den Vordergrund meines Bewusstseins – und alles, was ich damit verband.

Ich wollte es ignorieren. Wollte es beiseiteschieben. Doch jetzt konnte ich es nicht mehr. Auf einmal war Iblys allgegenwärtig – auch ganz ohne, dass Daamin sein Gesicht trug. Es war, als wäre der Marid endgültig gestorben und hätte dem Platz gemacht, was er wirklich war. Einem gefallenen Engel, dem ich nicht über den Weg trauen durfte. Der Kaidan töten würde, sollte es uns nicht gelingen, ihn zuerst zu töten.

Meinem Feind. Der Feind der Menschheit, die Wurzel allen Übels.

Unsere Lippen trennten sich, blieben aber nur einen Spaltbreit voneinander entfernt. Daamins Atem kitzelte mein Gesicht und drohte mich für einen Moment wieder in die trügerische Illusion einzulullen, er wäre nichts weiter als ein Dschinn, den ich von Anfang an in meinen Bann gezogen hatte.

Als er sich wieder vorlehnte, senkte ich die Lider, begierig darauf, mich ein letztes Mal in den Sumpf aus Lügen und Verrat zu werfen, in dem wir zueinandergefunden hatten. Aber seine Lippen sollten nicht mehr auf meine treffen. Im letzten Moment löste er sich doch vollends von mir, als würde er begreifen, dass der Augenblick endgültig verstrichen war.

Seine Präsenz verschwand vor mir, und als ich die Lider hob, stand er in der Mitte des Raums, und schenkte mir einen letzten Blick über die Schulter. Seine Miene war undurchdringlich. »Leb wohl, Rana.«

Mein Mund wurde trocken. Meine Lippen teilten sich, doch ich brauchte mehrere Anläufe, um auch nur einen Ton herauszubringen. »Leb wohl … Iblys.«

Zwei, drei Sekunden lang sah er mich einfach nur an. Dann wandte er sich vollends ab – und löste sich in einem Schwall aus Rauch auf, der durch die Ritzen meines Fensters schoss und sich im Nichts verlor.

Damit war es besiegelt. Das nächste Mal, wenn wir uns begegneten, würden wir uns als Feinde gegenüberstehen.

Mein Herz stand in Flammen. Tränen sammelten sich in meinen Augen, doch ich blinzelte sie entschieden weg. Iblys war der Letzte, um den ich weinen durfte. Wenn ich das tat, wäre meine Seele nicht mehr zu retten.

Ich wollte auf die Knie sinken, dem Zusammenbruch freien Lauf lassen, der sich schon in mir angebahnt hatte, seit ich die Gemächer meines Vaters verlassen hatte. Der den Rest meines klaren Verstands, meiner Hoffnung, meiner selbst auslöschen und nichts als Chaos und Zerstörung hinterlassen würde.

Doch ich konnte nicht. Denn in diesem Moment kam mir die eine Frage in den Sinn, die ich ihm hätte stellen müssen, an die ich jedoch keine Sekunde lang gedacht hatte. Eine Frage, die nun niemals beantwortet werden würde und höllischer in meinem Inneren brannte als das Feuer der Verzweiflung, das Iblys in mir hinterlassen hatte: *Warum?*

Ich sollte mich erleichtert fühlen. Schließlich hatte ich mich gegen den dämonischen Einfluss des Teufels behauptet. Doch es kam mir nicht wie ein Sieg vor. Sondern als hätte ich meine große Liebe für immer gehen lassen.

6. VAMAHAR

Der nächste Tag fühlte sich surreal an. Der vermeintliche Mörder meines Vaters wurde in derselben Stunde hingerichtet, in der sich Kaidan krönen ließ. Es war eine kurze, schmucklose Zeremonie, bei der nur meine Hochzeitsgäste zugegen waren. Nuh war ebenfalls hier. Kaidan hatte mir angeboten, die ungültige Ehe zu annullieren, aber ich hatte ihn davon abgehalten. Wenn er wirklich in einen Krieg gegen Dämonen ziehen wollte, konnte er es sich nicht leisten, seinen engsten Verbündeten zu vertreiben. Und da Nuh bereits da war, geziemte es sich für ihn nicht, sich jetzt ohne Weiteres aus dem Staub und Almeira im Stich zu lassen.

Verbündete hin oder her, hatte Kaidan gesagt. *Wenn die Engel wollen, dass wir triumphieren, dann werden wir das auch.*

Wenngleich ich Kaidan inzwischen glaubte, hatte ich mich nicht davon abbringen lassen. Denn *mir* hatten die Engel noch nichts zugeflüstert, und ich vertraute lieber auf die Dinge, die ich sah und kontrollieren konnte.

Bei seiner Krönung hatte Kaidan von den Dämonen berichtet, die in der Verbotenen Stadt aus der Unterwelt stiegen, und damit – gelinde gesagt – ganz Almeira in Angst und Schrecken versetzt. In unseren Reihen herrschte Unsicherheit. Doch war das nicht schon immer so gewesen? Bei jedem Propheten, der durchs Land gezogen war und seine Kunde verbreitet hatte? Der die Welt vor Schaden durch Dämonen bewahrt hatte? Zu keiner Zeit hatte jemand mit Sicherheit wissen können, ob er nichts weiter als ein Lügner, ein Hochstapler war. Alles, was einem übrig blieb, war es dem Propheten zu vertrauen – und damit auch in die Engel.

In gewisser Weise hatte Kaidan Glück, denn selbst wenn die Bevölkerung nicht auf seine Worte vertraute, überzeugte sie doch zumindest der pechschwarze Fleck, der sich über der Verbotenen Stadt am Himmel bildete und mit jeder Stunde größer wurde.

Innerhalb weniger Tage waren alle kampffähigen Männer eingezogen, Vorräte und Waffen gepackt worden. Das Heer sammelte sich vor den Stadttoren und der Rest der Bevölkerung vor dem Palast, um sich von uns zu verabschieden.

Wir bewegten uns inmitten eines Trupps aus Stadtwachen aus dem Gebäude, geradewegs hinein in die tobende Menge, die uns dort erwartete. Sahar hielt sich dicht an meiner Seite. Ihre Schultern schienen noch angespannter als meine. Wahrscheinlich hätte sie nie gedacht, einmal als meine Zofe in den Krieg zu ziehen. »Seid ihr sicher, dass Ihr Euren Bruder begleiten wollt?«, flüsterte sie mir zum vierten Mal an diesem Tag zu.

»Ich weiß, dass du es für unklug hältst«, gab ich zurück. »Weil ich die letzte mögliche Thronfolgerin nach ihm bin. Aber ich habe keine andere Wahl.«

Die Nachmittagssonne brannte auf meinem Kopf, und ich konnte es kaum erwarten, den weiten Umhang loszuwerden, den ich in der Öffentlichkeit anlegen musste, um mich zu bedecken.

Sahar zog die Brauen zusammen. »Natürlich habt Ihr die. Er hat sie Euch doch gegeben!«

Langsam schüttelte ich den Kopf. »Er hat gesagt, dass er mich braucht. Also werde ich ihn nicht allein lassen.« Ich war nicht für ihn in die Hölle gegangen, um ihn jetzt im Stich zu lassen, wo er endlich sein Schicksal erfüllen sollte.

Ein Teil von mir konnte es immer noch nicht glauben. Nicht begreifen, dass das hier tatsächlich Kaidans vorherbestimmter Pfad sein sollte. Dass seine Träume in seiner Kindheit schon Vorboten dessen gewesen waren, was sich nun ereignen würde. Doch irgendwie war ich erleichtert. Er war nicht wahnsinnig. Er war wirklich erwählt, und ich sollte jetzt schon verdammt stolz auf ihn sein. Ich wünschte nur, ich hätte ihm viel früher Gehör geschenkt.

»Und Ihr wollt auch … kämpfen?«, fragte Sahar zaghaft.

»Von *wollen* kann nicht die Rede sein«, murmelte ich.

Unter meinem Umhang befand sich ein kurzes Kleid mit langen Strümpfen, so wie ich es in der Unterwelt getragen hatte. Eine Montur, mit der sich eine Prinzessin niemals sehen lassen sollte – doch darin konnte ich mich nun mal viel besser bewegen als in den Gewändern, die ich sonst anhatte, und Kaidan hatte es mir erlaubt. Der Griff der gesegneten Klinge von Mansur war an meinem Gürtel befestigt, und ich hoffte, dass ich die lange Schneide tatsächlich herausbefördern konnte, sollte ich sie brauchen.

Ich wünschte, wir müssten nichts von alldem hier tun. Aber Iblys hatte seine Entscheidung getroffen.

Warum? Diese Frage hatte mich die ganze Nacht wachgehalten. Wenn es Iblys' Wunsch gewesen war, an der Oberfläche frei zu sein, warum brachte er dann seine Armee mit? Wäre er in friedlicher Absicht hier – wie unglaubwürdig das schon klang! –, hätten die Engel schließlich keinen Grund, Kaidan auf ihn anzusetzen.

Nach und nach hatte ich es begriffen. Wäre Daamin ein Marid gewesen, wäre sein Wunsch nach Freiheit vielleicht realistisch gewesen. Doch so kam mir Iblys geradezu naiv vor. An der Oberfläche wusste jeder, wer er war. Es war abzusehen, dass man hier oben Jagd auf ihn machen, ihn bekämpfen würde, so wie es sich gehörte.

Vielleicht hatte er deshalb seine Strategie geändert. Weil er eingesehen hatte, dass die einzige Möglichkeit für ihn, an der Oberfläche frei zu sein, es war, diese einzunehmen.

Es fühlte sich falsch an, so zu denken. So war Daamin nicht. Aber genau so war *Iblys*. Ich hatte genug über ihn gelesen, genug von ihm gehört, um das zu wissen. Er wusste, was er wollte, und er hatte die Macht, es sich zu nehmen. Und wenn er dafür alles und jeden vernichten müsste, der sich ihm in den Weg stellen könnte.

Aber er hat nicht gesagt, dass er alles vernichten würde, ermahnte mich eine zarte Stimme in meinem Hinterkopf, während der Schwall aus Menschen, in dem wir uns bewegten, langsamer wurde.

Ich runzelte die Stirn. Natürlich wollte er das. Er wollte Kaidan und die Engel bezwingen – und die würden ihn bekämpfen, um die Menschheit vor ihm zu beschützen. Das kam doch auf dasselbe hinaus.

»Du glaubst nur das, was dir gerade genehm ist. Was auch immer dir dabei hilft, über mich hinwegzukommen, weil dein Herz immer noch mir gehört.«

Die Erinnerung an seine Worte brannte sich in mein Innerstes und ließ eine Woge des schlechten Gewissens über mir zusammenschlagen. Wäre ich auf ewig so zerrissen wie jetzt? Und was würde aus mir werden, sollten unsere Seiten aufeinandertreffen? Denn feststand eines: Wir könnten niemals beide überleben.

Etwa drei Dutzend Krieger betraten vor uns den Platz und drängten die Menge zur Seite, bis ein kreisrundes Loch entstand, in dem sich unser Gefolge breitmachte. Ich blieb in Kaidans Nähe, der sich in der Mitte des Platzes aufstellte und den Blick schweifen ließ. Sein Volk erwartete eine Rede, Worte der Hoffnung, ehe wir abreisten und die Leben ihrer Angehörigen aufs Spiel setzten. Ein schwacher Trost dafür, dass viele von ihnen nicht zurückkehren würden.

»Brüder und Schwestern, Mütter und Väter, Söhne und Töchter.« Als Kaidan die Stimme erhob, wurde es plötzlich mucksmäuschenstill. Fast so, als würde die ganze Stadt den Atem anhalten. »Wir müssen uns von euch verabschieden. Und bei euch bedanken. Für euren Glauben an die Engel, an das Gute, an die Menschen. Dafür, dass ihr euch dazu entschieden habt, den Pfad des Lichts zu beschreiten. Wir sind es, die in den Kampf ziehen, aber *wir alle* bestreiten diesen Krieg. Wir tragen mit unseren Schwertern und unseren Streitkolben dazu bei. Ihr wiederum schützt unser Zuhause, während wir es nicht können. Ihr bereitet euch auf den Tag unserer Rückkehr vor und heißt uns mit offenen Armen willkommen, wenn wir unsere erschöpften, blutigen und hungrigen Leiber nach Hause schleppen.« Er reckte das Kinn und erinnerte mich auf einmal an einen stolzen Adler. »Ihr seid das schlagende Herz von Almeira. Ihr tragt uns in euren Gedanken, so wie wir euch in unseren tragen.« Kaidan löste sich von seiner Position und näherte sich den Menschen, die in etwa zehn Schritten Entfernung von einigen Wachen zurückgehalten wurden wie von einem Zaun. »Es ist euer Glaube, der uns stärkt. Eure Tapferkeit, die unsere nährt. Eure Liebe, die uns trägt, wenn unsere Beine es nicht mehr können.« Er hatte mir den Rücken zugekehrt, aber ich riet, dass er die Augen schloss, als er den Kopf in den Nacken legte, bis seine Nasenspitze in den Himmel zeigte. »Nur durch die Kraft, die ihr uns schenkt –«

»Jetzt!«, brüllte eine tiefe Stimme irgendwo in der Menge.

Plötzlich wurde ich von hinten gepackt – von zwei Männern, die mich an den Armen festhielten und einen Säbel an meine Kehle drückten.

Ich schrie vor Schreck und sah, wie Kaidan ebenfalls von einigen Kriegern gepackt wurde. Gleichzeitig fuhren mehrere Wachleute in meiner Umgebung herum, hoben ihre Waffen in die Höhe und erstachen die Kämpfer neben sich.

Blut spritzte. Rot. Nichts als Rot.

»Herrin!«, kreischte Sahar irgendwo neben mir.

Die Menge begann zu kreischen. Schreie, überall. Von den Einwohnern, den Zofen, den Dienern, den Kriegern. Sie sprachen von Schreck, Angst, Wut und brannten sich unwiderruflich in mein Gedächtnis ein.

Ein Hinterhalt, schoss es mir durch den Kopf.

Ein abgehackter Ruf drang aus Kaidans Mund. Seine Hand zuckte zu seinem Schwertgriff – und wurde jäh auf seinen Rücken gedreht.

Ich wollte mich losreißen, wurde jedoch grob an den Haaren zurückgerissen und die Klinge umso näher an meinen Hals gedrückt, bis sich ein schmerzhaftes Ziehen über meine Haut zog. »Kai-«

Drei Männer hielten ihn fest und rissen ihn herum. Ein vierter zog gerade seine Klinge zurück, die im Brustkorb einer Palastwache gesteckt hatte, fuhr auf dem Absatz herum und stürmte auf Kaidan zu.

Mein Herz setzte einen Schlag aus. »Nein!«, brüllte ich. Ich packte das Handgelenk des Mannes, der mir die Klinge an den Hals hielt, konnte es aber keinen Spaltbreit bewegen. »Lass –«, presste ich hervor. »Mich –«

Kaidans Augen weiteten sich. Von allen Seiten eilten Krieger herbei, doch ich wusste nicht, zu welchem Lager sie gehörten: Zu dem, das seinem König treu ergeben war, oder dem, das sich gegen den wahnsinnigen Prinzen verschworen hatte?

Er würde sterben. Und ich mit ihm.

Es war vorbei.

Daamin –

Der Mann mit dem Schwert kam vor Kaidan zum Stehen, holte mit seiner Klinge aus – und rammte sie in seine Brust.

»Kaidan!«, brüllte ich. Ich wollte mich losreißen, doch der Griff um meine Arme war stark und unnachgiebig. »Nein!«

Das kalte Grauen breitete sich in mir aus, ließ meine Knie weich werden und färbte die Ränder meines Sichtfelds dunkel. Aus weit aufgerissenen Augen starrte ich meinen Bruder an, sah dabei zu, wie das spitze Metall in seinem Gewand verschwand –

Ein lautes Klirren zerriss die Luft um mich herum. Etwas Blitzendes fiel zwischen Kaidan und dem Angreifer zu Boden.

Erschrockene Rufe. Ich begriff nicht.

Abrupt ließen ihn die Männer los, stolperten in alle Richtungen rückwärts. Derjenige, der ihn hatte erstechen wollen, konnte das Gleichgewicht nicht halten und fiel unsanft auf den Hintern. In seiner Hand hielt er den Griff des Schwerts, mit dem er meinen Bruder angegriffen hatte.

Es war kein Schwert wie meines, dessen Klinge man ein- und ausfahren konnte, wie man wollte. Stattdessen lag Letztere auf dem staubigen Boden zwischen Kaidan und ihm. Ihr eines Ende war spitz, das andere zackenförmig, als hätte man das Schwert mit einem Ruck entzweigebrochen.

Kaidan stand einfach nur da und blickte nüchtern auf sie herab. Sein Gewand war auf Brusthöhe zerrissen, doch die weiße Farbe wurde nicht einmal durch einen Tropfen Rot getrübt. Er war unverletzt. Das Schwert hatte ihm keinen Schaden zugefügt, sondern war zerbrochen, ehe es auch nur seine Haut hatte durchdringen können.

Meine Gedanken setzten mit einem Mal aus, und neben der grenzenlosen Erleichterung, dass es meinem Bruder gutging, war da noch etwas anderes. Eine tiefe Ehrfurcht, die ich nicht einmal meinem Vater entgegengebracht hatte. »Es ist … ein Wunder«, flüsterte ich.

»Es ist ein Wunder!«, rief eine Frau irgendwo hinter mir, ehe immer mehr Menschen mit einstimmten.

»Ein Wunder!«

»Er ist wahrlich der Prophet!«

Ich wusste nicht, wie mir geschah, als mich die Krieger plötzlich losließen. Blitzschnell machte ich einen Satz von ihnen weg, fuhr herum, die Hand am Griff meines Schwerts –

Die Männer warfen sich auf den Boden, und ich wankte erschrocken rückwärts. Als hätte der Rest von Almeira darauf gewartet, taten es ihnen alle Menschen gleich. Einer nach dem anderen stürzte auf die Knie, drückte sein Gesicht förmlich in den Dreck der Straße und erwies Kaidan die Ehre, die der eines Propheten würdig war.

Eine Gänsehaut wanderte über meine Arme. Langsam drehte ich mich um – und begegnete dem Blick meines Bruders.

In diesem Moment war es, als würde die Zeit stillstehen. Ich sah ihn an und doch in ihn hinein. Ohne ihn zu berühren, war es, als könnte ich sein tiefstes Inneres erblicken – genau wie das von Iblys.

In Kaidans Herz brannte kein Feuer. Ich konnte nicht erkennen, was sich darin verbarg, es dafür jedoch umso besser fühlen. Es war wie eine sanfte Meeresbrise, ein leichter Windhauch in der Wüste, der einem eine kurze Abkühlung verschaffte. Es war ruhig und selbstsicher. Es war ein Anker. Es war Hoffnung.

Mein Mund wurde trocken. Wie gebannt starrte ich Kaidan an, während meine letzten Zweifel restlos fortgespült wurden.

Langsam ging ich auf die Knie. Dann kehrte die Stille ein.

Ich hielt den Kopf gesenkt, glaubte aber zu erkennen, wie Kaidan sein Obergewand zurechtzupfte. Er schien selbst nicht überrascht zu sein, dass er fähig gewesen war, diesen Angriff zu überleben. Im Gegensatz zu den Verrätern in unseren Reihen. Es mussten zehn an der Zahl sein. Sie alle hatten sich ebenfalls auf den Boden geworfen. Ein paar verstreut um ihn herum, weitere dort, wo sie gerade mehrere unserer besten Männer kaltblütig ermordet hatten, um an Kaidan heranzukommen. Nicht zu vergessen die Wachen in Sahars und meiner Nähe.

»Wir verstehen euren Irrglauben«, sprach Kaidan mit überraschend sanfter Stimme. »Wir leben in einer Zeit, in der nur die wenigsten von uns einen leibhaftigen Dämon erblickt haben. Wir leben in einer Zeit, in der Iblys für viele nicht mehr als ein Name ist, der Inbegriff des Bösen, ein abstrakter Begriff für alles, was nicht rechtens ist. Es ist schwer zu begreifen, dass diese Zeit nun enden soll.«

Die Anspannung der letzten Minuten fiel von mir ab, und ich fühlte mich sicher. Niemals hätte ich gedacht, Kaidan einmal so zu sehen. Zu bezeugen, wie er die Menschen erreichte. Aber er war der geborene König, erwählt von den Engeln.

»Wir können uns vorstellen, dass viele von euch auf der Suche nach einem Beweis sind. Nach der einen Sache, die ihre Zweifel fortwischt und das, was wir sagen, bestätigt.« Er bückte sich nach der abgebrochenen Klinge. »Diesen Beweis sollt ihr nun bekommen. Seht uns an und erfüllt eure Herzen mit Glauben.«

Ich wagte es, zögerlich den Kopf zu heben, so wie die Menschen um mich herum. Ein ungutes Gefühl überkam mich, und meine Brust hob und senkte sich nur noch flach.

Obwohl Kaidan das grifflose Schwert in der nackten Hand hielt und dessen scharfe Seiten in seine Haut schneiden mussten, verzog er nicht einmal das Gesicht. Stattdessen krempelte er seinen linken Ärmel hoch, setzte die Klinge an – und zog sie sich längs über den Unterarm.

Erschrocken sog ich die Luft ein, doch mein Schrei blieb mir im Hals stecken. Weil ein Teil von mir ahnte, dass er sich nicht verletzen würde.

Tatsächlich wanderte nicht einmal eine noch so dünne, rote Linie über seinen blassen Arm. Auch dann nicht, als er die Klinge anders ansetzte und dasselbe wiederholte. »Wir können nicht von Menschen niedergestreckt werden«, verkündete er, das hoheitliche Wir schon so perfektioniert, als hätte er nie anders gesprochen. »Denn die Engel haben uns auserwählt, um ihren Willen zu erfüllen. Und so sollen wir erst unser Leben lassen, wenn wir diesen Willen erfüllt haben.« Er hielt dem knienden Mann vor sich die Klinge hin. »Möchtest du es noch einmal versuchen?«

Der Verräter zuckte zurück und schüttelte heftig den Kopf. »N-n-n-nein, E-Eure M-M-Majestät!«, sagte er mit so hoher Stimme, dass ich ihn kaum verstehen konnte.

»Nun denn.« Achtlos ließ er die Waffe fallen und fixierte die anderen Attentäter einem nach den anderen. »Ihr sollt wissen, dass wir euch vergeben. Mögen sich die Engel eurer gnädig zeigen.«

Er gab einigen seiner Krieger, die sich nicht auf die falsche Seite geschlagen hatten, ein Zeichen, und sie rappelten sich auf. Die Angreifer ließen sich widerstandslos packen und wurden durch die Menge fortgezerrt, die sich bereitwillig teilte, um sie passieren zu lassen.

Unbeholfen stand ich auf und blickte ihnen nach. Ein ungutes Gefühl überkam mich und brachte mich dazu, auf Kaidan zuzugehen. »Was machen sie jetzt mit ihnen?«, fragte ich, ohne den Blick von ihnen zu wenden. »Was geschieht mit ihnen?«

Kaidan sah ihnen nach. »Sie haben ihren Propheten angegriffen«, raunte er. »Das ist eine Sünde.« Er fixierte mich. »Dafür müssen sie Buße tun.« Damit wandte er sich ab und breitete gönnerhaft die Arme aus. »Aber wir versprechen euch, dass es keine lange, schmerzhafte Zeit wird. Denn wir wurden von den Engeln gesandt, um Frieden zu bringen und das Böse zu zerschlagen. Wir, Kaidan von Almeira«, hallte seine Stimme über den Stadtplatz, »versprechen euch, dass euer Leiden ein kurzes wird und das der Dämonen ein ewiges.«

»Ja!«, ertönten aus allen Richtungen zustimmende Jubelschreie.

»Eure Majestät!«

»Unser Prophet!«

»Er wird uns alle retten!«

Unter all den Rufen kristallisierte sich schließlich eine Parole heraus, die nach und nach von den Menschen übernommen wurde und ein Prickeln wie von kühlen Regentropfen über meine Haut zog: »Lang lebe König Kaidan!«

Kaidans Miene war weiterhin ernst – und das, obwohl er endlich die Unterstützung bekam, nach der er sich sein Leben lang gesehnt hatte. Er machte eine Pause, bis die Leute wieder leiser wurden. Dann hob er aufs Neue an: »Unser Vater, der König Waheed, wurde nicht von einem Menschen getötet, sondern von einem Dämon. Einem Dämon, der Besitz von einem von uns ergriffen hat.«

Mehrere Männer und Frauen sogen scharf die Luft ein. »Was?«

»Ein Dämon?«

»Hier in Maran?«

Mein Herz verkrampfte sich in meiner Brust. Worauf wollte er damit hinaus? Ich kannte die Wahrheit, und dies gehörte nicht dazu. Kaidan log seinem Volk ins Gesicht. War das nicht auch eine Sünde?

Aber schließlich war er ein Prophet und wurde von den Engeln gelenkt. Wenn er das sagte, dann doch nur, weil man es ihm befohlen hatte, oder? Das bedeutete, dass es keine Sünde war. Oder?

»Doch seid unbesorgt. Die Dämonen sind Kreaturen der Dunkelheit. Sie sind so schwach, dass sie nur von den Schwächsten von uns Besitz ergreifen können. Und wir sind fest davon überzeugt, dass niemand von euch schwach ist.«

»Ja!«, riefen vereinzelte Männer und Frauen in der Menge.

»Das seid ihr nicht. Wir sind stark! Wir alle wurden von den Engeln auserwählt!«, übertönte seine die aufkeimenden Zustimmungsrufe mühelos. Ich hatte ihn noch nie zuvor so laut sprechen hören – nicht zuletzt, weil er sich sein Leben lang stets in Schweigen gehüllt hatte über all die Dinge, die ihn beschäftigten.

Obwohl ich mich für ihn freuen wollte, dass er endlich sein Schicksal antrat, wurde diese Freude durch etwas anderes getrübt. Den Anflug eines Gefühls, das sich wie ein Schatten über mich legte, das ich aber einfach nicht zu greifen bekam.

Kaidan zog das Schwert, das an seinem Gürtel hing, und reckte es in die Höhe. »Nun lasst uns losziehen und unsere Bestimmung erfüllen.«

Ich war am Ende meiner Kräfte. Schon seit zwei Tagen war unsere Prozession unterwegs: Vierhundert Pferde, zweihundert Kamele, unzählige Packesel und Bedienstete, die uns zu Fuß begleiteten und kaum mehr einen Fuß vor den anderen setzen konnten. Tagsüber war die Sonne unerträglich heiß, und wir vermieden es, uns bei Dunkelheit zu bewegen aus Angst vor Dämonen, die uns in den Schatten auflauern könnten. Noch dazu musste ich jeden Abend aufs Neue einen anderen Vorwand suchen, um nicht in Nuhs Zelt zu schlafen. Ich konnte froh sein, wenn es meinen Bediensteten gelang, ihn betrunken genug zu machen, sodass er nichts mehr um sich herum mitbekam.

In den Nächten lag ich wach. Ich fiel zurück in die dunklen Erinnerungen an die Unterwelt, an die schrecklichen Dinge, die ich dort gesehen und erlebt hatte und die mir das Blut in den Adern gefrieren ließen. Und auch an die schönen Momente, die genauso dafür sorgten, dass sich mir der Magen umdrehte – weil sie vorbei waren. Und weil sie mich auf Iblys brachten. Iblys, der irgendwo da draußen den größten Angriff auf die Menschheit vorbereitete.

Ich hätte nie gedacht, dass er zu so etwas fähig wäre. Und genau das zeigte, wie dumm ich doch war. Ich hatte von Anfang an gewusst, dass er mindestens ein Dämon war. *Natürlich* war er zu so etwas fähig. Meine Gefühle für ihn hatten mich erblinden lassen.

Aber das war vorbei. Meine Augen waren weit geöffnet, und ich würde sie nie wieder vor der Wahrheit verschließen. Dennoch wurde ich das Gefühl nicht los, dass mir eine unsichtbare Hand mindestens eines davon zuhielt. Dass mir eine wichtige Information fehlte. Dass man etwas vor mir verheimlichte.

Alles, was ich wusste, war, dass wir zum Vamahar-Hügel reisten, weil Kaidan dort eine Gabe von den Engeln entgegennehmen würde. In der Geschichte Almeiras war dieser Hügel zu einem heiligen Ort erklärt worden. Viele unserer Propheten hatten sich im Auftrag der Engel dorthinbegeben, um ihr Wort, ihre Stimme oder Visionen zu erhalten.

Für diesen Zweck hatte Kaidan nie dorthinreisen müssen. Ihn erwartete dort eine Waffe, mit der er die Dämonen bezwingen könnte. Mehr hatte er mir nicht verraten, und das gefiel mir nicht. Um aus der Hölle zu kommen, hatte ich ihre sechs Ebenen durchqueren müssen. Und wenn die Engel etwas auf die Erde – in die Erste Unterwelt – schaffen wollten, warfen sie es einfach herunter? Konnte es wirklich so simpel sein? Es klang beinahe zu schön, um wahr zu sein. Und wenn es eine Sache gab, die ich in den letzten Wochen gelernt hatte, dann, dass sich solche Dinge in den meisten Fällen nicht als wahr entpuppten.

Wir waren tagsüber von Sonnenaufgang bis weit nach Sonnenuntergang unterwegs. Unsere Reittiere bekamen gerade so viel Pause, wie sie brauchten, um nicht zusammenzubrechen. Aber die Reise zehrte auch an meinen Nerven.

Ich fühlte mich einsam. Sahar war zwar bei mir, doch die meiste Zeit über hatte sie einfach nur Angst. Es kam mir so vor, als würde sie mit jedem Tag blasser um die Nase werden, und konnte es mir nicht leisten, mich von ihr anstecken zu lassen.

Kaidan war unnahbar, weil ich im wahrsten Sinne des Wortes kaum mehr an ihn herankam. Die meiste Zeit über war er von Offizieren umgeben – vor allem aber von Priestern, die er dazu aufgerufen hatte, aus dem ganzen Land zu uns zu stoßen. Wie er sie im Kampf einsetzen wollte, wusste ich nicht. Als menschliche Schutzschilde?

Als ich ihn gestern, am zweiten Abend, in seinem Zelt hatte aufsuchen wollen, hatte man mich weggeschickt. Und der Schmerz, der seitdem in meiner Brust loderte, wurde immer größer. Kaidan hatte gesagt, er würde mich brauchen. Warum wollte er dann nicht mit mir sprechen?

Als am zweiten Morgen die Zelte abgebaut waren und die Krieger wieder auf ihre Pferde und Kamele stiegen, machte ich mich zu Fuß auf die Suche nach ihm. Kaidan ritt immer an der

Spitze der Prozession, als hätte er keine Angst davor, dass uns der Feind den Weg abschnitt und ihn zuerst angriff. Vielleicht war er fest davon überzeugt, dass ihn die Engel vor allem Übel bewahren würden.

Deshalb war es ein weiter Weg für mich, ihn von hinten einzuholen. Ich passierte Fußsoldaten, Bogenschützen, Diener, Köche und Heiler und entdeckte Kaidan schließlich aus der Ferne neben seinem Pferd, wo er sich mit zwei Priestern unterhielt. Er trug längst nicht mehr die prächtige Garderobe eines Königs, sondern war nur noch in ein langes weißes Gewand gehüllt, mit dem er sogar geistlicher als seine Gesprächspartner aussah.

»Kaidan!«, rief ich aus der Entfernung und beschleunigte meinen Schritt. Ich war trotz der wenigen Stunden Schlaf, die ich bekommen hatte, so erschöpft, dass ich kaum die Füße heben konnte. Meine Lunge brannte, als wäre sie genauso trocken wie mein Mund, der in den letzten beiden Tagen nur das Nötigste an Wasser abbekommen hatte. »Kaidan!«

Er sah sich nicht nach mir um, hörte mich nicht. Oder wollte er mich nicht hören? Er trennte sich von den Priestern und wandte sich seinem Pferd zu. Sobald er erst einmal oben säße, würde sich der Trupp in Bewegung setzen und meine Gelegenheit verstreichen.

Ich holte tief Luft. »Kaidan!«, erhob ich meine Stimme und stolperte die letzten Schritte auf ihn zu.

Ignorierte er mich? War er wütend auf mich? Glaubte er etwa, ich stünde nicht auf seiner Seite? Dass ich ihn verurteilte? Was war nur zwischen uns vorgefallen?

Panik schoss in mir hoch und erweckte meine müden Glieder zum Leben. »Kaidan!«, brüllte ich seinen Rücken förmlich an.

Abrupt wirbelte er auf dem Absatz um. »Was?!«, schnauzte er mich so plötzlich an, dass ich stolpernd zum Stehen kam.

Mehrere Blicke richteten sich auf mich. Aus weit geöffneten Augen starrte ich ihn an und fragte mich, ob das wirklich passiert war. Kaidan war mir gegenüber noch nie laut geworden. Noch nie zuvor in meinem Leben.

Er blinzelte, als wäre ihm gerade dasselbe klar geworden, und er entspannte sich etwas. »Was können wir für dich tun, Schwester?«, fragte er deutlich ruhiger und überbrückte die restliche Distanz zu mir.

Ich schluckte den Kloß in meinem Hals herunter und versuchte, das Brennen zu ignorieren, das in meine Augen getreten war. *Er ist nur angespannt. Er trägt jetzt die Verantwortung für ganz Almeira. Du willst nicht in seiner Haut stecken.* »Ich … ich wollte dich nicht stören, ich –«

»Nein.« Kaidan legte die Hände auf meine Schultern. »Du darfst und sollst mich immer stören, Rana. Bitte.« Er lächelte, doch sein Lächeln drang nicht bis zu mir durch.

Warum durfte ich das dann die letzten beiden Tage nicht? »Ich …« Wieder stockte ich. Jetzt, wo ich endlich mit ihm sprechen konnte, wusste ich nicht mehr, was ich sagen sollte. Weil es mir im Grunde nur darum ging, bei ihm zu sein. An seiner Seite zu stehen. Nicht ausgeschlossen zu werden.

»Ich wollte dich nur fragen, wie dein Plan aussieht.« Ich zuckte die Achseln. »Wir marschieren auf diesen Berg, du holst dir ein Engelsschwert und dann?«

Kaidan lachte leise. »Kein Schwert«, korrigierte er mich. »Ein Zepter.«

Ich stutzte. »Z-Zepter?«, wiederholte ich verblüfft. »A-aber …« Ich zögerte. »Wie in aller Welt willst du mit einem Zepter Dämonen töten? Das ist doch keine Waffe!« Ich zog den Griff aus meinem Gürtel und schüttelte die gesegnete Klinge heraus. »*Das* ist eine Waffe!«

Kaidan betrachtete mein Schwert von oben herab. »Macht kann viele verschiedene Gestalten annehmen. Deine Waffe ist gesegnet und damit sehr mächtig. Meine jedoch wird von den Engeln selbst geschmiedet worden sein.« Er fixierte mich. »Während du zwei Dämonen tötest, werde ich zweihundert töten. Vielleicht sogar zweitausend. Aber zuerst«, ergänzte er, »werde ich Iblys töten.«

Ein eiskalter Schauer rann meinen Rücken herab. Sofort schimmerte Daamins Gesicht vor meinem inneren Auge und jagte unzählige Nadelstiche in meinem Herz. »D-du willst … zuerst Iblys töten?« Ich befeuchtete meine Lippen. »Als Ersten?«

»Natürlich. Er ist der Quell allen Übels.« Er zog die Schultern hoch. »Solange er existiert, kann er beliebig viele Dämonen an seine Seite beschwören. Je mehr wir töten, desto mehr würden sie ersetzen. Also müssen wir das Böse an der Wurzel packen.« Er ballte die Hand zur Faust, um seinen Worten Ausdruck zu verleihen. »Und zuerst den Iblys vernichten.«

Ich starrte Kaidan einfach nur an und war zu keiner Reaktion fähig. Weil ich nicht wusste, wie ich fühlen sollte. Ich hatte mehrere Tage Zeit gehabt, um mich an den Gedanken zu gewöhnen – aber das hatte ich immer noch nicht. Wann immer ich mir Iblys vorstellte, hatte ich kein Problem damit, mir seinen Tod auszumalen. Doch dann sah ich wieder Daamin …

Kaidans Miene wurde weich. »Du sollst dir doch keine Schuld mehr geben«, eröffnete er mir unbewusst, dass er meine Reaktion falsch interpretierte. »Du hast getan, was du tun musstest, um mich zu retten.«

Ich biss mir auf die Unterlippe und wurde einmal mehr vom schlechten Gewissen erfasst. Schnell schüttelte ich meinen Schwertgriff, um die Klinge einzufahren und schlichtweg *irgendetwas* mit meinen Händen zu machen. Ich fühlte mich nicht schuldig für das, was ich mit Iblys gehabt hatte. Konnte es nicht mehr, seit er mich im Palast besucht hatte. Ganz gleich, wie sehr ich es wollte.

Ich war so geblendet. Und ein Teil von mir wusste, dass Iblys' Tod meine einzige Chance auf Heilung war. Denn solange er lebte, wäre *Was wäre, wenn …?* die Frage, die mein restliches Dasein bestimmte.

»Mach dir keine Sorgen, Rana«, sagte Kaidan sanft. »Es wird alles genau so kommen, wie es soll.« Er nahm mein Gesicht in seine Hände und zwang mich damit dazu, ihn anzusehen. »Und wenn die Dämonen erst einmal vernichtet sind, wird dein Herz so frei und unbeschwert sein wie zuletzt vor zehn Jahren.«

Unwillkürlich sah ich den jungen Kaidan wieder vor mir. Als er mich diesmal anlächelte, konnte ich nicht anders, als die Geste zu erwidern. Vor zehn Jahren war die Welt noch in Ordnung gewesen, auch wenn es sich damals vielleicht nicht so angefühlt hatte. Die schönsten Zeiten wusste man erst zu schätzen, wenn sie verstrichen waren. Und wünschte sie sich sehnlicher zurück als alles andere.

Es war die reine Nostalgie, die mich lenkte, als sich Kaidan von mir löste und ich ihn einmal mehr zurückhielt. Zaghaft hob ich eine Hand. »Kleiner-Finger-Schwur?«

Erstaunen mischte sich in seinen Blick, als dieser zu meinem ausgestreckten Finger und wieder zurück zu meinen Augen wanderte. Ein amüsierter Zug bildete sich um seinen Mundwinkel. »Denkst du nicht, dass wir inzwischen zu alt für so etwas sind?«

Mit diesen Worten ließ er mich stehen, doch zu meiner Überraschung hielt sich mein Schmerz in Grenzen. Ich hatte Kaidan mein ganzes Leben lang nicht geglaubt. Aber wenn er nun versprach, dass er die Zeiten von damals zurückholen könnte, wir beide wieder glücklich werden könnten, dann fiel mir nichts leichter, als ihm zu vertrauen.

Umso beflügelter fühlte ich mich, als ich kurz darauf auf mein Pferd stieg und der Trupp sich in Bewegung setzte. Ich beschloss, von meiner Position an Sahars Seite zu weichen – nicht zuletzt, weil ich bemerkte, dass Nuh immer weiter zu uns aufschloss –, und mich stattdessen meinem Bruder zu nähern. Mir war wohler zumute, ein Auge auf ihn zu haben, denn obwohl er älter als ich und der Prophet von uns beiden war, hatte ich immer noch das Bedürfnis, ihn zu beschützen.

Wie so oft war Kaidan umringt von Priestern, die ihn auf Kamelen, einem Esel und zu Fuß begleiteten. Einer seiner Heerführer folgte mit einigem Abstand. Der Anblick gefiel mir nicht. Die Priester waren die Letzten, mit denen Kaidan jetzt diskutieren sollte. Nicht nur, weil ich ihre Zunft verabscheute für alles, was sie ihm angetan hatten.

In einer steifen Bewegung drehte ich den Kopf und starrte in Richtung Horizont. Wo ich die Schwärze noch als dünnen, verwässerten Strich ausmachen konnte, hatte Sahar gestern nichts als das Blau des Himmels und das Weiß der Wolken gesehen, die seltener unseren Weg kreuzten als Reisende.

Aus irgendeinem Grund konnte ich die Dämonen sehen. Ich wusste genau, wo sich die Verbotene Stadt von hier aus befand, weil sie der Ort war, an dem sie sich sammelten. Tag für Tag für Tag. Ich wollte mir nicht ausmalen, wie viele es schon sein mussten, und hoffte, dass Kaidans Zepter eindrucksvoller wäre, als es klang.

Stunden später zeichnete sich der Vamahar-Hügel in der Ferne ab. Es war eine einfache, große Erhebung über dem Erdboden, wie es sie in dieser Gegend zuhauf gab. Einzig die vielen kleinen Trampelpfade um uns herum deuteten darauf hin, dass dieser Ort das Ziel unzähliger Pilger war.

Der Hügel war weder besonders groß noch imposant. Er ragte zwei Haushöhen in den Himmel hinauf und war nicht gerade steil. Unsere Prozession wurde langsamer, je näher er rückte. Mein Herz hingegen begann immer schneller zu schlagen, während meine Anspannung ins Unermessliche wuchs.

Ich hatte keine Vorstellung davon, was nun passieren würde. Würde Kaidan allein auf den Hügel klettern? Würde das Zepter dort einfach herumliegen? Würden wir danach graben müssen? Würde es vom Himmel fallen? Würde ein Blitz in meinen Bruder einschlagen? Keine Ahnung, woher dieser Gedanke kam, aber gerade eben erschien mir alles möglich.

Die nächste Ortschaft war eine ganze Weile entfernt. In unmittelbarer Nähe zum Heiligen Boden durfte man keine Gebäude errichten, weshalb wir das letzte Haus bereits vor einer Stunde passiert hatten. Die Luft war dick und warm, aber dennoch frisch und völlig unverbraucht. Die einzigen Geräusche um uns herum waren das entfernte Singen von Vögeln und das Zirpen von Insekten, die in den Sträuchern sitzen mussten, die in unregelmäßigen Abständen unseren Weg flankierten.

Niemand war hier. Niemand würde Kaidan davon abhalten, sein Zepter entgegenzunehmen.

Und doch gefiel mir diese Sache nicht. Ich spürte ein seltsames Ziehen in meiner Brust, als Kaidan uns bedeutete, stehenzubleiben, und von seinem Ross stieg. Es schmerzte mich so sehr, dass ich keine Luft mehr bekam. Den Blick auf meinen Bruder gerichtet, rutschte ich vom Rücken meines Pferds, hütete mich aber davor, ihm zu folgen. Er wollte und musste das hier allein tun.

Dennoch bewegte ich mich ein paar Schritte in seine Richtung. Als ich neben seinem Reittier stehenblieb, hatte er schon den Fuß des Hügels erreicht.

Mein Blick wanderte seine Steigung hinauf, suchte ihn nach irgendetwas ab, das mir nicht gefiel. Nach dem Ursprung für die seltsame Vorahnung, die in mir aufstieg. Doch ich fand –

Nichts. Absolut nichts.

Wie sah so ein Engelszepter überhaupt aus? Falls es im Boden steckte, sollte ich es dann nicht schon aus der Ferne in den Himmel hinaufragen sehen?

In diesem Moment veränderte sich etwas auf der Spitze des Hügels. Es war, als würde sich ein Nebelschleier lichten, der auf der Umgebung gelegen hatte. Nur, dass da kein Nebel war.

Der Halbmondanhänger schien sich plötzlich zu erwärmen, als wollte er mir die Gewissheit in die Haut brennen. Es war genau wie mit dem Rauch der Dämonen, den nur ich sehen konnte – und das auch nur, wenn ich mich wirklich darauf konzentrierte. Offenbar war dieses Zepter auch –

Der Rauch.

Die Gewissheit fuhr wie ein Blitz in meinen Körper. Plötzlich wurde mir klar, was mich in den letzten Minuten gestört hatte.

Alarmiert riss ich den Kopf herum und starrte in Richtung Horizont – dorthin, wo ich Tag und Nacht die Schwärze des Dämonennebels wahrgenommen hatte.

Der Himmel war strahlend blau.

Mein Herz machte einen Satz. Erschrocken wandte ich mich nach vorne. Das Engelszepter steckte noch immer am höchsten Punkt des Hügels. Kaidan war bereits auf halbem Weg zu ihm. Doch erst jetzt, wo ich einmal mehr meinen Blick darauf richtete, konnte ich den Anflug von Schwarz sehen, der sich wie Nebel um das Zepter schlängelte.

Es war, als würde die tickende Uhr meines Lebens mit einem Mal innehalten. Mein Mund öffnete sich wie von selbst: »Kaidan!«

Ich schrie so laut, dass meine eigene Stimme mehrfach in meinem Kopf widerhallte. Doch die Warnung kam zu spät.

Eine Explosion aus Rauch erschütterte den Boden zu unseren Füßen und tauchte mein Sichtfeld in dichte Schwärze.

Erschrocken riss ich die Arme vor mein Gesicht, kniff die Augen zusammen und versuchte, zwischen ihnen hindurch etwas zu erspähen. Der Rauch rauschte wie Wind um meine Ohren, nur dass es kein tonloses, schrilles Pfeifen war, sondern das Wispern unzähliger Stimmen, die mir unter die Haut gingen.

Menschen.

Fleisch.

Blut.

Prophet.

Menschen.

Blaues Blut.

Tod.

Frauen.

Prinzessin.

Panik erfasste mein Herz. »Kaidan!«, kreischte ich – und der Nebel löste sich jäh in Luft auf. Das Schwarz verging, bis es nicht einmal mehr in meinen Augenwinkeln zu sehen war. Fast so, als wären die Dämonen genauso schnell verschwunden, wie sie gekommen waren.

War das Kaidans Werk? Hatte er das Zepter –

Entgeistert nahm ich die Arme herunter – und starrte meinem Bruder entgegen, der gestürzt und rückwärts vom Vamahar gerollt sein musste. Er lag am Fuße des Hügels und rappelte sich gerade schwerfällig auf. Das Zepter steckte noch immer ganz oben.

Und doch hatte sich etwas verändert: Die Ebene war voller Dämonen.

Schreie zerrissen mir schier das Gehör. Sie sprachen von Schreck, von Angst, von Panik, von Vorsicht. Ein lauter Knall ertönte irgendwo um mich herum, gepaart mit dem Klacken unzähliger Pferdehufe, das sich rasend schnell entfernte und mir beinahe den Boden unter den Füßen wegzog.

Aber nicht so sehr wie der Anblick, der sich mir bot und von dem ich mich einfach nicht abwenden konnte.

Ich sah Männer mit Hundeschnauzen, Frauen mit Ziegenfüßen, Löwen mit den unteren Körperhälften von Menschen. Ich sah Kamelfüße, Elefantenrüssel, Leoparden mit Krokodilsköpfen, Vögel mit Tigerköpfen und alles, was man sich dazwischen nur vorstellen konnte. Und sie waren einfach überall.

Und in ihrer Mitte –

Kaidan hatte sich gerade so aufgerappelt. Er zog sein Schwert und wich hektisch rückwärts, den Hügel hinauf … und bemerkte nicht, dass dort oben weitere Dämonen aufgetaucht waren. Dämonen, die mit ihren Menschenmündern und Tiermäulern nur darauf warteten, dass er ihnen in die Klauen lief.

»Kaidan!«

Ein gehetzter Ruf drang aus einer Männerkehle hinter mir. Der Offizier, der mit uns am Anfang der Gruppe geritten war, rief etwas, das ich nicht verstehen konnte, das aber die ganze Kavallerie dazu brachte, an ihren Zügeln zu reißen. Die Pferde bäumten sich mit einem bedrohlichen Wiehern auf, dann stoben sie in Richtung des Hügels.

Ein zweiter Stoß aus Kriegern folgte, ein dritter blieb viel früher stehen. Es waren unsere Bogenschützen, angeführt von einem weiteren Offizier, die sich in Reih und Glied aufstellten und ihre ersten Pfeile anlegten. Doch jetzt, wo sich unsere Männer mit dem Feind vermischten, könnten sie unmöglich blindlings in die Ebene hineinschießen. Ihnen waren die Hände gebunden. Die Dämonen hatten uns in den perfekten Hinterhalt laufen lassen.

Von jetzt auf gleich wurde die Ebene von einem beißenden Gestank erfüllt, den ich in der Unterwelt nie gerochen hatte, nun aber so penetrant meine Nase hinaufstieg, dass meine Sicht verschwamm. In einer abgehackten Bewegung riss ich mir den Umhang herunter und löste den Schwertgriff von meinem Gürtel. Der Gestank und der längst vergangene Rauch brannten in meinen Augen, doch ich kniff sie zusammen und rannte einfach vorwärts. Die gesegnete Klinge schoss aus ihrem Griff, und plötzlich wurde ich von einer unglaublichen Kraft erfüllt. Fühlte sich Kaidan genauso, seit er von einem Engel geküsst worden war?

Ich konnte meinen Bruder nicht mehr entdecken, denn in diesen Sekunden prallten Menschen und Dämonen aufeinander. Leiber wurden durchbohrt, durch die Luft geschleudert und zu Boden geworfen. Metall traf auf Fell, Zähne trafen auf Kleidung. Haut wich dem Blut, Leben wich dem Tod.

Und was tat ich? Ich rannte geradewegs in mein Verderben, den Blick fest auf die Stelle gerichtet, wo ich Kaidan zuletzt gesehen hatte. Mein Kopf dachte nicht nach. Mein Körper handelte einfach, angetrieben von meinem Herzen. Ich musste Kaidan beschützen. Nicht, weil er der Prophet war. Sondern weil er mein Bruder war.

Ich tauchte ins Schlachtfeld ein. Mit einem Schrei riss ich meine Klinge in die Höhe und stach auf das nächstbeste Hindernis ein, das mir in die Quere kam – nur, um Augenblicke später über ein Bein zu stolpern. In den Schrecksekunden, in denen ich mich gerade so aufrecht hielt, realisierte ich, dass es zu einem unserer Männer gehörte. Er lag auf dem Rücken, die Augen weit aufgerissen, der Ausdruck darin matt – und seine Brust klaffend geöffnet, sodass das Rot seiner Kleidung nahtlos ins Rot seiner Innereien überging.

Ein Mann mit Rüssel rannte auf mich zu. Ein Schub ging durch meinen Leib und brachte mich dazu, die Klinge hochzureißen. Ich stieß sie vorwärts und durchbohrte den Körper, der in einer Rauchwolke explodierte.

Den Puma mit Schildkrötenkopf hingegen sah ich nicht kommen. Ich schlug ihm den Kopf ab – nicht mit meinen begrenzten Schwertkünsten, sondern einfach nur vor Schreck.

Eine Art Adler stürzte mir vor die Füße und verwandelte sich in Rauch, ehe er auf dem Boden aufschlagen konnte. Zurück blieb nur der Pfeil, der sich in sein Herz gebohrt hatte.

Ein Krokodil kroch förmlich in meinen Weg, und ich sprang im letzten Moment über es hinweg. Immer wieder schoben sich Kreaturen aus meinen schlimmsten Albträumen in meine Augenwinkel, doch ehe ich mich auch nur nach ihnen umsehen konnte, hatte sich einer meiner Krieger zwischen uns geworfen. Ich war ihre Prinzessin, und sie würden mich mit ihrem Leben beschützen – genau wie Kaidan.

Meine Schultern sackten herab, als ich eine Menschentraube erkannte, die sich durch das Schlachtfeld kämpfte. Sie formten einen engen Kreis, wie man ihn nur um einen König bildete, den man unbedingt am Leben erhalten musste – oder um einen Propheten.

Doch etwas stimmte nicht. Das fiel mir sofort auf. Denn anstatt sich in Richtung unserer Prozession zu bewegen, die irgendwo hinter mir angefangen hatte, die Flucht zu ergreifen, schoben sie sich Schritt für Schritt den Hügel hinauf.

Ich kam kurz vor ihnen zum Stehen. Was in aller Welt taten sie da? Wollten sie tatsächlich noch nach oben gehen und das blöde Zepter holen?

Verzweifelt sah ich mich um – und erblickte nichts als Dämonen. Jetzt, wo ich mittendrin war, konnte ich nicht mehr einschätzen, wie viele von ihnen es waren. Aber wenn man davon ausging, dass jeder von ihnen mächtiger war als drei Menschen, wären wir ihnen niemals gewachsen. Nicht hier. Nicht jetzt. Nicht so unvorbereitet, wie wir gewesen waren.

Wir hatten geglaubt, die Dämonen sammelten sich noch immer in der Verbotenen Stadt. Aber der Rauch, den ich gesehen hatte, hatte rein gar nichts bedeutet. Sie waren uns von Anfang an einen Schritt voraus gewesen.

Iblys war uns einen Schritt voraus gewesen.

Kaidan musste das begreifen. Verstehen, dass wir unsere Chance verpasst hatten. Dass wir uns am besten zurückzogen und eine neue Strategie planten. Einen koordinierten Angriff – und nicht dieses Chaos, das uns alle das Leben kosten würde!

Mein Magen krampfte sich zusammen, als ich an meinen Vater dachte, der Kaidan nie wahrhaftig auf dem Thron hatte sehen wollen.

Ich spürte einen Luftzug hinter mir. Ein Impuls schoss durch meinen Körper. Ruckartig drehte ich mich rum und stieß mein Schwert vorwärts … und erstarrte, als sich die Klinge in den Rücken eines Mannes bohrte. Eines Menschen.

Ich schrie auf vor Schreck, riss das Schwert mit aller Kraft zurück und hätte beinahe das Gleichgewicht verloren. Etwas in mir drohte zu sterben, als der Mann vor mir ins Wanken geriet. Der Mann, dessen Leben ich gerade genommen hatte.

Bis der Mensch mit seinem letzten Atemzug herumfuhr. Er besaß das Gesicht eines Schweins, das sich in diesem Augenblick einfach in Rauch auflöste – genau wie der Rest des Dämons, den ich erstochen hatte.

Ich befreite mich aus meiner Schockstarre und wirbelte herum. »Kaidan!« Ich bezweifelte, dass er mich hören konnte. Ich konnte mich selbst kaum hören. Eilig überbrückte ich die Distanz zu den Kriegern, die meinen Bruder vom Kampf abschirmten. Auf der anderen Seite des Kokons stürzten in diesen Sekunden mehrere Dämonen den Hügel hinab. Zwei weitere schossen aus der Luft auf uns zu. Die Männer duckten sich, warfen mit Klingen nach den Dämonen, rissen ihre Schwerter in die Höhe, doch so viel Metall ich auch blitzen sah, so viel Blut sah ich spritzen.

»Was tut ihr da?!«, herrschte ich einen der Soldaten an, der Kaidan verteidigte. »Bringt ihn in Sicherheit!«

Sein Blick streifte mich nur kurz, und ich ahnte, dass er gleich den Kopf schütteln würde, weil Kaidan etwas anderes von ihm verlangte.

Wütend machte ich einen Satz auf ihn zu. »Das ist ein Befehl! Oder wollt ihr hier alle sterben?!«

Ich bekam seine Reaktion nicht mit. Es war, als würde ein leiser Windhauch meinen Nacken streichen, mit einer solchen Bestimmtheit, wie es nur eine Hand könnte. Als könnte sie ihren Besitzer spüren, wurde der Mondsichelanhänger unter meinem Gewand auf einmal glühend heiß.

Ich fuhr herum – und da war er. Wie selbstverständlich wichen die Dämonen in ihren Kämpfen nach links und rechts aus, sodass es kein Hindernis zwischen uns gab und sich unsere Blicke auf halber Strecke trafen.

Iblys stand seelenruhig da und betrachtete mich, als hätte er nichts anderes getan, seit ich mich ins Schlachtfeld gestürzt hatte. Er trug Daamins Haut, und mein Blick zuckte instinktiv nach unten. Da ich gerade gen Norden blickte, konnte ich nichts von seinem Schatten erkennen – auch nicht von Iblys' Flügeln. Doch ich musste sie nicht sehen, um zu wissen, dass sie da waren. Genau wie sein wahres Gesicht, das er nun vor mir verbarg.

Er war hier. Schickte nicht andere vor, sondern machte sich offenbar nur zu gerne die Hände selbst schmutzig. Beinahe hätte ich ihm das hoch angerechnet, ginge es hierbei nicht um den Tod meines Bruders.

In Iblys' Miene lag nichts von der Zuneigung, der Begierde, der Liebe, mit der er mir im Palast begegnet war. Sondern etwas Kühles, Berechnendes, als stünde er einer Schlange gegenüber, die er köpfen würde, bevor sie nach ihm schnappen könnte.

Betont langsam hob er eine Hand und zeigte mir, was er damit festhielt: Eine seiner langen, dünnen Klingen, wie er sie schon in der Unterwelt bei sich getragen hatte. Dabei hob er vielsagend eine Braue. *Sieh zu, was ich gleich damit mache*, schien er mir sagen zu wollen.

Sofort straffte ich die Schultern. Ich hatte ihn gewarnt. Wenn er Kaidan ein Haar krümmen wollte, müsste er erst an mir vorbei.

Ich packte mein Schwert fester und riss es in die Höhe, sodass seine Spitze auf Iblys zeigte. *Genau dasselbe wollte ich gerade sagen.*

Iblys schenkte mir ein herablassendes Lächeln. In diesem Augenblick schimmerte sein wahres Gesicht nur zu deutlich durch – und ich konzentrierte mich voll und ganz darauf. Denn ich wusste, wenn ich in den nächsten Sekunden auch nur einen Wimpernschlag lang Daamin in ihm sah, würde das meine Konzentration ins Wanken bringen.

Das war Iblys. Der Teufel. Ich fokussierte mich auf seine langen, gelblichen Haare, sein bleiches Gesicht mit den eingefallenen Wangen und den dunklen Schatten unter den Augen. Auf seine Gestalt, die viel größer war, als sie vorgab, und auf die beißende Kälte in seinem Blick, mit deren Hilfe allein er bestimmt schon Menschen getötet hatte.

So, wie ich seinen Anblick in mich aufsog, schien Iblys es mir gleichzutun, als er sich in Bewegung setzte. Das Messer locker in seiner Hand, kam er gemessenen Schrittes auf mich zu, umgeben von Nebelschwaden, die nur ich sehen konnte.

Mein ganzer Körper versteifte sich. Ich löste mich von meiner Position und trat ihm entgegen. Meine rechte Hand zitterte, und ich packte meine Klinge zusätzlich mit der linken. So würde es mir ohnehin leichter fallen, zuzuschlagen.

Und das würde ich. Wenn Iblys mir und meinem Bruder zu nahe kam, würde ich ihn angreifen. Und ich würde ihn töten. Für Kaidan. Für meinen König. Für meinen Propheten. Für mein Land. Für die Menschen. Für mich selbst.

Iblys und ich waren noch elf, zwölf Schritte voneinander entfernt. Niemand kam ihm oder mir in die Quere – mir nicht, weil mich unsere Soldaten beschützten. Ihm nicht, weil sich die Dämonen auf alles und jeden stürzten, der auch nur in seine Nähe kam.

Mit jedem Schritt trat der Teufel in ihm deutlicher hervor – und mit ihm alles, was ich mit dem Bösen verband. Mit jedem Schritt wich der Nebel, der in der Unterwelt meinen Blick getrübt hatte, und brachte mehr und mehr von der Wahrheit zum Vorschein, die ich endlich akzeptieren musste.

Neun.

Die drei Jungen.

Ich habe fromme Männer in die Sünde geführt.

Acht.

Der Heilige Hakeem.

Menschen aus Spaß getötet.

Sieben.

Das alte Königsgeschlecht.

Ihre Seelen gefressen.

Sechs.

Kaidan.

Ihr Blut getrunken.

Fünf.

Mariam.

Und wie ich es genossen habe!

Vier.

All die Menschen, die schon auf diesem Schlachtfeld gestorben waren.

Ich bin Iblys.

Drei.

Alle Menschen, die je durch seine Hand ihr Leben gelassen hatten.

Die Wurzel allen Übels.

Mit einem wütenden Schrei hob ich mein Schwert –

Iblys riss die Augen auf, einen Wimpernschlag bevor ich von einem schweren Gewicht zu Boden geworfen wurde. Ehe ich mich versah, prallte ich auf den harten Untergrund. Mein Hinterkopf traf ungebremst auf Widerstand. Ich sah Sterne – und ein weit aufgerissenes Löwenmaul über meinem Kopf.

Ich kreischte, wollte meine Arme in die Luft reißen, doch ein schweres Gewicht drückte auf meinen Bauch, zerquetschte meinen Brustkorb und lastete auf meinen Gliedmaßen, sodass ich zu keiner Bewegung fähig war. Panisch drehte ich den Kopf in die andere Richtung, könnte den Zähnen des Dämons jedoch niemals entgehen.

Sein aufgerissenes Maul schoss vor –

»*Halt!*«, schlug eine Stimme wie ein Donner in meinen Geist ein und raubte mir beinahe die Besinnung. Die Ränder meines Sichtfelds wurden so schwarz wie die Punkte, die darin zu tanzen begannen – und so schwarz wie der Rauch, in den sich der Dämon über mir mit einem Knall auflöste.

Das Gewicht verschwand von meinem Brustkorb, und ich schnappte verzweifelt nach Luft. Mein ganzer Körper kribbelte und schmerzte, mein Sichtfeld flimmerte, doch zugleich schoss eine neue Welle der Vorsicht durch meine Adern und erweckte mich mit einem Schlag zu neuem Leben.

Anstelle des Dämons kam Daamins Gesicht zum Vorschein. Seine Augen waren weit aufgerissen, und er streckte eine Hand nach mir aus. »Alles in Ordnung?«

Entgeistert starrte ich zu ihm hinauf. Zu Iblys. Der mich töten sollte. Der mich töten *wollte*. Und dem nichts Besseres eingefallen war, als mich jetzt vor dem sicheren Tod zu bewahren?

Die Wut schoss so unvermittelt in mir hoch, dass sie meine Vernunft im Keim erstickte. Mein Schwert lag neben mir, und ich hatte es binnen eines Wimpernschlags ergriffen. Mit einem wilden Schrei riss ich es in die Höhe.

Iblys wich locker zur Seite hin aus, als würde ich in quälender Langsamkeit zuschlagen – oder er sich schneller bewegen, als ich sehen konnte.

Mir blieb fast das Herz stehen. Dieses Wesen hatte nichts mehr mit dem Daamin zu tun, den ich in der Verbotenen Stadt mit meiner Peitsche verletzt hatte.

Mit einem Satz sprang ich auf die Füße, taumelte einen Schritt rückwärts und besann mich dann eines Besseren. *Keine Schwäche zeigen.*

Ich wollte einen zweiten Versuch starten, ihn angreifen, aber –

Aber er tat nichts. Und das verstörte mich so sehr, dass ich mitten in der Bewegung innehielt, schwer atmend und kaum in der Lage, einen klaren Gedanken zu fassen.

Iblys regte sich nicht. Machte keine Anstalten, mich anzugreifen, mich zu verletzen. Er unterschätzte mich.

»Rana.« Obwohl er leise sprach, übertönte er den Kriegslärm um uns herum mit Leichtigkeit.

Der Klang meines Namens reichte aus, um meinen Geist mit einer neuen Welle des Zorns zu fluten. Für ihn war ich nicht länger Rana. Er war der Teufel. Er wollte meinen Bruder töten. Alle Menschen auf der Erde. Er wollte mir einfach alles nehmen, das mir etwas bedeutete. Und egal, was er zu mir sagte – es würde nichts daran ändern.

»Dies ist deine letzte –«

»Sei endlich still!«, brüllte ich und ließ mein Schwert auf ihn niedersausen.

Iblys' Arm schoss hoch – und seine Finger schlossen sich um die Klinge. Mit einem Ruck, der mir bis in die Magengrube ging, wurde mein Hieb gebremst.

Ich erschrak. Das gesegnete Schwert, die jeden Dämon töten können sollte, war nicht stark genug, um ihrem Herrn etwas entgegenzusetzen.

Nein, das war nicht ganz richtig. Ein leises Zischen ertönte, und dunkle Rauchschwaden stiegen dort in die Höhe, wo die gesegnete Klinge auf seine Haut traf. Sie musste sich schier in sein Fleisch brennen, doch Iblys zuckte nicht mit der Wimper. Ließ nicht einmal zu, dass ich das Schwert wieder an mich zog. »Ich habe dir eine Chance gegeben«, raunte er. »Eine allerletzte Chance.« Seine Miene verfinsterte sich. »Jetzt kann ich dich nicht mehr schützen.«

Der Widerstand gegen meine Klinge verschwand mit einem Mal, als sich Iblys in Rauch auflöste.

Einen Augenblick lang kam es mir so vor, als würde die Zeit stehenbleiben. Als würde die Welt den Atem anhalten. Als würde sich eine Ruhe zusammenbrauen, wie es sie nur vor dem größten, zerstörerischsten Sturm geben könnte.

Dann brach die Hölle los.

Ein mehrstimmiges Brüllen ließ die Luft um mich herum vibrieren. Aus den Augenwinkeln sah ich, wie die Schatten herangeschossen kamen: Unzählige Bündel aus schwarzem Rauch, die von allen Seiten herbeieilten und wie Geschosse in meiner Umgebung einschlugen. Der Boden zu meinen Füßen erbebte, als sie sich einer nach dem anderen in Dämonen verwandelten. In frische, neue Dämonen, die ihre Zähne fletschten und nach Menschenblut dürsteten.

Wir hatten keine Chance gegen sie.

Entsetzt umklammerte ich meine Klinge fester. Ich riss den Kopf herum und drehte mich um die eigene Achse. Wo ich unsere Männer vermutet hatte, die mich vor den Dämonen beschützten, waren gar keine. Zumindest keine lebendigen. Beinahe, als wäre es allein Iblys zu verdanken gewesen, dass mich in den letzten Minuten niemand angegriffen hatte.

Ich erspähte das Bündel um Kaidan, das sich von mir entfernt hatte. Aber nicht in Richtung des Schlachtfeldrands, des Bataillons, den Bogenschützen, die nur auf den Befehl warteten, brennende Pfeile dorthin abzuschießen, wo sie Kaidan und mich nicht treffen könnten. Stattdessen arbeitete sich der Kokon noch immer den Hügel hinauf. Schritt für Schritt für Schritt, unterbrochen von unzähligen Dämonen, die von überall heransausten und im wahrsten Sinne des Wortes auf sie herabregneten.

Fassungslos blickte ich ihnen entgegen. Zu dem allgegenwärtigen Gestank der Dämonen hatte sich der metallische Geruch von Menschenblut gemischt. Wohin ich auch sah, erblickte ich reglose Leiber, verletzte, geschwächte Krieger, Schmerzen, Hoffnungslosigkeit. Aber das nicht auf Seite der Dämonen.

Wir mussten verschwinden. Wir alle – andernfalls würden wir das nicht überleben. Warum ordnete Kaidan nicht den Rückzug an?

Von einem plötzlichen Impuls erfasst setzte ich mich in Bewegung. So schnell ich konnte, rannte ich in Richtung der Krieger, stieg über reglose Körper hinweg und trat in mehr als eine rote Pfütze, die sich auf dem Boden gebildet hatte. Das Gefühl der warmen Flüssigkeit, in die meine Schuhe getränkt wurden, war beinahe zu viel für mich.

»Lasst mich durch!«, rief ich mit schriller Stimme, noch bevor ich bei dem Kokon aus Kämpfern angekommen war. Gerade im richtigen Moment machten sie Platz, und ich fand mich in ihrer Mitte wieder, ringsum beschützt von Menschenkörpern, nach oben hin von den Schilden, die sie in die Höhe reckten.

Kaidan würdigte mich keines Blickes, als ich zu ihm stieß. Stattdessen richtete er ihn auf die höchste Stelle des Hügels, wo das Zepter der Engel noch immer auf ihn wartete. Unwillkürlich fragte ich mich, warum die Dämonen es noch nicht an sich gerissen oder zerstört hatten. Waren sie gar nicht in der Lage dazu?

»Kaidan!« Ich hatte keine Ahnung, ob er mich überhaupt hörte, so gebannt starrte er zum Zepter hinauf.

Seine Füße hoben sich kaum merklich vom Boden. Eine Hand hatte er gegen den Rücken von einem der Krieger gestemmt, der ihn beschützte, und drückte ihn in Richtung des Hügels – die Tatsache ignorierend, dass in diesen Sekunden drei weitere Dämonen von dort oben herabpolterten.

»K-Kaidan!«

Ein lauter Knall ertönte über unseren Köpfen, als ein schwerer Widerstand auf die Schilde über uns prallte, und ich zuckte zusammen.

Gehetzt packte ich meinen Bruder an der Schulter. »Wir müssen hier weg!«

»Das Zepter ist dort oben«, entgegnete er und stieß kraftvoll gegen den Rücken des Mannes vor sich. »Worauf wartet ihr noch?!«

Der Soldat stolperte vorwärts – und prallte geradewegs gegen einen menschlichen Dämon, der wie aus dem Nichts vor ihm aufgetaucht war und seine langen Krallen in den Leib des Kriegers schlug.

»Wenn ich es nur in die Finger bekomme –«

Abrupt fixierte ich ihn, während sich ein weiterer Soldat aus dem Kokon löste, um seinem Kameraden zu Hilfe zu kommen. »Du wirst es nicht in die Finger bekommen! Sieh dich um, wir sind umzingelt!«

Sein Blick drohte wieder abzuschweifen.

»Kaidan!« Andere Kämpfer versuchten, die Lücke zwischen uns und dem Schlachtfeld zu schließen. Es gelang ihnen längst nicht so nahtlos, wie es nötig wäre, um uns abzuschirmen. Gerade eben könnte uns jeder noch so schlecht abgeschossene Pfeil erwischen. »Wir müssen uns zurückziehen! Solange wir können!«

Mein Bruder starrte stur geradeaus. »Das können wir nicht.« Matt schüttelte er den Kopf. »Das dürfen wir nicht. Das Zepter –«

Wütend packte ich ihn am Kragen und riss ihn entschieden zu mir herum. »*Das Zepter* ist nicht wichtiger als unser aller Leben!«

»Natürlich ist es das!« In einer groben Bewegung machte er sich von mir los. »Es ist wichtiger als ihr alle zusammen!«

Ich stockte. »*Ihr?*«, wiederholte ich erschüttert. Seit wann war Kaidan nicht mehr Teil unseres Wirs? Und wenn er das nicht war – wohin gehörte er dann?

Zu den Engeln? Aber warum standen sie nicht auf unserer Seite? Warum ließen sie zu, dass all dies passierte?

Meine Mundwinkel sackten herab, und auf einmal wurde ich von einer Ruhe erfüllt, wie ich sie selbst nicht von mir kannte. Ich schob alles beiseite, was gerade nicht überlebenswichtig war – Kaidan, Daamin, die Engel. Und tat das, was sich in dieser Situation wie das einzig Richtige anfühlte.

Was meine Mutter getan hätte. Was mein Vater getan hätte.

Ich ließ von Kaidan ab, quetschte mich zwischen den Kriegern hindurch und rannte. Ich rannte herunter von dem Schlachtfeld, mein Schwert schützend vor meinen Körper erhoben. Die Härchen in meinem Nacken stellten sich auf, und jeder meiner Rückenmuskeln spannte sich einzeln an. Ich rechnete jede Sekunde damit, dass sich wieder ein Dämon auf mich werfen würde. Und dann würde Iblys mich nicht retten.

Die Schreie hinter mir wurden leiser, und ich erreichte die Bogenschützen, die nur vereinzelt Pfeile in Richtung des Hügels abfeuerten. Stürzte an ihnen vorbei und kam vor dem Offizier zum Stehen, der sie befehligte. »Der König«, keuchte ich, »verlangt einen Rückzug!«

Die Augen des Mannes weiteten sich. Die Situation war kritisch. Niemals würde er meine Botschaft infrage stellen – nicht zuletzt, weil es der logischste Schritt war, ehe wir alle untergehen konnten.

Deshalb stellte er keine Fragen und zögerte nicht einmal einen Augenblick lang. Stattdessen riss er das Horn hoch, das an seinem Gürtel hing, und blies mehrere Male kräftig hinein.

Das Dröhnen hallte in meinem Schädel wider und brachte meinen ganzen Körper zum Erbeben. Gehetzt fuhr ich herum und beobachtete, wie die Krieger dem Signal folgten. Einer nach dem anderen stieß den letzten Dämon von sich und rannte, so schnell ihn seine Beine nur trugen.

Auch die Gruppe um Kaidan reagierte sofort. Ich erkannte, wie mein Bruder heftig den Kopf schüttelte, eine Hand hochriss und zum Hügel deutete, doch niemand schenkte dem Beachtung. Zwei der Männer packten ihn an den Armen und zerrten ihn einfach mit sich.

Der Anhänger schien abzukühlen, aber ich hatte keine Zeit, keine Nerven, um mich zu fragen, woran das lag. Ich spürte einen Stich in meiner Brust, als ich mich in meinen achtjährigen Körper zurückversetzt fühlte, der immer und immer wieder hatte beobachten müssen, wie Palastwachen meinen Bruder an den Armen durch die Gänge schleiften. Zehn Jahre später dasselbe – aber diesmal verstand ich, dass dies nur zu seinem Besten geschah.

Der Offizier brüllte einen Befehl, und alle drei Reihen aus Bogenschützen rissen ihre Waffen nach oben. Wieder ein Ruf, ein mehrstimmiges Zischen schoss an meinen Ohren vorbei – und ein Sturm aus Pfeilen prasselte auf die Ebene herab. Auf die Dämonen und die letzten Krieger, die sich noch nicht in Bewegung gesetzt hatten. Sie bohrten sich in den Boden und in die Körper derer, die gestorben waren, noch nicht ganz gestorben waren oder niemals gestorben wären, hätte man sie rechtzeitig vom Schlachtfeld geschafft. Wohin ich auch sah, sah ich nichts als Tod, Angst und noch mehr Tod.

Meine Kehle wurde trocken. Ich faltete die Hände vor meiner Brust und sandte ein Stoßgebet ans Paradies. *Ihr seid auf unserer Seite. Sorgt dafür, dass unsere Männer überleben.*

Mein Herz brannte lichterloh, als ich die Gegend mit dem Blick absuchte, mehr und mehr von unseren Kriegern erkannte und sie auf ihrem Weg begleitete. Da war ein Mann in meinem Alter, der über den reglosen Körper eines anderen Kriegers stolperte. Er verlor das Gleichgewicht, fing sich in letzter Sekunde wieder – und wurde von einer langen Kralle durchbohrt.

Ich zuckte zusammen. Meine Hände verkrampften sich ineinander, und das pure Grauen stieg in meiner Magengrube auf. Sofort dachte ich an Iblys, der in diesen Sekunden genau dasselbe mit einem unschuldigen Menschen tun könnte –

Und an Daamin, der irgendwo da drinnen in Gefahr war.

Rana! Ich schüttelte mich, konnte meine zwiespältigen Gedanken aber nicht vertreiben. Ich konnte mir einfach nicht *keine* Sorgen um ihn machen. Vor allem nicht jetzt, wo er mich gerettet hatte.

Warum hatte er das getan? Wusste er nicht, dass er damit alles nur noch schlimmer machte?

Ich ertappte mich dabei, wie ich das Schlachtfeld nach ihm absuchte. Aber unter all den Menschen und Dämonen – reglos und wohlauf – war er nirgends zu sehen.

7.

BEI DEN ENGELN

An das, was danach geschehen war, konnte ich mich kaum erinnern. An den Rückzug und die Hetzjagd in Richtung der nächsten Stadt. Einige Dämonen hatten sich an unsere Fersen geheftet und Nachzügler in den Tod gerissen, uns darüber hinaus aber nicht besonders lange verfolgt. Ich verstand nicht, warum. Genauso wenig, wie ich begriff, weshalb mich Iblys gerettet hatte. Schon wieder. Er war mir nichts mehr schuldig. Ich hatte mich für die Seite meines Bruders entschieden.

Diese Gedanken waren es, die meinen Geist blockierten, ihn völlig für sich beanspruchten, sodass ich immer noch benommen war, als ich mich mitten in unserem Notlager wiederfand. Ich wusste nicht, wie viel Zeit vergangen war, seit wir es erreicht hatten, oder was um mich herum geschehen war. Mein Kopf fühlte sich dumpf, matt an, und ich mutmaßte, dass mich der Aufprall doch mehr mitgenommen hatte, als ich zuerst geglaubt hatte.

Wir befanden uns in Afarat, einer Stadt in einiger Entfernung zum Hügel. Am Ortsrand hatten wir unser Lager aufgeschlagen und hierfür die umliegenden Häuser in Beschlag genommen. Wohin unsere Männer deren Einwohner geschickt hatten, wusste ich nicht.

Ich kauerte in einer Hütte, die nur aus einem Raum bestand, auf dem Teppich, umgeben von Decken und Kissen, die unsere Diener für mich ausgebreitet hatten, während unzählige Menschen um mich herum hin- und herwuselten, ohne dass ich mitbekam, was vor sich ging.

»Ich kann es nicht glauben«, ertönte plötzlich eine Stimme neben mir.

Erschrocken riss ich den Kopf herum – zu Sahar, die neben mir saß. Seit wann war sie hier? Etwa schon die ganze Zeit? War sie nicht zwischenzeitlich nach draußen –

»Ich kann nicht glauben, dass Ihr unverletzt seid!«, flüsterte sie und zupfte an ihrem türkisfarbenen Kopftuch herum. »Eure ganze Kleidung ist voller Blut, aber nichts davon kommt von Euch!« Ehrfürchtig schüttelte sie den Kopf. »Ihr müsst wahrhaftig von den Engeln beschützt worden sein.«

Ich schnaubte trocken. Natürlich. Von den Engeln.

»Verdammt, das sieht nicht gut aus«, murrte irgendjemand in einigen Schritten Entfernung. Ich hob den Blick zu zwei unserer Bogenschützen draußen vor der geöffneten Tür. Sie waren unversehrt, ganz im Gegensatz zu den Verletzten, die sich in diesem Gebäude tummelten und von unseren Dienern, Heilern und einigen Anwohnern so gut versorgt wurden, wie es nur möglich war.

Die beiden sahen sich draußen um und schüttelten dann mutlos den Kopf. »So etwas überstehen wir nicht noch einmal.«

»Wo war Iblys?«, zischte der andere. Obwohl er sich offenbar bemühte, leise zu sein, konnte ich ihn problemlos verstehen. »Warum war er nicht dort? Wir müssen den Iblys töten, wenn wir dem ein Ende bereiten wollen! Wie soll uns das gelingen, wenn er sich nicht einmal zeigt?«

Entgeistert runzelte ich die Stirn. »Habt ihr ihn denn nicht gesehen?«, fragte ich laut.

Irritiert drehten sie die Köpfe und musterten mich. Einer von ihnen öffnete den Mund und schloss ihn wieder, als wäre er sich nicht sicher, ob er mit mir reden durfte. Deshalb war es der andere, der fragte: »Wie sollen wir sehen, was nicht da ist, Hoheit?«

Ich starrte die beiden an, war aber zu keiner Reaktion fähig. Erst nach und nach sickerte die Bedeutung ihres Verhaltens zu mir durch.

»Mach dir nichts draus«, murmelte der andere mit gesenkter Stimme – wieder konnte ich es problemlos hören. »Man sagt, sie habe sich den Kopf gestoßen, als sie sich wie eine Irre in das Dämonenheer geworfen hat.« Damit bewegten sie sich von ihrer Position und ließen mich völlig verdattert zurück.

Ich wusste nicht, was ich denken oder fühlen sollte. »H-hast du das gehört?«, fragte ich benommen.

»Oh ja!«, knurrte Sahar und machte Anstalten, aufzustehen. »Das werde ich sofort dem König melden. Niemand spricht so über –«

»Nicht das!« Mit einer schneidenden Handbewegung ließ ich sie innehalten, ehe sie sich erheben konnte. »Sie haben Iblys nicht gesehen?«

Sahar blinzelte. »Er war nicht zugegen, Herrin.« Vorsichtig musterte sie mich, als würde ihr die Kopf-Sache nun auch in den Sinn kommen. »Wäre Iblys dort gewesen, hätte das sicher niemand von uns übersehen. Man sagt sich, er ist dreimal so groß wie ein normaler Mensch mit pechschwarzen Flügeln …«

Ihre Worte verhallten in den Tiefen meines Unterbewusstseins. Sofort erblickte ich Iblys vor mir. Iblys, der in seiner Daamin-Hülle herumlief. Der nicht annähernd so aussah wie auf den Abbildungen, die man über Jahrhunderte hinweg von Iblys angefertigt hatte. Der genauso aus Rauch bestand wie die Dämonen um ihn herum. Der seine Flügel nicht zeigte und den anderen Kreaturen der Unterwelt damit glich wie ein Ei dem anderen.

Er hatte sich völlig ungehindert durch den Kampf bewegt. Die Dämonen hatten ihm Platz gemacht und ihn vor möglichen Angreifern geschützt. Unsere Männer hatten attackiert, was sie vor ihre Klinge bekommen hatten. Hätten sie auch nur den geringsten Hinweis erkannt, dass sich Iblys persönlich in der Menge aufhielt, wäre diese Schlacht vielleicht anders verlaufen. Und es schien, als wäre ich die Einzige, die ihnen einen solchen Hinweis hätte liefern können.

Die Frage war nur: *Hätte* ich es getan?

Eine eisige Klaue ergriff mein Herz. Wieder sah ich ihn vor mir, Daamin, der mir eine Hand hinhielt. *Alles in Ordnung?*

Mein Mund wurde trocken, und noch bevor ich die Lippen geteilt hatte, sprang Sahar auf. »Ihr seid sicher durstig. Ich bringe Euch etwas zu trinken.« Doch als sie kurz darauf zu mir zurückkehrte, trug sie nicht nur ein mit Wasser gefülltes Schälchen bei sich, sondern auch einen beunruhigten Ausdruck im Gesicht. »H-Herrin.«

Teilnahmslos blickte ich ihr entgegen. Mein Kopf fühlte sich an, als würde er gleich explodieren. Vor Schmerzen und vor all den Gedanken, die durch meinen ruhelosen Geist stoben.

»Ihr … habt die Nachricht noch nicht gehört, nehme ich an«, hauchte Sahar, während sie auf mich zutapste. Das Wasser schwappte leicht über den Rand des Schälchens, was mich überraschte – normalerweise legte sie viel selbstbestimmtere Bewegungen an den Tag. »Es geht um Euren Mann.«

Zuerst klingelte rein gar nichts bei mir. Erst im zweiten Moment dachte ich an Nuh und wurde hellhörig. »Ist er gefallen?«

Sahar stieß alle Luft aus ihren Lungen. »Nein, zum Glück nicht!«, seufzte sie und kniete sich vor mich, um mir das Schälchen zu reichen. »Aber, ähm … Es sieht ganz so aus, als hätten seine Männer und er uns verlassen.«

Nichts in mir regte sich. »Was?«

»Es ist nicht sofort aufgefallen aufgrund des Durcheinanders bei unserem Rückzug«, piepste Sahar regelrecht, »aber es sieht ganz so aus, als hätte sich Nuh dazu entschieden …« Sie schluckte. »… sich aus diesem Krieg zu entfernen.«

Allmählich verstand ich. »Er ist geflohen«, stellte ich nüchtern fest. »Abgehauen. Hat uns im Stich gelassen.«

Schnell schüttelte Sahar den Kopf. »Ich bin mir sicher, dass das alles Teil einer übergeordneten Strategie ist! Dass er zurückkommen wird – mit mehr Männern! Um uns zu unterstützen!« Sie schenkte mir ein zaghaftes Lächeln. »Und um Euch mitzunehmen, natürlich.«

Ich unterdrückte ein Schnauben. »Natürlich.«

Ich empfand keine Enttäuschung darüber, dass mich Nuh zurückgelassen hatte, aber auch keine Erleichterung. Zu groß war der Druck, der ohnehin schon auf meinen Schultern lastete. Auf meiner Seele.

Ich hob das Schälchen an und nippte an dem Wasser, während ich versuchte, meine Gedanken zu klären. Iblys. Kaidan. Obwohl sie auf verschiedenen Seiten standen, konnte ich sie beide immer weniger verstehen.

Iblys war … Iblys. Aber Kaidan …

Kaidan hatte sich verändert. Oder war er schon immer so gewesen? So herrisch? So rücksichtslos?

Er hatte unseren Vater umbringen lassen. Hatte den Mann, den er damit beauftragt hatte, als Besessenen hinrichten lassen.

Und das, obwohl er selbst viele Jahre mit falschen Vorurteilen zu kämpfen gehabt hatte. Er hatte das Leben seiner Krieger für ein blödes Zepter aufs Spiel gesetzt, von dem er nicht einmal sicher wissen konnte, ob es mächtig genug wäre, die Dämonen oder Iblys zu vernichten.

Natürlich. Diese Sache war wichtig. Schließlich stand das Leben aller auf dem Spiel. Doch das bedeutete nicht, dass er seine Hundertschaften auf so gedankenlose Weise opfern konnte.

Vielleicht deutete ich sein Verhalten aber auch falsch. Ich konnte ja nicht in seinen Kopf hineinsehen.

Langsam setzte ich das Schälchen ab. Die Verantwortung musste schwer auf Kaidan lasten – die als König, die als Prophet. Er musste völlig überfordert sein.

Meine Hand berührte meine Brust, unter der mein Herz schlug und das Blut durch meinen Körper pumpte, welches auch durch Kaidans Adern floss. Ob er sich genauso verloren fühlte wie ich?

Wir waren Geschwister. Wir gehörten zusammen. Und er brauchte mich jetzt mehr denn je. Ich musste unbedingt mit ihm sprechen.

»Wo kann ich meinen Bruder finden?«, fragte ich an Sahar gewandt.

»Er ist in einem anderen Gebäude, drüben beim Brunnen«, erklärte sie und deutete in eine vage Richtung. »Ich glaube, er hat sich zum Beten dorthin zurückgezogen.«

Ich stutzte. »Zum Beten?«, fragte ich entgeistert, ehe mir auffiel, dass man mein Entsetzen auch falsch deuten konnte. »Ähm, ich meine –« Ich stockte. »Gut, wenn er den Rat der Engel sucht.« Ein dicker Kloß bildete sich in meinem Hals. Hatte er bisher *nur* den Rat der Engel gesucht? Was war mit seinen Offizieren? Was war, wenn uns die Dämonen hier fanden? Uns angriffen? Würden die Engel dann vom Paradies herabsteigen und uns beschützen?

Oder würden sie uns genauso im Stich lassen wie vorhin?

Ein bitterer Geschmack legte sich auf meine Zunge. »Ich sollte nach ihm sehen.« Ich schob Sahar das restliche Wasser hin. »Du solltest dich etwas ausruhen, Sahar.«

Aus großen Augen blickte sie zu mir auf. »Herrin, Ihr solltet Euch –«

»Schon in Ordnung.« Ich lächelte und rappelte mich auf. »Du bist Tag und Nacht an meiner Seite und wachst über mich. Wenn jemand von uns eine Pause braucht, dann du.«

Sahar schob sich einige lose Haarsträhnen unter das Tuch auf ihrem Kopf und blickte nur mäßig zufrieden drein. »Wenn Ihr das wünscht, Herrin.«

Ich fühlte mich kraftlos und wackelig auf den Beinen. Ich musste meine ganze Konzentration zusammennehmen, um Selbstsicherheit in meinen Schritt zu legen. Ich durfte keine Schwäche zeigen. Weil ich eine Symbolfigur war. Ein Symbol der Hoffnung. Und als ich nach draußen trat, wurde mir klar, dass Hoffnung dringend gebraucht wurde.

Die Straßen und Gebäude um mich herum waren voller Menschen. Alle Türen waren weit geöffnet und gaben den Blick auf die Verwundeten frei, die wir vor den Dämonen hatten retten können. Manche der Krieger hatte man nicht einmal mehr in die Häuser bekommen. Zu schwach waren die geworden, die sie getragen hatten. Wir alle waren erschöpft, doch wir konnten uns keine Ruhe leisten. Wir mussten uns wappnen. In Zeiten wie diesen wäre Stillstand unser Tod.

Ich passierte eine provisorische Lagerstelle auf der Straße, wo mehrere Frauen einen Soldaten versorgten, der mir nur zu bekannt war: Arad.

Mein Herz verkrampfte sich in meiner Brust. Ich kannte ihn nicht gut, doch manchmal konnte ich durch meine Zimmertür hören, wie er sich bei den anderen Wachen über belanglose Dinge wie seinen kläglichen Bartwuchs beschwerte.

In meiner Gegenwart durfte er keine Gefühle offenbaren, nicht zu viele Worte verlieren oder sich auch nur regen, weshalb seine Unterhaltungen durch die Tür das Einzige waren, was ich je von seiner Persönlichkeit mitbekommen hatte. Aber das hatte gereicht, um mir zu zeigen, dass er ein lebensfroher, humorvoller und durch und durch hoffnungsvoller Mensch war. Er musste einer der Ersten gewesen sein, die sich für das provisorische Heer im Kampf gegen die Dämonen hatte aufstellen lassen.

Er hatte den Preis dafür bezahlt. Trotz der zahlreichen Verbände, die man um seinen Oberkörper geschlungen hatte, trat das Rot wieder deutlich unter dem Weiß hervor. Zwei der Frauen stemmten sich förmlich gegen seine Brust, um Druck auf die Wunde auszuüben, was Arad mit einem Ächzen quittierte. Viel mehr konnten sie gerade nicht für ihn tun. Wir hatten zwar Heiler in unserem Bataillon, aber von diesen war in diesem Teil unseres Lagers weit und breit nichts zu sehen.

Vorsichtig näherte ich mich ihm. Er wirkte blass um die Nase, geschwächt. Eine tiefe Furche hatte sich auf seiner Stirn gebildet. Sein Kiefer war angespannt, als litt er furchtbare Schmerzen. Doch als er mich kommen sah, rang er sich ein schwaches Lächeln ab. »Eure Hoheit.« Eine dünne rote Flüssigkeit schimmerte unter seinem Mund, auf seinem Kinn. »Verzeiht mir, dass ich mich nicht verbeuge …« Sein Satz endete abgehackt, als hätte er eigentlich noch mehr sagen wollen, es aber nicht geschafft, weil ihm die Luft aus den Lungen gedrückt wurde.

Die Dienerinnen rückten etwas zur Seite, damit ich mich neben ihn knien konnte. Ein dicker Kloß bildete sich in meinem Hals, und ich herrschte mich selbst an, stark zu bleiben. Für ihn. »Ich danke dir für den Dienst, den du für uns und unser Land geleistet hast.«

Er wich meinem Blick aus. »Ich habe gar nichts geleistet, Hoheit.« Seine Lippen waren spröde. Ihre Farbe hob sich kaum von der seines Gesichts ab. »Und ich bin auch noch lange nicht fertig.«

Ich musste lächeln. »Das glaube ich dir gerne. Und ich nehme dich beim Wort.«

»Gut.« Er atmete schwer ein. »Ich habe eine Wette abgeschlossen. Mit Gamil, dem Pfeilmacher.« Sein rechter Mundwinkel hob sich etwas höher. »Wer mehr Dämonen tötet, darf um Sahars Hand anhalten.«

Meine Brauen schossen in die Höhe. »Sahar? *M-meine* Sahar?« Jetzt, wo ich so darüber nachdachte, wurde ich das Gefühl nicht los, dass sie des Öfteren zu spät kam, weil sie sich noch vor meiner Tür unterhielt. Und dass sie ihm vielleicht den einen oder anderen Blick zugeworfen haben könnte, wann immer wir seinen Wachposten passiert hatten. Und hatte sie nicht neulich in der Kutsche auf dem Weg zur Hexenverbrennung wie ein Wasserfall geredet?

Arad grinste schwach. »Natürlich nur mit Eurer Erlaubnis, Hoheit.« Jetzt, wo er schwer verwundet und kein Mann aus meiner Familie in Reichweite war, gab er sich offener denn je. »Wo die Liebe hinfällt ...«

Seine Worte versetzten mir einen unverhofften Stich in die Brust. »Mhm.«

»Ich fürchte aber, gerade eben liege ich noch hinten. Mir ist was dazwischengekommen«, fügte er mit Blick auf seine Verletzung hinzu.

Ich schnaubte belustigt. »Keine Sorge. Du wirst deine Chance bekommen, die Wette zu gewinnen.« Ich zuckte die Achseln. »Sahar würde sich sicher freuen.« Als ich mich aufrichtete, fühlte ich mich niedergeschlagen und beflügelt zugleich. Dieser Ort war die reinste Hoffnungslosigkeit – aber Menschen wie Arad waren die Lichtschimmer, die unser Heer aufs Neue beleben könnten.

Ich musste mehrere Soldaten fragen, die wie von Skorpionen gestochen durch die Gegend rannten, um mich zu dem Gebäude vorzuarbeiten, in das sich Kaidan zurückgezogen hatte.

Es war ein kleines, unscheinbares Häuschen, in dem kaum mehr als eine vierköpfige Familie leben konnte. Sämtliche Hauseingänge und die Fenster wurden von den ehemaligen Leibwächtern meines Vaters bewacht. Ironisch, wenn man bedachte, dass sie dem Mann dienten, der sie fortgeschickt und den Mord an ihrem Herrn beauftragt hatte.

Zielstrebig bewegte ich mich auf die Eingangstür zu – und beobachtete entgeistert, wie mir eine der Wachen den Weg versperrte.

Abrupt blieb ich stehen. »Was soll das?«

Die beiden Männer, die an der Tür postiert waren, wechselten einen Blick und fixierten dann wieder mich. Ihre Kleidung war blutbefleckt, aber genau wie bei mir schien es nicht ihr eigenes Blut zu sein, das die Stoffe tränkte. Auch Dämonen bluteten, bevor sie starben. »Ihre Majestät hat sich zum Beten zurückgezogen.«

Ich widerstand dem Drang, die Augen zu verdrehen. »Das ist mir bekannt. Nun lasst mich durch.«

Die Schultern der Wache versteiften sich. »Er hat danach verlangt, nicht gestört zu werden.«

»Ich störe ihn auch nicht«, beharrte ich ungeduldig. »Ich bin seine Schwester und die Prinzessin von Almeira. Ich störe *niemanden*.«

Mein Gegenüber reckte das Kinn, sah dabei aber so aus, als fühlte er sich ganz und gar nicht wohl in seiner Haut. »Die Befehle des Königs waren eindeutig, Eure Hoheit.«

Mir klappte der Mund auf. »Eindeutig?«, wiederholte ich erschüttert. »Hat er *eindeutig* gesagt, dass er mich nicht sehen will?«

Der Wachmann räusperte sich geradezu verlegen. »J-ja, Eure Hoheit.«

Abrupt klappte mein Mund zu. »Was?« Es war, als würde sich eine Schlucht vor meinen Füßen auftun. *Kaidan? Wirklich?*

»Das kann nicht –« Ich biss mir auf die Zunge. Vor der Belegschaft aus der Haut zu fahren, war nicht das Beste, was jemand wie ich tun konnte. »Also gut. Lasst es mich wissen, sobald er fertig gebetet hat.« Als ich das Wort aussprach, fühlte es sich so an, als würde ein Schwall aus Gift über meine Lippen quillen.

Wütend fuhr ich herum und stapfte blindlings davon. Kaidan war also sauer auf mich. Unruhe machte sich in mir breit, als ich an die fassungslose Miene dachte, die er gezogen hatte, als ich den Rückzug angeordnet hatte. Ja, ich hatte seinen Offizier angelogen. Ja, er hatte diesen Befehl nie gegeben – aber es war zum Besten aller gewesen. Das musste er doch jetzt, wo er einige ruhige Minuten gehabt hatte, auch verstehen! Oder?

Verdammt, ich hatte womöglich sein Leben gerettet und er verhielt sich wie das letzte Kind!

Ich hatte keine Ahnung, wohin ich nun gehen sollte. Zurück zu Sahar wollte ich nicht. Einerseits, weil sie dann wissen würde, dass ich von meinem eigenen Bruder abgewiesen worden war, andererseits, weil sie sofort wieder auf den Beinen wäre, um mich zu bedienen. Das wollte ich nicht. Sie hatte schon so viel für mich getan.

Ich tat also das, was auch immer ich konnte: Ich half dabei, die Wunden der Verletzten zu versorgen, und brachte den Geschwächten Wasser und etwas zu essen. Das Glänzen, das daraufhin in ihre Augen trat, war Entlohnung genug.

Als ich wieder bei Arad vorbeikam, war um ihn herum große Hektik ausgebrochen. Ich konnte vor lauter Beinen kaum etwas von dem auf dem Boden liegenden Mann erkennen, glaubte aber, dass seine Haut umso blasser geworden war.

Mein Herz machte einen Satz. Meine Füße bewegten sich wie von selbst auf ihn zu – bis ich dem Blick einer Dienerin begegnete, die gerade mit einem Haufen blutdurchtränkter Lappen zu mir herumfuhr. Im ersten Moment wollte sie schnell an mir vorbeistürzen, blieb dann jedoch stehen. »Eure Hoheit, bitte –« Demütig brach sie ab, doch ich verstand. Ich wäre ihnen eher ein Klotz am Bein als eine Hilfe. Mit schwerem Herzen entfernte ich mich von ihnen.

Entweder verstrich die Zeit quälend langsam oder es vergingen Unmengen davon, ohne dass Kaidan von sich hören ließ. Immer wieder schlich ich an seinem Quartier vorbei wie ein Schakal an einer Höhle, in der er Gazellen witterte. Aber die Wachen blieben stehen, wo sie waren, und Kaidan kam auch nicht nach draußen.

Ein Teil von mir hoffte, dass er inzwischen seine Offiziere zu sich gerufen hatte – diese entdeckte ich jedoch kurz darauf zwei Straßen weiter, wo sie die Köpfe zusammengesteckt hatten und sich ohne ihren König berieten. Ihren König, der noch immer ins Gebet vertieft war.

Meine Brust fühlte sich eng an, als ich einmal mehr zum Gebäude zurückkehrte, in dem er sich verschanzt hatte. Wohin ich auch sah, entdeckte ich nichts als Leid, Schmerzen und Hoffnungslosigkeit. Sie warteten auf Kaidan. Auf neue Befehle, eine Ansprache, die Zusicherung, dass wir zum Gegenschlag ausholen würden. Dass die Verluste, die wir eingefahren hatten, nicht umsonst gewesen waren. Vielleicht sogar auf eine Entschuldigung.

Doch Kaidan kam nicht. Denn er musste beten.

Wieder starrte ich frustriert die Tür an, die sich einfach nicht offen wollte. Funkelte die Wachleute an, die mich nicht hineinließen. Und spielte mehrfach mit dem Gedanken, es über ein Fenster zu versuchen. Doch so oft ich das Gebäude auch umkreiste – es wurde von jeder Seite bewacht. Kaidan meinte es wirklich ernst.

Genervt wandte ich mich ab und durchquerte die Straße aufs Neue.

Mit jeder Sekunde, die verstrich, entzündete sich ein weiterer Funke der Wut in meinem Inneren, bis meine Wangen heiß und meine Finger zittrig wurden. Es fehlte nicht mehr viel, und ich würde sogar die Wachleute vor Kaidans Tür niederschlagen, um endlich mit meinem Bruder sprechen zu können.

Vielleicht war ich im Unrecht. Vielleicht sollte ich mehr Verständnis für den Propheten aufbringen. Vielleicht sollte ich bedenken, dass ich es mir mit den Engeln nicht verscherzen durfte. Doch dazu war ich nicht mehr in der Lage.

Wieder kam ich an Arad vorbei. Die Hektik um ihn herum hatte sich gelegt. Ein paar Diener hatten sich dort versammelt, knieten auf dem Boden neben ihm, die Hände gefaltet, die Lider gesenkt.

Abrupt blieb ich stehen.

Unmittelbar neben dem Wächter hockte ein Priester, dessen Gewänder noch immer strahlend weiß waren. Die Hand auf Arads Stirn gelegt, sprach er ein leises Gebet an ihn aus.

Arads Augen waren geschlossen worden.

Eine gähnende Leere breitete sich von meiner Brust bis in meine Zehen- und Fingerspitzen aus. Ich wusste nicht, wie lange ich einfach nur dort stand, ihn anstarrte und mich von der Finsternis vereinnahmen ließ. Ich dachte an Sahar, und mein Herz schmolz in einer Mischung aus Mitleid, Trauer und Wut.

Ich konnte nicht blinzeln und spürte, wie meine Augen feucht wurden. Aber ich durfte nicht weinen. Nicht jetzt. Nicht hier. Ich durfte nicht trauern. Ich musste meine Gefühle in etwas Effektiveres verwandeln. Nämlich in Hass. In Hass auf die Kreaturen, die Arads Leben genommen hatten.

Iblys. Das ist deine Schuld.

Mehrere Soldaten stürzten so knapp an mir vorbei, dass ich einen scharfen Luftzug im Gesicht spürte. Irritiert wandte ich mich um – und sah, wohin es sie verschlug. Sie rannten in Richtung des kleinen Hauses, in dem sich Kaidan verschanzt hatte. Und der inzwischen daraus hervorgetreten war.

Mein Herz machte einen Satz. *Na endlich!*

Schnell kam ich näher. Kaidan hatte sich nicht einmal die Zeit genommen, sich das Gesicht zu waschen. Seine Haare hingen lose in seiner glänzenden Stirn, und er wirkte erschöpft. Er hatte noch nicht angefangen zu sprechen. Nach und nach sammelten sich mehr Menschen um ihn herum, die ihn erwartungsvoll anblickten, auf Befehle, tröstende Worte, *irgendwelche* Worte warteten, doch er schien von ihnen keine Notiz zu nehmen.

Dafür erhellte sich seine Miene, als er mich entdeckte. »Rana«, sagte er nüchtern. »Gut, dass du hier bist.«

Erleichterung machte sich in mir breit und die Tortur der letzten Stunden beinahe wieder wett. »Natürlich!«

Beinahe. Ich warf seinen Leibwächtern einen giftigen Blick zu, die offenbar etwas gehörig falsch verstanden hatten. »Ich wäre ja schon früher gekommen, aber leider *durfte* ich nicht.«

Kaidan nickte bedächtig. »Deine Zeit ist gekommen. Ich brauche dich.«

Sofort reckte ich das Kinn. »Selbstverständlich.« Ich straffte die Schultern und war einfach nur froh, meine Zweifel zerstreuen zu können. Kaidan hatte mich nicht ausgeschlossen. Er wollte mich immer noch an seiner Seite haben. Vielleicht hatte er inzwischen verstanden, dass der Rückzug die einzig richtige Entscheidung gewesen war. »Was kann ich für dich tun?«

Kaidan winkte seine Offiziere herbei, die sich vor ihm aufstellten. Er musterte jeden von ihnen einzeln. »Iblys hält sich in einer Hülle verborgen, in der wir ihn nicht erkennen. Und sobald wir sie erkennen, wird er sich eine neue suchen, um nicht aufzufallen. Er wird sich so lange verstecken, bis seine Schergen uns alle ausgelöscht haben.«

Jemand atmete scharf ein. Mehrere Köpfe wurden geschüttelt, und ich hörte ein gemurmeltes »Feigling!«

Gleichzeitig wurde mir schwindelig. Da war er, mein Wissensvorsprung. Ich sollte froh sein, dass es nicht mehr an mir lag, ihn mit dem Rest der Truppe zu teilen. Aber das war ich nicht. Kaidans Neuigkeiten legten sich wie Steine in meine Magengrube.

»Wir müssen weiter denken als er. Wenn wir blindlings angreifen, werden wir die Dämonen nie dort treffen, wo es am meisten wehtut. Wenn wir uns dem Zepter nähern, werden wir noch weitere Verluste verzeichnen. Und das können wir unmöglich verantworten.« Sein Blick streifte mich beiläufig. »Wir sind Menschen. Wir sind klüger und weiser als die Kreaturen der Unterwelt. Also gehen wir die Sache anders an.« Er reckte das Kinn. »Wir stellen dem Iblys eine Falle.«

Meine Kehle wurde eng, und ein gedämpftes Gemurmel brach um mich herum aus. *Eine Falle?* Schon wieder ein Plan, der viel zu einfach klang, um wahr zu sein. Genau wie der letzte, der uns alles gekostet hatte.

Ich räusperte mich. »Hast du … an etwas Konkretes gedacht?«

Kaidan nickte. »Selbstverständlich. Wir haben uns mit den Engeln beraten. Sie haben uns die Augen geöffnet für etwas, für das wir viel zu lange blind gewesen sind.«

Die Engel. Natürlich. Wenig überzeugt verschränkte ich die Arme vor meiner Brust. »Wofür, wenn ich fragen darf?«

Nichts in seiner Miene regte sich. »Iblys' Schwachstelle.«

Ein mulmiges Gefühl machte sich in mir breit. Iblys' Schwachstelle. Diese Worte lösten eine seltsame Vorahnung in mir aus – oder eine Erinnerung? Etwas, das sich wie ein kaum merklicher Nebelschleier vor meine Augen schob, aber nicht dicht genug wurde, um ihn tatsächlich sehen zu können.

»Wir werden ein Pentagramm auf die Straßen dieser Stadt zeichnen. Seine Linien werden durch Häuser, über Straßen, durch Gassen, über Mauern hinweg und zwischen Türmen hindurch führen. Es wird so groß sein, dass man es nur vom Paradies aus mit eigenen Augen erkennen kann.« Er breitete die Arme aus. »Die Engel haben uns eine Anleitung zugesandt. Wir werden sofort damit beginnen, es aufzumalen.« Er warf seinen Offizieren einen scharfen Blick zu. »Sorgt dafür, dass es perfekt und fehlerfrei ist. Wir haben es hier nicht mit einem einfachen Dämon zu tun. Wenn auch nur eine Linie verwischt wird, wird es nicht mehr stark genug sein, um Iblys an Ort und Stelle zu fesseln.« Er sah wieder in die Runde. »Und genau das ist der Plan. Wir zeichnen das ganze Pentagramm bis auf eine entscheidende Linie, locken Iblys hierher und werden es dann vollenden. Er wird klebenbleiben wie eine Fliege in einem Spinnennetz.« Er machte eine Pause. »Und dann töten wir ihn.«

Kaltes Grauen breitete sich in mir aus. Ich musste mich selbst daran erinnern, dass Iblys' Tod doch genau der Grund war, weshalb wir alle hier waren. Weshalb *ich* hier war. Er schien der Einzige gewesen zu sein, der das – vorhin, auf dem Schlachtfeld – immer noch nicht verstanden gehabt hatte.

»Eure Majestät«, sagte einer der Offiziere förmlich. »Sollen wir eine Evakuierung der Stadt in die Wege leiten?«

»Nein«, antwortete mein Bruder sofort. »Die Einwohner müssen bleiben. Erzählt ihnen nichts von unserem Vorhaben. Wenn sie in Panik geraten oder die Stadt verlassen, werden die Dämonen ahnen, dass ihnen eine Falle gestellt wird. Alles muss so sein wie immer.«

Meine Gesichtszüge entgleisten. »Du willst Iblys und seine Schergen in diese Stadt locken und niemanden retten?«, fragte ich, ohne meine Wortwahl zu bedenken.

Kaidan wandte sich zu mir um. Er bemühte sich um eine gefasste Miene, doch ich kannte ihn gut genug, um den Schimmer es Ärgers in seinen Augen deutlich zu erkennen. »Wir wollen Iblys und seine Schergen in diese Stadt locken«, antwortete er betont langsam, »und uns alle retten.«

Heftig schüttelte ich den Kopf. »Und was, wenn etwas schiefgeht? Dann fällt ein Heer aus Dämonen hier ein – und die Einwohner werden nicht einmal die Gelegenheit haben, zu ihren Waffen zu greifen!« Die Fassungslosigkeit ließ mich reden, bevor ich denken konnte: »Wie viele sollen denn noch grundlos sterben?«

Betretenes Schweigen breitete sich aus – aber nur einen Augenblick lang.

»Sie hat recht«, flüsterte jemand.

»Es ist zu riskant.«

»Was, wenn es schiefgeht?«

Kaidans Miene verfinsterte sich. Funken sprühten aus seinen Augen, und plötzlich erinnerte er mich auf kaltblütige Weise an unseren Vater, der auch nie ein Widerwort geduldet hatte – ganz gleich, wie angebracht es gewesen war.

Aber Kaidan war nicht unser Vater. Deshalb bestand die geringste Hoffnung, dass er auf mich hören würde.

»Diese Falle, von der du da sprichst, könnte unzählige unschuldige Menschen das Leben kosten«, fuhr ich behutsam fort und wünschte, man hätte mich an seinen Rückzugsort gelassen. Dann hätten wir das alles in Ruhe bereden können, ohne Zuhörer. »Selbst wenn Iblys hier stirbt, werden seine Dämonen alles in Schutt und Asche legen. Sie würden uns schneller vernichten als wir sie – und mit dem Rest der Welt weitermachen!« Sein blödes Zepter wäre dann jedenfalls nicht in Griffweite.

»Schwester«, sagte er ruhig. »Wie lautet dein Vorschlag?«

Mein Mund klappte zu. Mit leicht geteilten Lippen blickte ich Kaidan an, und meine Gedanken wichen der Leere.

Abschätzig musterte er mich. »Das dachten wir uns«, schloss er nüchtern, und plötzlich wusste ich nicht mehr, ob er das hoheitliche Wir verwendete oder von sich und den Engeln sprach.

Ein Funke des Ärgers entzündete sich in meinem Inneren. War das sein Ernst? Stundenlang versuchte ich vergeblich, zu ihm vorzudringen und genau das mit ihm zu diskutieren, und dafür stellte er mich nun bloß?

»Eure Majestät«, sprach ihn einer der Offiziere an. »Wenn Ihr mir eine Rückfrage gestatten würdet …« Er zögerte. »Wie sorgen wir dafür, dass Iblys hier auftaucht und das Pentagramm betritt?«

»Eine sehr gute Frage«, erwiderte Kaidan anerkennend, was sich wie ein weiterer Schlag in die Magengrube für mich anfühlte. »Wir werden einen Köder benutzen, um ihn herzulocken. Nichts, das ihn in Wut und Aufruhr versetzen wird.« Kaidan lächelte kühl. »Sondern in Angst und Sorge.«

»Was?«, zischten mehrere Stimmen.

»Wie sollen wir das denn anstellen?«

»Was für einen Köder?«

Das ungute Gefühl wurde stärker, bildete einen dicken Knoten in meinem Magen, der bis in meinen Hals reichte. Es war, als könnte ich die Augenblicke herunterzählen, ehe Kaidan einfach alles verändern würde.

Drei.

Zwei.

Eins.

»Durch Blut. Frisches Blut, vergossen von …« Sein Blick richtete sich auf mich. »… meiner Schwester.«

Alle Blicke richteten sich auf mich.

Mein Herz setzte einen Schlag aus. »Was?«

Kaidan lächelte wissend. »Keine Sorge. Es wird nicht viel Blut brauchen. Eine kleine Verletzung …« Er verstummte, wahrscheinlich weil ihm dämmerte, dass das Blut nicht die Sache war, die mich verstörte. Sondern der Teil, in dem *ich* ins Spiel kam. Gemächlich hob er die Schultern an. »Ich habe dir doch gesagt, dass ich dich noch brauchen würde«, raunte er. »Und jetzt weiß ich endlich, wozu.« Unverhofft wurde er wieder lauter: »Weil *du* Iblys' Schwachstelle bist.«

Seine Worte trafen mich wie eine Pfeilspitze. Mein Mund öffnete sich, doch ich bekam keinen Ton heraus. Stattdessen lief mir das Blut aus dem Kopf und beschwor ein Dröhnen wie von einem Kriegshorn in meinem Geist herauf.

In Wirklichkeit legte sich Stille über uns. Totenstille.

Du, Rana, bist meine Schwachstelle.

Das hatte Daamin zu mir gesagt. Zu einer Zeit, die gefühlte Ewigkeiten zurücklag.

Meine Kehle wurde eng. Hatten die verdammten Engel Kaidan das beim Beten zugeflüstert?

Ich wurde von unzähligen Blicken durchbohrt. Ihre finstere Aura bauschte sich wie eine dunkle Gewitterwolke um mich herum zusammen und tauchte meinen Geist in tiefste Dunkelheit. Ich fühlte mich nackt, gedemütigt – und verraten. »D-das ist nicht richtig.« Panisch sah ich mich um, begegnete so vielen entsetzten Mienen, bis sich jede davon wie ein Schlag ins Gesicht anfühlte. »Ich bin Iblys nie begegnet. Noch nie zuvor in meinem Leben!«

»Rana«, sagte Kaidan sanft und zog meine Aufmerksamkeit jäh wieder auf sich. Die Ruhe und Gelassenheit, die er ausstrahlte, fühlte sich wie Gift an, das ich mit jedem Atemzug tiefer in meinen Körper aufsog. »Es ist in Ordnung. Ich habe es dir schon einmal gesagt. Du hast getan, was nötig war, um uns dorthin zu bringen, wo wir heute sind.«

Mir blieb fast das Herz stehen. Ich riss den Mund auf, aber kein Ton drang daraus hervor.

»Er wusste davon?«, wurde das Wispern in meinem Rücken lauter.

»Ist das wirklich wahr?«

»Unsere Prinzessin?«

»Was hat sie getan?«

»Was hat sie mit Iblys zu schaffen?«

»Hat sie etwa …?«

»Unmöglich.«

Ein eiskalter Schauer lief mir über den Rücken. »Ihr versteht das falsch.« In einer abgehackten Bewegung hob ich die Arme – und beobachtete entsetzt, wie ein paar Diener zurückzuckten. »Ihr versteht das alle falsch. Iblys und ich sind … nichts! Er wird nicht wegen meines Blutes hier aufkreuzen, genauso wenig wie für das eines jeden anderen auch!«

»Doch, das wird er. Die Engel haben es mir gesagt.«

Wütend wirbelte ich zu Kaidan herum. »Die Engel –« Ich brach ab, ehe ich etwas sagen konnte, das jeden normalen Menschen auf den Scheiterhaufen befördert hätte. Ich schluckte meinen Ärger herunter. »Es kümmert ihn nicht, wenn ich sterbe«, zischte ich. »Selbst *wenn* ihm etwas an mir läge« – ich bereute es sofort, diesen Weg einzuschlagen – »wäre mein Tod das Beste, was ihm passieren kann. Weil er glaubt, dass ich dann in der Unterwelt landen würde – in seinem Schoß. In seiner Gewalt.«

»Warum in der Unterwelt?«, hörte ich jemanden flüstern.

»In seinem Schoß?«

»*Saß* sie etwa schon in seinem Schoß?«

Entgeistert riss ich den Kopf zu ihnen herum. »Nein!«, rief ich verzweifelt aus.

Du sollst doch nicht lügen, dröhnten Iblys' Worte in meinem Schädel.

»Er wird kommen«, schnitt Kaidans ruhige Stimme durch die Hektik und erstickte sie im Keim. Er wandte sich seinen Offizieren zu. »Trefft die Vorkehrungen.«

Meine Schultern sackten herab. Mir brach der pure Angstschweiß aus, als ich mir die Bedeutung seiner Worte ausmalte. Ihre Endgültigkeit.

»W-wartet!« Abrupt hob ich eine Hand und schaffte es tatsächlich, die Männer an Ort und Stelle einfrieren zu lassen. »*Das* soll dein grandioser Plan sein? Du willst ein Bild auf den Boden schmieren, mich Iblys zum Fraß vorwerfen und eine ganze Stadt dem Untergang weihen?« Ich stieß ein spitzes Lachen aus. »Das kann unmöglich dein Ernst sein! Das ist nicht die Strategie, die ein König wählen würde!«

Betretenes Schweigen folgte auf meine Worte. Doch Kaidan zuckte nicht einmal mit der Wimper. »Es ist nicht die Strategie eines Königs«, lenkte er ein. »Sondern der Plan der Engel.« Er nickte seinen Offizieren zu, und diesmal konnte ich sie nicht mehr davon abhalten, ihrer Wege zu gehen.

Die Menge zerstreute sich nicht. Stattdessen scharte sie sich umso dichter um uns herum, das allgegenwärtige Tuscheln wurde lauter, und obwohl ich alles versucht hatte, um den Verdacht von mir abzulenken, fühlte ich mich plötzlich durchschaut.

»Was hat sie mit Iblys zu schaffen?«

»Können wir ihr überhaupt noch über den Weg trauen?«

»Dabei war sie immer so ein liebes Mädchen.«

»Das muss die Verbotene Stadt aus ihr gemacht haben.«

Ich wünschte, ich würde im Erdboden versinken. Auch wenn ich wusste, dass ich dann nur in der Zweiten Unterwelt landen würde. Es wäre mir egal. An jedem Ort wäre ich lieber als auf der Stelle, auf der ich gerade stand.

Kaidan legte mir eine Hand auf die Schulter und brachte mich mit sanftem Druck dazu, mich umzudrehen. »Lass uns sprechen.«

Sofort stieg ein Anflug von Wärme in mir auf, die natürliche Reaktion einer Schwester, die ihren Bruder über alles liebte und sich an jedem Strohhalm festhielt, den er ihr zuwarf. Hoffnung keimte in mir auf, als er mich zu der Hütte führte, in der er gebetet hatte. Die Tür nach draußen ließ er offen, sodass warmes Tageslicht in den Raum fiel. Dennoch hatte ich die Gelegenheit, mich so weit nach drinnen zu begeben, dass ich von draußen nicht mehr angestarrt werden konnte. Die gelbe Hütte bestand lediglich aus einem Raum mit einer hohen Decke und einem Bett und einer wuchtigen Truhe als einzige Möbelstücke.

»Danke«, hauchte ich gelöst, kaum dass ich die Mauer zwischen mich und die Menschen da draußen gebracht hatte. Kaidan war nicht dumm. Er hatte irgendetwas vor. Und das draußen war ganz bestimmt nicht sein ganzer Plan gewesen.

Doch als ich mich mitten im kleinen Wohnbereich zu ihm umwandte, war seine Miene hart wie Stein. »Du musst meine Entscheidung verstehen und sie respektieren«, sagte er trocken. »Ich toleriere es nicht, wenn du mir in aller Öffentlichkeit widersprichst.«

Mir blieb der Mund offen stehen, und wo gerade noch Hoffnung gewesen war, entfachte er nichts als Ärger. »Wie bitte?«, zischte ich und machte einen Schritt auf ihn zu. »Ist dir klar, was du da draußen über mich gesagt hast?« Heftig schüttelte ich den Kopf. »Die Leute glauben, ich hätte etwas mit dem Teufel zu schaffen gehabt!«

Kaidan zuckte nicht mit der Wimper. »Das hast du.« Seine Worte trafen mich da, wo es am meisten schmerzte. Und das aus seinem Mund. Dem des einzigen Menschen, der mir noch geblieben war.

Abrupt ballte ich die Hände zu Fäusten. »Was weißt du schon?!«, schleuderte ich ihm entgegen. »Du hast keine Ahnung, was passiert ist! Was in der Unterwelt geschehen ist! Weil du die ganze Zeit nur bewusstlos warst und zugelassen hast, dass ich mein Leben für dich riskiere!«

Kaidan kniff die Augen zusammen. »Senke deine Stimme.«

Ich konnte es nicht glauben. Kaidan war gerade erst König geworden. Er hatte einen Thron bestiegen, den unser Vater nie für ihn gewollt hatte. Und schon verhielt er sich wie der größte Tyrann. »Einen Dreck werde ich tun!«

»Du!« Er packte mich so unverhofft am Kragen, dass mir die Luft wegblieb, und brachte mein Gesicht ganz nah an seines. »Du weißt einfach alles über Iblys.«

Betreten starrte ich ihn an. Noch nie zuvor hatte er mich so grob angefasst. Dabei war ich schon fast froh, dass er endlich seinen Gefühlen freien Lauf ließ. Auch wenn es nicht die waren, die ich mir erhofft hatte.

»Du hast mehrere Monate mit ihm verbracht und nie ein Wort über ihn verloren!« Kaidans Nasenflügel bebten. »Wir beide wissen, was zwischen euch vorgefallen ist. Und dass du allein die Macht besitzt, ihn dort zu treffen, wo er verletzlich ist.«

Ich versteifte mich. »N-nein!«, hielt ich dagegen. »Ich weiß überhaupt nichts über ihn. Ich wusste bis vor kurzem nicht einmal, wer er wirklich ist!«

»Die Engel haben mir etwas anderes gesagt.« Sein Grollen jagte mir Schauer über den Rücken. Was sollten ihm die Engel zugeflüstert haben? Etwa eine Lüge? Das würden sie nicht tun, oder? Das wäre eine Sünde. Eine Sünde verübt von den Mächten, die diese aufs Übelste verurteilten.

»Sie haben mir einfach alles erzählt. All die Dinge, über die du stets geschwiegen hast.«

Mein Magen schrumpelte zu einem dicken Knoten zusammen. »Welche Dinge denn?« Ich packte sein Handgelenk, um seinen Griff zu lösen, aber ich war zu schwach und er unnachgiebig. »Und warum hörst du ihnen mehr zu als mir?« Wütend und verzweifelt krallte ich meine Finger in seinen Arm, und so sehr ich auch versuchte, meinen Bruder in ihm zu sehen, schien er immer mehr zu verblassen. Beinahe so, wie Daamins Gesicht in dem von Iblys verblasst war. »Warum suchst du ihren Rat und nicht meinen? Warum bei den Engeln hast du aufgehört, mit mir zu reden?«

»Ich bin ihr Prophet!«, donnerte Kaidan. »Und im Gegensatz zu dir haben sie mich nie angelogen.«

Ich fühlte mich, als würde ich einmal mehr am Rande des Abgrunds stehen, in den ich in meinen Träumen immer und immer wieder gestürzt war. Kaidan war der Einzige, der mich daraus emporziehen könnte. Doch zum ersten Mal war ich mir nicht mehr sicher, ob er das tun würde.

Die Engel hatten ihn angelogen. Aber in diesem Augenblick wurde mir klar, dass ich ihn niemals davon überzeugen könnte. Im Kampf gegen die höheren Mächte würde ich immer unterliegen.

Ein Schwall aus Bitterkeit kochte in mir hoch. Mit einem Ruck zog ich an seinem Arm – vergeblich. »Haben sie vielleicht auch davon gesprochen, was mit den Menschen passieren wird, die du hier dem sicheren Tod auslieferst?«

Nichts in Kaidans Miene regte sich. »Die Menschen sind nicht wichtig.«

Von jetzt auf gleich blieb mir die Spucke weg. Meine Hände rutschten von seinem Unterarm. »Wie bitte? Wie … wie kannst du nur so etwas sagen?«

Kaidans Augen weiteten sich, als hätte er gerade einen großen Fehler gemacht. Abrupt ließ er von mir ab und machte einen Schritt rückwärts. In seinem Gesicht rangen die unterschiedlichsten Emotionen miteinander, und für einen winzigen Moment sah er genauso gequält aus wie in jener Nacht, als er nach meinem Albtraum in meinen Gemächern gestanden hatte. »Ruh dich aus. Du wirst deine Kräfte brauchen, wenn das Pentagramm vollendet werden soll.« Damit steuerte er auf die Tür zu.

Mein Herz machte einen Satz. »Kaidan!« Ich stürzte in dieselbe Richtung und schnitt ihm den Weg ab. »Was hast du gerade gemeint?«

»Das geht dich nichts an!«, bellte er und machte Anstalten, an mir vorbeizugehen.

Ich verstand die Welt nicht mehr. Ich riss eine Hand hoch, wusste aber, dass ich ihn mit roher Gewalt nicht aufhalten könnte. »Kaidan!«, ließ ich meine Stimme ihre Arbeit tun und wandte mich ihm zu, als er sich gerade an mir vorbeischieben wollte. »Du wirfst mir vor, nicht ehrlich zu dir zu sein, und dann willst du mir einfach den Rücken zukehren und mich mit Halbwahrheiten allein lassen?«

Kaidan blieb stehen und zeigte mir, dass man offenbar noch an sein Gewissen appellieren konnte. Langsam drehte er den Kopf. Sein Blick bohrte sich in meinen, und für einen Moment glaubte ich, Unsicherheit darin erkennen zu können. Ein Zögern, das verhindern könnte, dass er aus dieser Tür spazierte und ich niemals erfuhr, wovon er gesprochen hatte.

»Du willst mich Iblys zum Fraß vorwerfen«, presste ich zwischen den Zähnen hervor. »Du bist es mir verdammt noch mal schuldig.«

Kaidans Kiefer verhärteten sich. Er atmete tief durch, seine Schultern hoben und senkten sich ein ganzes Stück. Dann drehte er sich vollends zu mir um, lehnte sich vor – und hob kaum hörbar an: »Was auf dieser Welt geschieht, ist so viel größer als du und ich, Rana. Was die Engel mit uns vorhaben, übersteigt alles, was wir erfassen können.«

Ich kniff die Augen zusammen. »Wir können es zumindest versuchen.«

Kaidan ließ sich Zeit damit, fortzufahren, und mit jeder Sekunde wurde mir unwohler zumute. Als würde mich in Zukunft noch viel Schlimmeres erwarten, als als Köder für den Teufel zu dienen.

Als Kaidan weitersprach, kamen seine Worte langsam und stetig wie ein fließendes Gewässer, trafen mich aber so hart und unvorbereitet wie ein Blitz: »Den Engeln gefällt es nicht, wie sich die sieben Ebenen der Unterwelt entwickelt haben. Wie sie zu einem ewigwährenden Kreislauf verkommen sind, in dem die schwarzen Seelen weiterleben und wiederauferstehen können.« Er machte eine Pause. »Aus diesem Grund werden sie sich aufmachen, um sie alle auszulöschen. Jede einzelne Ebene.«

Meine Gedanken stoppten abrupt. Bewegten sich langsam rückwärts und strichen mit behutsamer Hand ein zweites Mal über die Worte, die Kaidan gerade ausgesprochen hatte. Versuchten krampfhaft, ihre Bedeutung auf eine Weise zu entschlüsseln, die keine Panik in mir auslösen würde.

Sie scheiterten. »Aber …« Ich stockte und schüttelte den Kopf. »H-hast du gerade … *sieben* Ebenen der Unterwelt gesagt?«

Kaidan antwortete nicht, und ich drohte den Boden unter den Füßen zu verlieren. Er hatte keine Ahnung. Keine Ahnung, welche grausame Wahrheit sich hinter der Prophezeiung der Engel verbarg.

Mein Mund wurde trocken. »U-unsere Welt« – meine Stimme war nicht mehr als ein Flüstern – »ist … eine dieser sieben Unterwelten.«

Wieder reagierte er nicht und gab mir damit den Rest. Die Nachricht überraschte ihn nicht. Er wusste es. Hatte es schon von Anfang an gewusst.

»Kaidan.« Ich packte ihn bei den Schultern. »Wenn das, was du sagst, stimmt, und wir das tun, was du von uns verlangst, dann … dann vernichten wir uns selbst!«

Seine Miene glättete sich, aber es hatte keine beruhigende Wirkung auf mich. »Und das ist unser Dienst an die Engel.«

»Was?« Ich riss mich von ihm los und machte einen Schritt von ihm weg. Ich betrachtete ihn von oben bis unten, doch obwohl dieser Mann aussah wie mein Bruder, konnte er unmöglich in diesem Körper stecken. »Wie kannst du so etwas nur sagen? Es geht hier auch um dich, Kaidan!«, warf ich ihm vor. »Um mich. Um unser Volk, das du geschworen hast zu beschützen!« Ich betete, dass ich es ihm klar machen konnte. Dass er aufwachte aus seinen Visionen, die ihn nicht mehr loszulassen schienen.

»Die Menschen sind Teil der Ersten Unterwelt.« Beinahe bekümmert zuckte er die Achseln. »Und damit genauso unwürdig wie die Bewohner aller anderen Unterwelten – es sei denn, sie werden ins Paradies aufgenommen. Ein Paradies, das viel größer und wundervoller sein wird als bisher. Und alle, die unseren Plan unterstützen, werden ins Paradies kommen.« Ein Lächeln stahl sich auf seine Lippen, das ganz und gar nicht zu seinen Worten passen wollte. »Du siehst also, es gibt keine Verlierer in unserem Vorhaben. Abgesehen von den Unwürdigen, natürlich.« Er lachte leise in sich hinein, als würde ihn das Ganze wirklich erheitern.

Bebend atmete ich ein und versuchte verzweifelt, meine Gedanken zu sortieren. Doch sie stoben so wild in alle Richtungen durcheinander, dass ich mich kaum auf Kaidans Gesicht vor mir konzentrieren konnte. »*Unter den Engeln*«, erinnerte ich ihn an einen unserer obersten Leitsätze, »*sind wir alle gleich.*« So lange, bis wir starben und entweder ins Paradies aufgenommen wurden oder in die Unterwelt herabstürzten. Ich schluckte. »*Der Mensch ist nicht dafür geschaffen, anstelle der Engel über die Menschen zu richten.* Was du da vorhast ... ist nicht richtige Weg!«

»Es ist der einzig richtige Weg!«, konterte er so heftig, dass ich zusammenzuckte. Plötzlich war seine Ruhe wie fortgespült. »Ein neues Zeitalter wird anbrechen! Ein besseres, in dem wir alle für immer im Paradies leben können!« Er fletschte regelrecht die Zähne. »Und nur wenn du mit uns an einem Strang ziehst, wirst du ein Teil dieses Paradieses sein!«

Seine Worte waren wie ein Messerstich in die Brust. Ich wagte es nicht einmal mehr, zu blinzeln. Mein starrer Blick traf auf seinen, und plötzlich fühlte es sich an, als würde etwas zwischen uns zu reißen beginnen. Ein Band, das uns geeint hatte, seit ich geboren worden war. Als würde dieses Band nach und nach ausfransen, bis nur noch ein winzig kleiner Faden von mir bis zu ihm reichte.

Kaidan holte tief Luft. »Ich weiß«, sprach er fast schon behutsam. »Du bist meine Schwester. Wir teilen unser Blut. Du kannst mich überhaupt nicht verraten.«

Ich wusste nicht, warum er das sagte. Um sich selbst zu beruhigen? Oder um mich zu beruhigen? Mir jedenfalls trieben sie nur einen bitteren Geschmack auf die Zunge. Weil unser Vater bestimmt genau dasselbe über Kaidan gedacht hatte.

Sachte berührte er meine Oberarme, eine beinahe versöhnliche Geste, an der sich ein Teil von mir laben wollte, um alles, was in den letzten Minuten geschehen war, zu vergessen. Doch das könnte ich nicht. Der Faden zwischen uns bestand noch immer, aber er war hauchdünn geworden.

»Ruh dich aus, Rana. Ich brauche dich.«

Als er sich diesmal der Tür zuwandte, hielt ich ihn nicht auf. Ich war dankbar, dass er sie hinter sich schloss und mich vor den Blicken abschirmte. Auf einmal konnte ich mich nicht mehr auf den Beinen halten und sank matt auf die Knie.

In den letzten Wochen hatte ich auf jede Frage eine Antwort gehabt. Hatte alle Zeichen nach bestem Wissen und Gewissen ausgelegt, sie irgendwie interpretiert. Hatte versucht, mir eine Meinung zu bilden, herauszufinden, was das Richtige war.

Aber vielleicht hatte Iblys doch recht gehabt: *Du glaubst nur das, was dir gerade genehm ist.*

Womöglich hatte ich einen großen Teil meiner Zeit damit verbracht, mein eigenes Gewissen zu beruhigen – und nicht damit, der Wahrheit ins Auge zu sehen.

Jetzt blieb mir nichts anderes mehr übrig. Und doch fühlte ich mich verlorener denn je. Ich hatte geglaubt, zu wissen, welche Rolle ich in diesem Krieg spielte: Als Begleiterin und Beschützerin des Propheten, der mich an seiner Seite brauchte. Und nicht als Lockvogel für den Teufel. Den Teufel, der mein Bett und mein Leben verlassen hatte, aber noch lange nicht mein Herz.

»Bei den Engeln«, hauchte ich, als mir das Ausmaß dessen klar wurde, was Kaidan mit mir vorhatte. Mit der ganzen Stadt.

Was sollte mit all den Menschen hier passieren, wenn die Dämonen über uns herfielen? Sollten die etwa alle ausradiert werden? Das konnte unmöglich der Wille der Engel sein.

Aber ganz offensichtlich war er das. Sie wollten uns *alle* auslöschen. Nicht nur diejenigen von uns, die hier waren – sondern jeden Einzelnen von uns.

Ich wusste nicht, was ich tun sollte. Mein Blick wanderte zur geschlossenen Tür. Durch den schmalen Lichtschein, der unter ihr hindurchfiel, erspähte ich Schatten, wie sie nur zu einem Paar Stiefel gehören konnten.

Mein Mund wurde trocken. Ich hatte geglaubt, Kaidan hätte mich hereingebracht, um mich vor den anderen abzuschirmen. Doch das war nur die halbe Wahrheit. Es mussten sich Wachleute vor den Türen und Fenstern eingefunden haben, um dafür zu sorgen, dass niemand hineinkam – und dass ich auch nicht von hier verschwinden konnte. Ich war gefangen. Mein eigener Bruder hatte mich als Gefangene genommen.

Kaidan hatte sich verändert. Er hatte sich in so kurzer Zeit so sehr verändert. Ich wollte mich auf seine Seite schlagen, wollte ihn unterstützen, an ihn glauben, aber …

Aber jetzt war ich an einem Punkt angelangt, an dem ich mir nicht mehr sicher war, ob ich das noch konnte.

Mein Bruder war nicht mehr er selbst. Vielleicht war er das nie gewesen. Vielleicht hatten ihn seine Visionen damals schon zu einem Werkzeug der Engel werden lassen. Einem Werkzeug, das sie nun endlich für ihre Zwecke nutzen konnten, da ich ihn aus der Unterwelt befreit hatte.

Ihr habt den Propheten befreit, hatten Iblys' Schergen gesagt. Kaidan war der Prophet. Sie hatten es gewusst und ihn deshalb gefangen genommen. Weil ihnen schon damals klar gewesen sein musste, was das bedeutete.

Aus diesem Grund hatte sich Iblys zunächst geweigert, ihn aus dem Pentagramm zu befreien. Sie hatten Angst gehabt. Angst dafür, dass einfach alles zerstört werden würde. Niemals wäre ich auf die Idee gekommen, dass die Bedrohung durch die Engel nicht nur für die tieferen Ebenen der Unterwelt galt.

Ein eiskalter Schauer rann mir über den Rücken und ließ mich bei den höchsten Temperaturen frösteln. Was tat man, wenn ein Mann von Engeln besessen war? Ihn exorzieren?

Nein, Rana. Man verehrt ihn als Propheten und folgt blind seinen Befehlen. Egal, ob sie richtig oder falsch sind. Das Volk hatte gezweifelt. Aber spätestens seit Kaidan das Attentat überlebt hatte, war er in den Augen der Menschen unfehlbar.

Es war die reinste Ironie. So oft war Kaidan gezüchtigt worden. So oft hatten ihn die Priester den schlimmsten Torturen unterzogen. Nichts davon hatte etwas daran geändert, dass er nun zu diesem Menschen geworden war. Und das womöglich auch immer bleiben würde.

Dicke Tränen schoben sich in meine Augen, und ich schluchzte bitterlich, als mir ein für alle Mal klar wurde, dass ich meinen Bruder verloren hatte. Ich hatte ihn verloren oder nie einen gehabt. Nicht mehr als das perfekte Bild eines Bruders, das Kaidan nie hatte erfüllen können, das ich aber immer weiter gemalt hatte in der Hoffnung, die Farben in seinem Herzen würden eines Tages zum Leben erwachen.

Ich ruhte mich nicht aus. Ich tat kein Auge zu. Stattdessen betete ich. Ich betete und wusste nicht einmal, zu wem.

8. DER KÖDER

Ich wusste nicht, wie viele Stunden ich gefangen war, bis sich die Tür endlich öffnete. Ein Schwall aus Soldaten strömte in das Haus und umzingelte mich binnen Augenblicken.

Sie rührten mich nicht an. »Eure Hoheit«, sagte einer von ihnen förmlich, die Stimme gedämpft durch das rote Tuch, das er um den Kopf gewickelt trug.

In einer steifen Bewegung stand ich vom Boden auf – ich hatte mich in den letzten Stunden kaum vom Fleck gerührt. Ich blinzelte in das Licht der untergehenden Sonne, das sich über die Stadt ergoss, und auf einmal kam es mir so vor, als würde ich zu meinem eigenen Scheiterhaufen gehen.

Denn so fühlte es sich an, als ich in Begleitung der Soldaten nach draußen trat. Als ich von ihnen durch einige menschenleere Straßen geführt wurde, zwischen Häusern hindurch, deren Türen nun geschlossen waren. Unsere Männer und Frauen, die nicht kämpfen konnten, mussten sich darin verschanzt haben.

Schon bald traten mir Schweißperlen auf die Stirn, die nichts mit der Hitze zutun hatten. Mit jedem Schritt wuchs meine Anspannung ins Unermessliche. Ich hatte viel Zeit gehabt, um nachzudenken, war jedoch kein Stück weiter. Stattdessen wurde ich immer verzweifelter. Ich konnte nicht mehr.

Ich hatte mich meinem Bruder zuliebe von Iblys losgesagt. Und mein Bruder wollte uns alle umbringen.

Wer war gut und wer böse? Gab es so etwas wie Gut und Böse überhaupt? Schließlich wollten beide Seiten die Menschheit auslöschen. Ganz egal, welche sich durchsetzte, die Erste Unterwelt würde restlos vernichtet werden. Vielleicht war das einfach das Pech derer, die das Schicksal dazu auserkoren hatte, zwischen den Fronten des Paradieses und der Hölle zu leben.

Wie konnte Kaidan so etwas unterstützen? Was war nur mit ihm geschehen?

»Wir sollten nicht hier sein. Wir sollten wieder gehen.«

Iblys hatte es von Anfang an gespürt. Schon in der Sechsten Unterwelt, als Kaidan gerade erst in Reichweite gerückt war. Vielleicht hatte er wirklich selbst nicht gewusst, was er da spürte, aber er hatte mich gewarnt.

»Was ich sehe, gefällt mir nicht. Wir sollten ihn hierlassen.«

Er hatte mich einweihen, mit mir darüber reden wollen. Aber ich hatte ihm nicht zugehört, weil ich meinem Bruder vertraut hatte und nichts auf der Welt etwas daran hätte ändern können.

»Er ist der Prophet. Er ist gefährlich, Rana.«

Nachdem er Kaidan und mich hatte gehen lassen, waren ihm die Augen für etwas geöffnet worden, das ich selbst viel zu spät bemerkt hatte. Weil ich es nicht hatte sehen wollen. Weil ich es nicht einmal jetzt sehen wollte, wo ich um eine Ecke bog und meinem Bruder entgegenblickte.

Für einen Moment blieb ich stehen und ließ den Anblick auf mich wirken. Die Straße war voller Menschen – Menschen, die geradezu angestrengt auf ihren Posten standen, weil sie die feinen weißen Linien zu ihren Füßen auf keinen Fall verwischen durften.

Die Linien waren so dünn gezogen worden, dass sogar ich sie kaum erkannte. Sie verschwanden in Hauseingängen und hinter Türen und wirkten alles in allem einfach nur zusammenhanglos. Wer sich nicht auf sie konzentrierte, würde nie darauf kommen, dass mehr dahinter steckte.

Kaidan stand in einigen Schritten Entfernung und sah mir ausdruckslos entgegen.

Kaidan.

»Hör mir zu. Ich war mehr als zwanzig Jahre in der Lampe gefangen. Deshalb wusste ich nichts von ihm, als wir ihn gefunden haben. Meine Diener haben den Verdammten befohlen, Kaidan zu entführen und in die Unterwelt zu werfen. Um zu verhindern, dass er auf dem Hügel Vamahar die Botschaft der Engel empfangen kann.«

Um zu verhindern, dass … er die Menschheit auslöschte?

Die Härchen an meinen Armen stellten sich auf. Auf einmal fragte ich mich, wozu das Engelszepter auf dem Hügel wirklich in der Lage war. Wenn er damit ein ganzes Heer aus Dämonen auslöschen könnte, könnte er dann nicht mindestens so viele Menschen vernichten?

Ich spürte die Präsenz der Soldaten in meinem Rücken und setzte mich wieder in Bewegung. Hoch erhobenen Hauptes schritt ich auf Kaidan zu, obwohl mich alles in mir anschrie, die Beine in die Hand zu nehmen und ans andere Ende der Welt zu laufen.

Ich wollte das hier nicht. Ich wollte nichts davon. Doch in diesen Sekunden war ich keine Prinzessin mehr, sondern ein Werkzeug ohne freien Willen. Schon wieder.

Ich hielt nach Nuh Ausschau, konnte ihn aber nirgends entdecken. Natürlich war er nicht wie durch ein Wunder zurückgekehrt. Er verschwendete offenbar keinen weiteren Gedanken an seine neue Gemahlin.

Ein bitterer Zug stahl sich in meine Mundwinkel. Mein Leben lang hatte ich geglaubt, dass der Tag meiner Hochzeit mein restliches Dasein besiegeln und mir meine letzte Freiheit rauben würde. Doch das stimmte nicht. Was ich nie für Freiheit gehalten hatte, hatte ich mir bis heute bewahrt. Bis zu dem Augenblick, in dem ausgerechnet mein Bruder sie mir für immer nehmen würde.

Ich wusste kaum, was ich tat, als ich meinen Ehering von meinem Finger riss – viel leichter, als es gewesen war, ihn mir anstecken zu lassen. In einer abgehackten Bewegung schleuderte ich ihn von mir fort. Sofort erspähte ich aus dem Augenwinkel mehrere Soldaten, die sich regelrecht auf den Boden warfen, um ihn aufzuheben und damit mehr Reichtum zu erlangen, als sie andernfalls in ihrem ganzen Leben ansparen würden.

Auf meinem Weg zu Kaidan musste ich nur drei einzelne Linien überqueren. Mit den Blicken der Soldaten, die mich von allen Seiten durchbohrten, stieg ich großzügig über sie hinweg – und fragte mich, wie groß das Pentagramm wohl sein musste, um Iblys aufzuhalten.

Ich erinnerte mich nur zu gut daran, dass Kaidan in einem ähnlichen Kreis gefangen gehalten worden war – genau wie ich, als ich versucht hatte, ihn zu retten. Mariam hatte sich auf den Boden geworfen und sich daran gemacht, die Linien wegzuwischen, um den Einfluss des Pentagramms zu schwächen. Iblys hingegen war einfach darüber hinweggestiegen, als wäre es nichts. Es bräuchte einen viel größeren, mächtigeren Zauber, um ihn zu bannen. Aber falls Kaidan wirklich die Engel auf seiner Seite hatte, hatte ich keinen Zweifel daran, dass er genau den bekommen würde.

»Schwester«, begrüßte er mich, als ich vor ihm stehenblieb.

Meine Augen waren staubtrocken, so viel hatte ich in den letzten Stunden geweint. Mein Innerstes war zerrissen und zerfetzt, und es gab nichts – absolut nichts –, was er tun könnte, um mich noch einmal aus der Ruhe zu bringen.

Das glaubte ich zumindest, bis er fortfuhr: »Gib mir dein Schwert.«

Es war, als würde ein Blitz in meinen Körper einschlagen. »Nein.« Ich machte einen halben Schritt von ihm weg, und seine Miene verfinsterte sich. »Ich werde es brauchen, um mich zu verteidigen, wenn Iblys auftaucht«, erklärte ich mich sofort – versuchte es zumindest.

»Du wirst es nicht brauchen.« Kaidans Stimme hatte etwas Endgültiges an sich, das keine Widerworte zuließ. Er hielt mir seine Hand hin. »Es ist eine gesegnete Waffe und für diesen Zweck hervorragend geeignet.« Den Zweck, mir wehzutun. »Wir verlieren wertvolle Zeit.«

Ich schluckte merklich. Doch wie so oft an diesem Tag blieb mir nichts anderes übrig. Ich griff an meinen Gürtel und händigte Kaidan die Waffe aus.

Bedächtig drehte mein Bruder sie in seiner Hand. Dann schüttelte er sie – und ließ die Klinge herausfahren.

Ich ahnte, was als Nächstes käme.

»Deinen Arm.«

Mir wurde übel. Aber ich widersprach nicht. Gehorchte. Wie schon mein ganzes Leben lang. Erst meinem Vater. Nun ihm.

Die Klinge war so lang, dass Kaidan den Griff umständlich in die Höhe halten musste, um mit ihrer äußersten Spitze über die dünne Haut meines Unterarms zu fahren. Einmal. Zweimal.

Nachdem ich mich mit meiner Peitsche ständig selbst verletzt hatte, war es jetzt ein furchtbares Gefühl, den ziehenden

Schmerz noch einmal zu durchleben. Ich war vom Fluch des Finders erlöst worden und spürte mit jeder Faser meines Körpers, dass dies nicht sein sollte. Dass ich mir diese Wunde nicht zufügen lassen durfte. Meine menschlichen Überlebensinstinkte schrien mich an, Kaidan eine Ohrfeige zu verpassen und ihm das Schwert abzunehmen.

Aber diese ganze Sache war so viel größer als Kaidan und ich. Also atmete ich zischend ein, presste die Augen zusammen und betete, es wäre bald vorbei.

Die Frage war nur: *Wann* wäre es vorbei?

Immer mehr ziepende Linien zogen sich über meinen Arm, und als ich die Lider für einen kurzen Moment hob, sah ich die roten Striemen, durch sie sich zaghaft mein Blut zwängte. Ich wollte es nicht sehen. Nicht spüren. Ich wollte überhaupt nicht hier sein. Zuzulassen, dass Kaidan mich verletzte, fühlte sich plötzlich wie Verrat an. Verrat an mir selbst. Verrat an D-

»Hm«, glaubte ich Kaidan murmeln zu hören. »Das reicht nicht.« Damit presste er die Klinge tiefer in mein Fleisch.

Ich schrie auf vor Schmerz und öffnete die Augen. Ich wollte ihm meinen Arm entreißen, doch sein Griff war so eisern, als würden mich gleichzeitig zwei Engel festhalten.

Es war, als hätte Kaidan die Innereien meines Arms durchtrennt. Der Schmerz breitete sich explosionsartig bis in meine Schulter aus. Mein Schrei wurde zu einem Wimmern, und ich krümmte mich vornüber.

Kaidan zuckte nicht einmal. Er hielt den Blick weiterhin auf meinen Arm gerichtet – und nickte zufrieden. »Das sollte reichen.«

Ich starrte das Blut an, das aus meiner Wunde quoll. Mir wurde schwindelig. Ich wollte mich von dem Anblick losreißen, konnte es aber nicht. Sog das Rot stattdessen immer weiter in mich auf, bis ich ins Wanken geriet.

Kaidan ergriff meinen Unterarm auf der Seite, die nicht hoffnungslos aufgeschlitzt war, und hielt mich einfach fest. Damit ich nicht fiel? Damit ich nicht davonlief? Ich wusste es nicht.

In der anderen Hand hatte er mein Schwert, und auf einmal fühlte ich mich in seiner Gegenwart nicht mehr sicher. Vielleicht lag es auch am Blut, das brennend heiß aus meinem Arm quoll, in unzähligen Strömen über meine Haut rann und Kaidans Hand benetzte.

»Und jetzt warten wir.« Er richtete seinen Blick auf die Straße, als rechnete er jeden Moment damit, dass Iblys dort auftauchte. Als wäre dies nichts als ein weiterer, lästiger Punkt in seinem ellenlangen Plan, unsere Welt zu zerstören.

Vielleicht hatte Iblys recht gehabt. Mit allem, was er sagte. Vielleicht hätte ich auf ihn hören sollen. Ihm glauben sollen. Ihm vertrauen sollen.

Aber dafür war es jetzt zu spät. Ich konnte nur hoffen, dass er mir keine zweite Chance gab, ihm das Gegenteil zu beweisen. Denn wenn er das versuchte, würde er sterben.

Meine Wangen begannen heiß zu prickeln. Auf einmal wusste ich nicht mehr, was ich mir wünschen sollte. Wollte ich, dass er kam und mir bewies, dass ihm immer noch etwas an mir lag? Oder dass er fernblieb, um sich zu schützen?

Mein Blick zuckte ruhelos hin und her. Von der Straße vor mir zu der hinter mir und immer wieder zurück zu meinem Arm, der in Kaidans Griff zu beben begonnen hatte. Der Schmerz breitete sich wellenartig in meinen ganzen Körper aus, und meine Zähne waren so fest zusammengepresst, dass ich ein Ziehen in meinem Hinterkopf spürte. Ich hatte keine Ahnung, ob oder wo Iblys auftauchen würde, riet jedoch, dass das Pentagramm groß genug war, um ihn an jeden Ort um uns herum zu bannen.

Ich starrte die Linien an, konnte aber nirgends die eine, entscheidende Lücke ausmachen, die Kaidan erst zu schließen gedachte, sobald Iblys hier wäre. Ich hatte geglaubt, mein Bruder würde das selbst erledigen.

Ich wurde von allen Seiten mit Blicken bedacht, doch niemand gab auch nur einen Laut von sich. Mit jeder Sekunde fühlte sich diese Situation realer an. Je dichter und allgegenwärtiger die Stille wurde, desto krampfhafter krallte sich die Angst in meinem Herzen fest und brachte meine ausgetrockneten Augen zum Brennen.

Meine Gedanken klärten sich. Ich wollte nicht, dass Iblys kam. Wegen der Menschen, die dann sterben würden. Und um seinetwillen.

Doch das Glitzern meines Bluts in der untergehenden Sonne sprach eine andere Sprache. Iblys würde kommen und mich retten. So, wie er mich vor dem Finder gerettet hatte. Weil er immer kommen würde, um mich vor mir selbst zu beschützen – und vor allem, was mir Schaden zufügen wollte.

Du bist meine Schwachstelle.

Seine Worte breiteten sich wie von selbst in meinem Bewusstsein aus. Wie das Omen einer Furcht, die sich zu bewahrheiten drohte. Einer Furcht, die immer präsenter wurde, bis sich mir die Nackenhaare aufstellten und ein leichter Schauer über meinen Rücken jagte. Einer Furcht, die so schnell so allgegenwärtig wurde, bis mir mit einem Schlag klar wurde, dass sie längst eingetreten war.

Als ich den Blick auf die Straße richtete, stand er einfach da: Iblys.

Es war, als würde ein Teil von mir von meinem Schicksal begraben werden. *Nein.*

Doch. Er war es. In Daamins Gestalt stand er in einiger Entfernung auf der Straße. Seine Miene war geprägt von einer Mischung aus Entsetzen, Sorge und Wut. »Rana –«

»Endlich beehrst du uns mit deiner Anwesenheit«, sagte Kaidan laut und deutlich. »Iblys.«

Ich hörte, wie jemand scharf einatmete. Nichts an seinem Äußeren wies darauf hin, dass er Iblys persönlich war. Ohne seine gelben Augen hätte man ihn sogar für einen Menschen halten können.

»Ich hoffe, du bist allein gekommen.« Kaidans Mundwinkel hoben sich zu einem freudlosen Lächeln. »Ich würde es dir raten.«

Iblys' Blick zuckte zu mir, und für einen Moment glaubte ich, nichts als Schmerz darin zu erkennen. Dann reckte er das Kinn, und ich konnte schwören, dass er sich bemühte, seine Fassung zu bewahren. »Bin ich.«

Ich drohte den Boden unter den Füßen zu verlieren. »Bitte nicht«, hauchte ich und kapitulierte unter der Wucht meiner eigenen Gefühle.

Ich spürte, wie das Schicksal wie Sand durch meine Finger rann. Iblys war hier. Und sobald das Pentagramm geschlossen wurde, würde er feststecken. Er würde sterben.

Und wenn es nicht klappte, würde Kaidan sterben. Mein Bruder. Mein ein und alles. Ich liebte ihn. Egal, wie sehr er sich verändert hatte – ich wollte nicht, dass ihm etwas zustieß.

Die Verzweiflung breitete sich in meinem Herzen aus wie die roten und schwarzen Flecken auf der Haut der Hexe, die vor kurzem verbrannt worden war. Damals, als mein Vater noch gelebt hatte und mein größtes Problem meine Vermählung gewesen war.

Ich hatte Iblys gehasst. Mich von ihm verraten gefühlt. Ihm den Tod gewünscht. Doch wenn er jetzt starb, würde es sich anfühlen, als …

Als würde ich ihn verlieren. Weil er mir gehörte. Weil wir zusammengehörten. Auch wenn ich viel zu lange gebraucht hatte, um das zu verstehen.

Dicke Tränen schoben sich in meine Augen und ließen meine Sicht verschwimmen. Das war meine Schuld. Ohne mich hätte Kaidan keinen Köder gehabt und Iblys keinen Grund, hier aufzutauchen. Mein Bruder hatte mich vor die Wahl gestellt, zu bleiben oder zu gehen. Wäre ich gegangen, als ich noch die Gelegenheit dazu gehabt hatte, wäre es nie so weit gekommen.

Ich war nicht Iblys' Schwachstelle. Ich war sein Todesurteil.

Iblys' Gesicht war verzerrt vor Wut. »Wie kannst du es wagen, deiner eigenen Schwester auch nur ein Haar zu krümmen?«

Kaidan schnaubte. »Was ist sie noch wert, nachdem sie von dir entehrt wurde?«

Entgeistert riss ich den Kopf herum, während die Bedeutung seiner Worte schwer wie Blei in meine Glieder sackte und eine beißende Kälte in mir freisetzte.

Sein Griff um meinen Arm wurde fester. Er hatte sich vorhin in der Öffentlichkeit bedeckt gehalten. Hatte nur von einer Vorgeschichte von Iblys und mir gesprochen. Aber jetzt …

Ich konnte die Blicke spüren. Von den Soldaten um mich herum. Links und rechts am Straßenrand. Und auch durch die Fenster – von all den Menschen, die sich in den Häusern verschanzt hatten, um Schutz vor der Aufmerksamkeit des Iblys zu suchen. Kaidan hatte laut und deutlich gesprochen. Sie hatten ihn alle gehört.

Und jetzt wussten sie alle Bescheid.

Ich stürzte in die die tiefste Schwärze, die einem die Erste Unterwelt bieten konnte. Kaidan hatte mich verraten, indem er Waheed getötet hatte. Er hatte mich verraten, indem er mich verwundet hatte. Aber jetzt, in diesem Augenblick, in dem er die Wahrheit aussprach, die mein ganzes Leben verändern würde, stieß er mir endgültig ein Messer in die Brust.

In diesem Moment war ich keine Prinzessin mehr. Ich war eine Hexe.

»Du hast sie verletzt, damit ich hierherkomme.« Iblys breitete die Arme aus. »Glückwunsch, du hast es geschafft. Es gibt keinen Grund mehr für dich, sie festzuhalten.« Seine Mundwinkel bogen sich nach unten. »Lass sie gehen.«

»Und mein Druckmittel gegen dich aufgeben?«, fragte Kaidan höhnisch. »Ich wäre lebensmüde.«

Meine Unterlippe begann zu beben. *Köder. Druckmittel.* Seit Vater gestorben war, hatte sich nichts verändert. Ich war nur Vieh, das hin und her geschoben wurde, wo es gerade den größten Dienst verrichten konnte.

Ein Schluchzen kroch mit langen, scharfen Klauen meine Kehle hinauf, und ich konnte es nicht rechtzeitig herunterschlucken. Ein Wimmern entwich mir, von dem Kaidan keine Notiz zu nehmen schien.

Dafür riss Iblys den Kopf herum und starrte mich an. Er atmete schwer, und als er seine Finger dehnte, war sogar diese Regung voller aufgeladener Emotionen. »Ich will nur dich, Kaidan«, grollte er. »Lass zu, dass ich dich töte, und niemandem sonst muss etwas passieren. Keine Menschenseele wird zu Schaden kommen.« Er legte sich eine Hand auf die Brust und reckte die andere in die Höhe. »Ich schwöre es bei meinem Namen.«

Kaidan schnaubte. »Den Versprechungen und Schwüren des Iblys ist nicht über den Weg zu trauen.«

»Und doch solltet es sich deine Männer überlegen. Genau wie du, Kaidan.« Iblys verengte die Augen. »Ist dir dein eigenes Leben wirklich mehr wert als das deines Volkes?«

Ich begann am ganzen Körper zu beben. Kaidans Antwort drang kaum gehört an meine Ohren, aber ich kannte sie ohnehin. Er hatte sie mir in den vergangenen Stunden mehrfach unter Beweis gestellt.

»Und ich dachte, der letzte König des alten Königsgeschlechts wäre dem Wahnsinn verfallen«, sagte Iblys mit rauer Stimme. »Doch du stellst sogar den armen Greis in den Schatten.« Erneut breitete er die Arme aus, und mehrere Wachen zuckten zurück. »Hört mir zu.«

Am Rande meines Bewusstseins fiel mir auf, dass das Pentagramm noch immer nicht vollendet worden war. Oder? War etwas schiefgegangen?

Doch Kaidan wirkte vollkommen ruhig. Als würde alles nach Plan laufen.

Mir wurde heiß und kalt zugleich. Was hatte er mir vorenthalten?

»Niemand muss sein Leben lassen«, dröhnte Iblys' Stimme durch die Straße. »Niemand außer Kaidan. Wollt ihr nicht alle nach Hause zu euren Frauen und Töchtern zurückkehren?«, fragte er lauernd. »Wollt ihr wirklich sterben, ohne etwas erreicht zu haben? Ohne jemanden stolz gemacht zu haben? Wenn ihr heute durch meine Hand sterbt, was soll man dann über euch schreiben? *Gingen an ihrer eigenen Feigheit zugrunde?*«

Ich spürte, wie sich die Wachposten nach und nach versteiften. Ich konnte ihre Reaktion nicht deuten. Traf Iblys einen wunden Punkt bei ihnen? Oder fürchteten sie sich lediglich vor seiner Aufmerksamkeit?

Er sprach mit Teufelszunge. Aber ich glaubte nicht, dass er auch nur bei einem von ihnen bis zum Kern durchdringen würde. Alle hatten gesehen, was mit denjenigen geschah, die Kaidan verrieten. In ihren Augen war Kaidan unsterblich, unantastbar – und mit seinem Zepter wäre er vielleicht sogar allmächtig. Niemals würden sie sich gegen ihn stellen. Vor allem nicht, wenn auf der anderen Seite der Teufel persönlich stand.

»Spar dir den Atem, Iblys«, sagte Kaidan trocken. »Ich habe dich nicht gerufen, um dich zu töten.«

Sofort wurde ich hellhörig. Was?

»Sondern um zu reden. Zu verhandeln.« Er riss meinen Arm in die Höhe, und der Schmerz, der durch die Striemen zuckte, ließ mich ächzen. »Wie viel bist du bereit, für meine Schwester zu geben?«

Meine Adern füllten sich mit purem Eis. Jedes Wort aus Kaidans Mund fühlte sich wie ein Schlag ins Gesicht an. *Ich werde dich brauchen.* Auf einmal klang das, was er im Palast zu mir gesagt hatte, nicht länger wie ein Hilfeschrei, sondern wie eine Drohung.

»Sie gehört dir«, fuhr er fort, während ich mit weichen Knien und schwachen Gliedern in seinem Griff hing. »Du hast sie entehrt, also ist sie zu deinem rechtmäßigen Besitz geworden. Und ich will ihn dir zurückgeben. Wenn der Preis angemessen ist.«

Iblys' Miene verfinsterte sich schneller als der Himmel bei Sonnenuntergang. »Wie bitte?«

»Ich weiß«, schob Kaidan nach. »Sie ist nicht besonders viel wert. Schließlich hat sie inzwischen geheiratet und bei einem anderen Mann gelegen.«

Mein Herz machte einen Satz. Meine Lippen teilten sich, doch auf einmal wusste ich nicht, was schlimmer wäre: Iblys gegenüber zu schweigen und die Lüge so stehenzulassen, oder den Menschen gegenüber die Wahrheit zu sagen und zuzugeben, dass meine Ehe nie vollzogen worden war.

Der Moment verstrich. »Mehrere Male«, holte Kaidan umso weiter aus. »Wahrscheinlich trägt sie bereits sein Kind in sich.«

Mir wurde übel. Entgeistert starrte ich ihn an. Warum machte er das? Warum provozierte er den Teufel persönlich?

Langsam, fast schon gemächlich ballte Iblys die Hände zu Fäusten. »Ist das so?«

Da fiel es mir wie Schuppen von den Augen. Natürlich. Deshalb war das Pentagramm noch nicht vervollständigt worden. Kaidan hielt ihn hin. Er schien auf irgendetwas zu warten. Und fest davon überzeugt zu sein, dass es nur eine Frage kurzer Zeit wäre, bis Iblys ihm genau das gab, was er wollte.

Sämtliche Kraft wich aus meinem Körper, bis ich mich kaum noch auf den Beinen halten konnte. Iblys hatte keine Chance. Und wenn er nicht so schnell wie möglich von hier verschwand, dann würde er –

Dann würde er –

»Ich sage es dir nur noch einmal, kleiner König«, knurrte Daamin. »Lass sie gehen. Und opfere mir dein Leben. Das ist der einzige Preis, den ich zu zahlen bereit bin. Und der einzige, der euren Schaden begrenzen wird.«

Er war der Teufel. Er wollte der Menschheit nichts Gutes. Er wollte uns alle vernichten. Ich musste wollen, dass er starb. Aber ich konnte nicht.

Ich hatte Daamin schon einmal verloren. Und ich könnte es nicht ertragen, es wieder zu tun.

Die Tränen überfluteten meine Augen und rollten in breiten Strömen über meine Wangen. Ich verdankte dem Teufel mein Leben. Und so viel mehr als das. Ich könnte meine Schuld niemals begleichen. Aber ich konnte es zumindest versuchen.

Ich musste etwas tun.

Jetzt.

Ehe ich noch einen weiteren Gedanken aufbringen konnte, riss ich den Mund auf und schrie: »Daamin, das ist eine Falle!«

In seiner Miene regte sich nichts. Seine Lippen teilten sich, um mein Herz aufs Neue zu brechen: »Ich weiß.«

Meine Gedanken gerieten jäh ins Stocken. Dass er das sagte, konnte nur eines bedeuten.

»Aber das ändert rein gar nichts.« Er starrte weiterhin Kaidan an. »Ich werde dich nicht im Stich lassen, Prinzessin. Niemals wieder.«

Am Rande meines Bewusstseins nahm ich die leichten, dunklen Striemen wahr, die sich durch die Luft zogen. Sie waren durchsichtig und kaum zu erkennen, und ich ahnte, dass ich die Einzige war, die sie ausmachen konnte.

In dem Moment, in dem ich meinen Geist auf sie richtete, erkannte ich sie wieder: Es waren nicht einfach Rauchschwaden. Es war *Iblys*. Es war derselbe Rauch wie in der Zweiten Unterwelt, der mich zum Badehaus geführt hatte. Zu ihm. Iblys hatte gesagt, es wären seine Gedanken gewesen. Und diese Gedanken drehten sich gerade eben nur um mich. Sie strichen über meine Haut, lullten mich ein und erfüllten mich mit einer Wärme, die sofort von Eiseskälte abgelöst wurde.

Iblys hatte die ganze Zeit über nur an mich gedacht.

Ein Schwall der Enttäuschung schlug über mir zusammen. Warum hatte er unbedingt hierherkommen müssen? Warum hatte er nicht einfach wegbleiben können? Mich vergessen können? Er hatte mir so viele Chancen gegeben, meine Meinung zu ändern, und ich hatte keine einzige davon verdient!

Ein leises Stöhnen drang an meine Ohren. Mein Herz machte einen Satz. Ich blickte in Daamins Richtung – und sah, dass er das Gesicht verzogen hatte. Nicht vor Wut, sondern vor … Schmerz?

Es kam mir so vor, als würde er wanken. Als würde ihn irgendetwas schwächen. Und das, obwohl das Pentagramm noch immer nicht vervollständigt worden war. Oder?

Du bist meine Schwachstelle, hallte seine raue Stimme in meinen Ohren wider.

Gefolgt von meiner eigenen: *Enttäusch mich nicht, Daamin.*

Die Gewissheit traf mich wie ein eine peitschende Sturmböe. *Ich* war diejenige, die ihn schwächte. Weil ich enttäuscht war und ihn damit gegen meinen Wunsch verstoßen ließ.

Daamin hatte sich wirklich meiner Gnade unterworfen.

Panik flutete mein Herz und meinen Geist. *Nein. Nein, nein, nein!* Ich war es verdammt noch mal nicht wert, dass er sein Leben für mich riskierte! Und schon gar nicht, dass er es für mich verlor.

Nicht zuletzt, weil er mich niemals retten könnte. Denn jetzt, wo Kaidan mein größtes Geheimnis in die Welt hinausgetragen hatte, konnte mein Schicksal nur noch auf eine Weise verlaufen.

Die Gewissheit sickerte langsam zu mir durch wie Wassertropfen durch eine Holzdiele: *Ich werde sterben.*

Ein lauter Donnerschlag explodierte am klaren Himmel und ließ mich zusammenzucken. Als ich den Blick auf die Straße senkte, hatte sich alles verändert.

»Nein«, knurrte Iblys mit tiefer, verzerrter Stimme. »Nicht, solange ich ein Wörtchen mitzureden habe.«

Mit einem Mal stoben zwei schwarze Schwingen aus seinem Rücken und erstreckten sich beinahe über die ganze Straße. Sie bestanden aus dichtem Rauch, der unaufhörlich in der Luft waberte und mir die Sicht auf alles versperrte, was sich hinter Iblys befand. Sein Oberkörper schoss wie eine Rauchsäule in die Höhe – und manifestierte sich aufs Neue.

Der Teufel zeigte sein wahres Gesicht.

Mein Schrei blieb mir im Hals stecken, zu betäubt war mein Verstand vor Sorge um Daamin.

Ich hatte Iblys schon einmal gesehen. Mehrere Male – aber immer nur flüchtig. Wie in einem Traum. Doch dies war kein Traum. Es war real – und es brannte sich für immer in meinen Geist ein.

Iblys war so groß wie zwei Männer. Seine Haare waren nicht kurz und braun, sondern von einem blassen, kraftlosen Blond, wie ich es in Almeira nur selten zu Gesicht bekam. Sie reichten ihm bis zum mittleren Rücken und hatten etwas Verfilztes an sich. Sein ganzer Körper war dürr, knochig und bleich, durchzogen von violetten Flecken, die wie die Schatten unter seinen Augen aussahen. Die Striemen an seinen Handgelenken und an seinem Hals, die mir schon in seiner anderen Gestalt aufgefallen waren, traten umso deutlicher in einem Dunkelrot hervor. Seine Wangen und Augenhöhlen waren eingefallen, seine Lippen dünn und seine Brauen so weit zusammengezogen, dass seine halbe Stirn von einer rissigen Linie geteilt wurde. An seinem Leib trug er ein weites, dunkles und stellenweise zerrissenes Gewand, das einen deutlichen Kontrast zu seiner blassen Haut bildete.

Als Iblys tief durchatmete, drang ein leises Knurren aus seiner Kehle. Dann öffnete sich sein Mund. »Mein Angebot« – obwohl er in gesenktem Ton sprach, donnerte seine Stimme in meinem Schädel – »ist abgelaufen.«

Kaidan riss den Kopf herum. »Jetzt!«, rief er – und eine Explosion aus Licht raubte mir die letzte Sicht.

Ich schrie auf vor Schreck und hob den freien Arm vor mein Gesicht. Ein Brüllen wie des Drachen drang an meine Ohren und erschütterte mein Innerstes – und den Boden zu meinen Füßen. Ich verlor das Gleichgewicht, und wäre da nicht Kaidans unnachgiebiger Griff gewesen, wäre ich gestürzt. Aus zusammengekniffenen Augen versuchte ich, irgendetwas in dem grellen Licht zu erkennen, das mit jedem Herzschlag schwächer wurde …

… und entblößte, was Kaidan getan hatte.

Das Pentagramm war vervollständigt worden. Ich hatte keine Ahnung, von wem, wurde aber das Gefühl nicht los, dass irgendjemand im Sichtschutz von einem der Häuser gekauert hatte, das Werkzeug im Anschlag, und nur darauf gewartet hatte, das Pentagramm mit einem einzigen Punkt zu vollenden.

Iblys kauerte auf dem Boden, die Hände vor sich aufgestützt, als wären sie das Einzige, was ihn noch einigermaßen aufrecht erhielt. Mit keiner einzigen Kreidelinie in seiner unmittelbaren Nähe hatte er keine Chance, sich selbst zu befreien. Er hatte die Kiefer zusammengepresst, seine Lippen waren leicht geteilt, als könnte er einen zweiten Schmerzensschrei nicht zurückhalten. Sein Gesicht war völlig verzerrt – vor Wut, vor Schreck, vor Pein. Rauchschwaden stiegen von seinem Körper hinauf und winzige Flämmchen loderten in unregelmäßigen Abständen in die Höhe. Die Linien des Pentagramms um ihn herum schimmerten gespenstisch und blitzten immer wieder auf. Iblys zuckte jedes Mal zusammen, als würde sich eine neue, paradiesische Energie auf ihn entladen. Eine Energie, die ihn zu zerfressen drohte.

In diesem Augenblick wurde mir endgültig klar, dass Kaidan kein Wahnsinniger war. Er war wahrhaftig von den Engeln gesandt. Und es sah ganz so aus, als würden die Engel alles dafür tun, um Iblys zu töten.

Sie würden mich opfern. Sie würden Kaidan opfern. Sie würden uns alle opfern.

»Und jetzt, Iblys«, sprach mein Bruder, »habe ich dich genau da, wo ich dich wollte.« Er ließ mich so plötzlich los, dass ich um ein Haar einfach auf die Knie gesackt wäre. Stolpernd hielt ich mich auf den Beinen – und beobachtete fassungslos, wie Kaidan einen langen Schritt auf Iblys zumachte. Gefolgt von einem zweiten. Er stieg großzügig über die leuchtende Linie des Pentagramms hinweg, die ihm am nächsten war, wurde jedoch nicht langsamer – und wurde nicht von dessen Bann aufgehalten.

In seiner rechten Hand hielt er mein Schwert. Mein von Engeln gesegnetes Schwert. Ich selbst hatte Iblys damit nichts anhaben können, aber jetzt war alles anders. Er war gefangen in einem Pentagramm und geschwächt von meiner Enttäuschung, die ich einfach nicht hatte zügeln können.

Der Schmerz in meinem Herzen wurde so groß, dass ich den an meinem Arm gar nicht mehr spüren konnte. Das Blut quoll aus meiner Wunde und rann zu Boden. Mit jedem einzelnen Tropfen schien mir auch ein Teil meines Lebens zu entweichen.

Die Ränder meines Blickfelds färbten sich dunkel, und ich nahm jeden von Kaidans Schritten nur noch als dumpfen Aufprall in der hintersten Nische meines Bewusstseins wahr. Es kam mir so vor, als würde mein Geist aus meinem Körper gleiten und das Szenario von oben betrachten. Ich war hilflos. Machtlos. Konnte nichts weiter tun, als dabei zuzusehen, wie mein Bruder Iblys tötete.

Iblys.

Daamin.

»Alles in Ordnung, Liebste?«

Meine Unterlippe begann zu beben.

»Ein einziger Kuss von dir ist so viel wert wie tausende Jahre der Schmeichelei.«

Ganz gleich, wie er aussah. Welches Gesicht er trug. Iblys war immer noch Daamin. *Mein* Daamin.

»Der Befehlston einer Prinzessin. Das gefällt mir. Ich will mehr davon.«

Und die Geschichtsbücher kannten Daamin nicht. Nicht so wie ich.

»Ein Teil von mir will dich brechen. Dich von innen heraus zerstören. Doch ein anderer will dich verehren. Dich begehren.«

Mein Sichtfeld verschwamm, und meine Verzweiflung drohte mir die letzte Kraft zu rauben. *Nein. Nicht Daamin.*

»Egal, was geschehen ist oder noch geschehen wird. Du, Rana, bist meine Schwachstelle. Und in gewisser Weise unterliege ich allein deiner Gnade. Also verrate mich oder lass es sein. Es wird nichts an dem ändern, was ich für dich fühle.«

Aber dann war da noch etwas anderes.

Ein einzelner Fetzen einer Erinnerung schob sich in den Vordergrund meines Bewusstseins, nur für einen kleinen Augenblick, sodass ich ihn kaum zu fassen bekam, ehe er sich wieder im Nichts verlor. *Sorgt dafür, dass … fehlerfrei ist … eine Linie verwischt … nicht mehr stark genug …*

Ich sah Mariam vor mir. Mariam, die die Linien vom Boden wischen wollte, um mich aus dem Pentagramm in der Unterwelt zu befreien. Und auf einmal wusste ich genau, was ich tun musste.

Mein Blick wanderte zu den leuchtenden Linien auf dem Boden. Die nächste war genau drei Schritte entfernt.

In einer steifen Bewegung drehte ich den Kopf und starrte die Soldaten an, die links und rechts am Straßenrand postiert waren. Sie waren vier, fünf Schritte von mir weg. Und blickten alle wie gebannt in Richtung von Kaidan und Iblys. Waren ganz erpicht darauf, dem Augenblick beizuwohnen, in dem der Prophet den Teufel erschlug. Sie würden es nicht kommen sehen. Sie würden nicht rechtzeitig reagieren können. Vorausgesetzt, ich beeilte mich.

Mit einem Schlag waren meine Verzweiflung, meine Enttäuschung, meine Furcht und meine Zweifel fort. Sie machten Platz für eine feste Entschlossenheit, wie ich sie noch nie im Leben gespürt hatte. Nicht zu meiner Vermählung, als ich mich bemüht hatte, mich mit meinem Schicksal abzufinden. Nicht an dem Tag, an dem ich aufgebrochen war, um Kaidan zu finden. Nicht, als ich Daamin aus dem Palast verbannt hatte, um mein Schicksal an der Seite meines Bruders zu erfüllen.

Ich war Rana von Almeira. Und ich würde mich nicht mehr herumschubsen lassen. Würde mich nicht mehr herumkommandieren, mich benutzen lassen. Die Zeit war gekommen, die Dinge selbst in die Hand zu nehmen. Und der Welt zu zeigen, wer ich war.

Daamin krümmte sich, als könnte er sich kaum mehr aufrecht halten. Trotz der Schmerzen, die durch seinen Körper zucken mussten, bemerkte ich, wie er den Kopf hob. Nicht, um Kaidan anzublicken, den nur noch drei Schritte von ihm trennten. Sondern um mir in die Augen zu sehen. Als wäre das das Letzte, was er tun wollte, ehe seine Existenz für immer endete.

Aber diesen Gefallen würde ich ihm nicht tun.

Kaidan blieb vor ihm stehen. »Ich würde dich ja nach deinen letzten Worten fragen …«

Das Leben kehrte mit einem Schlag zurück in meinen Körper. Ich machte einen Satz vorwärts und hechtete förmlich auf den Boden. Ich konnte mich nicht mehr rechtzeitig fangen und knallte mit voller Wucht auf den Grund – nur ein kurzes Stück von der weißen Linie entfernt.

»… aber dem Teufel werden keine Wünsche gewährt.« Aus dem Augenwinkel sah ich, wie Kaidan die Klinge mit beiden Händen packte und über seinem Kopf in die Höhe riss.

Ich rappelte mich auf.

Du bist meine Schwester. Wir teilen unser Blut. Du kannst mich überhaupt nicht verraten.

Verzweifelt presste ich meine Hände auf den Boden vor der weißen Linie, der sofort mit meinem Blut benetzt wurde. »Daamin«, kreischte ich, während ich sie in einer schnellen Bewegung über die Kreide zog. »Jet-« Ich konnte nicht aussprechen. Das Wort nicht bis zum Schluss formen. Denn in dem Moment, in dem meine Haut auf das Weiß traf, schoss ein Schmerz wie ein loderndes Feuer in meine Finger, über meine Arme hinweg und bis in meine Brust hinein. Ich schrie, und es war eher der Schreck als die Entschlossenheit, die mich dazu brachte, noch einmal über den Boden zu wischen – und die weiße Linie unter dem Rot meines Bluts verschwimmen zu lassen.

Ein lautes Klirren ertönte vor mir und drohte meinen Geist zu zerschlagen. Erschrocken hob ich den Blick – und der Schock fuhr mir so tief in die Glieder, dass ich für einen Augenblick die Schmerzen vergaß, die sich durch meinen ganzen Körper zogen. Obwohl nur Herzschläge vergehen konnten, kam es mir so vor, als bräuchte ich mehrere Ewigkeiten, um den Anblick zu verarbeiten, der sich mir bot.

Das Pentagramm hatte aufgehört zu leuchten. Kaidan atmete schwer, den Griff des Schwerts noch immer mit beiden Händen umklammert. Die Klinge war durch den Aufprall auf den Boden zerbrochen und neben ihm aufgekommen. Dort, wo Daamin gekauert hatte, war nichts zu sehen.

Langsam sah sich Kaidan nach mir um. Seine Miene war finsterer, als die von Iblys je hätte sein können.

Die Ewigkeiten in meinem Geist verstrichen. Dann brach das Chaos aus.

9. DAS FEUER

Wie gelähmt stand ich da und starrte die Stelle an, an der Daamin gerade eben verschwunden war.

Oder? Als er heute Morgen den Dämon getötet hatte, der mich angegriffen hatte, hatte sich dieser einfach in Luft aufgelöst. Genau wie Daamin jetzt.

Hatte es geklappt? Oder war ich zu spät gekommen? Was war passiert? War Daamin –

Langsam richtete sich Kaidan auf und drehte sich zu mir um. Seine Miene war verzerrt vor Wut.

Augenblicke später wurde ich an beiden Armen durch die Straßen von Afarat gezerrt. Um uns herum ein Meer aus Menschen. Niemand schien zu wissen, ob sie in Schreie des Jubels oder der Verzweiflung ausbrechen sollten, wahrscheinlich weil keiner von ihnen so recht verstand, was passiert war.

Es gab nur eine Sache, die ohne jeden Zweifel feststand: Was mit *mir* passieren würde.

Je ein Soldat hatte mich auf jeder Seite gepackt. Ohne Mühe zogen sie mich hinter sich her, geradewegs durch das Meer aus Menschen, die sich nun dem nächsten Spektakel des Tages zuwandten.

Ich wehrte mich nicht. Der Schock saß mir ebenso tief in den Gliedern wie der Schmerz, den Kaidan durch meine linke Körperhälfte gejagt hatte.

»Dort hinein«, bellte jemand hinter mir, kaum dass wir die Hütte erreichten, die Kaidan für seine Gebete zweckentfremdet hatte. Im nächsten Moment wurde ich zur Seite gerissen und durch die Tür gestoßen.

Hilflos stolperte ich vorwärts, fing mich aber schnell. Blitzschnell fuhr ich herum –

Ich hatte erwartet, dass man die Tür zuschlagen und mich wieder einsperren würde. Doch stattdessen stand Kaidan im Türrahmen und betrachtete mich wie eine Ratte, die schon seit Wochen in der Vorratskammer herumkreuchte und die man endlich in eine Ecke gedrängt hatte.

»Du hast einen großen Fehler begangen.« Er machte einen langen Schritt in den Raum hinein, und die Tür schloss sich hinter ihm.

Ich musste all meine Selbstbeherrschung zusammennehmen, um nicht zu Boden zu sinken. Mein ganzer Körper bebte, und ich fror – es war, als würde meine Wärme mit meinem Blut entweichen, das nach wie vor über meinen Arm lief.

»Ich …« Ich brach ab, weil ich keine Ahnung hatte, was ich sagen sollte. Weil ich immer noch nicht verstand, was passiert war. »Ist er tot?«

Kaidan starrte mich an, ohne zu blinzeln. Eine Totenstille breitete sich zwischen uns aus und ließ mein Herz vor Furcht erbeben. Dann teilten sich seine spröden Lippen: »Die Klinge hat ihn nicht berührt.«

Erleichtert sackten meine Schultern herab. Ein Seufzer entwich meinem Mund –

Kaidans Arm schoss vor. Er packte mich grob am Hals und zog mein Gesicht näher an seines heran. »Ist das ein Grund zur Freude, Rana?«, knurrte er. »Findest du das wirklich?«

Ich presste die Kiefer zusammen. Ich erkannte ihn nicht wieder. »Du hast alle in Gefahr gebracht!« Ich rang nach den richtigen Worten. »Wenn die Dämonen gekommen wären, um ihn zu rächen –«

»Darum geht es dir doch überhaupt nicht!« Er stieß mich von sich, sodass ich rückwärts stolperte, und hob einen drohenden Zeigefinger. »Du bist keine Heilige, Schwester! Du hast dich mit dem Teufel persönlich eingelassen!«

Mein Herz sackte in meine Magengrube. Die Augen meines Bruders sprühten vor Hass, und trotz allem, was ich von ihm gesehen, gehört hatte, wollte ich einfach nur wieder Liebe darin sehen.

Ich hätte beteuern können, dass er sich irrte. Dass ich lange nicht gewusst hatte, wer Daamin wirklich war. Dass er sich mir aufgezwungen, mich manipuliert, mich verflucht hatte. Dass ich das Opfer meiner Umstände gewesen war.

Doch keines dieser Worte verließ meine Lippen. Ich hatte meine Entscheidung getroffen, und ich würde mich nie wieder verleugnen.

Ich würde niemals frei sein. Aber zumindest war ich endlich ich selbst. Der Mensch, der ich wirklich war. Und das konnten nicht viele von sich behaupten.

Was blieb, war die Reue. Vor ein paar Tagen hatte ich alles bereut, was ich mit Daamin zu schaffen gehabt hatte. Aber jetzt bereute ich den Tag, an dem ich ihn verlassen hatte. An dem ich ihm gesagt hatte, ich könnte niemals mein Leben für ihn über Bord werfen. Ich hätte es tun sollen.

Jegliche Kraft rann aus meinem Körper. Meine verbrannten Finger pulsierten, als ich alle Luft aus meinen Lungen stieß und mich so fühlte, als würde ich das Gewicht einer ganzen Welt von mir abstreifen.

»Du bist mein Bruder«, flüsterte ich. »Also will ich ehrlich zu dir sein.« Meine Augen schimmerten feucht, als ich Kaidan ein müdes Lächeln schenkte. »Ich liebe ihn.«

Seine Miene blieb hart wie Stein. Es hätte mich überrascht, hätten meine Worte tatsächlich etwas in ihm ausgelöst. »Du«, murmelte er, ohne die Lippen groß zu bewegen, »bist eine verlorene Seele.«

Ich schnaubte mit aufgesetzter Belustigung. »Das ist mir schon vor langer Zeit klar geworden.« Ich fühlte mich zerrissen. Müde. Ich wollte nichts lieber, als dieser Situation entfliehen. In der Zeit zurückzureisen, bis Kaidan und ich wieder Kinder wären und es nichts gäbe, worüber wir uns Sorgen machen müssten. Als ich ihm einfach in die Arme hatte fallen können, damit er mir den Halt gab, den ich brauchte. Jetzt wagte ich es nicht mehr.

Bebend atmete ich durch. »Der einzige Fluch, der auf mir lastet, ist, dass ich ein Herz habe.« Ich brachte nicht mehr als ein müdes Lächeln zustande. »Ich liebe ihn, Kaidan. Und ich liebe auch dich. Die Engel –«

»Wag es ja nicht, von den Engeln zu sprechen!« Mein Bruder verengte die Augen. »Du hast keine Ahnung, was sie denken. Was sie tun. Was sie uns vorherbestimmt hatten. Oder dir.« Er ballte die Hände zu Fäusten, die nichtsdestotrotz zu beben begannen. »Sie hatten etwas anderes für dich vorgesehen. Etwas ganz anderes.«

Ich versteifte mich etwas. Eine vage Vorahnung stieg in mir auf und brachte mich ins Wanken. »Haben sie wirklich geglaubt, ich würde mich als Köder zur Verfügung stellen? Für den Mann, der mir am meisten bedeutet?« Langsam schüttelte ich den Kopf. »Da kennen sie mich aber schlecht.« Nur ein klein wenig schlechter als ich mich selbst, um genau zu sein.

Unbewegt starrte mich Kaidan an. »Nein.«

Ich stutzte. »Nein?« Mein Gedankengang brach jäh ab. Auf einmal hatte ich keine Ahnung mehr, worauf er anspielte. »Was …« Ich stockte, als sich plötzlich ein Widerstand in mir auftat, weiterzusprechen. Doch es gab keinen Ausweg. »Was hatten sie denn dann für mich vorgesehen?«

Kaidan atmete tief durch. Seine Schultern hoben und senkten sich beträchtlich, und er schlug den Blick nieder. »Wäre es nach ihnen gegangen, hättest du im Glühenden Feuer sterben sollen.« Ein harter Zug bildete sich um seinen Kiefer. »Beim verzweifelten Versuch, deinen geliebten Bruder zu retten.«

Plötzlich fühlte ich mich, als würden sich meine Füße vom Boden lösen. »W-warte.« Mein Mund öffnete und schloss sich wieder. »Was soll das heißen, ich hätte *dort* sterben sollen?« Ich runzelte die Stirn. »Ich habe dich gerettet. Und ich selbst war nie in großer Gefahr.«

Und wie du das warst! Doch jedes Mal war Daamin –

Auf einmal fiel es mir wie Schuppen von den Augen. Eine einzige Spielfigur hatte den Unterschied gemacht. Eine Figur, die gar nicht auf dem Feld hätte sein dürfen.

»Bei den –« Ich brach ab. Die Engel waren die Letzten, die ich heraufbeschwören wollte.

Kaidan schnaubte. »Wer hätte ahnen können, dass *Iblys persönlich* Gefühle für dich entwickelt und dich vor deinem Schicksal bewahrt?«

Nur langsam fügten sich die Puzzleteile in meinem Geist zusammen. »Die Engel *wollten,* dass ich dort unten sterbe?« Ich drohte den Halt zu verlieren. »Aber … warum? W-was habe ich ihnen getan?« Heißkalte Panik loderte in meinem Herzen auf und raubte mir den Atem. Betroffen griff ich mir mit dem heilen Arm an die Brust. Die Engel persönlich waren gegen mich? Waren es schon immer gewesen?

Warum? Was hatte ich je verbrochen, um ihre Gunst zu verlieren? Warum war Kaidan von ihnen auserwählt worden und ich …

Ich …

Als mich sein Blick streifte, wirkte er seltsam leer. »Ich hatte wirklich gehofft, sie würden ihre Meinung ändern«, flüsterte er. »Ich habe versucht, dich nützlich zu machen. Dich in meiner Nähe zu behalten. Dafür zu sorgen, dass du eine Rolle in alldem bekommst.« Sein Kiefer verhärtete sich. »Aber du hast mich enttäuscht. Immer und immer wieder.« Er atmete tief durch und starrte zu Boden. »Ich habe mich geirrt. Du bist es nicht wert, gerettet zu werden.«

Meine Gesichtszüge entgleisten.

»Denn du bist nicht mehr zu retten. Warst es nie.«

Es war, als würde er mir die Überreste meiner Klinge ins Herz stoßen. »K-Kaidan.« Meine Stimme brach. »Das meinst du nicht so.« Ein letztes Aufbäumen, ein letzter Hoffnungsschub ließ mich einen Schritt auf ihn zumachen. »Ich liebe dich.« Vorsichtig hob ich eine Hand an sein Gesicht, sein wundervolles Gesicht, das ich als Kind immer am liebsten gesehen hatte. Das ich mir vor meinem inneren Auge ausgemalt hatte, wenn ich von Albträumen übermannt zu werden drohte. Das stets mein Anker in meinen dunkelsten Stunden gewesen war.

Mein Bruder. Mein geliebter Bruder …

Abrupt schlug Kaidan meine Hand weg. Sein Blick brannte sich in meinen, und seine Mundwinkel bogen sich streng nach unten. »Ich hätte die Botschaft der Engel nie anzweifeln dürfen«, zischte er. »Denn letzten Endes kommt immer alles so, wie es kommen muss.«

Meine Lippen teilten sich leicht. »Ich … ich verstehe nicht.« Hilflos blickte ich auf meine Hand herab. »Was willst du mir damit sagen, Kaidan?« Kaum, dass ich meine Frage gestellt hatte, bereute es ein Teil von mir zutiefst.

Ich wollte es nicht wissen. Ich wollte es nicht hören. Weil ich ahnte, dass es einfach alles verändern würde.

Doch Kaidan tat mir meinen stillen Gefallen nicht. Fast schon mitleidig blickte er auf mich herab. »Damals, als du in die brennende Schlucht gestürzt bist«, sprach er mit rauem Unterton, »bist du nicht abgerutscht.«

Die Erinnerung kehrte mit einem Schlag zurück und zerriss mein Innerstes in winzige Fetzen. Ich sah einen dreizehnjährigen Kaidan vor mir, mit tränenerstickter Stimme und feuchten Wangen. Spürte seinen Schmerz, der von meinem Herzen wie von einem Spiegel zurückgeworfen wurde. Schlang meine Arme um ihn und sagte ihm, dass alles gut werden würde.

Bekümmert schüttelte Kaidan den Kopf. »Du bist nicht abgerutscht. Ich habe dich losgelassen.«

Es war, als würde der letzte Funken Leben aus mir weichen.

»Ich will dich nicht verlieren.« Diese Worte hatte er damals ausgesprochen. Seine Stimme war tränenerstickt gewesen, als wäre er am Rande der Verzweiflung angelangt. *»Ich will dich nicht verlieren, Rana.«*

Sie hatte sich für immer in mein Gedächtnis eingebrannt. Und doch ähnelte sie seiner jetzigen kein bisschen. Weder, was ihren Klang bedarf, noch die Worte, die seine Lippen verließen: »Dir bleibt noch so viel Zeit, wie es dauert, um das Holz zusammenzutragen«, raunte Kaidan. »Und keine Sekunde länger.«

Damit schlüpfte er aus dem Raum.

»Hast du das verstanden, Kaidan? Solltest du diesen Palast jemals verlassen, um nicht mehr zurückzukommen, darfst du mich nicht zurücklassen! Versprich es mir! Wir lassen uns nicht zurück!«

Nichts in Kaidans Miene regte sich. »Das kann ich dir nicht versprechen.« Auf einmal wirkte sein Gesicht wie das eines Erwachsenen. Gezeichnet von einem Leben, das er noch nicht geführt hatte.

Ein Funke des Ärgers entzündete sich in meiner Magengrube. »Warum nicht?«

»Weil ich die Zukunft sehe«, murmelte er. »Und ich kann dich darin nicht erblicken.«

Ich wusste nicht, wie viel Zeit ich damit verbrachte, in einer Ecke des Hauses zu sitzen und in die Schwärze meiner Umgebung zu starren. Die Sonne war inzwischen untergegangen, sodass durch die Fenster nichts als Dunkelheit fiel.

Ich hatte nicht versucht zu fliehen. Ich war nicht bewaffnet und wusste nur zu gut, dass mein Gefängnis bewacht wurde. Von Soldaten, die bis vor kurzem mir gedient hatten. Der Einzige, der sich vielleicht auf meine Seite geschlagen hätte, wäre Arad gewesen. Aber den hatten mir die Engel gerade noch rechtzeitig genommen.

Die Rufe, die von draußen an meine Ohren drangen, machten es nicht besser: »Sie ist eine Hexe!«

»Eine Hexe!«

»Ihr habt euch von Iblys entehren lassen!«

»Sie hat uns verraten! Uns alle verraten!«

Eigentlich sollte es mich nicht überraschen. Schließlich hatten die Engel meinen Tod vorhergesehen. Und offenbar war es einzig und allein Daamin zu verdanken, dass ich noch am Leben war. Ich lebte über mein Limit hinaus. Der Zufall hatte mir Zeit erkauft. Jetzt hatte ich keine mehr übrig.

»Sie soll in der Hölle schmoren!«

»Sie hat uns dem Untergang geweiht!«

Kaidan war fort und hatte sich mir nicht mehr gezeigt. Er hatte mir nichts mehr zu sagen – mein Bruder, für den ich mein Leben mehr als einmal aufs Spiel gesetzt hatte. Ich würde ihn erst wiedersehen, sobald die Flammen begannen, sich um meinen Körper zu schlingen.

Ich will dich nicht verlieren. Er hatte mir damals nicht erzählt, was er damit gemeint hatte. Ich war mir sicher gewesen, dass es nur ein Albtraum gewesen war, der ihn so erschüttert hatte. Und doch hatten sich diese Augenblicke für immer in mein Gedächtnis eingebrannt. Ich hatte den Schmerz, den ich mit ihnen verband, mit mir herumgetragen wie Gewichte an meinen Fußgelenken, die jedoch vor allem mein Herz beschwert hatten.

Nun, so viele Jahre später, sollte ich es endlich verstehen. Ich hatte mich so sehr in ihm geirrt. Und genau das zeigte mir, dass ich ihn nie gekannt hatte.

Er hatte mich verraten, mich hintergangen. Aber zu meiner Überraschung spürte ich keinerlei Enttäuschung. Ich fühlte mich einfach nur leer. Alles, was in mir wohnte, war eine leise Hoffnung, der nächste Teil würde schnell vorbeigehen.

Ich hatte es verdient, zu brennen. Hatte es schon gewusst, als ich mit meinem Vater einer Verbrennung beigewohnt hatte. Ich hatte der Hexe in die Augen gesehen und dabei nur mich selbst erblickt.

Die Menschen hatten recht. Ich war eine Hexe. Ich hatte mich der schwarzen Magie bedient, um Kaidan zu finden. Ich hatte mit dem Teufel geschlafen. Hatte mein Herz und meine Seele an ihn verloren – unwiderruflich. Und in mir wohnte kein Funken der Reue.

Falls Kaidan die Wahrheit gesagt hatte und Daamin wirklich am Leben war, gab es zumindest eine winzige Chance, dass ich ihn wiedersehen würde, bevor die Engel alles vernichteten.

Eine gähnende Leere erfüllte mich. Nach der Verzweiflung, den Sorgen der letzten Wochen kam ich mir schon fast ausgeglichen vor. Es gab nichts mehr, worüber ich mir Gedanken machen musste, denn zum ersten Mal in meinem Leben hatte sich einfach alles geklärt.

Ich war nicht frei.

Ich war nicht mit einem Mann verheiratet, den ich nicht liebte. Ich wusste endlich mit Bestimmtheit, dass ich einen anderen liebte. Aufrichtig.

Ich war stets auf der Suche nach dem richtigen Weg gewesen – und hoffnungslos von ihm abgekommen. Ich hatte dem Teufel vertraut und es bereut. Dem Propheten vertraut – und bereute es bitterlich.

Ich hatte alles getan, um meinem Bruder zu helfen. Und musste nun einsehen, dass ihm nicht mehr zu helfen war. Ich hatte alles getan, was in meiner Macht stand. Es war nicht genug gewesen. Aber nun gab es kein Zurück mehr, um das zu ändern.

Ich konnte nur noch nach vorn sehen – und vorne erwartete mich nicht mehr und nicht weniger als das Glühende Feuer.

Als sich die Tür öffnete, sagte ich kein Wort. Als man mich unsanft auf die Füße zog wie die Verräterin, die ich war, wehrte ich mich nicht. Ich ignorierte meine müden Glieder und meine schmerzenden, von Magie verbrannten Hände, und ließ mich widerstandslos nach draußen ziehen.

Es war völlig finster in Afarat geworden. Umso mehr stach das Licht der überall um mich herum entzündeten Fackeln in meinen Augen. Die ganze Straße war voller Menschen. Lediglich um den Scheiterhaufen, den man mühevoll in ihrer Mitte errichtet hatte, hatte man einen großen Kreis gezogen. Man wollte ihm nahe genug sein, um das Spektakel aus nächster

Nähe zu erleben, aber nicht zu nahe, als dass das eigene Gesicht zu heiß anlaufen könnte.

Als ich nach draußen trat, war es, als würde die Stadt zum Leben erwachen. Als hätte es seine Kräfte für mich aufgespart, brach mein Volk in neue Rufe aus: »Verdammte Hexe!«

Ich wurde flankiert von zwei Soldaten, die mich so fest an den Oberarmen packten, dass ich förmlich spüren konnte, wie sich blaue Flecken in meiner Haut bildeten. Fast so, als befürchteten sie wirklich, ich könnte mich losreißen und davonlaufen.

Das würde ich nicht. Ich wusste nicht einmal, wozu. Wohin sollte ich schon laufen? Kaidan war mein Zuhause gewesen. Aber das brannte bereits jetzt lichterloh.

»Lasst sie brennen!«

Die kleineren, dünneren Schnitte an meinem rechten Arm hatten gerade so angefangen, sich zu schließen, wurden von der Gewalt der Männer jedoch unversehens wieder aufgezwungen, bis sich ein einziges Brennen über meine Haut zog.

»Ein Fluch lastet auf den Königen von Almeira!«

Ich weinte nicht. Diesen Triumph gönnte ich den Menschen nicht. Vor allem nicht Kaidan. Und schon gar nicht den Engeln, die vom Paradies aus auf mich herabblickten. Von ihrem sicheren Hafen, in dem sie regieren und die Menschen ohne Rücksicht auf Verluste gegeneinander ausspielen konnten.

Die Engel sind die wahren Teufel. Ich schnaubte belustigt. Allein für diesen Gedanken hatte ich die Hinrichtung mehr als verdient.

Jemand spuckte mir vor die Füße. »Zum Glück ist König Waheed gestorben, bevor …«

Als ich vor dem Scheiterhaufen stehenblieb und zu ihm hinaufblickte, fühlte ich mich plötzlich wie beflügelt. Ich hatte unrecht gehabt. Kaidan hatte mir meine Freiheit nicht genommen. Sie wartete dort oben auf mich.

Was ich sah, war die Freiheit, wie ich sie mir schon immer gewünscht hatte. Weil es allein meine Entscheidungen gewesen waren, die mich dorthin gebracht hatten.

Ich spürte einen dicken Kloß in meinem Hals, als ich hinaufgehoben wurde. Mein Herz und Verstand waren nicht in Einklang. Ein Teil von mir hatte aufgegeben, doch im anderen explodierte jäh ein Feuerball des Überlebenswillens, dem ich keinen Ausgang gewähren konnte.

Ich presste die Kiefer aufeinander, als ich mit mehreren Seilen an den hochstehenden Holzstreben festgezurrt wurde. Das Material drückte sich unsanft in meine Handgelenke, schmiegte sich an die Schnitte, die Kaidan darauf hinterlassen hatte, und ließ meine Augen vor Schmerz brennen.

Die Rufe ebbten ab, und plötzlich war da nichts als Schweigen.

Die Dunkelheit um mich herum wurde einzig und allein von den Fackeln durchbrochen. Obwohl der Himmel zuvor noch klar gewesen war, waren die Sterne jetzt nicht mehr zu sehen – sie waren verschwunden unter einer dicken, dunklen Wolkendecke, die keinen Durchlass erlaubte. Ich fragte mich, ob die Engel die Wolken geschickt hatten, damit ich bei meinem letzten Atemzug keinen einzigen Lichtstrahl abbekam.

Im Flackern der Fackeln entdeckte ich Kaidan mit Leichtigkeit. Nicht zuletzt deshalb, weil er immer von weißen Flecken – seinen Priestern – umgeben war.

Er blickte mir unverwandt entgegen, als hätte er mich noch nie zuvor gesehen. Als wäre ich einfach nur ein lästiger Termin auf seiner Liste, so wie die Verbrennung vor einigen Tagen ein Termin auf meiner Liste gewesen war. Wahrscheinlich fühlte es sich für Kaidan genau so an. Als wäre dies nur eine schnöde

Pflicht, die ihm die Engel auferlegt hatten und die er erfüllen musste, ehe er sich endlich um wichtigere Dinge kümmern konnte: um des Iblys' Vernichtung, zum Beispiel. Um die Vernichtung aller Menschen. Ich wurde das Gefühl nicht los, dass mir heute das Privileg zuteilwurde, den schlimmsten, dunkelsten Teil der Menschheitsgeschichte zu verpassen.

»Wir verzichten auf das Verlesen der Anklage«, verkündete Kaidan. »Wir machen kurzen Prozess. Aber zuerst …« Er ließ seine Worte im Nichts verklingen, bis ich mir nicht mehr sicher war, ob er noch weiterzusprechen gedachte oder nicht. Dann hob er aufs Neue an: »Die Zofe.«

Es war, als würde ich aufwachen – und in einem Albtraum landen. Das Blut gefror in meinen Adern, und ich starrte Kaidan fassungslos entgegen, während die Bedeutung seiner Worte in quälender Langsamkeit zu mir durchsickerte. Voll und ganz begriff ich sie erst, als ein spitzer Schrei an meine Ohren drang. Erschrocken riss ich den Kopf herum – und erblickte Sahar, die von zwei Männern zu mir gezerrt wurde.

Mein Herz machte einen Satz. »Nein!«, brüllte ich, ehe ich auch nur einen klaren Gedanken fassen konnte. Erst jetzt realisierte ich, dass die hochkanten Holzscheite in meinem Rücken nicht die einzigen waren. Nur ein kurzes Stück neben mir ragte ein weiteres Paar in die Höhe. Als hätte man die Hinrichtung zweier Hexen geplant.

Nein. Nicht Sahar. Nicht meine liebste Dienerin. Nicht meine Freundin. »Nein!« Instinktiv wehrte ich mich gegen meine Fesseln und schrie auf, als sich das Seil umso tiefer in meine zerschnittene Haut grub. »Nein! Lasst sie los!« Verzweifelt schnappte ich nach Luft. »Sie hat nichts Böses getan!«

Sahar kreischte. Ihr Tuch war ihr beinahe vom Kopf gerutscht, und sie begann zu strampeln, doch die beiden Männer waren viel stärker als sie. »Bitte!«, rief sie aus. »Ich flehe Euch an. Gnade! Gnade!« Sie schlug um sich –

Eine Faust landete in ihrem Gesicht. Ein Ruck ging durch Sahar, dann hing sie nur noch schlaff in ihrem Griff.

Etwas in mir drohte zu zerbrechen. Drohte abzusterben, ehe mein Körper vergehen konnte. »Bitte!« Ein Schluchzen kroch meine Kehle hinauf, doch das Grauen war so allgegenwärtig, dass es seinen Weg nicht bis nach oben schaffte. »Sie hat nichts getan! Sie ist unschuldig! Sie ist engelsfürchtig!« Heftig schüttelte ich den Kopf. Ich wollte mich umsehen, wollte jedem einzelnen Soldaten, jedem Diener, jedem Priester in die Augen sehen, um meinen Worten Ausdruck zu verleihen, doch ich konnte einfach nicht den Blick von Sahar reißen. »Das können die Engel nicht wollen. Das können sie –«

Ich verschluckte mich an meinen eigenen Worten, als mich die Gewissheit einmal mehr wie ein Hieb in die Magengrube traf. Was hatte ich da sagen wollen? Die Engel konnten das nicht wollen?

Wie sehr ich mich doch irrte. Natürlich wollten sie das. Sie wollten jeden von uns auslöschen. Und mich wollten sie *bestrafen*. Indem sie den einzigen Menschen opferten, mit dem man mich verletzen konnte. Der einzige Mensch, wenn man von demjenigen absah, der den Befehl gegeben hatte.

Nüchtern beobachtete Kaidan seine Männer dabei, wie sie die halb bewusstlose Sahar vom Boden aufhoben. Ich sah ihm in die Augen, doch da war … nichts.

»Bitte.« Das Wimmern, das meinen Lippen entwich, nahm ich selbst kaum wahr. Ein eisiger Schauer nach dem anderen lief mir über den Rücken, während die Holzscheite hinter mir erbebten, als Sahar neben mir festgeschnürt wurde. »Macht mit mir, was ihr wollt. Aber lasst sie in Ruhe.« Sie hatte gerade erst ihre Liebe verloren. Genau wie ich. Doch im Gegensatz zu mir hatte sie dieses Schicksal nicht verdient. Sie hatte ein vorbildliches Leben geführt. Das Leben, das man von ihr erwartet hatte. Dass sie nun dasselbe Schicksal finden sollte wie ich, war nicht gerecht.

Mein Blick fand den der Priester um Kaidan herum. »Bitte!«, flehte ich ein letztes Mal. Ich hatte dieses Wort noch nicht oft im Leben ausgesprochen, und inzwischen legte es einen seltsamen Geschmack auf meinen Mund – nicht zuletzt deshalb, weil es keinerlei Wirkung herbeiführte. »Zeigt Gnade. Denn Gnade haben euch die Engel gelehrt!«

Sahar hing wie ein nasser Sack in ihren Fesseln. Sie wog den Kopf hin und her, als wollte sie aus ihrer Bewusstlosigkeit erwachen und nicht genug Kraft dafür aufbringen.

Sie hätte mich niemals begleiten dürfen. Ich war ein Unglücksbringer. Ich war eine Hexe. Ich war verflucht. »Kaidan –«

»Fangt bei der Zofe an«, schnitt seine Stimme durch das Gemurmel der Menschen. »Iblys' Braut soll ihr beim Brennen zusehen.«

Meine Lippen teilten sich leicht. Ich blinzelte heftig, als meine Sicht zu verschwimmen begann. Eine Eiseskälte breitete sich in mir aus, während seine Worte in einem andauernden Echo in meinem Kopf widerhallten. »K-Kaidan –« Ein letztes Aufbäumen in meinem Inneren trieb Tränen in meine Augen. Ich konnte nicht glauben, dass er das wirklich sagte. Dass er das tat. Dass das tatsächlich *er* sein konnte. Und fragte mich nicht zum ersten Mal, ob ich irgendetwas hätte tun können, um das zu verhindern. Hätte ich ihn irgendwie retten können? Vor dem Einfluss der Engel, ehe sie ihn völlig verblendeten?

Aber was, wenn er überhaupt nicht der Geblendete war? Sondern ich?

Alle waren auf der Seite der Engel. Warum konnte ich das nicht sein? Die Engel waren die Guten und Iblys der Böse. Warum konnte ich mich nicht auf die richtige Seite schlagen?

Was, wenn Kaidan recht hatte? Wenn ich es verdient hatte, zu brennen, weil ich der Wahrheit nicht ins Auge blicken konnte?

Mein Mund wurde trocken. Die Zweifel zerfraßen meine Seele und hinterließen nichts als Schwärze. Meine Fragen würden sich nie beantworten, aber immerhin würde sie der Rauch bald ersticken.

Ein leises Schluchzen ertönte irgendwo neben mir. Sahar hob benommen den Kopf. Ich konnte schwören, dass sie noch immer nicht ganz da war, aber zumindest genug, um zu verstehen, was gleich passieren würde.

»Kinder der Engel«, sprach Kaidan in diesem Moment. Seine Stimme schien durch ganz Afarat zu hallen. »Unsere Schwester hat sich des Verrats an den Engeln und der Menschheit schuldig gemacht. Sie hat dafür gesorgt, dass wir alle beinahe Iblys zum Opfer gefallen wären. Und sie war es, die die Dämonen herbeigerufen hat, um unseren Vater – die Engel haben ihn selig – zu töten.«

Mehrere Menschen sogen scharf die Luft ein. In mir regte sich rein gar nichts. Nichts, was Kaidan jetzt noch sagen könnte, könnte mich auch nur im Geringsten verletzen. Ich war bereits völlig ausgehöhlt.

Als Kaidan und ich noch Kinder gewesen waren, hatte ich ständig den Drang verspürt, ihn zu beschützen. Die Welt war so unfair zu ihm gewesen. So kalt. So hart. Ich war das einzige Licht gewesen, das er darin gehabt hatte, und ich hatte mich bemüht, heller zu strahlen als jeder Stern am Himmel, um ihn daran zu erinnern. Ich hatte einfach alles für ihn gegeben. Nicht zuletzt mein Leben.

»Dafür wird sie nun bezahlen.«

Ich hielt meinen Blick auf Sahar gerichtet, sodass ich nur aus dem Augenwinkel sehen konnte, wie Kaidan das Zeichen gab.

Angestrengt drehte sie den Kopf und starrte mir entgegen. Der Talisman in Form eines Engelsflügels, den sie um den Hals trug, gab mir beinahe den Rest.

Am Rande meines Bewusstseins nahm ich wahr, wie mehrere Diener und Soldaten herbeieilten und ihre Fackeln ans untere Ende des Scheiterhaufens hielten – allesamt auf Sahars Seite, damit sie vor mir brennen würde. Damit ich ihren Todesschreien lauschen müsste, ehe meine eigenen einsetzten.

Erneut schluchzte sie, und eine einzelne Träne rollte über ihre Wange. Es überraschte mich, dass sie nicht mehr in Panik verfiel. Vielleicht fand sie sich in derselben Schockstarre wieder wie ich selbst. In seinem Zustand, in dem man das Unvermeidliche so lange verdrängte, bis man keine andere Wahl mehr hatte.

»Ihr sollt eines wissen, Herrin.« Sahars Stimme war so leise, dass sie beinahe vom Knacken des Holzes übertönt wurde, das sich irgendwo unter ihr entzündete. »Ich glaube keine dieser Geschichten. Keine einzige davon. Ich kenne Euch. Und wenn ich für den Glauben an Euch sterben muss, dann bin ich bereit, das zu tun.«

Ein dicker Kloß bildete sich in meinem Hals, während die Reue meine Seele schwarz färbte. Sahar glaubte an das Gute in mir – völlig zu Unrecht. Für einen Augenblick war ich fest entschlossen, ihr die Wahrheit zu erzählen. Dass zumindest ein Teil der Geschichten stimmte. Weil sie es verdient hatte, davon zu erfahren.

Doch ich biss mir auf die Zunge. Ich wollte, dass sie in gutem Gewissen starb.

Immerhin würde mir keine Gelegenheit bleiben, diese Entscheidung zu bereuen.

Meine Schultern begannen zu beben. »Ich bin nicht deine Herrin«, sagte ich mit erstickter Stimme. »Ich bin Rana.«

Sahars Augen weiteten sich leicht – dann schenkte sie mir ein erschöpftes Lächeln. »Und ich bin die glücklichste Frau auf Erden, Euch dienen zu dürfen, Rana.« Sie sog scharf die Luft ein, als die ersten, zaghaften Flämmchen an ihren Füßen entlang zuckten. Ich fragte mich, ob sie die Hitze schon spüren konnte.

Sie starrte mir entgegen, als wäre ich das Einzige, was sie davon abhielt, in die Flammen zu blicken und die Panik in ihr ausbrechen zu lassen, und ich verfluchte mich selbst dafür, nicht stark genug zu sein, um die Geste zu erwidern.

Ich atmete tief durch und schloss für einen Moment die Augen, während mir der Geruch von verbranntem Holz in die Nase stieg. Die Schwärze meiner Lider versetzte mich in eine seltsame Trance – in einen Zustand völliger Ruhe. Mein rasendes Herz wurde langsamer, meine Atemzüge gleichmäßiger, jetzt, wo der Rauch noch nicht in meine Lunge gedrungen war.

Ein Teil von mir witterte eine letzte, winzig kleine Chance. Eine verschwindend geringe. Aber ich hätte nicht mehr viel Zeit.

»Kaidan.« Ich legte die letzte Kraft, die mir geblieben war, in meine Stimme, und hob die Lider, um ihn anzusehen. Seine Miene war wie aus Stein geschlagen. »Niemand weiß, wer du wirklich bist. Und ich dachte in den letzten Tagen, ich wüsste es auch nicht mehr.« Ich ließ nicht meinen Mund sprechen, sondern mein Herz. Mein achtjähriges Ich, das alles dafür getan hätte, um Kaidan zu beschützen. »Aber ich habe mich geirrt. Ich weiß genau, wer du bist. Ich kenne dich besser als irgendjemand sonst.« Ich lächelte. »Du bist mein Bruder, und ich liebe dich.« Ich hatte keine Ahnung, wohin mich meine Worte führen würden, doch ich ließ sie ungehindert fließen. »Ich war nicht immer ehrlich zu dir, aber das möchte ich jetzt ändern.«

Sahar neben mir atmete erschrocken ein. Aus dem Augenwinkel sah ich, wie sie sich gegen die Fesseln zu wehren begann, als würde die Hitze unter ihr unangenehm werden. Ein abgehacktes Keuchen drang an meine Ohren und drohte mir den Mut zu rauben. Aber ich musste weitermachen. Für uns beide.

Und auf einmal wusste ich genau, wie ich Kaidan aus der Fassung bringen konnte. »Als wir denselben Traum geteilt haben, hast du mich nicht losgelassen.« Mein Innerstes begann zu brennen, noch bevor ich die Hitze der ersten Flammen spürte. »Ich habe *dich* losgelassen.«

Kaidans Mimik geriet ins Wanken. Verwirrung, Unsicherheit spiegelten sich auf eine Weise darin wider, die nur ich erkennen konnte. Seine Lippen teilten sich leicht, doch kein Ton drang zwischen ihnen hervor. Das war ein gutes Zeichen. Hätte er meine Lüge durchschaut, hätte er sie sofort als solche entlarvt.

Aber das tat er nicht. Ich säte Zweifel in ihm.

»Ich habe dich losgelassen, Kaidan.« Ich befeuchtete meine spröden Lippen, während die Luft um mich herum dünner wurde. »Ich habe dich losgelassen, weil ich nicht wollte, dass du mit mir in die Tiefe stürzt. Alles, was ich je wollte, war es, dich zu beschützen. Du hast es selbst gesagt.« Ich schluckte. »Alles, was ich tat, tat ich, um dich zu schützen. Und ich bereue nichts davon.«

Ein spitzer Schrei drang aus Sahars Kehle. »Gnade!«, rief sie aus. »Gnade! Bitte!«

Die Hitze des Feuers schlug mir entgegen und machte sich nun auch zu meinen Füßen breit. Die Flammen hatten sich bis zu mir durchgefressen, und es würde nicht mehr lange dauern, bis sie sich durch *mich* fressen würden.

Mir lief die Zeit davon. »Ich wollte immer das Richtige tun«, sagte ich schnell und konnte Sahars nächsten Schrei kaum übertönen. Ich legte all meine Kraft in meine letzten Worte:

»Und ich weiß genau, dass du auch jetzt das Richtige tun wirst!«

Kaidans Miene wurde ausdruckslos. Sein Mund öffnete sich: »Mehr Feuer.«

Ich riss die Augen auf. *Nein –*

Mehrere erstaunte Blicke richteten sich auf ihn, und er stampfte wütend mit dem Fuß auf. »Wir sagten: *Mehr Feuer!* Na los!«

Die Zeit schien quälend langsam und doch rasend schnell zu vergehen. Plötzlich waren da fünf, sechs mit Fackeln bewaffnete Männer, die sich vor den Scheiterhaufen bückten und beinahe gleichzeitig neue Feuerquellen an das Holz hielten. Die Flammen sprangen begierig über, wanderten durch die Scheite und stachen mit ersten Hitzewallungen in meine Füße.

»Nein –«, stieß ich hervor. »Nein! Das kannst du nicht tun!«, rief ich, wurde jedoch von Sahars *Gnade!*-Schreien übertönt. »Kaidan!«

Mein Atem ging nur noch abgehackt. Ich wollte ruhiger atmen, die Luft anhalten, nicht so viel Rauch in meine Lunge saugen, wie ich es gerade eben tat, doch je mehr davon in meinen Körper drang, desto größer wurde meine Panik und desto unkontrollierter wurden meine Bewegungen.

Umso mehr, als Kaidan auf dem Absatz kehrtmachte und einfach die Straße entlang davonschritt.

Mein Herz brach endgültig. Die Splitter bohrten sich in meinen Oberkörper, und der süße Schmerz mischte sich zum scharfen Brennen auf meiner Haut. »Kaidan!«, rief ich aus. »Kaidan, bleib hier!«

Er reagierte nicht.

Die Verzweiflung ließ eine unbeschreibliche Wut in mir hochkochen. »Du Feigling!«, brüllte ich. »Du verdammter

Feigling!« Ich schnappte nach Luft. »Du willst mich tot sehen? Dann bleib hier und sieh mir in die Augen!«

Doch das tat er nicht. Er schenkte mir nicht einmal einen letzten Blick.

Verzweifelt wandte ich mich all den Menschen um uns herum zu. »Er will euch alle umbringen!«, rief ich aus, während sich eine schmerzhafte Gewissheit in mir breitmachte, dass ich das viel früher hätte sagen können. »Die Engel wollen die Menschheit auslöschen! Ihr dürft ihm nicht mehr folgen. Ihr dürft nicht –« Ich stockte, erstickte beinahe an meiner eigenen Verzweiflung und stieß doch die eine Wahrheit hervor, die ich niemals hatte sagen wollen: »Ihr müsst ihn töten! Ihr müsst Kaidan töten, solange ihr noch k-«

Sahar schnappte nach Luft. »*Nein!*«, kreischte sie.

Ich riss den Kopf herum – und sah, dass das Feuer endgültig auf sie übergegangen war. Obwohl sie sich zappelte und wehrte, fraß es sich durch ihre Kleidung bis in ihr Fleisch hinein und färbte ihre Haut fleckenweise rot und schwarz.

Der Rauch und die Tränen ließen meine Augen brennen. »Nein!«, schrie ich und spürte sogleich, wie die Hitze unter meinen Füßen unbarmherziger wurde. Die Flammen schnappten nach mir, streckten gierig ihre heißen Finger nach mir aus, und ich wusste, dass es nur noch eine Frage von Sekunden wäre, ehe sie mich sich einverleiben würden.

Plötzlich fühlte ich mich in meinen Albtraum von damals zurückversetzt. Kaidan ließ mich los, und ich fiel. Ich spürte den Aufprall in der Grube aus Feuer, Augenblicke bevor mich die Flammen rücksichtslos verschlangen.

Auf einmal erschien alles einen Sinn zu ergeben. Meine Schultern sackten herab. Meine Panik flaute ab, und plötzlich wurde ich von einer Ruhe erfüllt, wie ich sie noch nie zuvor gespürt hatte.

Ich würde sterben. Schon vor so langer Zeit hatte ich von diesem Tag geträumt. Und diese Tatsache allein ließ auf einmal jede Angst in meinem Inneren vergehen. Es war, als würde sich ein Schleier vor meinen Augen lichten – und mir eine pechschwarze Silhouette mit wehenden Gewändern offenbaren, die quer über den Platz auf mich zuschwebte, eine Hand nach mir ausgestreckt.

Am Rande meines Bewusstseins machte es klick. Ich begriff, weshalb sich Daamin zwar in einer Lampe gefangen an die Oberfläche hatte bringen, jedoch nicht befreien lassen können. Azrael, der Todesengel, besaß in der Ersten Unterwelt keine körperliche Gestalt. Dennoch war er real.

Und nun war er hier, um Sahar und mich zu holen.

Doch ich hatte keine Angst mehr. Alles kam so, wie es sollte. Wie es mir vorherbestimmt war.

Kaidan hatte mich losgelassen und nun würde ich sterben.

Sahars Schrei hallte so sehr in meinen Ohren wider, dass es mir nicht sofort auffiel, als sich etwas daran veränderte. Als er tiefer, rauer, animalischer wurde. Als gehörte ihre Stimme nicht mehr ihr selbst.

Erschrocken sah ich mich nach ihr um, starrte durch die glühenden Flammen und den dunklen Rauch hindurch und –

Eine Explosion aus Licht und Dunkelheit erfasste mich, den Scheiterhaufen, das Feuer und die Menschen um uns herum und riss uns alle gnadenlos mit sich.

»Rana«, drang eine weibliche Stimme abgehackt an meine Ohren. »Wach auf. Jetzt.«

Um mich herum war nichts als Schwärze. Es fühlte sich an, als würde ich in einer Welt aus Leere schweben. Einer Welt, in der ich keinen Körper besaß und in der mein Geist träge umherschwebte auf der Suche nach etwas, an dem er sich festklammern, sich niederlassen konnte. Ohne jede Spur.

»Wir haben nicht den ganzen Tag Zeit.«

Dass ich nicht so körperlos war, wie ich glaubte, bemerkte ich, als meine Lider zu flattern begannen. Ich konnte sie spüren, sie aber nicht kontrollieren. Dann realisierte ich, dass die Schwärze um mich herum doch nicht allgegenwärtig war. Lichtblitze zuckten hinter meinen Augenlidern hin und her. Fast so, als wäre ich gar nicht tot. Als wäre ich … noch am Leben?

»Ich hätte nicht hierherkommen dürfen.«

Ein Schub aus Energie fuhr durch meinen Körper. Er schoss in meine Arme und Beine und erweckte das schmerzhafte Ziehen mehrerer Brandwunden aufs Neue. Er raste in meine Brust, in der mein Herz einen Satz machte. Und schließlich in meinen Kopf, wo der Schleier der Bewusstlosigkeit von mir gerissen wurde.

»Das war es nicht wert.«

Keuchend schlug ich die Augen auf – und Sahars Gesicht schwebte über mir. Sahar, die kaum mehr wiederzuerkennen war. Ihre Kleidung hing in verbrannten Fetzen von ihrem Körper, und auch ihre Haut war von roten und schwarzen schwelenden Brandwunden übersät. Ihr Kopftuch war fort und ihre Haare standen wirr von ihrem Kopf ab, auch ihre Haarspitzen waren verbrannt. Doch trotz all dieser Dinge schien sie gesund und wohlauf zu sein. Wie eine wandelnde Leiche.

Entgeistert starrte ich sie an und konnte es einfach nicht glauben. »W-was –«

Sie wirkte alles andere als erleichtert, dass ich aufgewacht war. Nichts in ihrer Miene veränderte sich. »Na endlich.« Mühelos kam sie auf die Füße. »Beeilung. Sie wachen gleich auf.«

Sie?

Benommen sah ich mich um – und traute meinen Augen nicht.

Der Scheiterhaufen befand sich nur wenige Schritte zu meiner Rechten. Obwohl das Holz noch nicht ausgebrannt war, starben die Flammen allmählich aus, als hätte man ihnen ein Schwert in die Brust gerammt.

Wankend stand ich auf. Es grenzte an ein Wunder, dass meine Knie nicht einknickten. Um uns herum lagen unzählige Menschen auf dem Boden, als wären sie vom Himmel geregnet. Auf dem Rücken, auf dem Bauch, allesamt mit geschlossenen Augen. Wie tot, aber hoffentlich nicht *wirklich* tot.

Was in aller Welt war geschehen? Und wie hatte Sahar mich und sich selbst ohne Hilfe befreien können?

Ratlos betrachtete ich die Striemen um meine Handgelenke, an denen man mich festgeschnürt hatte. Sie hatte sie unmöglich einfach so lösen können.

»Rana«, zischte Sahar. »Ich rede mit dir.«

Wie benommen drehte ich mich um die eigene Achse. Meine nackten Füße schmerzten bei der Berührung mit dem Boden. Ich wusste nicht einmal mehr, wann oder wo ich meine Schuhe verloren hatte. Auf dem Weg zum Scheiterhaufen oder danach?

Kaidan war nirgends zu sehen. Dann wurde mir schlagartig klar, dass er ja verschwunden war, ehe Sahar diese … unglaublichen Kräfte entfaltet hatte.

Entgeistert drehte ich mich zu ihr um. »Du bist eine Hexe?«, flüsterte ich. »Eine … richtige Hexe?«

»Natürlich bin ich das«, antwortete sie genervt, als hätte ich in den letzten Jahren genug Gelegenheiten gehabt, um das selbst herauszufinden. »Sonst noch Fragen?«

Ich stockte. »Unzählige! Sahar«, stieß ich hervor und versuchte krampfhaft, die Neuigkeiten zu verarbeiten. Die Frau, die mein halbes Leben lang an meiner Seite gewesen war, war nicht die, für die ich sie gehalten hatte. Genauso wenig wie Daamin. Oder mein Bruder. Es war beinahe zu viel für mich. »Wie hast du –« Ich brach ab. »Woher kannst du –«

Sahar schnaubte abfällig. »Wirklich, Prinzessin?«, fragte sie gedehnt, während mir der Geruch ihres verbrannten Fleischs in die Nase stieg. »Es sind erst ein paar Augenblicke vergangen, seit wir uns zuletzt gesehen haben, und du hast schon wieder vergessen, wer ich bin?«

Entgeistert starrte ich sie an. Sahar war völlig verändert. Ihr Gesichtsausdruck hatte nichts mit der gütigen, herzlichen Miene zu tun, die sie mir sonst immer entgegenbrachte. Und sogar ihr Tonfall klang anders. Fast so, als wäre ein anderer Mensch in ihre Haut geschlüpft. Ein Mensch mit Kräften, die die jedes dahergelaufenen Hexers in den Schatten –

Ich erschrak so sehr, dass ich das Gleichgewicht verlor und auf den Hintern fiel. Schmerz zuckte durch meinen unteren Rücken und meine Hände, mit denen ich mich abstützen wollte, hallte aber nur dumpf in meinem Hinterkopf wider. Ich riss die Augen auf und sah mein Gegenüber an. Da waren Sahars Gesicht, ihre dunklen Haare, ihre leicht rundliche Figur, ihre Stimme, einfach alles, was zu ihr gehörte –

Und doch nicht mehr *ihres* war.

Meine Lippen teilten sich leicht. Ich brauchte all meine Überwindung, um diese eine Frage zu stellen, weil ich mir bis zum Schluss nicht sicher war, ob ich auf Irrwegen lief. »M-Mariam?«, hauchte ich. »Bist du das?«

Sahar atmete tief durch. »Können wir jetzt endlich verschwinden?«

Das war mehr als Antwort genug. Aber gleichzeitig erweckte sie so viele Fragen zum Leben, dass ich kaum die Energie fand, wieder aufzustehen.

Mit einem Ruck und einer ungeheuren Kraft zog mich Mariam auf die Beine. »Beeilung.« Sie hielt mein schmerzendes Handgelenk fest umschlossen und zerrte mich geradewegs am Scheiterhaufen vorbei. Ungestüm trampelte sie über die reglosen Körper hinweg, und ich hatte gar keine andere Wahl, als es ihr gleichzutun.

Kaum, dass sich die Hindernisse lichteten und die Menschen weniger wurden, beschleunigte Mariam ihren Schritt. »Schneller!«, zischte sie über die Schulter hinweg. »Nur noch ein kleines Stück.«

Mein Körper war noch nicht wieder daran gewöhnt, dass ich bei Bewusstsein war. Meine ganze Brust begann zu brennen, und schon bald war mein Atem nur noch abgehackt. Mit jedem Schritt schienen sich kleine, spitze Steinchen in meine verbrannten Fußsohlen zu bohren. Ich presste die Kiefer zusammen und litt still.

Mariam hingegen wirkte völlig frisch und unverbraucht. Ihre kurzen Beine bewegten sich so schnell, dass ich kaum mehr hinterherkam. Ich bemühte mich so sehr – und stieß beinahe gegen sie, als sie plötzlich stehenblieb.

»In Ordnung, das sollte reichen.« Sie fuhr zu mir herum und ergriff meine andere Hand. »Festhalten.« Sie holte tief Luft, schloss die Augen – und begann, etwas zu murmeln.

Ich hatte keine Ahnung, was sie sagte oder ob sie auch nur meine Sprache sprach. Doch im nächsten Moment schimmerte eine durchsichtige Blase um uns herum, wie ich sie schon mehrere Male in der Unterwelt gesehen hatte.

Plötzlich lösten sich meine Füße vom Boden. Ich gab einen erschrockenen Laut von mir, und für einen Moment fühlte ich mich, als würde ich ungebremst in den Himmel fallen.

Dabei bewegten wir uns nur ein paar Augenblicke durch die Luft – und landeten dann sanft auf einem der flachen Hausdächer.

»Gut.« Jetzt wirkte Mariam doch etwas außer Atem. Das war das erste Mal, dass ich sie Magie hatte wirken sehen, ohne dass sie ihren Stab dabei hatte. »Komm runter, damit man uns nicht sieht.« Sie zog an meinem Arm und ging selbst in die Knie. »Wir müssen hier warten, bis man uns abholt.«

Ich konnte ihr kaum folgen. Konnte kaum begreifen, was in den letzten Minuten geschehen war. Obwohl sie gerade gezaubert hatte, fiel es mir schwer, sie anzusehen und zu verstehen, dass sie nicht mehr Sahar war.

»Wie … wie …«, krächzte ich und konnte kaum glauben, dass ich diese Frage gleich stellen würde. Weil ich nicht fassen konnte, dass das wirklich passiert war. »Wie bist du in Sahars Körper gekommen?« Plötzlich kam mir ein Gedanke. »Oder warst du etwa schon die ganze Zeit über Sahar?«

Mariam stöhnte. »Nein. Ich bin in sie gefahren«, erwiderte sie. »In der Sekunde, als ihre Seele sie verlassen konnte. Ich hatte kein großes Zeitfenster«, fügte sie hinzu. »Man könnte sagen, ich habe für dich alles auf eine Karte gesetzt.« Sie funkelte mich an. »Gern geschehen.«

Unwillkürlich lehnte ich mich in die andere Richtung. »D-d-« das *Danke* blieb mir im Halse stecken. »H-heißt das, Sahar ist tot?«

»Sie ist nicht mehr in diesem Körper«, entgegnete Mariam.

Ich schlug den Blick nieder, und mein Herz schrie vor Verzweiflung.

»Sie wäre sowieso gestorben.«

Genau das war das Problem. Sahar hatte das nicht verdient. Sie hatte ein Recht gehabt, zu leben. Sie war nur meinetwegen gestorben.

Meine Finger begannen zu zittern, und ein Schluchzen bahnte sich meine Brust hinauf.

»Wenn ich nicht gewesen wäre, wärst du auch gestorben.«

Mariams Worte schnitten durch meine Seele, so wie Kaidan meine Klinge durch mein Fleisch gezogen hatte. Sie rissen mir den Boden unter den Füßen weg und warfen mich geradewegs in dieselbe furchterregende Schwärze, in der ich in meiner Bewusstlosigkeit gefangen gewesen war.

Mariam hatte recht. Aber sie stellte das, was geschehen war, so hin, als hätte die Sache eine gute Wendung genommen.

Doch das hatte sie nicht. Ich war bereit gewesen, zu sterben. Nicht zuletzt, weil ein Teil von mir fest davon überzeugt gewesen war, es verdient zu haben. Und jetzt war ich nicht gestorben. Was bedeutete das für mich?

Die Panik sprudelte in mir hoch wie das Wasser im Brunnen des Palastgartens. Ich schnappte abgehackt nach Luft, aber sie kam nicht dort an, wo sie sollte. Ein dumpfer Schmerz zog sich durch meinen Kopf und färbte die Ränder meines Sichtfelds schwarz. »W-w-warum lebe ich?«, hauchte ich und erinnerte mich an den diffusen Anblick des leibhaftigen Todesengels zurück, dem ich um ein Haar von der Schippe gesprungen war. Ich hatte es nicht verdient. Nicht annähernd so sehr wie Sahar. Die tot war. »I-i-ich darf nicht –« Ich schluchzte. »I-ich darf nicht –«

Mariam schlug mir mit der flachen Hand ins Gesicht. Mein Kopf wurde herumgerissen, und mir blieb der letzte Rest Luft weg, den ich noch gehabt hatte.

Meine Wange begann zu kribbeln, dann mein ganzer Körper. In einer abgehackten Bewegung sah ich mich nach ihr um und war so perplex, dass ich nicht einmal wütend sein konnte. Mich hatte noch nie jemand geohrfeigt.

Ungeduldig funkelte mich Mariam an. »Stell dich nicht so an«, knurrte sie. »Oder ich bereue es noch, dich gerettet zu haben.«

Hilflos rieb ich mir die Wange. »V-vielleicht solltest du das auch.«

Mariam kniff die Augen zusammen. »Der einzige Ort für Selbstmitleid ist die Unterwelt. Verdammt!«, stieß sie hervor. »Weißt du eigentlich, wie lange ich dort unten festgesessen habe? Wie lange ich versucht habe, nach oben zu kommen? Hierher?« Sie drückte eine Fingerspitze auf das Hausdach zwischen uns. »Hier sein zu dürfen«, betonte sie, »ist ein *Geschenk*. Also nimm es verdammt noch mal an!«

Ich versteifte mich etwas. Ich ließ mich nicht gerne anfluchen. Aber Mariam gehörte nicht zu meinem Volk, und ich fühlte mich nicht länger wie eine Prinzessin, die ihr das hätte verbieten können.

Ich hatte sie noch nie so … emotional erlebt. Waren das vielleicht nur Lebende? Hatte sie ihre Gefühle zurückbekommen, als sie wieder in die Erste Unterwelt zurückgekehrt war?

Erst jetzt realisierte ich vollends, was geschehen war. Sie war zurückgekehrt. Mariam war *hier*.

Wieder schoben sich Tränen in meine Augen, doch diesmal aus anderem Grund. »Ich … ich dachte, du wärst tot«, flüsterte ich.

Mariam runzelte die Stirn. »Hast du zu viel Rauch eingeatmet? Ich *war* tot.«

Heftig schüttelte ich den Kopf. »N-nein, ich meine …« Ich rang nach Worten. »Die Siebte Unterwelt. Iblys. Kaidan und ich sind entkommen. Ich dachte, du hättest dich für uns geopfert.«

Mariam schnaubte. »Und alles aufs Spiel gesetzt, was ich mir so hart erarbeitet habe? Natürlich nicht.«

Ich brauchte mehrere Anläufe, um ihre Worte zu verarbeiten. »Nicht?«

Sie kniff die Augen zusammen. »Augenblick. Du glaubst, dein Bruder und du wärt *entkommen?* Mit meiner Hilfe?«

Ein ungutes Gefühl machte sich in meiner Magengegend breit.

»Was glaubst du, wer mich hierhergeschickt hat, um dich zu retten?«

Geschickt? Obwohl ich die Antwort längst erahnt hatte, traf sie mich mit einem Schlag.

»Derselbe Engel, der dich hat gehen lassen, als er dich hätte töten können …« Mariam sah sich um, als hätte sie etwas gehört – ohne, dass etwas an meine Ohren gedrungen wäre.

Meine Lippen teilten sich leicht, doch kein Ton drang zwischen ihnen hervor. Er hatte also die Wahrheit gesagt. Er hatte uns wirklich –

»… und zu dem wir jetzt zurückkehren werden.« Sie kam auf die Füße. »Los.«

Ich riss die Augen auf und tat es ihr verstört gleich. »W-warte, was?«

Ich bemerkte den großen Schatten erst, als er sich über uns legte. Er war so breit wie drei Kamele und seine Schwingen so weit, dass sie über das Hausdach hinweg reichten.

Erschrocken hob ich den Blick – und erspähte einen riesigen Vogel mit einem Kopf, der mich entfernt an eine Katze erinnerte.

»Das ist Gor. Er wird uns zur Verbotenen Stadt bringen«, erklärte Mariam sachlich. »Dort sind wir so sicher, wie wir nur sein können.«

Ich starrte den Dämon an, der seine Kreise über uns zog, und mir wurde schwindelig. Weil ich mir nicht ausmalen konnte, wie es wäre, mich ihm zu nähern. Mit ihm zu fliegen. Und noch viel mehr, weil mir der Gedanke an die Verbotene Stadt einen Schauer nach dem anderen über den Rücken jagte. Der Gedanke an die Verbotene Stadt und den gefallenen Engel, der mich dort erwarten würde.

»I-ich …« Meine Lippen fühlten sich plötzlich taub an. Genau wie mein Geist, der das alles kaum mehr verarbeiten konnte. »Ich v-verstehe … nicht …«

Mariam stöhnte. »Reiß dich am Riemen und lass uns gehen.«

Abrupt lenkte sich mein Blick auf sie. Ihre Worte erreichten mich, doch sie ergaben keinen Sinn. Sie passten nicht. »Ich soll mich am Riemen reißen?« Was sie da sagte, klang nicht nach ihr – nicht, wenn man bedachte, dass wir gerade von Iblys und seinen Schergen sprachen. Schnell machte ich einen Schritt von ihr weg. »Du bist nicht Mariam.«

Sie hob eine Braue. »Wie bitte?«

»Mariam«, betonte ich, »hat Daamin gehasst. Und alle Dämonen. Alles in der Unterwelt. Sie würde sie niemals zu ihm zurückkehren. Zumindest nicht freiw-« Ich brach ab, als es mir endlich klar wurde. Als das letzte Puzzleteil, das ich gebraucht hatte, um das große Ganze zu verstehen, seinen Weg zu mir fand. »Bei den Engeln«, flüsterte ich und verfluchte mich selbst dafür. »Er hat dich versklavt, nicht wahr? Gerade eben hat er dich noch aus der Gewalt eines anderen Dämons befreit, und jetzt –«

»Rana.« Langsam schüttelte Mariam den Kopf, und der matte Ausdruck in ihren braunen Augen ließ meinen Gedankengang abrupt abbrechen. »Ich weiß, was ich gesagt habe. Über Dämonen. Über Iblys.« Sie machte einen Schritt auf mich zu und legte beide Hände auf meine Schultern. »Aber nun weiß ich mehr. Ja, wir müssen uns vor den Dämonen in Acht nehmen. Immer. Doch nicht so sehr wie vor *den anderen.*«

»D-den anderen?« Ich schluckte. »Du meinst den Engeln?«

»Komm mit«, drängte sie mich und wandte sich zum Gehen. »Er wird dir erklären, was du wissen musst.«

Meine Nasenflügel begannen zu beben. »I-ich weiß nicht, ob ich das will.«

Plötzlich blieb Mariam stehen und drehte sich zu mir um. »Was?«

Ich geriet ins Wanken. Das ging mir alles zu schnell. Viel zu schnell. Gerade eben hatte ich erfahren, dass Daamin Iblys war, und dann, dass Iblys trotzdem immer noch Daamin war. Gerade eben hatte mich mein Bruder davor bewahrt, die Ehe mit meinem Mann vollziehen zu müssen, und dann hatte er mich bei lebendigem Leibe verbrennen wollen.

Gerade eben hatte ich Daamin das Leben gerettet, und jetzt hatte er gewissermaßen mir das Leben gerettet. Gerade eben hatte er mir noch gedroht, ich hätte nur noch eine letzte Chance. Ich hatte sie verstreichen lassen – und nun war ich doch hier und sollte ihn wiedersehen.

Ich war nicht bereit dafür. Es war alles zu viel. »I-ich kann das nicht.«

Mariam schnaubte. »Du tust gerade so, als hättest du eine Wahl«, brummte sie. »Wo willst du denn sonst hin?« Sie machte eine ausschweifende Handbewegung. »Nicht mal am Ende der Welt wärst du vor dem sicher, was kommen wird.«

Ich starrte Mariam an und doch ins Leere. Wenn sie mich schon so fragte, würde ich am liebsten einfach für immer hier auf diesem Hausdach bleiben und auf das Unvermeidliche warten.

»Komm schon.« Mariam verschränkte die Arme. »Ich darf nicht ohne dich zurückkehren. Und ich würde mich lieber in Sicherheit wissen.« Sie seufzte. »Ich hätte mir wirklich keinen besseren Zeitpunkt aussuchen können, wieder an die Oberfläche zu kommen.« Ihre Mundwinkel bogen sich nach unten. »Nachdem ich auch noch dabei geholfen habe, den Propheten zu retten.« Missmutig wandte sie den Blick ab. »Das ist doch typisch mein Glück.«

Wieder stieg ein Anflug von Panik in mir auf, aber ich kämpfte ihn irgendwie herunter. Sie hatte recht. Ich konnte nicht bleiben. Kaidan und seine Männer waren nur ein paar Straßen entfernt. Sie hatten mich töten wollen und würden es wieder tun. Wenn ich leben wollte, musste ich so schnell wie möglich so weit weg wie möglich von ihnen kommen.

Aber war Daamin wirklich das Ziel, an den mich mein Weg führen sollte?

Daamin. Beim bloßen Gedanken an ihn brach eine seltsame Nervosität in mir aus, die ich nie zuvor gespürt hatte. Die Leichtigkeit, die mich in der Unterwelt mit ihm erfüllt hatte, war wie weggeblasen. Stattdessen war da nur noch Anspannung. Ich dachte, ich hätte ihn gekannt, aber dann hatte sich einfach alles verändert.

Ich wusste nicht, was ich denken, was ich fühlen sollte. Und ich hatte so große Angst davor, ihm gegenüberzutreten.

Mariam legte den Kopf schief. »Du bist wirklich zerstreut. Rana«, sagte sie eindringlich. »Würdest du lieber sterben, als die Wahrheit zu erfahren?«

Ich blinzelte. »V-von welcher Wahrheit sprichst du?«, fragte ich zaghaft.

Anstelle einer Antwort nickte Mariam auf einen Punkt hinter sich. Wie auf Befehl kam der Dämon, Gor, herunter, landete umständlich auf dem Hausdach und klappte seine Flügel ein. Mit einem leisen Gurren, wie ich es weder von Vögeln noch von Katzen kannte, senkte er seinen Körper vollends auf das Dach, sodass wir daraufsteigen konnten.

Ich konnte es kaum glauben, als ich genau das tat. Als ich hinter Mariam auf den Rücken dieses Ungetüms kletterte, umständlich nach einer Stelle suchte, an der ich mich festhalten konnte – und einen Schrei ausstieß, als dieser in den Himmel hinaufstieg. Ein kalter Wind peitschte mir ins Gesicht und fühlte sich noch erbarmungsloser als in der Zweiten Unterwelt an. Verzweifelt krallte ich mich am Federkleid des Dämons fest und erntete mehr als ein wütendes Fauchen über dessen Schulter. Ich dachte gar nicht daran, locker zu lassen. Mariam hatte mir mein Leben gerade erst geschenkt, und ich wollte es nicht sofort wieder wegwerfen.

Der Wind wurde erst nach einer höllischen Ewigkeit ruhiger und der Flug angenehmer, als eine altbekannte Hitze in meinem Gesicht zu prickeln begann. Die ersten Anzeichen der Verbotenen Stadt waren nicht zu leugnen.

Als meine Kehle trocken wurde, hatte das nichts damit zu tun, dass ich schon seit vielen Stunden keinen Tropfen Wasser abbekommen hatte. Meine Anspannung wuchs binnen Augenblicken ins Unermessliche. »Ich weiß wirklich nicht, ob das so eine gute Idee ist«, rief ich über das Rauschen des Winds hinweg. »Wir sollten anhalten. Setz mich irgendwo ab.«

»Tut mir leid«, gab Mariam über die Schulter zurück. »Ich nehme keine Befehle von dir entgegen.« Sie machte eine Pause. »Du *willst* ihn sehen. Du willst mit ihm reden. Andernfalls hättest du ihm nicht das Leben gerettet. Denn das hast du.«

Ihre Worte hallten noch in meinem Kopf wider, als der Dämon zur Landung ansetzte. Die völlige Finsternis war über Almeira hereingebrochen, weshalb ich die vielen kleinen Lichter über den Häusern nur zu deutlich erkennen konnte. An jedem anderen Ort hätten sie ein vertrautes, heimeliges Gefühl in mir ausgelöst, doch hier, in der Heimat der Verdammten und Verfluchten, beschworen sie das pure Unbehagen in mir herauf. Wahrscheinlich opferten sie gerade kleine Kinder und beteten den Teu-

Mein Gedankengang stockte abrupt, als mir einmal mehr klar wurde, zu wem ich auf dem Weg war.

Nachdem der katzengesichtige Dämon gelandet war, rutschte ich neben Mariam von dessen Rücken – wankend, schwindelig. Es war Fluch und Segen zugleich, als mich die Hexe am Oberarm ergriff und mit sich zog. Ich bewegte mich wie im Traum, ließ mich zielstrebig von ihr durch die dunklen Straßen der Verbotenen Stadt führen. Der Boden fühlte sich heiß unter meinen verbrannten Fußsohlen an, aber für jemanden, der schon in der Sechsten Unterwelt gewesen war, war es allemal erträglich.

Ich fühlte mich von allen Seiten von Blicken durchbohrt. Sie stachen in meinen Körper und drohten, meine großen und kleinen Wunden aufs Neue aufzureißen. Und das, obwohl nichts und niemand zu sehen war.

Mariam begleitete mich geradewegs in einen Außenbezirk der Stadt – dorthin, wo früher einmal eine prächtige Stadtmauer gestanden hatte, von der jetzt nicht mehr viel übrig war. Genauer gesagt zu einem Turm, der dagegen noch ziemlich gut erhalten war.

»Er wartet auf dich«, erklärte Mariam, als wir vor der Tür stehenblieben.

Ich reckte den Kopf und blickte hinauf. Der Turm war so hoch wie drei oder vier Häuser. Er lief nicht spitz zu wie die Türme des Palasts, sondern besaß eine flache Oberfläche. Von meiner Position aus konnte ich oben niemanden erkennen. Und doch *wusste* ich einfach, dass er dort war.

Sofort begann mein Herz schneller zu schlagen. Gleich würde ich ihn wiedersehen. Jetzt, wo nichts mehr so war wie zuvor.

Ich hatte Angst.

Ein ungläubiges Schnauben ertönte vor mir. Mein Blick zuckte abwärts, und erst jetzt erspähte ich den winzigen ziegengesichtigen Dämon, der vor der Tür Wache hielt. Er hatte die Arme verschränkt, und seine Öhrchen wackelten, als er den Kopf schüttelte. »Die Prinzessin ist nicht vorzeigbar«, blökte er, als wäre ich nicht da und als wäre er auch nur im Geringsten vorzeigbarer als ich. »Sie sollte ein Bad nehmen, bevor sie dem Herrn gegenübertritt.«

Seine bloße Äußerung sorgte dafür, dass sich mein Magen vor Ärger zusammenkrampfte. »Zur Seite«, zischte ich mit zusammengepressten Kiefern hervor. Ich hatte diesen nervenzerreißenden Flug nicht hinter mich gebracht, nur um mich dieser Kreatur abwimmeln zu lassen.

Nein. Ich war hierhergekommen, um Daamin zu sehen. Und jetzt würde mich nichts und niemand davon abhalten, das auch zu tun.

Ich hatte keine Ahnung, ob es meine Autorität war oder ob Daamin den entscheidenden Einfluss auf ihn ausübte, ohne anwesend zu sein – doch mein Gegenüber machte mit einer abgehackten Bewegung einen Schritt zur Seite. »Bitte.«

»Wenn du mich brauchst, bin ich hier«, sprach Mariam hinter mir. »Aber ich denke nicht, dass du mich brauchen wirst.«

Obwohl ich hoffte, dass sie recht hatte, hatten ihre Worte etwas Tröstliches an sich. Ich warf ihr einen letzten Blick über die Schulter zu. »Danke.«

Sie zuckte die Achseln. »Ich muss sowieso in der Stadt bleiben. Ob ich hier stehe oder da drüben, ist auch egal.«

Langsam schüttelte ich den Kopf. »Du hast mir das Leben gerettet.«

Mariams Miene entspannte sich. Sie schenkte mir einen langen Blick. »So wie du mir.«

Ein paar Sekunden lang sahen wir einander einfach nur an. Dann wandte ich mich endgültig ab und schlüpfte durch die angelehnte Eingangstür. Ich nahm die erste Stufe, die zweite, und versuchte, nicht viel weiter als das zu denken. Eins nach dem anderen.

Der Turm war weitgehend gut erhalten, doch in der Finsternis konnte ich kaum die Stufen ausmachen, die hier und da einfach fehlten. Mit einer Hand stützte ich mich an der Wand ab und hangelte mich Stück für Stück hinauf.

Jeder Schritt fühlte sich an wie eine Ewigkeit. Eine Ewigkeit, in der unzählige Erinnerungsfetzen vor meinem inneren Auge aufflackerten und mir schwer ums Herz werden ließen.

Ich sah Daamin. Ich sah Iblys. Ich hörte seine Stimme. Fühlte seine Berührung. Las die Geschichten, die man sich über ihn erzählte. Erblickte ihn auf dem Schlachtfeld. Spürte seine Finger, die sich mit meinen verschränkten. Seinen fordernden Griff um meine Schultern. Seine Lippen auf meinen …

Ich fühlte mich verloren. Doch als ich das obere Ende der Treppe erspähte, eine geöffnete Dachluke, die an die frische Luft führte, war dieses Gefühl wie weggeblasen – und wurde nahtlos ersetzt durch die vage Vorahnung, dass ich gleich genau da wäre, wo ich hingehörte.

10.

RÜCKKEHR

Mit jedem Schritt, den ich die letzten Stufen nach oben machte, konnte ich etwas mehr von ihm sehen. Er stand mit dem Rücken zu mir, am äußersten Rand des Turms, und überblickte die Wüste im Süden.

Meine Nervosität nahm neue Ausmaße an. Ich wusste nicht, wann wir zuletzt auf diese Weise aufeinandergetroffen waren. In Ruhe. Auf Augenhöhe. Aus irgendeinem Grund befürchtete ich, dass unsere Begegnung nicht anders enden würde als die letzten Male. Weil zu viel kaputt gegangen war, als dass man es noch hätte reparieren können. Weil man nichts weiter tun als dabei zusehen konnte, wie die Überreste dessen, was wir einst gehabt hatten, mit dem Sand in der Wüste verweht wurden.

Als ich vollends nach oben trat, stöhnte Daamin und jagte mir einen Stich in die Brust. »Ich sagte doch, ich will nieman-« Plötzlich brach er ab und wirbelte herum – als hätte er gespürt, dass es keiner seiner Lakaien war, der den Weg zu ihm gefunden hatte.

Obwohl es dunkel war, konnte ich ihn klar und deutlich sehen. Es schien ganz so, als würde das Feuer, das in ihm loderte, ihn von innen heraus erleuchten. Es war wunderschön.

Daamins Augen weiteten sich. Seine Lippen teilten sich nur ein kleines bisschen. »Du bist am Leben«, flüsterte er so gebannt, als glaubte er zu träumen. »Du lebst.« In dem Moment, in dem ich stehenblieb, löste er sich aus seiner Position und kam auf mich zu.

Er kam *schnell* auf mich zu.

Sofort versteifte ich mich am ganzen Körper. *Zu schnell,* war alles, was durch meinen Kopf zuckte. *Zu schnell.*

Ich wich zurück. »K-keinen Schritt weiter!«

Zu meiner Erleichterung blieb Daamin stehen – so plötzlich, dass seine Füße ein kurzes Stück voneinander entfernt waren. Erst nach einem Augenblick des Zögerns zog er den vorderen zurück und atmete bebend aus. »Du solltest mich nicht so quälen«, flüsterte er. »Ich bin ein Verdurstender und du das Wasser. Alles, was ich will, ist dich in meine Arme zu schließen.« Er lächelte leicht. »Meine Wüstenblume.«

Seine bloßen Worte schafften es, ein Kribbeln in meiner Magengrube auszulösen, bei dem ich eine solche Angst gehabt hatte, ich würde es nie mehr spüren. Aber Daamin konnte es immer wieder aufs Neue zum Leben erwecken – sogar nach wenigen Augenblicken und ohne mich zu berühren.

Und doch waren da Zweifel. Zweifel, die sich über Wochen angesammelt hatten und die ich einfach nicht abschütteln konnte. Die wieder ins Unermessliche zu wachsen drohten, als ich tief in Daamin hineinsah … und Iblys erblickte.

Ich schluckte, doch der dicke Kloß, der sich in meinem Hals bildete, war kaum zu bekämpfen. »Ich weiß nicht, ob ich überhaupt hier sein will.«

Daamin schnaubte belustigt. »Wohin willst du denn sonst gehen? Zu deinem Bruder, der dich hinrichten lassen wird?«, nahm er genau dieselben Worte wie Mariam in den Mund. Nachdenklich sah er mich an. »Du hast mir zur Flucht verholfen.« Fast schon amüsiert schüttelte er den Kopf. »Ich hätte nie gedacht, dass du das tun würdest, nachdem du dazu beigetragen hast, mich anzulocken.«

Mein Magen krampfte sich zusammen. »Nicht freiwillig!« Seine bloße Aufmerksamkeit wurde plötzlich zu viel für mich, und ich blickte auf meine rußbedeckten Füße hinab. »Ich … Seit Kaidan zurückgekehrt ist, hatte ich keine Kontrolle mehr. Über nichts, was er tut. Und über nichts, was ich tun sollte.«

»Und doch hast du das Ruder selbst in die Hand genommen.« Daamin erlaubte es sich, einen weiteren Schritt auf mich zuzumachen. »Du hast mich gerettet, Rana. Schon wieder. Danke.«

Ich versuchte durchzuatmen, doch meine Brust fühlte sich eng an. Die Luft zwischen uns war so schwer vor unterdrückten Gefühlen, dass ich dem kaum standhalten konnte. »Du hast mich auch gerettet.« Zaghaft hob den Blick. »Auf dem Schlachtfeld. Und dann hast du Mariam geschickt. Wir sind mehr als quitt.«

Daamin lachte leise. »Wenn ich richtig gezählt habe, sind wir das aber nicht. Du stehst jetzt in meiner Schuld, Prinzessin.« Er lächelte leicht. »Und ich wüsste da auch schon einen Weg, wie du sie begleichen kannst.«

Aus großen Augen starrte ich ihn an, und mein Herz verkrampfte sich in meiner Brust. *Zu schnell. Zu schnell.*

Daamin streckte beide Hände nach mir aus. »Lass mich dich heilen.«

Ich stutzte. Das war das Letzte, was ich erwartet hatte. Und wieder beschwor seine Geste eine ungeahnte Wärme in mir herauf. Dennoch zögerte ich.

»Komm schon.« Er winkte mich mit den Fingern heran. »Du bist an allen möglichen Stellen verletzt. Ich ertrage es nicht, dich so zu sehen.«

Einen Augenblick blieb ich, wo ich war. Doch dann beschloss ich, Mariams Rat zu beherzigen, und riss mich am Riemen. Schmerz pochte in meinen Füßen, als ich auf dem kalten Dach die restliche Distanz zu Daamin überbrückte.

Zwei, drei Schritte, dann blieb ich vor ihm stehen. Als er mich in Augenschein nahm, erkannte ich die verschiedensten Gefühle in seinem Blick – Sorge, Enttäuschung, Verzweiflung, Ärger.

»Ist das nicht … zu viel?«, fragte ich zögerlich. Als mich der Nhang beinahe in Stücke gerissen hatte, hatte Daamin keine andere Wahl gehabt, als den Aralez zu beschwören, um mich zu retten.

»Nein.« Ich war froh, dass mir Daamin nicht direkt in die Augen sah, weil ich nicht wusste, ob ich seinem Blick hätte standhalten können. »Jetzt, wo ich meine Flügel zurückhabe«, murmelte er, »ist das kein Problem mehr.«

Er blickte auf, und ich ließ zu, dass er seine Hände auf meine Wangen legte. Für einen Moment war ich fest davon überzeugt, er würde mich küssen, doch stattdessen ließ er seine Finger langsam mein Gesicht hinabgleiten.

»Außer ich schwäche dich wieder durch meine Enttäuschung«, warf ich kleinlaut ein und spürte, wie die ersten Vorboten einer Reue über mir zusammenschlugen, die mich restlos fortspülen würde. »Ich sollte dich von deinem Versprechen erlösen, damit das nicht wieder passiert.«

»Nein. Nicht«, entgegnete er zu meiner Überraschung. Seine Finger wanderten an meinem Hals hinab und über meine Schultern, über meine Arme bis hin zu meinen Händen. Mit jedem Schlag meines Herzens verging der Schmerz in meinen Gliedern und auf meiner Haut. »Mir gefällt es, deiner Gnade zu unterliegen.« Kaum, dass seine Fingerspitzen bei meinen angekommen waren, löste er sich von mir. »Ich kann nicht genug davon bekommen.«

Als ich meine Hände hob, konnte ich sogar in der Finsternis deutlich erkennen, dass die Schnitte an meinen Unterarmen verheilt waren – genau wie die Brandwunden an meinen Beinen. »Danke.«

Ich sah zu Daamin auf, der vor mir stand, ohne mich zu berühren. Er gab mir Abstand, weil es das war, was ich brauchte, und der bloße Gedanke daran brachte meine Augen zum Brennen.

»Wie machst du das?«, flüsterte ich. »Wenn du kein Marid bist, wie kannst du dann mein Innerstes sehen?«

Daamin hob eine Braue. »Wie kannst du in *mein* Innerstes sehen, wenn du doch kein Marid bist?« Er grinste schief. »Oder habe ich da etwas verpasst?«

Ich konnte die Geste nicht erwidern. Stattdessen wurde ich von einer Unsicherheit erfasst, die mich dazu brachte, auf dem Absatz kehrtzumachen. Auf wackeligen Beinen überquerte ich das Dach des Turms und kam an dessen südlichen Rand an. Es war so finster, dass ich die Wüste kaum erkennen konnte. Aber um die ging es mir auch nicht. Es ging mir einfach nur darum, nicht Daamins sehnsüchtigem Blick ausgesetzt zu sein, der meine Gedanken hoffnungslos durcheinanderwirbelte.

Ich wusste nicht, wie es weitergehen sollte. Weder mit uns noch mit Almeira. So vieles war passiert. So vieles, was ich nicht verstehen konnte. Was ich vielleicht nie begreifen würde. Ich fühlte mich, als hätte man mich in einen eiskalten See geworfen, in dem ich strampelnd unterging.

Ich liebte Daamin immer noch. Aber Daamin war nicht länger einfach nur Daamin.

Hinter mir erklang kein Laut. Ich wusste nicht, ob er sich mir genähert hatte oder überhaupt noch da war. Trotzdem begann ich zu sprechen: »Warum hast du Mariam geschickt, um mich zu retten? Warum hast du nicht gleich ein ganzes Heer entsendet, um alle Menschen dort zu töten?«

Ein paar Sekunden lang herrschte Stille. Als wäre Daamin wirklich verschwunden. Ich sah mich nach ihm um –

»Weil ich nicht alle Menschen töten will.« In diesem Augenblick kam er neben mir zum Stehen. Er hatte die Stirn gerunzelt, als würde ihn meine Frage verwirren. »Sondern nur Kaidan. Das habe ich dir doch schon mal gesagt.«

Verwundert musterte ich ihn von der Seite. Ich hatte nie für möglich gehalten, dass er es wirklich so meinte. Geschweige denn, dass er nicht bereit war, über Leichen zu gehen, um meinen Bruder in die Finger zu bekommen.

Inzwischen versetzte mir der Gedanke, dass Daamin Kaidan tot sehen wollte, nicht einmal mehr einen müden Stich in die Brust. »Warum solltest du nicht alle töten wollen?«, fragte ich geradeheraus. »Ist das nicht dein großes Ziel? Die Menschen töten, damit du dich mit deinen Dämonen hier einnisten kannst?«

Daamin schnaubte. »Wozu sollte ich das tun wollen?« Er schenkte mir einen schiefen Seitenblick. »Damit die Menschen die anderen Unterwelten schwemmen? Wir haben keine Kapazitäten für so was!« Achselzuckend lehnte er sich rücklings gegen die niedrige Brüstung. »Wo sollten wir die denn alle auf einmal unterbringen?«

Ich blinzelte, doch dann wurde seine Miene ernst. »Ich bin Herr über die Unterwelten, Rana«, sagte er leise. »Dazu gehört auch die Erste Unterwelt. Und alle, die darin leben.«

Mein Innerstes erbebte, als er mir eine Tatsache präsentierte, die so durch und durch logisch klang und doch einfach alles infrage stellte, was ich über Iblys zu wissen geglaubt hatte.

Ich fühlte mich wie betäubt, als ich die Fakten rekapitulierte. »Du willst also nicht alle Menschen umbringen«, stellte ich fest. »Warum bist du dann mit all diesen Dämonen an die Oberfläche gekommen?«

Daamin stieß einen lautlosen Seufzer aus. »Um den Propheten seinem gerechten Schicksal zuzuführen.« Er drehte den Kopf und sah mich direkt an. »Und dich mit mir zu nehmen.« Als ich seinen Blick erwiderte, war es, als würde ich geradewegs in den verräterischen Bann gezogen werden, wie nur er ihn auf mich ausüben konnte. »Weil du an meine Seite gehörst.«

Die Wärme füllte mein Herz aus und blendete die kühle Nacht um uns herum endgültig aus. Gleichzeitig stieg ein Anflug von Verzweiflung in mir auf. »Ich weiß überhaupt nicht mehr, wohin ich gehöre.«

Daamins Miene entspannte sich. »Das ist nicht schlimm«, wehrte er ab. »Du bist jetzt frei. Und kannst diese Entscheidung fällen, wann auch immer du willst.«

Ich lächelte freudlos. Für ihn war immer alles so unglaublich einfach. Ich hingegen hatte keine Ahnung mehr, was Freiheit überhaupt bedeutete.

»Wir hätten uns niemals begegnen dürfen, weißt du das?« Ich konnte meine Stimme selbst kaum hören. »Kaidan hat gesagt …« Ich brach ab, fing von vorn an. »Kaidan hat gesagt, ich hätte dort unten sterben sollen. In der Sechsten Unterwelt, beim Versuch ihn zu retten. Nur deinetwegen bin ich noch am Leben. Weil sie dich offenbar nicht haben kommen sehen.«

Daamin stieß ein trockenes Lachen aus. »Natürlich haben sie mich nicht kommen sehen. Ich bin das einzige Wesen in allen Welten, das nie in ihren Prophezeiungen und Weissagungen auftaucht.« Er verschränkte die Arme. »Deshalb wollen sie mich loswerden. Entweder angekettet in der Siebten, oder eben mausetot.« Er wandte sich zu mir um. »Und was dich betrifft … Dein Bruder und du seid beide von den Engeln auserwählt.«

Mein Herz machte einen Satz. »W-was?« Ein ungläubiges Schnauben kam mir über die Lippen, und ich schüttelte heftig den Kopf. »Nein. Das stimmt nicht. Das Einzige, wozu sie mich auserwählt haben, ist es, zu sterben.« Ich versteifte mich. »Weil ich Kaidan und sie verraten habe.«

Daamin machte eine wegwerfende Handbewegung. »Das kam danach. Aber ursprünglich wurdet ihr beide auserwählt. Die Engel« – er sprach das Wort mit der größten Verachtung aus, die er in seinen lockeren Tonfall legen konnte – »können nicht einen einzigen Menschen erwählen, sondern nur die Blutlinie. Die Generation. In der Geschichte verhielt es sich aber meistens so, dass Propheten entweder als Einzelkinder aufgewachsen sind oder ihre Geschwister …« Er zuckte die Achseln. »… aus dem Weg geräumt wurden.« Er sah mich direkt an. »Dich hätte fast dasselbe Schicksal ereilt. Ganz gleich, ob du mich gerettet hättest oder nicht. Du bist ein Faktor im Plan der Engel, den sie unbedingt ausmerzen wollen. Der einzige Grund, weshalb sie sich so lange Zeit damit gelassen haben …«

»… warst du.« Bebend atmete ich durch. »Weil sie mich immer noch als Mittel zum Zweck gebrauchen konnten.« Unbeholfen schlang ich die Arme um meinen Oberkörper. Der Teil mit dem Erwähltsein war schwer zu glauben – aber nicht schwerer als alles, was ich in den letzten Tagen und Wochen mitbekommen hatte.

Auf einmal kamen mir wieder die Bücher in den Sinn. Die Bücher, die ich tagelang gewälzt hatte auf der Suche nach einem winzigen Funken Hoffnung, Iblys wäre nicht der, für den ihn alle hielten. Ich hatte nichts dergleichen gefunden.

Und doch stand Iblys nun genau neben mir und drohte mich ganz von selbst vom Gegenteil zu überzeugen.

Ich richtete meinen Blick auf die Wüste. »Ich sollte nicht hier sein, Daamin. Ich sollte dir nicht vertrauen.« Ich erschauderte leicht. »Ich meine … K-kenne ich dich überhaupt?«

»Natürlich«, bekräftigte er. »Du kennst mich besser als irgendjemand sonst.«

Ich biss mir auf die Unterlippe. »Ich weiß gar nichts über dich.«

»Du weißt alles, was du wissen musst.« Er berührte mein Kinn und hob mein Gesicht in seine Richtung an. »Oder?«, fragte er mit rauer Stimme und einem verträumten Ausdruck in den Augen, in dem ich nur zu gerne versinken würde. Meine Haut sehnte sich so sehr nach seiner Berührung, dass sie ein zartes Prickeln über mein ganzes Gesicht aussendete.

Und doch konnte ich einfach nicht aufhören, an die Geschichten zu denken. »Du hast behauptet, nichts, was man sich über dich erzählt, sei wahr«, erinnerte ich ihn, und seine Berührung verschwand sofort. Ich straffte die Schultern. »Das kann nicht alles gelogen sein. Du bist nicht umsonst der Gebieter über die Unterwelt. Über das Böse.«

Daamin schnaubte. »Ich kann doch nichts dafür. Die Bösen kommen in die Unterwelt und die Guten ins Paradies. Das wäre bestimmt nicht so, wenn ich es mir aussuchen könnte. Aber irgendjemand muss ja die Niete ziehen.«

»Du wurdest von den Engeln verstoßen und in die Unterwelt gesperrt«, beharrte ich, »weil du die Menschen hasst.«

Daamin gab ein belustigtes Grunzen von sich. »Und jetzt sieh dir mal an, wer auf wessen Seite ist.«

Ich verschränkte die Arme. »Weil du dich für den Bedeutendsten unter den Engeln gehalten hast.«

Daamins Brauen schossen in die Höhe. »Ist das ein Verbrechen?«

Eine tiefe Unruhe breitete sich in mir aus. Er machte sich über mich lustig. Zog die Dinge, die man sich über ihn erzählte, ins Lächerliche. Aber ich wurde das Gefühl nicht los, dass das nur seine Strategie war, um der Konfrontation auszuweichen.

Ich ließ nicht locker. »Sag mir die Wahrheit. Man erzählt sich über dich, dass du immer wieder an die Oberfläche getreten bist, um für Chaos und Verwüstung zu sorgen. Dass du fromme Menschen auf Abwege geführt hast. Dass du Dörfer in Brand gesetzt hast. Dass du Kinder bei lebendigem Leibe verbrannt hast …«

Seine Miene verfinsterte sich, aber ich hörte nicht auf.

»Dass du verheiratete Frauen verführt hast und …« Ich unterbrach mich selbst, konnte jedoch nicht anders, als es auszusprechen. »… unzählige dämonische Nachkommen in sie gepflanzt hast, die die Welt in die Zerstörung gerissen haben …«

Ein harter Zug bildete sich um Daamins Kiefer.

»Dass du das alte Königsgeschlecht zum Untergang geführt hast …«

Daamins Augen funkelten. »Bist du fertig?«, fragte er schroff.

Unsicher straffte ich die Schultern. »I-ich weiß nicht.«

Daamin betrachtete mich von oben herab. »Ich habe dich nicht angelogen«, zischte er. »Mein Leben lang war ich angekettet.« Er rieb sich die Handgelenke. »Zumindest mein ganzes Leben, an das ich mich erinnere. Befreit wurde ich einmal alle fünfhundert Jahre, um meine Dämonen in den anderen Unterwelten zu züchtigen, damit sie sich wieder ihres Platzes bewusst werden.« Seine gelben Augen verengten sich. »Manchmal, wenn ich Glück hatte, war mir eine kurze Zeit in der Luys vergönnt. Doch ehe ich meiner Freiheit frönen konnte, mich frei zu fühlen, haben mich meine Ketten wieder in die Tiefe gezogen.« Er presste die Kiefer aufeinander. »Die meiste Zeit über war mein glühendes Herz gefangen in der Eiseskälte der Siebten Unterwelt. Ich habe *gelitten,* Rana. Und als ich es nach so vielen Jahren endlich geschafft habe, meine Flügel abzulegen, mich selbst in diese verdammte Lampe zu sperren und mich von Azrael an die Oberfläche bringen zu lassen …«

In der Pause wurde mir klar, wie sein Satz enden würde. Dennoch traf er mich völlig unvorbereitet.

»… habe ich dich getroffen und bin mit dir geradewegs wieder hinabgestürzt. Tut mir leid, dich enttäuschen zu müssen«, fügte er gehässig hinzu, »aber wofür du mich verantwortlich machen willst, war nicht mein Werk. Sondern das der Dämonen. Der Dschinn und Maride, die die Menschen regelmäßig an die Oberfläche holen, weil sie sich irgendwelche bescheuerten Wünsche erfüllen lassen wollen.«

Sein Blick nahm etwas Bohrendes an. Ich hatte das Gefühl, dass mir Daamin einen Vorwurf machte, zu glauben, was sich der Mensch schon seit Jahrtausenden über ihn erzählte. Aber vielleicht war genau das mein Fehler. Warum traute ich dem, was ich hörte, mehr als dem, was meine eigenen Augen sahen?

Und was ich sah, war eine tiefe Zuneigung, die ich sogar unter all seinem Ärger in ihm erkennen konnte. Ich sah Güte. Ich sah Fürsorge. Ich sah eine Zuflucht – einfach alles, was ich mir je im Leben gewünscht hatte.

Ich befeuchtete meine Lippen. »Man sagt sich über dich –«

»Man sagt sich über *dich*«, unterbrach er mich heftig, »dass du ein verzogenes Gör bist. Eine unechte Prinzessin. Eine Hexe. Eine Verräterin.« Jedes Wort traf mich wie eine Nadel ins Herz – doch dann wurde seine Miene weich. »Aber sie kennen dich nicht«, fügte er sanft hinzu. »Nicht wirklich. Genauso wenig wie mich.« Er griff nach meiner Hand. »Wir sind gar nicht so verschieden, weißt du?«, fragte er mich und zog mich enger an sich heran.

Ich konnte nicht verhindern, dass er seine Finger mit meinen verschränkte. »Du bist der Teufel«, erinnerte ich ihn.

Daamin lächelte schief, und ein verheißungsvolles Funkeln legte sich in seine Augen. »Und wie ich das bin …« Ehe ich mich versah, hatte er seine Arme um mich gelegt und drückte mich an sich. Auf einmal war seine Wärme überall, sie lullte mich ein und löschte den letzten Rest Angst in meinem Inneren aus. Daamin beugte sich zu mir herab, seine Lippen strichen über meine –

Aber da waren immer noch Zweifel.

Zaghaft legte ich beide Hände an seine Brust. Daamin hielt inne, sein Mund nur ein kurzes Stück von meinem entfernt, eine Mischung aus Ungeduld und Neugierde im Gesicht.

Er strahlte so viel Wärme aus. So viel mehr, als ich verdient hatte. Und doch war er mir bereit, sie mir zu geben – und noch mehr als das.

»Ich habe dich verraten«, hauchte ich. »Dich verleugnet. Dich verletzt. Ich habe dich angegriffen … Daamin, es tut mir –«

»Sch«, flüsterte er nah an meinen Lippen, die Lider leicht gesenkt. »Du sollst dich doch nicht entschuldigen. Niemals.«

Bebend atmete ich aus. »Wie kann es sein, dass du überhaupt nicht wütend auf mich bist? Warum bist du nicht enttäuscht von *mir*? Voller Hass?«

Ratlosigkeit machte sich in seiner Miene breit. »Hass? Was sollte ich je an dir hassen, Prinzessin?« Er schob mir eine Haarsträhne hinters Ohr. »Deinen unwiderstehlichen Dickkopf?«, raunte er. »Deinen unverbesserlichen Tatendrang? Dein Schmollen, wenn du nicht bekommst, was du willst?« Er grinste, und mir fiel auf, dass ich genau jetzt angefangen haben musste zu schmollen. »Dieses Glitzern in deinen Augen, wenn du mir ein seltenes Lächeln schenkst?« Er strich mir sanft über die Wange und hinterließ ein wohliges Prickeln über all dort, wo er mich berührte. »Deine wundervollen, seidigen Haare? Deine sonnengeküsste Haut? Deinen Körper, in dem ich Tag und Nacht versinken will …« Er stockte, und eine Aufrichtigkeit spiegelte sich in seiner Miene wider, die ich noch nie zuvor an einem Menschen gesehen hatte. »Dein bloßes Antlitz als das Einzige, was in der Lage ist, mir die Sprache zu verschlagen?«, flüsterte er. »Immer und immer wieder?« Sein Daumen fand meine Unterlippe und liebkoste sie, wie es sonst seine Lippen tun würden. »Ich habe dich vermisst, Rana. Ich habe mich jeden Augenblick mit jeder Faser meines Körpers nach dir verzehrt.« Seine Stimme wurde mit jeder Silbe leiser. »Ich könnte dich niemals hassen. Denn meine Gedanken waren immer bei dir. Ich habe alles von dir gespürt. Deine Enttäuschung, deine Verzweiflung, deine Hoffnung, deine Zweifel, … deine Liebe.«

Meine Augen weiteten sich. »M-meine –«

»Oh ja, Rana«, unterbrach er mich lässig. »Du hast mich richtig verstanden.« Er lächelte. Seine Hände fanden meine Hüften und zogen mich sachte, nur ein kleines Stück, näher an sich heran. »Du liebst mich. Und auch wenn es noch hundert Jahre dauern sollte, bis du dir das eingestehst, sollst du wissen, dass ich es jetzt schon weiß.«

Ich schnaubte, hatte aber das Gefühl, dass ich meine harte Fassade kaum aufrechterhalten konnte. »Ich kann nicht glauben, wie sehr man von sich selbst erfüllt sein muss, so etwas zu sagen.«

Sein Lächeln wurde breiter. »Und ich kann nicht glauben, dass du dich immer noch so zierst.« Etwas Ernstes stahl sich in seinen Blick. Vorsichtig lehnte er seine Stirn gegen meine. »Liebste. Noch nie zuvor habe ich jemanden so genannt und es so gemeint.«

Ich drohte unter seinen Worten zu schmelzen, doch wie so oft stieg ein Drang in mir auf, um meine Selbstbeherrschung zu kämpfen. »Also hast du andere so genannt und es *nicht* so gemeint«, fasste ich zusammen. »Du hast sie angelogen.«

Nichts in seiner Miene regte sich. »Rana, ich bin ein Lügner durch und durch«, ließ er endlich alle Barrikaden fallen. »Angefangen damit, dass mein Name Daamin laute. Und doch …«, fügte er langsam hinzu, als müsste er sich erst selbst gewahr werden, was er mir sagen wollte. »… hoffe ich, dass ich dennoch … gut genug für dich bin.«

Ich musste heftig blinzeln, als meine Gefühle überzuschwappen drohten. Gefühle, die ich kaum entschlüsseln konnte. »Seltsam«, hauchte ich. »Genau dasselbe hätte ich zu dir sagen können.«

Daamins Atem geriet ins Stocken – dann kam er in Bewegung. Entschieden nahm er mein Gesicht in seine Hände und küsste mich.

Zu schnell?

Nicht schnell genug.

Eine Woge aus Liebe und Leidenschaft brach über mir zusammen. Ich schlang meine Arme um seinen Hals und erwiderte den Kuss, als wäre es meine letzte Chance.

Ich hatte ihn vermisst. Seine Berührung, seine Wärme, den Geschmack seiner Lippen, das Gefühl seiner Hände auf meinem Rücken und von seiner Haut auf meiner. Einfach alles von ihm. Und jetzt, wo ich es endlich wieder haben konnte, begriff ich kaum mehr, wie ich den Augenblick der Erlösung so lange hatte hinauszögern können.

Ein leichtes Seufzen entglitt meinen Lippen, wurde jedoch sofort von Daamins aufgefangen. Sein Griff um mich verstärkte sich, und er drückte mich so eng an sich, dass mir beinahe die Luft wegblieb. Aber das war in Ordnung. Ich brauchte keine Luft, wenn ich mich stattdessen von dem Rauch erfüllen lassen konnte, aus dem er bestand.

Selbst als wir uns voneinander lösten, blieben unsere Gesichter nur ein kurzes Stück voneinander entfernt. »Du bist sicher erschöpft. Fühl dich hier wie zu Hause, Prinzessin. Ich lasse dir gerade ein Quartier und ein Bad herrichten.«

Ein leichter Schauer rann mir über den Rücken. *Gerade eben?* Während er vor mir stand?

Zaghaft strich ich mit den Fingern über seine Brust. »Ich soll *hier* baden?«, fragte ich kleinlaut. »In der Verbotenen Stadt? Umzingelt von Dämonen?«

»Umzingelt von Shvods, die dir jeden Wunsch von den Lippen ablesen, wenn du das möchtest.« Er lehnte sich vor, bis sein Atem mein Ohr kitzelte. »Aber ich kann dich gern begleiten und dich beschützen.«

Meine Brust fühlte sich eng an, als seine Nähe und seine Worte ein Verlangen in mir heranwachsen ließen, das ich schon viel zu lange nicht mehr gestillt hatte.

Zu schnell.

Ehe ich mich versah, war er plötzlich wieder da: Der innere Widerstand, den Daamins Kuss mir nichts, dir nichts abgebaut hatte. Und der mich mit einer Schüchternheit und Anspannung erfüllte, gegen die ich rein gar nichts ausrichten konnte.

Ich senkte den Blick. »Daamin, ich … brauche mehr Zeit.«

Er schnaubte belustigt. »Mehr Zeit? Als wir zuletzt zusammen gebadet haben, hatten wir noch gar keine Zeit miteinander verbracht.«

Ich verdrehte die Augen, als ich an diesen Tag dachte. »Ich weiß, aber …« Ich zögerte. »Ich brauche trotzdem mehr.« Ich spürte einen Stich in meiner Magengrube. Ich wollte ihn nicht enttäuschen. Nicht jetzt schon, wo wir gerade wieder zusammengefunden hatten.

»In Ordnung«, lenkte er zu meiner Überraschung ein. Er seufzte leise und griff sich eine meiner Haarsträhnen, um sie um seinen Finger zu drehen. »An jedem anderen Tag hätte ich ja gesagt, ich habe alle Zeit der Welt. Unter diesen Umständen ist das etwas schwierig.«

Ich runzelte die Stirn. »Umständen?«

»Umstände wie deinen Bruder, der mich umbringen will«, erwiderte er gedankenverloren. »Und dann alle anderen in den Unterwelten.«

Mein Mund wurde trocken, als ich an den Augenblick zurückdachte, in dem Kaidan meine Waffe gegen ihn erhoben hatte. »Du bestehst aus Rauch. Wie könnte er dich umbringen? Wie könnte dich irgendeine Klinge, ob gesegnet oder nicht, jemals töten?«

»Keine Klinge kann mich einfach so töten«, erklärte er gelassen. »Einzig das Zepter ist eine Bedrohung – eine so große, dass ich es nicht einmal berühren kann. Mit seiner Hilfe wird Kaidan mein Herz einfrieren. Und wenn mein Herz zu Eis erstarrt, sterbe ich. Ohne Wiederkehr.«

Betroffen starrte ich ihn an. Obwohl ich gewusst hatte, dass Kaidan und die Engel bestimmt einen ausgereiften Plan hatten, war es etwas ganz anderes, das aus Daamins Mund zu hören.

Ohne Wiederkehr.

Eine Eiseskälte breitete sich in mir aus, und ich begann zu zittern. Ich dachte an die Schlacht, in der ich Daamin angegriffen hatte. In der ich allen Ernstes versucht hatte, ihm zu schaden. Von jetzt auf gleich war ich von Schuld erfüllt. Vom Kopf bis zu den Zehenspitzen.

Ich wollte ihn nicht verlieren. Denn nun, da die Welt am Rande des Abgrunds taumelte, war er alles, was ich noch hatte.

Erstaunen mischte sich in Daamins Miene. »Hey. Mach dir keinen Kopf, in Ordnung?« Er ließ von meiner Strähne ab und nahm stattdessen meine Hand. »Wir kriegen das schon irgendwie hin.«

Lauernd musterte ich ihn. »Was kriegen wir wieder hin?« Kaidan? Die Engel? Diesen Krieg? Die Unterwelt? Mich? Uns?

Er lächelte. »Einfach alles.«

Warmer Wasserdampf stieg mir in die Nase und half mir dabei, den stetigen Schlag meines Herzens zu beruhigen. Ich sank tiefer in das Wasserbecken hinein, bis mir die Wärme bis zum Kinn stand, und genoss das Prickeln, das sie auf meiner Haut hinterließ.

Ich hatte die Augen geschlossen und gab mich der Schwärze meiner Lider hin. Weil ich mich hier sicher fühlte. Die einzigen Dämonen um mich herum waren drei Shvods, die wie von einem Skorpion gestochen durch die Gegend taumelten, um Wasser nachzuschütten und mir etwas zu essen und zu trinken zu bringen und – einer hatte sogar von selbst angefangen, auf einer Flöte zu spielen. Daamin hatte wirklich alle Hebel in Bewegung gesetzt, damit ich mich hier wohlfühlte. Und ich hätte nie gedacht, dass das in der Verbotenen Stadt auch nur annähernd möglich wäre.

Ich hob die Lider und ließ das Innenleben der kleinen Hütte auf mich wirken. Sie musste früher ein Wohnhaus gewesen sein, das zwischenzeitlich völlig zerstört und vor kurzem wieder aufgebaut worden war. Die Wände waren kahl und zerschlissen, jedoch intakt. Das Dach war etwas löchrig und das Gebäude etwas zugig, was mich aber nicht störte, solange ich mich im Wasser befand. Einer der Shvods legte mir gerade einen Stapel Kleidung hin – auf den ersten Blick sah es aus wie das Gewand, das ich schon bei meinem Aufenthalt in der Unterwelt getragen hatte.

Ich musterte den Shvod von Kopf bis Fuß. Ich konnte sie kaum voneinander unterscheiden, und doch musste ich einfach fragen. »Bist du derselbe Shvod wie in K'ami?«

Die Kreatur kniff die Augen zusammen, aus denen förmlich Funken sprühten.

Ich zuckte zurück. Das war dann wohl ein Nein. »T-tut mir –«

Der Shvod schnalzte mich wütend an, wirbelte herum und stürmte polternd aus dem Raum.

Mit hängenden Schultern ließ ich mich tiefer ins Wasser sinken. Heute würde ich wohl kein Goldstück geschenkt bekommen.

Der Shvod kam nicht wieder, weshalb sich die anderen beiden nur noch mehr ins Zeug legten. Weil die Nacht kälter wurde, mussten sie immer öfter anrücken, um heißes Wasser nachzugießen – ich wusste nicht einmal, wo sie es herbekamen. Ich wollte ihnen keine Umstände machen, doch zugleich ertappte ich mich dabei, wie ich viel länger im Wasser blieb als nötig – so lange, bis meine Haut hoffnungslos verschrumpelt war. Ein innerer Widerstand hielt mich davon ab, das Bad zu verlassen. Weil ich ahnte, dass es dann nur noch eine Frage kürzester Zeit wäre, bis ich Daamin wiederbegegnen würde. Iblys.

Ich schlang die Arme um meinen Oberkörper und zog die Beine an. Ein Teil von mir hatte gehofft, er würde herkommen und ungefragt in das Becken steigen. Hätte sich insgeheim darüber gefreut. Doch der Rest von mir war einfach nur erleichtert, dass er es nicht tat. Dass er mir meinen Freiraum ließ, den ich so sehr brauchte.

So viele Dinge waren passiert. Und so sehr ich auch wollte, dass zwischen Daamin und mir alles wieder gut war, durfte ich nichts überstürzen. Weil ich Angst hatte. Nicht zwingend vor Daamin. Aber vielleicht vor Iblys. Vor der Macht, die er ausstrahlte. Vor dem, was er tun könnte. Allein schon vor seinem Blick …

Heftig schüttelte ich den Kopf. Daamin und Iblys waren dieselbe Person. Auch wenn ich es immer noch nicht begreifen konnte. Nach allem, was geschehen war, war ich völlig durcheinander. Ich brauchte Zeit, um mich zu sortieren. Um meinen Verstand von dem zu überzeugen, was mein Herz seit einer Ewigkeit glaubte. Aber es war nicht einfach.

Ich wäre heute fast gestorben. Mein Leben hatte schon immer am seidenen Faden gehangen. Auch das war schwer zu verdauen – beinahe so sehr wie die Tatsache, dass mein Bruder die ganze Menschheit auszulöschen gedachte.

Mein Innerstes erbebte vor Schmerz, als ich an Kaidan dachte. Ich atmete zitternd ein und aus, um mich zu beruhigen, denn ich hatte in den letzten Tagen eindeutig zu viele Tränen vergossen. Außerdem wurde ich das Gefühl nicht los, dass ich damit nur hungrige Dämonen anlocken würde.

Ein leichter Schauer lief über meinen Rücken. Ich sah mich um, doch gerade eben waren nicht einmal die beiden Shvods zu sehen.

Ich sollte besser verschwinden.

Ich beeilte mich, aus dem Wasser zu steigen, meinen Körper mit einem raufaserigen Tuch abzutupfen, meine Haare notdürftig auszuwringen und mein neues Gewand anzulegen. Es umschmiegte mich wie eine enge Umarmung und fühlte sich einfach nur richtig an.

Kaum, dass ich fertig war, erschien ein schnalzender Shvod in Sichtweite und führte mich durch eine Tür, die ich überhaupt nicht wahrgenommen hatte, in ein angrenzendes Zimmer.

Sofort wurde ich in eine Wärme eingehüllt, wie sie in diesem zugigen Gebäude eigentlich nicht sein konnte. Die Wände sahen nicht annähernd so mitgenommen aus wie im Bad, und in der Mitte des Zimmers prangte ein Bett, das genauso gut in meinen Gemächern im Palast hätte stehen können. Es war groß und breit und mit einigen violetten Kissen bestückt, die sich zu der Satindecke gesellten. Links und rechts davon hingen zwei brennende Öllampen an der Wand.

Daamin saß auf der Bettkante und erhob sich in dem Moment, in dem ich eintrat. »Lass uns allein«, wies er den Shvod an, der sich rückwärts aus dem Raum entfernte, seinen langen, dürren Arm angestrengt nach der Klinke ausstreckte und die Tür mit einem Ächzen ins Schloss zog.

Daamin musterte mich, und ein leichtes Lächeln umspielte seine Lippen. »Da bist du ja endlich, Liebste.« Er überbrückte die Distanz zu mir und ergriff meine Hände. »Ich dachte schon, du wärst da drinnen ertrunken.«

Ich wandte den Blick ab. Am Rande meines Bewusstseins bemerkte ich, dass meine Haare getrocknet waren. »Ich habe einfach nur das Bad genossen.«

»Gut.« Seine Daumen strichen sanft über meine Handrücken. »Wie fühlst du dich?«

Ich schnaubte. »Als wäre ich an den Ort zurückgekehrt, an dem ich fast gestorben wäre.« Ich blickte zu Daamin hin auf – und erschrak.

Ich sah Daamin. Aber ich sah auch Iblys. Ich sah sein fahles Gesicht und seine eingefallenen Wangen, seine viel großen gelben Augen, seine langen Haare, seinen durchdringenden, stechenden Blick.

Daamin hatte seine Gestalt nicht gewechselt. Und doch war es, als könnte ich geradewegs durch ihn hindurch und in Iblys' grauenvolles Antlitz sehen, das mir das Blut in den Adern stocken ließ.

Daamin schien nichts zu bemerken. »Rana. Die Verbotene Stadt ist der letzte Ort aller Welten, an dem dir etwas zustoßen wird. Das verspreche ich dir.« Er lehnte sich vor und küsste mich ins Haar, doch ich konnte die Berührung nicht genießen. »Und ich werde bei dir bleiben, um dafür zu sorgen, dass das auch so bleibt.«

Mein Mund wurde trocken. Obwohl ich den Blick senkte, kam es mir auf einmal so vor, als könnte ich Iblys immer noch sehen. Weil es nicht nur sein Gesicht war, das sich von Daamin unterschied, sondern auch seine Größe, seine Körperform, seine Statur. Und seine Flügel, deren schwarze Ausläufer ich aus den Augenwinkeln erkennen konnte.

Ein eiskalter Schauer rann mir über den Rücken, und ich schüttelte in einer abgehackten Bewegung den Kopf. »Ich kann nicht hierbleiben«, sagte ich mit dünner Stimme. *Bei dir,* hallte es in mir nach, aber ich sprach es nicht aus, weil es mich selbst noch viel mehr schmerzen würde als ihn.

Er schnaubte ungläubig. »Und wie du das kannst. Du bist erschöpft, Rana. Du –«

»Ich weigere mich«, schob ich hinterher. Ich wagte es immer noch nicht, ihn anzusehen. Ich konnte nicht. Bei der bloßen Vorstellung stellten sich mir die Nackenhaare auf. Warum konnte Daamin nicht einfach nur Daamin sein?

»Ähm.« Er stutzte. »Du hast dich nicht zu weigern. Glaubst du, nach allem, was geschehen ist, würde ich dich auch nur eine Sekunde lang aus den Augen lassen?« Er schüttelte den Kopf. »Nur über meine Leiche.«

Ich ballte die Hände zu Fäusten. »Ich brauche dich nicht, um mich zu beschützen.«

»Du hättest also lieber gebrannt, anstatt dich retten zu lassen?«, fragte er schnippisch. »Nein. So stolz bist du nicht. Nicht einmal du.« Er seufzte. »Komm schon. Müssen wir jetzt wirklich wieder *ganz* von vorne anfangen?« Seine Finger fanden meine Hüften – und ich versteifte mich, ehe ich mich davon abhalten konnte.

Sofort ließ er von mir ab. »Was ist denn –« Er unterbrach sich selbst. »Oh.« Seine Stimme nahm einen rauen Unterton an. »Natürlich.« Er machte einen Schritt von mir weg. »Das ist der Grund.«

Rana. Du bewegst dich auf einem seidenen Faden. Sieh ihn an. Alles in mir drängte mich dazu, aber ich konnte einfach nicht. Weil ich Angst davor hatte, was ich erblicken würde. Weil ich befürchtete, dass es alles kaputtmachen würde, was wir uns oben auf dem Turm aufgebaut hatten.

Ich hörte, wie Daamin tief durchatmete. »Ich dachte wirklich, wenn ich es dir erkläre, würdest du es verstehen.«

Etwas in mir drohte zu zerbrechen. »Ich verstehe es auch!«, beteuerte ich. »Wirklich!«

»Warum kannst du mir dann nicht einmal in die Augen sehen?«

Ich schluckte. Ich wollte es tun. Ich wollte es so sehr. Aber es war, als wäre ich in eine Schockstarre verfallen. Als wäre ich eine Wüstenmaus, die einer Schlange ins Antlitz blickte und plötzlich zu keiner Bewegung mehr fähig war. Ich fühlte mich wie gelähmt – und Iblys schutzlos ausgeliefert.

Er ist nicht Iblys!, erinnerte ich mich. *Er ist –*

»Also gut«, stach mir Daamins Stimme mitten ins Herz. »Dann ist es wohl so.«

Ich schluckte. »Ist alles in Ordnung?« Sah er, was ich sah? Oder spürte er nur, was ich spürte? Konnte er aus meinem Innersten herauslesen, was gerade mein größter Wunsch war? Ich wusste selbst nicht, wie er lautete. Daamin nah bei mir zu haben – oder Iblys ganz weit weg von mir?

»Du willst mich nicht in deiner Nähe haben«, sprach er die kaltblütige Wahrheit aus. »Wie soll das für mich in Ordnung sein?« Er machte eine Pause – und löste sich von meiner Seite, um zur Tür zu gehen. »Ach, mach dir keine Sorgen. Ich komme schon klar.«

Ich wandte mich zu ihm um, zwang meinen Blick nach oben – und plötzlich war da nur noch Daamin. Daamin, den ich liebte und nicht verletzen wollte. Ein Wirbelsturm aus Reue und Enttäuschung fegte über mich hinweg und raubte mir beinahe die Fähigkeit, einen halbwegs anständigen Satz zu formen. »Bist du dir sicher?«

Er blieb stehen, wandte sich aber nicht zu mir um. »Ist es wahr?«, fragte er plötzlich. »Was dein Bruder gesagt hat. Über dich. Über deinen … Mann.« Er stockte, und seine Stimme war in Bitterkeit getränkt. »Das Kind, das du in dir tragen sollst.«

Ein ungläubiges Schnauben kam mir über die Lippen. »Was glaubst du denn?«

Ich hatte gehofft, er würde erleichtert reagieren, doch seine Schultern blieben verspannt. Er wandte sich halb zu mir um, und ein bitteres Lächeln umspielte seine Mundwinkel. »Ich weiß überhaupt nicht mehr, was ich glauben soll.«

Ich biss mir auf die Unterlippe, bis es wehtat. »Daamin –«

»Aber wenn du mich nicht hier haben willst, stelle ich eben einen Aufpasser für dich ab.«

Ich geriet ins Schleudern. »Nein!«

»Keine Widerrede«, knurrte er. Er öffnete die Tür – und zuckte nicht einmal zusammen, als Mariam auf ihrer anderen Seite stand. »Du hast mir einen guten Dienst erwiesen«, sprach er sie an. »Ich bin dir etwas schuldig.«

»Der Iblys ist niemandem etwas schuldig«, murrte Mariam. Falls sie dasselbe sah wie ich, beeindruckte es sie nicht. Aber ich glaubte nicht, dass sie es auch erblickte. Daamin hatte gesagt, ich wäre die Erste, die es geschafft hatte, sein tiefstes Inneres zu erkennen.

Und doch war der Unterschied zu mir eindeutig: Sie erkannte Daamin als Iblys an und schien nicht das geringste Problem damit zu haben. Sie schenkte ihm sogar noch mehr Achtung als zuvor. Vielleicht tat sie das aber auch nur aus Furcht. Oder weil sie nun zwangsläufig in seinen Diensten stand …

»Dann sieh das hier als Geschenk an«, erwiderte Daamin locker. Er hob eine Hand und legte sie auf Sahars lange, dunkle Haare. Er berührte sie nicht länger als ein paar Sekunden, doch als er sich von ihr löste, stand dort eine völlig andere Frau.

Es war Mariam. Die Mariam, die ich in der Unterwelt kennengelernt und die nun ihre alte Gestalt zurückbekommen hatte.

Meine Lippen teilten sich leicht. Entgeistert starrte ich die beiden an, während ich einmal mehr realisierte, wie mächtig Daamin mit seinen Flügeln geworden war. Kaum zu glauben, dass ihn Kaidans Pentagramm an Ort und Stelle hatte fesseln können. Das wiederum zeigte mir, wie mächtig die *Engel* waren …

»Ich werde mich nicht bedanken«, stellte Mariam klar und trat vollends ein.

Daamin zuckte die Achseln. »Allein, dass du das Wort *bedanken* in den Mund genommen hast, ist mir Dank genug.« Als er sich ein letztes Mal zu mir umsah, geriet seine Miene der Gleichgültigkeit ins Bröckeln – und machte einem Schmerz Platz, der mich sofort in die Sechste Unterwelt zurückversetzte.

Du gehörst mir, aber ich kann dich nicht haben. Ich konnte dich niemals haben, und das hätte ich von Anfang an akzeptieren müssen.

»Gute Nacht, Rana.«

»G-gute Nacht«, antwortete ich, verfluchte mich aber zugleich selbst dafür, seinen Abschied so lasch zu erwidern. Ich hatte Daamin verletzt. Er hatte so viel mehr verdient. »E-es tut mir –«

Die Tür fiel hinter ihm ins Schloss, und der Augenblick endete.

Eine tiefe Beklommenheit machte sich in mir breit und ließ meine Knie weich werden. Mein Blick streifte Mariam, die mich stirnrunzelnd musterte. Dann drehte ich mich um und schlurfte zum Bett hinüber. Kraftlos ließ ich mich auf seine Kante fallen – und schließlich rücklings auf die Matratze sinken. »Warum?«, flüsterte ich. »Warum muss das Leben so … schwierig sein?« Wie konnte der Mann, den ich liebte, gleichzeitig der sein, vor dem ich mich am meisten fürchtete?

»Damit sich der Tod wie die Erlösung anfühlt, die er ist«, erwiderte sie und kam langsam auf mich zu. Nicht gerade die tröstlichsten Worte, die sie hätte finden können. »Auch wenn ich nicht verstehe, was an deiner Situation so schwierig sein soll.«

»Einfach alles«, stieß ich mit der letzten Luft aus meinen Lungen hervor.

»Wenn du das sagst. Du solltest schlafen.« Sie schaffte es nicht einmal jetzt, auch nur einen Funken der Fürsorge in ihre Stimme zu legen. »Du hast viel durchgemacht und musst zu neuen Kräften kommen.«

»Ich glaube vielmehr, dass ich endlich zur Vernunft kommen muss«, murmelte ich. Aber vielleicht würde mir der Schlaf genau die Erlösung bringen, die ich brauchte. Vielleicht würde ich morgen aufwachen und alles viel klarer sehen können.

Ich wünschte es mir so sehr. Für mich. Für Daamin. Für uns.

Ich drehte den Kopf und musterte Mariam. Sie sah fast genauso aus wie in der Unterwelt. Ihre Haut schien noch eine Nuance blasser zu sein, und die dunklen Schatten unter ihren Augen waren mir neu. »Du solltest vielleicht auch etwas schlafen, weißt du?« Ich schüttelte meine neuen Schuhe von meinen Füßen und legte mich richtig herum auf die rechte Seite des Betts. »Es ist genug Platz für beide.«

Mariam blieb, wo sie war. »Ich soll auf dich aufpassen.«

Ich verdrehte die Augen. »Das kannst du auch von hier aus.«

Sie verschränkte die Arme. »Aber nicht, wenn ich schlafe.«

Seufzend musterte ich sie. »Ich befreie dich von deiner Pflicht, auf mich aufzupassen. Wie klingt das?«

Mariam verzog keine Miene. »Nicht überzeugend.«

Stöhnend starrte ich an die Decke. »Also gut.« Ich dachte kurz nach. »Wenn ich nachts aus dem Bett falle und mir wehtue, hättest du dann versagt?«

Obwohl sie sich Zeit mit ihrer Antwort ließ, konnte ich ihre Verwirrung förmlich in der Luft zwischen uns spüren. »Ich ... weiß nicht.«

»Wir wollen das lieber nicht riskieren, oder?«, bekräftigte ich. »Und du könntest das ohne Probleme verhindern, wenn du dich zu mir legen würdest.«

Als ich wieder den Blick auf sie richtete, schien sie wirklich ins Grübeln geraten zu sein. »Du könntest aber auch auf der anderen Seite herunterfallen.«

Verdammt. Das hatte ich nicht bedacht. »Dann musst du eben besonders gut aufpassen.«

Mariam nickte langsam. »Das werde ich.« Meinem zweifelnden Blick schonungslos ausgeliefert, kam sie auf mich zu und zog ihre Schuhe aus. Auch sie hatte sich den Dreck des Tages abgewaschen – oder vielleicht hatte sie es nur Daamin und ihrem neuen alten Körper zu verdanken, dass sie frisch und gepflegt aussah.

Ich fühlte mich seltsam erleichtert, als sie sich neben mich legte – auf den Rücken, steif wie ein Brett, den Blick nach oben gerichtet. Jetzt, wo Mariam nicht mehr im Körper meiner toten

Zofe steckte, konnte ich ihre Gesellschaft irgendwie genießen – und fühlte mich weniger allein.

»Kann ich dich was fragen?«, durchbrach sie die Stille zwischen uns, ehe sie sich voll entfalten konnte.

Erstaunt drehte ich den Kopf und sah sie an. Das war das erste Mal seit langem, dass sie auch nur den geringsten Funken Interesse an mir zeigte. Wenn überhaupt. »Natürlich.«

Mariam besah sich weiterhin der Decke. »Warum willst du mich in deinem Bett und Iblys nicht?«

Ich verschluckte mich beinahe an meinem eigenen Atem. »B-bitte nenn ihn nicht so«, presste ich hervor. »Er ist immer noch Daamin.«

»Ich glaube nicht, dass ich diejenige von uns beiden bin, die das verstehen muss.« Damit schloss sie einfach die Augen und erklärte das Gespräch gewissermaßen für beendet.

Entgeistert starrte ich sie an, unaufhörlich und ohne zu blinzeln, doch sie hob die Lider nicht mehr. Ich hatte sie gerade in mein Bett eingeladen, und jetzt spuckte sie solche Töne?

Ach, vielleicht hatte ich es nicht anders verdient.

Seufzend ließ ich mich tiefer in die Kissen sinken und blickte an die Decke. »Ich kann kaum glauben, wie gelassen du bist. Du hast dein Leben zurückbekommen und musst es jetzt doch nur wieder in fremde Dienste stellen. Hast du denn überhaupt etwas gewonnen?«

»Genau dieses Leben«, erwiderte Mariam mit geschlossenen Augen. »Eine letzte Chance.« Sie machte eine Pause. »Ich kann nicht mehr in die Unterwelt zurück.« Ihre Stimme klang matt, unsicher. »Wenn ich hier sterbe, wird meine Existenz ausradiert. Für immer. Ohne Wiederkehr.«

Betreten blickte ich sie an. »Was?«, hauchte ich, und eine beißende Kälte erfüllte mein Innerstes. Natürlich. Es bestand keine Möglichkeit, dass Mariam ins Paradies gelangte. Und wenn die Unterwelt auch keine Option mehr für sie war, bedeutete das … nichts.

Sofort wurde ich von einer tiefen Bitterkeit erfüllt. »Erst haben Daamin und ich dich aus den Fängen dieses Dämons gerettet. Und jetzt musst du dein neugewonnenes Leben Iblys widmen. Es für ihn aufs Spiel setzen. Ihm wieder dienen, wo du doch gerade erst deine Freiheit –«

»So ist es nicht.«

Ich stutzte. Als ich erneut zu Mariam sah, hatte sie die Augen aufgeschlagen. »Was?«

»Es überrascht mich, dass du nicht von selbst darauf kommst, wo du ihn doch die ganze Zeit über in Schutz genommen hast.« Sie dachte kurz nach. »Hier ist etwas mehr Zeit vergangen als in der Siebten Unterwelt. Dort unten kam es mir so vor, als würden nur Sekunden verstreichen. Erst hat sich der Marid in einen Engel verwandelt, dann hat er den Propheten und dich durch das Portal geworfen.« Sie runzelte die Stirn. »Dann hat er sich zu mir umgedreht und mir meine Freiheit geschenkt.«

Mein Gedankengang kam jäh zum Stehen. »Hat er das?« So sehr ich auch versuchte, es mir auszumalen, ich konnte es einfach nicht – weil ihre bloße Anwesenheit dann keinen Sinn ergäbe.

»Er hat mir freie Wahl gelassen«, fuhr sie fort. »Ich könnte durch das Portal treten und mich auf eigene Faust durchs Leben schlagen, oder mich unter seine Fittiche begeben. Er und seine Gesichtslosen haben mir erzählt, was sich hier oben abspielen würde. Und mir schien es das Beste zu sein, mich auf die Seite zu stellen, die mich nicht bei Sichtkontakt brennen lassen würde.« Sie atmete tief durch. »Ich wollte unbedingt zurück in die Erste Unterwelt. Ich wollte leben. Also tue ich auch alles dafür, um zu *über*leben. Ich hasse die Dämonen. Aber sie sind die einzige Seite, auf der ich bestehen werde.«

»Unglaublich«, flüsterte ich. »Iblys hat dich freigelassen.«

»… und als du in Gefahr warst«, ergänzte sie, »hat er mich gebeten, in den nächstbesten Körper zu fahren, um dich zu retten. Vielleicht war er mir in gewisser Weise doch etwas schuldig«, sinnierte sie. »Das ist sehr gefährlich für einen Engel. Dennoch ist er dieses Risiko ohne zu zögern eingegangen.« Sie schenkte mir einen Seitenblick. »Ich kenne mich nicht aus, aber ich glaube, er liebt dich wirklich.« Damit rollte sie sich auf die andere Seite – und diesmal war das Gespräch wahrhaftig beendet.

Ihre Worte hallten noch eine ganze Weile in meinem Kopf wider. Während ich versuchte, die Erlebnisse des Tages abzuschütteln und in den Schlaf zu gleiten, fragte ich mich, seit wann ich mich von einer Hexe in Liebesangelegenheiten mit einem gefallenen Engel beraten lassen musste – und konnte selbst kaum glauben, wie sehr sich mein Leben in den letzten Wochen verändert hatte.

11.
EIN AUSWEG

Ich war nicht wirklich wach, aber ich schlief auch nicht. Während mein Körper ruhte, kreisten meine Gedanken unaufhörlich um all die Dinge, die passiert waren. Kaidan, der zum Propheten auserkoren wurde. Der den Engeln dabei helfen wollte, die Menschheit zu vernichten.

Daamin, der das verhindern wollte. Der Iblys war, vielleicht jedoch nicht annähernd so bösartig, wie mir meine Erziehung weismachen wollte. Der mich wirklich liebte.

Der Kaidan unterlegen gewesen war, als sie sich beim letzten Mal begegnet waren. Natürlich, gestern hatte mich mein Bruder als Köder benutzt, und meine Enttäuschung hatte Daamin zusätzlich geschwächt. Aber wer sagte, dass er beim nächsten Mal bessere Karten hätte?

Wann immer meine Gedanken an diesem Punkt ankamen, wachte ich mit einem Ruck auf. Beim fünften Mal war ich schweißgebadet, mein Gesicht feucht vor Tränen, und mein Herz schlug wie wild gegen meine Rippen. Die Luft um mich herum war so dünn, dass ich sie kaum in meine Lunge saugen konnte, und ich spürte ein schmerzhaftes Ziehen in meinem Kopf. Ein Ziehen, das mir signalisierte, dass ich all diese Dinge zwar nicht wahrhaben wollte, aber schlichtweg akzeptieren musste. Und dass das Schlimmste eintreten könnte, wenn sich das Blatt nicht wendete.

Die Frage war nur: Wie könnte sich das Blatt wenden?

Daamin hatte behauptet, ich wäre auch von den Engeln auserwählt worden. Aber wie konnte er sich da so sicher sein? Es gab überhaupt nichts ... *Auserwähltes* an mir.

Oder?

Auf einmal sah ich wieder Daamins flammendes Herz vor mir lodern. Sah den Rauch, der mich in der Unterwelt zu ihm geführt hatte. Der mich berührt hatte, als ihn das Pentagramm an den Boden gefesselt hatte. Den Inbegriff seiner Sorge, seiner Zuneigung, seiner Gefühle für mich. Und ich sah das Antlitz von Iblys.

Ich konnte in Daamins tiefstes Inneres sehen. Das war etwas, das noch nie zuvor jemand vermocht hatte. War das etwa ein eindeutiges Anzeichen dafür, dass ich anders war als andere?

Ich fühlte mich nicht anders. Ich fühlte mich machtlos. Und spätestens, wenn Kaidan an das Engelszepter kam, könnte ihn wahrscheinlich nichts mehr aufhalten. Er würde Daamins Herz einfrieren, und ich würde ihn nach allem, was geschehen war, schon wieder verlieren ...

Falls ich ihn mit meiner Abweisung nicht ohnehin bereits verloren hatte.

Ein dicker Kloß bildete sich in meinem Hals, und ich richtete mich auf. Ich musste etwas tun. Ich musste unbedingt irgendetwas –

Das Zepter.

Das Zepter auf dem Hügel war von den Engeln gesegnet worden. Aber Daamin war auch ein Engel. Und je stärker ich mich auf diesen Gedanken konzentrierte, desto sicherer war ich mir, dass es einen Ausweg gab. Einen Ausweg, den er nicht einmal selbst kannte.

»Mariam«, flüsterte ich – oder krächzte vielmehr. Ich räusperte mich. »Mariam.« Ich rüttelte an ihrer Schulter.

Mit einem spitzen Schrei schlug sie mir ins Gesicht.

Schmerz zuckte durch meinen ganzen Schädel. Mit einem Stöhnen sackte ich in die Kissen zurück und fluchte, während meine Nase zu glühen begann. »Zweimal an einem Tag?!«

Das Licht in den Lampen links und rechts vom Bett sprang wie von Zauberhand an. Entgeistert blickte Mariam auf mich herab. »V-Verzeihung.« Sie betrachtete ihre Hände. »Ich bin es noch nicht gewohnt, wieder am Leben zu sein. Und … zu schlafen.« Ihre Gesichtszüge entgleisten. »Ich habe geschlafen. Ich sollte nicht schlafen!« Schnell sprang sie aus dem Bett.

Stirnrunzelnd rappelte ich mich auf. »Du bist jetzt wieder ein Mensch. Natürlich sollst du schlafen.« Ich schüttelte den Kopf. »Ich brauche dich.«

Mariams Miene wurde unsicher – ein seltsamer Anblick. »Das hat noch nie jemand zu mir gesagt.«

Ein Anflug des Mitgefühls überkam mich, doch ich schluckte ihn herunter. »Gibt es in der verbotenen Stadt noch eine Bibliothek?«

Mariam runzelte die Stirn. »Nein. Ja. Kann sein. Wahrscheinlich schon«, antwortete sie zurückhaltend. »Aber wer weiß, wie viel noch davon übrig ist?«

Langsam nickte ich, und ein unangenehmes Ziehen machte sich in meiner Brust breit. »Du musst mich dorthinbringen.«

Sofort wurde ihr Gesicht ausdruckslos. »Nein.«

Ich sprang aus dem Bett und sehnte mich sogleich nach seiner Wärme. »Du kannst es nicht oder du willst es nicht?«

Mariam zögerte. »Es ist gegen meinen Befehl.«

Ich verschränkte die Arme. »Du hast gesagt, du machst das hier freiwillig. Es gibt keinen Befehl.«

Sie wich meinem Blick aus. »Es ist gegen meine Vereinbarung mit Iblys. Er könnte sehr wütend werden, wenn ich dich aus der Gegend schaffe.«

Ich verdrehte die Augen. »Du *schaffst* mich nirgendwo hin. Wir machen bloß einen kurzen Abstecher zur Bibliothek des alten Königsgeschlechts und kommen wieder, ehe ihm etwas auffällt.« Ich machte einen Schritt auf sie zu. »Ich weiß. Du hast mir das Leben gerettet und bist mir nichts schuldig. Aber … ich glaube, dort werde ich etwas finden, das Daamin dabei helfen könnte, zu gewinnen. Und damit gewinnen wir alle. Das willst du doch auch, oder?«

»Natürlich will ich das.« Mariam stieß einen tiefen Seufzer aus. »Ich will endlich meine Ruhe haben.« Sie richtete den Blick wieder auf mich. »Bist du dir sicher?«

Ich lächelte. »Ganz sicher.« Ich war mir überhaupt nicht sicher. Aber ich würde nie die Wahrheit herausfinden, wenn ich es nicht versuchte.

Mariam nickte bedächtig, sah jedoch immer noch so drein, als glaubte sie, sie würde es bereuen, mir diesen Gefallen zu tun. »Also gut«, sagte sie leise. »Warte hier. Und mach dich bereit.«

Ich hatte kaum Zeit, um zu warten oder mich bereit zu machen. Nach einem gefühlten Wimpernschlag war Mariam wieder da, bewaffnet mit ihrem Stab, und führte mich geradezu schleichend durch den großen Baderaum nach draußen. Dort war es immer noch stockfinster. Während sich Menschen in der tiefsten Finsternis in ihre warmen, hellen Hütten verzogen, war das die Zeit, in der die Dämonen zum Vorschein kamen.

Sie waren überall, doch zum Glück berührte mich ihr Anblick nicht so sehr wie auf dem Schlachtfeld. Man könnte schon fast sagen, ich hatte mich an die bunten Mischungen aus Menschen und unterschiedlichsten Tierarten gewöhnt.

Was jedoch nicht bedeutete, dass keine Gänsehaut über meinen Körper wanderte. Am gefährlichsten wirkten ausgerechnet die Dschinn, die – genau wie Daamin – wie einfache Menschen aussahen. Menschen mit gelben, violetten oder auch pechschwarzen Augen, die mich im Vorbeigehen mit einem kühlen Grinsen bedachten. Ich vermied es, sie anzusehen.

Wir hielten uns dicht an der Wand des Gebäudes, aber es half nicht viel dabei, nicht von ihnen entdeckt zu werden. Die Dämonen hörten mit allem, was sie gerade getan hatten, auf, um uns von allen Seiten mit ihren Blicken zu durchbohren. Ich wollte mich vor ihnen fürchten, aber Mariam gab mir keine Gelegenheit dazu. Geradezu selbstbewusst führte sie mich durch die Dschinn und Devs und Verdammten hindurch, durch eine düstere, enge Gasse, in der ich mich fühlte, als würden sich die Wände auf mich zubewegen – und geradewegs auf Gor zu, der zwei Querstraßen weiter auf uns wartete.

Überall wimmelte es von Dämonen, doch ich hatte den Eindruck, dass es hier etwas ruhiger zuging. Vielleicht war es der abgelegenste Ort in der ganzen Verbotenen Stadt, was aber immer noch nicht bedeutete, dass wir unbemerkt davonkommen würden.

»Bist du dir sicher, dass Daamin keinen Wind davon bekommen wird?«, fragte ich zaghaft, als wir uns der Kreatur näherten. Nach dem furchtbaren Flug gestern hatte ich die Welt eigentlich nie mehr von oben sehen wollen.

»Entweder er bekommt keinen Wind davon«, entgegnete Mariam trocken, »oder er weiß es längst und wird gleich hier sein, um uns daran zu hindern.« Sie zuckte die Achseln. »Oder er lässt es sein.«

Ich spürte einen Stich in meiner Magengrube. Sie spielte auf meine Zurückweisung an. Ich hatte ihn verletzt. Vielleicht war es ihm egal, wo ich abblieb.

Als wir auf den geflügelten Dämon stiegen und ich mich an seinen Federn festkrallte, tauchte kein Daamin oder Iblys auf, um uns abzuhalten. Die Vorstellung, dass er uns beobachtete, aber nichts unternahm, ließ einen ziehenden Schmerz in meiner Brust auflodern.

Ich kämpfte ihn herunter. Ich machte das hier *für* Daamin. Selbst wenn ich ihn vielleicht nie wieder aus denselben Augen sehen könnte, war ich immer noch auf seiner Seite. Ich wollte nicht, dass er starb. Wollte ihn nicht verlieren.

Und ich würde darum kämpfen – auf meine Weise.

Hätte ich mich zu Fuß zum alten Palast begeben, hätte ich sicherlich mehrere Stunden gebraucht – falls ich es überhaupt in einem Stück dorthin geschafft hätte. Der Flug hingegen nahm im Vergleich dazu kaum Zeit in Anspruch. Das bedeutete aber nicht, dass es sich für mich nicht wie eine Ewigkeit anfühlte.

Meine Haare peitschten mir unaufhörlich ins Gesicht, der Flugwind schnitt regelrecht in meine Augen und ließ mir die Knie schlottern, und das ebenmäßige Gleiten, das ich bei Vögeln so majestätisch fand, gehörte definitiv nicht zum Repertoire des Dämons. Er flatterte hektisch mit den Flügeln, und bei jeder Bewegung ging eine leichte Erschütterung durch seinen wuchtigen Körper, die jedes Mal aufs Neue Übelkeit in mir aufsteigen ließ.

Irgendwann wusste ich nicht mehr, wo ich hinsehen sollte. In den pechschwarzen Himmel, in dem mich die Sterne so wütend anfunkelten, als wären sie die Augen der Engel dort oben im Paradies? Auf den Boden, bei dem mir bewusst wurde, in welcher schwindelerregenden Höhe wir uns befanden?

Daamin. Ich mache das nur für dich.

Nein, das stimmte nicht. Ich machte es vor allem für mich selbst. Weil ich wollte, dass all das hier endlich ein Ende fand. Und zwar keines, das zugleich das Ende der Menschheit bedeutete.

Irgendwann senkte ich einfach die Lider – und spürte die vielen Erschütterungen nur noch stärker als zuvor. Es war zum Mäusemelken!

»Ich …« Ich konnte mir nicht einmal eine Hand auf den Mund pressen, weil ich dann Gor hätte loslassen müssen. Meine ganze Willenskraft schien über Bord zu gehen, als ich endlich herauspresste: »Ich glaube, ich schaffe das nicht.«

»Wir sind schon halb da«, sagte Mariam nur. »Wenn wir jetzt umdrehen, sind wir genauso lange in der Luft und haben nichts gewonnen.«

Ihre Worte brachten mich dazu, mich am Riemen zu reißen, doch je länger sich der Flug zog, desto sicherer war ich mir, dass sie mich angelogen hatte. Ich konnte ihr nicht einmal böse sein, weil sie es einzig und allein um meinetwillen gemacht hatte. Weil sie wusste, wie wichtig mir das hier war und dass ich es bereuen würde, wenn ich meinen Plan nicht durchzog. Mariam war wie mein Gewissen.

Je näher die Ruinen des alten Palasts in Sichtweite kamen, desto unwohler fühlte ich mich. Das war er, der Ort, der der Unterwelt am nächsten war. Der Ort, an dem ich Daamin aus seiner Lampe befreit hatte und die Dinge ihren Lauf genommen hatten.

Gor landete in einiger Entfernung zu den großen Trümmern, an einem Ort, der voll von totem Gras und ohne jegliche Gebäude war. Ich stellte mir vor, dass es einmal ein ähnlich schöner Garten gewesen sein musste, wie wir ihn zu Hause hatten.

Unbeholfen schlitterte ich vom Rücken des Dämons, gefolgt von Mariam. Sofort wurde ich von einem Anflug von Unbehagen erfasst. Wir befanden uns weit abseits von Daamins Dämonenlager. Es war stockfinster um uns herum, und doch waren wir nicht allein. Im Gegenteil. Die Präsenz der Verdammten war allgegenwärtig, sogar jetzt, wo ich sie nicht sehen konnte. Das würde ich aber, wenn ich mich anstrengte – das wusste ich inzwischen. Weil ich von den Engeln erwählt war. Ob ich wollte oder nicht.

»Eine Bibliothek«, sprach Mariam, während wir uns auf das Gebäude zubewegten. »Warum glaubst du, ausgerechnet dort eine Antwort zu finden?«

Ich glaubte es nicht – ich hoffte es nur, dafür aber aus tiefster Seele. »In einer Palastbibliothek gibt es Unmengen an Wissen.« Ich sprach mit gesenkter Stimme, weil ich nicht wusste, wer mich hören konnte. »Altes Wissen. Vor allem an einem Ort wie diesem, der vor so vielen Jahren untergegangen ist.«

»… und vielleicht alles an Wissen mit ihm.«

Ich schluckte. »Richtig.«

Die sandsteinfarbene Pforte zum Gebäude war halb geöffnet, sodass wir ohne Probleme hindurchschlüpfen konnten. Zu meiner Überraschung befiel mich nicht der geringste Anflug von Furcht, als wir uns einen Weg ins Innere des Gebäudes bahnten. Nichts, was mich hier drinnen erwarten könnte, könnte schlimmer sein als das, was hinter mir lag.

Die Eingangshalle war unglaublich gut erhalten. Wären da nicht großen und kleinen Trümmerteile auf dem Boden sowie Holzteile, die nur noch annähernd nach zerstörtem Mobiliar aussahen, hätte man sich einbilden können, das alte Königsgeschlecht wäre nie untergegangen: Die Wände waren fast völlig intakt. Sie bildeten bogenförmige Gänge und Türen, die nebeneinander beinahe wie die Umrisse von Gebäuden wirkten. Es war der nicht mehr ganz heilen Decke zu verdanken, dass ein Anflug von Sternenlicht hineinfiel.

Ein leises Murmeln kam über Mariams Lippen, und im nächsten Moment waren wir von einer durchsichtigen Blase umgeben. Ich schenkte ihr einen fragenden Blick, woraufhin sie die Achseln zuckte. »Nicht, dass Iblys' Objekt der Begierde meinetwegen von Trümmerteilen erschlagen wird.«

Ich erschauderte leicht, überlegte es mir jedoch nicht anders.

Es grenzte an ein Wunder, dass wir die Bibliothek innerhalb einer Stunde fanden. Das lag hauptsächlich daran, dass die meisten Durchgänge restlos verschüttet waren. Wir bewegten uns nur in den Bereichen, die uns zugänglich waren – und da gab es nicht besonders viele Optionen. Eine davon entpuppte sich als weitläufiger, zweistöckiger Saal, dessen Außenwand vollständig eingestürzt war. Ein kühler Zug strich über meine Arme, und ich fröstelte leicht, als wir in den Raum traten. Gleichermaßen fasziniert und eingeschüchtert ließ ich den Blick über die teils intakten, teils umgestürzten Regale schweifen. Wohin ich auch sah, verteilten sich Bücher auf dem Boden, viele davon zerrissen, zerfressen, manche gar blutverschmiert. Unwillkürlich malte ich mir aus, wie in den letzten Jahrzehnten unzählige Verdammte, Verfluchte, Hexer, Weissager hierhergepilgert waren auf der Suche nach Anleitungen für schwarze Magie.

»Also gut«, murmelte ich und blieb nach ein paar Schritten stehen, um mich zu orientieren. Die Regale an der Innenwand waren noch heil, was nichts daran änderte, dass ihr halber Inhalt auf den Boden gestürzt war. Mein Blick wanderte über die

Buchrücken in unserer unmittelbaren Nähe – dort ging es um Kräuterkunde, Heilertum und Geburtshilfe. Nicht ganz das, wonach ich suchte. Vorsichtig bewegte ich mich weiter und richtete meine Aufmerksamkeit abwechselnd auf die Bücher in den Regalen und diejenigen, die zu meinen Füßen verstreut lagen. »Das kann doch nicht so schwer sein.«

»Ach ja?« Mit einem Mal erfüllte ein matter Lichtschein meine Umgebung. Erstaunt sah ich mich nach Mariam um, die die violette Kugel an ihrem Stab zur Lampe zweckentfremdet hatte. Unbeeindruckt sah sie sich um. »Die sehen ja alle gleich aus.«

»Wir müssen nur die Bücher zu religiösen Themen finden«, entgegnete ich und stieg einen Haufen zerrissener Folianten hinweg. »So können wir das Ganze zumindest eingrenzen. Also wenn du irgendetwas siehst, das die Engel im Titel hat, könnte das helfen. Wenn wir auch nur ein Regal finden, das solche Bücher beinhaltet, dann –«

»Ich kann nicht lesen.«

Ich riss den Kopf zu ihr herum. »Was?!«, brach es aus mir heraus. »Du kannst nicht lesen?«

Mariam zog eine finstere Miene. »Ich bin als siebte Tochter in einer verarmten Bauernfamilie aufgewachsen. Seit ich denken kann, sind die Ernten ausgeblieben und wir mussten ums Überleben kämpfen. Erst ist mein Vater an seinem schwachen Herzen gestorben, dann ist meine Mutter krank geworden und mein Verderben hat seinen Lauf genommen.« Sie machte eine Pause. »Ich hatte keine Zeit, um Lesen zu lernen, Hoheit.«

Ein Stich des schlechten Gewissens zuckte durch meine Brust. »T-tut mir leid. Ich habe nicht nachgedacht.« Ich starrte die aufgeschlagenen Seiten zu meinen Füßen an. So würde die Suche viel schwieriger werden als gedacht. »Ich bringe es dir bei«, sagte ich dann. »Sobald das alles hier vorbei ist, bringe ich es dir bei. Als Dank.«

Mariam schnaubte. »Was soll ich schon mit Büchern? Stehen doch nur langweilige Geschichten drin.«

Vorsichtig sah ich in Richtung des Regals, an dem ich zuerst vorbeigegangen war. »Vielleicht hätte in einem Buch ein Weg gestanden, um deine kranke Mutter zu behandeln.« Ich versteifte mich in der Erwartung, dass ich Mariams geballte Wut abbekommen würde. Doch stattdessen glätteten sich ihre Gesichtszüge.

»Du meinst … weiße Magie?«, flüsterte sie.

Ich runzelte die Stirn. »Nein. Ganz normale Medizin.«

Sie blinzelte. »R-richtig.« Betreten blickte sie zu Boden. »Ja, vielleicht. Also gut.« Sie zog die Schultern hoch und drehte sich um die eigene Achse. »Und wie findest du, was du suchst?«

Ich unterdrückte ein Seufzen. »Wenn ich das nur wüsste.« Ich zog ein Knie hoch, um einen großen Schritt über einige Bücher hinwegzumachen. »Wenn hier nur nicht so eine Unordnung wäre.«

»Ich kann Abhilfe schaffen.«

Als ich mich erneut nach Mariam umsah, hatte diese bereits wieder zu flüstern begonnen. Locker hob sie ihren Stab und ließ dessen hölzernes Ende dann auf den Boden prallen – und die Welt um uns herum erwachte zum Leben.

Erschrocken sog ich die Luft ein, als sich alle herumliegenden Bücher um uns herum gleichzeitig erhoben. Ihre Seiten raschelten, als sie sich eines nach dem anderen schlossen, und das Geräusch wurde eins mit Mariams leiser Stimme, während sich eines nach dem anderen in die umstehenden intakten Regale einsortierte. Da sich diese viel schneller füllten, als sich der Boden leerte, bildete der Rest davon einige mannshohe Stapel unmittelbar daneben. Binnen weniger Minuten war die Bibliothek so aufgeräumt, als hätte man zwanzig Diener darauf angesetzt.

Ein seliges Lächeln umspielte meine Lippen. »Das war unglaublich, Mariam.«

Den Stab in der Hand, verschränkte sie umständlich die Arme. »Engel«, erinnerte sie mich. »Zeig mir, wie dieses Wort aussieht. Dann suche ich mit dir.«

Entschieden nickte ich. »Jawohl.« Durch die neue Ordnung gelang es mir viel leichter und schneller, die Titel der Bücher in den umstehenden Regalen und Stapeln abzulesen. Gleichzeitig hatte Mariam selbstverständlich kein Bibliothekssystem verwendet – was auch immer auf dem Boden gelegen hatte, war ohne jede Struktur einsortiert worden. Deshalb dauerte es nicht lang, bis ich ein Buch über Engel fand – aber es war auch nur ein einziges.

»Iblys – der gefallene Engel«, las ich ab – und mein Herz machte einen Satz, als mir klar wurde, dass ich gerade seinen Namen ausgesprochen hatte. Konnte er mich jetzt hören?

Ich spannte mich an und wartete, aber nichts geschah. Womöglich war das wirklich nur ein Ammenmärchen gewesen – eines, das er selbst kultiviert hatte.

Ich musste mich auf die Zehenspitzen stellen, um es aus dem Regal zu ziehen. Ich hielt es Mariam hin und zeigte ihr, wie man das Wort Engel schrieb. Die Hexe nickte nur kurz, dann machten wir uns still auf die Suche.

In den nächsten Minuten taten wir nichts weiter als Bücher über Bücher zu begutachten und auf separate Stapel zu schlichten – bis ich das Gefühl hatte, dass wir jetzt schon mehr ausgesucht hatten, als ich lesen konnte. Ich unterbrach meine Arbeit und setzte mich stattdessen auf den Boden neben unserem Bücherstapel, um die ersten durchzublättern. Dabei musste ich zunächst einmal jedes Dritte aussortieren, weil sich Mariam mit den richtigen Worten schwertat: *Iris. Nebels. Blutegel. Energie.*

Dann begann der eigentliche Teil der Arbeit. Ich musste lesen. Oder zumindest jedes der Bücher durchblättern auf der Suche nach einem geringsten Anzeichen, es könnte Wissen enthalten, das wir brauchten. Am besten musste ich jede Seite einzeln ansehen, damit mir ja nichts entging. Das könnte eine lange Nacht werden.

Ich hoffte, Daamin hatte nicht bemerkt, dass ich verschwunden war. Und wenn doch, dass er mir genug vertraute, um sich keine Sorgen zu machen. Um nicht wütend auf mich zu sein.

Stunden verstrichen. Stunden, in denen mir Mariam immer mehr Bücher brachte und ich sie mal mit schnellen, mal mit trägen, mal mit zittrigen und mal mit wütend-abgehackten Bewegungen durchblätterte. Wütend vor allem deshalb, weil ich nicht weiter entfernt von der Lösung sein könnte. Die meisten Bücher über Engel beinhalteten nichts als Lobpreisungen, Sagen, Legenden, Märchen – nichts, das ich auch nur eine Sekunde lang ernst nehmen könnte. Keines der Bücher stellte die Engel als das dar, was sie waren. Also konnte alles andere darin auch nicht der Wahrheit entsprechen.

Mariam kehrte immer weniger oft zu mir zurück, weshalb der Stapel schnell kleiner wurde. Ich hütete mich davor, zu viele Bücher in die Hand zu nehmen, die sich auf Iblys bezogen, weil ich schließlich schon so viele von ihnen gelesen hatte. Darin befand sich das absolute Gegenteil der Engelsbücher. Nichts als ausgedachte Geschichten über all die Dinge, die Daamin angeblich getan haben sollte, während er sein Leben lang gefangen gewesen war. Vermutlich würde ich darin nicht zufällig eine geheime Schwachstelle der Engel finden.

Die Pechschwärze des Himmels wurde nach und nach heller und der Stapel löste sich allmählich auf. Mir gingen die Quellen über Engel aus, und ehe ich mich versah, saß ich mit müden Augen und zerrissenem Herzen da und betrachtete die letzten der Bücher, in die ich noch keinen Blick geworfen hatte. Sie drehten sich alle um Iblys.

»Du siehst nicht glücklich aus.«

Ich seufzte lautlos. »Ich bin so unglaublich naiv«, hauchte ich und legte die Bücher zur Seite. »Warum habe ich geglaubt, ich könnte ausgerechnet in einer eingestürzten Bibliothek eine Antwort finden auf …« Ich schnaubte. »Auf nicht mehr und nicht weniger als die Rettung aller sieben Unterwelten? Vergiss es. Es hat keinen Zweck.«

Ich war schon so lange fort. Daamin musste längst aufgefallen sein, dass ich weg war. Ein Teil von mir hatte gehofft, er würde herkommen und mich zurückholen, mich für sich beanspruchen und im Sturm erobern. Dass er es nicht tat, war mir Hinweis genug. Ein Hinweis darauf, dass meine Abweisung gestern Abend etwas zwischen uns hatte zerbrechen lassen. Schon wieder.

»Lass uns gehen.« Ich stand auf und blickte Mariam entgegen, die zu meiner Überraschung ein Buch in den Händen hielt. Ich erkannte es als das Exemplar, das ich ihr vorhin gezeigt hatte: *Iblys – der gefallene Engel.*

Langsam strich sie mit den Fingern über die aufgeschlagene Seite, schob sie nach links und starrte wie gebannt die Buchstaben und Bilder an, die zum Vorschein kamen. »Es ist schon seltsam«, raunte sie. »Ich dachte immer, jemand wie Iblys wäre der Letzte, der sich in meine Lage einfühlen kann. Aber es sieht ganz so aus, als hätte auch er alles verloren.«

Eine Gänsehaut wanderte über meine Unterarme, und ich trat zu ihr – in dem Moment, in dem sie einmal mehr umblätterte und eine ganzseitige Zeichnung zum Vorschein brachte, auf der ein Mann mit schwarzen Flügeln vom Himmel fiel. In seiner Hand hielt er einen länglichen Gegenstand, der auf den ersten Blick wie ein Zepter aussah.

Mein Herz machte einen Satz. »Warte!«, bat ich Mariam, als sie weiterblättern wollte, legte vorsorglich eine Hand ins Buch und sog den Anblick des Gegenstands in mich auf, ohne zu blinzeln. Eine unbändige Hitze stieg mir in den Kopf, und ich wagte es kaum mehr, zu atmen.

Das Zepter. Daamin hatte behauptet, er könne es nicht berühren. Aber was war dann das?

Erst auf den zweiten Blick sah ich, dass es sich ganz und gar nicht um ein Zepter handelte. Denn auf dessen dem Griff abgewandten Seite bog der Gegenstand wie in einem Halbkreis ab.

Meine Hand zitterte, als ich sie vom Buch herunternahm – und dann doch noch umblätterte. Und da war sie. Ihr Name stand groß und breit mitten auf der Seite und wurde von einer weiteren Kritzelzeichnung ergänzt.

»Was ist das?«, fragte Mariam argwöhnisch. »Ist das ein Haken?«

Bebend atmete ich durch. »Es ist die Lösung.«

Die Sense des Iblys.

Meine Knie wurden weich, als mein Blick über die dazugehörigen Zeilen flog und sich alles wie von selbst zusammenzusetzen begann. Natürlich. Paradies und Unterwelt waren zwei Seiten einer Medaille. Manche mochten sie als Gegenstücke bezeichnen, aber vielleicht waren sie auch Zwillinge. Was auch immer es war: Sie gehörten zusammen. Jeder hatte etwas, was der andere nicht hatte. Sie teilten sich die Toten auf, das Oben und das Unten, das Licht und die Finsternis.

Wenn es also auf der einen Seite ein Engelszepter gab, dann …

Iblys war vom Paradies in die Unterwelt gestürzt und hatte, wie Mariam treffend formuliert hatte, einfach alles verloren. Das Einzige, was er bei sich getragen hatte, war seine Sense gewesen – eine einzigartige Waffe, wie sie jeder Engel besaß. Und bestimmt so mächtig wie das Zepter.

Es ergab so viel Sinn. Daamin, der lieber mit schmalen Klingen um sich warf, anstatt sich eine richtige Waffe zu suchen, hatte früher nicht mit einem Zepter gekämpft wie die anderen Engel, sondern mit einer Sense.

Die Frage war nur – wo war sie jetzt? Iblys war mit ihr gefallen. Und was war dann passiert?

Hastig blätterte ich weiter, nahm Mariam das Buch dann ganz aus der Hand, um damit fortzufahren. Aber ich wurde enttäuscht. Das Kapitel endete schon zwei Seiten später, ohne meine Frage zu beantworten.

Natürlich tat es das nicht. Schließlich konnten nur die wenigsten so genau wissen, was mit Iblys geschehen war, nachdem er vom Paradies gestürzt und in die Siebte Unterwelt verbannt worden war. Niemand, der ihn dort zu Gesicht bekommen hatte, konnte das überlebt haben. Falls ihn überhaupt jemand zu Gesicht bekommen hatte.

Ich mahlte mit den Kiefern. Fakt war, dass nichts von dem, was in diesen Büchern geschrieben stand, der Wahrheit entsprechen musste. Schließlich hatte mir Daamin in so gut wie jedem Punkt widersprochen. Aber in diesem Fall war ich mir absolut sicher, dass an der Sache etwas Wahres dran war. Es ergab Sinn, mehr als die meisten Dinge, die in den letzten Wochen passiert waren.

»Jeder Engel«, fasste ich zusammen, »verfügt über einen Gegenstand, in dem ein großer Teil seiner Macht ruht. Es ist wie eine Reserve. Wenn er ihn verliert, kann er immer noch weiterbestehen, aber nie sein volles Potenzial entfalten.« Ich senkte die Lider und dachte nach. »Daamin ist auch ein Engel, also gilt dasselbe für ihn. Diese Sense könnte wichtig sein. Verdammt wichtig sogar!« Ich sah Mariam an. »Weißt du zufällig etwas darüber?« Ich versuchte mich an die Siebte Unterwelt zu erinnern, an die Eindrücke, die dort auf mich eingeflossen waren, aber alles, was vor meinem inneren Auge aufzuckte, war Iblys' Antlitz.

»Nein«, sagte Mariam gedehnt. »Ich habe keine Sense gesehen. Und wenn er sie dort unten gehabt hätte, hätte er sie sicher mitgenommen.« Sie verschränkte die Arme. »Wenn er sie eines Tages gebraucht hätte, dann jetzt.«

Ich schürzte die Lippen. »Aber wenn sie nicht in der Siebten ist, wo dann? Er war doch sonst nirgends.«

»Das ist nicht richtig.« Mariam ließ den Blick schweifen. »Er ist vom Paradies in die Siebte Unterwelt gestürzt. Das bedeutet, dass er durch sechs Unterwelten gefallen ist. Ich hatte schon Mühe, bei meiner Landung in der Dritten meinen Kopf auf den Schultern zu behalten. Es würde mich nicht überraschen, wenn er bei seinem Sturz etwas fallen gelassen hätte.«

Ich dachte an meine Bruchlandungen in jeder einzelnen Ebene der Unterwelt und wie oft ich allein beim Übergang das Bewusstsein verloren hatte, und schüttelte mich. »Du hast recht.« Ich ließ die Schultern hängen. »Ach, verdammt! Heißt das, unsere einzige Waffe gegen das Zepter liegt irgendwo in der Unterwelt?«

Mariam zuckte die Achseln. »Solange dein Bruder nicht an sein ach so tolles Zepter kommt, brauchen wir uns darüber keine Gedanken machen.«

Mein Magen krampfte sich zusammen. Aus ihrem Mund klang das so, als sollte es mich beruhigen, aber sie bezweckte damit das genaue Gegenteil davon. Kaidan war fest entschlossen, sich das Zepter unter den Nagel zu reißen. Womöglich war er schon wieder auf dem Weg nach Vamahar. Uns lief die Zeit davon.

Ich schlug das Buch zu. »Lass uns gehen. Jetzt.«

Abschätzig betrachtete Mariam es. »Wenn jeder Engel einen bestimmten Gegenstand hat, was ist dann mit diesem Zepter? Steht da drinnen, wem es gehört?«

Aus großen Augen sah ich sie an. Auf diesen Gedanken war ich überhaupt nicht gekommen.

»Warte.« Angestrengt suchte ich das Kapitel wieder heraus und ließ den Blick über die Zeilen gleiten, blätterte mehrere Seiten vor und zurück – und stolperte urplötzlich über das Wort *Zepter.*

»Das Zepter des Milor«, las ich vor.

»Milor«, wiederholte Mariam. »Der Engel der Güte und der Nachsicht.« Sie schnaubte. »Ich mag ihren Humor.«

Ich erschauderte leicht. Auf einmal war mir, als könnte er mich hören. Nicht zuletzt, weil er mich zwangsläufig erwählt hatte …

Ich schüttelte die aufkeimende Furcht ab. »Verschwinden wir von hier.«

Mariam nickte – und etwas Anerkennendes trat in ihre Miene. »Vielleicht habe ich mich in dir getäuscht.«

Ich stutzte. »In welcher Hinsicht?«

Sie lächelte leicht – ein Anblick, der mich völlig aus der Bahn warf. »In einfach jeder.«

12.
MACHT

Der Rückflug war nicht weniger Albtraum als der Hinflug zum Palast, auch wenn es keine Vorkommnisse gab. Die Sonne ging allmählich auf und tauchte Almeira in einen zarten, goldenen Schein. Vielleicht war es nur diesem zu verdanken, dass ich in der höchsten Höhe etwas in der Ferne erblickte, das ich lieber nicht gesehen hätte.

Es war Rauch. Schwarzer Rauch. Wie von Dämonen, die sich an einem Ort versammelten – oder wie von Feuer, das bei so mancher Schlacht ausbrach.

Als auch Mariam den Kopf drehte und in die Richtung starrte, stoppte das unbeholfene Flattern des Devs, und er ging kurz in einen deutlich sanfteren Gleitflug über, bei dem ich mich fragte, warum er das nicht schon früher getan hatte.

Der Flugwind ebbte etwas ab, als wir an Geschwindigkeit verloren, und ich konnte mich voll und ganz auf den Anblick konzentrieren. Je mehr ich mich auf den Rauch fokussierte, desto deutlicher schien ich ihn ausmachen zu können, obwohl er weit entfernt war. Es war nicht mehr als ein schwarzer Strich am Himmel …

… so, wie ich den Rauch über der Verbotenen Stadt wahrgenommen hatte. Vom Hügel Vamahar aus.

Ein eisiger Schauer lief mir über den Rücken. »Was bei den –« Mir verschlug es die Sprache. Ich packte Mariam mit einer Hand an der Schulter, damit sie mir auch ganz sicher zuhörte. »W-was passiert dort drüben?«

»Wir haben gehört, dass sich das Heer des Propheten zum Sonnenaufgang wieder auf den Weg machen will«, redete sie gegen den Wind an. »Weil sie aus irgendeinem Grund glauben, die Dämonen seien bei Sonnenlicht schwächer.« Sie grunzte. »Wahrscheinlich haben sich einige Devs nach Vamahar und Afarat aufgemacht, um die Truppen auszubremsen.«

Ich wollte mir die Bedeutung ihrer Worte nicht ausmalen. So viele Menschen müssten sterben, damit Kaidan leben konnte. Weil er ihr Prophet und König war. Wenn sie nur wüssten, wenn sie nur begreifen würden, dass sie damit ihren eigenen Untergang einleiteten.

Ich schlug den Blick nieder. Alles wäre einfacher, wenn Kaidan starb. Alles würde enden, wenn Kaidan starb.

Kaidan …

»Weiß Daamin davon?« Ich schluckte. »Wenn nicht, müssen wir es ihm sagen.«

»Natürlich weiß er davon«, entgegnete Mariam ruhig. »Wahrscheinlich ist er selbst bereits auf dem Weg dorthin oder schon da.«

Mir blieb der Mund offen stehen. »Was?! Nein!«, brach es aus mir heraus, während die Vorstellung mein ganzes Denken einnahm und die kalte Panik durch meinen Körper schießen ließ. Könnte sich Daamin wirklich einfach so zurück in Richtung Schlacht aufgemacht haben? Eine Schlacht, von der er vielleicht nicht zurückkehren würde?

Verzweifelt schnappte ich nach Luft und versuchte vergeblich, gegen die Panik anzukämpfen, die erbarmungslos in mir hochschäumte. »Das darf er nicht!«

Umständlich drehte Mariam den Kopf und betrachtete mich argwöhnisch. »Bist du in der Position, zu bestimmen, was der Iblys macht?«

»Ja!« Meine Finger verkrampften sich an meinem Halt. »E-er …« Mein Atem beschleunigte sich, als ich mir ausmalte, Daamin wäre irgendwo dort und würde kämpfen. In einer unauffälligen Gestalt, damit er nicht sofort auffiel. In der er sich aber genauso sehr in Gefahr befand.

Konnte Kaidan ihn ebenso erkennen wie ich? Konnte er in sein Innerstes sehen?

Daamin war nicht sicher. Kaidan würde ihn in der Menge ausmachen. Er würde ihn angreifen. Und wenn er erst an das Zepter käme –

»D-das darf er nicht«, flüsterte ich. Denn dann wäre Daamin einfach losgezogen, ohne mir etwas zu sagen. Ohne sich zu verabschieden.

Du hast dasselbe getan, indem du dich von Mariam zum Palast hast bringen lassen.

Aber doch nur, um wieder zurückzukommen!

Das konnte er nicht wissen.

Mein Mund wurde trocken und mein Herz schwer vor unterdrückten Gefühlen. Hatte ich ihn im Stich gelassen? Und das nur, weil ich den Anblick seines Gesichts nicht ertragen hatte? Seines Gesichts, das genauso untrennbar ein Teil von ihm war, wie meine grünen Augen und meine schwarzen Haare ein Teil von mir waren?

»Ich glaube, er liebt dich wirklich.« Obwohl Mariam gerade kein Wort sagte, hallte ihre Stimme in meinem Kopf wider und trieb mir Tränen in die Augen.

Daamin liebte mich. Und ich liebte ihn. Ganz gleich, welches Gesicht er trug, er war immer noch derselbe.

Ich war so dumm. Ich hatte geglaubt, dass ich Zeit brauchte, aber das stimmte nicht. Ich hatte Kraft gebraucht. Und Gewissheit.

Jetzt, wo mich die Sorge beinahe von Gor warf, realisierte ich, dass ich nicht ohne Daamin konnte. Und dass ich es ihm nicht antun konnte, ihn so sehr auf Abstand zu halten, wie ich es gestern getan hatte.

Ich liebte ihn. Und ich wollte einfach alles von ihm. Ich wollte alles von ihm *wollen.* Denn welches Gesicht auch immer er trug, es war ein Teil von ihm. Und ich musste und würde es genauso sehr lieben wie den Rest davon.

Aber womöglich kam diese Erkenntnis zu spät.

Die Panik ließ mein Herz einen Schlag aussetzen. *Das Zepter. Die Sense. Die Schlacht. Kaidan. Daamin.*

Daamin.

»Wir müssen dorthin«, presste ich hervor. »Nach Vamahar.«

Ein tiefes Grollen drang aus der Gors Kehle, das ich als Nein interpretierte.

Gleichzeitig kam es mir so vor, als würde sich der Rauch am Horizont immer mehr verdichten. Der Morgen war bereits angebrochen. Was, wenn beide Seiten in diesen Sekunden aufeinandertrafen? Jede Faser meines Körpers wurde von einer beißenden Kälte erfüllt. Daamin befand sich mitten in einer Schlacht. Gegen Kaidan, der ihm haushoch überlegen sein könnte.

Ich bildete mir ein, dass der Dev in den Landeanflug überging, und schnappte nach Luft. »Nein! Hey!«, herrschte ich ihn und Mariam an. »Wir müssen nach Vamahar! Wir müssen zu Daamin!«

»Müssen wir nicht.« Die Hexe schenkte mir einen knappen Schulterblick. »Er hat mir befohlen, auf dich aufzupassen, und das werde ich auch.«

»Dann pass auf mich auf!«, fuhr ich an. »Aber auf dem Hügel und nicht hier!«

Ein harter Zug bildete sich um ihren Kiefer. »Wir müssen dafür sorgen, dass du in Sicherheit bist, und das können wir dort nicht. Also bleiben wir in der Verbotenen Stadt.« Sie kniff die Augen zusammen. »So, wie wir es abgemacht hatten, Rana.«

Sie wollte mir ein schlechtes Gewissen einreden, doch ihre Worte prallten an mir ab. Mein Geist war voll von Daamin. Von der Sorge um ihn. »Wäre es dir lieber, wenn ich hier und jetzt in den Tod springe?«

Gehetzt riss Mariam die Augen auf. »Das wirst du unterlassen!«

Plötzlich fühlte ich mich von einer neuen Energie erfüllt, die meine Angst vor dem kalten, harten Aufschlag auf dem Boden dämpfte. Mutig löste ich eine Hand vom Rücken des Devs und reckte sie in die Höhe. »Hindere mich doch daran!«

»Er ist noch hier«, sagte Mariam so schnell, dass ich ins Schleudern geriet.

Abrupt krallte ich mich wieder am Dev fest. »W-was?« Erst dann machte es klick, und meine Mundwinkel sackten herab. »Du lügst!«

»Nein.« Nichts in ihrer Miene regte sich. »Ich kann ihn spüren. Er ist noch nah. Aber wer weiß, für wie lange noch.«

Mir stockte der Atem. Sehnsüchtig sog ich die Bedeutung ihrer Worte in mich auf, bis sie mich vom Kopf bis zu den Zehenspitzen ausfüllten. Auf einmal fühlte ich taub, benommen, als hätte mich Mariam schon wieder mit einem Zauber belegt.

Er ist … noch hier …?

Dann fuhr die Gewissheit wie ein Blitzschlag in meinen Körper. Ich hatte noch eine Chance. Eine Chance, die mir in diesen Augenblicken wie Sand durch die Finger rann. »Bei Iblys«, flehte ich den Dev an. »Bitte lande schneller!«

Gor landete schnell, wenn auch nicht annähernd schnell genug für mich. Noch bevor seine Füße den Boden berührten, schwang ich mich über seinen Rücken und schlitterte einfach an ihm herab. Ein heißer Schub ging durch meinen Körper, und ich fühlte mich zittrig, als würde sich die Welt in rasender Geschwindigkeit um mich herum drehen. Ich spürte mehrere Blicke auf mir, doch sie machten mir keine Angst. Nicht so sehr wie die Vorstellung, Daamin könnte sich in diesen Sekunden in Rauch auflösen und für immer verschwinden. »Wo?«, stieß ich hervor und betete, dass sich zumindest eine schwarze Seele angesprochen fühlte. Ein hundsköpfiger Dämon zog meine Aufmerksamkeit auf sich. »Wo ist er?!«

Mein Gegenüber zuckte zusammen vor Schreck und starrte mich mit einem wortwörtlichen Dackelblick an. Ein leises Winseln ertönte, als er gehorsam den Arm hob und in eine Richtung deutete.

Sofort wirbelte ich herum und rannte, so schnell ich nur konnte. Daamin war noch hier, aber nicht mehr lange. Schließlich hatte er keinen Grund dazu, sich in dieser Stadt zu verschanzen, während sich mein Bruder unaufhörlich auf das Zepter zubewegte – die einzige Waffe, die Daamin ernsthaft schaden könnte.

Er würde mich verlassen. Und bei unserer letzten Begegnung hatte ich ihn abgewiesen, weil ich sein wahres Gesicht einfach nicht ertragen hatte. Ein Gesicht, das ich vielleicht nie wiedersehen würde – genauso wenig wie irgendein anderes von ihm.

Vielleicht war die Geschichte rund um Iblys' Sense Unsinn. Vielleicht konnte ich ihm keinen Vorteil verschaffen. Aber darum ging es mir nicht – nicht nur. Ich wollte an Daamins Seite sein. Bis zum Ende. Weil ich das Gefühl hatte, dass ich ihn enttäuscht hatte, und ihm unbedingt zeigen wollte, dass ich ihn niemals verraten würde. Niemals wieder.

Alles, was ich brauchte, war eine Chance.

Ich lief so lange blindlings geradeaus, bis mir einfiel, dass der Hundedämon kein einziges Wort gesagt hatte. Schlitternd kam ich an einer Weggabelung zum Stehen und riss den Kopf zu dem Dämon herum, der mir am nächsten stand – es war ein kleines Mädchen mit braunen Zöpfen und den Beinen einer Ziege. »Daamin?!«, keuchte ich und widerstand dem Drang, mich auf meinen Oberschenkeln abzustützen.

Das Mädchen kniff die glühend roten Augen zusammen, als ich seinen Herrn und Meister bei diesem Namen nannte. »Er ist da drinnen«, murrte es und nickte in Richtung eines unscheinbaren Sandsteingebäudes am Ende der Straße.

»Danke.« Ich setzte meinen Weg fort.

»Hey!«, keifte die Dschinna hinter mir. »Ihr solltet ihn nicht stören!«

Ich nahm kaum Notiz davon. In dieser Situation konnte ich schlecht vor der Tür warten. Daamin bestand aus Rauch, also hätte er keinen Grund, zu Fuß nach draußen zu treten und auf den nächsten Dev zu steigen, um von hier zu verschwinden. Er würde sich verwandeln, durch das Dach dringen und davonfliegen, ohne mir unter die Augen gekommen zu sein.

Ich durfte das nicht zulassen. Ich musste schnell genug sein.

Ich stolperte mehr als einmal über meine eigenen Füße, als ich endlich bei dem Gebäude ankam, und verschwendete keinen Gedanken daran, ob die Tür offen oder verschlossen sein könnte. Ob ich erwünscht oder unerwünscht wäre. Ob ich warten sollte oder nicht. Stattdessen übergab ich meinem Herzen die Kontrolle und riss sie einfach auf. »Daamin, ich –«

Doch in der Mitte des Raumes fand ich nicht Daamin vor.

Es war Iblys, ein Wesen so groß wie zwei Männer, mit langen blonden Haaren und einer Aura aus dunklem Rauch.

Er stand mit dem Rücken zu mir und war nicht allein. Vor ihm hatten sich Kreaturen aufgestellt, die mir nicht fremd waren. Obwohl sich ihr Anblick unwiderruflich in mein Gedächtnis eingebrannt hatte, spürte ich das Grauen ebenso deutlich wie in der Siebten Unterwelt. Sie waren groß, beinahe genauso groß wie Iblys, und trugen lange, zerschlissene Kleidung, die ihre dürren Körper bis zu den Fußsohlen umhüllte. Wenn ich nach ihrem Körperbau und ihren wallenden Haaren ging, handelte es sich um Männer und Frauen. Mehr Hinweise bekam ich nicht, dann als mein Blick zu ihren Köpfen wanderte, waren diese leer. Wo Gesichter sein sollten, befanden sich nichts als glatte Flächen.

Ich stockte. Versteifte mich am ganzen Körper. Fühlte mich an einem Ort fernab von Raum und Zeit gefangen, als ich den Gesichtslosen entgegenstarrte, deren gräuliche Rauchflügel kaum sichtbar aus ihren Rücken entsprangen. Damit sahen sie beinahe selbst aus wie gefallene Engel.

Am Rande meines Bewusstseins nahm ich wahr, dass ich in einem kleinen Wohngebäude gelandet war. Rechts von mir befand sich eine erkaltete Feuerstelle, am hintersten Ende ein lange nicht mehr benutztes Bett. Alle anderen Möbel lagen umgestürzt oder in Trümmern herum. Iblys und die Gesichtslosen fanden hier nur Platz, weil das obere Stockwerk restlos eingestürzt war und ausreichend Raum bis zum Dach ließ. Mein Zimmer war für mich vorbereitet worden – doch an allen anderen Gebäuden nagte der Zahn der Zeit genauso verbissen wie in den letzten Jahrzehnten.

Stille. Obwohl die Kreaturen keine Gesichter hatten, fühlte ich mich von ihnen angestarrt wie von blutrünstigen Bestien. Meine Instinkte schrien mich an, zu fliehen, doch ich war zu keiner Bewegung fähig. Eine gefühlte Ewigkeit schien gar nichts zu passieren. Das einzige Anzeichen, dass die Welt nicht den Atem anhielt, war das wilde Schlagen meines Herzens in meiner Brust.

Dann lösten sich die Gesichtslosen in Rauch auf. Rauch, der mit einem Zischen und Kreischen an mir vorbei durch die Tür nach draußen schoss. Kaum, dass sie fort waren, wurde es still. So still, dass ich hätte schwören können, dass die ganze Straße leergefegt worden war.

Ich konnte mich nicht danach umsehen. Meine Aufmerksamkeit lag auf Iblys, der sich in diesen Sekunden langsam zu mir umdrehte. Sein Gesichtsausdruck war kaum für mich zu deuten – einfach nur weil mir sein *Gesicht* nicht annähernd so vertraut war wie das von Daamin.

Ich wagte es nicht einmal zu blinzeln. Stattdessen kämpfte ich den Widerstand herunter, der sich ohne mein Zutun in mir erhob, und sog Daamins Anblick in mich auf, jede einzelne Schattierung seiner Haut, jede Strähne seines Haars, jede seiner langen Wimpern. Seine große, dürre Statur, seine Hände mit den ungewöhnlich langen Fingern – und versuchte, mir einzubläuen, dass das alles nicht einfach *der Teufel* war. Sondern Daamin. *Mein* Daamin.

Ich hatte das Gefühl, dass es klappte. Doch wenn ich dem angespannten Ausdruck in seiner Miene Glauben schenken wollte, war er gerade nicht in der Stimmung, mit mir zu sprechen.

»Wie kann ich dir helfen, Prinzessin?« Seine Stimme war tief und rau, donnerte aber nicht annähernd so sehr in meinem Kopf wie die letzten Male, die er in dieser Gestalt das Wort erhoben hatte. Er klang beinahe wie ein normaler Mensch. Ein normaler Mensch, der in seinem Leben unzähligen Strapazen ausgesetzt gewesen war.

Iblys atmete tief durch, und schon konnte ich sehen, wie seine Füße allmählich zu verblassen begannen. Seine Finger, seine Hände –

Ich erschrak. »N-nein!«, hielt ich ihn davon ab, sich in Daamin zu verwandeln.

Er runzelte die Stirn, und das Wabern verließ meine Wahrnehmung, ohne dass er sich verändert hatte.

Mein Atem ging nur noch flach. »Bleib so«, flüsterte ich und drückte die Tür hinter mir ins Schloss. »Bitte.«

Ein leichtes Zucken ging durch seine linke Augenbraue. »Ich hab keine Ahnung, was in dich gefahren ist«, sagte er in demselben, lockeren Tonfall wie Daamin, »aber es gefällt mir.« Ich bildete mir ein, dass er schon fast in das Schnurren überging, das er mir immer dann schenkte, wenn er sich über mich amüsierte, und tatsächlich mischten sich die altbekannten Schmetterlinge in meine Unsicherheit. Er war es.

Ich machte einen Schritt auf ihn zu und musterte ihn von Kopf bis Fuß. Wieder flimmerte Iblys, doch anstatt sich zu verwandeln, schrumpfte er lediglich, bis er immer noch größer als ich war, aber nicht mehr so groß, dass ich mir den Nacken hätte ausrenken müssen, um ihm in die Augen zu sehen.

Das war es nun also. Ich hatte ihn als Daamin kennengelernt, doch jetzt musste ich endlich akzeptieren, dass er das nicht war. Nicht nur.

Noch ein Schritt.

Er war Iblys. Aber das bedeutete nicht, dass er all das war, wofür ihn die Menschen hielten. Er war anders. Und ich wusste das von allen am besten. Weil niemand ihn so gut kannte wie ich.

Jetzt trennten uns nur noch zwei Schritte. Er war mir so nah wie schon lange nicht mehr – nicht in dieser Gestalt. Und es war in Ordnung für mich. Denn je länger ich hier vor ihm stand und ihn in Ruhe auf mich wirken ließ, desto leichter fiel es mir, Daamin in ihm zu sehen.

Gleichzeitig wusste ich, dass das nicht reichen würde. Es gab nur einen Weg, der Angst, den Zweifeln und der Sorge Einhalt zu gebieten – ein für alle Mal. Indem ich ihnen ins Auge sah.

Entschieden überbrückte ich die letzte Distanz zu ihm. Iblys war noch immer weit mehr als zwei Köpfe größer als ich, doch ich störte mich nicht daran. Kurzentschlossen griff ich nach oben, packte ihn am Kragen seines Gewands und zog seinen Kopf zu mir herunter. Hätte er das nicht gewollt, wäre ich nicht annähernd stark genug gewesen, um ihn dazu zu zwingen, aber er neigte gehorsam das Haupt, bis sein Gesicht meinem so nah war wie noch nie zuvor. Nicht dieses Gesicht.

Mein Mund wurde trocken, und plötzlich wurde ich von einer seltsamen Nervosität erfasst, die ich bisher selten gespürt hatte.

Iblys' Haarsträhnen kitzelten mein Gesicht. In seinem Blick lag Neugierde, Faszination – und auch ein Anflug von Unsicherheit. Meine andere Hand fand seine Wange, strich über seine Haut, die sich so dünn und verletzlich unter meinen Fingerkuppen anfühlte und das seltsame Bedürfnis in mir weckte, ihn zu beschützen. Vor Kaidan, der ganzen Welt und den Schrecken, die sie für ihn bereithielt. Weil er mir mehr bedeutete als jeder Mensch, der je darin gewohnt hatte.

Ich zögerte keinen Augenblick länger. Stattdessen drückte ich meine Lippen auf seine.

Daamin reagierte nicht annähernd so schnell wie sonst. Anstatt mich kaltblütig an sich zu reißen, mich fest zu packen und mich im Sturm zu erobern, bewegte er sich bedächtig, geradezu vorsichtig. Seine Finger strichen über meine Oberarme, in einer seichten, hauchzarten Berührung, als wäre er sich nicht sicher, ob ich sie wollte. Ich wiederum konnte an nichts anderes denken als: *Er ist nicht mehr wütend*. Er hasste mich nicht. Und vielleicht könnte er mir sogar verzeihen.

Als könnte er meine Gedanken lesen, ergriff er mich bei den Schultern und zog mich enger an sich, schlang seine Arme um meinen Oberkörper und lehnte sich tiefer in den Kuss hinein.

Ich bemühte mich, die Augen geöffnet zu lassen. Zu sehen, wie sich seine Gesichtszüge glätteten, wie sich seine Lider senkten, als er mich an sich drückte – und wie er sich nach und nach in leichte Rauchschwaden aufzulösen begann. Rauchschwaden, die ihn seine andere Form annehmen ließen. Vielleicht nahm er es selbst nicht einmal wahr, doch nur wenige Augenblicke später war er nicht mehr Iblys, sondern Daamin. Daamin, dessen Lippen sich widerstrebend von meinen lösten.

Er hielt mich immer noch in den Armen, als hätte er nicht vor, mich je wieder loszulassen, und betrachtete mein Gesicht aus der Nähe. Seine Augen waren voll von Zuneigung, von Wärme. »Wenn du einzig und allein dafür gekommen bist, solltest du mir definitiv öfter einen Besuch abstatten.«

Sofort wurde mir der Ernst der Lage wieder bewusst. Daamin hatte mit den Gesichtslosen keinen Kaffeeklatsch abgehalten. Er plante seinen nächsten Schachzug. Und wenn ich ihn nicht davon abhielt, würde er keine Zeit verlieren, ihn umzusetzen.

Doch jetzt, wo er mich so ansah, wirkte er gerade so, als würde er keinen Gedanken mehr an das Bevorstehende verschwenden. »Alles in Ordnung, Prinzessin?«, fragte er leise. »Ich dachte, du wärst fort, und nun bist du zurück und wie ausgewechselt. Was ist passiert?«

Mein Herz verkrampfte sich in meiner Brust. Er hatte davon Wind bekommen. Natürlich. Und es musste ihn verletzt haben. Aber vielleicht, nur ganz vielleicht, war mein kleiner Abstecher das ja wert gewesen.

Auch wenn ich genau wusste, wie unser Gespräch weitergehen würde: Ich würde ihn bitten, nicht zu gehen, und er würde mir einen Kuss geben, mir dann aber sagen, dass er keine andere Wahl hätte. Er würde mich hier zurücklassen – mit Mariam als meiner Beschützerin und Gefängniswärterin – und sich in einen Krieg stürzen, von dem er vielleicht nicht zurückkehren würde.

Ich machte mich von Daamin los und rückte von ihm ab. Obwohl noch kein Wort ausgesprochen war, stieg ein Anflug von Ärger in mir hoch. »Was auch immer du vorhast«, sprach ich mit fester Stimme. »Ich will nicht, dass du gehst.« Ich ballte die Hände zu Fäusten. »Ich will, dass du hierbleibst.«

Ein genüssliches Lächeln umspielte Daamins Lippen. »Mein liebster Tonfall von meiner Liebsten.« Er legte neckisch den Kopf schief. »Aber dir ist bekannt, dass ich gerade keine Wünsche entgegennehme, oder?«

Ich kniff die Augen zusammen. Ich wusste genau, dass er nur mit mir spielte. Mein plötzlicher Kuss musste sein Selbstbewusstsein in die Höhe schießen lassen haben. Ich musste dafür sorgen, dass er sich nicht zu sehr aufs hohe Ross schwang. Gleichzeitig befürchtete ich, dass der Kuss nicht genug gewesen war. Genug, um ihn zu überzeugen, wie viel er mir bedeutete und dass er mich nicht einfach so zurücklassen durfte. »Bist du etwa auf Schmeichelei aus?«

Daamin musterte mich von oben bis unten. »Nein«, sagte er gedehnt. »Ich bin schließlich kein Marid.«

Ich verschränkte die Arme vor meinem Oberkörper, ehe sich sein Blick zu sehr an ihm festkrallen konnte. »Gut. Denn was ich sage, ist kein Wunsch.« Fest sah ich ihn an. »Geh. Nicht.«

Seine Augen färbten sich dunkler. Langsam machte er einen Schritt auf mich zu. »Und wie willst du mich davon abhalten?«

Ich wollte standhaft bleiben. Nicht vor ihm zurückweichen. Und ertappte mich doch dabei, wie ich mich rückwärts bewegte, während er mir immer näherkam. »Mit aller Macht, wenn es sein muss.«

Daamins Lächeln wurde breiter und beflügelte mein Herz. Wo gerade eben noch der Schalk in seinen Augen gewohnt hatte, erkannte ich darin nun einen Anflug von Verlangen. Der Anblick ließ mir schlagartig klar werden, was passierte. Und das war weit mehr, als ich mir je erträumt hätte. »Nur leider, Prinzessin, …« Ich spürte eine Wand im Rücken, aber Daamin ließ es sich nicht nehmen, mich noch zusätzlich gegen sie zu drücken. Seine Hände an meinen Hüften und sein Körper ganz dicht an meinem, brachte er seine Lippen nahe an mein Ohr: »… hast du keine Macht über mich.«

Das Prickeln in meiner Magengrube wurde stärker und drohte schon beinahe, die Oberhand an sich zu reißen. Dieses Gespräch lief nicht wie erwartet. Er verließ mich nicht. Stattdessen war es, als wollte er jeden Augenblick mit mir in vollen Zügen auskosten. Womöglich weil er wusste, dass es die Letzten sein könnten.

Und plötzlich war da noch etwas anderes in mir. Nicht nur der verzweifelte Drang, ihn vor seinem Schicksal bewahren zu wollen. Sondern auch die beißende Gewissheit, dass ich ihn vielleicht schon bald verlieren würde. Egal, wie unser Gespräch verlief, es könnte unser letztes sein.

Unser allerletztes.

Der Gedanke daran entfachte ein heißkaltes Feuer in mir, das sich in eine feste Entschlossenheit wandelte. »Und wie ich die habe. Ich hatte sie von Anfang an und habe sie nie verloren.«

»Ach ja?« Daamins Griff um mich versteifte sich, und seine Finger bohrten sich schmerzhaft in meine Hüften. »Was führt dich zu dieser kreativen Annahme?«

Mein Atem ging nur noch flach, und die Verzweiflung der letzten Tage fachte die Flammen in meinem Inneren umso weiter an. »Ich sehe es in deinen Augen«, flüsterte ich. »Dein grenzenloses Verlangen nach mir. Danach, mir zu unterliegen.«

Daamins Brauen zuckten aufwärts, nur ein ganz kleines bisschen. »Du solltest aufpassen, wie du mit mir sprichst, Prinzessin«, grollte er, konnte jedoch den amüsierten Zug um seine Mundwinkel nicht überspielen.

»Es ist wahr.« Unschuldig blickte ich zu ihm hinauf und konnte förmlich mitansehen, wie sein Hunger auf mich ins Unermessliche wuchs. »Ganz egal, wie du dich geben magst: Du liebst es, mir zu dienen.«

Ein trockenes Schnauben kam ihm über die Lippen. »Wenn du dir da so sicher bist«, zischte er, »dann beweis es mir.« Er rückte nur ein bisschen mit dem Gesicht von mir ab, und ich wusste, dass es nicht mehr als eine falsche Silbe oder Bewegung bräuchte, damit er seine Lippen wieder auf meine presste – und das mit einer Gewalt, der ich nicht gewachsen wäre.

Doch ich wusste genau, was zu tun war. »Fass mich nicht an.« Ich blickte ihm furchtlos entgegen und fügte hinzu: »Noch nicht.«

Unverhohlenes Interesse blitzte in seinen Augen auf. Betont langsam hob er seine Hände in die Höhe, sein Körper nur ein kurzes Stück von meinem entfernt, sodass ich ihm nicht hätte entkommen können, hätte ich das gewollt. Eine ganz klare Demonstration, dass er mir nicht unterlegen war. Er gab sich als Herr über meinen goldenen Käfig. Doch das Spiel fing gerade erst an.

Locker lehnte ich mich gegen die Wand und ließ meine Hände zu den Trägern meines Kleids und Unterkleids gleiten. »Sieh mich an. Aber berühre mich nicht.« Quälend langsam zog ich an den Trägern und streifte sie über meine Schultern. Von da an waren es nur noch ein paar wenige Bewegungen, bis der Stoff zu Boden ging und meine nackte Haut entblößte.

Ich hörte, dass Daamins Atemzüge schwerer wurden, und seine Reaktion löste pure Glücksgefühle in mir aus. Sofort bedeckte er jeden noch so kleinen Teil meines Körpers mit dem Blick, und eine wohlige Gänsehaut rann mir über die Arme, als die Begierde in seinen Augen anschwoll. Seine Aufmerksamkeit zuckte wie wild auf und ab und immer wieder zu meinem Gesicht zurück, als wäre er sich nicht sicher, wie sehr er sich an mir sattsehen durfte.

Ich hatte bereits jetzt gewonnen.

Aus dem Augenwinkel glaubte ich, seine Finger zucken zu sehen, als könnte er sich kaum mehr im Zaum halten. »Rana«, flüsterte er, und allein der Klang seiner kehligen Stimme hätte beinahe dafür gesorgt, dass ich die Barrikaden fallenließ und das Spiel beendete.

Im letzten Moment besann ich mich eines Besseren. Ich fixierte seine Lippen. »Küss mich, wie du mich noch nie geküsst hast«, hauchte ich.

Daamin ließ sich nicht zweimal bitten. Er drückte seinen Mund so plötzlich auf meinen, dass mein Hinterkopf gegen die Wand stieß. Seine Zungenspitze fand meine und verwickelte sie in einen Tanz, den unsere Gemüter schon die ganze Zeit über tanzten.

Dabei war sein Gesicht das Einzige, was mich berührte. Seine Hände behielt er nach wie vor bei sich, stützte seine Unterarme links und rechts von mir an der Wand ab, sodass seine Brust nur ein kurzes Stück von meiner entfernt war. Er wusste genau, dass es noch nicht vorbei war.

Doch die Spielregeln galten nicht für mich. Ungeniert ließ ich meine Hände über seinen Oberkörper gleiten, unter den Stoff seines Gewands und über seine nackte Haut, die ich schon so lange nicht mehr gespürt hatte, und sorgte dafür, dass er sich mit einem leichten Seufzen tiefer in den Kuss hineinlehnte.

Jetzt hatte ich ihn da, wo ich wollte.

Sofort löste ich mich von ihm. »Stopp.«

Fluchend verengte Daamin die Augen. »Ich habe so verdammt lange auf dich gewartet und du spielst mit mir?« Lust und Ungeduld fochten um die Oberhand in seinem Blick. »Das werde ich dich bitter bereuen lassen.«

Ich zuckte nicht mit der Wimper. »Du hast hier nicht das Kommando.«

Ein Anflug des Ärgers spiegelte sich in Daamins Miene wider. Mir war, als ginge ein Beben durch seinen Körper. Vielleicht spielte er mit dem Gedanken, sich einfach zu nehmen, was er wollte. Doch das würde er nicht. Weil er es noch nie getan hatte und jetzt nicht damit anfangen würde. Und weil er *wollte*, dass ich die Kontrolle über ihn hatte.

Dabei gab es aber nur ein Problem: Ich hielt es selbst kaum mehr aus.

Ich musste all meine Selbstbeherrschung sammeln, um weiterzumachen: »Entkleide dich.«

»Nein«, kam es ihm sofort über die Lippen – ein geradezu kläglicher Widerstand, den ich mühelos durchschaute.

Ich reckte das Kinn. »Gut. Dann werde ich mich jetzt wieder anziehen.«

Zischend stieß Daamin die Luft aus seinen Lungen. In weiser Voraussicht regte ich mich nicht, sondern wartete lange genug ab, bis er aufgab und sich erst seines Umhangs, dann seines Obergewands entledigte. Als er aus seinen Schuhen schlüpfte, tat ich es ihm gleich, und zu guter Letzt folgte seine Hose.

Während ich versuchte, nicht allzu sehr anzustarren, was darunter zum Vorschein kam, stellte sich Daamin in purer Provokation so dicht vor mich, dass ich seine Hitze an jeder erdenklichen Stelle meines Körpers spüren konnte. »Und jetzt, Prinzessin?«

Es wäre eine Lüge, zu sagen, dass ich dieses Spiel in vollen Zügen genoss. In Wahrheit litt ich genauso sehr wie Daamin. Und deshalb waren meine nächsten Worte nicht ganz uneigennützig: »Berühre mich da, wo du mich am meisten berühren willst. Und nur da.«

Er atmete schwer. Seine Schultern hoben und senkten sich, als trüge er die Last der Welt auf ihnen. Als er einen Augenblick zu lange zögerte, wusste ich bereits, was passieren würde. Er hob eine Hand, berührte meine Wange und strich mir mit dem Daumen über die Unterlippe.

Ich funkelte ihn von unten herab an. »Lügner.«

Seine Augen wurden nur ein kleines bisschen größer, und doch wusste ich, dass er sich ertappt fühlte. Ein harter Zug bildete sich um seinen Kiefer – dann ließ er seinen Blick rücksichtslos meinen Körper herabschweifen. Und seine Hände ihm folgen.

Grob packte er mich an den Brüsten – und ließ mich kaltblütig spüren, dass ich mich nicht klar genug ausgedrückt hatte. Denn anstatt nur mit den Fingerspitzen über meine sensible Haut zu streichen, beugte er sich zu mir herab und bedeckte eine Seite mit seinem Mund.

Erschrocken stieß ich die Luft aus meinen Lungen, doch das tat Daamin keinen Abbruch. Die Bewegungen seiner Finger auf meiner rechten Brust wurden stärker, rücksichtsloser, und auf der linken war es seine Zungenspitze, die mich voller Inbrunst liebkoste.

Ich wollte das Spiel noch weiter treiben. Wollte ihn an die Grenzen seiner Selbstbeherrschung bringen. Doch ich konnte es nicht. Weil ich meine in der Sekunde erreichte, in der er meine sensibelste Stelle zwischen die Zähne nahm.

Meine Gedanken setzten einfach aus. Verzweifelt krallte ich mich mit einer Hand in seinen Haaren fest und versuchte, die schiere Wucht aus Gefühlen, die Daamin in mir auslöste, irgendwie zu verarbeiten. Ich konnte nicht verhindern, dass ich die Brust herausstreckte und mich ihm umso mehr darbot, auch wenn ich mich innerlich selbst dafür verfluchte. Doch im Gegenzug brachte er meinen Geist auf eine geradezu paradiesische Ebene, in der ich mich schon so lange nicht mehr befunden hatte.

Erst als seine Hände beiläufig abwärts wanderten, machte es klick. »Stopp«, stieß ich hervor, ehe ich mich selbst vergessen konnte.

Daamin stöhnte genervt und voller unterdrückter Begierde und riss den Kopf hoch. »Ich will dich, Rana!«, presste er aus rauer Kehle hervor. »Ich will dich unter mir, über mir und auf jede Weise, die sich die Menschheit je ausgedacht hat.«

Seine Worte sandten einen Schub aus Hitze durch mich hindurch und ließen mein eigenes Verlangen in meiner Magengrube explodieren. Meine Hände fühlten sich ganz zittrig an, als ich sie in seinen Nacken legte. »Dann nimm mich mit dir ins Bett.«

Daamin starrte mich mit einer so unverhohlenen Lust an, als wäre er kurz davor, es auf dem nackten Boden zu tun. Dann riss er mich einfach von den Füßen und trug mich quer durch das Zimmer. Ehe ich mich versah, hatte er mich auf der Matratze abgelegt – und hielt meine Hände links und rechts von meinem Kopf fest. Er lehnte seine Stirn gegen meine, und das Geräusch seines rauen Atems füllte mich von innen aus. Aus dem Augenwinkel sah ich, wie seine schwarzen Rauchschwingen aus seinem Rücken schossen und sich sanft über uns legten.

»Ich will, dass du mich Daamin nennst«, raunte er. »Und mich Iblys nennst.« Sein lodernder Blick brannte sich in meinen. »Und dass du mir beide Male dieselbe Hingabe schenkst – ganz egal, wen oder was du siehst.«

Schon fast aus Gewohnheit krampfte sich mein Magen zusammen – doch das Gefühl wurde jäh vom feurigen Verlangen abgelöst, das Daamin in meinen Lenden entzündet hatte. »Warum sollte ich das tun?«, forderte ich ihn ein letztes Mal heraus.

Seine Nasenspitze berührte meine, und es fehlte nur noch eine winzig kleine Bewegung, ehe seine Lippen wieder auf meine treffen würden. »Weil ich nur dann endlich ganz und gar dir gehören werde.«

Ich ließ ihn kaum aussprechen. »Daamin«, flüsterte ich, ehe ich nach seinem Mund schnappte.

Daamin reagierte sofort, griff mit einer Hand in mein Haar und drückte meinen Kopf mit einem inbrünstigen Kuss in die Kissen. Wie ein Puppenspieler packte er meine Oberschenkel und brachte sie ruckartig in die Position, die er haben wollte. Und wie schon bei unserem ersten Mal zögerte er keine Sekunde lang, ehe er uns vereinte.

Ein kehliges Seufzen drang aus seinen Lippen, mischte sich zu meinem eigenen und unterbrach unseren Kuss. Es fühlte sich Ewigkeiten her an, seit ich ihn zuletzt auf diese Weise gespürt hatte. Ein Teil von mir war sich absolut sicher gewesen, dass es nie wieder passieren würde. Dass er jetzt bei mir war, kam mir vor wie der schönste Traum. Ein Traum, von dem ich befürchtete, er könnte jede Sekunde verblassen. So lange bis sich Daamin zurückzog und mit einer zweiten kraftvollen Bewegung zu mir zurückkehrte, gefolgt von einer weiteren.

»Ich habe dich so vermisst«, flüsterte er nah an meinem Ohr, ohne innezuhalten. Jedes einzelne Mal presste er mir die Luft aus der Lunge und ließ das Hier und Jetzt realer werden. Mir war, als bildete sich ein harter Zug um Daamins Kiefer, als müsste er all seine Selbstbeherrschung auf sich nehmen, um nicht rücksichtslos zu werden – als könnte er sein Verlangen kaum im Zaum halten. Und ich war mir sicher, dass er mir nur einen winzig kleinen Teil davon präsentierte, als er plötzlich meinen rechten Oberschenkel anhob, so sehr, dass ich gar keine andere Wahl hatte, als mein Bein über seiner Schulter anzuwinkeln.

Erschrocken sog ich die Luft ein, als meine Empfindung für ihn schier explodierte. Trotz des Widerstands in Form meines Beins zwischen uns fühlte ich mich ihm näher als je zuvor. Unversehens wurde Daamin schneller, und obwohl ich die Augen weit geöffnet hatte, begann ich Sterne zu sehen. Ich bekam kaum mehr Luft, wollte aber auch gar keine mehr, wenn es bedeutete, nur einen einzigen Sekundenbruchteil dessen zu verpassen, was zwischen Daamin und mir passierte.

Ich hatte ihn zurück. Ich hatte ihn endlich zurück. Ich hatte meine Ehe nie vollzogen und war so verdammt froh darüber. Denn an diesem Morgen war ich mir absolut sicher, dass kein Lebewesen in allen Unterwelten das mit mir tun könnte, was Daamin tat. Es war wie schwarze Magie, die mich in ihren Bann gezogen hatte und niemals loslassen würde.

Ich hörte an seinen ungleichmäßigen, abgehackten Atemzügen, wie er die Kontrolle verlor, und der bloße Gedanke daran, dass das an nichts anderem als mir lag, erfüllte mich mit der reinsten Glückseligkeit, sogar dann noch, als er kurz darauf seine Stirn keuchend gegen meine lehnte und sich schließlich aufrichtete.

Zaghaft öffnete ich die Augen, von denen ich nicht mitbekommen hatte, dass ich sie geschlossen hatte, und er strich mir energisch und wie zu einer stillen Botschaft mit einem Daumen über die Unterlippe.

»Ich bin noch nicht fertig mit dir«, grollte er und ließ einen neuen Schwarm aus Schmetterlingen in meiner Magengrube emporflattern. Doch als er auf mich herabblickte, las ich Anspannung in seinem Blick. Eine Anspannung, die mich an seine Bitte erinnerte – und wie unglaublich viel er damit verband.

Ein leichtes Lächeln umspielte meine Lippen, und ich hatte nicht die geringsten Zweifel, als ich flüsterte: »Iblys.«

Daamins Augen weiteten sich etwas, und ich konnte ihm förmlich ansehen, dass ihm der größte Fels vom Herzen fiel. Er lächelte auch, ein geradezu flüchtiger Anblick, ehe er seine Lippen auf meine drückte. Ich schlang die Arme um ihn – und quietschte erschrocken, als er sich selbst so schwungvoll auf den Rücken drehte, dass ich zwangsläufig auf ihm landete.

Langsam löste er sich von mir, einfach nur, um zu mir hinaufzusehen, mit demselben verträumten Blick, den er mir schon vom allerersten Tag zugeworfen hatte. Einem Blick, den ich nie wieder verpassen wollte. Bis an mein Lebensende. Einen, in dem ich keine Spur von Iblys sah. Sondern nur von Daamin. Dem Mann, den ich liebte.

Wir teilten eine Ewigkeit miteinander, ehe er mich zu sich herunterzog und ich mir das holte, was er für mich vorgesehen hatte. Und ihm gab, was er sich so sehr von mir wünschte.

Ich wusste nicht, ob ich geschlafen hatte oder nur kurz in einen Dämmerzustand abgeglitten war. Als ich zu Bewusstsein kam, lag ich eng an Daamin geschmiegt. Er hatte einen Arm um mich gelegt, und seine Finger strichen gedankenverloren über meine Schulter.

Es war, als hätte sich ein Schutzwall um mein Herz, um meine Seele gebildet. Die Welt da draußen, alle Probleme, alle Sorgen und Ängste, warteten auf ihrer Außenseite und hämmerten verzweifelt dagegen, kamen aber doch nicht an mich heran. Solange ich bei Daamin war, war ich einfach nur glücklich.

Ich war *endlich* einfach nur glücklich. Verträumt ließ ich meine Finger über seine Brust gleiten und hob den Blick – um seinem zu begegnen.

»Alles in Ordnung, Prinzessin?«, fragte er sanft und mit einer solchen Zuneigung, dass ich schmelzen wollte. Er strich über mein Handgelenk – und runzelte die Stirn. »Oh.« Er hob meine Hand hoch, damit er sie besser ansehen konnte – und betrachtete die Striemen, die meine Fesseln dort hinterlassen hatten. »Die hab ich gestern völlig übersehen. Ich werde sie –«

»N-nein!«, sagte ich einem plötzlichen Impuls nach. »Ich will sie behalten.«

Daamin stutzte. »Wirklich?«

Ich nickte. »Wirklich. Als Erinnerung.« Eine Erinnerung an den Mann, der mir das angetan hatte. Den ich über alles liebte, ganz gleich, was geschehen war – und was noch passieren würde. »Als Mahnmal.« Dass die Vergangenheit endgültig vorüber war. »Und schließlich …« Ich hielt mein Handgelenk neben Daamins, das ebenfalls von nie verheilten Abdrücken geziert wurde. »… hast du selbst gesagt, dass wir uns gar nicht so unähnlich sind.« Ich richtete mich etwas auf und drückte meine Lippen auf seine.

Daamin zog den Kuss in die Länge, strich mir eine Haarsträhne aus dem Gesicht und zog dieses in derselben Bewegung näher an sich heran. Als wir uns doch wieder voneinander lösten, fühlte ich mich seltsam leer.

»Ich hätte es nicht für möglich gehalten, aber die freie Rana gefällt mir unvergleichlich besser als die unfreie.« Neckisch schnappte er sich die lose Strähne aufs Neue und begann sie sich um den Finger zu wickeln – oder vielleicht wollte er mich auch nur daran festhalten, damit ich nicht auf den Gedanken kam, aufzustehen.

Ich hob zu einer schnippischen Bemerkung an – doch die blieb mir im Hals stecken, als ich etwas sah. Oder vielmehr: Nicht sah.

Ich blinzelte mehrere Male und starrte Daamin an, auf der Suche nach etwas, das schon so lange da gewesen war, dass ich mich beinahe daran gewöhnt hatte. Und das jetzt verschwunden war.

»Bei den E-« Ich stockte. »Bei Ib-« Wieder brach ich ab und stellte fest, dass mir die Floskeln ausgingen. »I-ich … sehe dich nicht mehr.«

Daamin zog die Brauen zusammen. »Was?«, fragte er verwirrt. »Bist du erblindet?«

Ich wollte die Augen verdrehen, doch dafür hätte ich den Blick von ihm reißen müssen. Von seinem Gesicht und von seiner Brust, in der sein Herz wie ein Feuer loderte. Das war alles, was ich erblickte. Es war dasselbe wie schon in den meisten Ebenen der Unterwelt – wenn auch nicht in allen. »N-nein! Ich … ich meine …« Ich wusste kaum, wie ich es erklären sollte. »Iblys. Ich … kann diesen Teil von dir nicht mehr sehen.«

Zu meiner Überraschung nickte Daamin bedächtig. »Du hast ihn nur gesehen, weil du daran geglaubt hast.«

Ich stutzte. »Was?« Sofort schüttelte ich den Kopf. »Aber du bist doch –«

»Ich bin es«, unterbrach er mich. »Allerdings nur, wenn ich in diese Gestalt wechsle.«

Ich wollte seinen Worten folgen, doch es fiel mir unglaublich schwer. »Wenn du deine Gestalt wechselst«, murmelte ich. »Das bedeutet, Daamin ist überhaupt keine Fassade, sondern … *du?*«, würgte ich hervor und versuchte meine Gedanken zu sortieren, während ich in sein Innerstes starrte, das haargenau so aussah wie an dem Tag, an dem ich geglaubt hatte, er sei ein Dschinn. »Aber wie ist das möglich? Als Engel bestehst du doch überhaupt nicht aus Rauch.«

Daamin zuckte nicht mit der Wimper. »Ich bestehe aus Rauch, wenn ich es will. Und aus Fleisch und Blut, wenn ich es will. Genauso kann ich aus Holz, Lehm oder aus Luft bestehen, wenn ich es wünsche.«

Ein Anflug von Ehrfurcht ließ mich frösteln. »Aber was habe ich dann gesehen?«

»Den Teil von mir, den ich vor dir verstecken wollte. Ich hätte wissen müssen, dass mir das nicht für immer gelingen würde. Weil mir von Anfang an klar, dass du etwas Besonderes bist.« Ein nachdenkliches Glänzen trat in seine gelben Augen. »Wenn ich eine andere Gestalt annehme, kann niemand mein wahres Gesicht erkennen. Außer dir. Wenn du daran glaubst.« Er schnaubte leise. »Als ich in der Sechsten Unterwelt Morrat aus dem Weg geräumt habe, hast du die ersten Zweifel darüber bekommen, wer ich bin. Du hast geahnt, dass etwas mit mir nicht stimmt. Das hat dich Iblys sehen lassen. Aber jetzt …« Er ließ seine Worte ins Nichts verlaufen, doch ich wusste auch so, was er meinte.

»Jetzt sehe ich wieder dein wahres Innerstes«, flüsterte ich. »Und das ist … einfach nur Daamin.«

Er lächelte. »Einfach nur Daamin.« Er zögerte, dann löste er sich von mir. »Zieh dich an.«

Ein Stich der Enttäuschung bohrte sich in meine Brust. »Willst du jetzt etwa die Befehle geben?«

Er lachte leise. »Komm schon. Du wirst es nicht bereuen.«

Ich hatte keine Ahnung, was er vorhatte, aber kurz darauf standen wir völlig bekleidet voreinander. Ich rechnete mit absolut nichts – höchstens damit, dass er mir nur deshalb aufgetragen hatte, mich anzuziehen, damit er mir die Kleidung aufs Neue herunterreißen konnte.

Umso weniger konnte ich vorhersehen, was geschehen würde, als Daamin meine Hände in seine nahm. Er schenkte mir einen letzten, fast schon verträumten Blick – und ging vor mir auf ein Knie.

Ich erschrak. Noch vor ein paar Wochen hätte ich diese Geste seltsam, aber nicht völlig abwegig gefunden. Doch jetzt war alles anders. Denn inzwischen musste ich mich nicht mehr an den Gedanken gewöhnen, dass Daamin kein Marid war, sondern ein gefallener Engel. Der König der Unterwelt. Der Inbegriff dunkler Mächte.

Aber nun kauerte er vor mir, das Haupt gesenkt, in einer unterwürfigen Geste, wie er sie niemandem auf Erden schuldig war.

»B-bist du jemals vor irgendjemandem niedergekniet?«, fragte ich mit hoher Stimme und vermochte dabei kaum meinen Mund zu bewegen.

»Nein. Niemals.« Er hob den Blick, um mich direkt anzusehen, und der demütige Ausdruck in seinen Augen traf mich mitten ins Herz. »Aber vor dir knie ich nieder«, sagte er mit fester Stimme. »Weil ich dich liebe. Und weil du mich liebst. Weil du das erste Wesen in allen Welten bist, das mich bedingungslos liebt.«

Meine Lippen teilten sich leicht, doch mehrere Augenblicke lang war ich nicht in der Lage, etwas zu sagen. Ich wusste nicht, wie ich reagieren sollte. Bis mir klar wurde, dass es nur eine einzige Antwort gab, die Daamin von mir erwartete. Die einzig richtige. Die, die ich ihm seit jenem Tag in der Dritten Unterwelt schuldig war.

Ich lächelte. »Das tue ich.«

13. DIE ZWEITE SCHLACHT VON VAMAHAR

Eine viel längere Zweisamkeit mit Daamin war mir nicht vergönnt. Kaidans Truppen hatten sich offenbar neu formiert und waren durch Krieger aus anderen Städten verstärkt worden. Krieger, die keine Ahnung hatten, dass sie geradewegs auf ihren Tod zuliefen – ganz gleich, ob sie auf der Gewinner- oder Verliererseite standen.

»Es tut mir leid, Liebste.« Wir saßen nebeneinander auf der Bettkante. Er hatte eine Hand auf meine gelegt. »Aber ich kann nicht viel länger warten.«

Die Anspannung, die sich seit meinem Aufbruch von der Bibliothek, doch umso stärker in den letzten Minuten in mir zusammengebraut hatte, explodierte in meiner Brust. »Zuerst musst du mir zuhören.«

Daamins Mund klappte zu, und er seufzte lautlos. »Wenn das jetzt wieder eine Ansprache sein soll, dass du dich vor dem Rest von uns mit dem Kopf voran in die Schlacht werfen willst …«

Ich verengte die Augen. »Ausnahmsweise nicht«, erwiderte ich verdrossen – und erinnerte mich an den Ernst der Lage. Schon bald würde Kaidan den Vamahar-Hügel erreichen. Und wenn es so weit war, musste Daamin alle Geschütze auffahren. Unsicherheit stieg in mir auf, und ich befeuchtete meine Lippen. »Daamin, wo ist deine Sense?«

Er runzelte die Stirn. »Meine was?«

Seine Frage fühlte sich wie eine Ohrfeige an. »Der Engel Milor hat sein Zepter auf die Erde geworfen«, half ich ihm auf die Sprünge. »Jeder Engel hat eine Waffe, die nur für ihn bestimmt ist. Bei dir soll es eine Sense sein. Man sagt sich, du wärst mit dieser Sense in die Unterwelt gestürzt.« Ich konnte seine Miene nicht deuten und drohte den Halt zu verlieren. »Oder?«

Daamin zog die Brauen umso tiefer zusammen. »Eine Sense?« Intuitiv tastete er sein Gewand ab, als könnte sich darunter tatsächlich eine Waffe verbergen. »Puh.« Er legte den Kopf schief. »Je öfter ich das Wort *Sense* höre, desto eher … klingelt da was. Ich glaube, so etwas ich hatte mal. Früher im Paradies.« Er zuckte die Achseln. »Aber wenn ich wirklich eine hatte, hab ich sie wohl verbummelt.«

Meine Schultern sackten herab. »*Verbummelt?!*«

»Tut mir leid!«, fauchte er. »Wenn man sein Leben lang angekettet ist, hat man andere Probleme, als seine Wohnung in Schuss zu halten.«

Das Blut rauschte in meinen Ohren und ließ meinen Kopf heiß werden.

Ganz ruhig, Rana. Das ist nicht das Ende der Welt.

Verdammt, doch! Es ist wortwörtlich das Ende der Welt!

Ich rang um Fassung. »Bitte denk nach. Diese Sense könnte so viel Macht für dich bereithalten, dass du es mühelos mit einem anderen Engel aufnehmen könntest. Und mit Kaidan.«

Daamin reckte das Kinn. »Ich könnte es auch so mit Kaidan aufnehmen, würde er nicht irgendwelche versteckten Pentagramme auf den Boden kritzeln.«

Stumm blickte ich ihn an, und er seufzte.

»Ich weiß, was du von mir willst. Dass ich die Sense suchen lasse. Aber das kann ich nicht. Ich habe nicht die Ressourcen, um irgendeinem Mythos hinterherzujagen.«

Ich verengte die Augen. »Mythos?«, wiederholte ich. »Es ist deine Waffe! Deine Vergangenheit, Daamin!«

Er machte eine wegwerfende Handbewegung. »Was auch immer. Ich habe keine Ahnung, wo in der Unterwelt eine Sense herumliegen könnte. Oder hast du bei unserem Ausflug eine gesehen?«

Ich stockte.

»Eben. Und ich kann keinen Suchtrupp nach unten losschicken. Ich brauche die Dämonen hier. Mehr denn je.« Er machte eine Pause. »Eigentlich müsste ich noch mehr von ihnen nach oben holen. Dort unten kann ich sie ohnehin nicht mehr gebrauchen.« Plötzlich trat ein abwesender Ausdruck in seine Augen und ließ das Gelb darin trüb werden.

Ich versteifte mich und wusste nicht, was ich denken sollte. Dass er von jetzt auf gleich erblindete? Dass ein Teil von ihm abstarb? Dass sein Herz zu Eis gefror? »D-D-Daamin?« Vorsichtig hob ich eine Hand –

Blinzelnd wandte er sich zu mir um, und sein Blick klärte sich. »Alles gut«, winkte er ab. »Ich habe nur einen Befehl gegeben.«

Nichts in mir regte sich. *Er hat was?*

Daamin musterte mich kurz. »Keine Sorge. Ich habe einen Plan. Aber dafür brauche ich dich.«

Verdutzt blinzelte ich – und musste lächeln. »Hast du gerade gesagt, du *brauchst* mich?«

»Habe ich.«

Neckisch reckte ich das Kinn. »Sag das noch mal. Ich mag den Klang davon.«

Daamin schmunzelte und lehnte sich zur Seite, um unsere Gesichter einander näherzubringen. »Ich brauche dich, Prinzessin.« Seine Miene wurde wieder ernst. »Ich brauche dich, um das Zepter von diesem Hügel zu schaffen, bevor es dein Bruder in die Finger bekommt.«

»W-was?« Ein dicker Kloß bildete sich in meinem Hals. »*Ich?*«

»Kein Mensch und kein Dämon kann es berühren, weil seine Macht zu groß ist. Ich kann es nicht berühren, weil es zu *paradiesisch* ist.« Er verdrehte die Augen. »Wahrscheinlich würde mich der Versuch schon umbringen. Die Einzigen, die es aus dem Hügel ziehen können, sind die Erwählten.«

In diesem Moment wurde es mir klar. »Kaidan … und ich.«

Langsam nickte Daamin. »Der, dem das Teil vorherbestimmt ist – und du, der kleine, nebensächliche Faktor, den die Engel ausmerzen wollten, bevor er ihnen einen Strich durch die Rechnung machen kann.«

Die Hoffnung explodierte wie ein Feuerball in meinem Inneren und fraß sich brennend heiß durch die Sorgen und Zweifel der letzten Tage. »Aber das kann ich. Und das werde ich.«

Bei Daamins Anblick war mir, als würde die Sonne meines Lebens aufs Neue aufgehen. Nicht nur, dass er mich nicht davon abhalten würde, mit ihm zu kommen. Ich würde eine eigene Rolle spielen. Ich würde meinen Beitrag leisten. Ich würde ihn retten.

Ich holte tief Luft. »Ich gehe da hoch und hole mir das Zepter.«

Daamin lächelte. »Gutes Mädchen.« Er strich mir meine Haare hinter die Schulter. »Du wirst nie ungeschützt sein, hörst du? Du wirst immer von Dämonen umgeben sein, die dich mit ihrem Leben beschützen werden. Deine Sicherheit zu gewährleisten, ist ihr oberstes Ziel.« Sein Daumen strich über meine Wange. »Und meines.«

»Und dann?«, fragte ich zaghaft. »Wenn ich das Zepter nehme, was … was mache ich dann?«

Er dachte kurz. »Hoffentlich wirst du nichts damit machen müssen, weil ich es vorher schaffe, den Propheten aus dem Weg zu räumen.« Er stand auf. »Verlieren wir keine Zeit mehr.«

Ich blieb sitzen. Seine Worte versetzten mir einen ungeahnten Stich. Einen Stich, der sich in meinem Herzen entfaltete und eine Verzweiflung darin einkehren ließ, die mich in meinen Grundfesten erschütterte. Obwohl ich seit einer schieren Ewigkeit wusste, dass nur Daamin *oder* Kaidan überleben konnten, drohte etwas in mir zu zerbrechen, als mir klar wurde, dass es nur noch eine Frage kurzer Zeit wäre, bis einer von beiden sterben würde.

Und ich wollte das nicht. Dafür liebte ich Daamin zu sehr – *und* Kaidan.

»Ich will das alles nicht mehr«, kamen mir einmal mehr seine Worte von vor so vielen Jahren in den Sinn. *»Ich will dich nicht verlieren. Ich will dich nicht verlieren, Rana.«*

Das war nicht gespielt gewesen. Sondern echte Gefühle. Vielleicht hatte mich Kaidan in diesem Traum losgelassen, so wie nun im richtigen Leben. Aber er hatte gelitten. Schon damals hatte er unter der Entscheidung gelitten, die er später treffen würde. Er hatte um uns geweint.

Kaidan war nicht immer so gewesen. Er war erst nach und nach in den Sumpf hinabgetaucht, in den die Engel ihn geworfen hatten. Und das bedeutete, dass es vielleicht eine Rettung für ihn gab.

»Rana?«

Ich starrte den Boden zu meinen Füßen an. »Da wäre noch etwas …« Meine Stimme war dünn, weil ich genau wusste, wie schwierig das nun werden würde. »Etwas, worum ich dich bitten muss.«

Daamin kniete sich locker vor mich und ergriff meine Hände in meinem Schoß. »Alles.«

Ich erkannte in seinen Augen, dass er dieses Zugeständnis gleich bereuen würde. »Bitte lass Kaidan am Leben.«

Seine Miene verfinsterte sich. »Wie bitte?«

Ich ließ die Schultern hängen. »Er ist mein Bruder, Daamin.«

»Er ist der Prophet«, entgegnete er und stand auf. »Der Ursprung allen Übels. Ein Werkzeug der Engel –«

»Du sagst es!«, fiel ich ihm ins Wort und kam auf die Füße. »Er ist ein Werkzeug. Er ist nicht wirklich *böse*, sondern einfach nur geblendet.«

Daamin machte Anstalten, sich wegzudrehen, und ich ergriff seine Hand. »Bitte!« Meine Stimme brach. »Wenn er stirbt und ins Paradies kommt, wird das schlimmer als die Hölle für ihn werden. Ich will nicht wissen, was die Engel mit ihm machen, wenn er sein Schicksal nicht erfüllt.« Eine dicke Träne löste sich aus meinem Auge und kullerte über meine Wange. »Sperr ihn in die Unterwelt. In ein Pentagramm inmitten des Feuers. Irgendwohin, wo er keinen Schaden anrichten kann. Aber *bitte* lass ihn am Leben.« Flehentlich sah ich zu ihm hinauf. »Daamin. *Bitte.*«

Er verfolgte den Pfad der Träne mit dem Blick und seufzte lautlos. »So gut mir dein Befehlston gefällt, so wenig mag ich es, dich flehen zu hören.« Er wischte sie fort, und seine Hand fand meinen Nacken. »Mach das nie wieder.« Er hauchte mir einen zärtlichen Kuss auf die Lippen. Seine Stirn an meine gelehnt, harrte er etwas länger in dieser Position aus, nachdenklich. »Ich werde mein Bestes versuchen«, raunte er und ließ die Erleichterung wellenartig über mir zusammenschlagen. Er schien es zu bemerken, denn er fügte sofort hinzu: »Aber ich kann dir nichts versprechen. Weil ich nur Versprechen gebe, von denen ich weiß, dass ich sie halten kann.« Er machte eine Pause. »Ist das genug für dich?«

Meine Hand berührte seine. »Mehr als genug.«

Die Dämonen verwandelten sich in Rauch, um zu reisen. Mariam und ich konnten das nicht, weshalb wir uns wieder an den geflügelten Dev klammerten, der uns geradewegs in Richtung des Vamahar-Hügels flog.

Es war nicht selbstverständlich, dass Mariam hier war. Weder Daamin noch ich hatten sie darum gebeten. Geschweige denn es befohlen. Mariam war genauso frei wie ich. Doch während ich durch meine Gefühle für Daamin einen guten Grund hatte, bei diesem Plan mitzuziehen, war sie aus reiner Selbstlosigkeit hier. Weil sie auf unserer Seite war. Und – auch, wenn sie das nie so zugeben würde – weil sie mich beschützen wollte. Das bedeutete mir einfach alles.

Ich hätte nie gedacht, dass wir auf einer geflügelten Bestie spät dran sein könnten, aber keine körperliche Gestalt konnte so schnell sein wie Rauch. Dabei bewegten wir uns so rapide die Luft, dass mir der kalte Wind einmal mehr Tränen in die Augen trieb. Noch bevor der Hügel in Sichtweite kam, drangen altbekannte Geräusche an meine Ohren. Da waren Schreie. Ein Zischen, Toben, Donnern und Fauchen. Der Klang von Metall auf … Kralle?

Und dann sah ich sie. Einfach alle von ihnen.

Mein Magen krampfte sich zusammen. Aus weit aufgerissenen Augen und mit verschwommenem Blick starrte ich die Szenerie rund um den Hügel an. Da waren die roten Uniformen unserer Männer, blitzende Waffen, hundsköpfige Menschen und menschenköpfige Hunde, die sich ihnen stellten und sie bis aufs Blut bekämpften.

Ich hätte nie für möglich gehalten, einmal auf der Seite der Dämonen zu stehen.

Die Mittagssonne brannte sich förmlich in meinen Schädel, doch sie war nicht der Grund, weshalb mir der Schweiß ausbrach. Ich war nervös. Angespannt. Denn von einem Tag auf den anderen hatte ich eine Rolle in diesem Krieg eingenommen, von der ich nicht wusste, ob ich ihr gewachsen war.

Wir mussten das hier gewinnen. Wir mussten triumphieren. Weil wir besser gerüstet waren. Und weil es andernfalls das Ende wäre.

Der Rauch war allgegenwärtig. Er hing sogar in der Luft. Ich konnte Kaidan nicht sehen, wusste aber, dass er hier irgendwo sein musste. Schließlich war er der Einzige, der das Zepter in die Hand nehmen konnte. Doch zumindest konnte ich weit und breit keinen menschlichen Schutzschild erkennen, den er um sich aufgebaut hatte. Vermutlich verbarg er sich, wartete darauf, bis ein Großteil seiner Männer den Großteil von Daamins Schergen mit sich in den Tod gerissen hatte, ehe er sich selbst auf den Weg machte.

Wut und Mitgefühl für meinen Bruder rangen über die Oberhand über mein Denken – dann fegte ich sie beide zur Seite. Das Letzte, was ich heute gebrauchen konnte, waren Gefühle. Ganz gleich, welcher Natur sie waren.

Gor zog weite Kreise über das Gebiet. Ich sollte nicht ins Spiel kommen, bis es wirklich sicher war. Aber wäre es das jemals?

Erst nach einer Weile entdeckte ich einen Rauchschleier, der sich vom Rest abhob. Er gehörte Daamin – es war die Art von Rauch, die nur ich sehen konnte. Die in seinem Inneren entbrannte.

Im Gegensatz zu Kaidan befand er sich mitten im Gefecht. Er bewegte sich in seiner unauffälligen Gestalt ohne Flügel und schien gerade tatsächlich kein Aufsehen zu erregen. Die Krieger machte er mit einfachen Berührungen bewusstlos, warf sie zu Boden, fügte ihnen darüber hinaus aber kein Leid zu.

Er hielt sich zurück. Weil er die Menschen nicht töten wollte, sondern nur Kaidan. Und weil er Kaidan irgendwie *auch* nicht töten wollte, weil ich ihn darum angefleht hatte.

Aber er hatte mir schon bei unserem Aufbruch keine große Hoffnung gemacht. Kaidan war sein ganzes Leben lang von den Engeln manipuliert worden. Kein Exorzismus im Königshaus hatte ihn heilen könnten, und wenn es nach Daamin ging, käme inzwischen jede Hilfe für ihn zu spät. Selbst wenn er ihn nicht tötete, sondern nur unschädlich machte, selbst wenn wir das Zepter vergruben oder zerstörten, bedeutete das nicht, dass die Gefahr durch meinen Bruder gebannt wäre.

Ich war mir dessen bewusst. Aber ein Teil von mir glaubte nach wie vor, dass ich ihn retten könnte. Ich, die andere Erwählte. Seine Schwester. Alles, was er noch hatte.

Und das würde ich auch. Doch zuerst würde ich mich um dieses verdammte Zepter kümmern, das schon viel zu viele Leben gekostet hatte.

Mein Blick wanderte zum Vamahar-Hügel. Der Kampf erstreckte sich über das ganze Gebiet. Die Menschen schienen von jeder Seite aus an den Hügel herangetreten zu sein – aber die Dämonen waren vorbereitet gewesen. Rings um den Ort herum sah ich größere und kleinere Grüppchen aus Soldaten und Dämonen, die mit ihren Waffen, Krallen und Pranken aufeinander einschlugen, bis ich keine Ahnung mehr hatte, wer die Oberhand hatte.

Ein ungutes Gefühl stieg in meiner Magengrube auf. Wo war Kaidan? Auf einmal war ich mir absolut sicher, dass ich etwas übersah. Und dass mir die Zeit davonlief.

Ich krallte mich stärker am Flügeldämon fest. »Mariam«, sagte ich mit belegter Stimme. »Wir müssen jetzt landen.«

Sie riss den Kopf zu mir herum. Wie immer saß sie vorne und in direktem Kontakt zu dem Dämon, der für mich immer nur ein müdes Knurren übrig hatte. »Es ist zu früh. Dort unten sind überall Krieger. Du wärst dort nicht sicher.«

»Wenn ich das Zepter zu fassen bekomme, bin ich es«, beharrte ich. »Wir dürfen keine Zeit verlieren.«

»Es ist zu früh«, entgegnete sie. »Iblys würde das nicht wollen.«

»Schieb das jetzt nicht auf ihn!«, fauchte ich. »Lass mich runter. Oder ich springe diesmal wirklich!«

Mariam schenkte mir einen giftigen Blick über die Schulter. »Aber sag nicht, ich hätte dich nicht gewarnt.«

Wir verloren sofort an Höhe, und mein Herz drohte mir mit einem Ruck in den Kopf zu rutschen. Meine Anspannung wuchs ins Unermessliche, während wir uns in immer kleiner werdenden Kreisen auf den Hügel zubewegten.

Obwohl die Rufe und Schreie der Menschen um mich herum allgegenwärtig waren, war mir, als könnte ich dennoch einen einzigen unter all den anderen heraushören: »Feuer!«

Ein Zischen drang an meine Ohren – dann zuckte der Dev unter uns zusammen. Fünf, sechs Mal.

Ich konnte förmlich spüren, wie das Leben aus ihm wich.

Erschrocken senkte ich den Blick –

Und sah die Pfeile. Nicht ihre Spitzen, denn die hatten sich tief in Gors Fleisch gebohrt.

Es waren mehr als zehn. Von allen Seiten spießten sie seinen Körper auf. Ein raues Schnauben drang aus seiner Kehle. Er hätte sich in Rauch verwandeln können, um dem Angriff zu entgehen und sein Leben zu retten. Aber dann hätte er uns fallen lassen müssen.

»Rana, spring!«, rief Mariam aus und kam behände auf die Füße.

Ich wusste nicht, wie mir geschah, als ich es ihr gleichtat. Doch ich geriet ins Wanken, stürzte beinahe vornüber und konnte mich gerade so aufrechthalten. Niemals könnte ich von hier aus springen. Vielleicht, wenn ich noch ein paar Augenblicke wartete, bis wir ohnehin kurz über dem Boden wären –

»Jetzt!« Mariam packte mich am Handgelenk und riss mich einfach mit sich.

Ich schrie. Ich schrie, wie ich noch nie zuvor geschrien hatte. Das hier war zu hoch. Viel zu hoch. Der Wind sauste kreischend an meinen Ohren vorbei, konnte mich jedoch nicht übertönen. Weil Mariam mich festhielt, konnte ich nur eine Hand schützend vor mich reißen, wusste aber, dass das niemals reichen würde, um –

Der Boden kam schnell und unbarmherzig, doch ich sollte ihn nicht spüren. In letzter Sekunde schob sich eine milchige Schicht zwischen den Grund und uns. Ich landete auf ihm wie auf einem Haufen Federn, was immer noch wehtat, mir aber zumindest nicht all meine Knochen brach.

Der Aufprall ließ mich ächzend zur Seite rollen, immer und immer weiter, als wären wir irgendwo auf der Anhöhe gelandet, die wir jetzt wieder herunterpurzelten. Unten blieb ich benommen liegen. Ich hörte die Kampfesgeräusche nahe an meinen Ohren, glaubte sogar, einen scharfen Luftzug über mir zu spüren. Was in aller Welt war gerade –

Ein lauter Knall riss mich jäh zurück ins Leben. Erschrocken rappelte ich mich auf und entdeckte Gor, der in einiger Entfernung abgestürzt war. So wie es aussah, hatte er ein paar Soldaten unter sich begraben. Seine kleinen roten Augen waren nur noch halb geöffnet. Sie bewegten sich in ihren Höhlen, um Mariam und mich anzusehen, als wollte er sich vergewissern, dass es uns gut ging. Dann verwandelte er sich in Rauch und versickerte wie schwarzer Sand im Boden.

Mariam neben mir sprang auf die Füße. Sie sah körperlich unversehrt aus, aber ihre Miene war so verzerrt, als hätte sie dieser Zauber all ihre Kraft gekostet. »Nun hast du, was du wolltest«, stieß sie atemlos hervor. »Hoch jetzt!«

Wankend kam ich auf die Füße und wurde mir meiner Umgebung wieder gewahr. Sie waren überall: Menschen. Dämonen. Und in dem Moment, in dem ich mich umsah, hatte ich das Gefühl, als läge die Aufmerksamkeit der ganzen Welt auf mir.

Die einen wollten mich töten. Die anderen würden es bestimmt auch wollen, würde ihr Herr sie nicht davon abhalten. Und in alldem stand ich. Ich, die diesen Krieg vielleicht beenden könnte. Alles, was ich tun musste, war, nach oben zu gehen und das Zepter aus dem Boden zu reißen.

»Rana.« Mariam ergriff meine Hand und hielt sie fest. »Ich bin bei dir.«

Ihre Berührung erfüllte mich mit einer ungeahnten Energie. Zeitgleich richteten wir den Blick nach oben und setzten uns in Bewegung. Der Hügel war steil und das Gras stellenweise rot verschmiert. Mehr als einmal rutschte ich ab und verdankte es allein Mariams Hand, dass ich nicht zurück nach unten schlitterte. Schon bald begann meine Lunge zu brennen, mein Atem ging nur noch abgehackt, und ich konnte kaum mehr nach Luft schnappen.

Aber Mariam war bei mir. Und auch Daamin war bei mir, selbst wenn er gerade nicht körperlich da sein konnte. Ich musste das hier nicht allein tun. Und wir würden das schaffen. Zusammen.

Ich beschleunigte meinen Schritt, sprang förmlich den Hügel nach oben. Diesmal erkannte ich das Zepter sofort, erspähte bereits sein oberes Ende. Es war weiß und matt und schimmerte doch im Sonnenlicht. Es war ein verheißungsvolles Schimmern, als wollte es mir sagen: *Komm doch und hol mich, wenn du dich traust.*

Als Mariam langsamer wurde, ließ ich sie instinktiv los, kämpfte mich den steilen Hügel hinauf und erkannte aus den Augenwinkeln immer wieder, wie Almeiras Krieger in meine Richtung stürzten – nur um von den unterschiedlichsten Dämonen aufgehalten zu werden. Wie schnell sich das Blatt doch wenden konnte.

Am Rande meines Bewusstseins nahm ich wahr, dass der Anhänger, den mir Daamin geschenkt hatte, wieder zu glühen begann. War es die Hitze des Gefechts, die er in sich aufsog wie der Finder mein Blut?

Schweiß stand mir auf der Stirn und befeuchtete meine Hände, als wir endlich die Spitze des Hügels erreichten. Das Zepter, ein brusthoher, schmaler weißer Gegenstand, der an seinem oberen Ende zuerst in einer kugelförmigen Konstruktion und einer Spitze endete, war nur noch ein kurzes Stück entfernt.

»Halt.« Mariam klang atemlos. »Irgendetwas stimmt nicht.«

Ihre Worte drangen in meinen Geist – und wurden jäh fortgespült, als Kaidan keuchend auf der anderen Seite des Gipfels auftauchte. Seine Augen weiteten sich, als er mich sah.

Dann zuckte sein Blick zum Zepter. Wir waren etwa gleich weit von ihm entfernt.

Abrupt hielt ich an, und mein Innerstes wurde von seinem Anblick erschüttert. »Kaidan.«

Als er mich wieder fixierte, erkannte ich in seiner Miene nichts von der Härte, nichts von der Abscheu, die er mir bei der Verbrennung entgegengebracht hatte. Stattdessen hatte sich etwas durch und durch Gequältes in seinen Blick geschlichen. Beinahe, als würde sein Herz brechen, Sekunden bevor meines dasselbe tun konnte. »Du hättest nicht herkommen dürfen.«

Eine Eiseskälte breitete sich in mir aus und legte ein schweres Gewicht auf meine Schultern. Auf einmal glich Kaidan dem elfjährigen Jungen von damals mehr denn je. Und es ließ Hoffnung in mir aufkeimen. Hoffnung, dass er wieder der Alte war. Dass er dem Einfluss der Engel entflohen war. Dass alles so werden könnte wie früher.

Doch dann sprach er weiter: »Ich muss dieses Zepter nehmen, verstehst du?«, presste er hervor. »Ich muss derjenige sein, der es tut!«

Meine Hoffnung wurde in tausende Teile zerschlagen, und meine Hand entglitt der von Mariam. Verzweifelt schüttelte ich den Kopf. »Kaidan –«

Mein Bruder rannte los.

Mein Herz machte einen Satz. »Nein!«, schrie ich und stürzte auf das Zepter zu. »Kaidan!«

»Rana!«, warnte mich Mariam in meinem Rücken. »Sieh hin!«

Und wie ich hinsah. Ich sah das Zepter, und ich sah meinen Bruder, der es auf keinen Fall in die Finger bekommen durfte. Ich würde alles dafür tun, um es zu verhindern.

Erst einen Augenblick später realisierte ich, was Mariam meinte. Ich sah nicht einfach nur das Zepter – sondern auch die Kraft, die in seinem Inneren schlummerte.

Es war seltsam. Wenn ich in Daamin hineinsah, erblickte ich ein Feuer in ihm. Und genau so war es mit dieser Waffe – nur, dass ich den Eindruck hatte, es bestünde eigentlich aus Eis. Aus dem kältesten Eis, das sich nur zu gern in Daamins Herz fressen würde.

Ich konnte die Macht spüren, die in diesem Zepter schlummerte. Und die sich Kaidan auf keinen Fall unter den Nagel reißen durfte.

»Nein!« Ich warf mich förmlich auf das Zepter –

Und wurde von einem harten Widerstand in die Seite getroffen. Schmerz schoss durch meine Rippen, erst auf meiner Linken – und dann auf der Rechten, als ich mit voller Wucht auf den Boden prallte. Ich stöhnte, und die letzte Luft wurde aus meinen Lungen gepresst.

Mariam lag neben mir. Sie hatte mich gerammt. Und das Zepter –

Ich riss den Kopf herum, und mein Herz setzte einen Schlag aus. »Kaidan!«, rief ich, als mein Bruder nach der Engelswaffe griff, auf der plötzlich eine ganz andere Art von Schimmer zu liegen schien. Ein Schimmer, der mir das Blut in den Adern gefrieren ließ.

Auf einmal verstand ich, was Mariam gemeint hatte.

Erschrocken sog ich die Luft ein. »Nicht!«

Kaidan hörte nicht auf mich. Ohne sich auch nur nach mir umzusehen, schloss er seine Hand um das Zepter.

Ich wusste nicht, was geschah. Es war, als würde die Zeit mit quälender Langsamkeit verstreichen und doch so schnell, dass mein Geist nicht in der Lage war, zu erfassen, was vor sich ging.

Im ersten Moment hatte Kaidan das Zepter in die Hand genommen. Im nächsten riss er es mit einem Ruck aus dem Boden. Und im übernächsten schrie er. Er schrie, weil eine Säule aus Licht vom Himmel schoss und in seinen Körper einschlug.

Ein Quietschen drang aus meiner Kehle, und ich zuckte in die andere Richtung. Eine Wand aus eisiger Kälte schlug mir entgegen und betäubte meine Sinne. »Kaidan!« Krampfhaft kniff ich die Augen zusammen und versuchte, zu erkennen, was mit meinem Bruder geschah.

Kaidan hatte gesagt, in diesem Zepter schlummerte die Macht, Daamin zu töten. Aber woher kam dann dieser Lichtstrahl von *oben*? Und was machte er mit ihm?

In diesem Moment war es, als würde ich ein zweites Paar Augen öffnen. Eines, das ich bisher nur benutzt hatte, wenn ich Daamin oder einen Dev betrachtet hatte. Das ich aber auch schon einmal auf Kaidan gerichtet hatte. Damals hatte ich das Gefühl gehabt, eine Kälte in ihm wahrzunehmen. Doch es war nur eine kühle Brise gewesen im Vergleich zur Eiseskälte, die nun in seinen Körper eindrang. Unbarmherziger. Gewaltiger. Sie war nicht von dieser Welt.

Sie stammte von einem Ort, der genauso kalt war wie die Hölle heiß. Von einem Ort, den nur die Menschen jemals zu Gesicht bekamen, die ihr Leben fromm und ohne Sünde gelebt hatten. Von einem Ort, von dem vor so vielen Jahren ein Engel herabgestiegen war, um Kaidan und mich auszuerwählen.

»Milor«, raunte Mariam neben mir mit rauer Stimme.

Die Wahrheit fiel mir wie Schuppen von den Augen und warf mich in eine Schlucht, tiefer als in jedem meiner Albträume. Was auch immer da gerade geschah, es würde nichts mehr von meinem Bruder übrig lassen.

»Nein!« Ich kam auf meine wackeligen Beine, die beinahe unter meinem Körper wegknickten. »Kaidan!«

»Tu es nicht, Rana!« Im nächsten Moment hatte mich Mariam von hinten gepackt und hielt mich mit aller Kraft fest. »Es ist zu spät!«

Ihre Worte trafen wie eine Ohrfeige auf meinen Geist und ließen meine Gedanken jäh aussetzen. »Nein!«, kreischte ich und wand mich in ihrem Griff. *Zu spät,* sagte sie. Es konnte nicht *zu spät* sein. Denn *zu spät* würde bedeuten, dass Kaidan …

Dass er …

»Rana!«, beschwor mich Mariam mit bebender Stimme. »Er ist fort! Dein Bruder ist fort!«

Ihre Worte rissen das Herz aus meiner Brust – und entfachten eine Explosion der Verzweiflung in meinem Inneren. Mit einem Ruck machte ich mich von der Hexe los.

Doch ich kam nicht dazu, auch nur einen Schritt auf Kaidan zuzumachen. Denn im nächsten Moment verschwand die Lichtsäule spurlos, und ich erstarrte am ganzen Körper.

Auf dem Schlachtfeld war Stille eingekehrt. Alle Blicke hatten sich auf Kaidan gerichtet. Die der Menschen und die der Dämonen. Keiner von ihnen dachte mehr daran, zu kämpfen. Es war, als wäre in dieser Sekunde das Schicksal aller sieben Unterwelten besiegelt worden – als wäre ein Urteil gefällt, das ein jeder von ihnen spüren konnte. Kein Blut der Welt könnte es rückgängig machen.

Mein Bruder hatte mir den Rücken zugedreht, und auf einmal stieg eine hitzige Panik in mir hoch, dass ich nicht wollte, dass er sich zu mir umwandte. Weil ich den Anblick nicht ertragen würde, der sich mir dann bieten würde.

Zu spät, hallte es in meinem Kopf wider. *Er ist fort.*

Wie war das möglich? Er stand doch genau da. Mein Bruder, mein Blut. Er war noch hier. Aber gleichzeitig sah ich in sein Innerstes und erkannte ihn nicht wieder. Darin lauerte nichts als Kälte. Eine Kälte, die sich in mein Herz fraß und meine Augen zum Brennen brachte. Die einen dicken Kloß in meinem Hals heraufbeschwor und mich die letzten Sekunden, Minuten, Jahre Revue passieren ließ.

Ich will dich nicht verlieren.

Du hättest nicht zurückkehren dürfen.

Ich will dich nicht verlieren, Rana.

Ich muss dieses Zepter nehmen, verstehst du? Ich muss derjenige sein, der es tut.

Kaidan hatte alle daran gesetzt, um zu verhindern, dass ich die Engelswaffe vor ihm in die Finger bekam. Wegen der Macht, die darin schlummerte …

… oder weil er gewusst hatte, was passieren würde. Weil er gewusst hatte, dass derjenige, der es ergriff, verschwinden würde.

Ich muss derjenige sein, der es tut.

Jetzt war ich noch hier und er war …

Er war …

Kaidan sah sich nicht um. Er sagte kein Wort. Regte sich kaum. Er beschrieb nur einen leichten Schlenker mit dem Zepter – und löste eine Druckwelle aus Eis aus, die sich wie ein Schlag ins Gesicht anfühlte.

Aber nicht so sehr wie das Kreischen, das von allen Richtungen an meine Ohren drang. Das schrille Kreischen von hunderten Seelen und Seelenlosen, deren Feuer von der Kälte ausgelöscht wurde und deren Herzen sie zum Stillstand brachte.

Erschrocken fuhr ich herum – und sah, wie die Soldaten in sich zusammenfielen wie Kartenhäuser, während die Dämonen zu Rauchschwaden zerfielen. Fort. Tot. Vernichtet.

Übrig blieben Mariam, ich –

Und Daamin.

Er stand einfach nur da, dort unten auf dem Schlachtfeld, und starrte Kaidan aus weit aufgerissenen Augen entgegen. Ich bildete mir ein, dass sich seine Lippen bewegten, als würde er *Milor* sagen.

Das war der letzte Beweis, den ich gebraucht hatte. Das war nicht mehr mein Bruder.

Daamin tat nichts. Er verwandelte sich nicht einmal in Iblys. Blickte ihn nur an, als würde er plötzlich in eine längst vergangene Zeit zurückgeworfen werden. Eine Zeit, die er lieber vergessen hätte, die ihn jedoch in rasender Geschwindigkeit einholte.

Die Verzweiflung explodierte in meinem Inneren und riss mich jäh ins Leben zurück. Ich schnappte nach Luft. »Daamin!«, brüllte ich. »Lauf!«

Aber er lief nicht. Er rührte sich nicht von der Stelle.

Dafür war es Kaidan, der sich langsam zu mir umdrehte und mich kaltblütig seinem Anblick auslieferte.

Seine Augen hatten sich hellblau, beinahe weiß gefärbt. Diese Augen gehörten nicht länger Kaidan. Sondern Milor, der das Zepter als Lockmittel genutzt hatte, um meinen Bruder hierherzubringen. An diesen Hügel, der dem Paradies am nächsten sein solle. Dem Ort, an dem er mit Leichtigkeit von dort hinabsteigen konnte. An dem er in Kaidans Körper eindringen konnte – so, wie er es schon seit zwanzig Jahren geplant hatte.

Kaidan war nie der Prophet gewesen, der den Iblys töten sollte. Sondern lediglich die Hülle, geschaffen für einen Engel, damit dieser die Unterwelten vernichten konnte. Alle davon. Und alle Wesen, die darin lebten.

Ich drohte den Boden unter den Füßen zu verlieren, als sich die kalte, harte Wahrheit in Milors Augen widerspiegelte. Die Gleichung war einfach. Ein Engel war hier. Und er war im Besitz seiner heiligen Waffe.

Von Daamin konnte man nicht dasselbe behaupten.

»Daamin!« Meine Stimme war nicht mehr als ein Hauch, aber ich wusste, dass er mich hörte. Ich konnte den Blick nicht von Kaidan reißen. »Du musst die Sense finden! Geh und finde die –«

Ein leichtes Lächeln umspielte die vollen Lippen meines Bruders und brachte mich ins Stocken. Doch als sich diese teilten, hatte seine tiefe Stimme kaum mehr etwas mit der von Kaidan gemeinsam. »Er würde dich niemals zurücklassen«, sprach er.

»Dazu haben wir dich vorherbestimmt.« Damit wirbelte er herum. Ein gespenstisches Zucken ging durch das Zepter, als sich die kalte Energie in seinem Inneren sammelte und –

»Nein!«, schrie ich. Ich machte einen Satz auf ihn zu und packte Kaidan an der Schulter. Ich überraschte mich selbst, als ich es tatsächlich schaffte, ihn zu mir herumzureißen …

… doch sein bloßer Blick auf mir drohte meinen Körper gefrieren zu lassen – einen unendlichen Moment lang, den Kaidan nutzte, um mich grob von sich zu stoßen.

Ungebremst stürzte ich zu Boden und konnte nur tatenlos dabei zusehen, wie mein Bruder glühenden Stab einmal mehr auf Daamin richtete. »*Iblys!*«

Ich sah nicht, was geschah, konnte es jedoch umso deutlicher spüren. Ich spürte, wie das Zepter die Energie freisetzte, die in ihm geschlummert hatte. Wie sich ein einziger Strahl aus purem Eis aus seiner Spitze löste –

Und sich in Mariams Herz bohrte, bevor er in Daamins Nähe gelangen konnte.

Ich konnte ihren Schrei hören, obwohl er nicht ihre Lippen verließ. Ihren letzten Blick sehen, obwohl er nicht auf mich gerichtet war. Ihre letzte Berührung meiner Hand spüren, obwohl uns ein Engel und ein Strahl aus Eis trennten, der ihr Herz zum Explodieren brachte.

Mariam war kein Dämon. Sie löste sich nicht in Rauch auf. Aber sie starb auch nicht wie ein Mensch. Sie zersprang wie Glas, wie eine Vase auf dem Boden, wie ein Fenster, das eingeschlagen wurde, und zerfiel in tausende Scherben, die auf mich herabregneten und das Gras zu meinen Füßen bedeckten.

»Du hast mir geholfen. Warum?«

»Weil du mir geholfen hast.«

Ich spürte den Schmerz auf meiner Haut, als ihre Kanten meine Arme und mein Gesicht streiften, der aber nicht annähernd so sehr brannte wie der in meinem Herzen, das ein für alle Mal brach. »Nein!« Ich warf mich auf die Knie, landete geradewegs auf ein paar Scherben und versuchte verzweifelt, sie zu einem Haufen zusammenzukehren. »Mariam!« Die Panik schäumte in mir hoch, die Verzweiflung trieb meine Finger, die Sorge meine Gedanken, die Trauer meine Worte und meine Taten das Blut aus meinen Händen. »Mariam! Nein!«

»Ich dachte, du hättest dich für uns geopfert.«

»Und alles aufs Spiel gesetzt, was ich mir so hart erarbeitet habe? Natürlich nicht.«

Warum hatte sie …?

Warum hatte sie sich für …?

Für Daamin …? Für mich …?

Ich sah nichts als Rot. Rot, das von meinen aufgeschnittenen Wangen tropfte, aus meinen Knien rann, zwischen meinen Fingern, die die Scherben so fest umschlossen hielten, dass sie sich bis tief in mein Fleisch bohrten. »Mariam!«

Das Brennen meines Körpers wurde von dem Schmerz betäubt, der in meiner Seele wohnte. Mariam war nicht gestorben. Denn man konnte nur einmal sterben. Wer starb und wiederauferstand und wieder starb …

Dessen Existenz war ausgelöscht. Endgültig. Mariam war fort und würde nie wieder kommen.

Nie wieder.

Mariam.

»Vielleicht habe ich mich in dir getäuscht.«

Meine Bewegungen gefroren, als die kalte Gewissheit zu mir durchsickerte. Erst nach und nach und dann hart wie ein Paukenschlag.

Nie wieder.

»In welcher Hinsicht?«

»In einfach jeder.«

Ein menschenförmiger Schatten legte sich über mich und die zersprungenen Überreste, sorgte dafür, dass sich mir die Nackenhaare aufstellten und sich meine Fäuste um Mariam verkrampften. Ein eiskalter Atem strich über meine Haare, meine Wange und ließ meine Wimpern gefrieren, bis sie die Ränder meines Blickfelds weiß färbten.

»*Genug!*«, brüllte ein Mann wie ein Löwe. Ich spürte einen Luftzug irgendwo über mir – und dann einen Donnerschlag genau dort, wo Kaidan gestanden hatte.

Erschrocken riss ich den Kopf herum – und sah gerade noch, wie Iblys Milor zu Boden warf.

Mein Herz machte einen Satz. »Nein!« Er hätte fliehen sollen. Sich in Rauch auflösen und verschwinden. Aber auf keinen Fall bleiben.

Er hatte keine Chance. Und das wusste er. Wenn er gegen Milor kämpfte, würde er sein Leben opfern.

Dabei gab es doch noch Hoffnung –

Daamin überraschte mich immer wieder. Aber niemals so sehr wie in dem Moment, in dem er von Milor aufsprang und in derselben Bewegung zu mir herumfuhr. »Beeilen wir uns.« Im nächsten Augenblick hatte er seine Arme um mich geschlungen – und dann sah ich nichts als Rauch.

In der Verbotenen Stadt waren die Dämonen in hellem Aufruhr. Daamin richtete keine einzige Silbe an sie – sie verstanden sich auch ohne Worte. Ich konnte die Panik der Devs und Dschinn am eigenen Leib spüren. Meine Seele spiegelte sie wider und warf sie in alle Richtungen zurück.

Daamin hatte meine Hand genommen und zog mich unbeirrt hinter sich her, geradewegs auf das Zentrum der

Stadt und den zerstörten Palast zu. »Kaidan ist tot, Rana.« Seine raue Stimme drang kaum an meine Ohren und hallte dennoch mehrfach in meinem Unterbewusstsein wider wie ein Echo vergangener Zeiten. »Das verstehst du doch, oder?«

Ich fühlte mich wie gelähmt und erinnerte mich kaum daran, wie wir hierhergekommen waren. Weil ein Teil von mir noch immer auf dem Vamahar-Hügel kniete und verzweifelt versuchte, Mariams Scherben zusammenzusetzen.

»In diesem Körper steckt nicht länger dein Bruder, sondern meiner. Er hat ihn ausgelöscht. Unwiderruflich.«

Ich hörte, was er sagte, doch die Gewissheit erreichte meinen Geist nur tröpfchenweise. Wie ein Selbstschutzmechanismus meiner Seele, die sich vor dem Verfall bewahren wollte.

»Ich hätte es wissen müssen. Es gibt kein Portal vom Paradies in die Erste Unterwelt. Dies war der einzige Weg, wie Milor hätte hierhergelangen können. Hätte ich es nur geahnt –« Er verstummte. »Ich hätte es nicht so weit kommen lassen dürfen.«

Daamins Berührung hatte die Schnitte auf meinem ganzen Körper geheilt. Der Schmerz war vergangen. Zumindest der auf meiner Haut.

»Wir müssen schnell handeln.« Er warf mir einen Blick über die Schulter zu. Sorge zierte seine Miene. Was sah er gerade? Seine Liebe, die kreidebleich geworden war? Die ihn aus weit aufgerissenen und doch leeren Augen anstarrte? »Die Sense. Wenn sie existiert, muss sie irgendwo unten liegen. Ich weiß nicht, wo, aber vielleicht kann ich es herausfinden. Die Portalwächter kennen ihre Ebenen. Wenn wir sie aufsuchen, finden wir sie. Ganz bestimmt.« *Außer sie ist unwiederbringlich verloren,* schwang eine völlig andere Nuance in seiner Stimme mit.

Meine Beine fühlten sich schwach und zittrig an, und mein Mund war trockener als die Wüste. Ich hatte nichts gesagt, seit wir den Hügel verlassen hatten, und meine Lippen taten sich schwer damit, auch nur ein einziges Wort zu formen. »Ich komme mit dir.«

Daamin blieb stehen und wandte sich zu mir um. »Das hoffe ich doch.« Ein zaghaftes Lächeln umspielte seine Mundwinkel, während er mir eine Strähne aus dem Gesicht strich. »Denn ohne dich werde ich es nicht schaffen.« Er wurde wieder ernst. »Du hast mich gerettet. Ich glaube, dass du die Einzige bist, die mich retten kann.« Er drückte meine Hand, dann zog er mich weiter.

Ich konnte seine Worte erst verarbeiten, als wir in den Palastruinen angekommen waren. Dort, wo die Spalten im Boden so groß und breit waren, dass ich im Ganzen hätte hineinfallen können – und vermutlich mitten ins Portal zur Zweiten Unterwelt hinein. Dort, wo ich Daamin aus seiner Lampe befreit hatte. Wo wir uns zum ersten Mal begegnet waren.

Abrupt blieb ich stehen. An jedem anderen Tag hätte mich dieser Ort mit derselben Wärme erfüllt, die aus dem Boden durch meine Schuhsohlen drang. Doch jetzt war da nichts als Kälte. »Ich habe dich nicht gerettet«, sagte ich matt und entzog ihm meine Hand.

Erstaunt wandte sich Daamin zu mir um. »Was?«

»Mariam hat dich gerettet«, sprach ich mit dünner Stimme. »Sie hat sich für dich geopfert. Für uns beide.« Ich brauchte all meine Kraft, um ihn anzusehen. »Ich habe dich nur in Gefahr gebracht. Immer und immer wieder.« Meine Unterlippe begann zu beben.

»Er würde dich niemals im Stich lassen. Dazu haben wir dich vorherbestimmt.«

Ein Schluchzen kroch meine Kehle hinauf. »Ich glaube, ich wurde doch zu einem Sinn und Zweck erwählt.« Ich kniff die Augen zusammen, um die Tränen nicht aus meinen Augenwinkeln schießen zu lassen, aber sie fanden ihren Weg. »Kaidan wurde als Gefäß für Milor vorgesehen. Und ich …« Ich konnte das Schluchzen nicht mehr zurückhalten. »… als deine Schwachstelle.«

»Hey.« Daamin strich mir zaghaft über die Schultern. »Was redest du denn da für einen Unsinn?«

»Er hat es gesagt!«, stieß ich hervor. Ich wollte in seine Arme sinken, aber gleichzeitig fühlte ich mich, als würde ich damit Milor nur noch mehr in die Karten spielen. »Mir wurde vorherbestimmt, dir zu begegnen. Und zu deiner Schwachstelle zu werden.«

Daamin schnaubte abweisend. »Ganz sicher wurdest du mir nicht von den Engeln gesandt, Rana.« Verheißungsvoll hob er eine Braue. »Denn du musst wissen, ich habe einen ausgezeichneten Geschmack. Einen, den die Engel niemals treffen könnten.«

Ich ließ mich nicht beirren. »Es ist genau so gekommen, wie sie es geplant hatten«, hielt ich dagegen. »Kaidan hat das ausgenutzt, als er dich nach Afarat gelockt hat. Und jetzt …« Ich stockte. »Jetzt wäre dasselbe fast wieder passiert. Weil du mich niemals im Stich lassen könntest, Daamin.« Eine, zwei Tränen rollten über meine Wangen. »Nicht um deinetwillen. Und nicht um der ganzen Welt willen. Du würdest alles andere für mich opfern, immer und immer wieder.« Heftig schüttelte ich den Kopf. »Das muss aufhören! Verstehst du? Kaidan ist tot. Mariam ist tot. Alles nur meinetwegen. Ich … ich kann das nicht mehr. Ich kann nicht deine Schwachstelle sein. Ich kann nicht –«

Daamin nahm mein Gesicht in seine Hände und brachte mich mit einem groben Kuss zum Schweigen. Ich wollte mich von ihm losmachen, doch er ließ es nicht zu. Seine Lippen bewegten sich so lange auf meinen, bis mein Widerstand ins Bröckeln geriet. Bis meine Verzweiflung die Oberhand übernahm, ich meine Arme um seinen Hals schlang und den Kuss mit aller Kraft erwiderte. Der Fluss meiner Tränen wurde stärker und stärker – und versiegte doch irgendwann.

Auch nachdem sich sein Mund von meinem gelöst hatte, hielt mich Daamin immer noch fest. »Das hier«, flüsterte er, »ist echt. Ganz gleich, wer oder was uns vorherbestimmt wurde. Es ist *echt,* Rana. Und du hast recht: Ich würde es um nichts auf dieser Welt aufgeben. Du bist meine Schwachstelle.« Er ergriff mich bei den Schultern. »Aber du bist auch meine größte Stärke. Du bist mein Trumpf. Und solange du an meiner Seite bist, kann ich überhaupt nicht verlieren.«

Es war, als würde ich nach langer Zeit endlich wieder den Boden zu meinen Füßen spüren, und mein Innerstes drohte im Angesicht seiner Wärme zu schmelzen.

Sein gelber Blick bohrte sich in meinen und füllte mich von innen aus. »Ich brauche dich, Prinzessin. Ich brauche dich mehr denn je. Also, bitte.« Er hielt mir eine Hand hin. »Sag mir nur das Eine, was ich hören will, und ich verspreche dir, dass ich dafür sorgen werde, dass alles gut wird.« Er schluckte. »Sag mir nur das Eine, und ich werde dir das Paradies in die Unterwelt holen.«

Als ich seine Hand so vor mir sah, zögerte ich keine Sekunde mehr. Ich legte meine darauf und umschloss sie. Die Striemen, die unsere Handgelenke zierten, gingen beinahe nahtlos ineinander über.

Mein Blick traf auf seinen, und auf einmal erschien mir die Welt nicht mehr annähernd so grausam und das

Schicksal nicht mehr annähernd so pechschwarz wie zuvor.

»Ich bin bei dir.«

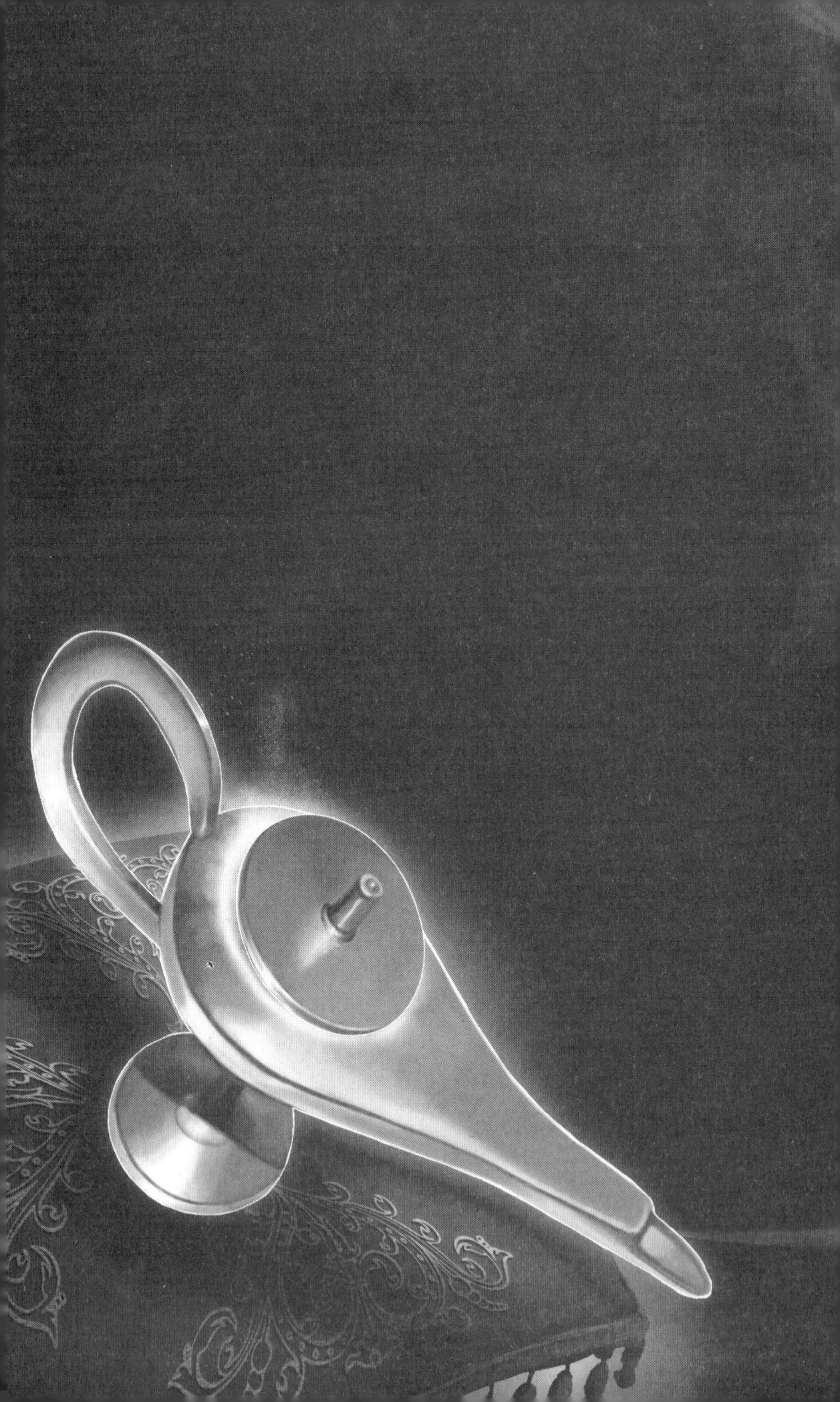

DIE ZWEITE UNTERWELT

14.
K'AMI

In der Schwärze sah ich Kaidans Gesicht von mir. Und doch *sah* ich ihn nicht mehr. Nicht das Schimmern in seinen Augen, die nun matt waren. In seinem Körper wohnte ein Engel. Einer, der lange vergeblich versucht hatte, mich zu töten, und der seinen Plan nun endlich in die Tat umsetzen würde.

Langsam hob Milor den Arm, bis die Spitze seines Zepters mein Herz berührte …

Ich spürte eine Hand auf meiner Wange. »Rana.«

Erschrocken öffnete ich die Augen – und stand vor Daamin. Wir befanden uns am schwarzen Strand, an dem wir schon beim letzten Mal gelandet waren. Einzelne Erinnerungen an damals blitzten in meinem Geist auf. Meine Wut auf Daamin. Wie ich ihm vorgeworfen hatte, ich hätte keine Zeit. Ich hatte keine Ahnung gehabt, was *keine Zeit* bedeutete.

Behutsam nahm Daamin meine Hand. »Wir sollten uns beeilen.«

Das sollten wir. Und so bahnten wir uns einen Weg über den schwarzen Sand geradewegs ins Innere von K'ami.

»Wie lautet dein Plan?«, fragte ich, noch immer etwas benommen von unserem Sturz in die Zweite Unterwelt. »Wir suchen die Winde auf und fragen sie, ob sie von deiner Sense wissen?«

»Genau das tun wir. Und wenn sie es nicht wissen, gehen wir weiter. Und weiter. Und weiter.« Er machte eine Pause. »Und hoffen, dass wir sie gefunden haben, bevor wir ganz unten landen.«

Wie beim letzten Mal war es windstill. Das bloße Gefühl, dass die Luft durch nichts und niemanden bewegt wurde, löste Unbehagen in mir aus. Aber nicht annähernd so sehr wie die Vorstellung, gleich wieder den blutrünstigen Winden gegenüberzutreten.

»Was wird Milor tun?«, fragte ich leise. »Glaubst du, er ahnt, was wir vorhaben?«

»Ich weiß es nicht«, gab Daamin zu. Der kleine Ort rückte in unser Sichtfeld. »Im Grunde spielt es keine Rolle. Er wird uns nicht in Ruhe lassen. Er will mich töten – und dich. Gerade eben ist er sicher noch geschwächt von seinem Fall vom Paradies in die Erste Unterwelt. Aber das kann sich schnell ändern.« Er schenkte mir einen angespannten Seitenblick. »Du weißt ja: Wenn hier ein Augenblick vergeht ...«

Ich schluckte. »... verstreichen oben Tage.«

Daamin nickte bedächtig. »Eigentlich sollten wir uns jede Sekunde Sorgen machen, die er nicht nach unten kommt. Weil das bedeuten würde, dass er zuerst oben aufräumt.«

Ich erschauderte. Daran hatte ich überhaupt nicht gedacht. Aber Daamin hatte recht: Die Engel wollten *alle* Bewohner der Unterwelten auslöschen. Also auch der Ersten. Und selbst wenn wir gerade außer Reichweite waren, bedeutete das nicht, dass er nicht schon damit beginnen konnte, seinen Plan in die Tat umzusetzen.

Auf einmal betete ich, dass er sich sofort an unsere Fersen heften würde. Andernfalls würde er die Menschheit in diesen Augenblicken vernichten.

Unwillkürlich beschleunigte ich meinen Schritt. Ein Teil von mir konnte immer noch nicht fassen, dass ausgerechnet die Engel uns alle dem Untergang weihen wollten. Und dass Daamin, obwohl er ihrer Art angehörte, ganz und gar nicht wie sie war.

Ich schenkte ihm einen vorsichtigen Blick. »Eine Sache hast du mir noch nicht erzählt. Warum bist du gefallen? Warum wurdest du … verstoßen?«

Daamin hielt seine Aufmerksamkeit auf unsere Umgebung gerichtet. »Hast du in deinen Büchern nicht schon genug darüber gelesen?«

Ich ließ mich nicht beirren. »Die Bücher sagen, dass du in die Unterwelt verbannt wurdest, weil du die Menschen hasst. Aber das glaube ich nicht.« Ich rang nach Worten. »Jetzt, wo ich weiß, wie du bist und wie die Engel sind, glaube ich viel eher, dass du verstoßen wurdest, nicht weil du die Menschen verabscheut hast …« Ich stockte, unsicher, ob ich ihm zu nahe treten würde – und beendete meinen Satz dennoch. »… weil du ihnen ähnlich bist.«

Erstaunt fixierte mich Daamin. Unterschiedlichste Emotionen wechselten sich in seiner Miene ab – dann sah er nach vorn und seufzte sehnsüchtig. »Wie sehr ich mir wünschte, wir könnten hier einen kurzen Zwischenstopp einlegen.«

Ich folgte seinem Blick und entdeckte das Badehaus mit den rauchenden Kaminen, in dem wir zusammen Zeit verbracht hatten. Rückblickend kam es mir so vor, als wären das noch die besseren Tage meines Lebens gewesen. Ich hatte sie nicht zu schätzen gewusst.

Es war, als würden sich die Ränder meines Blickfelds schwarz färben. Aber nicht, weil etwas mit meinen Augen nicht stimmte. Es war vielmehr eine vage Vorahnung, dass sich etwas um mich herum zusammenbraute.

Ich fuhr herum – und blickte einem Heer aus Dämonen entgegen. Es mussten fünfzig, sechzig von ihnen sein, die aus dem Nichts hier aufgetaucht waren. Sie standen in Hauseingängen, auf Verandas, mitten auf der Straße – und fielen auf die Knie in dem Augenblick, in dem sich Daamin ihnen zuwandte.

»Na also«, sagte er schroff. »Beim letzten Mal hat das ja nicht so gut geklappt, was?«

Allgegenwärtiges Gemurmel ertönte, und ich glaubte, ein »Entschuldigung« herauszuhören.

Aus dem Augenwinkel sah ich einen Hauch von Rauch aus Daamins Rücken entspringen. Der bloße Anblick beschwor einen Anflug von Ehrfurcht in mir herauf. Es erstaunte mich, dass ihn seine Untertanen beim letzten Mal ohne Flügel nicht erkannt hatten. Sogar Dämonen ließen sich so leicht täuschen.

Daamin nahm sich Zeit, die Dschinn zu betrachten. »Wir können jede Hilfe gebrauchen, die wir bekommen können«, sagte er an mich gewandt. »Hier unten sind sie zu nichts nütze. Aber wenn wir sie nach oben entsenden, könnten sie den Prozess verlangsamen. Uns mehr Zeit verschaffen.«

Meine Gesichtszüge glätteten sich. »Du hast recht.« Im Vergleich zu dem Heer, das schon oben war, waren das hier nicht viele – aber es waren mehr als gar keine. Und mit jeder Ebene könnten es mehr werden. Wenn wir die ganze Unterwelt leerräumten und nach oben schickten …

Ein Stich des schlechten Gewissens bohrte sich in meine Brust. Ich stimmte Daamin zu, fühlte mich aber furchtbar dafür. Als würde ich diese Dschinn wie einen lebendigen Schutzschild benutzen – so wie Kaidan seine Männer bei der ersten Schlacht von Vamahar.

Ich versuchte, mir das Gegenteil einzureden. Es zählte nicht als *opfern,* wenn sie hier unten sowieso sterben würden. Aber dort oben – gemeinsam mit den anderen Dämonen und vielleicht auch den Menschen, wenn sie endlich verstanden, was wirklich geschah – hätten sie womöglich eine Chance.

Gleichzeitig war mir klar, dass keine Chance groß genug wäre, wenn Daamin und ich diese verdammte Sense nicht fanden. Sie konnten uns nur Zeit erkaufen. Aber wir mussten sie weise nutzen.

Ich sah ihn an. »Worauf wartest du?«

Daamins Lippen hatten sich schon geteilt, doch dann geriet er ins Stocken – und er lächelte mich schief an. »Nein, weißt du was?«, sagte er gedehnt und berührte neckisch mich am Kinn. »Ich will, dass du es ihnen sagst.«

Unwillkürlich verspannte ich mich. »W-was sage?«

»Dass sie nach oben gehen sollen.« Daamins Blick heftete sich auf meine Lippen. »Befiehl es ihnen.«

Ich versteifte mich etwas. »Ich bin nicht ihre Gebieterin.«

»Aber *ich* bin ihr Gebieter«, erwiderte Daamin schroff. »Und wenn ich sage, du sollst es ihnen befehlen, dann werden sie auf dich hören.« Sein Lächeln umspielte noch immer leicht seine Lippen. »*Bitte,* Prinzessin.«

Ich stockte. Ich konnte mich nicht entsinnen, wann mich Daamin zuletzt um etwas gebeten hatte. Es musste in der Sechsten Unterwelt gewesen sein, als er mich angefleht hatte, mein Leben mit ihm zu verbringen.

Ich war so dumm gewesen, sein Angebot abzulehnen. Und ich wäre nie wieder so dumm, ihn noch einmal anzuzweifeln.

Ich atmete tief durch und ließ den Blick über die versammelten Dämonen schweifen. Plötzlich fühlte ich mich klein, unbedeutend. Wie der Eindringling, der ich war. Alles andere als in der Lage dazu, jemandem etwas zu befehlen.

Ich wusste nur zu gut, was der Grund dafür war. Ich hatte mich in den letzten Tagen nicht gerade wie eine Prinzessin gefühlt. Mein Vater war ermordet worden, mein Bruder zum Propheten und schließlich zu einem Engel geworden. Ich war verraten worden, verwundet, eingesperrt, gefesselt und beinahe verbrannt. Es war, als hätte sich mein blaues Blut rot gefärbt.

Doch in mir schlummerte immer noch die Prinzessin, die ich war. Die ich niemals hatte sein wollen. Die ich für Daamin aber jederzeit sein würde, wenn er sie brauchte.

Auf einmal wurde ich von einer neuen Energie erfüllt. Oder vielleicht war es meine letzte Kraftreserve, die ich noch nicht in den vergangenen Tagen aufgebraucht hatte. Für Daamin würde ich einfach alles geben. Für uns. Für unsere Zukunft und die derer um uns herum.

Ich holte tief Luft. »Geht nach oben«, sagte ich mit klarer, lauter Stimme. »Und kämpft um unser aller Überleben.«

Die Dämonen starrten mir stumm und finster entgegen. Mein Herz verkrampfte sich in meiner Brust –

Und dann lösten sie sich einfach auf. Verwandelten sich in Rauch und schossen davon. Ich riss den Kopf herum und konnte ihnen gerade so mit dem Blick folgen. Mehr brauchte es auch nicht, um zu wissen, dass sie sich zum Portal aufmachten. Sie würden die anderen fünf Unterwelten durchqueren, um endlich in der Ersten zu landen. Jetzt, wo Daamin die Ordnung außer Kraft gesetzt hatte, würde sie niemand daran hindern. Ich hoffte nur, dass es bis zu ihrer Ankunft nicht zu spät wäre.

»Oh ja«, schnurrte Daamin neben mir, und seine Fingerspitzen glitten hauchzart über meine Oberarme. »Genau so habe ich es mir vorgestellt.«

Ihr Anblick machte mir schmerzlich bewusst, dass *ich* mich nicht in Rauchschwaden verwandeln konnte. »Du wärst viel schneller ohne mich, oder?«, fragte ich kleinlaut und wandte mich ihm zu. Als er mich vor Milor gerettet hatte, hatte er mich fest in seinen Armen gehalten, während sich seine untere Körperhälfte verflüchtigt hatte. Wir waren zügig unterwegs gewesen, aber nicht annähernd so sehr, wie die Dschinn davongesaust waren.

Daamin lächelte und hielt mir seine Hand hin. »Wir können so schnell sein, wie du willst, Liebste.«

Als ich sie nahm, wurden seine Flügel dichter und dunkler, bis sie beinahe so aussahen, als bestünden sie aus festem Leder.

Mit einem Ruck zog mich Daamin an sich. Ich quietschte vor Schreck, und in der nächsten Sekunde hatte er mich auf seine Arme gehoben. Dass sich seine Füße vom Boden gelöst hatten, bemerkte ich erst, als wir schon längst in der Luft waren.

Es war seltsam, zu fliegen, wenn es völlig windstill war. Meine Haare wurden nicht einmal ein kleines bisschen von meinen Schultern gehoben. Es fühlte sich beinahe so an, als würden wir uns durch eine Erinnerung bewegen.

Die Arme um Daamins Hals geschlungen, hielt ich meinen Körper dicht an seinem. Als wir zum letzten Mal hier gewesen waren, war ich ihm mit Vorsicht und Argwohn begegnet. Aber inzwischen war einfach alles an ihm vertraut. Seine Haut unter meinen Fingerkuppen, sein Geruch, seine allgegenwärtige Wärme, nach der ich mich sogar hier unten verzehrte.

Und die mich viel zu schnell verließ, als er mich auch schon absetzte. Ich sah mich um und erkannte die Umgebung vage wieder. Wir befanden uns auf dem freien Feld, etwa zwanzig Schritte vom leuchtenden Portal entfernt, das uns eine Ebene tiefer bringen würde.

Sofort stieg ein altbekannter Drang in mir auf, mich mit dem Kopf voran in das Schimmern zu werfen. Aber wir waren hier noch nicht fertig.

Von den Winden war nichts zu sehen, doch schließlich hatten sie sich neulich auch erst kurz vor knapp gezeigt. Ziemlich faule Portalwächter, wenn man so darüber nachdachte.

Ich erinnerte mich daran, welche Angst ich beim letzten Mal gehabt hatte. Doch nun war ich vollkommen ruhig. Vielleicht lag es daran, dass ich jetzt wusste, wer Daamin wirklich war und dass es in der Unterwelt nichts gab, was mir noch schaden könnte. Vielleicht war ich aber auch an allem gewachsen, was ich erlebt hatte – hier unten und vor allem dort oben. Nach den Dingen, die mit Kaidan geschehen waren, gab es nichts mehr, wovor ich mich in K'ami fürchten müsste.

Langsam schritten wir auf das Portal zu – und ich glaubte, eine leichte Brise zu spüren, die die Härchen auf meinen Armen bewegte.

Abrupt blieb ich stehen. Dann waren sie auch schon da. Schimmer aus Rot, Blau, Gold und Weiß schossen von überall, wirbelten um uns herum wie ein Strudel und pfiffen mir bis ins Mark.

Ich versteifte mich und presste mir die Hände auf die Ohren, aber die Winde schienen sogar diese Barriere mühelos zu durchdringen und jagten einen stechenden Schmerz in meinen Kopf.

Verdammt, beim letzten Mal war das nicht so schlimm gewesen! Weil ich eine Metallpeitsche bei mir getragen hatte. Jetzt aber war ich unbewaffnet. Ein Anflug von Panik schoss in mir hoch. Würden sie diesmal nicht vor mir Halt machen?

»Das reicht.« Daamins Stimme war mehrere Oktaven tiefer geworden. Aus dem Augenwinkel erkannte ich, wie er seine Flügel ausbreitete – und die Schimmer zerstreuten sich in einer Explosion aus Farben in alle Richtungen. Sofort wurde es still.

Betreten drehte ich mich im Kreis. Bei unserem letzten Besuch war Daamin der Spielball der Winde gewesen. Jetzt hatte er den Spieß so was von umgedreht. »H-hast du … sie getötet?«

Betroffen starrte er mich an. »Nein! Wir brauchen sie doch noch.« Er ließ den Blick schweifen. »Nur nicht so theatralisch.« Er hob seine Hand mit der Handfläche nach oben – und die vierfarbigen Schimmer schwebten vom Boden in die Höhe, immer weiter, bis sie vage Silhouetten formten wie Figuren aus strahlendem Sand. Menschliche Silhouetten.

Eine seltsame Faszination breitete sich in mir aus. Bis gerade eben war mir nicht klar gewesen, dass die Winde überhaupt ein Bewusstsein hatten. Ich hatte sie für wilde Bestien wie den Nhang gehalten, der einfach nur tötete, weil er es nicht anders kannte. Aber jetzt sah ich die Gestalt vor mir, die sie einzig und allein für uns annahmen, und plötzlich fühlte ich mich irgendwie mit ihnen verbunden.

»Na also. Wir sind auf der Suche nach –« Gelassen drehte Daamin sein Handgelenk, als würde er es für einen Hieb mit einer Sense aufwärmen. »Einem Spielzeug, das ich hier vor ein paar tausend Jahren fallengelassen habe.«

Ich zuckte zusammen. *Ein paar tausend Jahre?* Wie alt war Daamin eigentlich? Ich schenkte ihm einen verstohlenen Seitenblick, aber er nahm ihn überhaupt nicht wahr.

»Was wisst ihr darüber?«

Die Winde antworteten nicht. Wahrscheinlich brachten sie trotz ihrer Gestalt nicht mehr als dasselbe Pfeifen zusammen, das sie uns schon gerade eben geschenkt hatten. Ich musste ganz genau hinsehen, um zu erkennen, dass sie simultan die Köpfe schüttelten.

Mein Herz sackte eine Etage tiefer. »Ihr wisst es nicht?«, fragte ich. »Oder ihr wisst, dass es nicht hier ist?«

Daamin wandte sich zu mir um. »Guter Einwand, Prinzessin«, raunte er, und ein verräterisches Kribbeln tat sich in meiner Magengrube auf.

Eines, das sofort erstarb, als die Winde jeder beide Arme von sich streckten und abermals den Kopf schüttelten. Ich stutzte. Welche der zwei Optionen war das jetzt?

Daamin übersetzte für mich: »Es ist nicht hier. Sie wissen, dass es nicht hier ist.«

Meine Lippen teilten sich leicht, und eine tiefe Enttäuschung machte sich in mir breit. »Oh.«

Stille kehrte auf der Ebene ein – sogar die Winde waren endgültig verstummt. Ob vor Ehrfurcht vor Iblys oder weil die Erkenntnis genauso sehr auf ihren Schultern lastete wie auf unseren, wusste ich nicht. Aber sie reichte aus, damit sich ein schwarzer Fleck in meiner Seele bildete, der von nun an mit jeder Ebene größer werden würde. Es war Hoffnungslosigkeit. Dieselbe, die ich gespürt hatte, als ich nach Kaidan gesucht hatte.

Daamin räusperte sich. »Natürlich ist sie nicht hier.« Er zuckte die Achseln. »Das war ja auch erst die Zweite Unterwelt, durch die ich gestürzt bin. Ich war nie so schwach, meine Waffe nicht etwas länger als das festhalten zu können.« Er schenkte mir ein schiefes Grinsen. »Da stand ich schließlich in der Blüte meines Lebens.«

Ich erschauderte. »Sprich nicht so von dir selbst.«

»Warum?« Sein Grinsen wurde breiter. Er hob eine Hand und strich mir über die Wange. »Euer Ehemann war doch auch älter, Prinzessin. Scheint Euer Beuteschema zu sein.«

Ich drehte mich in die andere Richtung. »Ich habe keinen Ehemann«, wehrte ich ab. »Ich bin nicht verheiratet.«

»Gut. Dann bist du also noch frei.« Locker schlang er von hinten die Arme um mich und küsste meine Wange – vielleicht auch, weil er sah, dass ich lächelte.

Unwillkürlich wünschte ich mir, wir könnten für immer hier stehenbleiben. Er könnte mich für immer necken und ich für immer versuchen, meine gefasste Miene zu bewahren, die nur er ins Bröckeln zu bringen vermochte.

Aber wenngleich die Zeit in der Unterwelt in einem anderen Tempo verlief, verstrich sie doch – genau wie der Augenblick der Unbeschwertheit, den mir Daamin geschenkt hatte. Er ließ mich los und wandte sich ein letztes Mal an die Winde. »Geht nach oben. Oder hier unten wird es bald nichts mehr geben, das sich zu bewachen lohnt.«

Die Winde nickten, als wären sie ein Wesen. Dann zerstreuten sie sich zu einem Lichtspiel wie ein Blütenregen aus vier Farben, der geradewegs in das Leuchten des Portals hineinstob und darin verschwand.

Damit gab es nichts mehr zu tun – ein Gedanke, der dafür sorgte, dass sich mir der Magen umdrehte. Weil wir nun K'ami hinter uns ließen und eine Unterwelt abhakten, ohne auf etwas gestoßen zu sein.

Mein Mund wurde trocken. »Also gut«, hob ich an. »Dann ist die Sense bestimmt in Drakht.«

»Drakht«, wiederholte Daamin fast schon verträumt. »Ich hoffe, wir müssen dort jeden Stein umdrehen, um sie zu finden.«

Irritiert wandte ich mich zu ihm um – und begegnete seinem sehnsüchtigen Blick. Es war dieselbe Sehnsucht, die in meinem Herzen loderte, der wir aber nicht nachgeben konnten. Nicht jetzt. Und vielleicht nie mehr. Die Sehnsucht auf ein Leben *danach*. Die Sehnsucht auf ein Leben zusammen.

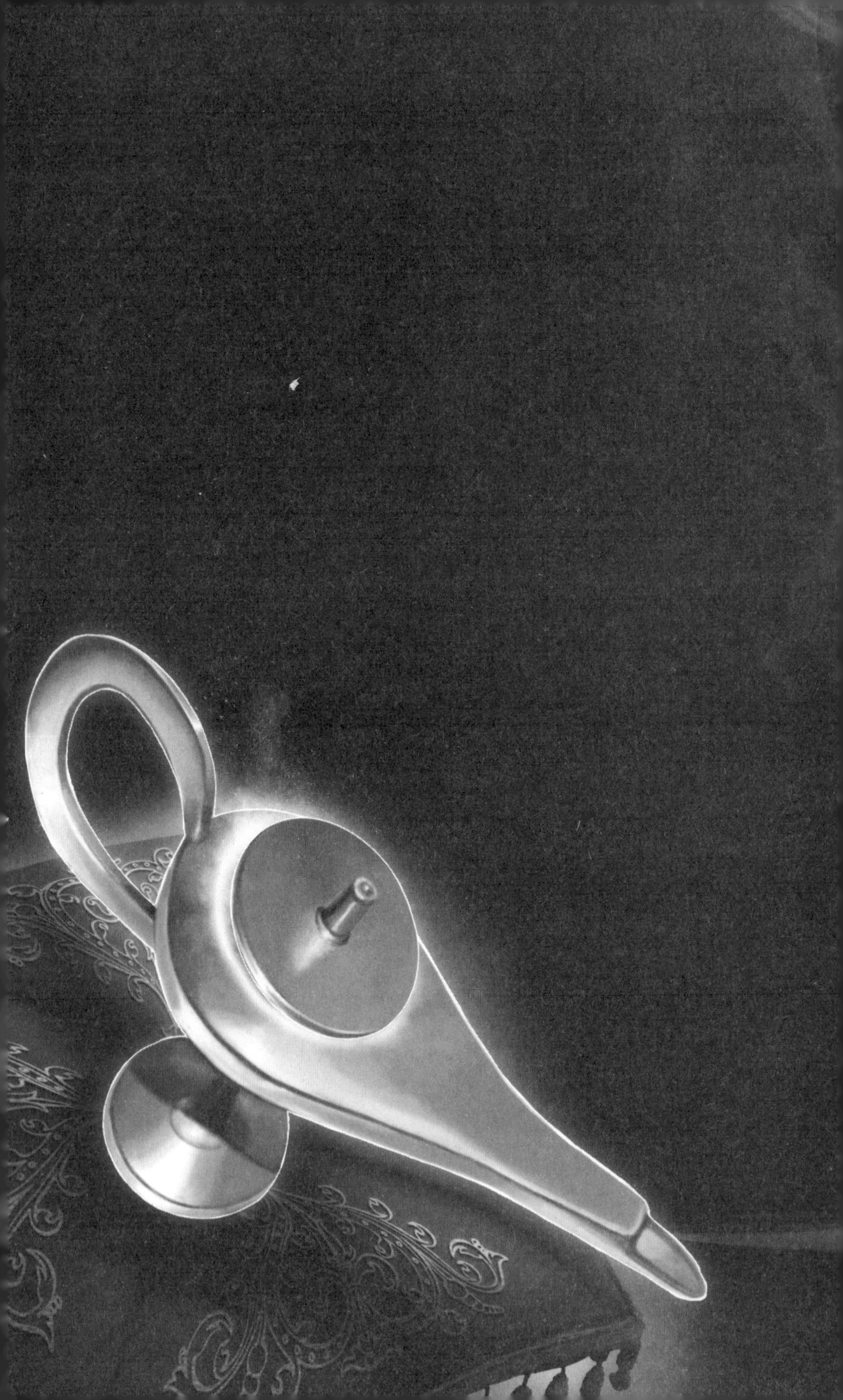

DIE DRITTE UNTERWELT

15.

DRAKHT

Das Paradies fühlte sich nicht mehr annähernd so paradiesisch an wie beim letzten Mal. Stattdessen hatte sich ein grauer Schleier wie Nebel über das Grün der Wiesen und Bäume gelegt. Die Blümchen ließen ihre Köpfe hängen, und der ohnehin schon triste Himmel schien eine Spur dunkler geworden zu sein.

Aber das war nicht das Einzige, was sich verändert hatte.

Ich erschauderte leicht. »Bin nur ich das« – ich schlang die Arme um meinen Oberkörper – »oder ist es hier kühler als beim letzten Mal?« Um nicht zu sagen: *Kühl*. Kühl an einem Ort, an dem es eigentlich wärmer als in der Verbotenen Stadt hätte sein müssen.

Daamin sah sich um. »Das ist der Einfluss des Engels. Die Hölle gefriert.« Er stockte. »Wir müssen uns beeilen.« Sein Blick streifte meinen – und seine Miene wurde weich. Behutsam legte er beide Hände auf meine Schultern, und plötzlich war es, als würde sich ein Wärmefilm über meinen Körper ziehen. Ein Schutzschild, der die kühlen Temperaturen einfach abprallen ließ.

Fasziniert blickte ich an mir herab. »Unglaublich«, flüsterte ich. »So etwas kannst du?«

Neckisch hob er eine Braue. »Ihr habt noch nicht einmal die Hälfte von dem gesehen, was ich kann, Prinzessin.« Er wurde wieder ernst. »Jetzt weißt du, warum die Siebte Unterwelt so eisig ist. So eisig, dass Körper und Geist zu gefrieren drohen.«

Meine Nackenhaare stellten sich auf. Ich hatte nie begriffen, was mich dort unten so gelähmt hatte. Ein Teil von mir hatte geglaubt, Daamin wäre dafür verantwortlich gewesen – weil er hatte verhindern wollen, dass ich an die Oberfläche kam. Aber jetzt sickerte die Gewissheit nach und nach zu mir durch.

»Ich bin ein Wesen des Feuers«, erklärte er. »Das Eis schwächt mich. Es war der einzige Grund, weshalb ich mich so lange nicht befreien konnte.« Er befeuchtete seine Lippen. »Ich befürchte, dass es mit jeder Ebene schlimmer werden wird.«

Meine Brust wurde eng. »Das bedeutet, dass du mit jeder Ebene schwächer werden wirst?«

Daamin musterte mich mit ausdrucksloser Miene – doch dann grinste er. »Das heißt, dass du mit jeder Ebene stärker werden musst, um das auszugleichen.« Er ergriff meine Hand und hauchte einen Kuss auf meinen Handrücken. »Kannst du das für mich tun?«

Ich erwiderte sein Lächeln, nicht zuletzt, weil ich das Gefühl hatte, dass er es mindestens so sehr brauchte wie ich seine Berührung. Er war viel zu positiv für unsere Situation, und mir war klar, dass nur versuchte, die Stimmung aufzuhellen. »Werden wir sie wieder auftauen können?«, fragte ich zaghaft. »Alles, was gefroren ist?«

Daamin nickte langsam. »Mach dir keine Sorgen. Es geht nur um den Engel. Wenn wir ihn beseitigt haben, kann alles wieder von vorn beginnen. Ich kann das Eis zum Schmelzen bringen.« Er strich mir mit der anderen Hand eine Haarsträhne hinters Ohr. »Und ich kann dir ein eigenes Paradies erschaffen, bei dem die Engel dort oben grün vor Neid werden. So, wie ich es dir versprochen habe.«

Diesmal war ich darauf vorbereitet, als er mich von den Füßen hob. Er ließ nicht länger seine untere Körperhälfte zu Rauch werden, sondern schlug mit seinen Flügeln, um uns in die Lüfte zu bekommen. Es waren wenige, kräftige Schläge, die immer wieder eine leichte, warme Brise über meinen Körper sandten.

»Was ist mit den Dschinn hier?«, frage ich. »Willst du sie auch nach oben schicken?«

»Sie sind schon unterwegs«, erwiderte er. »Die Devs aus K'ami haben sie abgeholt. Sie gehen alle nach oben. Niemand bleibt zurück. Vorausgesetzt, wir können den Nhang davon überzeugen, sie am Leben zu lassen.«

Ich riss die Augen auf. »Der Nhang muss *überzeugt* werden?!«

Natürlich. Er war nicht wie die Winde oder die Dschinn. Keine Kreatur, mit der man einfach reden konnte.

Mir lief ein eisiger Schauer den Rücken herunter, als ich daran zurückdachte, wie er seinen riesigen Kopf auf mich niedersausen ließ –

Daamins Griff versteifte sich etwas um mich. »Dir wird es gut gehen«, bekräftigte er. »Das verspreche ich dir.« Er machte eine Pause. »Beim letzten Mal … Ich habe nicht aufgepasst. Ich hätte besser auf dich acht geben sollen.«

Mein Herz verkrampfte sich in meiner Brust, als seine Miene immer finsterer wurde. Selbstvorwürfe waren jetzt fehl am Platz. »Ich habe nicht auf dich gehört. Ich hätte dortbleiben sollen, wo ich war.«

Er schüttelte den Kopf. »Ich hätte ein Auge auf dich haben müssen. Das war meine Verantwortung.«

Ich legte eine Hand auf seine Wange und drehte sein Gesicht in meine Richtung. »Du hast mich gerettet, Daamin.«

»Nein«, sagte er ruhig. »Du hast *mich* gerettet.«

Ich wusste nicht, wie er das meinte, und bekam auch keine Gelegenheit, nachzufragen. Denn in der Ferne tat sich der kreisrunde Fluss auf – und mit ihm ein Heer aus Dämonen, wie ich es zuletzt an der Oberfläche gesehen hatte.

Daamin hatte recht. Die Dschinn aus der Zweiten und Dritten Unterwelt hatten sich hier versammelt und warteten nur noch darauf, dass der Weg zum Portal freigemacht wurde.

Der Fluss plätscherte sanft um die Insel herum, auf der sich der Ausgang befand. Vom Nhang war nichts zu sehen. Aber genau diese Ruhe war tödlich.

Daamin ließ mich an der Spitze der Gruppe herunter, hielt mich jedoch einen Augenblick länger fest. Ich konnte ihm ansehen, dass er wütend war – aber nicht auf mich. »Wenn ich dich darum bitte, auf Abstand zu bleiben …«

Schnell nickte ich. »Natürlich.«

Seine Hand strich sanft über meinen Arm, als er mich losließ und von meiner Seite wich. Mit gemischten Gefühlen beobachtete ich ihn dabei, wie er sich dem Wasser näherte – so lange, bis sich die Haare in meinem Nacken aufstellen. Das hatte ausnahmsweise nichts mit den Temperaturen zu tun. Sondern mit der Tatsache, dass ich mich von tausenden Blicken durchbohrt fühlte.

Langsam wandte ich mich um – und starrte der Armee aus Dschinn entgegen. Ich versteifte mich am ganzen Körper und betete, sie würden ihre Aufmerksamkeit auf Daamin lenken, aber stattdessen ergötzten sie sich geradezu an meinem Anblick. Hatten die noch nie einen Menschen gesehen?

Oder hatten sie noch nie eine Frau an der Seite ihres Herrschers gesehen …?

Mit einem mulmigen Gefühl im Bauch kehrte ich ihnen den Rücken zu. Ich fragte mich, ob Abelys auch unter ihnen war, der Dämon, der Mariam beherrscht hatte.

Der Gedanke an sie zerriss mich innerlich. Alles war so schnell passiert. Ich hatte kaum Gelegenheit gehabt, um irgendetwas davon zu verarbeiten. Auch die Vorstellung, dass sie für immer fort war, fühlte sich unwirklich an. Nicht zuletzt, weil sie sich für Daamin und mich geopfert hatte. Dabei war sie uns rein gar nichts schuldig gewesen.

Wie viele müssten noch sterben, damit alle anderen leben konnten?

»Nhang!«, brüllte Daamin und riss meine Aufmerksamkeit jäh auf sich. »Zeig dich!«

Die Bestie ließ sich nicht zweimal bitten. Schon schoss ihr großer, schuppiger, grüner Krokodilskopf aus dem Wasser und zog seinen ewig langen Hals hinter sich her. Der Nhang stieß ein Brüllen aus, das mir das Blut in den Adern gefrieren ließ –

Und mühelos von Daamin übertönt wurde: »*Ruhe!*«

Der Nhang verschluckte sich an seinem eigenen Schrei. Er japste, sein Maul klappte zu, und er blickte verwirrt auf uns herab. Auf einmal hatte er keine Ähnlichkeit mit einem Seeungeheuer mehr, sondern eher mit einer hilflosen Schildkröte.

Daamins Schultern hoben und senkten sich nur noch schwer. »Du hast den Bogen beim letzten Mal überspannt.« Mit jedem Wort, das seine Lippen verließ, wurde er größer und größer und seine Schwingen schwärzer, seine Haare länger und seine Haut blasser, bis er die Gestalt von Iblys angenommen hatte.

Ich sah nicht weg. Kein Teil von mir wollte das. Weil dort immer noch der Mann stand, den ich liebte.

Der Nhang steckte das nicht annähernd so gut weg. Mit großen Augen blickte er fast schon ängstlich auf Daamin herab. Langsam senkte sich sein Kopf, immer weiter, bis er Großteil seines Körpers wieder unter der Wasseroberfläche verschwunden war.

»Du hättest mir beinahe sehr, sehr große Probleme bereitet«, knurrte Daamin. »Ist dir das klar?!«

Der ganze Hals des Nhangs versank im Wasser. Nur noch sein Kopf schaute heraus, und ich fragte mich, ob man wie auf einem Stein über ihn hinweg auf die Insel springen könnte, wenn man es versuchte.

Ein seltsames Quietschen drang an meine Ohren. Ich hielt es für Wind, bis ich mich umsah und keiner der Bäume des Paradieses auch nur von einer winzigen Brise bewegt wurde. Erst dann wurde mir klar, dass es aus dem Maul des Nhangs stammte, der Daamin anwinselte wie ein getretener Köter.

»Ich habe Gnade vor Recht walten lassen, weil ich meine Flügel nicht hatte, aber sollte so etwas je wieder passieren, wirst du mit den Konsequenzen leben müssen. Verstanden?«

Der Nhang schien zu zögern. Dann nickte er, und wann immer sein wuchtiges Kinn ins Wasser eintauchte, spritzten Wassertropfen in alle Richtungen.

Daamin atmete tief durch. »Gut.« Er warf einen flüchtigen Blick über die Schulter. »Weiter.«

Ehe ich auch nur daran denken konnte, mich nach den Dschinn umzusehen, schoss eine Wand aus Rauch an mir vorbei und verwirbelte mein Kleid und meine Haare. Sie sauste über den Nhang hinweg und verschwand schließlich im grellen Licht des Portals auf der Insel.

Ich setzte mich schon in Bewegung, noch bevor Daamin mich zu sich winkte. »Jetzt, wo das erledigt wäre«, fuhr er mit rauer Stimme an den Nhang gewandt fort. »Wo ist meine Sense?«

Die Bestie legte den Kopf schief und musterte Daamin.

»Wie, du weißt nicht, wovon ich rede?«, fragte er gereizt und begann zu gestikulieren. »Eine Sen-se! Ein Stock mit einer gebogenen Klinge dran.« Er wandte sich halb mir zu. »So sieht sie doch aus, oder?«

Ich stutzte. »I-ich denke schon.« Zumindest, wenn man den Zeichnungen im Buch glaubte. Denen man definitiv nicht glauben sollte, weil sie allesamt von Menschen stammten, die weder Iblys noch die Sense je zu Gesicht bekommen hatten.

Ach, verdammt! Das war *seine* Waffe! Sollte er nicht wissen, wie sie aussah?

Der Nhang fixierte mich und leckte sich mit seiner Schlangenzunge über die Lippen.

Erschrocken zuckte ich zurück. *Nicht schon wieder. Nicht schon wieder!*

»Hey!« Wütend zeigte Daamin mit dem Finger auf ihn. »Das hab ich gesehen!«

Bestürzt ließ sich der Nhang tiefer ins Wasser gleiten, bis ich kaum mehr als seine Augen sehen konnte.

Ein paar Sekunden lang starrten die beiden einander einfach nur an, dann ließ Daamin die Schultern hängen. Er senkte die Lider. »Er weiß nichts von einer Sense«, sagte er so leise, dass ich ihn kaum hören konnte.

Ich griff nach seinem Arm. Dies war die Dritte Unterwelt. Von sieben. Viele Chancen blieben uns nicht mehr. »Also … dann gehen wir jetzt weiter?« Meine Stimme klang zu hoch, sie trug mehr von meiner Unsicherheit hinaus, als ich wollte. Weil ich spüren konnte, dass es Daamin nicht anders ging.

Er stieß ein lautloses Seufzen aus. »Dann gehen wir jetzt weiter.« Er wandte sich dem Nhang zu. »Du auch. Wir brauchen dich da oben mehr als hier unten.«

Wieder drang ein leises Quietschen zwischen den geschlossenen Lippen der Bestie hervor.

Daamin stöhnte, als hätte die Bestie gerade Menschenworte benutzt. »Du kannst es wiedergutmachen, indem du deinen nicht vorhandenen Hintern nach oben schwingst und dabei hilfst, die Unterwelt zu retten. Klar?« Sein Mund öffnete und schloss sich wieder. »Ich werde mich nicht dafür entschuldigen, dich angeschrien zu haben! Du hast mich zuerst angebrüllt, schon vergessen?«

Irritiert sah ich von Daamin zum Nhang und zurück.

Er verschränkte die Arme. »Und als ich zum letzten Mal hier war, wolltest du meine –« Er unterbrach sich selbst. »Meine …« Langsam drehte er den Kopf, und als sich unsere Blicke trafen, zierte seinen nichts als Unsicherheit. »Meine Geliebte in Stücke reißen«, endete er deutlich leiser, als wäre ihm gerade nach viel zu langer Zeit eine Erkenntnis gekommen. Ich tippte, dass es sich bei der Erkenntnis nicht um den Teil mit dem *in Stücke gerissen werden* handelte.

Ein Gurren drang aus der Kehle des Nhang, und Daamin riss den Kopf zu ihm herum. *»Ich habe dich nicht erkannt«*, äffte er ihn nach. »Hast du überhaupt richtig geschaut?«

Stille.

Daamin schnaubte. »Dachte ich mir.« Er nickte in Richtung Portal. »Ab mit dir! Und keine Widerworte.«

Ein Grollen drang aus dem Wasser.

»Und das Knurren kannst du dir auch sparen, Kumpel!«

Die Bestie verstummte sofort. Mit zusammengekniffenen Augen glitt ihr Kopf etwas aus dem Wasser – doch dann fixierte sie mich aufs Neue, und ihr Gesichtsausdruck entspannte sich etwas. Wieder gurrte sie.

Ich versteifte mich etwas. »H-hat er etwas gesagt?«

Daamin grunzte. »Ein Nhang kann doch nicht reden, Dummchen.« Er zuckte die Achseln. »Er will sich bei dir entschuldigen für den … Vorfall neulich.«

»O-oh.« Ich versuchte, locker zu bleiben, doch sogar meine wegwerfende Handbewegung war so steif, als bestünde ich aus Stein. »Sch-schon gut. Wirklich.«

Mit einem Gurren schob sich der Kopf näher in meine Richtung, und es war, als würde mir der personifizierte Tod näherkommen. All meine Sinne schrien mich an, Abstand zum Nhang zu gewinnen. Was auch immer mich davon abhielt, konnte wenig mit Vernunft zu tun haben. Eher Lebensmüdigkeit.

Ich wusste selbst nicht, was ich tat, als ich zaghaft meine Hand ausstreckte.

»Keine Dummheiten!«, warnte Daamin ihn, doch der Nhang zischte bloß abfällig. Dann schob er sein Maul unter meine Handfläche. Er biss mich nicht. Er fraß mich nicht.

Alle Anspannung fiel von mir ab, und ich atmete erleichtert aus. Ich hatte keine Ahnung, was ich erwartet hatte, doch den Nhang zu streicheln, war nicht annähernd so ein tolles Erlebnis wie beim Aralez. Die Oberfläche war glitschig, nass und kalt. Aber ich schätzte die Geste.

Der Nhang gurrte ein letztes Mal – dann schoss er senkrecht in die Höhe, und ein Schwall aus Wasser ergoss sich über uns.

Ich schrie auf vor Schreck und stolperte rückwärts, riss schützend die Hände hoch – und erinnerte mich schmerzlich daran, dass mir das beim letzten Mal auch nicht geholfen hatte, als sich der Nhang auf mich hatte fallen lassen.

Doch nichts passierte. Da war kein Aufprall, nicht einmal ein Luftzug. Als ich zwischen meinen Händen hindurch schielte, bekam ich gerade noch mit, wie das letzte Ende einer Schwanzspitze durch das Portal schlüpfte.

Mein Herz setzte nachträglich einen Schlag aus, und ich stieß die Luft aus meiner Lunge. »Ich dachte schon …« Dann sah ich Daamin und brach schlagartig ab. »Daamin?«

Er starrte seine Füße an, seine Miene ausdruckslos, doch ich ahnte, dass es in seinem Inneren brodelte.

Zaghaft berührte ich seine Schulter. »Hey«, sagte ich leise, wohl wissend, dass uns nicht mehr viele Ebenen blieben. Und dass unsere Hoffnung mit jeder etwas mehr im Nichts zerrann. »Vielleicht ist sie ja in Chahich.«

»Mhm«, murmelte er. »Chahich.«

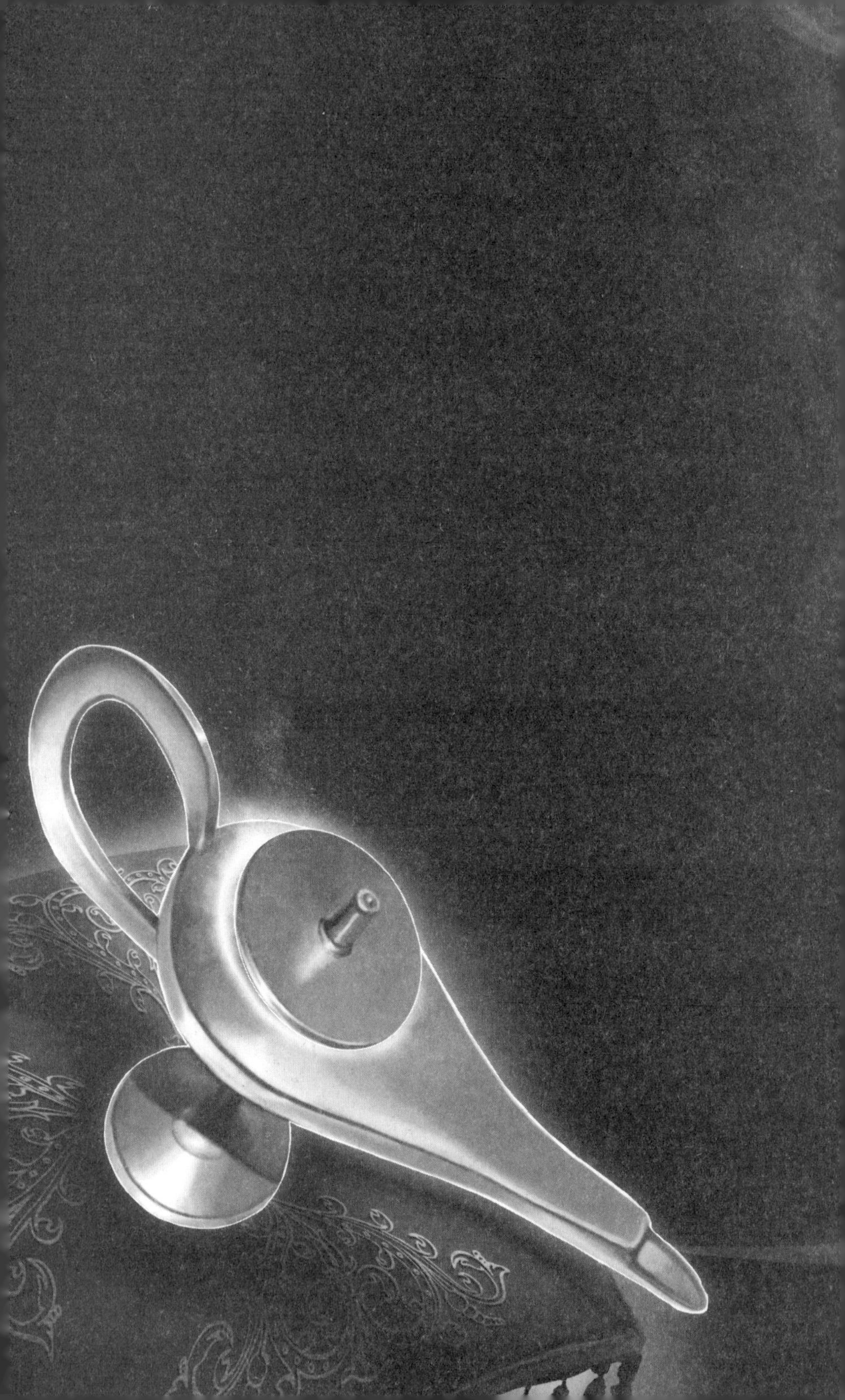

DIE VIERTE UNTERWELT

16.

CHAHICH

»Rana.«

Benommen schüttelte ich den Kopf, und meine Sicht klärte sich. Ich stand vor Daamin in einer dunklen Höhle, die ich am liebsten nicht wieder von innen gesehen hätte. Einzig der Ausgang, der sich irgendwo in meinem Rücken befinden musste, sorgte dafür, dass ich etwas sehen konnte.

Daamins Hände lagen auf meinen Schultern, und seine Daumen strichen über meine Schulterblätter. »Alles in Ordnung?«

Ich blickte an mir hinab. Diesmal hatte mich nichts und niemand in Stücke gerissen. Mein Atem bildete leichte Wölkchen, und die Luft um mich herum fühlte sich kühler an – nur ein klein wenig und doch genug, um mir zu demonstrieren, dass Daamins Schutzzauber nicht mehr ausreichte, um mich ganz davor abzuschirmen. »Ich glaube schon.« Ich hob den Blick und beobachtete die Ströme aus Menschen, die sich gebückt und humpelnd, fluchend und murrend an uns vorbeischoben, alle in dieselbe Richtung, nicht ohne uns mit finsteren Mienen zu taxieren.

»Ich habe ihnen befohlen, nach oben zu gehen«, sagte Daamin sanft. »Wo wir sie und ihre Fähigkeiten brauchen.«

Zögerlich nickte ich und sah ihnen nach, beobachtete sie dabei, wie sie die Höhle verließen und sich einen Weg durchs Sumpfgebiet bahnten. »Das ist gut.«

Daamin ließ seine Flügel verblassen, damit sich die Leute besser an uns vorbeibewegen konnten. Ein harter Zug bildete sich um seinen Kiefer, und er blickte drein, als würde er gleich etwas sagen, das er bereuen könnte. »Ich habe außerdem nach jemandem schicken lassen.«

Ich zog die Brauen zusammen. »Nach jemandem?« Welchen Jemand könnte er hier unten schon meinen? Schließlich war dies der Ort für die Hexen und –

Wahrsager. Das Wort kam mir in dem Augenblick in den Sinn, in dem sich ein alter, gekrümmter Mann in mein Blickfeld schob. Er bewegte sich mit einem Stock fort, er jedoch keinen Laut von sich gab. Zu seinem schütteren, weißen Haar mischte sich ein durch und durch faltiges Gesicht – und ein Paar blasser, fast durchsichtiger Augen, die mich im ersten Moment schmerzlich an Kaidans erinnerten.

Der Wahrsager blieb ein kurzes Stück von uns entfernt stehen. »Sieh an«, murmelte er. »Ich hätte nicht gedacht, Euch hier wiederzubegegnen.«

Abrupt ballte ich die Hände zu Fäusten. Ein Anflug des Ärgers kochte in mir hoch. »Du.«

»Rana –«

Ich riss mich von Daamin los und stapfte zwei Schritte auf Abgar zu. »Welche Art Wahrsager glaubst du zu sein, wenn du *das* nicht kommen sehen hast?«

Als ich das Wort *sehen* in den Mund nahm, fiel mir auf, dass Abgar geradewegs durch meine Brust hindurchzustarren schien. Erst jetzt wurde mir etwas klar, das ich zuvor nie erahnt hatte: Beim letzten Mal hatten wir uns nicht erkennen können, weil wir uns in den tiefsten Tiefen der Höhle befunden hatte.

Doch selbst jetzt, wo es heller war, war ich die Einzige von uns beiden, die den jeweils anderen erblicken konnte. Welch Ironie für einen Wahrsager. Kein Wunder, dass er so miserable Arbeit geleistet hatte.

»Es war im Bereich des Möglichen«, erwiderte Abgar nüchtern, »aber ich bin nicht davon ausgegangen, dass es wirklich passieren würde.«

Ich presste die Kiefer aufeinander. Er war es gewesen, der Zweifel gesät hatte. In Daamin. In mir. Es war der Anfang vom Ende gewesen. »Du verdammter –«

Ich spürte eine Hand auf meiner Schulter. »Du wirst uns jetzt etwas verraten, Abgar«, fügte Daamin hinzu. »Und du wirst dich anstrengen, verstanden?«

Der Wahrsager senkte sein Haupt. »Herr.«

Ich verlor den Boden unter meinen Füßen, als mir auf einmal etwas klar wurde. *Herr.* So hatte Abgar Daamin beim letzten Mal auch angesprochen. Obwohl er seine Flügel nicht gehabt hatte.

Ein Schauer lief mir über den Rücken. Der Mann mochte zwar blind sein, aber offenbar sah er doch so viel mehr als die, deren Sicht sie noch nicht im Stich gelassen hatte. War das der Preis, den er für seine Fähigkeit bezahlt hatte?

»Die Sense«, sagte Daamin, und seine Anspannung war beinahe greifbar. »Meine Engelswaffe. Wo finden wir sie? Und wag es nicht, mich anzulügen«, fügte er sofort hinzu. »Ich weiß ganz genau, dass du sehen kannst, wo sie ist.«

Abgar nickte bedächtig, und mein Magen krampfte sich zusammen. »Das ist richtig«, antwortete er. »Ich kann alles sehen, was sich in der Unterwelt befindet.« Damit verstummte er.

Ich runzelte die Stirn, während ein neuer Schwall der Missgunst in mir aufstieg. »Und?!« Ich traute dem Kerl nicht über den Weg. Er hätte Daamin und mich beim letzten Mal beinahe entzweit, und ich würde nicht zulassen, dass es nochmal passierte. Ich wandte mich zu Daamin um. »Wir sollten jemand anderes fragen.«

»Wir müssen niemand anderes fragen.« Er starrte weiterhin Abgar an. »Er wird uns sagen, wo wir hinmüssen. In welche Ebene. So, wie er es uns bei Kaidan gesagt hat. Und wenn die Sense nicht hier und nicht in der nächsten Unterwelt ist, gibt es keinen Grund für uns, uns auch nur eine Sekunde dort aufzuhalten. Also rück schon raus mit der Sprache, alter Mann.«

Abgar atmete einmal tief durch. Dann antwortete er: »Ich sehe alles, was sich in der Unterwelt befindet. Und die Waffe, von der Ihr sprecht, sehe ich nicht.«

Es war, als würde etwas in mir sterben. »Was?« Heftig schüttelte ich den Kopf. »Dann musst du blind sein!« Sofort biss ich mir auf die Zunge.

»Das bin ich«, bestätigte Abgar schroff. »Und ich sage Euch, dass ich in keiner Ebene der Unterwelt eine Sense erblicke.«

»Warte.« Daamin verschränkte die Arme. »In … *gar keiner* Ebene? Keiner der sieben? Auch nicht Luys?«

»In keiner der sieben«, wiederholte Abgar. »Erst recht nicht Luys.« Er leckte sich über seine trockenen Lippen. »Vielleicht wurde sie zerstört. Alles, was ich Euch sagen kann, ist, dass sie nirgends zu sehen ist.«

Mein Mund öffnete sich einen Spaltbreit, aber kein Ton drang daraus hervor. »Z-zerstört?« In einer abgehackten Bewegung drehte ich den Kopf und sah Daamin an. »Geht das denn?«

Seine Miene war restlos versteinert. »Abgar.« Daamins Stimme bebte. »Ich frage dich ein letztes Mal. *Wo* ist meine Sense?«

»Sie ist nirgends!«, kam die Antwort nun schneller, selbstbestimmter – gereizter.

Ich presste die Kiefer aufeinander und drohte zugleich den Boden unter den Füßen zu verlieren. Der einzige Halt wäre Daamin gewesen, doch dieser sah so aus, als würde er sich gleich auf den Wahrsager stürzen und ihm die Wahrheit aus der Kehle würgen.

Er musste lügen. Er musste sich irren. Es gab keinen anderen Weg. Schließlich hatte er beim letzten Mal –

Meine Gesichtszüge entgleisten. Er hatte recht gehabt. Er hatte mit einfach allem recht gehabt.

»Sie ist nicht die, die sie vorgibt zu sein.« Das war ich nicht. Denn ich war von den Engeln gesegnet worden, ohne es selbst zu wissen.

»Sie ist Eure Schwachstelle, Herr.« Die war ich.

»Die eine Macht, die Euch gefährlich werden kann. Und ob Ihr es akzeptieren wollt oder nicht, wird sie Euch verraten.« Und das hatte ich.

Wenn er sagte, die Sense sei nicht hier, dann war sie es auch nicht. Er hatte keinen Grund, uns anzulügen. Denn wenn wir die Waffe nicht fanden, würde er sterben – genau wie wir. Er würde uns diese Information niemals vorenthalten.

Eine Eiseskälte schoss durch meine Adern und ließ mich von innen gefrieren, wo mich nicht einmal eine Berührung von Daamin hätte erlösen können. Die Hoffnungslosigkeit lastete so schwer auf meinen Schultern, dass ich mich kaum mehr auf den Beinen halten konnte.

Die einzige Waffe, mit der wir Milor etwas hätten entgegensetzen können. Weg. Verschollen. Für immer. Wir hatten unsere Reise umsonst angetreten. Und das würde bedeuten, wir hatten das Unvermeidliche nur herausgezögert. Denn Milor *würde* uns finden – ganz gleich, in welcher Ebene der Unterwelt. Er würde uns töten. Uns beide. Uns alle.

Wir waren verloren.

»Aber«, drang Abgars Stimme nur zaghaft an meinen Geist, »ich glaube, Ihr habt Eure stärkste Waffe schon bei euch.«

Irritiert riss ich mich aus meiner Trance. »Was?« Ich bekam keinen Ton heraus.

Abgar hielt seinen blinden Blick auf Daamin gerichtet, der sich halb zu mir umwandte, einen nachdenklichen Ausdruck im Gesicht. »Das wusste ich bereits. Sie war schon immer hier bei mir.«

Ich biss mir auf die Unterlippe. Ein läppisches Kompliment aus dem Mund eines Wahrsagers war ein schwacher Trost.

»Herr«, sagte dieser förmlich. »Erlaubt mir, zu gehen und meinen Dienst zu erfüllen.«

Lange betrachtete Daamin ihn einfach nur. Dann nickte er. »Also gut. Deine Antwort wird sich nicht ändern, wenn du hier Wurzeln schlägst.«

Mir brach der kalte Schweiß aus. »W-willst du denn keine anderen Fragen stellen?« Das musste er. Er durfte Abgar nicht gehen und unsere letzte Hoffnung rauben lassen. Sobald er diese Höhle verließ, hätte er uns alles genommen, womit wir gekommen waren: Die vage Vermutung, die Sense wäre irgendwo in der Unterwelt. Dann hätten wir nichts mehr. Nichts außer uns und die eisige Gewissheit, dass das Ende nah war.

Daamin sah mich nicht an. »Nein.«

Kurz darauf verhallten Abgars Schritte in der Ferne und brachen mein Herz.

Bebend atmete ich durch. »Also ist sie nicht hier«, schloss ich mit belegter Stimme. »Nicht in der Unterwelt. Nirgends.«

»Und wenn schon.« Als sich Daamin zu mir umwandte, hatte er einmal mehr eine Maske der Gleichgültigkeit aufgesetzt. »Du hast ihn doch gehört, Liebste. *Du* bist meine stärkste Waffe.« Er ergriff meine Hände und zog mich sanft an sich heran, ehe seine Lippen in einem neckischen Kuss auf meinen landeten.

Ich konnte genau spüren, dass er ihn mir eigentlich nur auf den Mund hauchen wollte – eine kurze Berührung in einer Situation, in der wir uns keine längeren Pausen, geschweige denn Ablenkungen, erlauben konnten.

Doch dann veränderte sich etwas. Ehe sich seine Lippen von meinen lösen konnten, lehnte er sich tiefer in den Kuss hinein. Seine Hände drückten meine, ehe er mich plötzlich bei den Hüften packte. Im nächsten Moment spürte ich eine Wand in meinem Rücken, umso deutlicher, als mich Daamin mit seinem ganzen Körper dagegen presste.

Seine Bewegungen auf meine Lippen wurden hungriger, verlangender, drängender, und lösten keine Wärme, sondern ein handfestes Feuer in meiner Magengrube aus. Zielstrebig glitt er zu meinem Hals, und seine pure Leidenschaft drohte meine Gedanken mit einem Mal auszuknipsen, damit ich mich ihm nur noch hingab.

Aber in letzter Sekunde siegte doch noch meine Vernunft. Zaghaft wollte ich ihn von mir wegdrücken, erreichte damit jedoch nur, dass er meinen Mund aufs Neue mit seinem bedeckte. Ein erstauntes Wimmern entwich mir, und ich musste mehr Kraft aufwenden als erwartet, um ihn an der Brust von mir wegzudrücken. »Daamin, dafür ist jetzt keine Zeit –«

»Aber was, wenn nie wieder Zeit dafür ist?«

Ich stockte. Verzweiflung schwang in seiner Stimme mit – dieselbe Verzweiflung, die sich nur zu deutlich in seinen gelben Augen widerspiegelte. Die er in den letzten Unterwelten unterdrückt hatte.

Doch ich vermochte sein tiefstes Inneres zu sehen: Er war verzweifelt. Mindestens so sehr wie ich. Und auf einmal war es, als würde derselbe Wirbelsturm aus Gefühlen in uns toben.

Was, wenn nie wieder Zeit dafür ist?, hallten seine Worte mehrfach in meinem Kopf wider und wurden nahtlos von weiteren ergänzt: »Was, wenn das hier das letzte –« Er brach ab, musste einen neuen Anlauf nehmen. »Was, wenn –«

Meine Augen begannen zu brennen. Ich wollte nicht, dass er so sprach. Ich wollte, dass er der Starke von uns beiden war. Weil ich es definitiv nicht sein konnte. Weil meine Knie weich wurden und eine Panik in meiner Brust aufstieg, der ich keinen Einhalt gebieten konnte.

»D-Daamin –«

»Rana.« Seine Hände fanden meine Wangen. »Wenn ich heute sterben sollte, will ich es in deinen Armen tun.«

Mein Herz verkrampfte sich in meiner Brust, als ein neuer Anflug von Furcht es eroberte. Die Furcht vor dem, was käme, wenn wir diese Höhle verlassen würden. Wenn wir die Unterwelt verließen. Oder wenn uns das einholen würde, was mit jeder Sekunde näherkommen könnte. Die Panik überzog meine Haut mit einem eisigen Kribbeln und ließ meine Sicht verschwimmen. »Sag so etwas nicht.«

»Ich habe es bereits gesagt.« Er schenkte mir ein trauriges Lächeln. »Und ich meine es auch.« Flach atmete er ein. »Ich existiere schon seit vielen Jahrtausenden, Rana. Aber in den meisten davon habe ich nicht wirklich gelebt. Jeder Augenblick mit dir ist mir mehr wert als ein ganzes Leben.« Er strich mir über die Wange, als sich eine dicke Träne aus meinem Augenwinkel löste. »Jeder Augenblick mit dir ist mehr wert als die Ewigkeit.«

Mein Mund wurde trocken und mein Herz schwer. Uns wäre keine Ewigkeit mehr vergönnt. Wahrscheinlich nicht einmal mehr ein weiterer Tag.

Es war vorbei. Dieser Moment – hier und jetzt – war alles, was wir noch hatten. Und nun, da mir das bewusst wurde, wollte ich ihn auf keinen Fall in Angst verbringen.

Ich dachte keine Sekunde länger nach. Stattdessen legte ich meine Hände in Daamins Nacken und zog sein Gesicht zu mir herunter.

Als seine Lippen erneut auf meine trafen, setzten wir unseren Kuss nahtlos fort. Unsere Körper fanden zueinander, und Daamin ließ seine Finger unter den Stoff meines Kleids gleiten. Sie strichen über meine nackte Haut und jagten wohlige, heißkalte Schauer über sie. Es war nur noch eine Feinheit, dass er mich an den Oberschenkeln packte und noch enger gegen die Wand drückte.

Mir entwich ein Seufzen, und er nutzte die Gelegenheit sofort. Seine Zungenspitze fand meine, und in diesen Sekunden war es, als würden wir restlos ineinander übergehen. Als würden wir eins werden, untrennbar miteinander verbunden, sodass wir nie wieder einfach nur wir selbst sein könnten: nicht ohne einen Teil des anderen mit uns zu nehmen.

Ich spürte, wie meine restliche Zeit durch meine Finger rann wie feinkörniger Sand. Doch ich hatte keine Angst mehr – stattdessen war da nur noch eine feste Entschlossenheit, mein Ende so zu gestalten, wie ich es mir so sehr wünschte.

Ich wollte, dass Daamin das Letzte war, was ich sah. Dass sein rauchiger Geruch das Letzte war, was ich atmete. Dass das Gefühl seiner Haut das Letzte war, was ich spürte. Dass seine raue Stimme, die meinen Namen ganz nah an meinem Ohr hauchte, das Letzte war, was ich hörte.

Ich wollte, dass Daamin einfach alles für mich war. Mein Anfang und mein Ende. Mein Licht und meine Dunkelheit. Mein Tag und meine Nacht. Mein Feuer und mein Eis. Und als wir miteinander verschmolzen, als er meine Ängste nahtlos durch Glück ersetzte, fühlte es sich so an, als wäre er all das. In einem einzigen Augenblick und doch für eine ganze Ewigkeit.

Wieder wünschte ich mir, dieser Augenblick würde nicht vergehen. Der Moment nicht verstreichen. Meine Verbindung zu Daamin niemals erlöschen. Denn gerade eben war alles gut. Ich war glücklich, weil er mich glücklich machte. Mit allem, was er tat. Mit jeder seiner Berührungen. Mit der Art, wie er mich hielt. Wie er über meine nackte Haut strich. Wie er mittendrin innehielt, um die Tränen von meinen Wangen zu küssen, ehe er seine Lippen wieder in meiner Halsbeuge vergrub. Wie er mich verehrte, wie er noch nie zuvor irgendjemanden oder irgendetwas anderes verehrt hatte.

Wie ich ihn liebte, wie ich noch nie zuvor irgendjemanden oder irgendetwas anderes geliebt hatte.

Doch wie immer machte mir das Schicksal einen Strich durch die Rechnung. Denn der Moment verstrich, und schon bald fanden wir uns inmitten des Walds wieder, an den die Höhle angrenzte. Wir hatten noch nicht das sumpfigste Gebiet erreicht, aber bereits jetzt schmatzte der Boden gefährlich unter meinen Füßen.

Wir hatten uns dazu entschieden, weiterzugehen, weil es sich besser anfühlte, als sich in der Höhle zu verstecken und auf das Unvermeidbare zu warten. Zu Fuß, weil wir es nicht mehr eilig hatten. Jetzt leitete uns allein das Schicksal.

Vielleicht hat Abgar sich ja geirrt, war der Leitsatz, der uns antrieb. Der einzige Grund, weshalb wir nach wie vor einen Fuß vor den anderen setzten, den Blick weiterhin auf das Ziel gerichtet, das sich andernfalls nicht mehr zu verfolgen gelohnt hätte.

Es dauerte nicht lange, bis wir die Doppelgänger fanden. Oder vielmehr: Sie fanden uns. Von einem Augenblick auf den nächsten waren wir von einer Horde Daamins umzingelt.

»Rana«, flüsterten sie. »Ich bin ein Spiegelbild deiner Dunkelheit.«

Ein Ruck ging durch Daamins Körper, und plötzlich schossen seine schwarzen Rauchschwingen erneut aus seinem Rücken.

Die anderen Daamins zuckten erschrocken zurück – dann fielen sie wie ein breites Kartenhaus in sich zusammen und warfen sich auf den matschigen Boden. »V-vergebt uns, Herr!«, piepsten sie mit hohen Stimmen, die nichts mehr mit Daamin gemeinsam hatten.

»Ja ja, was auch immer.« Er verlagerte sein Gewicht von einem Bein aufs andere. »Ich stelle euch eine Frage«, sagte er schroff. »Und ich werde sie nur einmal aussprechen: Wisst ihr, wo sich meine Sense befindet?«

Die Doppelgänger hoben die Köpfe und wechselten verwirrte Blicke. »Nein, Herr«, antworteten sie aus einem Mund.

Daamin atmete tief durch. »Das dachte ich mir.« Er senkte die Lider. »Gut, dann geht nach –« Er stockte. »Ach, eigentlich spielt es auch schon keine Rolle mehr.«

Ich tastete nach seiner Hand und ließ mich von seiner Wärme erfüllen, so wie er sich hoffentlich von meiner erfüllen ließ. »Daamin.«

»Ich weiß«, wehrte er ab. »Du hast recht. Geht nach oben und –«

Er kam nicht dazu, zu Ende zu sprechen. Plötzlich sprangen die Doppelgänger auf die Füße, und ich zuckte zurück vor Schreck. Sie griffen uns nicht an und sie liefen nicht davon. Stattdessen verwandelten sie sich einer nach dem anderen. Sie legten ihre verdreckte Hülle ab, die wie Daamin aussah, und wurden zu einem Ebenbild von –

Kaidan.

Das Blut gefror mir in den Adern. Ich wusste rein gar nichts über die Qarin, und doch war mir sofort klar, was das bedeutete.

Auf einmal kam es mir so vor, als würde es noch kälter um uns herum, und die Rauchwolke, die mein Atem heraufbeschwor, weißer und dichter.

Die Härchen in meinen Nacken stellten sich auf. Langsam drehte ich den Kopf und –

Daamin fluchte. Im nächsten Moment hatte er mich gepackt und warf mich einfach über seine Schulter. Ein abgehackter Schrei entwich meiner Kehle, als er seine Flügel ausbreitete und sich vom Boden abstieß.

Die Schwärze seiner Schwingen raubte mir von jetzt auf gleich die Sicht, und zwar so plötzlich, dass ich mir nicht mehr sicher war, ob mich meine Augen getäuscht hatten.

War er das gewesen? War der weiße Schimmer, den ich erblickt hatte, nur eine Spiegelung im Wald gewesen, ein weiterer Doppelgänger, oder –

War das wahrhaftig mein Bruder gewesen?

Nein, Rana, raunte Mariam in meinem Hinterkopf. *In keinem Fall wäre es dein Bruder gewesen. Doch im schlimmsten Fall war es Milor.*

Er war hier. Wir hatten unseren Vorsprung eingebüßt.

»Haltet ihn auf!«, brüllte Daamin. Ein kalter Wind pfiff mir um die Ohren und wehte meine Haare in mein Gesicht. Ich konnte durch die schwarzen Schwingen kaum etwas erkennen, nur den Boden zu unseren Füßen, den Sumpf, der in diesem Gebiet immer tiefer wurde … und mit jeder Sekunde blasser zu werden schien.

Erst auf den zweiten Blick wurde mir klar, dass das nicht stimmte. Das Moor wurde nicht einfach blass – sondern mit einer dünnen Schicht aus Eis überzogen. Einer Schicht, die mit jedem Wimpernschlag dicker wurde.

Die Hölle gefror.

Ich sah das Licht des Portals nicht kommen. Doch dafür

umso mehr das Eis, das sich rasend schnell in unsere Richtung ausbreitete. Das schon bald nicht mehr nur den Boden überzog, sondern auch die Büsche, die Sträucher, die Bäume – einfach alles.

Ich glaubte keine Sekunde lang, dass das Eis vor dem Portal halt machen würde. Denn es war nicht einfach nur Eis. Es war so allgegenwärtig und so allmächtig wie das Feuer, das in Daamins Herzen brannte.

Es war die geballte Macht eines Engels. Eines Engels, dessen Brüllen an meine Ohren drang, als ich vom hellen Licht des Portals umschlungen wurde, und noch dann in meinem Kopf widerhallte, als ich mich längst in der Dunkelheit verloren hatte.

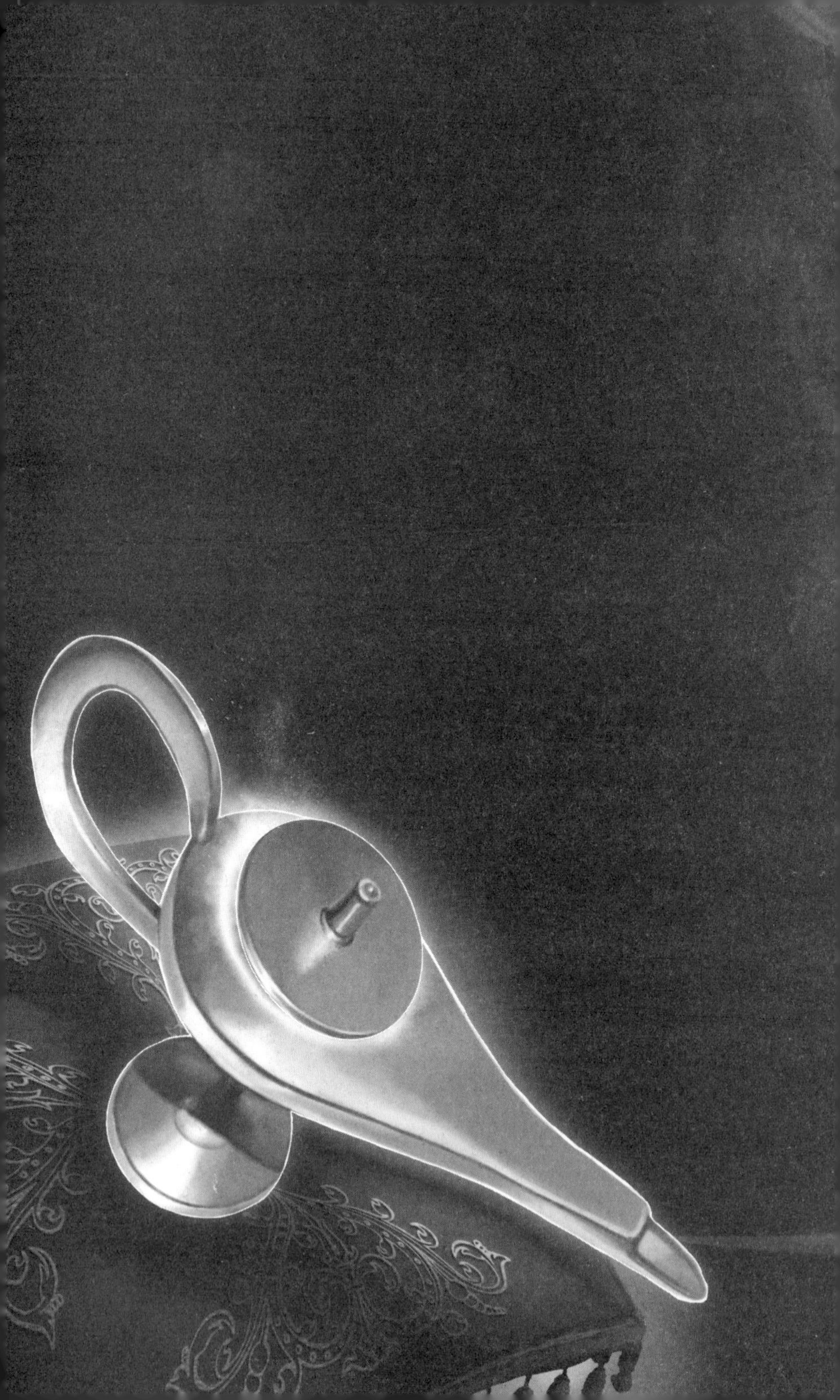

DIE FÜNFTE UNTERWELT

17.

ANAPAT

Das Erste, was ich spürte, war die Kälte. Eine beißende Kälte, wie sie mich in Almeira nicht einmal in den schwärzesten Winternächten eingeholt hatte. Die meinen Atem gefrieren ließ, kaum dass er meine Lippen verließ, und meinen Körper mit jedem Mal, dass ich Luft holte, von innen zu vereisen drohte.

Ich öffnete die Augen und blickte in Daamins besorgte Miene. Er hatte seine Hände auf meine Schultern gelegt, und die Kälte perlte von mir ab.

Er schenkte mir ein Lächeln. »Ganz gleich, wie kalt es wird. Ich werde immer da sein und dich warmhalten.« Gleichzeitig kam es mir so vor, als wäre seine Haut eine Nuance blasser geworden. Die Temperaturen mussten allmählich auch ihm zu schaffen machen. Und als ich den Blick senkte und in sein Innerstes sah, bildete ich mir ein, dass das Feuer in ihm nicht mehr ganz so hoch loderte.

Es machte mir Angst.

Daamin ergriff meine Hand. »Wir müssen weiter.« Er ließ den Blick schweifen. »Das Portal ist nah. Wir dürfen keine Zeit mehr verlieren. Die Doppelgänger werden ihn nicht lange aufhalten können.«

Erst jetzt bemerkte ich, dass mein Herz in meiner Brust raste. Es konnten nicht mehr als ein paar Sekunden vergangen sein, seit wir durch das Portal gesprungen waren.

Kaidan. Milor. Er war hier. Er würde uns umbringen.

Er war schon so nah.

Mein Mund wurde trocken. »Die Sense –«

»Vergiss die Sense!«, sagte Daamin scharf. »Sie ist nicht hier, Rana. Sie ist nirgendwo! Wir können nur noch versuchen, unsere eigene Haut zu retten.«

Ich blinzelte heftig, konnte aber nicht verhindern, dass meine Augen feucht wurden. Er wusste genauso gut wie ich, dass jeder dieser Versuche das Unvermeidliche nur herauszögerte. Denn beim Errichten ihres neuen Paradieses würden die Engel nichts von alldem hier übrig lassen. Keine der Unterwelten – und keines der Wesen, die in ihnen lebten.

All das schwang nur zu deutlich in Daamins Miene mit. Aber er würde es nicht aussprechen. Die Last, die wir trugen, war auch so schon groß genug.

»Komm.« Er nahm mich in den Arm, und ich konnte bereits den Ruck spüren, der durch seinen Körper ging, als er mich von den Füßen heben wollte – doch im letzten Moment hielt er inne. »Was zum –«

Erstaunt drückte ich mich von ihm weg und drehte den Kopf in die andere Richtung. Ich sah sofort, was ihn irritierte. Weil ich gerade eben noch in sein Innerstes geblickt hatte, waren meine Augen für meine Umgebung geschärft. Nur zu deutlich konnte ich den hohen Sandberg erkennen, der sich in unendlicher Entfernung aus dem Boden erhob. Und den Drachen, der sich in diesen Sekunden von seiner Spitze schwang, durch das blasse Grau des Himmels brach und geradewegs auf uns zuschoss.

Daamin fluchte und schob sich vor mich. »Hey!«, brüllte er. »Komm bloß nicht näher!« Seine Flügel wurden größer und größer, bis ich mich fragte, ob er den Drachen allein mit ihrer Fläche abfangen wollte – doch die Bestie ließ sich nicht einschüchtern. Sie wurde nicht langsamer.

Entgeistert stolperte ich rückwärts. Was tat der Drache da? Beim letzten Mal hatte er uns auch töten wollen, aber er wäre nie auf den Gedanken gekommen, uns zu verfolgen.

Als der Drache vor uns auf dem Boden landete, war es, als würde der Mond in Anapat einschlagen. Eine Druckwelle riss mich von den Füßen und schleuderte mich in einem Sturm aus Sandkörnern gefangen durch die Luft, bis ich unsanft auf den Grund prallte. Schmerz zuckte durch meinen Rücken und raubte mir für einen Moment den Atem.

»Oh«, drang eine tiefe, grollende Stimme an meine Ohren. »Verzeihung.«

»Rana!« Noch bevor ich meine Augen ganz aufgezwungen hatte, half mir Daamin auch schon dabei, mich aufzusetzen. »Tut mir leid. Ich dachte, ich könnte dich davor abschirmen.« Er selbst hatte keinen Kratzer und nicht einmal ein paar Sandkörner abbekommen. Wunderbar.

Der Drache kauerte in einiger Entfernung und machte keine Anstalten, auf uns zuzukommen – zumindest nicht mit den Beinen. Stattdessen näherte sich sein wuchtiger Kopf an seinem langen Hals, weiter und weiter, bis er nur noch zwei Schritte von mir entfernt war. »Hast du dir wehgetan?«

»I-ich …« Ich tastete meinen Rücken ab. »Ich glaube schon.«

»Gut!«, fauchte er so plötzlich, dass ich zusammenzuckte. »Ich habe gesagt, du sollst niemals wiederkehren!«

Mir blieb der Mund offen stehen, und für einen Moment verschlug es mir die Sprache. »Das ist nicht nett!«

»Das ist überhaupt nicht nett!« Daamin sprang auf die Füße. »Weißt du eigentlich, wer ich bin?«

Der Drache musterte ihn argwöhnisch. »Ein Wicht mit Flügeln aus Rauch.«

Seine Kinnlade klappte herunter. »Ich bin der Iblys!«, rief er aus und ließ seine Schwingen in neuer Pracht erstrahlen. Ich bildete mir ein, dass sich seine Gestalt veränderte – dass er sein Iblysgesicht zum Besten gab –, doch zu meiner Überraschung zuckte der Drache nicht mit der Wimper.

Desinteressiert wandte sich der Kopf mir zu. »Ihr hättet nicht zurückkommen sollen.« Auf einmal klang er nicht mehr vorwurfsvoll, sondern besorgt. Als hätte ich seine ganze Meinung über uns geändert, einfach nur, weil ich ihm mein Goldstück überlassen hatte.

Du bist anders. Das waren seine letzten Worte an mich gewesen. Und wie recht er gehabt hatte. Er hatte so viele Dinge verstanden, die für mich selbst viel zu lange schleierhaft geblieben waren.

Der Drache musterte mich von oben bis unten. Seine dunkelgrünen Schuppen wirkten matt, abgestumpft. »Warum seid ihr zurückgekehrt?«

Meine Lippen teilten sich – aber dann biss ich mir auf die Zunge. Es hatte keinen Zweck, nach der Sense zu fragen, oder? Die Antwort wäre stets dieselbe.

Hilfesuchend sah ich zu Daamin, doch er schüttelte nur den Kopf. »Ach«, murmelte er und zog mich mit einer fließenden Bewegung auf die Füße. »Lass uns einfach weitergehen.«

In seinen gelben Augen erkannte ich, wie er den Mut verlor – und streckte ihm mein ganzes Herz entgegen, um ihn aufzufangen. Obwohl ich selbst kaum Hoffnung übrig hatte, ertrug ich den Gedanken nicht, ihn einfach so aufzugeben. Es war so, wie Daamin gesagt hatte: Je schwächer er wurde, desto stärker musste ich sein. Das war meine Aufgabe.

»Nein!« Ich hielt ihn am Arm zurück und blickte zum Drachen hinauf. »Wir suchen eine Sense. *Seine* Sense.« Meine Stimme klang schwach und brüchig – genau so, wie sich mein Körper fühlte. Meine Seele. »Weißt du irgendetwas darüber? Hast du so etwas schon einmal gesehen?«

Der Drache dachte keine Sekunde lang nach. »Nein.« Er legte den Kopf schief. »Ist sie aus Gold?«

Meine Zuversicht schrumpfte endgültig in sich zusammen.

Daamin seufzte. »Nein, tut mir leid, Kumpel. Ist sie nicht.«

»Ein Jammer.«

»Aber was weiß ich schon?«, murrte er. »Vielleicht ist sie es ja doch. Kann mich schließlich nicht an sie erinnern. Geschweige denn, wo ich sie gelassen habe. Und was mit ihr passiert ist.« Seine Stimme wurde immer leiser, und seine letzten Worte verloren sich im Nichts.

Unsicher musterte ich den Drachen. »Aber das muss ja nichts bedeuten, oder?« Ich hielt Daamin nach wie vor fest, weil ich befürchtete, dass er andernfalls wieder drauflos marschieren würde. »Du sitzt schließlich die ganze Zeit nur da oben auf deinem Berg herum …«

Der Drache verengte die Augen. »Ich habe eine sehr ernstzunehmende Aufgabe!«

»… und siehst nicht alles, was auf dieser Ebene passiert. Vielleicht, wenn wir zur Oase gehen, dann –«

Daamin schnitt mir allein mit seinem Blick das Wort ab. »Rana.«

Meine Schultern sackten herab. »Daamin, bitte!« *Bitte lass meine letzte Hoffnung nicht sterben, bevor ihre Zeit gekommen ist.*

»Ich wache auf einem Berg«, meldete sich der Drache zu Wort und schob seinen Kopf näher an uns heran, als fühlte er sich nicht genug wahrgenommen. »Ich überblicke alles, was in

Anapat passiert. Hätte es hier eine Sense gegeben – ob golden oder nicht –, hätte ich sie gesehen.«

Ich presste die Kiefer zusammen. »Es schadet trotzdem nicht, selbst nachzusehen.«

»Rana …«, beschwor Daamin die blanke Panik in mir herauf.

Hilflos fuhr ich zu ihm herum. »*Bitte!*«

»Dafür bleibt euch keine Zeit.«

Entgeistert wandte ich mich dem Drachen zu. »Wer bist du denn jetzt, auf einmal darüber zu entscheiden?«, fragte ich vielleicht eine Spur zu scharf.

Anstelle einer Antwort reckte der Drache den Kopf und starrte geradewegs nach oben – hinein in das Grau des Himmels, der keiner war. Als würde er dort etwas sehen, das ich noch nicht einmal dann erblicken konnte, als ich all meine Sinne auf denselben Punkt konzentrierte.

Ich sah rein gar nichts. Und genau das beunruhigte mich.

Mit einem Ruck fixierte uns der Drache wieder. Ein scharfer Luftzug streifte mein Gesicht, und ich zuckte zurück. »Euch bleibt keine Zeit«, sagte er gehetzt. »Steigt auf.«

Ich verstand nicht sofort – und dann einfach alles. In dem Augenblick, in dem ich ein leichtes Schimmern im Grau entdeckte, das ich noch nie zuvor gesehen hatte. Als würde ich geradewegs in ein Portal blicken. Das Portal, aus dem wir gekommen waren und das man nur von oben nach unten benutzen konnte, doch niemals von unten nach oben.

Das Portal, durch das in diesen Sekunden jemand stieg. Ich glaubte keinen Augenblick lang, dass es die Doppelgänger waren.

»Kaidan«, hauchte ich.

»Milor«, knurrte Daamin und stieß einen weiteren, saftigen Fluch aus. »Ich hoffe für dich, dass du uns kein Messer in den Rücken rammst, Drache!«

»Dazu bräuchte ich Hände.«

Im nächsten Moment hatte mich Daamin gepackt und stieß uns beide vom Boden weg. Wir landeten auf dem Rücken des Drachen, doch er hielt mich weiterhin fest in den Armen, als sich dieser aus dem Sand erhob. Was gut so war, denn auf dem schuppigen, stechenden Drachenrücken saß es sich keineswegs so leicht wie auf dem eines Flügeldämons.

Es gab nur eine Sache, die der Drache bei seinem Plan unterschätzt hatte: seine Masse.

Ich hatte keine Ahnung, wovon sich der Drache die meiste Zeit über ernährte. Von Insekten, die vorbeisurrten? Von den Skorpionen, die irgendwo in dieser Wüste leben sollten? Von den verlorenen Seelen, die versuchten, an ihm vorbei in die Sechste Unterwelt zu gelangen? Was auch immer es war, er hatte eindeutig zu viel davon gefressen.

Der Drache schlug mehrmals kräftig mit den Flügeln, doch seine Füße wollten sich einfach nicht ganz vom Boden lösen. Stattdessen schlitterten sie durch den Sand und wirbelten ihn auf, bis ich einmal mehr von Kopf bis Fuß damit bedeckt war. Er stach auf meiner Haut und brannte in meinen Augen, bis ich kaum mehr etwas sehen konnte.

»Findest du dich gerade hilfreich?!«, rief Daamin gegen den Wind an. »Das hätte ich auch selbst gekonnt!«

Der Drache stieß ein unverständliches Knurren aus – dann erhob er sich mit einem Ruck in die Lüfte.

Mein Magen wurde gegen meine restlichen Eingeweide gepresst, so plötzlich schossen wir voran. Ich schrie und klammerte mich an Daamin fest, der seine Arme umso enger um mich schlang. Ich konnte nichts mehr sehen. Meine ganze Umgebung war ein Gewirr aus Sand, meinen schwarzen Haaren und der Luft, die mir ins Gesicht peitschte.

Der Ritt auf dem Drachen dauerte Sekundenbruchteile und Ewigkeiten zugleich. Er war holprig und unstet und ein absoluter Albtraum. Mein Herz schoss mir in den Hals und sackte in meinen Bauch, immer und immer wieder, bis eine Übelkeit in mir aufstieg, die mich wünschen ließ, ich würde bewusstlos werden.

Dann war es auf einmal vorbei. Der Drache setzte zu einem Gleitflug an, und plötzlich wurden meine Haare nur noch in eine Richtung gepustet, in der ich sie besser im Griff hatte. Angestrengt schob ich sie aus meinem Gesicht und erkannte, dass wir geradewegs auf den Berg zuflogen – und auf das weit geöffnete Portal, das auf uns wartete.

Erleichterung machte sich in mir breit – ehe ich eine Bewegung in meinem Augenwinkel wahrnahm.

Erschrocken riss ich den Kopf herum.

Ich sah ihn. Den Mann, der vom Himmel fiel. Nicht unkontrolliert und schreiend, nicht sich windend und auf dem Bauch aufschlagend. Er stürzte kerzengerade und landete fest auf beiden Beinen. In dem Augenblick, in dem seine Füße den Boden berührten, wurde der Sand um ihn herum aufgewirbelt – und gefror. In einer kreisförmigen Bewegung wich er einer dicken, glänzenden Eisschicht, und obwohl sich Kaidan in weiter Ferne befand, konnte ich bereits jetzt die bittere Kälte spüren, die von ihm zu mir wehte.

Ich konnte auf die Entfernung nicht gut sehen. Und doch wusste ich genau, dass er den Kopf drehte und mich anstarrte. Nicht den Drachen. Nicht Daamin. Sondern einzig und allein mich.

»Verdammt, da passt du doch nicht durch!«, zog Daamin jäh meine Aufmerksamkeit auf sich.

Hektisch wandte ich mich um. Wir steuerten geradewegs auf das Portal zu, das von hier oben ziemlich klein aussah. Deutlich kleiner als der Drache. Natürlich. Beim letzten Mal hatte er daraufgelegen, ohne eingesaugt worden zu sein. Was schlichtweg bedeutet hatte, dass er zu … *umfangreich* dafür gewesen war.

Was in aller Welt hatte er vor? Wollte er etwa –

»Bei Iblys!«, stieß ich hervor.

»Ich kann nichts dafür!«, rief Daamin aus. »Drache, halt an! Du musst anhalten!«

»Von dir lasse ich mir überhaupt nichts sagen!«, gab der Drache zurück, doch ich bildete mir ein, dass seine Stimme vor Unsicherheit zu beben begonnen hatte.

»Wirf uns ab!«, flehte Daamin. »Du passt nicht durch! Das wird nie –«

Sein Schrei mischte sich zu meinem, als der Drache mit voller Wucht auf das Portal prallte.

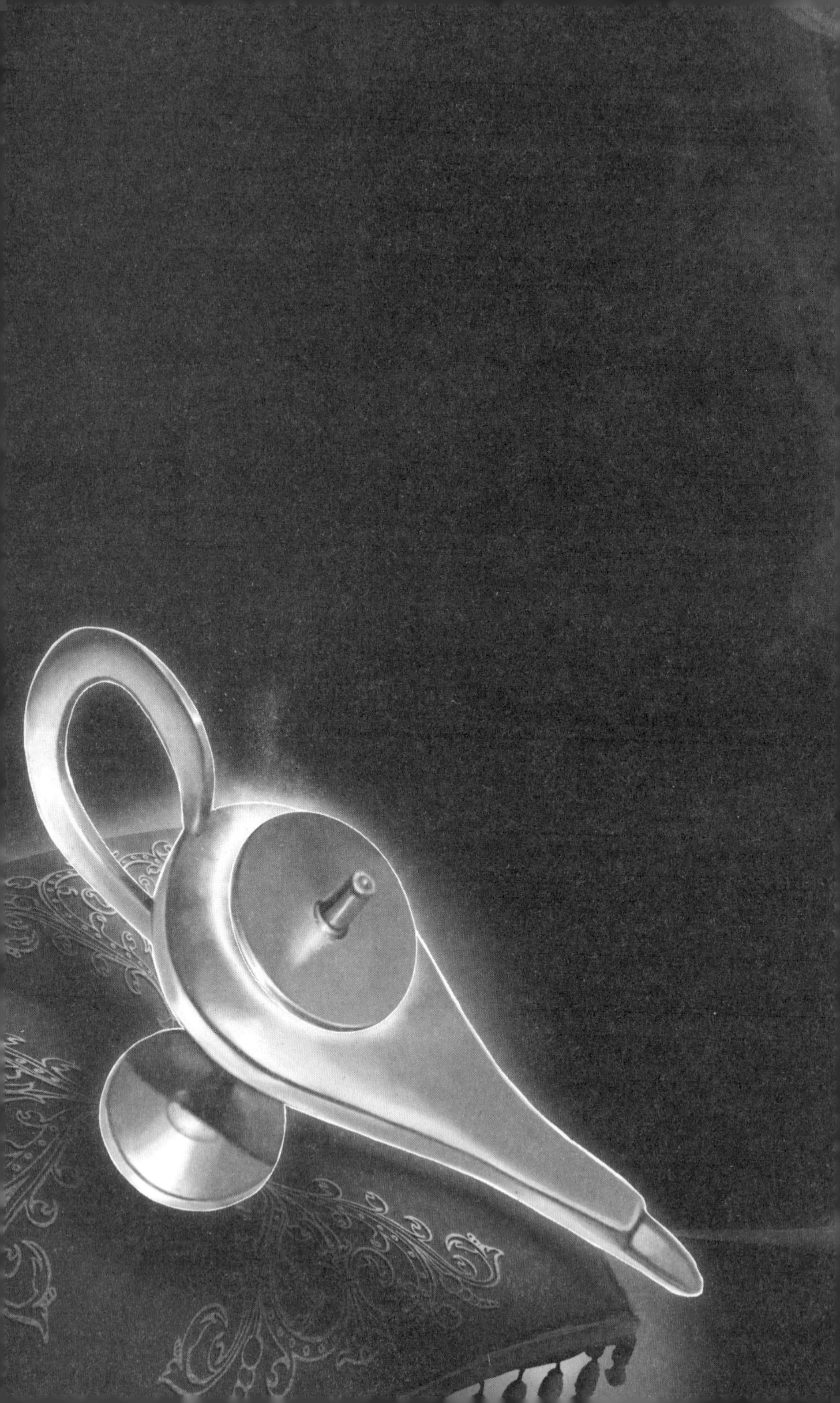

DIE SECHSTE UNTERWELT

18.
KRAK

Am Rande meines Bewusstseins nahm ich wahr, wie mein Geist einzuschlafen drohte, und riss mich mit einem Ruck aus meiner Trance. Ich schnappte nach Luft – in dem Moment, in dem sich der Drache einmal mehr erhob. Ohne uns.

»Wow.« Daamin stand vor mir und taxierte mich beinahe anerkennend. »So schnell ging das ja noch nie.«

Mein Blick zuckte von ihm zurück zum Drachen, der sich so unbeholfen bewegte wie ein Welpe, dem plötzlich Flügel gewachsen waren. »Wohin will er denn?«

Daamin schnaubte. »Sein Leben retten.«

Erst jetzt fiel mir etwas auf, das ich sofort hätte bemerken müssen. Die Temperaturen. Es war nicht unerträglich heiß. Und genau das war das Problem.

Mein Herz verkrampfte sich in meiner Brust, und ich sah mich um. Wir befanden uns zweifelsohne auf einem der Stege, von dem aus sich links und rechts ein Flammenmeer erhob. Zumindest war es beim letzten Mal so gewesen. Aber das Meer hatte eindeutig an Höhe verloren. Ich musste bis zum Rand des Stegs treten, bis ich schon beinahe glaubte, das Gleichgewicht zu verlieren – erst dann erhaschte ich einen Blick auf winzig kleine Flämmchen, die so sehr flackerten wie das Licht sterbender Kerzen. »Sogar hier?«, flüsterte ich.

»Komm.« Daamin zog mich an seiner Hand mit sich. »Er hat uns bis zum Portal gebracht.«

Erst, als ich mich zu ihm umdrehte, erkannte ich in einigen Schritten Entfernung das Portal wieder, dass uns in die tiefste Ebene der Unterwelt führen würde. Der Drache musste bereits durch es verschwunden sein, und ich war froh, dass mir der Anblick erspart geblieben war. Auch dort brannten nur noch vereinzelte Flammen – wenn auch viele, als dass ich es wagen würde, einen Fuß nach unten zu setzen.

»W-warte.« Ich blieb stehen, ehe mich Daamin geradewegs hineinziehen konnte. »Was ist mit …« Ich wollte das S-Wort nicht mehr aussprechen. Weil es zu sehr schmerzte.

»Gar nichts.« In einer übertriebenen Geste sah er sich um. »Ich kann nirgends eine Sense entdecken. Sie ist nicht hier. So, wie Abgar es gesagt hat.«

Ich schluckte, während mein innerer Widerstand ins Unermessliche wuchs. »Das kannst du nicht wissen.« Ich wollte nicht weitergehen. Wollte nicht –

»Rana«, raunte Daamin. »Wir haben keine Zeit mehr.«

Ein neuer Anflug von Verzweiflung umklammerte mein Herz mit eisiger Faust. Ich erinnerte mich an Kaidan. An den Blick, den er mir quer durch die Wüste Anapats geschenkt hatte. Er war nah. Er war so nah. »A-aber –« Verzweifelt schnappte ich nach Luft. »Was sollen wir denn sonst tun?«, brach es aus mir heraus. »Über die Siebte in die Erste und dann in die Zweite? Und wieder von vorne anfangen?«

Daamin schenkte mir ein trauriges Lächeln. »Das wird nicht funktionieren, Liebste.« Seine Worte klangen so sanft und fühlten sich doch an wie ein Paukenschlag. »Erinnerst du dich noch an deinen letzten Aufenthalt in der Siebten?«

Ich zögerte. Alles, was mir davon geblieben war, waren verschwommene Bilder und echoartige Stimmen in meinem Kopf. »Gut genug, schätze ich.«

Daamin nickte bedächtig. »Genau so sieht es jetzt in der Zweiten Unterwelt aus. Und in der Dritten und in der Vierten und in der Fünften. Vielleicht sogar in der Ersten. Und schon bald auch hier.«

Mein Mund wurde trocken, noch bevor er weitersprach.

»Schon bald«, murmelte er, »wird es kein Vor und kein Zurück mehr geben.«

Ich verlor die Kontrolle über meine Mimik, mein Denken, mein Herz. Das war sie. Die letzte Offenbarung, die es gebraucht hatte, um mich endgültig zu brechen. Meine Lippen teilten sich leicht, aber eine schiere Ewigkeit konnte ich ihnen keinen Ton entlocken. Ein Schluchzen kroch meine Brust hinauf, doch ich gewährte ihm keinen Ausgang. »Was sollen wir tun?« Ich stockte. »Das … das kann nicht das Ende sein.«

Nichts in Daamins Miene regte sich. Jetzt, wo ich all meine Kraft zu verlieren drohte, war er es, der mich fest auf beiden Beinen hielt. »Wir gehen durch dieses Portal … und beten, dass wir die Sense dort finden, wo wir am wenigsten damit gerechnet haben.«

Betreten runzelte ich die Stirn. »Zu wem sollen wir denn beten?« Ich glaubte nicht, dass Daamin dieses Wort nur herausgerutscht war. »Zu den Engeln etwa?«

Nachdenklich betrachtete er mich. »Zum Schöpfer von allem.«

Ich kam nicht mehr mit. Ein leichter Schauer rann über meinen Rücken. »Aber sind die Engel nicht die Schöpfer von allem?«

Daamin schmunzelte. »Nein, Rana. Auch wir wurden erschaffen. Von einer Macht so groß, dass ich es nicht einmal in Worte fassen kann.« Sein Blick schweifte in die Ferne ab. »Wenn sie auf meiner Seite ist, werden wir bestehen. Daran glaube ich.«

Langsam schüttelte ich den Kopf. »Du glaubst an die Macht, die dafür gesorgt hat, dass du in Ketten gelegt wurdest? Dass du dein Leben in Gefangenschaft verbracht hast?«

Sein Lächeln wurde breiter. »Oh ja, Prinzessin. Weil sie allen voran dafür gesorgt hat, dass ich dir begegnen durfte.« Er nahm meine Hände in seine und hauchte mir einen Kuss auf die Stirn. »Vor allem aber glaube ich an uns. Und dieser Glaube ist alles, was ich brauche.« Er nickte in Richtung des Feuers. »Wollen wir?«

Ich verkrampfte mich etwas. »Ähm. Könntest du erst den Weg freimachen?«

Daamins Blick wanderte von mir zu den Flammen. »Ehrlich gesagt bringst du mich gerade auf eine Idee.« Er ließ mich los, schritt zum äußersten Rand des Stegs und begann beide Arme in die Höhe zu heben. Nicht in einer lockeren Bewegung, sondern langsam und konzentriert – angestrengt, als würde er einen dicken Felsbrocken über seinen Kopf stemmen. Ich bildete mir sogar ein, dass seine Arme zu zittern begannen.

Ich wusste nicht, was er vorhatte, geschweige denn, wo ich hinsehen sollte – bis das Feuer in Bewegung kam. Zuerst glaubte ich, dass Daamin es noch höher züngeln lassen würde, doch dann raste es plötzlich über den Boden. Die Flammen schossen geradewegs zum Portal, als würden sie von einer Strömung wie bei einem reißenden Fluss gelenkt – und verschwanden im gleißenden Licht.

Doch das war noch nicht alles. Ein Ächzen drang zwischen Daamins Lippen hervor – und auf einmal war das Feuer überall. In Form zweier Wände, gespeist von der ganzen Sechsten Unterwelt, schoss es an mir vorbei, sodass ich seine pure Hitze auf meiner Haut spüren konnte, ohne mich daran zu verbrennen. Sie wurden förmlich vom Portal aufgesaugt, bis nichts mehr davon übrig war.

Die Temperatur fiel sofort herab. Fassungslos schlang ich die Arme um meinen Oberkörper. »H-hast du gerade das *Feuer* durch das Portal geschickt?«, fragte ich heiser und trat neben Daamin. Mein Körper verstand nicht, wie es so schnell so kalt werden konnte, und ein Beben lief von meinem Kopf bis in meine Füße.

Daamin hielt den Blick auf das Portal gerichtet. Seine Schultern hoben und senkten sich in abgehackten Bewegungen. »Dann wird die nächste Ebene«, keuchte er, »vielleicht etwas angenehmer.« Er sah mich von der Seite an. »Ist alles in Ordnung? Frierst du?«

Ich fror, nahm es aber nur noch am Rande meines Bewusstseins wahr. Viel deutlicher trat die Tatsache hervor, dass Daamin schwer atmete. So schwer, als wäre er durch alle Ebenen gesprintet. Er war so mächtig – schon ohne seine Flügel hatte er beim letzten Mal die Flammen hier mit Leichtigkeit löschen können. Dieser Zauber war stärker gewesen, aber schließlich war er inzwischen wieder Iblys.

Doch Iblys schien die Kälte noch viel mehr zuzusetzen als der Sterblichen an seiner Seite. »Ist bei *dir* alles in Ordnung?«, fragte ich zaghaft.

Daamin reckte das Kinn. »Natürlich. Du kennst mich.« Entschieden drehte er sich um und ging einfach drauflos.

Mit einem mulmigen Gefühl in der Magengrube folgte ich ihm. Ich kannte ihn. Und er machte mir Sorgen. Er sollte sich nicht so viele Gedanken darum machen, ob ich fror oder nicht. Er sollte sich seine Kräfte aufsparen –

Wofür? Ihr werdet die Sense nicht finden. Und ihr braucht keine Kraftreserven mehr, um zu sterben.

Die Stimme in meinem Unterbewusstsein legte eine ekelhafte Bitterkeit auf meine Zungenspitze. Nun klang sie beinahe wie die von Kaidan.

Das Portal war nicht länger bewacht – dafür hatte Daamin gesorgt. Ich konnte mich kaum an das Gesicht des Portalwächters erinnern, so schnell war es schon wieder aus meinem Leben gewichen. »Morrat«, hob ich an, während ich mich an Daamins Fersen heftete. »Du sagtest, er sei des Iblys' treuester Diener.«

Er zog die Schultern hoch. »Na ja, weißt du? Das ist nur so ein Titel. Damals im Paradies war er es vielleicht. Bevor wir Jahrtausende in verschiedenen Unterwelten verbracht haben …«

»Womöglich hätte er gewusst, was mit der Sense passiert ist.«

Daamin stöhnte genervt. »Ja ja: *Aber dann hast du ihn getötet, Daamin!*« Sein Mund klappte zu, und er senkte den Blick. »Er hat mich gewarnt. Und anstatt auf ihn zu hören, habe ich ihn umgebracht.«

Die Kälte der Sechsten Unterwelt schmiegte sich nahtlos an meinen Körper und ließ mich frösteln. Dennoch zwang ich meine Arme herunter, weil ich nicht den Eindruck erwecken würde, dass ich fror. »Das ist meine Schuld.«

»Was? Nein!« Daamin wirbelte zu mir herum. Seine Hand strich über meinen Oberarm und löste eine prickelnde Wärme auf meiner Haut aus. »Es war meine eigene Entscheidung. Verstanden? Er wollte, dass Kaidan hierbleibt. Du wolltest das Gegenteil. Und ich für meinen Teil würde alles tun, um dich glücklich zu machen, Prinzessin. Damals wie heute.«

Ich schlug den Blick nieder, während die Reue in mir umso größer wurde. »Es ist ironisch«, erwiderte ich zaghaft. »Ich wäre heute glücklicher gewesen, hättest du es nicht getan.«

Doch er schüttelte den Kopf. »Wärst du nicht. Denn dann hättest du nie erfahren, wer oder was Kaidan wirklich ist. Du hättest es nie verstanden.« Er seufzte lautlos. »Vielleicht ist also tatsächlich alles so gekommen, wie es sollte.« Seine Hand glitt meinen Arm herab, und seine Finger verschränkten sich abermals mit meinen. Sein Daumen strich über meinen Handrücken und verschaffte mir einen Augenblick des Trosts.

Doch es war nicht mehr als ein Funke, der die Kälte um mich herum nicht zu bezwingen vermochte. Ich schloss für einen Moment die Augen und ließ mich von der pechschwarzen Verzweiflung ausfüllen. Ich hatte keine Kraft mehr. Konnte es nicht länger bekämpfen. Das Ende war zu nah. Akzeptieren konnte ich es aber auch nicht. Noch nicht. »Wenn ich sterbe«, wiederholte ich Daamins Worte von vorhin, »will ich es in deinen Armen tun.«

Als ich die Augen öffnete, schlug er den Blick nieder. »Das kann ich dir nicht versprechen.«

Meine Hand versteifte sich um seine.

»… denn ich werde nicht zulassen, dass du vor mir stirbst. Weil ich dich beschützen werde.« Er lächelte halbherzig. »So lautet doch unsere Vereinbarung, nicht wahr? Dass ich dich sicher zurück an die Oberfläche bringe.«

Ich schnaubte. »Das war unsere Vereinbarung *beim letzten Mal.*«

»Soweit ich weiß, ist sie immer noch intakt.« Daamin zog an meiner Hand und führte mich zum Portal. »Und wir haben noch ein gutes Stück vor uns.«

Als wir vor dem Licht ankamen, blieben wir stehen. Hielten nur für einen kurzen Moment inne. Zogen ihn in die Länge.

Ob Daamin dasselbe durch den Kopf ging wie mir? Dass dies vielleicht das letzte Portal sein könnte, durch das wir jemals treten würde? Dass die Siebte Unterwelt die letzte wäre, die wir zu Gesicht bekämen?

Ich drehte den Kopf und sah mich ein letztes Mal in der Trostlosigkeit von Krak um, das ohne das Glühende Feuer nicht mehr als ein schwarzes Loch aus Kohle und Fels darstellte. Blickte dann zu Daamin hinauf, der mich mit demselben Ausdruck in den Augen taxierte wie ich gerade eben unsere Umgebung. Als wollte er den Anblick in sich aufsaugen, ehe er ihn für immer verlor.

Als wir Hand in Hand durch das Portal schritten, fühlte es sich so an, als würde die Last aller Welten auf unseren Schultern ruhen.

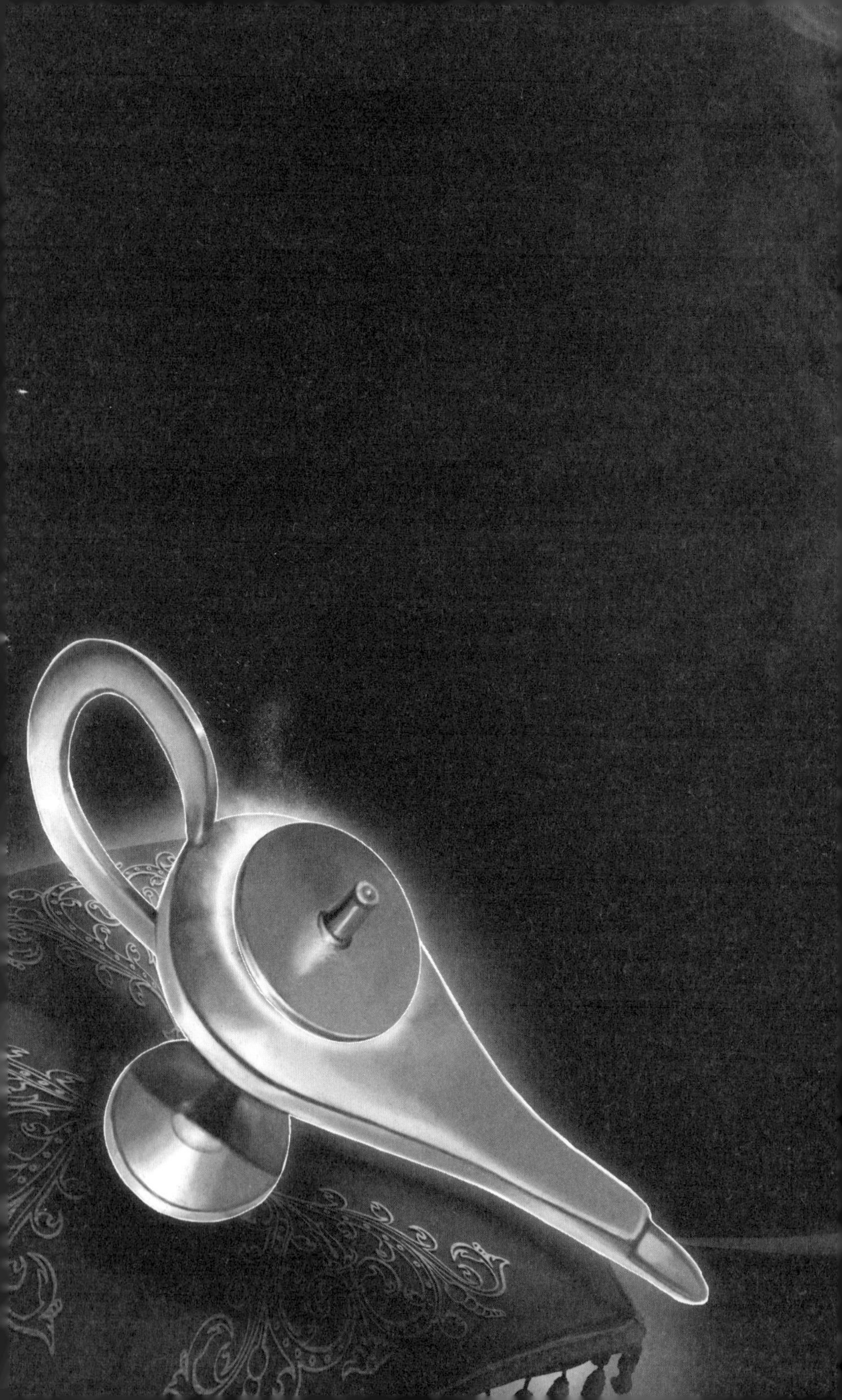

DIE SIEBTE UNTERWELT

19.

SARRUYTS

Zu meiner Überraschung war die Siebte Unterwelt nicht so, wie ich sie in Erinnerung hatte – aber auch nicht so, wie ich erwartet hatte.

Verwirrt sah ich mich um. Die Finsternis war beinahe undurchdringlich, und doch konnte ich ohne Probleme meine Umgebung erkennen. Von dem Feuer, das Daamin durch das Portal gesandt hatte, war nichts zu sehen. Zuerst glaubte ich, der Trick hätte seine Wirkung verfehlt, aber dann fiel mir auf, dass ich nicht mehr fror. Es war, als hätte sich das Feuer mit der Kälte ausgeglichen und wäre daran zugrunde gegangen.

In der Siebten Unterwelt gab es keinen Portalwächter. Niemand war hier. Wir waren allein.

Ich drehte mich einmal um die eigene Achse. Auf der einen Seite erspähte ich das Portal zur Ersten Unterwelt, das nur einige Schritte und doch Welten entfernt lag. Auf der anderen das wuchtige, doppelflügelige Tor, das nun weit geöffnet war und den Blick auf das Pentagramm freigab, in dem Daamin jahrelang gefangen gehalten worden war: ein großer Kreis, ein kleiner Kreis, dazwischen die pechschwarzen Überreste der Ketten, die er gesprengt hatte.

Er stand neben mir und atmete tief durch. »Also gut«, sagte er leise. »Wenn sie nicht hier ist, ist sie nirgends.« Er nickte in Richtung des Tors, und wir gingen darauf zu. Erst jetzt fiel mir auf, dass ich mich ohne Probleme bewegen konnte – in normaler Geschwindigkeit, ohne dass sich die Zeit um mich herum schneller bewegte als ich.

Die Siebte Unterwelt war mit Abstand die kleinste von allen. Sie schien nur aus dem Pfad zu bestehen, auf dem wir wandelten. Links und rechts davon führten steile Klippen nach unten in eine undurchdringliche Finsternis, die die Frage in mir aufwarf, was sich unter der Siebten Unterwelt befinden mochte. War das der Ort, an dem man aufhörte, zu existieren? Von dem man nie zurückkehren könnte? An dem Mariam nun war?

Ein mulmiges Gefühl stieg in mir auf, als wir die beiden Pfeiler der Brücke passierten – es musste ein menschgegebener Instinkt sein, dass ich so empfand, obwohl ich es inzwischen besser wusste. Ja, dies war die tiefste Höhle des Iblys. Aber nein – es gab nichts, was ich zu befürchten hatte. Zumindest nicht von ihm.

Dennoch kam es mir so vor, als würde mich Daamins Gefängnis unaufhörlich in die andere Richtung stoßen. Als wollte es verhindern, dass eine Engelsgesegnete diesen Bereich betrat. Jeder Schritt fiel mir schwerer, und ich musste meine ganze Kraft in meine Beine lenken, um weiterzugehen.

Beim letzten Mal hatte das Tor so ausgesehen, als hätte man die Abbilder unzähliger Dämonen in den Stein gemeißelt. Jetzt aber war die Oberfläche glatt und eben. Die Dämonen waren verschwunden, und ich ahnte, wohin sie gegangen waren.

Irgendwann trat ich endlich hindurch. Verwundert blickte ich mich um. Die Mauern, an die das Tor grenzte, waren so hoch, dass sie in die Finsternis über unseren Köpfen reichten. Eine Finsternis, von der ich nicht wusste, ob es sich bei ihr um eine schwarze Höhlendecke handelte oder um ein unendliches Nichts.

Vor uns erstreckte sich auf einer leichten Erhebung das Pentagramm, nicht annähernd so groß wie das, das Kaidan in Afarat hatte zeichnen lassen, dafür aber so komplex, dass ich die einzelnen, hauchdünnen Linien kaum voneinander trennen konnte. »Unglaublich«, flüsterte ich und machte ein paar Schritte darauf zu. »Und daraus bist du entkommen?«

»Es hat mein ganzes Leben gedauert«, antwortete Daamin mit rauer Stimme. »Aber ja. Ich habe es geschafft …« Er lachte leise. »… und dann bist du passiert.«

Unbewegt sah ich zu ihm. »Eigentlich solltest du mir dafür danken.«

Seine Brauen schossen in die Höhe. »Ach ja? Dir dafür danken, dass ich meine neugewonnene Freiheit sofort wieder verloren habe?«

Ich reckte das Kinn. »Deine Diener haben dich gebraucht. Und so wie es aussieht, hat dich letzten Endes die ganze Welt gebraucht. Alle Welten. Im Kampf gegen den Propheten.«

Daamins Miene wurde ausdruckslos. »Ja«, sagte er trocken und kickte einen Strang aus Ketten aus dem Weg, der neben der äußeren Linie geruht hatte. »Und sieh, was es ihnen gebracht hat. Ich habe rein gar nichts ausgerichtet.« Er wandte sich ab und schritt großzügig um das Pentagramm herum. Weil ich befürchtete, er könnte es doch mit dem Fuß streifen, rieb ich meinen schnell über die äußerste Linie, damit es seine Wirkung auch *wirklich* nicht mehr entfalten konnte.

Daamin schritt auf die andere Seite des Pentagramms, kurz bevor sich die Wände wieder in die Unendlichkeit erhoben – auf etwas zu, das ich hier als Letztes erwartet hatte.

Ich blinzelte. »Ein Thron.« Falls man den großen, schmucklosen, nackten Steinsitz als solchen bezeichnen konnte.

»Natürlich.« Er blieb daneben stehen und strich sorgsam über dessen Oberfläche. »Ein Thron für einen König. Einen König, den sie in Ketten legen, auf dass er nie darauf Platz nehmen kann.« Er lächelte bitter. »Die Engel wissen, wie sie einen quälen können.«

»Mach dir nichts draus.« Ich beschrieb einen großen Bogen um das Pentagramm und kam auf ihn zu. »Er sieht nicht sonderlich bequem aus.«

»Da hast du wohl recht.« Daamin stieß einen tiefen Seufzer aus und sah sich um. »Nun. Die Sense ist nicht hier.« Er machte eine Pause. »Nichts ist hier. Welch Überraschung!«, spuckte er förmlich aus. Seine Miene verfinsterte sich so schnell, dass ich mir einbildete, die Dunkelheit um uns herum würde ebenso stärker werden. »Wir hätten uns den ganzen Weg sparen können.«

Sein Missmut ließ meine Beine schwer werden. Auf halber Strecke zu ihm blieb ich stehen, und mein Magen krampfte sich zusammen. Ich ergriff meinen linken Unterarm mit der rechten Hand und senkte den Blick. »Tut mir leid.«

»W-was?«, fragte er verdattert und lehnte sich nach vorn, um meine Aufmerksamkeit auf sich zu ziehen. »Was tut *dir* daran leid?«

Ich drehte den Kopf in die andere Richtung. »Die Sache mit der Sense ist auf meinem Mist gewachsen. Ich habe darüber gelesen und war fest entschlossen, dass wir sie finden müssen. Habe dich dazu gedrängt, sie zu suchen. Dabei war es reine Zeitverschwendung.« Meine Schultern begannen zu beben, als ich daran dachte, wie viel wir vielleicht an der Oberfläche hätten ausrichten können. Aber ich hatte dafür gesorgt, dass wir von dem Ort verschwanden, an dem wir am meisten gebraucht worden waren.

Es war meine Schuld.

»Es tut mir –«

»Du sollst dich doch nicht entschuldigen.« Daamin wich von der Seite des Throns. Seine Schuhe trafen auf die Linien des Pentagramms, und für einen Augenblick stockte mir der Atem. Aber anstatt ihn an Ort und Stelle zu bannen, ließ es ihn einfach passieren. So blieb er vor mir stehen und legte beide Hände auf meine Schultern. »Niemals.« Seine Finger glitten an meinen Armen herab und ergriffen meine Hände. »Setz dich.«

Ich begriff kaum, was geschah, als er mich vor den Thron zog – und dann sanft auf ihn drückte.

Ich wusste nicht, was ich erwartet hatte, doch als mein Po die glatte, kalte Oberfläche berührte, fühlte ich mich nicht anders als zuvor. Nicht mächtiger, nicht schwächer. Nicht besonders. Es war einfach nur ein großer Stuhl. So wie jeder Thron in jeder anderen Unterwelt auch.

Und doch veränderte sich alles, als Daamin mein Kinn mit dem Finger anhob und ich seinen zärtlichen Blick auffing. »Ich meine immer noch, was ich gesagt habe«, sprach er mit rauer Stimme.

Seine Worte trafen mich ebenso unvorbereitet wie sein Tonfall. Es war ein ernster, nüchterner, überhaupt nicht neckischer oder ironischer. Es war, als würde er all die Bedeutung, die er aufbringen konnte, in jede einzelne Silbe legen.

Ich war das nicht von ihm gewohnt. Es beunruhigte mich sogar ein klein wenig. Weil ich nicht wusste, was ich tun sollte, rang ich mir ein Lächeln ab. »Du sagst so viel, wenn der Tag lang ist.«

Daamin verzog keine Miene. »Dass du meine Königin sein solltest.«

Mir stockte der Atem, und ich dachte an das letzte Mal zurück, als er diese Worte an mich gerichtet hatte. Damals waren sie im Eifer des Gefechts dahergesagt gewesen. Doch jetzt gab es weder Eifer noch Gefecht – sondern nur die stille Ernsthaftigkeit, die dieser Ort der Situation verlieh. Er meinte es so. Alles, was er sagte.

»Ich weiß, ich bin nicht in der Position, das zu sagen. Aber ... wenn es einen Wunsch gäbe, den du mir erfüllen müsstest, dann wäre es dieser.« Daamin kniete sich vor mich – eine Geste, die mich noch immer aus der Bahn zu werfen drohte –, und nahm meine Hände in seine. »Rana.« Er blickte zu mir auf aus großen, treuen Augen, in denen eine Wärme wohnte, die sogar das Feuer in seinem Herzen in den Schatten stellte. »Ich liebe dich.«

Meine Augen wurden feucht. Ich versuchte, die Tränen wegzublinzeln, aber nicht zu hektisch, weil Daamin sonst bestimmt auffallen würde, wie viel er in mir mit so wenigen Worten auslösen konnte. Dass mein Innerstes von einer wohligen Wärme erfüllt wurde, wie ich sie noch nie zuvor bei einem Menschen verspürt hatte. Von Rührung und einer unglaublichen Sehnsucht, die ich mir nicht erklären konnte, weil Daamin schließlich genau vor mir kniete. Und doch war mir das nicht genug. Ich wollte mehr von ihm. Ich wollte alles von ihm, für immer. Und der Gedanke daran, dass er mir dieselben Gefühle entgegenbrachte, dass unsere beiden unförmigen Puzzleteile letzten Endes doch nahtlos zusammenpassen sollten, war eine Erkenntnis, die meinen Geist beinahe aus meinem Körper hob.

Einzig Daamins Anblick war es zu verdanken, dass das nicht passierte. Ich blieb, wo ich war, und schenkte ihm ein zaghaftes Lächeln. »Man sagt sich, Iblys könne nur sich selbst lieben.«

Daamins Mundwinkel hoben sich leicht. »Das dachte ich auch.« Seine Daumen fuhren über meine Handrücken. »Aber ich liebe dich mehr, als ich mich je selbst geliebt habe.«

Es war, als würde der Winter in meiner Seele endgültig vergehen und einem wundervollen Frühling Platz machen, der der Dritten Unterwelt zum Verwechseln ähnlich sah.

Damit war es entschieden. Ich wusste nicht einmal genau, was *es* war. Mein Herz reagierte ganz von allein, weil es mich besser kannte als ich mich selbst. Es sorgte dafür, dass ich aufstand und Daamin mit mir auf die Füße zog. Dass ich ihn an den Schultern ergriff und ihn mit sanftem Druck dazu brachte, dass er sich an meiner Stelle auf den Thron setzte – zum ersten Mal in seinem Leben.

Ungeniert ließ ich mich rittlings auf seinem Schoß nieder, was mein Kleid nur widerstrebend zuließ. Meine Hände fanden seine Brust, während ich ihn betrachtete. Meine Finger spürten, wie sein Herz schlug, und ich bildete mir ein, dass sein Rhythmus mit jeder Sekunde etwas schneller wurde. Schließlich wanderte mein Blick wieder zu seinen vertrauten gelben Augen hinauf, und auf einmal wurde mir klar, was mein Herz von mir verlangte: das einzig Richtige.

»Ja.«

Daamin runzelte die Stirn. »Ja was?«

Ich ließ meine Hände zu seinen Schultern gleiten. »Ja«, wiederholte ich. »Ich werde deine Königin sein.«

Zu meiner Überraschung zuckte Daamin nicht mit der Wimper. Kein Anflug von Erleichterung stahl sich auf seinen Blick. Mit gesenkter Stimme hob er an: »Auch wenn du nicht die Königin von allem, sondern die Königin von nichts wärst?«

Ich nahm sein Gesicht in meine Hände und lehnte meine Stirn gegen seine. »Deine Königin von nichts? Das ist der einzige Titel, den ich jemals akzeptieren würde.«

Seine Hand fand meine Wange, seine Fingerspitzen glitten über meine zarte Haut und hinterließen eine kribbelnde Spur darauf. »Warum?«

Sein Atem kitzelte mein Gesicht, und ich sog seine Nähe begierig in mich auf. Sie war alles, was ich wollte. Mein Anker, wenn mich die Strömung des Schicksals fortzureißen drohte.

Die Stille, wenn das Leben zu laut wurde. Der Schatten, wenn die Hitze des Tages allzu sehr auf meinem Kopf brannte. Das Feuer, das mein eisiges Herz zum Schmelzen brachte. Die Macht, die dafür sorgte, dass sich meine Worte ganz von selbst formten: »Weil ich dich liebe.« Ich sah ihm tief in die Augen. »Ich liebe dich, Daamin. Iblys. Und welche Namen auch immer du noch tragen magst. Ich liebe dich.«

Erst als sich seine Lippen überrascht teilten, wurde mir klar, dass ich diese Worte noch nie zuvor an ihn gerichtet hatte. Was ich in ihm erblickte, war eine Erlösung, nach der er sich so lange gesehnt haben musste.

Ich wusste nicht, wer von uns den ersten Schritt machte, bis unsere Lippen einander fanden. Bis eine seiner Hände in meinen Nacken rutschte, die andere zu meinen Hüften, an denen er mich enger an sich heranzog. Bis mein Herz immer schneller schlug und mein Atem immer abgehackter wurde. Bis die Siebte Unterwelt um mich herum verschwand und es nur noch Daamin und mich gab. Vereint, der König und die Königin von nichts.

Die Zeit schien stillzustehen. Endlich, nach all den Stunden, in denen ich gebetet hatte, sie möge mir diesen Gefallen tun. Ich gab mich dem Augenblick hin, und ich gab mich Daamin hin, der Wärme seines Körpers, dem Gefühl seiner sanften Lippen auf meinen, seiner Hände, die über meine Haut strichen, und der Liebe, die er mir mit jeder einzelnen Berührung schenkte.

So lange, bis sich meine Nackenhaare aufstellten. Ohne, dass ich es gesehen, gehört oder gespürt hätte. Ohne, dass mich auch nur die leiseste Brise gestreift hätte. Ohne eine Vorwarnung. Ohne ein Anzeichen, wer oder was gerade hinter mir aufgetaucht war.

Dieses folgte erst, als eine Wand aus Kälte auf uns traf.

20.

MILOR

Erschrocken riss ich den Kopf herum, aber ich reagierte nicht annähernd schnell genug. Im nächsten Moment war Daamin aufgestanden und hatte mich neben sich abgesetzt. Bis ich realisiert hatte, wer zu uns gestoßen war, hatte er sich schon an mir vorbeigeschoben.

Kaidan stand vor den geöffneten Pforten und blickte uns mit mattem Gesichtsausdruck entgegen. Ich bildete mir ein, dass er sich verändert hatte, seit ich ihn zuletzt gesehen hatte. Er wirkte größer, älter, und seine Haare schimmerten mit grauen Strähnen, so wie es die unseres Vaters getan hatten. Passierte das, wenn ein Engel Besitz von einem ergriff?

Denn dies war nicht Kaidan, sondern immer noch Milor. Ich sah ihn in seinem Inneren, so wie ich Iblys in Daamin erblickte. Auf einmal war es, als würde die Kälte der Siebten Unterwelt wieder allgegenwärtig werden.

»Milor«, sagte Daamin übertrieben locker. »Es ist schon eine Weile her, seit du mir zuletzt in meinem bescheidenen Heim einen Besuch abgestattet hast.« Er breitete die Arme aus. »Was führt dich hierher?«

Milor zuckte nicht mit der Wimper. Er starrte Daamin unverwandt entgegen, das weiße Zepter fest umklammert. Es überraschte mich, dass er es nicht sofort gegen uns verwendete. Vielleicht lag es daran, dass er uns jetzt genau da hatte, wo er wollte: schutzlos in eine Ecke gedrängt.

Wir waren ganz unten. Die eine Waffe, die über das Schicksal von uns allen hätte entscheiden können, war nirgends aufzufinden. Milor hatte uns eingeholt, und es gab keinen Ort, an den wir gehen konnten, keinen Schutz, in den wir fliehen konnten. Wir konnten uns nur noch unserer Bestimmung zu stellen. Unserem Tod.

Daamin war auf halber Strecke in der Mitte des Pentagramms stehengeblieben. Als Milor nicht reagierte, ließ er langsam die Arme sinken. Rasselnd atmete er aus. »Bruder.« Beim Klang dieses Worts krampfte sich mein Magen zusammen. »Mach mit mir, was du willst. Aber verschone die Prinzessin.«

Mein Herz setzte einen Schlag aus. »Was?« Meine Stimme war nicht mehr als ein Hauch, der wahrscheinlich an keinerlei Ohren drang. Wankend schritt ich auf Daamin zu, doch obwohl ich jede Kraft in meine Bewegungen lenkte, kam ich kaum vorwärts. Es fühlte sich so an, als würde Daamin mit jeder Sekunde in noch größere Ferne rücken. »Nein.«

»Sie ist deine Auserwählte.« Er sprach nicht wie mit seinem Mörder, sondern wie mit seinem Bruder. Weil sich Milor beide Rollen teilte. So wie Kaidan. »Den anderen hast du dir einverleibt. Einer von ihnen sollte fortbestehen.« Er straffte die Schultern. »Ja, sie hat deinen grandiosen Plan durcheinandergebracht. Aber das bedeutet gar nichts.«

Ich schluckte. Verhandelte er gerade? Für mich?

Das Blut wich aus meinem Kopf und zog ein kaltes Prickeln über mein Gesicht. »Nein.« Wieder bekam ich nicht mehr als ein Krächzen zustande, das niemanden zu kümmern schien.

Daamin machte noch einen Schritt auf den Engel zu, dann einen weiteren. »Sie ist eine gute Seele, Milor. Sie ist eine beinahe reine Seele. So etwas habe ich bisher bei keinem Menschen gesehen. Das musst du auch anerkennen. Du darfst es nicht ignorieren. Die Strafe könnte grauenvoll sein.«

Zum ersten Mal erkannte ich eine Regung in Milors Gesicht. Es war ein kaum merkliches Stirnrunzeln, ein leichtes Zusammenziehen seiner Brauen, eine fast unsichtbare Abwärtsbewegung seiner Mundwinkel.

Der Engel richtete seinen Blick auf mich, und es war, als würde ich an Ort und Stelle zu Eis erstarren. Abrupt blieb ich stehen, der Aufmerksamkeit von Kaidan, von Milor, schutzlos ausgeliefert. Mir stockte der Atem, und meine Brust zog sich unsanft zusammen. Ich drohte, den Boden unter den Füßen zu verlieren und in eine tiefe Schwärze zu fallen, aus der es kein Entkommen gab.

Ich hatte dieses Gefühl noch nie gehabt, wenn ich Daamin angesehen hatte. Aber bei Milor war alles anders. Von ihm ging eine geballte Macht aus und mit ihr die Gewissheit, wie leicht einen diese Macht zerquetschen könnte. Das musste die Bedeutung davon sein, dem Tod ins Auge zu blicken.

Daamin atmete bebend ein. »Du *musst*, Milor«, sagte er mit rauer Stimme. »Es ist deine Pflicht als Engel. Das Paradies ist der einzige Ort, an den sie gehört. Ich habe sie mit Sünde versetzt, aber sie ist immer noch von Herzen gut.«

Milor starrte mich an, und ich erahnte, dass Daamins Worte ihn erreichten. Aus irgendeinem Grund brachten sie ihn ins Wanken, säten Zweifel in ihm. Jedoch nicht, was den Iblys betraf, sondern nur dessen fehlgeleitete, irrlaufende Geliebte, die sich von seinem dämonischen Einfluss hatte täuschen lassen.

In mir machte sich keine Erleichterung breit. Sondern Angst, eine blanke, eiskalte, nervenzerreißende Angst, wie ich sie noch nie zuvor gespürt hatte.

Wenn Milor mich verschonte, würde ich ins Paradies einkehren. Wenn Milor mich verschonte, würde ich weiter existieren. Wenn Milor mich verschonte, würde Daamin trotzdem sterben. Er würde uns nicht nur trennen. Er würde die Liebe meines Lebens vernichten und mich zu einem ewigen Dasein ohne ihn verdammen.

In diesem Moment fiel es mir wie Schuppen von den Augen. Ich realisierte, was es war, das mir einen dicken Kloß im Hals bescherte, das mein Innerstes zum Erbeben brachte und meine Knie weich werden ließ. Es war nie die Aussicht auf den Tod gewesen – sondern die Aussicht darauf, für immer von Daamin getrennt zu werden.

»Milor«, sagte Daamin wieder. »Ich flehe dich an. Du musst sie –«

»Nein!«, hallte meine Stimme laut und deutlich von der Schwärze wider, die die Siebte Unterwelt umgab. Daamin versteifte sich, als zu ihm aufholte – und vorsorglich noch zwei weitere Schritte machte, bis ich zwischen Milor und ihm stand. »Nein.« Der Schmerz, der in meiner Brust brannte, entzündete ein Feuer in meinem Inneren, das nicht einmal vom Eis des Engels erstickt werden könnte.

Mein Geist wusste nicht, welche Worte meine Lippen als Nächstes formen würden – denn sie kamen direkt aus meinem Herzen. »Ich werde mich nicht deiner Gnade unterwerfen, Engel«, spuckte ich förmlich aus. »Ich habe kein Interesse an einem Paradies, in dem es noch kälter ist, als es in der Unterwelt heiß ist. An einem Paradies, das auf dem Blut von Menschen errichtet wurde. Auf dem Blut derer, die es verdient hätten, in ihm zu leben.« Ich ballte die Hände zu Fäusten. »Ihr seid die Engel«, flüsterte ich. »Doch ihr seid nicht die Richter über alles, was geschieht. Ihr habt vielleicht Macht, aber deshalb habt ihr nicht die Kontrolle.« Ich schnappte nach Luft. »Ich bin

Rana von Almeira. Und ich entscheide selbst, was mit mir geschieht.« Gehetzt richtete ich meinen Blick auf Daamin. »Wir sind durch die Hölle und zurück gegangen. Und dann noch einmal durch die Hölle. Wenn wir untergehen …«

Daamins Miene nahm etwas Gequältes an. »Rana –«

»… dann zusammen.«

Totenstille breitete sich in der Siebten Unterwelt aus. Sie hatte etwas Endgültiges an sich, als hätte ich gerade tatsächlich über mein eigenes Schicksal entschieden.

Auf einmal fühlte ich mich frei. Und mächtig. Als hätte *ich* die Kontrolle über das, was passierte. So lange, bis ich Milor fixierte – und seine Miene wieder steinern geworden war.

Seine Lippen bewegten sich nicht, und doch dröhnte seine Stimme in meinem Kopf, als er sagte: »Sprecht eure letzten Worte.«

Meine Gesichtszüge entgleisten, und die Kälte wurde unerbittlich. Erst jetzt realisierte ich, dass sie nicht von Milor oder den ersterbenden Flammen der Sechsten Unterwelt stammte, sondern von meinem Herzen, das Daamin aufgetaut hatte und das mich nun von innen heraus einzufrieren drohte.

Ein lautloser Seufzer erklang in meinem Rücken. Daamin schloss zu mir auf. Er versuchte nicht, gegen Milor zu kämpfen, sah ihn nicht einmal mehr an. Stattdessen drehte er sich in einer fließenden Bewegung zu mir um, hielt mir eine Hand hin und deutete eine Verbeugung an. »Darf ich dich um einen ersten und letzten Tanz bitten, Prinzessin?«

Mit Erstaunen und Verzweiflung starrte ich seine Hand an. Meine Kehle wurde ganz eng, und meine Augen begannen zu brennen, als ich an den Tag in der Zweiten Unterwelt zurückdachte, an dem ich ihm diese eine Sache verwehrt hatte. Er schien Jahre zurückzuliegen.

»Vielleicht werden wir eines Tages zusammen tanzen.«

»Eines Tages oder niemals?«, flüsterte ich.

Daamin schenkte mir ein gelöstes Lächeln. »Eines Tages oder niemals.«

Genau das hatten wir zueinander gesagt. Und wenn es einen Augenblick gab, der *eines Tages oder niemals* am besten beschrieb, dann war es dieser.

Wie von selbst fand meine Hand seine, und unsere vernarbten Handgelenke waren sich ähnlicher denn je. Ich ließ mich von ihm an sich ziehen und spürte seine Berührung in meinem Rücken. Seine zarte, sanfte Berührung, wie sie kein Mensch dem Iblys zugetraut hätte.

Wir hatten noch nie zusammen getanzt, und doch war es ganz einfach. In dem Moment, in dem sich unsere Blicke trafen, setzten sich unsere Beine in Bewegung, regten sich zum Takt einer Musik, die keiner von uns hören, dafür aber tief in sich drin spüren konnte.

Als wollte sie den Moment besiegeln, brannte sich Daamins Kette unter meinem Kleid regelrecht in meine Haut. Der Schmerz kümmerte mich nicht. Im Angesicht des Todes fühlte er sich bittersüß an. Wie die eine, letzte Sache, die mich noch unter den Lebenden hielt. Ja – solange ich Schmerz empfinden konnte, war ich am Leben.

Meinen letzten Tanz hatte ich mit meinem Verlobten getanzt, aber das lag nun in weiter Ferne. Es war längst vergangen, genau so, wie wir es bald wären. Und doch war das hier anders als mit ihm. Daamin und ich *funktionierten*. Wir passten uns perfekt ineinander ein, bildeten mit unseren Körpern, mit unseren Bewegungen und unseren verschränkten Blicken eine Harmonie, wie sie nicht einmal im Paradies herrschen konnte.

Daamin hielt mich fest. Er durfte mich niemals wieder loslassen. Bis zum Ende.

Langsam wogen wir uns hin und her, bewegten uns quer über das Pentagramm, ohne ein einziges Mal über die Ketten zu stolpern. Wir wirbelten umeinander her in einem Tanz, der nie enden sollte. Doch ich konnte nicht im Moment leben.

Meine Gedanken rasten. Ein Teil von mir ahnte, dass Daamin allein deshalb mit mir tanzen wollte, weil er Zeit schinden musste. Weil er auf etwas wartete. Hatte er Verstärkung gerufen? War Hilfe auf dem Weg hierher? Würde irgendetwas passieren, wenn wir nur lange genug überlebten?

Meine Fragen zerstoben in alle Richtungen, als ich Daamins Gesichtsausdruck sah, der sie alle auf einmal beantwortete: Nichts würde geschehen. Niemandem von uns würde noch die eine, zündende Idee kommen. Die Sense würde uns nicht in den Schoß fallen. Stattdessen würden wir einfach nur tanzen, ich mit Tränen in den Augen, Daamin mit nichts als Liebe im Blick, so lange, bis Milor beschloss, dass es genug wäre, und unserem Leben ein Ende setzte.

Nichts würde passieren. Dies war der Abschluss unseres Daseins. Ich musste diesen Augenblick würdigen. Ihn in mich aufnehmen. Ihn in meiner Seele einschließen. Nicht die Angst und die Verzweiflung, sondern die tiefe Zuneigung, die ich für Daamin empfand und die alles andere überwog.

Er lächelte leicht. »Danke«, hob er zärtlich an. Einen Moment lang befürchtete ich, er würde stehenbleiben und unseren Tanz beenden, aber wir bewegten uns noch genauso behände über das Pentagramm wie zuvor.

Ich brachte kaum die Kraft auf, um meine Stimme zu erheben. »Danke wofür?«, fragte ich zaghaft.

Langsam schüttelte er den Kopf, als wäre er sich selbst nicht sicher, was er meinte, oder als könnte er es kaum in Worte fassen. »Dass es dich gibt«, erwiderte er. »Dich. Den einen Menschen, das eine Wesen in allen Welten, das wusste, wer ich war. Wer ich *wirklich* war.«

Damit beflügelte er mein Herz und brachte es doch zum Erbeben. Er sprach in der Vergangenheit von uns.

Ich hatte Daamin gefunden und verloren. Und gerade jetzt, wo ich ihn endlich wiederhatte, würde ich ihn wieder verlieren. Endgültig.

Zehn Jahre lang hatte ich gewusst, dass mein Leben enden würde, sobald ich achtzehn Jahre alt wurde. Doch damals hatte ich geglaubt, es würde enden, weil ich einen Mann heiraten würde, den ich nicht liebte. Nun endete es wirklich, und zwar auf jede erdenkliche Weise.

Ich redete mir ein, dass ich alles gehabt hatte, was ich hatte haben wollen. Dass ich Daamin endlich wiederhatte und das alles war, was ich mir hätte wünschen können. Dass an seiner Seite zu sterben genauso schön war, wie an seiner Seite zu leben. Dass es alles war, was wir haben konnten, und dass ich mich damit zufriedengeben musste.

Ich würde mit dem Mann sterben, den ich liebte. Das war ein Privileg, das nicht vielen zuteilwurde. Und ich sollte mich glücklich schätzen dafür, dass ich diese Gelegenheit bekam.

Aber ich konnte nicht. Denn ich wollte nicht sterben.

Waheed. Arad. Sahar. Gor. Mariam. Kaidan.

Ich wollte. Nicht. Sterben.

Die Halbmondkette brannte sich in meine Haut, immer mehr, bis ich den Schmerz nicht mehr ignorieren konnte. Bis ich mir einbildete, dass der Geruch von verbranntem Fleisch in meine Nase stieg. Bis er mit einem Mal mein ganzes Denken einnahm und all die Angst, die Verzweiflung, das Chaos in meinem Geist beiseite fegte. Auf einmal verschwanden Daamin und Milor und die Siebte Unterwelt aus meinem Bewusstsein, bis da nichts mehr war außer dem Feuer, das von diesem winzig kleinen, unscheinbaren Anhänger ausging. Von dem Anhänger, der so penetrant heiß wurde, als verlangte er nach meiner Aufmerksamkeit. Genau wie auf dem Hügel, als ich dem Zepter zuletzt so nahe gewesen war. Als wollte er mich warnen. Als wollte er mir eine Botschaft schicken, der ich unbedingt lauschen musste, bevor es zu spät war –

In diesem Moment fügte sich einfach alles zusammen. Jedes noch so winzige Teil des großen Rätsels, die mir das Leben in den letzten Tagen hingeworfen hatte. Sie passten sich ineinander ein und formten eine Gewissheit, die mir beinahe den Atem raubte. Der Anhänger reagierte auf das Zepter.

Daamin hatte mir die Kette gegeben, bevor er mich an die Oberfläche geschickt hatte. Die Kette stammte von hier, aus der Siebten Unterwelt, aus Iblys' tiefster Höhle.

Ich musste keinen Blick auf den Anhänger werfen, um zu realisieren, dass er überhaupt keine Halbmondform hatte. Es war eine Sichelform. Wie bei einer Sense.

Mir wurde heiß und kalt zugleich. Abgar hatte gesagt, Daamin hätte die stärkste Waffe bereits bei sich. Damit hatte er nicht mich gemeint. Sondern das, was ich bei mir trug. Es war keine Sense – aber ich ahnte, dass es eine sein könnte.

Die Gewissheit schlug auf mich ein, und ich blieb wie vom Donner gerührt stehen.

Daamins Augen weiteten sich leicht, ein stummes *Warum?* in seinem Blick, und mir fiel zu spät auf, dass ich gerade unseren Tanz beendet hatte. Und damit auch unser Leben.

Auf einmal passierte alles ganz schnell.

»Das reicht.« Aus dem Augenwinkel sah ich, wie Milor auf uns zukam, Lichtblitze zuckten um das Zepter herum –

Und doch nahm ich alles völlig langsam wahr. Als wären es jetzt die beiden Engel, denen das Klima in der Siebten Unterwelt zu schaffen machte. Und als hätte ich die Macht, ihnen zuvorzukommen.

Meine Gedanken rasten. Daamin hatte mir die Kette gegeben, ohne zu wissen, was sie wirklich war. Der Anhänger war klein, aber er war eine Waffe. So wie Mansurs gesegnete Klinge. Ich hatte sie nur schütteln müssen …

Daamin streckte eine Hand in Richtung seines Bruders aus. »Milor. Bitte –«

Der Engel war schon ganz nah. Er holte mit dem Zepter aus, und Daamin versuchte nicht einmal, sich wegzudrehen, um dem Stoß mitten in sein Herz zu entgehen.

Mit einem Ruck riss ich mir die Kette vom Hals. Ich wusste nicht, was ich tat, als ich herumfuhr und Milor den Anhänger entgegenschleuderte.

Nein, das stimmte nicht. Die Kette verließ meine Hand nicht. Stattdessen wurde sie immer länger und länger – bis das Zepter mit voller Wucht gegen das Sensenblatt prallte.

Es war, als würden die Waffen explodieren. Ein lauter Knall betäubte mein Innerstes. Die Druckwelle warf mich von den Füßen, und auf einmal war ich von nichts als einem Gewirr aus Schwarz und Weiß, aus Licht und Dunkelheit, aus Feuer und Eis umgeben, das mein Bewusstsein auslöschte.

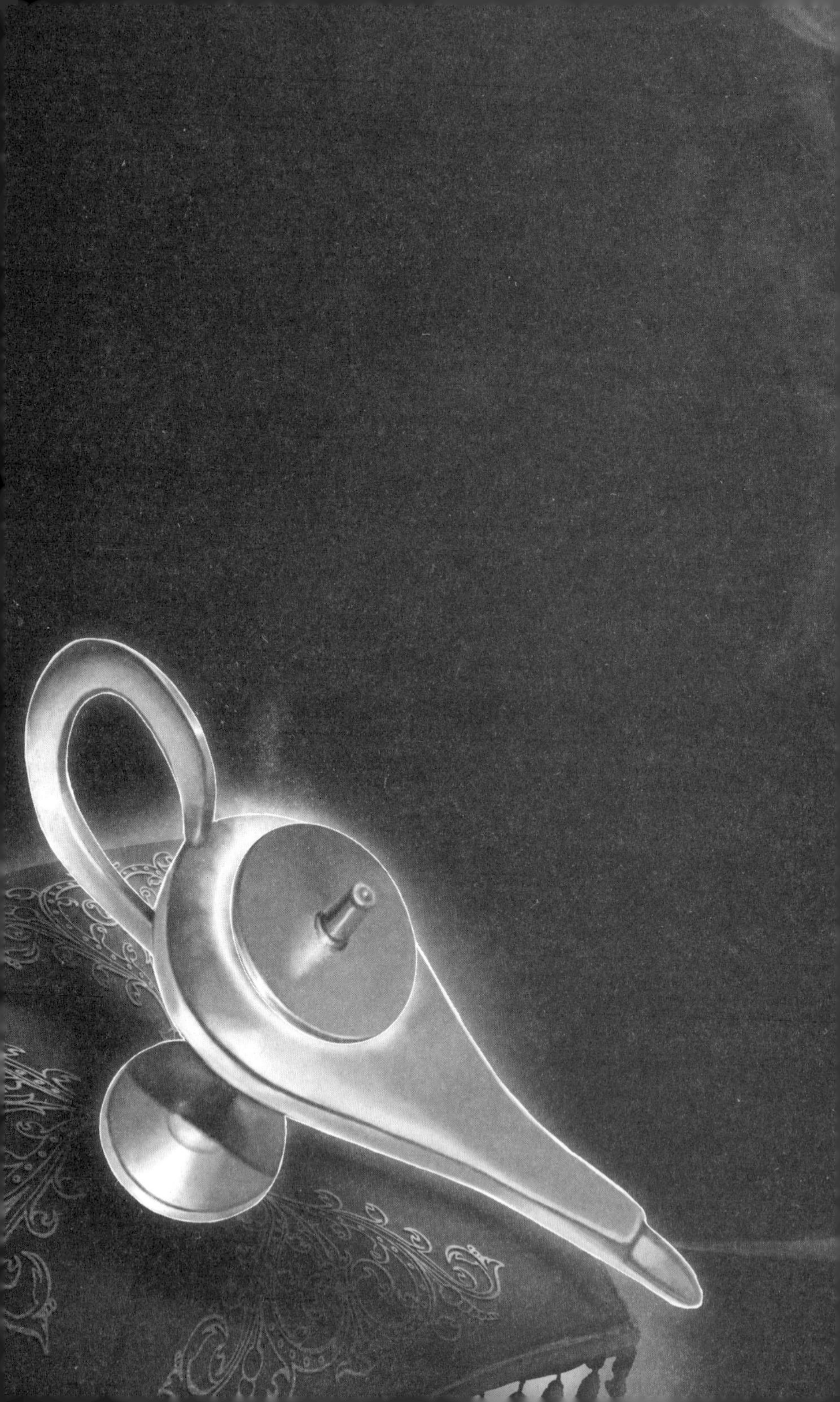

DIE ERSTE UNTERWELT

21.
DIE IBLYSSENSE

Ich wusste nicht, ob ich wegen oder trotz des Dröhnens in meinem Hinterkopf erwachte. Zuerst flackerten meine Lider nur benommen, bis ich sie endlich nach oben zwingen konnte. Ich lag auf dem Boden, das Gesicht nach unten, und sah nur aus dem Augenwinkel das Licht, das auf mich herabschien. Die Luft war frisch und warm – weder so heiß, wie die Unterwelt einst gewesen war, noch so kalt, wie ich sie zuletzt vorgefunden hatte.

Ich atmete tief durch und versuchte, den ziehenden Schmerz in meinem Kopf zu verdrängen, der mit jedem Herzschlag pochend stärker zu werden drohte.

Was ist passiert?

Meine Gedanken wollten rasen, stolperten aber nur verwirrt hin und her auf der Suche nach etwas, an dem sie sich abstützen konnten.

Was ist das Letzte, woran du dich erinnerst?, versuchte ich, meinen Geist zu unterstützen, denn mein Körper fühlte sich so an, als würde er niemals die Kraft finden, um sich aufzurichten.

Also dachte ich nach. An Kaidan, in den ein Engel gefahren war. An Mariam, die sich für uns geopfert hatte. An Iblys, der in meinen Gemächern aufgetaucht war –

Nein. Nein, das war früher gewesen. Ich musste an das denken, was danach passiert war. Aber was *war* passiert?

Nach und nach sickerten die Erinnerungen zu mir durch. Daamin. Milor. Der Tanz. Die Kette. Das Zepter. Die Sense –

Erschrocken riss ich den Kopf hoch – und fluchte innerlich, als die Welt sich um mich herum hektisch zu drehen begann. Angestrengt kniff ich die Augen zusammen und stemmte meine Arme gegen den Boden, um mich endgültig aufzurichten. Was ich sah, war –

Mir wurde heiß und kalt zugleich. In abgehackten Bewegungen drehte ich den Kopf, was meinen Schwindel nicht gerade besser machte, und sog meine Umgebung in mich auf. Allen voran den Sand, der an meinen Fingern haftete, mir im Gesicht klebte und in den Augen kratzte.

Ist das …?

Ja, je mehr Sekunden verstrichen, desto klarer erkannte ich meine Gegend – und wusste sofort, dass dies nicht die Siebte Unterwelt war. Es war die Wüste jenseits der Verbotenen Stadt, in der ich mich schon beim letzten Mal mit Kaidan wiedergefunden hatte. Es war – wie das Licht, das sie Sonne hoch über meinem Kopf auf mich warf. Die Erste Unterwelt. Die Oberfläche. Doch alles war anders.

»Bei den En-« Im letzten Moment biss ich mir auf die Zunge, und der plötzliche Schmerz betäubte sogar kurzzeitig meinen Schock. Den Schock darüber, dass der Wüstensand in kurzer Entfernung unter einer dicken Schicht aus Eis verschwand, wie ich es noch nie in Almeira gesehen hatte. Wohin ich auch blickte, war da nur Eis, nichts als Eis, so weit das Auge reichte. Sogar dort, wo sich menschenförmige Silhouetten vom Boden erhoben, hatte die Kälte Besitz über sie ergriffen. Sterbliche, Dämonen – wer auch immer sie gewesen waren, sie waren restlos eingefroren. Bevor sich Milor an unsere Fersen geheftet hatte, hatte er sich um die Erste Unterwelt gekümmert.

Verspätet entdeckte ich Daamin zu meiner Linken. Er lag auf dem Rücken, alle viere von sich gestreckt, die Augen geschlossen. Ich konnte nicht sehen, ob er noch atmete, und sein bloßer Anblick jagte einen frostigen Pfeil in mein Herz.

Zu meiner Rechten erspähte ich die Sense. Ich musste sie fallengelassen haben, als uns die Explosion der beiden Engelswaffen in die Erste Unterwelt geschleudert hatte. Vielleicht war sie der Grund, weshalb unsere nähere Umgebung nicht gefroren war. Die Waffe schien noch heil zu sein, mit einem schwarzen Griff und einer langen, glänzenden Klinge.

Meine Kehle fühlte sich eng an. Ich hatte die Sense angefasst. Hatte sie schon die ganze Zeit an meinem Körper getragen und sie endlich wieder zu ihrer vollen Größe entfaltet. Sie hatte den Hieb abgefangen. Den Angriff zurückgeworfen. Sie hatte einfach alles verändert.

In einigen Schritten Entfernung lag Kaidan. Mit dem Gesicht nach unten wie ich, sein Zepter aber noch immer fest mit der Hand umklammert. Er regte sich nicht.

Mein Mund wurde trocken, und von jetzt auf gleich begann das Blut in meinen Ohren zu rauschen, lauter als die Totenstille um uns herum, die das Bevorstehende einläutete.

Auf wen oder was sollte ich zusteuern? Auf Daamin? Um mich zu vergewissern, dass es ihm gutging? Auf die Sense? Um die Waffe zu sichern, nach der wir so lange gesucht hatten?

Oder –

Ich bemerkte eine Bewegung aus dem Augenwinkel und riss den Blick zu Kaidan herum. Hatten seine Finger gerade gezuckt? Um den Griff des Zepters?

Mein Herz machte einen Satz. Ich musste ihm die Waffe wegnehmen, bevor er sie gegen uns verwenden konnte. Mit der

Sense wäre Daamin ihm womöglich ebenbürtig – aber das war keine Garantie, dass er ihn bezwingen würde. Ich musste Milor das abnehmen, was ihm seine Stärke verlieh.

Eine ungeahnte Energie fuhr durch meinen Körper. Mit einem Ruck sprang ich auf die Füße, stolperte in Kaidans Richtung –

Meine Beine gaben unter mir nach, und ich stürzte der Länge nach auf den Boden. Sandkörner wurden aufgewirbelt und regneten zurück auf mich herab. Obwohl ich meine Lippen nicht geteilt hatte, landeten sie auch in meinem Mund.

Ich kümmerte mich nicht darum. Nicht um den Sand und nicht um die Wärme, die von ihm ausging. Nicht um die beißende Wand aus Kälte, die mich von Kaidan trennte. Ich rappelte mich auf und krabbelte einfach vorwärts, so flink mich meine lahmen Arme und Beine nur tragen wollten.

Ich war nur noch drei lange Schritte entfernt.

Zwei.

Ein leises Stöhnen drang von hinten an meine Ohren. Schnell warf ich einen Blick über die Schulter und sah, dass sich Daamin eine Hand aufs Gesicht legte, als wollte er seine Augen vor dem grellen Sonnenlicht schützen.

Mein Herz schmolz vor Erleichterung. Er war am Leben. Es ging ihm gut. Jetzt musste ich handeln.

Schnell wandte ich mich um, und meine Finger umschlossen das Zepter – in derselben Sekunde, in der sich Kaidans Griff um die Waffe versteifte.

Sein Kopf fuhr hoch, und ich schrie auf vor Schreck, reagierte nicht schnell genug, als er auf die Beine sprang und das Zepter endgültig an sich riss. Mit einem Brüllen schwang er es über sein Haupt –

Seine Knie knickten einfach ein, und Milor sackte abermals zu Boden. Im letzten Moment warf ich mich in die andere

Richtung und landete rücklings im Sand. »Daamin!«, kreischte ich, und ein Fluch ertönte irgendwo hinter mir.

Milor, sichtlich verwirrt, dass ihn sein geschwächter Körper im Stich ließ, stützte sich mit einer Hand auf dem Boden ab. Er atmete schwer, fixierte erst mich, dann Daamin. Seine blassen Augen wurden groß.

Ich riss den Kopf herum – und sah, dass Daamin fest auf beiden Beinen stand. Er machte gar keine Anstalten, sich auf die Sense zuzubewegen. Stattdessen streckte er einfach nur die Hand nach ihr aus.

Ich spürte einen scharfen Luftzug in meinem Rücken – dann landete der Griff der Sense nahtlos in seinen Fingern. Er schloss sie fest darum, und seine Miene verfinsterte sich. »Die Karten wurden neu gemischt«, grollte er. »Nicht wahr, Bruderherz?«

Ich verstand nicht, wie Daamin sicher auf beiden Beinen stehen konnte, während Milor ebenso geschwächt war wie ich. Lag es daran, dass der Engel von Kaidans Körper Besitz ergriffen hatte? Kaidans *menschlichem* Körper?

Ein tiefes Knurren drang an meine Ohren, und in der ersten Schrecksekunde war ich fest davon überzeugt, dass der Nhang gleich vom Himmel fallen und mich unter sich begraben würde. Erst im zweiten Moment wurde mir klar, dass das Geräusch aus der Kehle meines Bruders drang.

Ein eiskalter Schauer lief mir über den Rücken, während das Knurren immer mehr anschwoll – und in einen Schrei ausartete, der mir das Blut in den Adern gefrieren ließ. Mit einem Satz sprang Milor auf und –

Ich nahm nicht wahr, wie er sich bewegte. Im nächsten Augenblick war er einfach nicht mehr da. Dafür ertönte ein metallisches Klirren genau hinter mir.

Sofort sprang ich auf die Füße – wankend, aber einigermaßen sicher – , und blickte Daamin und Milor entgegen. Das Zepter war einmal mehr auf die Sense getroffen, doch die Druckwelle blieb diesmal aus. Als hätten sie die größten Kräfte, die in den beiden Waffen geschlummert hatten, bereits entfesselt. Und als ginge es nur noch darum, wer von ihnen länger durchhielt.

Zeitgleich rissen sie ihre Waffen zurück und stürzten sich mit einem Schrei wieder aufeinander.

Milor war gerade erst auf die Erde gekommen. Er war in einen menschlichen, schwachen Körper gefahren, hatte uns durch alle Unterwelten hinweg gejagt und es sich nicht nehmen lassen, sie einzufrieren. Er konnte nicht mehr ganz bei Kräften sein.

Aber ich wusste auch, wie es um Daamin stand.

Wieder und wieder prallten die beiden Engelswerkzeuge aufeinander, und jedes Mal aufs Neue kam ich mir so vor, als würde eine unsichtbare Wand mit voller Wucht gegen meinen Körper prallen, mich in die entgegengesetzte Richtung schieben, meine Füße über den Sand schlittern lassen, bis ich beinahe den Rand des letzten Stücks Wüste erreichte, der nahtlos in eine dicke Eisschicht überging.

Ich fühlte mich schwach. Machtlos. Genauso wie unten in der Siebten Unterwelt, als ich dazu verdammt gewesen war, dabei zuzusehen, wie Milor Daamins Herz gefrieren ließ.

Panik breitete sich wie kaltes Gift in meiner Brust aus. Ich hatte es gerade so verhindern können – und doch wiederholte sich die Geschichte aufs Neue. Das würde sie zumindest, wenn ich nichts unternahm. Ich brauchte keine Engelsvisionen, um das zu spüren.

Mein Mund wurde trocken. Ich musste etwas tun. Irgendwie helfen. Aber ich trug keine Waffe bei mir – alles, was ich hatte, waren meine Arme und meine Beine. Mein vergänglicher Körper, der weder dem Zepter noch der Sense gewachsen wäre, sollten sie in meine Richtung ausscheren.

Mit einem Knall schlugen die Waffen wieder aufeinander ein. Das spitze Ende der Sense erreichte beinahe Milors Gesicht, fast nahe genug, um ihm ein Auge auszustechen.

Seine Augen …

Es war mehr eine vage Ahnung als eine Idee, die mich dazu brachte, den Blick zu senken. Dann reagierte ich wie von selbst. Blitzschnell bückte ich mich – begleitet von einem metallischen Aufprall irgendwo vor mir –, und grub meine Finger in den Sand. Mit zwei Handvoll davon stand ich wieder auf und stürzte auf die beiden Kämpfenden zu.

Es war, als würde mein Geist meinen Körper verlassen. Als würde ich von oben am Himmel auf uns herabblicken. Auf mich, wie ich auf Milor zurannte, bewaffnet mit zwei Händen voller Sand, wie ein kleines Kind, das sich für einen bösen Streich rächen wollte.

Ich wusste, dass ich scheitern würde. Dass ich nichts erreichen würde. Dass ich alles nur noch schlimmer machen würde. Aber mein Körper hatte sich in Bewegung gesetzt und hielt einfach nicht mehr an, egal, wie sehr ich ihn anschrie.

Mein Geist schoss erst zurück an seinen Platz, als ich schlitternd zwei Schritte von Daamin und Milor entfernt zum Stehen kam, gerade in dem Moment, in dem die Waffen abermals aufeinandertrafen und mich beinahe wieder zurückgeworfen hätten. »Nimm das!«, rief ich aus und schleuderte beide Fuhren aus Sand in Milors Richtung.

Die Körner ergossen sich über ihn. Entgeistert riss der Engel eine Hand vom Zepter los und hielt sie sich schützend vors Gesicht.

Ich stutzte. *Wirklich?*

Daamin reagierte sofort. Er holte mit der Sense aus, und ich wusste nicht, was geschah. Konnte es nicht verarbeiten. Es nicht glauben. Doch während Daamins Sense seitlich auf Milor zuraste, lehnte sich dieser zurück – weiter, immer weiter, bis die scharfe Klinge einfach über sein Gesicht hinweg schoss, ohne ihn auch nur zu streifen.

Daamin hatte zu viel Schwung aufgenommen. Er geriet ins Wanken und stolperte zur Seite. Drehte Milor dabei zum Teil den Rücken zu.

Der Engel holte aus.

»Nein!«, schrie ich und stürzte auf ihn zu. Ich machte einen Satz –

Das Zepter traf mit voller Wucht auf Daamin. Ein lauter, dumpfer Knall brachte meine Welt ins Wanken. Es klang, als würde in Gebäude in sich zusammenfallen, als Daamin fortgeschleudert wurde und in einiger Entfernung auf dem eisigen Boden landete, die Sense noch immer in seiner Hand.

Abrupt kam ich zum Stehen, doch meine Gedanken tobten. Was sollte ich tun? Mich auf ihn stürzen? Auf Milors Rücken springen und versuchen, ihm die Augen auszukratzen? Sollte ich …?

Es gab eine Sache, die ich bei alldem nicht bedachte. Milor machte keine Anstalten, Daamin zu folgen und ihn noch einmal anzugreifen. Stattdessen drehte er sich langsam zu mir um.

Wieder schrie mich alles in mir an, zu fliehen. Zu laufen, so schnell ich nur konnte. Und wieder erstarrte ich an Ort und Stelle, als mich Milors finsterer Blick durchbohrte.

Seine weißen Augen waren rot unterlaufen, als hätte er Unmengen an Sand hineinbekommen, machte aber keine Anstalten, ihn wegzuwischen oder sich auch nur daran zu stören. Er packte das Zepter fester.

Abrupt kehrte das Leben in mich zurück. Ich schrie auf, wirbelte herum –

Ich kam keine zwei Schritte weit. Plötzlich war Milor hinter mir, das Zepter vor mir. Mit einem Ruck riss er mich damit am

Hals zurück, sodass ich gegen seine Brust prallte, und drückte unaufhörlich gegen meine Kehle.

Mir wurde jäh die Luft abgeschnürt. Japsend atmete ich ein, aber mit jeder Sekunde schien mein Hals enger zu werden. Verzweifelt hob ich die Arme und presste meine Hände gegen den Stab, doch ich konnte ihn kein noch so winziges Stück von mir lösen. Stieß meine Füße gegen Milors Schenkel, aber es kümmerte ihn nicht. Wollte mit meinen Ellbogen ausholen, ehe mir mein letzter Funke Vernunft einbläute, dass ich bloß nicht nachlassen durfte. Dass ich weiter gegen den Druck auf meinem Hals ankämpfen musste – denn wenn ich das Zepter losließ, würde Milor meine Kehle einfach zerquetschen.

Dieser drehte sich mit mir im Klammergriff um, sodass mein Blick dem von Daamin begegnete. Daamin, der sich gerade so aufgerichtet hatte und mindestens so sehr keuchte wie Milor, dessen Brust sich in meinem Rücken abgehackt hob und senkte. Daamin, der uns aus weit aufgerissenen Augen entgegenblickte. »Lass sie los!« Er packte seine Sense mit beiden Händen –

»Keine Bewegung.« Milors Stimme ähnelte der von Kaidan kein bisschen. Es war, als hätte eine Bestie sprechen gelernt. »Bleib, wo du bist. Und lass los.«

Mein Herz drohte unter dem Druck auf meinem Hals zu bersten – und unter dem Druck auf meine Seele. Natürlich. Ich kam Milor wie gerufen. Als Druckmittel gegen Daamin. Mit ihren beiden Waffen waren sie sich ebenbürtig – aber ich war immer noch des Iblys' Schwachstelle.

Daamins Blick zuckte nur für einen Moment zur Sense. Er ließ sie nicht fallen. Zum Glück.

Meine Arme begannen vor Anstrengung zu beben, und ein Kribbeln zog sich bis zu meinen Schultern hinauf. Der Druck wurde unerträglich. Ich konnte nicht mehr.

»Sie wird sterben«, drang seine Stimme wie aus weiter Ferne an meinen Ohren. »Du allein entscheidest, ob sie *vor* oder *nach* dir ihr Leben lässt. Ob du dabei zusehen musst oder ob du davon erlöst bist.«

Wag es ja nicht!, wollte ich Daamin entgegenschleudern, doch was zwischen meinen geöffneten Lippen hervordrang, war nichts als ein trockenes Krächzen. Ich wollte den Kopf schütteln, brachte aber kaum mehr als hauchdünne Bewegungen zustande, die Daamin aus der Ferne unmöglich sehen konnte. So sehr ich auch versuchte, nach Luft zu schnappen, da war einfach keine mehr.

Die Ränder meines Blickfelds färbten sich schwarz. Der Rest davon begann zu verschwimmen. Mein Gehör ebbte ab, bis die Kraft aus meinen Händen wich und der dumpfe Schlag meines Herzens alles um mich herum übertönte. Der dumpfe Schlag meines Herzens, der immer langsamer wurde. Und langsamer …

Und langsamer …

»Okay!«, drang mir Daamins Stimme nicht an die Ohren, sondern ins Zentrum meiner Seele. »Ich gebe auf. Lass sie gehen. Bitte.«

Ich riss die Augen auf – erkannte mit letzter Kraft, wie die Sense auf den eisigen Boden zu Daamins Füßen prallte. Panik ebbte in mir auf – und wich der Schwärze.

Doch dann färbte sich das Schwarz Rot. Und Gold. Und Blau. Und Weiß.

Ich spürte den peitschenden Wind in meinem Gesicht kaum, bemerkte ihn nur, weil meine Haare auf einmal wie wild durcheinanderwirbelten.

Milors dumpfer Schrei drang dafür umso deutlicher an meine Ohren – noch mehr, als er mich plötzlich losließ.

Auf einmal war da nichts mehr, was mich festhielt, aber auch meine Beine wollten mich nicht mehr halten. Wie ein nasser Sack ging ich zu Boden und konnte mich gerade so mit den Händen abfangen.

Verzweifelt schnappte ich nach Luft und ließ sie in einem Hustenanfall abgehackt zurück in meinen Körper dringen. Mein Hals schmerzte, mein Kopf schmerzte, all meine Glieder schmerzten, aber immerhin klärte sich meine Sicht allmählich. Schnell rollte ich mich auf den Rücken – und erschrak.

Sie waren gekommen, um zu helfen. Sie attackierten Milor von allen Seiten, der schützend sein Zepter hochriss und um sich schlug, jedoch zu langsam war, um auch nur einen von ihnen streifen zu können.

Im selben Moment wurde ich von einem roten und goldenen Schimmern umgeben, das mich mühelos in die Höhe hob. Der kräftige Windstoß trug mich rückwärts immer weiter von Milor weg bis auf die Fläche aus Eis, wo ich zumindest für den Augenblick sicher vor ihm wäre.

Ich hatte nur einen oder zwei Wimpernschläge Zeit, um die beiden Winde zu betrachten. »Danke«, krächzte ich mit schmerzender Kehle, dann sausten sie wieder durch die Luft zurück zu Milor, nicht ohne noch kurz mit meinen Haaren zu spielen.

»Rana!« Daamin war plötzlich bei mir. Er riss mich an der Schulter herum und nahm mein Gesicht in seine Hände. Seine Augen waren geweitet, seine Miene blass. »Geht es dir gut? Ist alles in Ordnung?«

Ich fühlte mich seltsam benommen, wie betäubt, und kannte die richtige Antwort auf seine Frage nicht. Wie von selbst wanderte mein Blick hinter ihn – und entdeckte die Sense, die noch immer auf dem Boden lag.

Mein Herz machte einen Satz. »Was tust du da?!«

Daamin zuckte zusammen. »V-Verzeihung.« Er straffte die Schultern und streckte seine Hand nach der Sense aus, die gehorsam zurück in seinen Griff schnellte. Mit einem Ruck wandte er sich in Milors Richtung um. »Lass uns das been-«

Die Erde erbebte so plötzlich zu unseren Füßen, dass ich das Gleichgewicht verlier. Hilflos taumelte ich in Daamins freien Arm, der mich mühelos auffing. »Was passiert hier?«

Er stieß nur ein trockenes Lachen aus und verwirrte mich umso mehr … bis ein riesiger Körper aus dem gefrorenen Boden brach. Ich schrie auf, ehe ich die Bestie erkannte, die wie eine Wasserfontäne aus dem Eis schoss. Sie hatte den Kopf eines Krokodils und flog ganz ohne Flügel bis in den Himmel hinauf, bis auch ihre dünne Schwanzspitze aus dem Sand geschlüpft war.

Der Nhang. Erst jetzt entdeckte ich das riesige, klaffende Loch, das sich einiger Entfernung aufgetan hatte. Ich hätte schwören können, dass es vorhin noch nicht da gewesen war. Hatte sich der Nhang etwa durch den Wüstensand wie durch Wasser bewegt?

Meine Gedanken darüber wurden jäh ausradiert, als sich der Nhang mit seiner ganzen Körperlänge in Richtung Boden warf. Milor riss den Kopf hoch, machte einen Satz zur Seite und entging dem Körper des Nhang gerade so.

Es war, als würde die Welt dem Erdboden gleich gemacht werden. Wieder begann sie zu erbeben, ruckartiger diesmal, und ich spürte, dass auch Daamin Probleme bekam, sich auf den Beinen zu halten.

Genau wie Milor. Er geriet ins Taumeln, ins Stolpern, bewegte sich rückwärts von der Bestie weg.

Das war unsere Chance. »Daamin!« Schnell machte ich mich von ihm los.

Er fuhr herum, und seine Flügel brachen aus seinem Rücken hervor. Im nächsten Moment schoss er auf Milor zu, schwang seine Sense –

Milor sah ihn kommen, aber zu spät. Die Sense traf auf ihn – und glitt einfach durch ihn hindurch. Einen Augenblick lang glaubte ich, den Anflug weißer Nebelschwaden zu erkennen. Dann war der Spuk vorbei. Er war unverletzt.

Die Zeit schien stillzustehen. Die Sense hatte ihn nicht getroffen. Nicht berührt. Schon gar nicht getötet. Konnte man Milor überhaupt töten?

Man kann ihn nicht töten, hallte eine schleichende Gewissheit in meinem Kopf wider.

Das Blut rann mir aus dem Kopf. *Man kann ihn nicht töten.*

Man kann ihn nicht töten.

Aber was konnten wir dann überhaupt gegen ihn ausrichten?

Milor riss sein Zepter in die Höhe, doch Daamin fing es im letzten Moment ab – und warf ihn von den Füßen.

Alles passierte so schnell, dass ich die einzelnen Bewegungen kaum auseinanderhalten konnte. Die beiden Engel rollten über den Boden, jeden Herzschlag war jemand anderes oben. Das weiße Zepter und die schwarze Sense blitzten im Sonnenlicht auf und verschwanden wieder – und dann plötzlich brach ein Paar kaum sichtbarer, schneeweißer Flügel aus Kaidans Rücken.

Im nächsten Moment waren die Engel in die Höhe geschossen und stürzten sich mit erhobenen Waffen brüllend auf den jeweils anderen. Mit einem Knall prallten die beiden Engelsartefakte aufeinander, und ich zuckte zurück. Ein Schauer rann mir über den Rücken, und ich starrte wie gebannt nach oben, in die höchsten Höhen, wo ich Daamin nicht mehr helfen konnte.

Wieder waren sie sich ebenbürtig. Und wieder wäre es nur eine Frage der Erschöpfung, die über diesen Kampf entscheiden würde. Die Sache hatte nur einen Haken: Es sah ganz so aus, als könnte Daamins Sense Milor nicht töten. Doch gleichzeitig schien es nichts als einen Schub aus Eis aus dem Engelszepter zu brauchen, um Daamins Existenz auszuradieren.

Die Winde zuckten durch mein Sichtfeld und sprangen Milor an, doch dieser ließ sich nicht länger beirren. Mit der einen Hand das Zepter umschlossen, riss er die andere zur Seite – und das vielfarbige Schimmern rieselte zu Boden.

Erschrocken sog ich die Luft ein. »Winde!«, rief ich aus, konnte den Blick aber nicht von Milor reißen, der sofort auf Daamin zusauste. Wieder trafen sich ihre Waffen, und ich bildete mir aus der Ferne ein, dass Daamins Arme zu beben begannen.

Meine Hoffnung schwand wie das Sonnenlicht bei Einbruch der Nacht. Langsam und schleichend, aber doch klar und deutlich zu erkennen, bis da nichts mehr als Schatten war. *Bitte nicht.* Das konnte die Macht, die noch größer war als die Engel, nicht für mich vorhergesehen haben. Dass ich aus der Ferne zusehen musste, wie es mit Daamin zu Ende ging. Dass ich als machtlose Prinzessin aufgewachsen war und als machtlose Prinzessin sterben würde. Dass sich nach all den Jahren rein gar nichts geändert hatte.

Abrupt ballte ich die Hände zu Fäusten. Ich musste etwas unternehmen. Ich musste einen Weg finden, wie ich Milor schwächen konnte. Wie wir ihn entwaffnen konnten. Wie wir ihn ein für alle Mal –

Ein riesiger Schatten schob sich zwischen mich und die Sonne. Ich erschrak und hob den Blick – nur um etwas Goldenes zu erkennen, das auf mich herabfiel. Entgeistert riss ich die Arme hoch, konnte den harten Aufprall auf meinem Kopf aber nicht verhindern. Ich zuckte zusammen, stöhnte vor Schmerz – und starrte das Ding an, das gerade über mir abgeworfen worden war.

Zeitgleich landete der Drache schwerfällig in einigen Schritten Entfernung auf dem Eis, das mit einem Zischen zu Schmelzen begann.

Ich richtete meinen Blick auf ihn. Blinzelte verstört. Einmal, zweimal. Verstand nicht.

Der Drache beäugte mich gelangweilt. »Jetzt sind wir quitt.«

Ich sah von ihm zu der goldenen Lampe, die er mir hingeworfen hatte, und wieder zurück. Quitt? Weil ich ihm Gold geschenkt hatte und er nun mir? Dies war nicht der beste Zeitpunkt für Geschenke. Was sollte ich denn jetzt mit einer Lam-

Da fiel es mir wie Schuppen von den Augen, die immer größer wurden, ebenso wie mein Mund. Ich fühlte mich wie gelähmt, als ich mich langsam bückte und mit kribbelnden Fingern die Lampe aufhob. Ich glaubte nicht, dass sie real war, bis ich ihr kühles Gold in meinen heißen, schwitzigen Händen spüren konnte. Wie eine Erlösung.

Wozu war eine Lampe gut? Um Dschinn zu bannen. Dschinn oder Engel. Schließlich hatte ich vor nicht allzu langer Zeit selbst einen aus einem solchen Gegenstand befreit.

»Du bist unglaublich«, flüsterte ich.

Der Drache schnaubte nur abfällig und bettete seinen Kopf auf den Pranken, als hätte er für heute genug getan.

Plötzlich eröffnete sich mir ein völlig neuer Weg, schob sich vor meinen Augen aus dem Sand heraus und bildete einen Pfad, der in das reinste Licht führte, noch heller als das der Portale zwischen den Unterwelten.

Schnell drehte ich mich um – und entdeckte die Winde, oder zumindest ihr Schimmern, das sich schwerfällig von der Eisfläche erhob. »Winde.« Ich schritt auf sie zu, bis ich ebenfalls auf das Eis trat. »Geht es euch gut?«

Sie antworteten nicht. Stattdessen schwebte das rote Flimmern zu mir und strich mir zaghaft übers Gesicht.

Ich befeuchtete meine Lippen, die nach Sand und Schweiß schmeckten, und hoffte, dass ich nicht zu viel von ihnen verlangte. »Ihr müsst ein Pentagramm für mich zeichnen. Ihr müsst es in den Sand malen, und zwar schnell.«

Die Winde reagierten nicht. Weil sie keine Gesichter hatten, konnte ich ihre Mienen nicht lesen, ihre Verwirrung aber umso deutlicher spüren.

Ich schluckte. »Ihr seid durch die Siebte Unterwelt nach draußen. Da habt ihr es doch gesehen, nicht wahr? Das Pentagramm vor dem schwarzen Thron. Ihr müsst es nachzeichnen. Schafft ihr das?« Ich zögerte. »Ihr habt doch ein gutes Gedächtnis, oder?« Hatten Winde überhaupt ein Gedächtnis?

Mir war, als würden sie einen ratlosen Blick tauschen. Dann stoben sie plötzlich auseinander und sausten einfach davon.

Mein Herz rutschte tiefer. »Hey!«, rief ich, während eine neue Woge der Verzweiflung in mir aufkeimte. »Ihr könnt uns nicht im Stich –«

Doch da beschrieben die Winde eine Biegung, kehrten nahtlos um – und rauschten zu Boden.

Fasziniert beobachtete ich, wie sie über den Sand hinweg schwebten, eine unförmige Hand in seine Richtung ausgestreckt, und feinste Linien hineinzeichneten, wie es kein anderes Wesen vermocht hätte. Für einen Augenblick befürchtete ich, ein einfacher Windstoß könnte dafür sorgen, dass mein Plan scheiterte – bis ich einmal mehr realisierte, womit ich es hier zu tun hatte.

Das würde klappen. Es musste klappen. Wir mussten nur noch die Fliege ins Spinnennetz bekommen.

Ich drehte mich um. Der Drache ruhte in einiger Entfernung und keuchte schwerfällig. Er war fett und träge und keine große Hilfe für mein Unterfangen. Der Engel würde ihn aus der Ferne kommen sehen. Aber …

In einigem Abstand lag der Nhang der Länge nach auf dem Boden. Seine Schwanzspitze zuckte immer wieder, während er in den Himmel hinaufstarrte, wo sich Engel und Teufel bekriegten, als gäbe es kein Morgen mehr.

Wenn der Engel gewann, wäre das sogar wahr.

»Nhang«, raunte ich, so laut ich es mir erlaubte. »Du bist groß und stark. Kannst du ihn dir schnappen?«

Der Nhang drehte den Kopf und taxierte mich mit großen Augen. Ein leises Gurren wie von einem Vogel drang aus seiner Kehle. Ich konnte ihn nicht verstehen so wie Daamin, und doch konnte ich spüren, dass er Angst hatte. Gerade eben hatte er ein Überraschungsmoment gehabt – jetzt aber wäre er dem Engel schutzlos ausgeliefert.

Vorsichtig hob ich eine Hand. Der Nhang bewegte seinen Kopf in meine Richtung und senkte ihn, sodass ich sein langes Maul streicheln konnte. »Ich weiß. Es wird nicht einfach. Aber wir brauchen dich, verstehst du? Wenn du uns hilfst, können wir endlich alle nach Hause gehen. Ins Paradies.« Ich lächelte. »Das willst du doch auch, oder? Dass wieder Ruhe und Ordnung einkehrt?«

Der Nhang nickte zögerlich mit seinem wuchtigen Kopf.

Bebend atmete ich durch und versuchte, mir meine eigene Anspannung nicht anmerken zu lassen. Dabei wuchs sie gerade ins Unermessliche. »Dann weißt du, was jetzt zu tun ist.«

Ein paar Sekunden lang blickte mich der Nhang einfach nur an und schließlich zu dem immer größer und komplexer werdenden Pentagramm, das die Winde malten. Er hob den Kopf – und rammte ihn ins Eis.

Quietschend machte ich einen Satz rückwärts, als der Boden zu meinen Füßen wieder erbebte. Es war, als würde der Sand den Körper des Nhang aufsaugen, bis auch seine Schwanzspitze aus meinem Blickfeld entkam.

Fassungslos starrte ich das klaffende Loch an, das er gerade hinterlassen hatte. Half er uns nun, oder …?

Ich riss den Blick zum Himmel und bildete mir ein, die Engel schon aus der Ferne keuchen zu hören. Ihre Angriffe wären träger geworden, ihre Bewegungen langsamer. Und doch konnte ich deutlich erkennen, dass sich etwas verändert hatte.

Gerade eben waren sie beide in regelmäßigen Abständen aufeinander losgegangen. Doch jetzt schoss Milor auf Daamin zu, schwang sein Zepter, wurde pariert, wich wieder zurück – und griff aufs Neue an.

Daamin kämpfte nicht mehr. Er verteidigte sich nur noch. Und damit auch mich. Denn je länger er Milor beschäftigte, desto später würde sich dieser mir zuwenden.

Erst jetzt bemerkte ich den Anflug der Nebelschwaden, die mich mit einigem Abstand umkreisten. Daamins Gedanken waren bei mir, und es brach mir das Herz.

Ich umklammerte die Lampe fester. Ich musste ihm helfen. Musste dafür sorgen, dass die Zeit, die er uns schenkte, Gold wert war.

Ich sah mich nach den Winden um. Sie schienen fertig zu sein, schwebten über der kreisrunden Sandfläche und betrachteten ihr Kunstwerk.

Mein Herz raste in meiner Brust, und ich versuchte meine Gedanken zu sortieren. Also gut. Ich hatte eine goldene Lampe und ein Pentagramm. Jetzt brauchte ich nur noch einen Engel.

Verzweifelt ließ den Blick über die Wüste schweifen, unter der der Nhang verschwunden war. Zögerte er? Überlegte er es sich in diesen Sekunden anders? Weil er Angst hatte?

Ich hatte auch Angst. Vor allem davor, was passieren würde, wenn der Plan nicht aufging.

Erneut prallten Zepter und Sense aufeinander – und wurden durch die Wucht des anderen davongeschleudert. Im nächsten Moment sausten beide Waffen durch die Luft.

Entgeistert sahen sich Daamin und Milor danach um – und fixierten dann wieder einander. Der Engel machte einen Satz in Richtung Sand, in Richtung Zepter, doch Daamin packte ihn auf halber Strecke, schlang seine Arme um Kaidans Körper und hielt ihn einfach nur fest.

Mit einem Klirren durchbrach das Zepter die dicke Eisschicht. Im selben Moment landete auch die herrenlose Sense in einiger Entfernung.

Daamins Rauchflügel schienen sich zu verbiegen, kämpften gegen Milor an, der sich trotzdem weiter nach unten vorarbeitete, sich im Griff seines Bruders wand, dessen Ächzen mit jeder Sekunde lauter wurde.

Mir brach der kalte Angstschweiß aus. Uns blieb keine Zeit mehr! Ich schnappte nach Luft. »Komm schon!«, brüllte ich. »Wir brauchen dich!«

Ich konnte meine eigenen Worte kaum mehr hören. Denn meine Stimme ging nahtlos in einem Rauschen unter. Es ertönte zu meinen Füßen – und dann unmittelbar vor mir, als eine riesige Schlange aus dem Eis schoss. Eine Böe peitschte mir ins Gesicht, die nicht von den vier Winden stammte, und ein überraschtes Schnalzen ertönte hinter mir.

Verdammt, das Pentagramm!

Der Nhang riss sein Krokodilsmaul weit auf. Daamin stieß einen erschrockenen Schrei aus und ließ Milor los. Mit einem Ruck schloss die Bestie seine Kiefer um ihn und schleuderte ihn geradewegs in meine Richtung.

Ich kreischte und warf mich der Länge nach auf den Boden. Mein Kinn prallte unsanft auf Eis, und ein Beben ging durch meinen ganzen Körper. Die Lampe rutschte aus meiner Hand. Gleichzeitig ertönte ein dumpfer Aufprall in meinem Rücken, Sand regnete auf meinen Kopf, und ich wusste sofort, dass das Pentagramm zerstört war.

Ich rappelte mich auf, sah mich um – und wurde Zeugin davon, wie sich die Winde förmlich auf den Sand stürzten, sich in die Linien gruben, um seine Wirkung so schnell wie möglich wieder herzustellen.

Milor lag stöhnend in dessen Zentrum. Schwerfällig stemmte er die Arme gegen den Boden und –

Mir drehte sich der Magen um. Die Winde würden es nicht rechtzeitig schaffen. Daamin hechtete gerade seiner Sense hinterher, das Pentagramm war kaum mehr zu gebrauchen, und in drei, vier Augenblicken wäre Milor wieder hoch oben in der Luft.

Tu etwas, Rana! Es war, als hörte ich Kaidans Stimme in meinem Hinterkopf. Sie erweckte einen Teil von mir zum neuen Leben, den ich längst für abgestorben gehalten hatte.

Alles, was ich je gewollt hatte, war, Kaidan zu beschützen. Ich hatte es nicht geschafft. Das Mindeste, was ich tun konnte, war es, sein Andenken zu wahren. Und das bedeutete, nicht zuzulassen, dass jemand in seiner Hülle diese Welt zerstörte.

Ich wusste nicht, was ich tat, als ich mich aufrappelte und rannte. Nur drei, vier Schritte trennten mich vom Wüstensand. Ich sprintete über die Linien hinweg, die die Winde nachgezogen hatten, und warf mich mit meinem ganzen Gewicht auf Milor und ihn aufs Neue zu Boden.

Der Aufprall schmerzte mich wahrscheinlich mehr als ihn. Ich war nicht besonders schwer, und auch ohne Engel wäre Kaidan immer stärker gewesen als ich. Aber er war geschwächt und ich fest entschlossen, dafür zu sorgen, dass er sich kein Stück bewegte, also würde er das verdammt noch mal auch nicht. Ich klammerte mich an ihn, legte mein ganzes Gewicht auf seinen Oberkörper und verbarg mein Gesicht an seiner Halsbeuge, bis meine schwarzen Haare mein und vielleicht auch sein Sichtfeld bedeckten.

Ich spürte seine Arme, die mich von sich wuchten wollten, hörte sein Ächzen an meinen Ohren, das nichts mehr mit Kaidans Stimme gemein hatte … und sog seinen dennoch vertrauten Geruch ein, der mich völlig unvorbereitet traf. Der sich wie ein Stich in mein Herz anfühlte, meine Augen brennen und ein Schluchzen in mir aufsteigen ließ.

Dies war ein Abschied. Ein Abschied von Kaidan.

Entschieden packte mich Milor an den Armen. Seine Finger brannten sich mit eisiger Kälte in meine Haut, eine Kälte, von der ich glaubte, ich könnte sie ertragen, bis sie binnen Sekundenbruchteilen heißer wurde als jedes Feuer. Ich schrie …

… und Milor schrie mit mir, als unsere Umgebung zu leuchten begann.

Das Pentagramm war vollständig. Ich spürte seinen Sog, die brennende Hitze, die es auf den Engel ausübte und nahtlos auf mich überging. Sie ließ meinen den Atem stocken und brachte meine Haut zum Glühen. Der Schmerz fuhr in mein tiefstes Innerstes und betäubte jäh meine Gedanken, bis da nicht mehr und nicht weniger war als eine Qual, wie ich sie noch nie zuvor gespürt hatte.

Mir blieb die Luft weg. Das Dröhnen in meinem Kopf kehrte zurück und raubte mir meine Sinne, mein Gespür für oben und unten, für Ort und Zeit, für Paradies und Unterwelt.

Dieses Pentagramm war erschaffen worden, um einen Engel zu bannen. Erst jetzt wurde mir klar, dass ich keine Sekunde bedacht hatte, was es aus einem *Menschen* machen würde.

Ich spürte einen sanften, aber bestimmten Griff um meine Schultern. Mit einem Brüllen klammerte sich Milor umso stärker an mir fest, doch dann entglitt ich ihm einfach. Irgendwie entglitt ich auch mir selbst, denn ich hatte keine Ahnung, was vor sich ging. Der Schmerz betäubte alles, was ich sah, dachte und fühlte, und ich bekam nur am Rande meines Bewusstseins mit, wie ich schlaff im Griff des Engels hing, der mich vorsichtig vom Pentagramm in die Höhe hob, penibel darauf bedacht, keine der Linien selbst zu berühren. Der zwei-, dreimal kräftig mit den Flügeln schlug und schließlich sanft auf dem Boden aufkam.

Behutsam legte er mich auf dem Eis ab. »Rana.« Da waren Hände auf meinem Gesicht. Sie strichen meine Haare zur Seite, tasteten meine Arme ab, die sich irgendwie taub anfühlten – und dann nicht mehr.

Meine Gedanken klärten sich nur langsam. »H-heil mich nicht«, stieß ich mit letzter Kraft hervor. Abrupt flaute die Wirkung ab, und ich lebte mit den übrigen Schmerzen. Schwerfällig drehte ich den Kopf – und sah die goldene Lampe in einiger Entfernung liegen. »Daamin.« Angestrengt holte ich Luft. »Du weißt, was du tun musst.« Ich schluckte. »Oder?«

Daamin folgte meinem Blick, und ich glaubte, unter all der Sorge, all der Anspannung, dieselbe Entschlossenheit zu erkennen, die auch unter meiner Erschöpfung brodelte. »Und wie.« Er griff nach etwas außerhalb meines Sichtfelds, und es hörte sich an, als würde er etwas Schweres übers Eis ziehen. Dann schlossen sich meine Finger um den Griff seiner Sense. »Bleib, wo du bist, und pass auf die hier auf, ja?«

Eine überflüssige Aufforderung. Ich schaffte es kaum, die Lippen zu öffnen, bis Daamin von meiner Seite gewichen war.

»Winde«, hörte ich ihn sagen. »Ihr seid gefragt.«

Der Kopf des Nhang schob sich zu mir, und seine großen Augen landeten neben mir, sahen mich fragend an.

Erschöpft lächelte ich. »Das hast du gut gemacht.«

Er stupste mich in die Seite, und mit seiner Hilfe schaffte ich es irgendwie, mich aufzusetzen.

Milor versuchte, seinen neuen Schrei zu unterdrücken, riss dann jedoch den Mund auf und brüllte vor Schmerzen, die ich

Kaidan nie gewünscht hatte. Krampfhaft umklammerte ich die Sense bei dem verzweifelten Versuch, die Qual zu überstehen, die das Geräusch in mir auslöste. Mein einziger Trost war, dass mein Bruder fort war und nichts von dem mitbekam, was mit seinem Körper passierte. Ich hoffte, an einem besseren Ort.

Die Lampe fest ergriffen, näherte sich Daamin dem Rand der Sandfläche und damit auch dem des Pentagramms, wo er sich auf den Boden kniete. Er nahm den Deckel ab, breitete seine Flügel aus, die nun nicht mehr als unförmige Rauchschwaden waren, und streckte seinen Arm aus, bis sich dieser über dem Pentagramm, aber immer noch in einigen Schritten Entfernung zu Milor befand. »Winde.«

Sie waren sofort zur Stelle, glitten an Daamins Seite – und trieben seinen Rauch in Milors Richtung. Ich konnte kaum verarbeiten, was sich sah, als die ersten Rauchschwaden auf den Engel trafen. Sein Schrei wurde lauter, so laut, dass er sich daran verschluckte, bis ihm die Luft knapp wurde und –

Er veränderte sich. Dort, wo Daamins schwarzer Rauch ihn berührte, wich Kaidans Körper einem weißen Nebel, so durchsichtig, dass ich den Sandboden durch ihn hindurch erkennen konnte.

Während zwei Winde den Rauch zu Milor trugen, waren die anderen beiden damit beschäftigt, den weißen Nebel in die entgegengesetzte Richtung zu treiben. Sie beförderten Daamin in die Mitte des Pentagramms und Milor geradewegs in die Lampe hinein.

Dann verging der Nebel, und es wurde still.

Kaidans Körper war verschwunden, und Daamin schloss behutsam den Deckel der Lampe. Mit der anderen Hand schob er etwas Sand über die äußerste Linie des Pentagramms, und dessen Leuchten verging. Matt blickte er auf die Lampe herab. »Willkommen zu Hause, Bruder.«

22.
DAS PARADIES

Daamin sah nicht so aus, als wollte er die Lampe jemals wieder loslassen, während er die Distanz zu mir überbrückte. Er ergriff meine Hand und half mir auf. Auch als ich auf beiden Beinen stand, hielt er mich weiterhin fest. »Alles in Ordnung, Prinzessin?«

Stumm nickte ich. Mein Blick wanderte zu der Lampe, aus deren länglicher Öffnung nun weißer Dampf stieg. Es hatte funktioniert. Milor war darin gefangen – in einem Gefängnis wie jenem, in das sich Daamin vor über zwanzig Jahren selbst befördert hatte.

Ich schluckte. »Was … was machen wir jetzt mit ihm?«

Daamin zuckte die Achseln. »Ich würde sagen, ich habe ein nettes Zimmer in der Siebten Unterwelt für ihn reserviert.« Mit verengten Augen legte er den Kopf in den Nacken. »Dies ist eine Warnung!«, rief er so laut, dass ich zusammenzuckte. »Bleibt gefälligst, wo ihr seid, oder es passiert dasselbe mit euch!« Er schnaubte abfällig. »Drache – ich sage es nicht gern, aber ich bin dir etwas schuldig.«

Träge hob der Drache sein Haupt. Ihm wurde eine Ehre zuteil, die zuletzt Mariam vergönnt gewesen war.

Widerstrebend blickte sich Daamin nach ihm um. »Was willst du?«

Der Drache hatte sich nicht vom Fleck bewegt und schnaubte. Rauch stieg aus seinen Nüstern in den Himmel. »Gold.«

Ein Zucken ging durch Daamins Augenlid. »Gold? Das ist alles?«

Der Drache zögerte. »Viel Gold.«

Ein paar Sekunden lang blieb es still. »Ja, gut«, lenkte Daamin sichtlich verstört ein. »Lässt sich einrichten, schätze ich.«

Ich sah vom Drachen zum Nhang zu den Winden und zu Daamin und konnte es kaum glauben. »Heißt das –« Ich stolperte über meine eigene Frage. »Haben wir es geschafft?«

Daamin schenkte mir ein Lächeln, das das letzte Eis in meinem Inneren zum Schmelzen brachte. »Wir haben es geschafft, Rana.«

Auf einmal war es, als würde all meine Kraft aus mir weichen. Als würde mir mein Körper den Dienst versagen und als wäre Daamins bloße Nähe der einzige Weg, mich am Leben zu erhalten. Und so glitt die Sense aus meinen Fingern und ich in seine Arme. Ich drückte mich an ihn, sog seinen rauchigen Geruch ein, während mir vollends klar wurde, dass wir leben würden.

Ich wusste nicht, wie lange wir eng umschlungen dastanden und diese Augenblicke in uns aufsogen – Augenblicke, in denen Daamin die Lampe eine Armlänge von mir weghielt, als befürchtete er, Milor könnte mich packen und zu sich hineinziehen. Erst als seine Wärme allgegenwärtig wurde, fiel mir wieder die Kühle auf, die uns umgab. Widerstrebend löste ich mich von ihm und betrachtete unsere Umgebung. »Diese Welt ist immer noch gefroren«, flüsterte ich. »Und … die anderen Unterwelten ebenso.« Wir hatten das größte Ende abgewendet, aber das bedeutete nicht, dass alles wieder so war wie früher.

Doch Daamin zuckte nicht mit der Wimper. »Das lässt sich ändern.« Sein Blick wanderte zu einem Punkt hinter mir. »Willst du dir noch mehr Gold verdienen?«

Ein Brummen drang an meine Ohren, als würde der Drache genervt stöhnen. Als ich mich nach ihm umsah, richtete er sich gerade schwerfällig auf.

»Komm schon« Daamin lachte leise. »Wir machen es zusammen, ja?« Er machte einen großen Schritt von mir weg. »Geh besser in Deckung, Prinzessin.«

Ich versteifte mich. »I-in Deckung?!« Hastig sah ich mich um, doch in unserer Umgebung gab es nichts als flachen Boden. »Wo soll ich denn hier in Deckung gehen?«

»Zu spät«, sagte Daamin leichthin – dann brach ein Schwall aus Rauch aus seinem Körper.

Erschrocken riss ich die Arme hoch – doch nicht einmal der geringste Anflug von Hitze streifte mein Gesicht. Ich schielte zwischen meinen Händen hindurch und erblickte Farbschimmer aus Rot, Weiß, Gold und Blau, die um mich herumtänzelten und die seltsamsten Nuancen formten, für die es keine Worte gab. Sie schirmten den Rauch von mir ab, ließen mich aber ohne Schwierigkeiten sehen, wie mehr und mehr davon Daamins Körper verließ, sich auf den Boden legte und über das Land rollte. Dasselbe passierte mit dem Rauch, der nun nicht nur aus den Nüstern, sondern auch aus den Ohren und dem Maul des Drachen drang.

Der Nhang vergrub sich im Sand, ehe ihn etwas davon treffen konnte – und ich verstand sofort, warum. Der Rauch erweckte einen geradezu unschuldigen Eindruck, so sanft und leise glitt er über das Land. Doch was auch immer er berührte oder auch nur für einen Augenblick verdeckte, schmolz einfach so dahin. Eis wich dem Nichts, Wasser wurde zu Sand.

Dass Daamin aufgehört hatte, sich aufzulösen, nahm ich erst wahr, als die Winde ihren Tanz um mich herum beendeten. Seine Schultern hoben und senkten sich nur schwer, er dehnte seinen Kopf und ließ seinen Nacken knacken. »Könnte noch eine Weile dauern, aber das kriegen wir schon hin.«

Plötzlich veränderte sich etwas. Sein Blick glitt herab, und er runzelte die Stirn, fast so, als würde ein Geräusch an seine Ohren dringen, das er nicht zuordnen konnte. Oder vielmehr eines, das er sehr wohl zuordnen konnte, aber jetzt auf keinen Fall hören wollte. Seine Lippen teilten sich leicht. »Da bliebe uns nur noch ein Problem, Prinzessin.« Er atmete schwer. »Und zwar ein gewaltiges.«

Mein Herz verkrampfte sich in meiner Brust. »*Noch* ein Problem?«

Ich hoffte, dass mich Daamin nur auf den Arm nahm, doch seine Miene war steinhart geworden. »Die Devs«, zischte er. »Die Dschinn. Die Hexen und die Wahrsager. Ich habe sie alle nach oben geschickt, um gegen den Engel zu kämpfen.«

Meine Kehle wurde eng. »S-sind sie jetzt alle … tot?«, fragte ich und verfluchte mich selbst für meine Wortwahl.

Daamin schnaubte trocken. »Sieh dich doch mal um.«

Irritiert folgte ich seinem Befehl. Ich drehte mich um die eigene Achse – und sah sie. Eine dicke, schwarze Linie am Horizont, ganz gleich, in welche Richtung ich mich wandte. Was ich aus dem Augenwinkel für Rauch gehalten hatte, entpuppte sich als eine Armee aus Dämonen. Aus Verdammten. Sie waren alle hier, aufgetaut, frei. Und sie umzingelten uns.

Ich versteifte mich am ganzen Körper. »D-Daamin«, piepste ich. »Was bedeutet das?«

»Das Gefecht ist vorbei. Sie haben ihren Dienst getan. Ich habe ihnen befohlen, in die Unterwelt zurückzukehren – in die Ebene, in die sie rechtmäßig gehören.«

Ich wollte Daamin ansehen, wagte es jedoch nicht, den Blick von den Dämonen und Verdammten zu reißen, die uns umgaben. Die Gesichtslosen waren nicht dabei, viele andere Bewohner der Unterwelt bestimmt auch nicht – aber es waren immer noch genug. Und sie kamen näher. »Und doch sind sie hier.«

»Sie sind hier«, bestätigte er. »Weil sie nicht zurück in ihr Verlies geschickt werden wollen.« Langsam schüttelte er den Kopf. »Undankbare Geschöpfe.«

»Und –« Ich schluckte. »Wenn sie frei sein wollen, was machen sie dann hier? Bei uns?«

»Ist das noch eine Frage?« Er machte eine Pause. »Wenn sie mich aus dem Weg räumen, gibt es niemanden mehr, der ihnen die Freiheit nehmen kann.«

Ich riss den Kopf zu ihm herum. »Was?!«, brach es aus mir heraus. »S-sie wollen dich –« Ich konnte es nicht aussprechen. »Sie wollen dich –«

»In Stücke reißen und auffressen.« Er senkte den Blick. »Ich hatte sie im Griff«, sagte er leise, als befürchtete er, die Dämonen könnten ihn hören. »Unten, als sie auf die Ebenen verteilt waren. Doch nun … Alle auf einmal sind zu viel.« Erst jetzt fiel mir auf, in welchem Zustand er sich befand: Obwohl er unverletzt wirkte, lagen seine Augen tief in ihren Höhlen. Seine Haut war blass, fahl, grau, und er war kaum zu Atem gekommen. »Rana, ich …« Er brach ab, doch ich wusste genau, worauf er hinauswollte. Er hatte gerade gegen einen anderen Engel gekämpft und ihn in eine Lampe gebannt. Er hatte nicht die nötige Kraft. Vielleicht hätte er sie, hätten wir nur etwas mehr Zeit gehabt – aber die hatten wir nicht.

Sofort fixierte ich die eine Sache, die ihm helfen könnte. »Die Sense. Sie macht dich stärker!«

»Nicht stark genug, Prinzessin.« Die Sense sprang förmlich in seine Hand, sodass ich zurückzuckte. »Nein.« Er drehte sie locker hin und her, und ich lehnte mich zurück, um nicht versehentlich aufgespießt zu werden. »Sie hatte große Macht in sich gesammelt – ich sollte froh sein, dass du sie nicht im Palast erkannt und gegen mich eingesetzt hast«, fügte er mit halbherziger Belustigung hinzu. »Aber jetzt …? Das reicht nicht.« Er atmete tief durch. »Das reicht nicht.«

»U-und er?«, fragte ich und deutete auf den Drachen. »Er und die Winde und der Nhang –« Ich stockte. Wo war der Nhang eigentlich hin?

Na, großartig.

»Rana –«

Erst jetzt fiel mir das Wichtigste wieder ein. »Was ist mit dem Zepter?« Es steckte in einiger Entfernung im Sand, so wie es im Vamahar-Hügel gesteckt hatte, als wartete es nur darauf, dass es jemand herauszog. »Dann hättest du zwei Engelswaffen. Das muss doch reichen.«

»Schon vergessen?« Weil er keine Hand freihatte, pustete mir Daamin eine Haarsträhne aus dem Gesicht. Eine geradezu neckische Geste, als wollte er um jeden Preis den Ernst der Lage überspielen. »Ich kann das Zepter nicht berühren. Damit ist es nutzlos für mich.« Er atmete tief durch. »Der Drache bringt dich weg. Ich bleibe hier und …«

Seine Worte verblassten am Rande meines Bewusstseins. Ich hielt den Blick weiterhin auf den Stab gerichtet, und auf einmal machte es klick. »Du kannst es nicht führen«, flüsterte ich, drehte langsam den Kopf und starrte ihn an. »Aber ich.«

Daamin zog die Brauen zusammen. »Du –«

Ich wurde jäh von einer neuen Energie erfasst. Sie ließ mich meine Hand in Richtung des Zepters ausstrecken und –

Nichts passierte.

Verdammt. Ich ließ mich nicht beirren, machte mich von Daamin los und lief auf die Waffe zu – bis mir plötzlich etwas einfiel und mich ins Schleudern brachte. Ein kaltes Grauen kroch meinen Nacken hinauf, als die unscheinbare Gestalt der Engelswaffe etwas Verräterisches annahm. »W-wenn ich es an mich nehme« – hilfesuchend sah ich mich nach Daamin um – »wird dann ein Engel in mich fahren?«

Daamins nachdenklicher Blick wanderte von mir zum Zepter und zurück. Kraftvoll stieß er den Griff seiner Sense in den Sand und stützte sich locker mit einem Arm darauf. »Der einzige Engel, der in dich fahren darf, bin immer noch ich.« Sein lässiger Gesichtsausdruck geriet ins Bröckeln – und er nickte mir aufmunternd zu.

Erleichtert wandte ich mich um, stapfte am Drachen vorbei, der mich desinteressiert mit dem Blick verfolgte, und versuchte, das Innerste des Zepters zu erkennen. Tatsächlich erblickte ich die eisige Macht, die darin wohnte, aber nicht mehr annähernd so stark war wie zuvor. Der Kampf gegen die Iblyssense musste Spuren hinterlassen haben.

Da war kein Engel drin. Natürlich nicht. Diese Waffe gehörte allein Milor. Und so, wie Daamin sie nicht berühren konnte, konnte auch kein anderer Engel in ihr auf uns lauern.

Dennoch wurde ich von einer vorsichtigen Ehrfurcht erfüllt, als ich davor stehenblieb. Die Pechschwärze der Verdammten in meinen Augenwinkeln, zögerte ich jedoch keine Sekunde lang. Entschieden ergriff ich das Zepter –

Es fuhr wie ein Blitz in mich. Ich wusste nicht, was *es* war, doch auf einmal war es überall: Eine Energie, wie ich sie noch nie zuvor gespürt hatte. Mein benommener Geist klärte sich, meine vor Schmerzen schreienden Glieder verstummten, meine Erschöpfung verblich wie Wassertropfen in der prallen Sonne.

Erschrocken sog ich die Luft ein, die sich plötzlich viel frischer, besser anfühlte als zuvor. Weil *ich* mich besser fühlte.

Langsam wandte ich mich in Daamins Richtung um … der mich mit beinahe ungläubig erhobenen Brauen anstarrte. »Nicht schlecht.«

Fasziniert sah ich auf das Zepter herab und wieder zu ihm. »R-reicht das?«

»Sicherlich nicht mehr, um mein Herz einzufrieren, aber … für diesen Zweck?« Er nickte langsam. »Ich … denke schon.«

Er riss die Sense aus dem Sand, und wir setzten uns zeitgleich in Bewegung. Ausgerechnet in der Mitte des Pentagramms trafen wir aufeinander. Daamin warf die Lampe vielleicht eine Spur zu gleichgültig auf den Boden, um meine Hand zu nehmen. Er hielt seine Sense, ich Milors Stab fest umschlossen.

Angespannt zog ich die Schultern hoch – nicht zuletzt, weil die Dämonen immer näherkamen. »Also gut. Was muss ich tun?«

Daamin lächelte leicht. »Das, wozu du geboren wurdest.«

Ich blinzelte. *Wozu ich geboren wurde?* Mein Leben lang war ich in dem Glauben aufgewachsen, dass ich nur existierte, um zu heiraten und den Frieden zu einem anderen Volk zu sichern. Niemals hätte ich für möglich gehalten, dass es mich an diesen Punkt führen würde. Niemand hätte das. Aber was meinte Daamin dann?

Er hob eine Braue, und ein verheißungsvolles Glitzern trat in seine gelben Augen. »*Herrsche*, Prinzessin.«

Seine Worte erweckten einen Teil von mir zum Leben, der viel zu lange unter den Trümmern meiner Seele vergraben gewesen war.

Daamin wandte sich den Dämonen und Verdammten zu, die einen immer engeren Kreis um uns zogen. Sie befanden sich nach wie vor etwa dreißig Schritte von uns entfernt, aber in diesem Moment beschloss ich, dass das mehr als nah genug war.

In einer fließenden Bewegung hob ich das Zepter und deutete damit auf die Kreaturen der Unterwelt. »Ihr!«, rief ich und bildete mir ein, meine Stimme würde von unsichtbaren Wänden widerhallen. »Kehrt zurück an den Ort, an den ihr rechtmäßig gehört.«

»Und denkt nicht zu lange darüber nach«, ergänzte Iblys' tiefe Stimme neben mir.

Nichts passierte. Das Zepter und die Sense entfesselten keine geballte Macht, die die Dämonen, Hexer und Wahrsager mit Gewalt zurück in die Unterwelt beförderte. Sie machten rein gar nichts.

Das Einzige, was geschah, war, dass sich die Kreaturen der Unterwelt einfach in Luft auflösten.

Meine Lippen teilten sich leicht, und ich beobachtete wie gebannt, wie die dichte schwarze Linie nach und nach verging und dem strahlenden Horizont Platz machte.

In diesem Moment wurde mir klar, was Macht wirklich bedeutete. Die größte Macht war die, die man nicht einsetzen musste, weil die Furcht der anderen viel zu groß war, um sie am eigenen Leib spüren zu wollen.

Daamin stieß einen tiefen Seufzer aus. »War doch gar nicht so schlecht für den ersten Amtsakt der neuen Königin von Almeira, oder?«

Mein Herz setzte einen Schlag aus, und ich drohte den Boden unter den Füßen zu verlieren. *Die neue … was?*

Umso schlimmer, als Daamin meine Hand losließ und sich dem Drachen und den Winden zuwandte. »Dasselbe gilt für euch. Und nehmt den Nhang mit, bevor er hier noch was kaputtmacht.«

Der Drache knurrte etwas Unverständliches. Er musste fünf- oder sechsmal mit den Flügeln schlagen, bis er sich endlich in die Lüfte erhob. Begleitet von einem vielfarbigen Schimmern, flog er einfach davon, wahrscheinlich in Richtung der Verbotenen Stadt – ich hoffte, die Winde hatten einen verdammt guten Plan, wie sie den fetten Drachenleib durch die Palastruinen bekommen wollten. Ein leichtes Beben zu meinen Füßen verriet mir, dass sich auch der Nhang auf den Weg machte.

Langsam drehte sich Daamin wieder zu mir um. »Also, Prinzessin«, hob er an. »Soll ich dich zurück in deinen Palast bringen?«

Seine Worte fühlten sich wie ein Schlag ins Gesicht an. Benommen schüttelte ich den Kopf und versuchte vergeblich, dieser Situation einen Sinn zu verleihen. »W-was?«

»Dein Vater ist fort«, erklärte Daamin unbeirrt und ohne jede Schonung. »Dein Bruder ist fort. Damit bleibst nur noch du, Rana von Almeira.«

Die Bedeutung dessen, was er sagte, legte sich wie ein schweres Gewicht auf meine Schultern und sorgte dafür, dass sich mir der Magen umdrehte. Und dass trotz der neuerlichen Wüstenhitze eine eisige Kälte durch meinen Körper zu wandern begann. »Und …?«

»Du musst zurückkehren, dein Reich in neuem Glanz erstrahlen lassen«, antwortete Daamin matt. »Das ist deine Pflicht als Königin. So, wie es meine Pflicht als König ist.«

Jegliche Kraft wich aus meinen Gliedern, und mein Herz erbebte in meiner Brust. Solche Worte aus seinem Mund? Nach allem, was passiert war? Nachdem wir Kaidan in der Sechsten Unterwelt gerettet hatten, hatte er mich angefleht, bei ihm zu bleiben. Doch jetzt verlor er keine Silbe darüber.

Ich presste die Kiefer zusammen, bis es wehtat, konnte aber nicht verhindern, dass die Verzweiflung meine Augen zum Brennen brachte. »Warum?«, war alles, was ich herausbrachte, doch ich vertraute darauf, dass er wusste, worauf ich hinauswollte.

Daamin konnte meinem Blick nicht standhalten. Etwas Gequältes spiegelte sich in seiner Miene wider, als er wegsah. »Ich bin der Iblys, Rana«, raunte er. »Ich bin der Herr der Unterwelt.«

Bebend atmete ich ein und versuchte mit aller Kraft, dem Schluchzen keinen Ausgang zu gewähren, das meinen Hals hinaufkroch. Ich konnte Daamin nicht verlieren. Nicht schon wieder. Nicht jetzt, wo ich ihn gerade wiederbekommen hatte. Wo endlich alles gut werden könnte. Das durfte er mir nicht antun. »Ich weiß«, sagte ich mit belegter Stimme. Hilfesuchend streckte ich eine Hand nach ihm aus …

… doch Daamin nahm sie nicht. »Du willst dein Leben nicht in der Hölle verbringen. Das hast du selbst gesagt. Und ich?« Er stieß einen tiefen Seufzer aus. »Ich habe keine andere Wahl.«

Ich ballte die Hand zur Faust. »Aber ich habe eine Wahl!«, brach es so plötzlich aus mir heraus, dass ich selbst erschrak.

Fragend sah Daamin auf. »Wie bitte?«

Meine Gedanken begannen zu rasen, getrieben von meiner Verzweiflung, meiner Erschöpfung, meiner Sehnsucht nach Daamin, die mich zu zerreißen drohte. »Ich bin frei«, presste ich hervor. »Kaidan hat das gesagt. Du hast es gesagt. Und keiner von euch beiden hat das Recht, mir diese Freiheit wieder wegzunehmen.«

Daamin versteifte sich sichtlich und hob abwehrend eine Hand. »Rana –«

»Keiner von euch!« Mein Griff um das Zepter verkrampfte sich. »Vor allem nicht, indem ihr mich verlasst, einfach so, einer nach dem anderen.« Ich riss den Blick nach unten, weil ich befürchtete, eine Träne könnte sich aus meinem Augenwinkel lösen, aber irgendwie gelang es mir, die Fassung zu behalten. »Ich bin frei«, wiederholte ich und fixierte Daamin aufs Neue. »Und ich habe dich schon zu oft beinahe und tatsächlich verloren, um auch nur einen weiteren Gedanken an den Palast zu verschwenden.«

Nichts in Daamins Miene regte sich. »Du bist die Letzte deiner Blutlinie. Der königlichen Blutlinie.«

Ich schnaubte. »Es hat nach dem alten Königsgeschlecht wieder Könige gegeben. Und es wird auch nach meinem welche geben. Und nicht zuletzt«, fügte ich leise hinzu, »ist Almeira nicht mehr als ein Teil von Luys.« Ich lehnte mich vor, um seine freie Hand mit meiner zu umschließen. »Es ist *dein* Reich, Daamin. Auch wenn du es nie für dich beansprucht hast, ist es dein.« Endlich gelang es mir, meine wirren Gedanken zu ordnen, und plötzlich erstreckte sich das, was ich fühlte, das, was ich ihm mehr als alles andere sagen wollte, so klar und deutlich vor mir, dass ein Lächeln meine Lippen umspielte. »Genau wie ich.«

Daamins Augen weiteten sich leicht. »Was …?« Er stockte. »Was meinst du damit?«

Ich drückte seine Hand. »Daamin. Iblys. Wo immer du bist, werde auch ich sein.«

Ein paar Sekunden lang starrte er mich einfach nur an, während die unterschiedlichsten Emotionen um die Oberhand über seine Miene kämpften. Dann gerieten seine Mundwinkel ins Zucken. »Das alte Königsgeschlecht wurde von den Dämonen ausgelöscht. Und das neue von Iblys persönlich.« Mit einem schiefen Grinsen schüttelte Daamin den Kopf. »Ihr Menschen lernt wirklich nicht dazu, oder?«

Ich lächelte, als er zärtlich meine Hand drückte. »Nein. Niemals.«

Unser Ziel war die Siebte Unterwelt. Dort würden wir die Lampe, in der Milor gefangen gehalten wurde, in der Mitte des Pentagramms ablegen und es wieder vervollständigen. Damit nichts sie von dort wegnehmen konnte. Um den Engel an den Ort zu bannen, an den er vor so vielen Jahren Daamin gebannt hatte.

Wie durch ein Wunder hatte es der Drache durch das Portal geschafft – und dabei gute Arbeit geleistet. Als wir die Zweite Unterwelt betraten, war sie gerade so aufgetaut. Daamin sah nur kurz nach dem Rechten und stellte sicher, dass die Winde auf ihrem alten Posten waren, bevor wir durch das nächste Portal traten. Vor uns erstreckte sich ein kräftiges, wenn auch noch etwas erschöpftes Grün von Feldern und Wiesen, von Bäumen und Sträuchern. Auf manchen der Pflanzen schimmerte ein letzter Rest Feuchtigkeit, und in einiger Entfernung waren sie restlos plattgedrückt, als hätte sich eine riesige Schlange ihren Weg zu ihrem kreisrunden Fluss von Zuhause gebahnt.

Alles war an seinem Platz. Alles war so, wie es sein sollte. Schon bald könnte wieder Normalität einkehren.

Normalität. Nach allem, was passiert war, hatte ich keine Ahnung, was dieses Wort überhaupt bedeutete. Aber ich konnte kaum erwarten, es herauszufinden.

»Willst du in der Siedlung nach dem Rechten sehen?«, fragte ich an Daamin gewandt und streckte mich. Schon nach kurzer Zeit fühlte sich das Zepter schwer in meiner Hand an. Aber leider konnte ich es nicht an Daamin abgeben, weil er es schließlich nicht berühren konnte. Jeder von uns trug sein ganz eigenes Stück Macht mit sich herum – und das fühlte sich gut an. »Oder gleich zum Fluss?«

»Keines von beidem.« Daamin rammte seine Sense in den Boden und hängte die Lampe an ihrem Griff an das obere Ende seiner Waffe. Er bedeutete mir, es ihm gleichzutun, und ich tat verwirrt, wie geheißen.

Dann nahm er meine Hand. Er führte mich an keinen bestimmten Ort, sondern einfach nur ein paar Schritte weiter, als wollte er mich lediglich von den drei Gegenständen wegbringen, die mich an das erinnerten, was in den letzten Tagen geschehen war. Es passte zumindest zu den leisen Worten, die er an mich richtete: »Dies wird nicht nur ein Paradies werden, Liebste. Sondern *dein* Paradies.« Er drückte meine Hände. »Dafür werde ich sorgen.«

Herausfordernd hob ich eine Braue. »Und wie, glaubst du, sollte mein Paradies aussehen?«

Daamin schenkte mir ein wissendes Lächeln. »Das werde ich schon noch herausfinden. Aber für den Anfang – wie wäre es mit …?« Er ließ mich los. Seine Flügel schossen nur für einen kurzen Moment aus seinem Rücken, klappten sich sofort zusammen und verbargen meine Sicht auf Daamin. Dann verloren sie sich wieder im Nichts – und gaben den Blick auf einen kleinen schwarzen Hund frei, der zu seinen Füßen aufgetaucht war.

Ari.

»Bei –« Ich stürzte auf die Knie. »Bei Iblys«, korrigierte ich mich, was Daamin mit einem überheblichen Grinsen quittierte. »Ist er das wirklich?«

Ich schlug mir eine Hand vor den Mund und traute mich nicht, den Hund in die Arme zu nehmen oder auch nur zu berühren. Aber Ari zeigte mir, dass das gar nicht meine Entscheidung war. Er bellte wie zur Antwort und sprang einfach in meinen Schoß. Seine feuchte, raue Zunge leckte über meinen Arm. Die Berührung ließ mein Herz höherschlagen und die Glückseligkeit wie Blut durch meine Adern schießen.

»Keine Sorge, diesmal bin ich es nicht«, erwiderte Daamin lässig. »Das weißt du aber auch nur deshalb mit Sicherheit, weil ich zufällig neben dir stehe.«

Ich schenkte ihm einen vernichtenden Blick. »Besser für dich!« Mit bebenden Händen drückte ich Ari an mich, was er mit einem Strampeln und Hecheln quittierte. »Ich hab dich so vermisst«, flüsterte ich, ehe ich ihn zaghaft losließ, weil er zu zappelig wurde.

Ari war so aufgedreht, als wäre er wochenlang eingesperrt gewesen. Vielleicht hatte es sich für ihn auch so angefühlt. Bellend sprang er auf und ab, rammte förmlich Daamins Beine, sodass dieser fast das Gleichgewicht verlor, und rannte quer über die Wiese, die zur Ortschaft führte.

Kichernd richtete ich mich auf und blickte ihm nach.

»Und?«, fragte Daamin gedehnt. »Geht das in die richtige Richtung?«

Ich spürte einen Zug in meinem Gesicht und erkannte ihn erst nachträglich als das breiteste Grinsen, das ich je gelächelt haben musste. »Und wie!« Die Bedeutung seiner Geste, der ganzen Situation, dem Gestern, dem Heute und dem Morgen, flutete plötzlich meinen Geist und erfüllte mich mit nichts als Wärme.

Ich ergriff Daamins Hand. »Danke«, sagte ich und meinte damit weit mehr als nur den Hund.

Er grinste und legte locker einen Arm um meine Schultern. »Das ist doch das Mindeste, was ich für Euch tun kann, Prinzessin.«

Dieses Wort traf mich völlig unerwartet und ließ mich den Kopf schütteln. »Ich bin kein Prinzessin mehr«, stellte ich klar. Als ich tief die frische Luft des Paradieses einatmete, fühlte ich mich plötzlich auch ganz ohne Zepter wie ein neuer Mensch. »Von jetzt an bin ich einfach nur Rana.«

Seine Brauen schossen in die Höhe. »Einfach nur Rana?«

»Einfach nur Rana.« Noch während ich es aussprach, kam es mir so vor, als würde etwas fehlen. Dabei stand Daamin doch hier neben mir, seine Finger mit meinen verschlungen, und versprach mir das Paradies in der Unterwelt. Mein Paradies. Mein neues Zuhause an der Seite des Mannes, den ich liebte. Einfach alles, was ich je gewollt hatte.

Und als ich so darüber nachdachte, wurde mir klar, dass es nicht mein Titel war, der mir fehlte. Sondern die eine Sache, die alles besiegelte.

Zaghaft machte ich mich von ihm los, um mich ihm ganz zudrehen zu können. Meine Lippen bewegten sich wie von selbst, fest entschlossen, das Gefühl mit Worten zu befreien: »… und wenn du willst, deine Königin.«

Daamin gab mir überhaupt keine Gelegenheit, mich vor seiner Antwort zu fürchten, meine Frage zu bereuen oder mir Sorgen zu machen, was dieser Moment mit uns anrichten könnte. Er lächelte. »Es gibt nichts, was ich mehr wollen würde.«

In diesem Augenblick schien die Zeit endlich stillzustehen. Sie hielt genau wie ich den Atem an, als mich Daamin eng an sich zog. Ich schlang die Arme um seinen Hals, seine Stirn und Nase berührten meine, und seine bloße Nähe brachte mein Herz zum Höherschlagen.

Am Tag deiner Vermählung werde ich nicht mehr da sein. Vor zehn Jahren hätte ich niemals gedacht, wie sehr Kaidan mit seiner Prophezeiung recht behalten sollte. Alles, was er gesagt hatte, war eingetreten. Wieder und wieder.

Auch ich hatte Vermutungen über meine Zukunft angestellt – doch Kaidan war der einzige Prophet von uns beiden gewesen, und so hatten sich meine größten Ängste nicht bewahrheitet.

Zehn Jahre lang hatte ich in der festen Gewissheit gelebt, dass mein Leben am Tag meiner Vermählung enden würde. Aber das stimmte nicht. Stattdessen wurde ich vereint mit dem Mann, dem ich nicht meine Seele, sondern mein Herz verschrieben hatte. Dem Mann, der mit mir durch die Hölle gegangen war. Den ich bedingungslos liebte. Mein Anker, die Nacht zu meinem Tag, der Schatten zu meinem Licht, das Feuer zu meinem Eis.

Heute war nicht das Ende eingetreten, sondern der Tag meiner Wiedergeburt. Der erste Tag meines neuen Lebens, das begann, als ich meine Hände auf Daamins Wangen legte und wir unser Schicksal mit einem Kuss besiegelten.

Ich konnte es kaum erwarten.

ENDE

GLOSSAR

Abelys: Dschinn der Dritten Unterwelt; Mariams ehemaliger Besitzer

Abgar: Wahrsager in der Vierten Unterwelt

Almeira: Königreich in der Ersten Unterwelt und Ranas Zuhause

Anapat: die Fünfte Unterwelt (Wüste)

Arad: Palastwache in Maran

Chahich: die Vierte Unterwelt (Moor)

Chival: niederer Dev, der Albträume in Menschen heraufbeschwört

Dämonen: finstere Kreaturen und Untertanen des Iblys, die die Seelen Verstorbener in der Unterwelt quälen

Dev: Unterart der Dämonen

Drakht: die Dritte Unterwelt (Paradies)

Dschinn: Unterart der Dämonen; kann durch Rituale beschworen und an die Erfüllung von Wünschen gebunden werden

Engel: höchste Geschöpfe und Herrscher über das Paradies

Finder: schwarzmagisch verzauberter Würfel, der das Blut desjenigen aufspürt, mit dem er benetzt wird

Gor: geflügelter Dämon in Daamins Gefolge

Hexen und Hexer: Menschen aus der Ersten Unterwelt, die sich von Dämonen mit schwarzmagischen Fähigkeiten haben ausstatten lassen, nicht selten im Austausch gegen ihre Seelen

Iblys: Gefallener Engel, der in der Siebten Unterwelt angekettet ist und von dort aus über die Hölle herrscht
K'ami: die Zweite Unterwelt (Reich der Winde)
Krak: die Sechste Unterwelt (das Glühende Feuer)
Luys: die Erste Unterwelt (Welt des Lichts)
Mansur: Inhaber eines zwielichtigen Geschäfts in Maran
Marid: Dschinnkönig mit größerer Macht als andere Dämonen; kann nicht durch einfache Rituale an Wünsche gebunden werden
Mariam: Hexe aus der Zweiten Unterwelt
Milor: Engel der Güte und der Nachsicht.
Morrat: Portalwächter der Sechsten Unterwelt; Iblys' treuester Diener
Nhang: krokodilsköpfiger Portalwächter der Dritten Unterwelt
Nuh: König des Reichs jenseits der Wüste; Ranas Verlobter
Unterwelten: sieben Ebenen abseits des Paradieses, die nur von oben nach unten durchquert werden können
Sahar: Ranas Zofe
Sarruyts: die Siebte Unterwelt (Iblys' tiefste Höhle)
Shvod: niederer Dev, der sich bereitwillig anderen Dämonen unterwirft, um zu überleben
Qarin: Doppelgänger
Waheed: Ranas und Kaidans Vater; König von Almeira
Wahrsager: verdammte Menschen, die sich von Dämonen mit weissagerischen Fähigkeiten haben ausstatten lassen, oft zu einem hohen Preis

ANNIE WAYE

Annie Waye ist eine junge Autorin mit einer alten Seele. Sie ist auf der ganzen Welt zu Hause und seit jeher der Magie der Bücher verfallen. Sie schreibt, um fremde und vertraute Welten zu erschaffen, sympathischen und zwiespältigen Charakteren Leben einzuhauchen und Dunkelheit und Stille aus den Herzen der Menschen zu vertreiben. Wenn sie nicht gerade an Romanen arbeitet, veröffentlicht sie Kurzgeschichten und bereist die Welt auf der Suche nach ihrem nächsten Sehnsuchtsort.

Instagram und TikTok: @anniewaye.author
Newsletter: jetzt abonnieren auf anniewaye.de
Bonuscontent: Auf Patreon (patreon.com/anniewaye_) findest du Hintergrundinfos zum Buch, Bonusinhalte, Deleted Scenes und exklusive Einblicke in das Autorenleben und die kommenden Veröffentlichungen von Annie Waye.
WhatsApp: Tritt jetzt dem WhatsApp-Channel bei, um keine Neuigkeiten mehr zu verpassen!

BÜCHER VON ANNIE WAYE

Witches of Wick: Das Buch der Hexen

Kurz nach dem tragischen Tod ihrer Eltern ist für Josie und ihre Zwillingsschwester Amber nichts mehr wie zuvor. Als sie von einem Fremden auf offener Straße angegriffen werden, erfahren sie, dass sie magische Kräfte haben und den Segen einer leibhaftigen Hexengöttin in sich tragen. Doch wo Macht schlummert, lauert auch Gefahr: Schon bald finden sich die Zwillinge in der magischen Parallelwelt Wick und im Zentrum einer alten Prophezeiung wieder. Dort erwarten sie ungeahnte Fähigkeiten, neue Freunde, tödliche Magie – und eine Reihe zwielichtiger Gestalten, die es auf sie abgesehen haben …

»Witches of Wick – Das Buch der Hexen« ist der Auftakt der magischen Young-Adult-Fantasy-Trilogie von Annie Waye. Für Fans von Supernatural, Chilling Adventures of Sabrina, magischen Fantasy-Jugendbüchern, humorvoller Young Adult Fantasy, Portalfantasy, der Wicca-Mythologie und Büchern mit keltischem / irischem Setting.

Thron aus Sturm und Sternen: Seelendonner

Fesselnd, magisch, episch! – Ein unvergessliches Fantasy-Abenteuer.

Jeder hat eine bestimmte Rolle im Leben. Aber welche war meine? Die der Verräterin? Der Mörderin?

Als ein Krieg um den Thron ausbricht, gerät Kauna aus dem längst vergessenen Stamm der Crae unfreiwillig zwischen die Fronten: auf der einen Seite der Königssohn Malik, dem sie ihr Leben zu verdanken hat. Auf der anderen ihre große Liebe Gil, dessen Vater die Macht an sich zu reißen und ihren Stamm zu unterwerfen droht. Als Kauna dem Ruf ihres Herzens folgt, verliert sie alles, was ihr je etwas bedeutet hat – und begibt sich gemeinsam mit ihrem Seelentier Hana auf eine Reise, von deren Ausgang schon bald nicht nur das Überleben ihrer Familie abhängt, sondern das Schicksal des ganzen Königreichs.